Knaur.

Im Knaur Taschenbuch Verlag ist von der Autorin bereits erschienen:
Das Marzipanmädchen
Die Bernsteinheilerin
Die Braut des Pelzhändlers

Über die Autorin:
Lena Johannson wurde 1967 in Reinbek bei Hamburg geboren. Nach der Schulzeit auf dem Gymnasium machte sie zunächst eine Ausbildung zur Buchhändlerin, bevor sie sich der Tourismusbranche zuwandte. Ihre beiden Leidenschaften Schreiben und Reisen konnte sie später in ihrem Beruf als Reisejournalistin miteinander verbinden.
Vor einiger Zeit erfüllte sich Lena Johannson einen Traum und zog an die Ostsee.
»Die Bernsteinsammlerin« ist nach »Das Marzipanmädchen« ihr zweiter Roman.

Lena Johannson

Die Bernsteinsammlerin

Roman

Knaur Taschenbuch Verlag

Besuchen Sie uns im Internet:
www.knaur.de

Originalausgabe März 2009
Copyright © 2009 by Knaur Taschenbuch.
Ein Unternehmen der Droemerschen Verlagsanstalt
Th. Knaur Nachf. GmbH & Co. KG, München
Alle Rechte vorbehalten. Das Werk darf – auch teilweise –
nur mit Genehmigung des Verlags wiedergegeben werden.
Redaktion: Dr. Gisela Menza
Umschlaggestaltung: ZERO Werbeagentur, München
Umschlagabbildung: Bridgeman Art Library / William Henry Margetson
Karte S. 6–7: Archiv der Hansestadt Lübeck, Kartensammlung IV 28
Satz: Adobe InDesign im Verlag
Druck und Bindung: CPI - Clausen & Bosse, Leck
Printed in Germany
ISBN 978-3-426-50121-4

10 9 8 7

*Meinem Vater,
der mir eine große Portion Fleiß
und wohl auch das sensible Gemüt
vererbt hat*

Prolog

3. Juni 1583. Ein kräftiger Wind fegte von Osten her auf die Küste des Samlandes zu. Auf der See tanzten Schaumkronen. Die Sonne hatte schon ungewöhnlich viel Kraft für diese Jahreszeit. Sie wärmte die Männer angenehm, die bis zur Hüfte im kalten Wasser der Ostsee standen und ihre Netze an langen Stöcken durch die Fluten führten. Es war ideales Wetter zum Bernsteinfischen. Der Wind ließ die Weizenfelder unter dem intensiv blauen Himmel auf und nieder wogen wie ein zweites Meer, dessen Wellen aus Halmen niemals den Strand erreichen konnten. Rote Mohnblüten und blaue Kornblumen leuchteten hier und da auf. Möwen flogen ein paar Meter und ließen sich dann von den Böen tragen. Die dicken Taue an den beiden Galgen sausten durch die Luft und knallten wie Peitschen. Wieder und wieder schlugen sie laut gegen das massive Holz. Die Galgen dienten nicht etwa nur der Abschreckung, sie wurden ohne großes Zögern genutzt, wenn einer sich ohne Pass an den Strand vor Königsberg wagte. Oder schlimmer noch, wenn einer Bernstein sammelte und für sich behielt, um zum eigenen Vorteil Handel damit zu treiben. Der wurde an Ort und Stelle aufgeknüpft.

Nikolaus stolperte voran. Es war kein gutes Vorwärtskommen in dem weichen Sand mit den schweren nassen Stiefeln an den Füßen. Als wäre der Teufel leibhaftig hinter ihm her, blickte er sich immer wieder um, rannte dabei weiter und strauchelte mehr als einmal, ja, wäre sogar fast gefallen. Doch es gelang ihm, sich mit den Armen rudernd zu fangen. Wieder ein Blick zurück. Noch konnte er die Männer mit ihren Netzen sehen und den kleinen Holzverschlag, in dem sie die Steine lagerten, die sie dem Meer abgerungen hatten. Genau wie sie hatte auch er eben noch im Wasser gestanden, sein Netz langsam darin bewegt und die gefundenen Brocken zusammen mit Algen und allerlei Unrat in den Beutel gestopft, den er über der Schulter trug. War der endlich ausreichend gefüllt, stapfte man an Land, hieb den Stock des Siebes kräftig in den Sand, so dass er dort steckenblieb, und lud die Fracht aus dem Beutel in den kleinen Unterstand. So hatte auch Nikolaus es gemacht. Stunde um Stunde. O ja, er hatte sehr wohl einen Pass, um die samländische Küste betreten zu dürfen. Er durfte das Gold der Ostsee auch fischen oder sammeln. Er musste es sogar, denn es war die Pflicht der Küstenbewohner. Dafür bekamen sie Salz, das für die Vorratshaltung unerlässlich war und sich gut verkaufen ließ. Wie so viele andere lebte Nikolaus vom Fischen und Sammeln des Bernsteins. Nur behalten durfte er keinen noch so kleinen Splitter. Auf Unterschlagung stand der Tod. Nikolaus fürchtete den Tod. Er fürchtete die Danziger Kaufmannsfamilie, die vom Staat als Generalpächter der preußischen Strände eingesetzt war, und deren Häscher. Er war kein Held und riskierte sein Leben gewiss nicht leichten Herzens. Aber war das überhaupt ein Leben, was er und seine Familie hatten? Arm und elend und herumkommandiert von anderen. Wie die meisten Männer, die täglich die Strände absuchten oder Bernstein aus dem Wasser holten, hatte er bisher nur sehr kleine Exemplare »versehentlich« in seinen Stiefel fallen lassen. Alle paar Tage mal einen Stein – das war ein überschaubares Risiko. Ansonsten war er stets gehorsam gewesen und unauffällig, führte mit seiner Frau und seinen fünf Kindern ein bescheidenes Leben und hätte nie auch nur daran gedacht, sich gegen den Staat aufzu-

lehnen – bis zu dem Moment, als er diesen dunklen rötlich braunen Bernstein aus seinem Sieb fischte. Ein Stück von solcher Größe hatte Wert, das wusste er. Oft ging einem so ein Fang nicht ins Netz. An einer Stelle war die dünne Kruste abgeplatzt, und aus der Tiefe des geheimnisvollen Edelsteins blickte Nikolaus ein bronzefarben schimmerndes Auge an. Gebannt starrte er auf den Klumpen in seiner Hand.
»Heda, bist du etwa versteinert?«, rief einer der Fischer.
Die anderen schauten nun auch zu Nikolaus herüber. Er musste ein sehr verwirrtes Gesicht gemacht haben, denn sie lachten ihn aus.
»Ausruhen kannst du später bei deinem Weib! Spute dich!«, riefen sie gegen den tosenden Sturm.
Nikolaus hatte den Bernstein mit dem Einschluss rasch in seinen Lederbeutel gleiten lassen. Kurz danach war er aus dem Wasser gewatet, voller Aufregung und mit dem Gefühl, das Auge könne ihn durch das Leder anstarren. Allein in dem windschiefen Holzverschlag, wo schon der Ertrag des Tages auf kleinen Haufen lag, wagte er es, seinen Fund eingehend zu betrachten. Kein Zweifel, der Kopf einer Eidechse war vor Tausenden von Jahren, in einer Urzeit, die Nikolaus sich nicht vorzustellen vermochte, in diesen Stein geraten. Jede Schuppe konnte er erkennen, die Struktur der Haut des Reptils war bis ins kleinste Detail erhalten. Selbst die Zungenspitze, die einmal blitzschnell Insekten gefangen hatte, war sichtbar. Wie schon so oft war Nikolaus fasziniert. Die Eidechse sah aus, als hätte sie gestern noch gelebt, als wäre sie soeben erst den Baum hinaufgehuscht. Wie nur war es möglich, dass ein Tier von einem Edelstein gefangen wurde? In dem engen Lagerraum war es stickig. Die Sonne brannte auf das Dach herunter. Nikolaus begann zu schwitzen. Er strich sich eine Strähne seines roten Haares aus dem Gesicht. Das Auge des Tieres war erhaben und

glänzte metallisch wie der Kopf eines Nagels. Nikolaus hätte nicht einmal sagen können, in welche Richtung das Tier geschaut hatte, als es in die tödliche Falle gegangen war. Trotzdem hatte dieses Auge etwas Lebendiges, etwas, das ihn vollkommen in seinen Bann schlug.

Wie viel von diesem Tier mag ans Tageslicht kommen, wenn der Bernstein erst geschliffen ist?, fragte sich Nikolaus. Vielleicht war das der Moment, in dem er beschloss, diesen Brocken nicht ordnungsgemäß abzuliefern. Er selbst wollte derjenige sein, der die glanzlose Kruste vollständig entfernte, der den Stein so lange schliff und polierte, bis das eingeschlossene Tier vollends zum Vorschein kam. In Königsberg war die Verarbeitung des Ostsee-Goldes verboten. Bernsteindreherzünfte gab es in Lübeck, Brügge oder eben Danzig. So hatte Nikolaus die Bearbeitung des weichen Materials nie gelernt. Er hatte nur selbst immer wieder ein paar Versuche gemacht, bis er eine recht ordentliche Fingerfertigkeit erlangt hatte.

Während er jetzt den festen Sandweg erreichte, auf dem er schneller vorankam, fragte er sich, was nur in ihn gefahren war. Wenn er schon ein so kostbares Stück unterschlagen musste, warum hatte er es dann nicht wie sonst auch in den Schaft seines Stiefels gleiten lassen? Warum hatte er nicht weitergearbeitet und war dann, zusammen mit den anderen Männern, ganz ruhig nach Hause gegangen? Aber nein, vollkommen kopflos machte er sich aus dem Staub. Es würde nicht lange dauern, bis die Strandreiter, die sicherstellten, dass nur Pass-Inhaber nach Bernstein suchten, auf ihn aufmerksam wurden. Nikolaus blinzelte gegen den Schweiß an, der ihm brennend in die Augen lief. Er schmeckte das Salz auf seinen Lippen und bemerkte, wie durstig er war. Je länger er darüber nachdachte, desto wütender wurde er wegen seines törichten Verhaltens. Einen Bernstein von dieser Größe, in dem auch noch eine

Eidechse eingeschlossen war, konnte er schwerlich einfach auf dem Markt anbieten. Kleine gewöhnliche Exemplare wurde man immer unter der Hand los, oder man verbrauchte sie eben selbst, um daraus heilsames Pulver zu machen oder sie anstelle teurer anderer Stoffe zu verbrennen. Doch diesen Klumpen mit seinem kostbaren Bewohner zu versilbern war für Nikolaus, der weder reiche Leute noch Halunken kannte, nahezu unmöglich.

Es knisterte und knackte in den Weizenfeldern zu seiner Linken und Rechten. Nikolaus sah sich um, versuchte gegen das grelle Licht Gestalten auszumachen, aber niemand schien in der Nähe zu sein. Es war der Wind, der die Halme wispern ließ. Fast wäre er über einen Ast gestolpert, der quer auf dem Weg lag. Keuchend vor Anstrengung, Aufregung und Hitze, verlangsamte er seine Schritte. Bis zu seiner Hütte war es nicht mehr weit. Er wusste nicht, was er mit seinem Fund anstellen sollte. Er wusste nur, dass er ihn in Sicherheit bringen, sich dann eine glaubhafte Erklärung für sein höchst merkwürdiges Fortlaufen einfallen und möglichst viel Zeit vergehen lassen musste, ehe er den Bernstein wieder zur Hand nehmen konnte. Endlich sah er das einfache kleine Haus, in dem er mit seiner Familie lebte. Er wurde wieder schneller. Da erkannte er eine Gestalt vor dem Häuschen. Es war seine Frau, die sich gerade anschickte, zum Strand zu gehen. Es war üblich, dass Frauen und manchmal auch die Kinder dabei halfen, den Bernstein einzusammeln. Sie lasen ihn vom Strand auf oder leerten die Netze der Männer und gaben darauf acht, dass sich im Tang kein Stein verbarg, den man womöglich wieder ins Meer werfen könnte. Hastig stolperte Nikolaus auf sie zu. Sie blieb stehen, als sie ihn sah, und wich sogar einen Schritt zurück, erschrocken über seine Anwesenheit um diese frühe Stunde und über seinen Anblick – glühend rote Wangen, Haarsträhnen, die im

Gesicht klebten, und fast fiebrig glänzende Augen. Dann war er bei ihr.
»Ich habe eine große Dummheit begangen, Frau, aber ich konnte nicht anders.« Er zog den Bernstein unter seinem zerschlissenen Hemd hervor und hielt ihn ihr entgegen. Sie gab keinen Laut von sich, schlug sich nur die zur Faust geballte Hand vor den Mund. Natürlich war ihr klar, was das bedeutete.
»Es ist ein magischer Stein, Frau. Die Eidechse hat mich verzaubert.«
Schnell lauter werdender Hufschlag kündigte das Unheil an, das über Nikolaus' Familie kommen würde.
»Hier, du musst ihn verstecken!« Nikolaus griff nach der rechten Hand seiner Frau, presste den Brocken hinein und schloss ihre Finger darum. »Ich werde sie ablenken. Vielleicht kann ich ihnen entkommen.« Damit ließ er seine Frau stehen und rannte den beiden sich rasch nähernden Reitern zunächst einige Schritte entgegen. Dann bog er ab und schlug sich in ein Weizenfeld.
Vom Rücken der Pferde war es leicht, ihn auszumachen. Einer der Reiter lenkte sein Tier vom sandigen Pfad direkt in das Feld, um dem Flüchtigen den Weg abzuschneiden. Nikolaus' Frau wusste in dem Moment, dass er keine Chance hatte. Sie lief nicht davon. Sie presste nur die Fäuste vor die Brust und ließ den unterschlagenen Stein in den Ausschnitt ihres einfachen derben Leinenkleides fallen. Sie spürte, wie er zwischen ihren Brüsten hindurch zu ihrem Bauch rutschte. Wie sie gehofft hatte, blieb er an der Kordel, die um ihre Taille lag, hängen, anstatt durch den Rock zu sausen und zwischen ihren Füßen auf den Sand zu schlagen. Sie presste die linke Faust auf die Stelle, an der die Beute ihres Mannes vermutlich den Stoff des Kleides ausbeulte. Mit der rechten Hand rieb sie nervös die linke und starrte den Kerl an, der sein Pferd direkt vor ihr

zum Stehen gebracht hatte. Eine geschmeidige Bewegung, ein schneller Sprung, schon stand er neben dem Tier. Staub wirbelte um seine schwarzen Schuhe auf, während er die Zügel an einem Apfelbaum befestigte.
»Er wird nicht weit kommen«, stellte der Scherge ruhig fest. »Besser, du gibst mir, was er unterschlagen hat.« Seine Stimme klang nicht böse, nicht einmal streng. Fast schwang ein wenig Bedauern darin mit, als ob er es nicht guthieße, dass die Küstenbewohner die Arbeit machten und andere daran verdienten.
Nikolaus' Frau rührte sich nicht. Sie stand wie festgewachsen und rieb unablässig die Faust, die sie vor den Bauch gepresst hielt, als wäre ihr nicht wohl.
»Aber er hat doch nicht ... Er würde niemals ...«, stammelte sie leise.
»Mach es mir doch nicht so schwer«, sagte der Handlanger des Generalpächters seufzend. Er schob sie beiseite und ging mit schweren Schritten auf das Haus zu.
»Warten Sie!«, schrie sie. »Bitte! Da drinnen ist doch nichts. Nur die Kinder sind da. Bitte, tun sie meinen Kindern nichts!« Sie rannte an ihm vorbei, die linke Hand noch immer vor den Leib gepresst, und erreichte den Eingang der Hütte vor dem Mann.
In dem Moment waren wieder Hufe zu hören, die im langsamen Trab den Sandweg heraufkamen. Der andere Reiter näherte sich. Im Schlepptau hatte er den gefesselten Nikolaus, der schwitzend neben dem braunen Hengst herlief. Blut lief aus einer Wunde an der Schläfe über sein Gesicht, das von einem Gemisch aus Staub, Schweiß und Blut verdreckt war.
»Da ist der Dieb«, rief der Blonde, noch immer hoch zu Ross, seinem Kameraden zu. »An den Galgen mit ihm. Und bring das Weib auch gleich mit.« Er musterte Nikolaus' Frau von

oben bis unten. »Vielleicht machen wir mit ihr im Feld eine kleine Pause. Was denkst du?« Er lachte gehässig. »Sind schließlich keine Unmenschen, wollen ihr noch ein wenig Spaß gönnen, bevor sie am Galgen baumelt.« Er lachte wieder.
»Sie hat nichts damit zu tun«, sagte Nikolaus keuchend. »Sie ist eine ehrbare und gute Frau und weiß nicht, dass ich Bernstein gestohlen habe.« Er hatte es gesagt. Er hatte sich selbst schuldig gesprochen. Eben noch im Feld hatte er alles geleugnet, hatte gehofft, sein Leben retten zu können. Doch nun gab es keinen Ausweg für ihn. Er konnte nur noch seine Frau und seine Kinder schützen. »Der Bernstein ist hinter dem Haus zwischen dem Brennholz in einer kleinen Schatulle. Ich habe meiner Frau verboten, das Kästchen zu öffnen. Es geht sie nichts an, was ich darin aufbewahre. Sie ist eine gehorsame Frau. Sie hat getan, was ich ihr gesagt, und nicht getan, was ich ihr verboten habe.« Während er das sagte, blickte er sie unablässig an.
»O Nikolaus, warum hast du das getan?«
Der Blonde sprang von seinem Pferd und machte es ebenfalls an dem Apfelbaum fest. »Ein Weib, das seine Neugier zähmen kann und nicht in ein geheimnisvolles Kästchen schaut?«, fragte er lauernd und kam auf sie zu. Er blieb so dicht vor ihr stehen, dass sie seinen Schweiß und seinen Atem riechen konnte. »Daran mag ich nicht glauben.«
»Aber es ist die Wahrheit«, bekräftigte Nikolaus verzweifelt und machte zwei Schritte vorwärts. Weiter kam er nicht, denn der Strick, mit dem er gefesselt war, endete in einem dicken Knoten direkt am Sattel.
Der zweite Häscher, ein großer schlanker Mann mit dunkelbraunem Haar, schlug vor: »Sehen wir nach, ob die Geschichte mit der Schatulle überhaupt stimmt. Wer weiß, vielleicht ist es eine Falle.«

»Hast recht. Fesseln wir das schöne Weib und nehmen uns dann das Brennholz vor.«

Lene, Nikolaus' Frau, schluckte. Wenn sie ihr die Hände banden, fiel der Bernstein, dessen Wärme sie ganz deutlich auf ihrer Haut spürte, womöglich doch noch zu Boden. Dann wäre sie auch des Todes.

»Warum willst du das Weib fesseln«, fragte der Dunkle. »Hast du etwa Angst, von einer Frau hinterrücks erschlagen zu werden?« Er lachte spöttisch.

»Angst vor einem Weib?« Der Blonde schnaubte. »Niemals! Was aber, wenn die beiden doch unter einer Decke stecken? Dann wird sie fliehen.«

»Nehmen wir sie eben mit«, schlug sein Kamerad vor. Er griff Lenes rechten Ellbogen und sagte: »Geh mit uns!«

Sie nickte und folgte den beiden Häschern auf die Rückseite der Hütte, wo Holz zum Befeuern der Kochstelle und für den nächsten Winter gelagert war.

»Also, wo ist das Kästchen?«, fragte der Blonde und gab Lene einen Klaps auf den Po, um sie anzutreiben.

Sie hätte fast aufgeschrien, nahm sich aber zusammen. »Ich weiß es nicht«, antwortete sie.

Und das war die Wahrheit. Oft hatte sie sich, wenn sie Holz für den Ofen geholt hatte, gefragt, wo Nikolaus den Bernstein versteckt hielt. Sie wusste, dass es das Kästchen zwischen den Scheiten gab, doch gesehen hatte sie es nie. Wann immer ihr Mann einen Splitter nach Hause gebracht hatte, statt ihn ordnungsgemäß abzuliefern, hatte er ihn selbst verstaut. Auch war er es, der Lene das eine oder andere Exemplar aus der Schatulle geholt hatte, damit sie es bearbeiten konnte. Wie er hatte sie es nie gelernt, aber Lene war eine Meisterin. Sie verstand es, mit den wenigen und einfachen Hilfsmitteln, die sie zur Verfügung hatte, kleine Kunstwerke aus dem Bernstein zu formen.

Hier ein Herz, dort einen Tropfen, einmal hatte sie sogar eine Möwe geschnitzt.

»Nun red schon«, kommandierte der blonde Strandwächter sie wieder.

»Lass sie in Ruhe«, sagte der andere. »Sie weiß nichts.«

»Ich glaube ihr nicht. Überlass sie mir, und ich werde die Wahrheit aus ihr herausbekommen.« Er legte einen Arm um ihre Taille und schob eine Hand mit festem Griff auf ihren Oberschenkel. Lene begann zu zittern und presste beide Hände verzweifelt auf ihren Leib. Dabei krümmte sie sich ein wenig, als hätte sie Schmerzen.

»Nun lass sie schon und hilf mir lieber suchen. So viel Holz ist es ja nicht. Da werden wir die Schatulle wohl bald finden, wenn wir beide zupacken.«

Der Blonde sah Lene an. Das Zucken seiner Wangen verriet, dass er die Zähne zusammenbiss. Er hätte wohl lieber bei der Frau zugepackt als bei Holzscheiten, die ihm Splitter in die Finger jagen würden. Trotzdem ließ er sie los und machte sich daran, die sorgsam aufgestapelten Klötze durcheinanderzuwerfen. Es dauerte kaum eine Minute, da flog eine kleine Holzkiste, nicht einmal halb so groß wie ein Scheit, durch die Luft und sprang auf, als sie auf den Boden schlug. Heraus kullerten sieben unbearbeitete Bernsteine und einer, der die Form eines Kleeblattes hatte.

»O nein, o nein, o nein«, jammerte Lene und krümmte sich immer mehr. Ihre kupferroten Haare fielen über die Schultern nach vorn und rahmten das Gesicht ein, das ganz blass geworden war.

»Da schau an«, sagte der Blonde gedehnt. Er trampelte durch das herumliegende Holz und stieß Stücke beiseite, die ihm im Weg waren. »Und davon willst du nichts gewusst haben?« Er bückte sich, hob das Unterteil des Kästchens – der Deckel war

durch die Wucht des Aufpralls abgebrochen – und dann die Bernsteinbrocken auf.
Lene schüttelte den Kopf.
Der Dunkle trat einen Schritt näher heran. »Sogar verarbeitet hat er sein Diebesgut. Da ist uns ja ein dicker Fisch an die Angel gegangen!«
»Und wenn sie es war? Wette, die ist recht fingerfertig«, sagte der Blonde anzüglich.
»Eine Frau mit einem derartigen handwerklichen Geschick?« Der Dunkle nahm das Kleeblatt in die Hand und hielt es gegen die Sonne. Es hatte die Farbe von Honig, und sein Glanz verriet, dass es viele Stunden sorgfältig poliert worden war. Die Rundungen waren perfekt, nirgends stand eine Ecke vor oder fühlte sich eine Kante rauh an.
»Hast recht, das ist kaum möglich«, entgegnete der Blonde, während sie wieder um die Hütte zu den Pferden gingen. »Vollenden wir unser Werk, bringen wir die Diebe an den Galgen und den Bernstein zu seinem Besitzer.«
»So glaubt mir doch, sie wusste nichts davon«, keuchte Nikolaus leise, der sich vor Erschöpfung, Hitze und Durst kaum noch auf den Beinen halten konnte.
»Warum nur hast du das getan?«, fragte Lene noch einmal. Tränen rannen ihr über die bleiche Haut. Ihre nassen Augen schimmerten grün. Warum hast du gestanden, wollte sie wissen, doch der Scherge des Pächters verstand sie falsch oder wollte sie falsch verstehen.
»Du hörst doch, sie hatte keine Ahnung, dass ihr Mann unterschlagen hat. Knüpfen wir nur ihn auf, dann können sie und die Kinder weiter für den Pächter Bernstein sammeln.«
Einen Augenblick zögerte der andere noch. Dann machte er sein Pferd los und sagte: »Hast recht. Wäre auch zu schade um das hübsche Ding.« Er saß auf. Sein Kamerad tat es ihm gleich.

»Keine Sorge«, rief der Blonde Lene zu, als er das Pferd wendete und den entkräfteten Nikolaus hinter sich herzog, »ich kümmere mich gern um die Witwen der Unglücksvögel, die am Galgen baumeln.« Er lachte laut und gab seinem Pferd die Sporen, so dass es in einen flotten Trab fiel. Nikolaus schaffte zwei Schritte, bevor er über seine Füße stolperte und fiel. Er schrie auf, als seine nackten Arme vom Sand geschliffen wurden wie sonst der Bernstein in den Händen seiner Frau. Er atmete den Staub ein und würgte und hustete.

»Vater!« Die Kinder waren im Haus geblieben, denn die beiden ältesten hatten schnell erkannt, dass draußen größte Gefahr herrschte. Bis zu diesem Moment war es ihnen gelungen, die kleinen Geschwister ruhig zu halten. Als sie jedoch den Schrei des Vaters hörten, stürmten sie aus der Hütte. Nur das Jüngste blieb zurück, das noch nicht laufen konnte. Lene packte ihre beiden ältesten Kinder, jedes mit einem Arm. Sie zerrten an ihr, wollten sich frei machen. Die beiden jüngeren weinten und zogen an Lenes Rockzipfel. Auch der andere Strandreiter hatte sein Pferd inzwischen losgebunden und war aufgesessen. Er sah sie noch einmal voller Mitgefühl an. Da fiel der Bernstein. Lene dachte, ihr bliebe das Herz stehen. Noch immer versuchten die Kinder, sich aus der Umklammerung der Mutter zu befreien. Sie kreischten, schimpften und schluchzten. Ihre Füße wirbelten Staub auf. Lene starrte den Reiter an. Ihre Blicke trafen sich. Sie sahen einander an. Dann zog er den Zügel herum, führte das Pferd in einem Bogen vom Haus fort und gab ihm die Sporen, um seinem Kameraden eilig zu folgen.

Das Spektakel war nicht unbemerkt geblieben. Einige Küstenbewohner trauten sich jetzt, da ein Schuldiger dingfest gemacht war und man offensichtlich nicht nach weiteren Dieben suchte, näher an das Geschehen heran. Ein paar Halbwüchsige hüpften um die Pferde herum und beeilten sich, zum nächsten Galgen am Strand zu kommen, um nur ja nicht das Beste zu verpassen. Die Bernsteinfischer wateten aus der See, legten ihre Netze beiseite und brachten ihre Lederbeutel in den Unterstand. Zwei Frauen waren inzwischen auch am Strand, die ihren Männern, genau wie Lene es vorgehabt hatte, halfen. Sie standen still beieinander und verfolgten ängstlich, wie die Häscher ihre Pferde anbanden und den Gefangenen losmachten.

»Ist das nicht der Nikolaus?«, flüsterte einer der Fischer.

»Kann ich mir nicht vorstellen«, antwortete ein anderer mit dickem Bauch und einer gewaltigen Knollennase. »Der Nikolaus hat doch nicht geklaut!«

»Nicht mehr als wir anderen auch, meinst du«, zischte der Erste. Der Knollennasige stieß ihm heftig in die Seite und funkelte ihn entsetzt an.

»Doch, das ist er«, sagte eine der Frauen, bevor der Dicke den Mund aufmachen konnte. Sie schüttelte langsam den Kopf.

Es war in der Tat nicht leicht, den Bernsteinsammler Nikolaus noch auf Anhieb zu erkennen. Er war in einem erbarmungswürdigen Zustand, als man ihn die letzten Meter zum Galgen schleifte. Das Blut an seiner Schläfe war verkrustet, ein Stein auf dem Weg hatte ihm die Nase zertrümmert, die Haut war an beiden Armen abgeschürft, frisches Blut sickerte in den Sand, wo Nikolaus' geschundener Körper lag. Seine Lippen waren aufgesprungen, seine Zunge dick geschwollen vor Durst. Schmerzen hatte er keine mehr. Er fühlte sich eher wie betäubt, ja, sogar wie berauscht. Plötzlich sah er das metallisch glänzende Auge der Eidechse vor sich. Ihm war, als würde es leuchten, als gäbe es ihm neue Kraft.

Sie hoben ihn auf eine Kiste, die sie herbeigeholt hatten, und legten ihm die Schlinge um den Hals. Die Zuschauer am Strand, die eben noch eifrig miteinander über die Dummheit des Diebes gesprochen hatten, lautstark darüber, dass es ihm recht geschehe, oder leise flüsternd, dass es eine Ungerechtigkeit sei, für diese Nichtigkeit gleich mit dem Tode bestraft zu werden, verstummten. Sogar die Halbwüchsigen, die Spottlieder gesungen und die Henker eifrig angefeuert hatten, wurden nun ruhig.

»Wenn du noch etwas zu sagen hast, dann sag es jetzt, denn gleich wird dir der Strick die Kehle zuschnüren, dass es kein Wort mehr nach draußen schafft«, sagte der Blonde und grinste Nikolaus hämisch an.

Dieser holte tief Luft und nahm alle Energie zusammen, die noch in seinen Adern und seinen Lungen war. »Bewohner der Küste des Samlandes«, begann er krächzend, »wehrt euch! Niemand kann das Meer besitzen. Auch nicht das, was in ihm ist.« Er atmete schwer. Der Sturm hatte sich etwas gelegt, doch noch immer pfiffen Böen, gegen die er seine Stimme erheben musste. »Das Gold der Ostsee gehört dem, der es findet. Dafür müsst ihr kämpfen! Hört ihr mich? Ihr müsst …«

Der Blonde trat mit Wucht gegen die Kiste, die unter Nikolaus' Füßen davonflog. Ein grausiges Knacken, und das Leben des Bernsteinfischers Nikolaus war beendet. Es trat eine unheimliche Stille ein. Die Zeugen der schrecklichen Tat hielten den Atem an. Die jungen Kerle, die sonst amüsiert um den Galgen herumtanzten, wagten ebenfalls nicht zu atmen. Sogar der Wind schwieg für ein paar Sekunden.

I

1784. Die letzten Karren rumpelten davon, die die Möbel der Thuraus zu ihrem neuen Sommerhaus gebracht hatten. Arbeiter waren damit beschäftigt, Tische, Stühle, Truhen, Kommoden und Schränke an ihre Plätze zu rücken. Sie räumten sorgsam eingewickeltes Glas und Porzellan aus den Kisten und legten Besteck und Tischwäsche in die dafür vorgesehenen Schubladen. Hanna Thurau, eine große schlanke Frau, die ihre blonden Haare meist zu einem Knoten gebunden trug, gab letzte Anweisungen. Dann trat sie hinaus, atmete tief ein und blickte zu den mächtigen Wallanlagen und den dahinter liegenden Türmen Lübecks. Die Hände tief in einem Muff aus Kaninchenfell vergraben, ging sie einige Schritte auf die Allee zu, die vom Palais zur Trave führte, drehte sich um und betrachtete zum wiederholten Mal das stattliche Gebäude, das ihr Mann dem einstmals reichsten Kaufmann der Hansestadt für einen Spottpreis abgekauft hatte. Sie empfand kein Mitgefühl für den Mann, der nur zu seinem Reichtum gekommen war, weil seine Eltern dafür tüchtig gearbeitet und sparsam gelebt hatten. Über ihn konnte man das gewiss nicht sagen. Kaum dass sie unter der Erde waren, hatte er das bescheidene Sommerhaus zu einem kleinen Schloss umbauen lassen. Unvorstellbar, welche ausschweifenden Feste er hier gefeiert haben mochte. Mit dem Einzug der Thuraus würde eine neue Ära anbrechen. Stolz hob sich die frisch geweißelte Sandsteinfassade vom blauen Himmel dieses kalten klaren Märztages ab. Eingerahmt wurde das Hauptgebäude von zwei ebenfalls in frischem

Weiß strahlenden Torhäuschen. Ein schmiedeeiserner Zaun mit einem ebensolchen zweiflügligen weit über mannshohen Tor schützte den Gebäudekomplex. Den Garten vor dem Tor konnte jeder betreten. Er war lediglich von einer niedrigen Buchsbaumhecke umgeben. Doch um hierherzugelangen, musste man entweder den Weg über die Trave nehmen und die lange Allee zwischen Wiesen und Weiden hindurch heraufkommen, oder man musste sich ein gutes Stück quer durch Raps- und Getreidefelder schlagen. Im Winter war das nicht schwer. Aber im Winter würden die Thuraus ohnehin nicht hier draußen leben. Vor den Toren der Stadt verbrachte man lediglich die heißen Wochen im Sommer. Die übrige Zeit lebten Hanna Thurau und ihr Mann Carsten in ihrem Stadthaus in der Glockengießerstraße. Sie raffte ihren Rock und den langen Mantel und ging auf die kleine schmiedeeiserne Gittertür zu, die rechts vom Haupttor in einer Mauer aus Sandstein, der Verbindung von Haupttor und Torhäuschen, offen stand. Ihr Mann trat aus dem Wohngebäude, lief die Treppe herunter und ihr entgegen.
»Nun, wie fühlst du dich als Schlossherrin?«, fragte er und schob die bloßen Hände tief in seine Hosentaschen. »Misst du deine neue Sommerresidenz schon wieder mit Schritten ab?«
»Ach Carsten, ich kann es einfach noch nicht glauben. Das Haus ist so wunderschön, und der Garten ist eine Pracht.«
»Nun ja ...« Carsten Thurau sah sich wenig begeistert um.
»Es ist März«, sprach sie unbeirrt weiter. »Aber wir haben den Park im August gesehen. Erinnere dich nur daran, wie alles geblüht hat. Er ist ein Paradies.«
»Hast ja recht«, entgegnete ihr Mann schmunzelnd, legte einen Arm um ihre Taille und führte sie zu den Stufen. »Im Moment ist es ein ziemlich kaltes Paradies. Lass uns hineingehen.«

»Warum läufst du auch ohne Mantel draußen herum?«, tadelte Hanna ihn.
»War doch nur eine Minute«, gab er zurück und rieb sich die Hände.
Kurzerhand schlüpfte sie aus ihrem Muff und schob seine Hände hinein.
Er wehrte sich. »Das ist nichts für Männer«, brummte er.
»Von wegen«, entgegnete sie. »Auch Männer haben kalte Hände.«
»Ja, aber sie wärmen sie sich lieber am Kamin bei einem guten Glas Wein.«
»Beides hast du hier aber nicht«, stellte sie fest.
»Meinst du!«
Hanna Thurau, die gerade ihren Mantel ablegen wollte, stutzte. »Du wirst doch keinen Wein hierher gebracht haben. Was sollte er hier, da wir uns doch gleich wieder auf den Weg zurück nach Lübeck machen müssen. Und den Kamin anzuheizen lohnt sich ebenfalls nicht.«
»Irrtum, meine Liebe. Das Feuer im Kamin brennt bereits, und in der warmen Stube warten eine Flasche Rotwein und das Abendessen auf uns.«
»Das ist nicht dein Ernst«, sagte sie ungläubig. »Wenn wir hier noch zu Abend essen, sind wir doch viel zu spät zu Hause.«
Noch immer stand sie im Mantel vor ihm. Carsten Thurau nahm ihr das schwere Kleidungsstück ab und legte es über einen Stuhl, der in der Diele stand.
»Wir fahren gleich morgen früh zurück in die Stadt, nachdem wir die erste Nacht in unserem neuen Sommerschloss verbracht haben.«
Hanna strahlte ihn an. »Ist das wahr? Wir bleiben hier?«
»Aber sicher! Weißt du denn nicht? Was du in der ersten Nacht in einem neuen Haus träumst, das wird sich erfüllen. Was mich

betrifft, ich möchte nicht länger darauf warten müssen.« Mit diesen Worten führte er sie die Treppe hinauf in den prächtigen Saal, der das Zentrum des Hauses bildete. Eingerichtet war er ähnlich wie das Gesellschaftszimmer in ihrem städtischen Wohnhaus. Stühle standen an der Wand aufgereiht, dazwischen ein Sofa. Von der Decke hing ein wuchtiger runder Leuchter, zwei Standleuchter rahmten eine Vitrine, die am Kopfende des Saals zwischen den beiden weißen Flügeltüren plaziert worden war, ein. Noch fehlten die Bilder an der Wand, aber ein dicker Teppich lag bereits in der Mitte des Raums und sorgte für eine warme Atmosphäre. An der Wand gegenüber der beiden Türen und der Vitrine standen zwei Stühle an einem kleinen runden Tisch mit geschwungenen Beinen direkt vor dem Kamin, in dem ein Feuer loderte und knackte. Auf dem Tisch standen bereits zwei Gläser und eine Flasche Rotwein. Carsten Thurau hatte alles rasch vorbereiten lassen, als seine Frau noch damit beschäftigt war, in den unteren Räumen den Bediensteten auf die Finger zu schauen.
Hanna Thurau, Kind eines Hamburger Kaufmanns und Senators und einer Lübecker Kaufmannstochter, war Überraschungen von ihrem Mann gewöhnt. Nach dem Tod ihrer Eltern war die gebürtige Hamburgerin mit vierzehn Jahren nach Lübeck gekommen, wo sie fortan bei einem Onkel lebte. In seinem Haus hatte sie mit gerade einmal achtzehn Carsten Thurau kennengelernt. Sie mochte auf Anhieb seine fröhlichen blauen Augen und sein Lachen. Thurau lachte viel. Der große kräftige Mann mit dem dichten braunen Haar, das sich unkontrolliert lockte, wenn er es nicht rechtzeitig schneiden ließ, nahm das Leben auf die leichte Schulter. Sein Vater, Aribert Thurau, stammte aus einer alteingesessenen Lübecker Familie. Er handelte mit russischen Waren wie Hanf, Flachs und Talg und war Mitglied der angesehenen Nowgorodfahrer. Das meiste Geld

aber verdiente er mit einer Zuckerfabrik. Es war eine der ersten ihrer Art im gesamten Ostseeraum, und sie erwies sich als wahre Goldgrube. Carsten hatte eine gute Schulbildung genossen und bei seinem Vater das Kaufmannsgeschäft gelernt. Viel mehr als Hanf, Flachs oder Zucker interessierte den Spross aber der Wein, der im Keller seines Vaters lagerte. Der alte Thurau sammelte leidenschaftlich edle Tropfen. Seinen Sohn reizte es, damit Handel zu treiben. Und so eröffnete der damals Achtundzwanzigjährige seiner gerade angetrauten Frau Hanna, er werde sich aus dem Geschäft mit russischen Waren zurückziehen und stattdessen Weinhandel betreiben. Das war nun sechs Jahre her, und heute lagerten in den Kellern der besten Häuser und vornehmsten Familien Weinflaschen mit dem Thurauschen Siegel. Sie waren angesehene Bürger der Hansestadt und gingen bei Senatoren ebenso ein und aus wie bei Künstlern. Carsten musste häufig nach Frankreich reisen, wo er den Wein einkaufte. Er führte das Geschäft mit leichter Hand und Humor. Hanna begleitete ihn auf seinen Reisen, denn sie mochte nicht alleine in Lübeck bleiben, und Kinder hatten sie nicht. Wenn sie zu Hause waren, kümmerte sie sich um die Mitarbeiter. Sie war ebenfalls gebildet und konnte hervorragend planen und organisieren. Die beiden waren nicht nur ein glückliches Paar, sondern auch eine erfolgreiche Gemeinschaft. Der einzige Wermutstropfen, der selbst Carsten an manchen Tagen die gute Laune zu verderben vermochte, war die Tatsache, dass Hanna keine Kinder bekommen konnte. Er hatte es immer für selbstverständlich gehalten, eines Tages seinen Sohn in die Geschäfte einzuführen, wie sein Vater es mit ihm getan hatte. Die Vorstellung, dass sich dieser Traum nie erfüllen würde, machte ihm zu schaffen. Sie machte ihnen beiden zu schaffen. Nicht selten kamen sie darauf zu sprechen, was einmal aus ihrem Besitz werden sollte. Doch sie wechselten das

Thema dann immer schnell, weil es sie deprimierte und sie keine Lösung sahen.

Und nun saßen sie also gemeinsam am Feuer und schwiegen viel. Beide wussten, dass auch der andere sich fragte, wer wohl in vierzig oder fünfzig Jahren, wenn sie sehr alt oder vermutlich gar nicht mehr am Leben waren, in diesen Räumen zu Hause war. Trotzdem freuten sie sich auf ihre erste Nacht im neuen Sommerhaus. Neben den dicken Daunenbetten hatte Carsten extra zwei große Wolldecken herbringen lassen, damit sie nicht gar zu sehr frieren mussten. Wenn doch, hatten sie noch immer sich, um einander zu wärmen.

Es war fast vier Uhr früh. Das Feuer im Kamin des Sommerschlösschens war längst verloschen. Eine Gestalt schlich durch die Dunkelheit. Achtlos trat sie die jungen Keimlinge des Winterweizens nieder, die den harten Boden erst vor einigen Tagen durchstoßen hatten. In einem Arm hatte die Gestalt ein dickes Bündel, den anderen Arm hielt sie gerade vor sich gestreckt, um Hindernisse in der Finsternis rechtzeitig ertasten zu können. Die Füße tasteten ebenfalls, machten unsichere langsame Schritte. Die Kälte des frostigen Bodens war längst durch die dünnen Sohlen der einfachen Schuhe gedrungen. Die Hand berührte von Rauhreif überzogene Blätter einer Buchsbaumhecke. Luise hatte den Garten erreicht. Ihr fiel ein Stein vom Herzen. Wie leicht hätte sie sich in der Schwärze der Nacht verlaufen können. Andererseits bot genau die ihr den Schutz, den sie brauchte, um ihr Bündel unbemerkt ablegen und sich davonmachen zu können. Sie tastete sich behutsam voran. Nur jetzt keinen Lärm machen. Inständig betete sie, dass der Kutscher Friedrich die Wahrheit gesagt hatte. Was, wenn der Weinhändler und seine Frau doch nicht über Nacht geblieben waren? Was, wenn es Tage dauerte, bis wieder jemand hierherkam? Sie presste das Bündel fest an sich.

»Sie sind da, du wirst sehen«, sagte sie mehr zu sich selbst als zu dem Neugeborenen, das sie in eine Wolldecke und ein Schaffell gewickelt hatte. Schemenhaft zeichnete sich ein Gebäude vor dem Nachthimmel ab. Noch ein paar Schritte, dann stieß Luises Fuß gegen etwas. Das musste die Treppe vor dem Hauptgebäude sein. Sie bückte sich vorsichtig und fühlte eine Stufe, dann eine zweite, eine dritte. Ja, sie war an ihrem Ziel angekommen. Der Stein war eiskalt, aber lange würde ihr Kind nicht aushalten müssen, hoffte sie inständig. Sie legte das Bündel ganz dicht an die Tür, wo es zumindest vor dem Wind geschützt war. Erschöpft ließ sie sich daneben fallen. Sie war noch von der Geburt vor wenigen Tagen geschwächt. Und nun der lange beschwerliche Marsch aus der Stadt, durch Feld und Flur bis hierher. Sie wollte nur ein wenig ausruhen. Vor allem wollte sie noch bei ihrem Baby bleiben. Von dem Moment an, als sie den Beschluss gefasst hatte, ihr Kind wegzugeben, hatte sie den Schmerz verdrängt, der damit verbunden sein würde. Sie hatte sich eingeredet, dass es das Beste für ihr Kleines war. Und das stimmte. Es gab ja auch keine andere Möglichkeit. Sie konnte sich glücklich schätzen, dass sie als Frau eine recht gute Arbeit hatte. Mit einem Bernsteindreher zog sie von Stadt zu Stadt und bot ihre Waren und vor allem ihre Handwerkskunst an. Seit vor einigen Jahren ein Professor in Königsberg behauptet hatte, Bernstein sei gar kein Edelstein, sondern pflanzlicher Herkunft, war das Interesse an daraus gefertigtem Schmuck beim Adel erloschen. Es waren bis zu dem Zeitpunkt nur Adlige, sehr reiche Kaufleute und gehobene Beamte, die sich Kunstgegenstände aus dem Gold der Ostsee, wie man es nannte, leisten konnten. Die Zünfte der Bernsteinmeister lebten recht gut davon. Doch seit sich herumgesprochen hatte,

dass der Stein, der über magische Fähigkeiten zu verfügen schien und den das Meer einfach so an den Strand werfen konnte, lediglich versteinertes Baumharz sein sollte, ließ sich nicht mehr gut von dem Handwerk leben, das schon Luises Vorfahren ausgeübt hatten. Glücklicherweise entdeckten die Großbauern das Material nun für sich und ließen daraus Brautketten fertigen. Meist mussten dafür nur Kugeln von ansehnlicher und vor allem gleicher Größe geschliffen, poliert und durchbohrt werden – eine eintönige Arbeit. Manchmal jedoch, wenn es sich um einen sehr begüterten Bauern handelte, durfte Luise jede Kugel mit einem kunstvollen Facettenschliff versehen, bevor sie sie auffädelte. Und hin und wieder, wenn es ein besonders guter Tag war, verlangte jemand nach einem Kreuz oder einem Anhänger in einer anderen Form. Das war stets eine willkommene Abwechslung. Sie arbeitete zwölf Stunden und mehr an jedem Tag oder zog mit ihrem Gefährten über das Land. Was sollte sie da mit einem Kind anfangen?
Als die Kälte ihr den Rücken hochkroch, erhob sie sich mühsam. Sie stand vor dem Fellbündel, dessen Umrisse sie eben erkennen konnte. Sie sah, dass es sich bewegte. Hier ein Recken des Ärmchens, da ein Tritt mit einem der kleinen Füße. Luise beugte sich tief zu dem Säugling hinunter.
»Ich will dich nicht hergeben«, flüsterte sie. Tränen schossen ihr in die Augen, und sie musste schlucken. »Aber ich muss! Das ist kein Leben für ein Kind, hörst du? Das hier sind reiche Leute und ehrbare Bürger. Sie werden dich verwöhnen.« Sie konnte nicht mehr sprechen, denn ein Schluchzen schnitt ihr jedes weitere Wort ab. Sie presste eine Hand auf den Mund, um keinen Laut von sich zu geben. Man durfte den Winzling erst finden, wenn sie weit genug weg war. »Werde glücklich, mein Kind«, flüsterte sie, nachdem sie einmal tief Luft geholt hatte. Mit einem Finger berührte sie das winzige Näschen, fast das

Einzige, was von dem Gesicht des Säuglings inmitten der Wolle zu sehen war. Dann schlich sie eilig die Stufen hinab und auf demselben Weg zurück zur Stadt, den sie gekommen war.

Hanna Thurau drehte sich im Schlaf auf die andere Seite. Was für ein wunderschöner Traum. Sie war doch noch – zur allgemeinen Überraschung – Mutter geworden. Sicher, mit einunddreißig war sie nicht mehr jung, vor allem für das erste Kind, aber sie war schließlich eine gesunde starke Frau. Sie hörte ihr Baby schreien. Bestimmt hatte es Hunger. Sie öffnete die Augen und überlegte eine Sekunde, wo das Kinderbettchen stand. Sie wusste es nicht. Dann wurde ihr klar, dass sie nur geträumt hatte. Die Enttäuschung legte sich schwer auf ihr Gemüt. Alles war so überzeugend gewesen, so echt, als ob es wirklich geschehen wäre. Carsten schlief noch fest, und es war noch dunkel. Hanna fröstelte ein wenig und wollte sich gerade näher an ihren Mann legen, um sich an ihm zu wärmen, als sie wieder das Geschrei eines Babys vernahm. Sie rührte sich nicht. Sie hatte Angst, dass sie noch im Halbschlaf war und durch eine falsche Bewegung den schönen Traum vertreiben könnte. Aber sie war nicht im Halbschlaf. Im Gegenteil, sie war jetzt hellwach. Da schrie ein Kind. Das Geräusch drang zwar leise an ihr Ohr, aber dafür umso deutlicher. Sie setzte sich auf und lauschte in die Dunkelheit. Es war doch völlig unmöglich, dass sich ein Säugling in diesem Haus befand. Es hätte jemand einbrechen müssen, um ihn hereinzuschmuggeln. Ihr wurde kurz mulmig bei dem Gedanken, doch dann schob sie ihn beiseite, weil er ihr zu abwegig erschien. Da war es wieder. Kein Zweifel, ganz in der Nähe schrie sich ein kleines Menschenkind die Seele aus dem winzigen Leib.

»Carsten, hör doch!« Sie rüttelte ihren Mann an der Schulter. Aber er brummte nur und vergrub sich tiefer in die Decken.

»Du musst aufwachen«, sagte sie laut und schüttelte ihn kräftiger.
»Was ist denn los? Ist doch noch mitten in der Nacht.« Carsten Thurau schlug die Augen auf und blinzelte in das Dunkel.
»Hörst du denn nicht?«, beharrte Hanna. »Da schreit ein Baby!«
Jetzt setzte auch er sich auf. »Donnerschlag, du hast recht. Wo kommt das denn her?«
»Das müssen wir herausfinden.« Mit einem Schwung war Hanna aus dem Bett. Ihr Mann hatte zwar nicht vergessen, ihr ein Nachthemd herbringen zu lassen, an einen Morgenmantel hatte er aber nicht gedacht. Also zog sie kurzerhand eine der Wolldecken vom Bett und wickelte sich darin ein. Carsten hatte inzwischen eine Öllampe entzündet, die neben seinem Bett gestanden hatte. Er sah sie, eingewickelt wie eine Mumie, in ihre Schuhe schlüpfen und tat es ihr gleich. Unter anderen Umständen hätten beide herzhaft über den Anblick gelacht, den sie abgaben mit ihren Decken um die Körper geschlungen und den Schuhen, die zu Anzug oder Kleid gepasst hätten, doch sicher nicht zu Nachtgewand und Decke. Aber dies war eine ernste und zudem höchst aufregende Angelegenheit. Carsten schritt voran, die Lampe vor sich haltend. Hanna folgte dicht hinter ihm. Sie gingen die dunkle Treppe aus Eichenholz hinab, die in einem weiten Schwung in die Diele führte. Das Schreien war zu einem Wimmern abgeebbt, das jedoch noch immer deutlich zu hören war. Den Thurause war klar, was das bedeutete. Sie waren auf der richtigen Spur. Es kam nicht selten vor, dass ein Neugeborenes vor einem Haus abgelegt wurde. Meistens handelte es sich allerdings um ein Waisenhaus. Carsten öffnete die schwere, mit ornamentaler Schnitzerei versehene Holztür und wäre fast über das Bündel zu seinen Füßen gestolpert.

»Donnerschlag!« Mehr fiel ihm nicht ein.

Hanna dagegen bückte sich rasch und hob das Fellknäuel mit dem höchst lebendigen Inhalt auf.

»Ist es denn zu glauben?«, fragte sie, ohne eine Antwort zu erwarten. »Wer tut denn so etwas? Wer legt denn einen hilflosen Wurm bei dieser Kälte einfach hier ab?« Während sie sprach, wiegte sie das Päckchen behutsam auf ihrem Arm. »Jetzt wird alles gut«, murmelte sie. »Jetzt bist du bei uns. Nun brauchst du nicht mehr zu frieren.«

Carsten hielt seine Lampe mal in die eine, mal in die andere Richtung. Er hätte wohl selbst nicht sagen können, wonach er suchte. Dann schloss er die Tür und stand ein wenig ratlos vor seiner Frau und dem noch immer wimmernden Baby, von dem er bisher nur die Nasenspitze gesehen hatte.

»Ist es ein Junge?«, fragte er.

»Aber Carsten, wie soll ich das denn jetzt schon wissen? Bringen wir es nach oben. Unser Bett ist sicher noch warm. Gewiss wird es dem Baby guttun, wenn wir es zwischen uns legen und aufwärmen.«

»Meinst du nicht, dass es Hunger hat?« Er fingerte neugierig das Fell und die Decke auseinander, um mehr sehen zu können.

»Lass doch«, tadelte Hanna, »sonst wird ihm ja noch kälter.« Dann erst reagierte sie auf den Vorschlag ihres Mannes. »Du hast recht. Gehen wir in die Küche und heizen den Ofen an. Wir werden ihm etwas Milch warm machen. Ist überhaupt Milch da?«

»Nichts ist da«, antwortete er seufzend. »Höchstens noch ein bisschen Huhn von gestern. Aber das wird ihm wohl nicht gefallen.«

»So ein Jammer. Also legen wir uns doch mit ihm hin. Vielleicht schläft es ein, wenn ihm wieder warm ist. Und später, wenn wir zu Hause sind, bekommt es gleich etwas.«

Zurück im Schlafzimmer, zog Carsten seine Taschenuhr hervor. »Gleich halb sechs«, sagte er. »Ich habe Friedrich aufgetragen, uns um sieben Uhr abzuholen. So lange wird ein strammer kleiner Junge doch aushalten, oder?«
»Wir wissen doch noch nicht einmal, ob es ein Junge ist«, antwortete Hanna und legte das gesamte Bündel mit Fell und Decke in die Mitte der Kissen.
»Dann pack es doch endlich aus«, drängelte er.
Sie stellte ihre Schuhe beiseite, wickelte sich aus dem provisorischen Umhang und breitete ihn über die Daunenbetten aus. Wieder machte Carsten es ihr nach. Beide schlüpften zurück in ihr Bett. Sie zogen die inneren Zipfel ihrer Daunendecken zusammen und formten daraus ein kleines Nest, in das sie das Findelkind samt seiner Verpackung schoben. Dann rückten sie ganz dicht heran, um ihm ihre Körperwärme zu geben.
»Was tun wir nun mit ihm?«, fragte Hanna nach einem kurzen Moment. »Denkst du, wir können es einfach behalten?«
»Wir sollten im Waisenhaus fragen, was in einem solchen Fall zu tun ist.«
»Ja, das sollten wir.« Einen Augenblick schwiegen beide wieder.
»Meinst du, sie können es uns wegnehmen?«, fragte Hanna.
»Wollen wir es denn behalten?«
»Aber natürlich wollen wir es behalten! Du weißt, wie sehr ich mir immer ein Kind gewünscht habe. Und du dir doch auch.«
Sie stützte sich auf die Ellbogen und hielt mit der Hand ihr Kinn. Die blonden glatten Haare fielen wie ein Seidentuch auf ihr Kissen. »Außerdem hast du selbst gesagt, dass die Träume in Erfüllung gehen, die man in der ersten Nacht in einem neuen Haus träumt. Und ich habe geträumt, wir haben ein Kind bekommen.«
Carsten lachte leise. Er sah seine Frau liebevoll an. Vielleicht

hatte Gott ihnen tatsächlich den langersehnten Nachwuchs geschenkt, wenn auch auf etwas ungewöhnliche Weise.
»Lebt es überhaupt noch?«, fragte er. »Es macht gar keinen Muckser mehr.«
Tatsächlich war es still geworden. Sie schoben ihre Kissen gegen das kunstvoll gedrechselte Kopfende des Bettes und lehnten sich an. Carsten nahm die Lampe zur Hand und hielt sie über das ungewöhnliche Päckchen. Hanna zog Wolldecke und Fell auseinander, bis ein blasses Gesichtchen zum Vorschein kam. Im flackernden Schein der Öllampe konnten sie sehen, wie ein winziger Mund sich weit zu einem herzhaften Gähnen öffnete. Die kleine Nase, von der Kälte noch ein wenig gerötet, kräuselte sich dabei. Die Augen waren geschlossen, ein zarter Flaum auf dem Köpfchen ließ ahnen, dass das Kind einmal kupferrotes Haar haben würde.
»Was ist das?« Hanna zupfte ein Kuvert hervor, dessen Ecke durch das Verschieben der Decke freigelegt worden war. Die beiden sahen einander einige Sekunden an. »Lies du«, sagte sie und reichte Carsten das Schreiben.
Er nahm es ihr ruhig und fast ein wenig feierlich ab, holte ein ordentlich gefaltetes Blatt aus dem Kuvert und las: »Dies ist meine Tochter Femke.« Er ließ das Papier kurz sinken. »Ein Mädchen!«, stellte er mit unüberhörbarer Enttäuschung in der Stimme fest. »Ich habe sie in einer Nacht mit einem Großbauern empfangen, mit dem ich Geschäfte gemacht habe. Er war ein guter Mensch, doch von Liebe oder gar Heirat war nie die Rede gewesen. Und ich war längst weitergezogen, als ich merkte, dass da ein Kind unter meinem Herzen heranwächst. Es war zu spät, um etwas dagegen zu unternehmen, und ich hätte das auch nicht gekonnt. Doch behalten kann ich meine Tochter auch nicht. Darum habe ich schon vor der Niederkunft in Lübeck nach ehrbaren Menschen gesucht, die sich ihrer anneh-

men können. Ich hörte, dass Ihnen das Glück eigener Kinder nicht vergönnt sei. Und ich hörte, dass Sie wahrlich gute Menschen sind. So lege ich das Schicksal meiner kleinen Femke in Ihre Hände. Ich bete zu Gott, dass er Sie reich dafür entlohnen möge, dass Sie ihr ein gutes Zuhause geben. Das Einzige, was ich Ihnen als Lohn geben kann, ist das Amulett, das das Kind um den Hals trägt. Es ist ein Familienerbstück und von einigem Wert, doch habe ich es nie angerührt, wenn Hunger und Elend auch noch so groß waren. Die rechtmäßige Besitzerin ist Femke. Möge sie das Schmuckstück tragen, wenn sie eine junge Frau geworden ist. Oder mögen Sie den rechten Zeitpunkt erkennen, wenn es Ihnen in der Not nützen kann.«

Hanna und Carsten sahen sich lange an. Hanna rollte eine Träne über die Wange. Dann betrachteten sie das zarte Mädchen, das zufrieden zwischen ihnen schlummerte. Vorsichtig tastete Carsten am Hals der Kleinen entlang und zog eine dünne Lederschnur hervor. Er zog weiter, langsam, um das Kind nicht zu wecken, bis schließlich ein dunkelbrauner Anhänger sichtbar wurde. Im Schein der Flamme, die in der Öllampe züngelte, leuchtete das Schmuckstück geheimnisvoll. Aus der Tiefe des Steins blickte die beiden ein erhabenes metallisch glänzendes Auge an.

»Donnerschlag«, sagte Carsten Thurau.

II

Femke hatte es wirklich bestens getroffen. Sie wuchs behütet und umsorgt auf. Solange sie noch ein Kleinkind war, verwahrte ihre Mutter ihr Amulett für sie. Nur wenn sie weinte und sich nicht beruhigen ließ, holte Hanna den ovalen Bernstein hervor und hielt ihn ihr vor die Nase. Femke griff sofort mit ihren Händchen danach und ließ den Anhänger nicht mehr los. Sie wurde auf der Stelle ruhig und betrachtete ihn minutenlang, bis sie darüber einschlief.
Als sie acht Jahre alt war, nahm ihre Mutter sie mit vor die Tore der Stadt. Sie liefen von dem weiß verputzten Haus in der Glockengießerstraße Nr. 40 hinab bis zum Ufer der Wakenitz. Es war der 3. Juli 1792, der ein warmer Sommertag zu werden versprach. Eine Sensation wartete auf die Bürger Lübecks, und Hanna wollte um keinen Preis, dass ihr Kind das verpasste. Der Franzose Jean-Pierre Blanchard beabsichtigte mit seinem Heißluftballon in die Lüfte zu steigen. Carsten Thurau hatte bei einer Frankreichreise bereits die Gelegenheit gehabt, die Montgolfiere-Brüder bei Versailles mit ihrem Ballon zu sehen. »Solange ich nicht selbst mitfliegen kann, muss ich mir die Dinger auch nicht angucken«, hatte er danach beschlossen.
Also waren Hanna und Femke allein unterwegs, während Carsten sich um eine Ladung Rotwein kümmerte, die eben aus Bordeaux eingetroffen war. Kleine Wellen klatschten an das Ufer der Wakenitz. Zwei Möwen zogen ihre Kreise. Es war ein wundervoller Tag. Als sie das Burg Thor erreichten, sahen sie schon von weitem die vielen Schaulustigen, die sich auf dem

freien Feld dahinter versammelt hatten. Männer und auch ein paar Frauen und Kinder standen in Grüppchen in respektvollem Abstand von dem Korb und dem daneben auf dem Boden liegenden Ballon. Wer nicht laufen konnte oder mochte, war mit der Kutsche gekommen. Arbeiter, Dienstboten und einfache Markthändler waren kaum zu sehen. Nur wenige konnten ihre Arbeit an einem Sommermorgen ruhen lassen, um ein solches Spektakel zu bestaunen. Wer sich ein paar Minuten stehlen konnte, war gerannt und stand nun keuchend und schwitzend abseits der feinen Lübecker Bürger oder kam kurzerhand auf dem Rücken eines Ackergauls.

»Siehst du, da ist der Ballon«, sagte Hanna und zeigte mit dem Finger in die Richtung.

»Wo denn?« Femke war nicht gerade begeistert. Noch war das riesige Stück Stoff, das ausgebreitet auf dem Rasen lag, auch kaum als das zu erkennen, was es tatsächlich war. Das änderte sich, als Blanchard mit den Vorbereitungen begann. Es fauchte und zischte, eine gigantische Flamme schoss in die Höhe, und Femke machte rasch einen Schritt zurück, um sich hinter den Beinen ihrer Mutter in Sicherheit zu bringen. Ein Raunen ging durch die Menge.

»Wenn Menschen fliegen sollten, dann hätten sie Flügel«, stellte ein Herr mit einem Gehstock in der Hand und einer Melone auf dem Kopf fest.

»Ein Teufelskerl, dieser Franzose«, sagte ein anderer. »Überhaupt, diese Franzosen, erheben sich einfach in die Lüfte.«

Und ein Dritter meinte: »Ich würde auch gern mal Lübeck von oben sehen. Stell sich das einer vor!«

Inzwischen hatte sich der Ballon fast zur vollen Größe aufgebaut. Aus der Gondel, die darunter befestigt war, hörte man Kommandos. Dann war es so weit, und die Helfer am Boden ließen die Seile los, die Korb und Ballon auf der Erde gehalten

hatten. Sie rieben sich die geröteten Hände und blickten mit offenen Mündern dem Franzosen im Korb nach, der höher und höher stieg. Ohs und Ahs waren zu hören.
»Ist das nicht zu hoch?«, fragte eine Dame nach einer Weile.
Immer kleiner wurde der Ballon und schwebte majestätisch über das Burg Thor hinweg. Einen Moment sah es so aus, als bliebe die Gondel an der Turmspitze von St. Jakobi hängen. Hanna hielt den Atem an. Es ging jedoch alles gut. Blanchard trieb mit seinem Heißluftballon in Richtung Dom weiter. Der Himmel meinte es anscheinend gut mit ihm.
»Na, Femke, war das nicht schön?«, fragte Hanna.
»Hm.« Femke nickte.
»Komm, wir gehen zum Markt. Ich muss noch ein paar Besorgungen machen. Wenn wir Glück haben, sehen wir, wo der Ballon wieder runtergeht. Er soll hinter dem Mühlen Thor auf einer Wiese landen.«
Dieses Mal nahmen sie den direkten Weg durch die große Burgstraße und dann die Königstraße entlang. Zunächst wurden sie von der Menschenmenge, die ebenfalls auf die andere Seite der Stadt gelangen und den Rest des Spektakels sehen wollte, vorwärts geschoben. Doch dann verlief sich die Masse. Einer bog hier ab, weil er meinte, er könne sehen, wo der Wind das Luftgefährt hintrug, der andere dort. Hanna und Femke hielten auf das Rathaus zu. Dahinter befand sich der Marktplatz. Femke lief artig an der Hand ihrer Mutter. Sie war froh, dass nicht mehr gar so viele Menschen in der Königstraße unterwegs waren. Sie hatte es nicht gern, wenn viele Fremde um sie herum waren. Jetzt hüpfte sie wieder munter über das Kopfsteinpflaster. Plötzlich blieb sie wie angewurzelt stehen. Hanna, die damit nicht rechnen konnte, entglitt die Hand ihrer Tochter.
»Entschuldige, junge Dame, ich wollte dich nicht erschrecken.«

Ein Mann, der mit seinem dicken Bauch kugelrund aussah, beugte sich zu Femke hinunter.
»Ist schon gut«, sagte Hanna freundlich. Sie streckte ihrer Tochter die Hand entgegen. »Komm, Femke.«
Doch die Kleine rührte sich nicht von der Stelle, sondern starrte gebannt auf das, was der Mann mit dem mächtigen Bauch, den kurzen grauen Stoppelhaaren und den lustigen runden Schweinsäuglein, die durch einen Zwicker, der auf seiner Nase klemmte, blickten, in den Händen hielt.
»Aha«, sagte er gedehnt, »ich habe dich gar nicht erschreckt. Du willst das hier ansehen.« Er hob die Hand und hielt Femke einen kleinen Elefanten aus Bernstein hin. »Die junge Dame hat Geschmack.« Und an Hanna gewandt verkündete er: »Ich habe noch andere feine Stücke. Kommen Sie nur herein und schauen Sie.«
Femke wollte auf der Stelle loslaufen, doch ihre Mutter hielt sie zurück. »Oh, nein danke. Das ist wirklich sehr nett von Ihnen, aber wir wollen gewiss keinen Bernstein kaufen.«
»Sie brauchen nichts zu kaufen. Ich zeige Ihnen nur das eine oder andere Stück. Ich hatte den Eindruck, die Kleine würde sich freuen.« Seine fleischige Hand tätschelte Femkes kupferrotes Haar, das zu zwei Schnecken aufgedreht war. Sie sah ihre Mutter flehend an.
»Also gut, aber nur ganz kurz.«
Sie betraten das kleine alte Haus mit dem geschwungenen Giebel. Es war dunkel in der erstaunlich geräumigen Diele, in der sich die Werkstatt des Bernsteindrehers befand. Die Augen mussten sich langsam an das schwache Licht gewöhnen. Hanna blinzelte ein wenig.
»Darum gehe ich manchmal vor die Tür«, erklärte der Mann. »Bei Tageslicht sieht man am besten, ob die Form getroffen und der Schliff vollendet ist.«

Der Arbeitsplatz des Mannes war genau gegenüber der Eingangstür vor einem kleinen Fenster. Dort befand sich eine Schale, an der er offenbar gerade arbeitete. Femke stand mit großen Augen davor und berührte das glatte glänzende Material vorsichtig.
»Nicht anfassen, Femke!«
Sofort zog sie die Hand zurück, stellte sich aber auf die Zehenspitzen, um besser sehen zu können.
»Ist schon in Ordnung. Kannst ruhig alles anfassen. Das geht so leicht nicht kaputt«, sagte der Mann. »Nur wenn dir was auf den Steinboden fällt, kann es zerbrechen. Ein bisschen vorsichtig musst du also schon sein.«
Femke sah ihn aus ihren grünen Augen an, den Kopf ein wenig schief gelegt. Dann betastete sie wieder behutsam die Schale.
»Spricht nicht gerade viel, die Kleine, was?«, fragte der Mann.
»Nein, sie ist Fremden gegenüber etwas scheu.«
Er hockte sich vor dem Kind hin. »Ich bin der Herr Delius«, stellte er sich vor. »Peter Heinrich Delius. So, nun bin ich kein Fremder mehr, und du brauchst keine Angst mehr vor mir zu haben. Ja?«
Femke nickte. »Ja«, sagte sie und lächelte.
Nun stellte sich Delius auch Hanna noch einmal in aller Form vor, und sie plauderten ein wenig, während Femke still und zufrieden die verschiedensten Gegenstände betrachtete und befühlte. Ihre Finger zeichneten Bögen und Vertiefungen nach. Höchst konzentriert verglich sie, wie unterschiedlich sich glatt polierte Flächen und die naturbelassenen rauhen anfühlten. Den Ballon hatte sie längst vergessen.
»So, Femke, wir wollen weiter«, sagte Hanna nach einer Weile. »Wir haben auf dem Markt noch einiges zu besorgen.«
»Nur noch ein bisschen«, bettelte Femke.

»Nein, mein Kind, wir haben Herrn Delius schon genug Zeit gestohlen«, beharrte Hanna.
»Ach was, ich habe mich über so netten Besuch gefreut. Kommt nicht oft vor, dass sich zwei so reizende Damen zum alten Einsiedler Hein Delius verirren.« Er zog die Augenbrauen hoch, wodurch der Zwicker von seiner Nase fiel, geradewegs in seine massige Hand. »Vielleicht kommst du mich ja mal wieder besuchen«, schlug er Femke vor.
Sie strahlte. »Gerne! Darf ich, Mutter?«
»Nun, wir werden sehen, ob es passt.«
Femke gab sich mit dieser ausweichenden Antwort nicht zufrieden. »Bitte, bitte, erlaubst du es?«, fragte sie beharrlich.
»Ja, ja, schön«, gab Hanna, der dabei ein wenig unbehaglich zumute war, nach.
Femke und Hein Delius strahlten um die Wette.
»Also dann«, sagte Hanna und war bereits an der Tür.
»Momentchen!«, rief Delius.
Er eilte erstaunlich leichtfüßig zu einer Kommode mit vielen Reihen flacher Schubladen. Darauf lag verschiedenstes Werkzeug ordentlich nach einem System sortiert, das wohl nur der Bernsteindreher selbst kannte. Er öffnete eine der Schubladen, holte ein Kästchen mit unbearbeiteten Bernsteinen verschiedener Größen hervor und kramte darin. »Hm«, machte er, während er den Zwicker wieder auf die Nase klemmte und die Oberlippe zur Nase schob, als ob sie die Augengläser halten sollte. Dann hatte er offenbar gefunden, was er gesucht hatte. »Das ist gut«, stellte er zufrieden fest. Er hockte sich noch einmal vor Femke hin, die erwartungsvoll zu ihm aufgesehen hatte. »Hier, junge Dame, das ist für dich!« Er hielt ihr ein honiggelbes Exemplar hin, dessen Form ganz grob an ein Herz erinnerte.
»Vielen Dank«, sagte Femke höflich und machte einen Knicks.

»Nee, wie drollig. Erkennst du denn auch, was das sein könnte?«

»Ein Herz«, antwortete Femke, ohne zu zögern.

»Ja, genau, ein Herz.« Er stand schnell auf, öffnete ein anderes Schubfach und holte eine kleine Feile hervor. Sie sah aus, als hätte sie bereits reichlich Bernstein abgetragen, und war selbst schon ganz glatt geschliffen. Viel konnte man damit wohl nicht mehr anfangen. Delius reichte sie Femke.

»Aber das Kind ist doch für so etwas noch viel zu klein«, protestierte Hanna. »Und überhaupt, sie ist doch ein Mädchen. Sie wird sich nur verletzen.«

»Ach was!« Er schüttelte den Kopf. »Viel kann mit dem ollen Ding nicht passieren. Lassen Sie sie es versuchen. Wer weiß, vielleicht hat sie Talent.«

Hanna wollte einen weiteren Einwand bringen. Ihr war überhaupt nicht wohl bei dem Gedanken, dass ihre Tochter mit diesem Werkzeug hantierte. Aber sie machte den Fehler, Femke anzusehen. Noch nie hatte sie diesen grünen Augen widerstehen können. Also schwieg sie.

Wieder wandte sich Delius Femke zu. »Du musst ganz vorsichtig damit sein, hörst du? Sonst erlaubt deine Mutter uns nie wieder so etwas.«

»Das werde ich«, versprach sie. Ihre Wangen glühten vor Aufregung.

»Gut. Also, du wirst alles wegraspeln, was die perfekte Form eines Herzens stört. Wenn das zu schwer für dich ist oder du nicht weiterkommst, dann besuchst du mich einfach, und ich helfe dir. Einverstanden?«

Femke nickte eifrig. »Einverstanden!«

Hanna holte ihre Geldbörse hervor und wollte Delius eine Kleinigkeit geben.

»Nee, nee, gute Frau, lassen Sie das mal sein. Ich freue mich, dass die Kleine so viel für den Bernstein übrighat. Noch mehr würde ich mich freuen, wenn sie ein bisschen Spaß dran hätte, damit zu hantieren. Vielleicht hat sie Talent«, wiederholte er.

Femkes Eltern begriffen schnell, dass ihre Tochter nicht nur Freude an der Kunst hatte, sondern auch eine Begabung dafür mitbrachte. Also luden sie zunächst Maler, später immer öfter auch Bildhauer ein, das Mädchen zu unterrichten. Femke genoss im elterlichen Haus eine gute Erziehung und Ausbildung. Ihre Mutter brachte ihr die französische Sprache bei. Immerhin kaufte man in Frankreich den gesamten Wein ein. Ihr Vater unterrichtete sie im Rechnen und in der Buchführung. Er behandelte sie zuweilen wie einen Jungen und schien einfach zu ignorieren, dass er nun zwar ein Kind, aber noch immer keinen Stammhalter, keinen Nachfolger im Geschäft hatte. Auch bestand er darauf, dass Femke ihn und Hanna nach Frankreich begleitete, wenn sie dort die Weingüter des Bordelais bereisten.
»Die sollen sie ruhig früh kennenlernen«, verkündete er betont sachlich. Dabei konnte jeder merken, dass er sie auch mitnahm, weil er so stolz war, Vater einer Tochter zu sein, einer so gescheiten und talentierten noch dazu.
Neben der für ein Mädchen recht ungewöhnlichen Ausbildung lernte Femke auch die Fertigkeiten, die sie als künftige Hausfrau brauchen würde. Viele Stunden verbrachte sie mit ihrer Mutter im verglasten Kücheneinbau, der einen großen Teil der zweigeschossigen Diele einnahm. Hanna Thurau erledigte die meisten Küchenarbeiten selbst. Sie kochte und backte und legte Vorräte an. Und ganz nebenbei hatte sie von der Küche aus auch noch einen idealen Blick auf die Arbeiter, die durch den Haupteingang und den kleinen Windfang Ware hereinbrachten und durch die Diele schafften bis in den Speicher im hin-

teren Grundstücksbereich. Hinter der Küche führte eine breite Treppe nach oben. Genau über der Küche befand sich das ebenfalls rundherum verglaste Kontor von Carsten Thurau. Auch er konnte also von oben die Warenanlieferung beobachten. Außerdem, und das gefiel ihm wohl noch besser, brauchte er nur dreimal mit dem Fuß aufzustampfen, und schon brachte ihm seine Frau oder seine Tochter eine kleine Leckerei oder einen Pott Tee nach oben.

Femke wuchs unbeschwert und zufrieden auf. Wann immer sie ihre Mutter überreden konnte, gingen sie gemeinsam zu Meister Delius. Später durfte Femke auch alleine zu ihm gehen. Nachdem sie mit acht Jahren ihr erstes Stück, die Herzform, erstaunlich präzise herausgearbeitet hatte, verlor sie nicht etwa das Interesse, wie ihr Vater prophezeite, sondern ihre Leidenschaft wuchs immer mehr. Delius hatte seine Freude an ihr. Er gab ihr Messer und Nadeln für die feine Bearbeitung, führte anfangs ihre Hand, erklärte ihr, dass der Bernstein weicher und geschmeidiger wurde, wenn man ihn in ein heißes Wasserbad legte, und machte sie im Laufe der Jahre mit der Kunst des Tiefschnitts vertraut. Sie ritzte sorgfältig erst einfache Figuren wie ein Herz oder eine Sonne und später auch komplizierte Stillleben in das versteinerte Baumharz.

Femke hatte alles, was sie sich wünschte – nur keine Freunde. Mit ihren etwas zu eng stehenden grünen Augen und dem störrischen roten Haar entsprach sie nicht dem gängigen Schönheitsideal. Vor allem aber war das Grün ihrer Augen sehr ungewöhnlich. Und was vom Gewohnten abwich, machte den Menschen Angst. So mieden die anderen Kinder sie. Sie zu hänseln wagten sie jedoch selten. Femke hatte etwas Geheimnisvolles an sich, etwas Unheimliches, wie selbst die Erwachsenen hinter vorgehaltener Hand meinten. Das war doch nicht normal, dass ein Kind schon in dem Alter fließend Französisch

sprechen, Kunstwerke aus Bernstein herstellen und gar Prozentrechnungen lösen konnte. Und wie sie oft stundenlang schwieg und vor sich hin starrte, wenn ihre Eltern Gesellschaften gaben oder die Familie ausging. Der eine oder andere erinnerte sich noch, dass Femke einst aus dem Nichts aufgetaucht war.
»Wer weiß, vielleicht war ihre Mutter eine Hexe«, tuschelte man.
Femke machte es nichts aus, dass sie keine Freundinnen hatte. Immerhin hatte sie Meister Delius, bei dem sie sich sehr wohl fühlte. Und außerdem war da noch Johannes, der Sohn von Anwalt Johann Julius Nebbien und seiner Frau Clara, die das Haus neben dem der Thuraus in der Glockengießerstraße bewohnten. Johannes war vier Jahre älter als Femke. Sie hatten sich so manches Mal im Hof hinter den Häusern gesehen, wo Johannes bei schönem Wetter gern saß und schnitzte. Er war nicht besonders geschickt, doch er liebte Holz und befasste sich gern mit dem Material. Mit elf Jahren kam er, nachdem ein Hauslehrer ihm bereits lesen und schreiben beigebracht hatte, auf das Katharineum. Dort studierte er im wesentlichen Latein sowie die klassische Literatur der Antike. Er würde später nach Jena gehen, um Rechtswissenschaften zu studieren und in die Fußstapfen seines Vaters treten zu können. So jedenfalls war seine Laufbahn für ihn gedacht.
Die beiden fanden sich wohl sympathisch, hatten aber kein großes Interesse aneinander. Johannes fühlte sich immerhin schon als junger Mann, Femke dagegen war noch ein Kind. Erst im Jahre 1793 schlossen sie Freundschaft.
Es war der 4. Juli. Femke, inzwischen neun Jahre alt, war wieder einmal bei Delius gewesen. Sie arbeitete bei ihm an einem Armband, das sie ihrer Mutter zum Geburtstag schenken wollte. Delius ließ sie einfache Schleif- und Polierarbeiten oder

auch mal Schnitzereien erledigen, die Kunden bei ihm in Auftrag gegeben hatten. Dafür schenkte er ihr Rohmaterial. Wie so oft war Femke auch an diesem Tag spät dran. Wieder und wieder hatte Delius sie gemahnt und ihr aufgetragen, nun aber endlich nach Hause zu gehen. Und immer war ihre Antwort dieselbe gewesen: »Nur noch eine Minute, bis der Schliff hier fertig ist!« Als sie schließlich aufbrach, rannte sie wie immer wie der Wind, als ob sie dadurch die verstrichenen Minuten aufholen könnte. Zur gleichen Zeit kam Johannes aus der Schule. Sie liefen vor dem roten Backsteingebäude, in dem einst ein Franziskanerkloster untergebracht war, fast ineinander.

»Hoppla, wohin so schnell? Ach du bist es, Femke.«

»Hallo«, sagte sie schüchtern.

Johannes war groß für seine dreizehn Jahre. Er war sehr schnell gewachsen, und seine dünne Gestalt wirkte schlaksig und ungelenk. »Ist wer hinter dir her?«, fragte er.

»Nein, ich habe nur zu lange beim Bernsteindreher gesessen und geschnitzt«, erklärte sie, während sie zwischen den Schritten immer wieder hüpfen musste, um das Tempo, das er mit seinen langen Beinen vorlegte, halten zu können.

Johannes blieb stehen. »Du willst mich wohl auf den Arm nehmen? Mädchen schnitzen doch nicht.«

»Doch«, erwiderte sie. Sie wollte weiter, denn ihre Mutter würde ihr ohnehin schon eine Predigt halten, aber Johannes rührte sich nicht vom Fleck, und sie konnte ihn doch nicht einfach stehenlassen. »Meister Delius hat mir gezeigt, wie es geht«, erklärte sie.

»Na, das wird eine schöne Schnitzerei sein«, meinte er und lächelte über das kleine Mädchen. Er wollte sich wieder auf den Weg machen.

»Du glaubst, ich kann das nicht?« Femke war fassungslos. Sie

wollte ja keinen Streit, aber sie war doch ziemlich stolz auf ihr Talent und konnte es unmöglich hinnehmen, dass der nette Nachbarjunge sie für eine Angeberin hielt. »Komm mit, ich zeig es dir, wenn du willst.«
Er lächelte immer noch. »Ist schon gut. Du kannst das bestimmt.«
»Das sagst du nur, aber du glaubst es nicht«, stellte Femke sehr richtig fest.
»Ist doch nicht wichtig.«
Femke zögerte. Sie befand sich in einer Zwickmühle. Eigentlich musste sie schleunigst nach Hause, andererseits war es ihr sehr wohl wichtig.
»Komm«, sagte sie schließlich, »es dauert ja nicht lang. Die Werkstatt ist gleich hier in der Straße.«
»Na gut.«
Gemeinsam gingen sie zu dem kleinen Haus mit dem windschiefen Giebel. Femke klopfte.
»Nanu«, sagte Delius und beäugte Femke und ihren fremden Begleiter durch seinen Zwicker.
»Johannes Nebbien«, stellte sich Johannes vor.
»Angenehm, Peter Heinrich Delius«, entgegnete Delius. Dann senkte er den Kopf, dass sein Doppelkinn Falten schlug, und sah Femke streng an. »Wolltest du nicht längst zu Hause sein?«
»Ja, schon, aber der Johannes hat mir doch nicht geglaubt, dass ich Bernstein schnitzen kann. Das muss ich ihm doch beweisen!«
»Soso, er hat dir nicht geglaubt.« Sein Blick wanderte von Femkes kleinem Gesicht hinauf zu dem von Johannes. »Kann ich mir denken. Ihr Talent ist ja auch etwas ganz Besonderes.« Er ging zu einer breiten Anrichte und holte einige Kugeln hervor, die in einem Stück Stoff eingeschlagen waren, damit sie

nicht verkratzten. Sie waren honiggelb und hellbraun. Alle hatten ein Loch in der Mitte und waren mit akkurat gezogenen Wellenlinien und Zackenmuster versehen, die in das Material geritzt waren. »Sie muss nur noch zwei oder drei Kugeln machen, dann kann sie sie aufziehen, und das Armband ist fertig.«

Johannes drehte und wendete die einzelnen Bernsteine in den Händen. »Alle Achtung«, meinte er anerkennend. »Das nenne ich wirklich Geschick!« Dabei nickte er wie ein Kenner.

»Du darfst meiner Mutter nichts verraten«, sagte Femke aufgeregt. »Es soll doch eine Überraschung zu ihrem Geburtstag werden.«

»Keine Sorge, ich verrate nichts.«

»Versprochen?«

»Versprochen!«

Zu Hause ging das erwartete Donnerwetter auf Femke nieder. Da die Verspätung noch größer war als üblich, fiel es ebenfalls eine Spur stärker aus.

Hanna Thurau beendete ihre Strafpredigt: »Du wirst in diesem Monat und auch im nächsten nicht mehr zu Herrn Delius gehen. Vielleicht lernst du dann endlich Pünktlichkeit und Zuverlässigkeit.«

»Aber das geht doch nicht«, widersprach Femke entsetzt.

»O doch, mein Fräulein, das geht sogar sehr gut.«

»Nein«, mischte sich Johannes ein, der, seine Schultasche noch immer über der Schulter, neben Femke im Hof stand. Sie hatten sich gemeinsam von dort unbemerkt in die Häuser schleichen wollen. Auch Johannes war auf einiges gefasst, weil er nicht direkt nach der Schule zu Hause erschienen war, um seinem Vater vom Unterricht zu erzählen. Dieser war ein äußerst strenger Mann, wie er Femke auf dem Heimweg berichtet hatte. Erlaubte sich Johannes eine Frechheit oder war nicht tüchtig genug,

setzte es schnell etwas mit dem Pritschholz, das Johann Julius Nebbien von seinem Vater behalten hatte, der es wiederum vom Großvater geerbt hatte. »Das geht wirklich nicht«, pflichtete er Femke bei.
»Und wieso nicht?«
Femke sah Johannes ängstlich und eindringlich an. Er würde doch wohl nichts verraten? Er hatte es ihr immerhin versprochen.
»Ich habe sie gebeten, mir einen Briefbeschwerer zu machen«, log er. Er sah dabei sehr angestrengt aus, und eine steile Falte zeigte sich über seiner Nasenwurzel. »Ich möchte ihn gern im Gymnasium benutzen, damit mir meine Papiere nicht davonfliegen, wenn wir die Fenster öffnen.«
»Solltest du nicht deinem Vater sagen, dass er bei Meister Delius einen in Auftrag gibt, anstatt ein Kind zu bitten?« Hanna klang ehrlich entrüstet.
»Der Herr Delius sagt doch selbst, dass Femke ein besonderes Talent hat. Und das Stück soll doch auch etwas ganz Besonderes werden.«
Das hatte er schön gelogen, fand Femke, und sie liebte ihn dafür, wie ein kleines Mädchen einen Nachbarjungen nur lieben konnte.
»Ich werde es mir überlegen«, meinte Hanna.
Johannes machte einen Diener und verschwand im elterlichen Haus, wo sein Vater bereits auf ihn wartete.

Seit diesem Tag sahen sie sich so oft es eben ging. Femke durfte in die Werkstatt gehen und stellte das Armband rechtzeitig fertig. Sie versprach Johannes, ihm eines Tages wirklich einen Briefbeschwerer dafür zu machen, dass er sie gerettet hatte. Er dagegen versuchte immerfort sie für Holzarbeiten zu erwärmen.

»Holz ist ein ganz hervorragendes Material«, referierte er. »Es gibt weiches und härteres, helles und dunkles.«
»Na und«, gab Femke ungerührt zurück, »das ist beim Bernstein doch auch so. Machst du ihn warm, wird er weicher. Und die Farbenvielfalt ist noch viel größer als bei Holz. Es gibt ihn in Gelb, Braun, Weiß, Rot, Beige, Schwarz und in allen Kombinationen dieser Farben marmoriert.«
»Du solltest trotzdem mal mit Holz arbeiten. Jedes Stück ist anders. Manche Bretter haben Astlöcher, die wie gemalt aussehen.«
»Dafür gibt es im Bernstein Einschlüsse. Meistens sind das Insekten und Spinnen. Die sind manchmal noch ganz heil, wenn man Glück hat.« Femke kam in Fahrt. Bernstein war einfach ihr Lieblingsthema, bei dem das sonst eher stille Mädchen seine Zurückhaltung verlor. »Sogar ganze Frösche, Schlangen und Vögel hat man schon gefunden.«
»Hast du solche Tiere schon einmal mit eigenen Augen in deinen Bernsteinen gesehen?«
»Nein, aber Meister Delius hat es mir erzählt.« Plötzlich hatte Femke ein Bild vor Augen, das ihr seltsam vertraut war, von dem sie aber keine Ahnung hatte, woher sie es kannte.
»In einem Punkt kann dein Stein nicht mithalten«, triumphierte Johannes. »Er riecht nicht so toll, wenn man ihn schleift. Holz dagegen riecht herrlich. Als würdest du durch den Wald spazieren.« Er wartete auf eine Reaktion, aber Femke hatte diesen leeren Blick, den manche unheimlich an ihr fanden.
»He, Femke!«
Sie musste sich orientieren, so weit weg war sie in ihren Gedanken gewesen. »Was?«
»Der Geruch! Holz duftet, dein Stein nicht.«
»Falsch«, sagte sie gelassen. »Zunächst mal ist das überhaupt kein Stein, sondern Baumharz, das versteinert ist.«

»Weiß ich doch«, maulte Johannes, dem es nicht gefiel, sich von einem kleinen Mädchen belehren zu lassen. »Versteinert heißt aber zu Stein geworden. Also ist es *jetzt* doch ein Stein.«
»Aber es *war* einmal Harz. Und das hat geduftet. Und das kann ich auch jetzt noch riechen, wenn ich schleife oder schnitze.«
»Ehrlich?«
»Ja. Mancher riecht nach Zitrone, mancher nach Malz oder auch ein bisschen faulig.«
Einen Augenblick schweigen beide.
Dann meinte Johannes: »Jedenfalls hat Holz bestimmt keinen Nachteil. Warum willst du nicht wenigstens mal versuchen es zu bearbeiten?«
»Weil ich Bernstein viel schöner finde«, lautete die schlichte Antwort. Dagegen war nichts mehr zu sagen.
Am Nachmittag half Femke ihrer Mutter in der Küche. Sie bereiteten Hefeteig zu. Während Femke mit beiden Händen den Teig knetete, schnitt Hanna Äpfel in kleine Scheiben, die sie in eine Mischung aus Zitronensaft, Wasser und Zucker legte.
»Hast du eigentlich Bernsteinschmuck, Mutter?«
»Na, du hast mir doch das hübsche Armband geschenkt.«
»Ich meine doch: Hattest du früher schon ein Schmuckstück, als ich noch ein kleines Kind war?«
»Das bist du doch immer noch.« Hanna lächelte, wischte sich die Hände an ihrer Schürze ab und strich dann ein winziges Teigstückchen von Femkes Wange, das dort im Eifer des Gefechts gelandet war.
»Bin ich nicht, ich bin schon neun«, protestierte sie. »Ich meine, als ich richtig klein war.«
»Was soll denn die Frage?«, wollte Hanna wissen. Die Zeit, als Femke noch ein Baby war, war nicht gerade ihr liebstes Thema.
»Ich musste vorhin plötzlich an einen Anhänger oder so etwas

Ähnliches denken. Da war ein Tier drin mit Schuppen und einem ganz lustigen Auge.«
»Es ist jetzt gut. Leg nun ein Tuch über die Schüssel und lass den Teig ruhen.«
Femke tat, was ihre Mutter gesagt hatte. »Woher kann ich denn so einen Bernstein kennen?«, fragte sie unbeirrt.
»Wirst ihn wohl bei Meister Delius gesehen haben.«
»Nein, bestimmt nicht. Daran könnte ich mich sicher erinnern.«
»Also schön, du kleine Nervensäge.« Hanna hob ihre Tochter hoch und setzte sie auf die Arbeitsfläche, die entlang der gesamten Verglasung zur Diele hin verlief. Darunter waren Schränke mit reichlich Stauraum. »Du hast den Anhänger bei mir gesehen. Als du noch ein Baby warst, habe ich ihn dir oft gezeigt. Wenn du einmal groß bist, darfst du ihn tragen.«
»Wann?«, rief Femke aufgeregt.
»Wenn du eine junge Dame bist.«
»Aber das dauert noch so lange.«
»Ja«, antwortete Hanna lachend, »das dauert noch sehr lange.« Sie wollte Femke wieder auf den Boden heben.
»Zeigst du ihn mir wenigstens?«, fragte diese und ließ die Beine baumeln, so dass ihre Fersen gegen die Schranktüren klopften.
»Nun aber runter mit dir. Und ja, du darfst ihn mal wieder ansehen.«
»Wann?«
»Wann, wann, wann?«, ahmte sie Femke nach. »Wenn Zeit dafür ist!«

In der Nacht schlief Femke unruhig. Sie war nass geschwitzt, warf sich von einer Seite auf die andere und konnte dem Traum nicht entkommen, in dem ihr Großvater Aribert so schrecklich

aussah. Ganz blass war er und hatte blaue Lippen. Seine Augen waren weit aufgerissen, und er machte merkwürdige gurgelnde und rasselnde Geräusche. Femke hätte ihn am liebsten geschüttelt. Womöglich hatte er etwas verschluckt, das ihm im Hals steckte. Sie wollte Hilfe holen, aber da war niemand. Und dann war er plötzlich ganz ruhig. Sie hatte Angst, konnte ihren Blick aber dennoch nicht von ihm wenden. Allmählich veränderte sich seine Haut und bekam einen gelblich wächsernen Ton. Femke hatte noch nie zuvor einen Toten gesehen, aber sie wusste sofort, dass ihr Großvater tot war. Sie weinte um ihn.
»Femke, wach auf, du hast schlecht geträumt.« Hanna hatte sie gehört und war in ihr Zimmer gekommen. Sie setzte sich zu ihr auf das Bett.
Doch Femke konnte sich nicht beruhigen. Sie war so traurig. Sie hatte ihren Großvater doch so gerngehabt. Sie schluchzte und weinte, dass es ihren ganzen Körper schüttelte.
»Ist gut, ist doch schon gut«, beschwichtigte ihre Mutter sie und zog sie sanft auf ihren Schoß. »Was hast du denn so Furchtbares geträumt, hm?«
Femke konnte nicht antworten. Immer schneller kullerten die Tränen, ihre Nase lief, und sie bekam keine Luft mehr. Sie schluckte und hustete und erinnerte sich dabei wieder ganz deutlich an das Röcheln ihres Großvaters. Das löste den nächsten Weinkrampf aus. Die feine Spitze von Hannas Morgenmantel war an einer Stelle schon ganz nass. Verzweifelt klammerten sich die Kinderhände daran fest.
Hanna streichelte ihr beruhigend über den Kopf und strich die vom Schweiß verklebten Haarsträhnen aus dem Gesicht. Endlich fiel ihr ein, wie sie Femke beruhigen konnte.
»Warte, mein Schatz, ich hole dir etwas, das wird dir Freude machen«, flüsterte sie. Sie löste behutsam die Fäuste und schob Femkes bebenden Körper auf das Bett zurück. Schnell ging sie

in ihre Schlafstube und kam mit einem Anhänger aus Bernstein zurück.
»Siehst du«, murmelte sie und hielt ihn Femke hin, »das ist ein altes Familienerbstück. Jetzt bewahre ich es noch auf, aber irgendwann wird es dir gehören.«
Femke war auf der Stelle fasziniert. Noch drang hin und wieder ein Schluchzen aus ihrer Kehle, doch ihr Kummer schien mit einem Schlag vergessen.
»Das ist so schön!«, sagte sie leise.

Beim Frühstück wollte Carsten wissen, was Femke denn bloß geträumt habe, dass sie so aus der Fassung geraten sei.
»Großvater Aribert ist tot«, antwortete sie beklommen.
Carsten verschluckte sich an seinem Tee, hustete, woraufhin ihn Femke erschrocken ansah. Er presste seine Serviette auf den Mund.
»Das hast du geträumt, Femke«, stellte Hanna richtig. »Du hast geträumt, dass er gestorben ist.«
»Ich weiß nicht. Ich meine, nein, ich glaube nicht. Ich meine, ich habe es doch gesehen.«
Auch Carsten hatte sich wieder gefangen. »Manchmal wirken Träume sehr echt, Femke. Das heißt noch lange nicht, dass sie wahr sind.«
»Aber ...«
»Mein Vater erfreut sich ganz bestimmt bester Gesundheit. Da bin ich sicher«, sagte Carsten, legte seine Serviette auf den Tisch und stand auf. »Er will übrigens heute mit Mutter herkommen, um Wein für seine russischen Geschäftspartner und, wie ich ihn kenne, auch für sich selbst zu holen. Sei so gut, Hanna, und bereite eine Kleinigkeit vor, die uns dazu schmecken, unsere Geschmacksknospen aber nicht zu sehr ablenken wird.« Er küsste sie auf die Wange.

»Herr Thurau, Herr Thurau, kommen Sie schnell!« Das war die Stimme von Uli, dem Knecht der alten Thuraus, die aus der Diele zu hören war.
»Was ist denn um Himmels willen?«, rief Carsten zurück und war auch schon auf der Treppe, die zur Diele führte. »Nun sag nur nicht, mein Vater ist tot«, meinte er lachend.
Der Knecht wurde kreidebleich und starrte ihn an. »Wieso wissen Sie das schon?«

Es blieb nicht bei dem einen Mal, dass Femke das eine oder andere Ereignis vorherzusagen vermochte. Es kam nicht sehr oft vor, aber es geschah hin und wieder. Es waren auch nicht immer Geschehnisse von solcher Tragik. Manchmal waren es sogar sehr schöne Dinge, die sie schon vorher ganz genau zu kennen schien. Eines Tages etwa, sie war zwölf Jahre alt, ließ sie Johannes wissen, dass er sich keine Sorgen wegen des bevorstehenden Ruder-Wettkampfs machen solle. Johannes war inzwischen längst nicht mehr so schlaksig, sondern hatte sich zu einem sportlichen jungen Burschen entwickelt. Nur Rudern war eben nicht seine beste Disziplin und die Konkurrenz in der Schule groß. Er war sehr ehrgeizig, und es ging immerhin nicht nur um diesen einen Wettkampf, sondern um das Gesamtergebnis aus Rudern, Schwimmen, Weitsprung, Speerwurf und einem Tausendmeterlauf. Johannes hatte es sich in den Kopf gesetzt, einen der drei ersten Plätze zu machen. Wenn er nun beim Rudern versagte, war das kaum noch zu schaffen. Also machte er sich Sorgen.
»Das brauchst du nicht«, erklärte Femke und schob eine rote Strähne hinter das Ohr, die sich aus dem Knoten gelöst hatte. »Du wirst gewinnen.«
»Lieb, dass du das sagst, aber das ist völlig unmöglich. Jeremias ist der beste Ruderer in der Schule. Er wird ganz sicher gewin-

nen. Ich muss es wenigstens auf den fünften Platz schaffen. Wenn ich dann noch der Beste beim Weitsprung bin, reicht es für die Gesamtwertung.«

»Aber du wirst ganz bestimmt gewinnen. Auch Jeremias ist nicht immer in Form«, entgegnete Femke stur.

Seit sich herumgesprochen hatte, dass Femke eine Hellseherin war, wie einige behaupteten, waren nicht wenige Lübecker Bürger überzeugt, ihre wahre Mutter müsse wirklich eine Hexe gewesen sein, wie man ja schon immer gewusst habe. Femke wurde noch argwöhnischer beobachtet als vorher schon. Und sie zog sich noch mehr zurück, weil ihr selbst nicht wohl mit ihrer Gabe war. Zwar fand sie es ganz normal und glaubte, dass alle Menschen manchmal etwas träumten oder plötzlich wussten, was zur selben Zeit an einem anderen Ort geschah, doch da niemand außer ihr das jemals zugab, beschlich sie immer mehr das Gefühl, dass mit ihr etwas nicht in Ordnung war.

»Wenn es ums Rudern geht, ist er in Form. Das kannst du mir glauben.«

Johannes hobelte konzentriert ein Kästchen glatt, das er gebaut hatte. Immer wieder strich er mit den Fingern prüfend über das Holz, damit ihm keine rauhe Stelle entging, an der man sich später die Haut aufreißen oder einen Splitter holen konnte. Sein leicht gewelltes blondes Haar war mit Pomade zurückgekämmt. Nur eine einzelne Strähne hing ihm keck in die Stirn. Femke saß neben ihm im Hof und rieb den Anhänger mit der Eidechse, den sie inzwischen aus der Schatulle ihrer Mutter nehmen durfte, um ihn zu betrachten, wenn sie ihn nur wieder dorthin zurücklegte. Gedankenverloren rieb sie ihn auf ihrem Wollrock hin und her, als müsste sie ihn von einem nur für sie sichtbaren Schmutz säubern. Dabei glänzte das Schmuckstück bereits wie ein tiefer ruhiger See im Sonnenlicht.

»So, noch diese Stelle, dann kann ich das Kästchen lackieren.

Aber das mache ich heute nicht mehr. Ich will noch für morgen trainieren.«
»Trainierst du mit Jeremias?«
»Nein!« Johannes lachte. »Wir sind zwar Freunde, aber morgen im Wettkampf sind wir vor allem Konkurrenten.«
Femke streckte den Bernstein weit von sich weg und sah ihn an, wie er in der Sonne funkelte. Dann hatte sie eine Idee und streckte den Stein, den sie zwischen Daumen und Zeigefinger hielt, langsam zu dem Haufen Hobelspäne hinüber, der zu Johannes' Füßen lag. Johannes sah sie an. Er hatte sich daran gewöhnt, dass sie sich manchmal komisch benahm. Ihn störte das nicht. Plötzlich sah er, wie sich ein feiner Span wie von Geisterhand bewegt in die Luft erhob und an dem malzig braunen Klumpen in Femkes Hand hängenblieb. Ein weiterer folgte und noch einer. Ganz langsam führte Femke den Anhänger über die hauchfeinen Holzabfälle, die dabei in Bewegung gerieten, als würden sie von ihm dirigiert.
»Wie machst du das?«, fragte er staunend. Bisher glaubte er nicht, dass Femke eine Hexe war oder zaubern konnte. Sie wusste eben von Zeit zu Zeit Dinge, die andere nicht wussten. Das war alles. Aber das jetzt fand er doch ein wenig schauerlich.
»Meister Delius hat's mir gezeigt«, antwortete sie, ohne aufzusehen. »Lustig, was?«
»Der kann das auch?«
»Ja, was denkst du denn? Du kannst das auch. Jeder kann das. Musst den Bernstein nur lange genug reiben, dann geht's.«
»Hä«, machte er. »Das ist ja ein Ding! Und das geht mit jedem Stein?«
»Mit jedem Bernstein, ja.«
»Ich kann das also auch mit dem Briefbeschwerer machen, den du mir noch schuldest?«

Zerknirscht sah sie zu ihm auf. »Ich habe es nicht vergessen«, sagte sie eifrig. »Ich warte doch nur, bis ich den richtigen Brocken bekomme. Du sollst doch einen Briefbeschwerer mit einem Einschluss haben. Vielleicht mit einer Mücke oder noch besser einem Haifischzahn.«

»Dann kann ich wohl noch lange warten«, erwiderte Johannes lächelnd und stand auf. »Kannst du mir nicht in der Zwischenzeit irgendeinen Bernstein leihen, damit ich in der Schule zeigen kann, wie die Holzspäne davon angezogen werden?« Schon schaufelte er eine Handvoll feinsten Hobelabfall in sein Kästchen. »Ich werde sagen, ich kann zaubern.«

»Lieber nicht. Sie reden doch sowieso schon, weil du so viel mit mir zusammen bist. Wenn du jetzt auch noch behauptest, du kannst zaubern, dann denken alle, du hast das von mir.«

»Stimmt ja auch«, sagte er leichthin.

»Schon, aber es hat mit Zauberei doch nichts zu tun. Bitte, Johannes, lass es sein, sonst hast du bald auch keine Freunde mehr.«

Er ließ den Besen sinken, mit dem er den Hof gerade von den Spuren seiner Arbeit befreite. »Brauche ich nicht. Ich habe doch dich.«

Femke erhob sich und baute sich vor ihm auf, um etwas mehr Eindruck zu machen.

»Es ist mein Ernst«, beharrte sie.

Johannes stützte sich mit der Linken auf den Besen. Mit der rechten Hand strich er ihr über die Wange und sah sie dabei ganz anders an, als er es sonst immer tat. Femke wurde ganz wohlig zumute. Ihre Wange schien an der Stelle, an der er sie berührt hatte, warm zu werden.

»Also gut, der Trick bleibt unser Geheimnis.«

Am nächsten Tag trat Jeremias Aldenrath von einer fiebrigen Erkältung geschwächt zum Rudern an. Der zweite Favorit, ein

Apothekerssohn aus der Mengstraße, schlug so unglücklich mit seinem Paddel gegen das Boot eines Konkurrenten, dass es ihm aus den Händen glitt und er aufgeben musste. Johannes dagegen hatte einen guten Tag. Sein tüchtiges Üben zahlte sich aus. Noch nie zuvor war er so gut mit Boot und Paddel zurechtgekommen. Wenn auch nur mit einer viertel Bootslänge Vorsprung, so gewann er doch das Rennen. Es war durch das Pech der als Gewinner gesetzten Ruderer kein ungetrübter Sieg, aber es war ein Sieg.

Die Jahre gingen ins Land. Lübecks Wirtschaft blühte. Zum Teil war das der politischen Neutralität der Hansestadt zu verdanken. Auch am Reichskrieg gegen Frankreich hatte man sich nicht beteiligt. Zwar hatte die Stadt einen finanziellen Ausgleich dafür leisten müssen, dass sie nicht aktiv in das Geschehen eingreifen wollte, dafür ließ sich vorzüglich mit sämtlichen Kriegsparteien weiter Handel treiben. Carsten Thurau verstand es, für sich und seine Familie ein gutes Stück von Lübecks Blüte zu sichern. Sogar Femkes Talent kam ihm dabei gut zupass. Immer mehr Damen der feinen Lübecker Gesellschaft interessierten sich für die von ihr gemachten Schmuckstücke. Maria Petersen, eine Berühmtheit, über die häufig in der Zeitung zu lesen war, da sie der erste weibliche Doktor der Philosophie im ganzen Deutschen Reich war, brachte mit ihrer Bestellung eine Lawine ins Rollen. Die Thuraus trafen sie und ihren Mann, einen Professor für Latein und Griechisch mit einer sehr schwachen Gesundheit, bei einem Ausflug in das Gartenrestaurant Lachswehr. Die Wirtschaft lag vor den Toren der Stadt im Grünen. Der Weg vom Thurauschen Sommerhaus dorthin führte vorbei an kunstvoll angelegten Gärten, die sehr in Mode waren. Sie hatten keinerlei Nutzwert, sondern sollten nur das Auge erfreuen und der Seele Gelegenheit zur Erholung bieten. Das schafften diese kleinen Paradiese gewiss. Schon mehrfach hatte Carsten Thurau mit seiner Frau darüber gesprochen, einen der Gärtner mit dem Umbau des eigenen Parks vor dem Sommerpalais zu beauftragen. An einem heißen Augusttag saß die Familie nun auf der Terrasse des auf einer kleinen Kuppe gelegenen Restaurants inmitten von blühenden Wiesen unweit des als Fischwehr genutzten toten Trave-Arms und aß zu Mittag, als die Gelehrte an ihren Tisch trat.

»Verzeihung«, sagte die kleine Person mit der ledrigen Haut und den bereits angegrauten Haaren leise, aber sehr bestimmt. »Ich möchte Sie nicht lange beim Speisen stören, aber ich fragte mich gerade, ob das das Wunderkind Femke Thurau sein kann.«

Von Frau Dr. Petersen war bekannt, dass sie nicht viel von Gesellschaften hielt. Lieber saß sie bis in die späte Nacht und schon wieder früh am Morgen in ihrer Studierstube über ihren Büchern. So war es nicht verwunderlich, dass sie und die Thuraus sich nicht kannten.

»Das ist richtig. Und mit wem haben wir das Vergnügen«, fragte Carsten Thurau forsch.

»Maria Petersen«, stellte die Dame sich vor.

Sofort sprang Carsten von seinem Stuhl auf. »Doktor der Philosophie«, sagte er laut. Die anderen Gäste auf der Terrasse sahen zu ihnen herüber. »Sie stören überhaupt nicht. Im Gegenteil, es ist uns eine Ehre.«

»Wenn das, was man über dich sagt, junge Dame, so treffend ist wie die Beschreibung, die ich von dir kannte, würde mich das sehr freuen.« Sie reichte Femke würdevoll die schmale knochige Hand.

»Was sagt man denn?«, fragte Femke ängstlich. Sie mochte kaum glauben, dass es etwas Gutes sein sollte.

»Bitte, nehmen Sie doch Platz!« Carsten schob Frau Petersen seinen Stuhl hin. Er freute sich wie ein Kind, eine derart

interessante Persönlichkeit endlich einmal kennenzulernen. Und natürlich witterte er eine neue zahlungskräftige Kundin, obwohl er sich diese Dame mit den kurzen Haaren und dem verkniffenen Mund nur schwer mit einem Glas Wein in der Hand vorstellen konnte.
»Danke, ich bleibe nicht lange«, erklärte sie kurz und blieb stehen. »Man sagt, du seist ein wahres Wunderkind im Umgang mit Bernstein. Stimmt das?« Sie verzog keine Miene, sondern schaute Femke nur abwartend an.
»Ich weiß nicht ...«, begann diese zaghaft und errötete.
»Na, das kann man wohl sagen!«, rief ihr Vater aus.
Und auch Hanna Thurau meldete sich jetzt zu Wort. »Sie zeigt wirklich eine beachtliche Fingerfertigkeit, wenn es um Bernstein geht«, sagte sie und streckte der Frau Doktor ihren Arm hin. Die geschliffenen Kugeln, die sie um ihr Handgelenk trug, reflektierten die Sonne, so dass man kaum hinsehen konnte.
Maria Petersen griff ungeniert nach der ihr dargebotenen Hand und beugte ihren Kopf weit hinunter, um die Pracht aus der Nähe zu betrachten. Ihr Augenlicht war vom vielen Lesen offenbar schwach geworden. »Erstaunlich«, flüsterte sie. »Ganz erstaunlich!«
Femke fand, dass sie mit ihrer ein wenig zu langen spitzen Nase, dem schmalen Gesicht und den dunklen Augen etwas von einem Vogel hatte. Wahrscheinlich würde sie die kleinen Kugeln gleich wie eine Elster aufpicken und damit davonflattern.
Abrupt ließ Maria Petersen Hannas Hand wieder los und wandte sich erneut Femke zu. »Ich habe von meiner Großmutter eine Kette geerbt, die nichts wert, ja, nicht einmal schön ist. Das Material ist rauh und kantig und gänzlich unbearbeitet, aber von einer schönen Farbe. Kannst du daraus so etwas machen?« Sie deutete auf Hannas Handgelenk.

»Das kann ich erst sagen, wenn ich die Kette gesehen habe«, antwortete Femke.

Sie fühlte sich einerseits nicht sehr wohl in ihrer Haut, denn es wäre das erste Mal, dass sie das Material einer Fremden bearbeiten sollte. Meister Delius war in ihren Augen längst kein Fremder mehr, und wenn er sie bat, etwas für ihn zu schnitzen, dann hatte sie noch nie Angst gehabt zu versagen. Andererseits freute sie sich und spürte ein Kribbeln. Eine berühmte Frau der besten Lübecker Gesellschaft bat sie, Femke Thurau, ein Schmuckstück für sie anzufertigen. Was würde Johannes dazu sagen?

Wie aus der Ferne hörte sie Maria Petersens Entgegnung: »Gut, ich lasse dir die Kette bringen und warte auf deine Antwort.« Damit verschwand sie grußlos.

»Sehr gern«, murmelte Femke hinter ihr her.

Es dauerte fast vier Monate, bis Femke die lange zweireihige Kette fertig hatte. Maria Petersen war höchst zufrieden mit dem Ergebnis und ließ bei Carsten Thurau anfragen, wie seine Tochter denn zu entlohnen sei.

»Aber Femke nimmt doch für diese kleine Gefälligkeit kein Geld«, gab dieser zur Antwort.

Zur Messe am Heiligen Abend trug Maria Petersen das Kunstwerk erstmals in der Öffentlichkeit. Wenn Bernstein an sich auch kein besonders hohes Ansehen mehr genoss, waren die Damen von der Präzision und gleichzeitig der Feinheit dieser Arbeit doch so angetan, dass die nächsten Anfragen nicht lange auf sich warten ließen. Sie kauften Rohbernstein, kamen mit Zeichnungen, beschrieben, was sie sich wünschten, oder ließen Femke auch mal freie Hand. Als die Frau eines Schuldirektors dann auch noch behauptete, ihre Kopfschmerzen, unter denen sie sonst tagaus, tagein gelitten habe, seien wie weggeblasen,

seit sie das Bernsteinamulett trage, das Femke für sie gefertigt habe, gab es kein Halten mehr.
»Sie hat mich so komisch angesehen, als sie es mir gegeben hat«, berichtete sie ihren Freundinnen und Nachbarinnen. »Ich schwöre, die grünen Augen haben einmal kurz aufgeleuchtet. Sie hat auch irgendetwas gesagt, das ich nicht verstanden habe. Vielleicht einen Zauberspruch. Jedenfalls hat dieses Amulett magische Kräfte.«
Während Hanna sich ärgerte, wenn solche Geschichten in Lübeck die Runde machten, amüsierte sich Carsten darüber.
»Lass die Leute doch reden«, pflegte er zu sagen. »Solange sie unsere Tochter nicht angreifen oder beleidigen, soll es mir recht sein.«
»Also wirklich, Carsten!« Hanna, die gerade Weihnachtskugeln sorgsam einwickelte und zurück in eine dafür vorgesehene Schachtel legte, schüttelte den Kopf. Der nackte Christbaum, den man jetzt statt einfacher Zweige hatte, stand noch an der Stirnseite des Salons. Geschmückt war er eine Pracht gewesen. Nun fielen seine Nadeln auf die dunklen Holzdielen. In einer bogenförmigen Nische gleich neben der Sitzgruppe, dem Herzstück des Salons, stand ein hoher weißer Ofen, in dem ein Feuer loderte. Trotzdem war es recht kalt im Raum.
»Was willst du denn?«, fragte Carsten. Vor ihm auf dem Tisch stand eine Tasse Tee mit dem Rest des Weihnachtsgebäcks. »Unsere wunderbare Tochter ist eine kleine Berühmtheit. Da darf ich als Vater wohl stolz sein.«
»Ja, das schon«, gab Hanna zu und lächelte. Auch sie war stolz auf ihr Mädchen.
»Außerdem ist es gut für das Geschäft«, stellte er fest und lehnte sich zufrieden auf seinem Stuhl zurück.
Wieder schüttelte sie den Kopf und seufzte.
»Apropos«, sagte er und nahm einen Schluck Tee, »ich habe

zusammen mit Nebbien und diesem Kunstgärtner, der seinen Betrieb nicht weit von unserem Sommerhaus hat, etwas ausbaldowert.«

Hanna setzte sich auf das mit rotem Samt bezogene Sofa.

»Du wärst nicht mein Carsten, wenn du dir nicht ab und zu eine Überraschung ausdenken würdest. Was ist es diesmal?«

»Die Menschen wollen raus in die Natur. Sie wollen sich erholen, wollen fern von den Städten frische Luft atmen und mal etwas Neues sehen.«

Hanna stutzte. »Und?«

»In Heiligendamm haben sie ein Badehaus, Speisewirtschaften, ein Logierhaus und Badekarren. Jedes Jahr kommen mehr Gäste, um den feinen Strand und die herrliche Ostsee zu genießen. Was meinst du, wenn wir so etwas in Travemünde aufziehen?«

»Ein Seebad in Travemünde?«, fragte sie zweifelnd. »Du meinst, das gefällt den Leuten?«

»Ich bin ganz sicher!« Er sprang so heftig von seinem Stuhl auf, dass der Tee über den Rand der Tasse schwappte. »Ich sehe es schon vor mir. Die feinsten Lübecker Herrschaften werden den Sommer dort verbringen, Geschäftsleute aus Russland werden Station machen. Ach, was sage ich, Geschäftsreisende aus der ganzen Welt!«

»Die Vorsehungen solltest du unserer Tochter überlassen«, meinte Hanna trocken.

Ungerührt sprach er weiter, während er auf dem schon etwas zerschlissenen Teppich, der früher in der guten Stube seiner Eltern gelegen hatte, auf und ab ging. »Niemand, der auf sich hält, wird an Travemünde vorbeikommen. Und alle werden ihren Wein in der Thurauschen Speisewirtschaft trinken.«

»Soso«, machte Hanna und tupfte mit einem Taschentuch den letzten Tropfen Tee auf, der das perfekte Bild des schwarz glänzenden Eichentischs mit dem weißen Spitzendeckchen darauf störte.

»Und weißt du was?« Er blieb kurz stehen. »Auf den Tischen im Lokal werden Leuchter aus Bernstein stehen, die unsere Femke geformt hat. Stell dir das einmal vor, Gäste aus aller Welt werden sehen, wie begabt sie ist.«

Nun wurde es ihr aber doch zu viel. »Mein lieber Carsten, unsere Tochter ist jetzt sechzehn. Bis Travemünde und die Thurausche Speisewirtschaft so weit sind, dass überhaupt irgendwelche Leuchter gebraucht werden, sollte Femke längst verheiratet sein. Sie wird Kinder haben. Da hat sie kaum noch Zeit, sich um Leuchter oder Bernstein zu kümmern.«

Doch da hatte sie ihren Mann gewaltig unterschätzt.

Das Frühjahr 1800 wurde die bitterste Zeit in Femkes jungem Leben. Johannes verließ Lübeck und ging, wie von seinem Vater geplant, nach Jena, um dort das Recht zu studieren. Er hatte es ihr lange vor seiner Abreise gesagt, und Femke hatte geträumt, wie er in eine Kutsche stieg und durch das Holsten Thor davonrumpelte. Noch lange war sie in ihrem Traum hinter dem Wagen hergelaufen, bis weit über die Wallanlagen hinaus und an den Rapsfeldern vorbei, die in einigen Wochen golden leuchten würden. In Wirklichkeit, das wusste sie, hätte sie nicht einmal einen Bruchteil der Strecke im Tempo der beiden Pferde, die vor den Wagen gespannt waren, mithalten können. Es war eben nur ein Traum. Dass er abreisen würde, war jedoch bittere Wahrheit. Wider alle Vernunft hoffte sie, dass sich etwas anderes für ihn ergab. Konnte er sich nicht verlieben, heiraten und mit seiner Frau hier in Lübeck bleiben? Er war doch ihr bester Freund! Im Grunde war er sogar ihr einziger Freund, wenn man mal von Meister Delius absah, der doch eher so etwas wie ein Onkel für sie war. Femke brauchte keine Freunde. Aber auf den einen, den sie hatte, wollte sie um keinen Preis verzichten.

Wie fast jeden Tag ging sie auch an diesem Morgen zu Meister Delius in die Werkstatt. Seit sie von Johannes' Fortgang wusste, arbeitete sie unermüdlich an dem versprochenen Briefbeschwerer, den sie ihm mitgeben wollte. Meister Delius, der ein wenig von Femkes Bekanntheit profitierte, denn seit man sich in der Stadt um Bernsteinschmuck riss, bekam auch er wieder mehr Aufträge, hatte sich mächtig ins Zeug gelegt und tatsächlich einen Brocken mit einem Einschluss für sie bekommen. Es war zwar kein Haifischzahn, wie Femke sich gewünscht hätte, aber immerhin war es eine Daunenfeder, ein ebenfalls sehr seltener Fund. Zunächst hatte sie den Brocken in die Form eines Würfels gebracht. Nun war sie damit beschäftigt, die Zahlen in Form von Punkten in die Würfelseiten zu kratzen. Sorgfältig musste sie dafür zuerst die Stellen anzeichnen, an denen die Punkte später absolut symmetrisch sitzen würden. Dann begann sie damit kleine Mulden zu bohren, die sie bis zur gewünschten Größe und Tiefe auskratzte. Viel Zeit blieb ihr nicht mehr. Je näher Johannes' Abreise rückte, desto schweigsamer und bedrückter wurde sie.

Mit gesenktem Kopf betrat sie die Werkstatt, nachdem Delius ihr geöffnet hatte. Der vertraute harzige Duft stieg ihr in die Nase. Dies war der einzige Ort, an dem sie ihren Kummer ein wenig vergessen konnte.

»Hallo, mein Mädchen«, begrüßte Delius sie betont fröhlich. »Wie doch immer gleich die Sonne aufgeht, wenn du meine bescheidene Werkstatt betrittst.« An diesem Tag war er nicht allein. Ein junger Mann war bei ihm. »Das ist Jan, mein Sohn.«

»Guten Tag«, sagte Jan. Er hatte die runden lustigen Augen seines Vaters geerbt, eine breite Nase und ein rundes Gesicht.

Seine Statur war jedoch schlank und hatte nichts mit der seines Vaters gemein.

»Guten Morgen«, sagte sie nur ein wenig lächelnd und ging zu der Anrichte, holte den Würfel aus einer Schublade, wickelte ihn aus dem Stofffetzen aus, der ihn vor unerwünschten Kratzern schützte, nahm sich den feinen Handbohrer und setzte sich an ihren Platz, der seit geraumer Zeit gegenüber dem von Delius direkt am Fenster für sie bereitstand.

»Dann will ich auch nicht länger stören«, meinte Jan.

»Du störst doch nicht, Sohn«, sagte Delius. »Ich freu mich doch, dich zu sehen. Bald wird das ja nicht mehr so oft der Fall sein.« Er seufzte.

»Ich bin ja nicht aus der Welt, Vater. Bis später also.« Er verabschiedete sich auch von Femke und ließ die beiden allein.

Delius setzte sich hin. Doch statt weiter an dem Brieföffner zu arbeiten, den er für einen Kunden anzufertigen hatte, schnaufte er laut und vernehmlich, nahm seine Augengläser ab und rieb sich über das müde Gesicht.

»Geht es Ihnen nicht gut, Meister Delius«, fragte Femke. Sie sah ihn aufmerksam an. Er war alt geworden. Noch immer schauten seine kleinen runden Augen zwar meist lustig drein, doch ihr schien es, als hätte er in der letzten Zeit abgenommen.

»Doch, doch, mein Kind«, antwortete er und tätschelte ihre Hand. »Bin nur ein bisschen müde. Ich bin schließlich kein junger Spund mehr. Das merkt man spätestens, wenn die eigenen Kinder flügge werden. Mein Sohn wird zur See fahren und will dann irgendwann Bootsbauer werden.« Er seufzte leise in sich hinein.

Wieder lächelte sie ein wenig. Dann entzog sie ihm die Hand und konzentrierte sich auf den warmen glatten Stein, der vor ihr auf dem Tisch lag.

Delius ließ sie nicht aus den Augen. »Und was ist mit dir? Geht es dir gut?«
Sie schluckte. »Hm«, machte sie und nickte.
»Komisch, sieht gar nicht danach aus. Es will mir scheinen, dass du mit jedem Tag sauertöpfischer wirst«, neckte er sie. »Hä?« Er langte über den Tisch und knuffte sie.
»Kann schon sein.«
»Dabei bist du doch eine hübsche junge Dame geworden. Du solltest tanzen lernen und fröhlich sein, statt hier mit so einem Regengesicht herumzusitzen. Also, erzähl schon, was mit dir los ist.«
»Der Johannes geht weg«, sagte sie leise.
Sofort wurde Delius ernst. »Der Nebbien, der Sohn von dem Anwalt?«
»Ja.« Sie nickte. »Er geht nach Jena, um zu studieren. Er soll auch Anwalt werden wie sein Vater.« Ihre Stimme war klein und brüchig.
»Aber er kommt doch bestimmt wieder«, versuchte er sie zu beruhigen.
»Schon, nur dauert das doch so lange. Vier Jahre werden es bestimmt.« Sie sprach jetzt etwas lauter und sah ihn verzweifelt an.
»Verstehe«, meinte er. »Hast wohl Angst, dass er nicht allein zurückkommt.«
»Was?« Daran hatte Femke überhaupt noch nicht gedacht. Und wenn schon, die Hauptsache, er käme nach Lübeck zurück. Möglichst bald.
»Hast ihn sehr gerne, was?«
»Er ist doch mein Freund. Ich habe ja sonst keinen.«
»Na hör mal, du hast doch mich!«, ereiferte sich Delius in gespielter Entrüstung.
Der Zwicker rutschte ihm dabei von der Nase und fiel gerade-

wegs in ein Glas Most, das er vor sich stehen hatte. »Oh, dat is man Schiet«, schimpfte er.
Femke musste lachen.
»So kann ich dich leiden.« Er strahlte sie an. Dann fischte er seine Augengläser aus dem Fruchtsaft und begab sich in eine kleine Kammer, die direkt von der Diele abging und wo ein Krug mit Wasser stand.
»Es ist ja nur ... Ich weiß einfach nicht, was ich ohne ihn machen soll«, begann Femke. »Mit ihm kann ich über alles reden. Er lacht nicht über mich und hat auch keine Angst vor mir. Er hat sogar schon einmal für mich gelogen.« Sie erzählte, wie Johannes damals, als sie das erste Mal zusammen bei Delius gewesen waren, ihrer Mutter vorgeschwindelt hatte, sie müsse einen Briefbeschwerer für ihn fertigstellen, nur damit sie weiter in die Werkstatt kommen und an dem Armband für ihre Mutter schnitzen konnte. Sie erzählte auch, wie sie manche Stunde zwischen den Weinfässern ihres Vaters Verstecken gespielt und Jahre später, als Johannes zu alt war, um noch Verstecken zu spielen, zwischen denselben Fässern gehockt und sich Geschichten ausgedacht hatten. Heimlich hatten sie dort auch eine Flasche Bier zusammen getrunken, die Johannes mitgebracht hatte. Femke erinnerte sich noch genau daran, dass sie nach zwei Schlucken fest davon überzeugt war, vollkommen betrunken zu sein. Immer wieder hatte sie darüber gekichert, dass sie Bier in einem Weinkeller tranken. Während sie redete, kratzten, schleiften und polierten beide eifrig. Nur ab und zu sahen sie einander an. Femke schilderte, wie sie Johannes einmal etwas Bernsteinabfall mitgebracht hatte, damit er sich daran versuchen sollte. Prompt hatte er sich in den Finger geschnitten und gemeint, das könne nur am falschen Werkzeug liegen. Sie musste bei der Erinnerung daran lächeln.
Als sie verstummte, ließ Delius seine Arbeit sinken und sagte:

»Glück un Noot, de gaht ehren Gang as Ebb' un Floot! Das Glück kommt und geht, mein Mädchen. Es kann nicht immer bei dir wohnen. Du musst es auch mal gehen lassen. Aber du kannst sicher sein, so wie auch die Flut drüben an der Nordsee immer wieder und wieder kommt, so kehrt auch das Glück eines Tages zurück. Wer weiß, vielleicht in Gestalt deines Johannes, vielleicht aber auch in Gestalt eines anderen jungen Mannes, der dir den Hof macht und dein Freund wird.«
Femke konnte sich überhaupt nicht vorstellen, wie sie einen neuen Freund finden sollte. Sie hoffte einfach, dass die Zeit irgendwie schneller vergehen würde als sonst.
»Habe ich dir eigentlich je erzählt, wie Bernstein entsteht?« Delius beugte sich vor, als gälte es, ein Geheimnis zu verraten.
»Das weiß doch jedes Kind«, sagte Femke seufzend. Es war wirklich nicht schwer, seinen Ablenkungsversuch zu durchschauen. »Harz läuft an einem Baumstamm hinunter oder tropft von einem Ast und wird hart. Nach Millionen von Jahren heißt es Bernstein.«
»Das ist die Version der Geschichte, die sogenannte Gelehrte verbreiten.« Er winkte ab. »Aber sie haben keinen Schimmer.«
Nun wurde die Sache doch ein wenig interessant.
»So?«, fragte Femke und ließ von ihrem Würfel ab.
»Aha«, neckte Delius, der sie so richtig auf die Folter spannen wollte, »das weiß also jedes Kind, ja?«
Sie musste schmunzeln. »Nun erzählen Sie schon!«
»Also«, begann er gedehnt, lehnte sich zurück und faltete die fleischigen Hände über dem Bauch, »das mit den Millionen von Jahren, das stimmt schon. Vor so langer Zeit hat nämlich alles damit angefangen, dass Phaethon, der Sohn des Sonnengottes Helios, auch einmal den Sonnenwagen lenken wollte, mit dem sein Vater jeden Tag seinen Weg über die Himmelsbahn nahm. Kannst ja heute noch sehen, dass die Sonne da aufgeht und da

hinten wieder unter.« Er beschrieb mit dem Zeigefinger einen weiten Bogen, und Femke schaute instinktiv zur Decke. »Das ist die Bahn, auf der der Sonnenwagen seit ewigen Zeiten fährt. So, nun war es aber so, dass Phaethon zwar der Sohn eines Gottes, selbst aber ein Sterblicher war. Naja, kannst dir ja denken, dass so ein Götterwagen natürlich viel zu schwer zu lenken ist für einen halbstarken Möchtegerngott.«
Femke musste immer mehr schmunzeln. So wie Meister Delius die Geschichte erzählte, mochte man ihm beinahe glauben.
»Es kam, wie es kommen musste. Phaethon fiel samt Wagen in einen Fluss.« Jetzt legte er die Hände blitzschnell auf die Arbeitsplatte vor sich, beugte sich so weit vor, wie sein Bauch es erlaubte, und erhob die Stimme. »Die Erde ringsumher fing an zu brennen. Ein ungeheurer Brand war das, den der Sohn natürlich nicht überlebt hat. Nix ist übriggeblieben von dem Draufgänger.« Er lehnte sich wieder entspannt zurück. »Sein Vater hat sich natürlich sehr gegrämt. Und Klymene, seine Mutter, und die Heliaden, die Schwestern des Phaethon, haben geschlagene vier Monate lang nur geweint. Ohne Pause! Dann hatte ein anderer Gott so viel Mitleid mit ihnen, dass er sie in Bäume verwandelte. Dachte wohl, dann hat es ein Ende mit den Tränen. Aber von wegen. Also verwandelte er die in Bernstein.« Er stand auf, faltete die Hände wieder vor seinem Bauch und zitierte feierlich:

»*Tränen noch fließen heraus und erstarren,*
vom jungen Gezweige tropfend,
am sonnigen Strahle zu Bernstein,
welchen der klare Strom aufnimmt...«

Einen Augenblick war es ganz still in der kleinen Werkstatt, und Femke war gerührt von der hübschen Vorstellung.
Delius ließ sich wieder auf seinen Schemel plumpsen. »So, nun weißt Bescheid.«

Während sie sich erneut an die Arbeit machte, stellte sie sich vor, der Würfel sei einmal eine riesige Träne gewesen. Ein passenderes Abschiedsgeschenk konnte sie Johannes kaum machen.

Es kam der Tag der Abreise. Fast wie in ihrem Traum stand vor dem Haus der Nebbiens in der Glockengießerstraße eine Kutsche. Allerdings waren vier Pferde davor gespannt, wieherten leise und waren bereit für die lange Fahrt. Frau Nebbien stand bekümmert neben dem Wagen und kontrollierte zum ungezählten Male, ob denn auch wirklich alle Koffer und Taschen gut verstaut waren. Die Köchin der Nebbiens brachte Brot, eine eingelegte Entenkeule, Marzipan und einen Krug dünnes Bier. Johannes' Vater redete auf ihn ein, sagte ihm immer wieder, was es doch für ein großes Glück sei, dass er in Jena studieren dürfe.
»Streng dich an, mein Sohn, und mach mir keine Schande!«
»Nein, Vater, das werde ich nicht.«
Johannes wirkte sehr ruhig. Wenn Femke sich vorstellte, sie sollte jetzt in diese Kutsche steigen und irgendwohin fahren, wo sie niemanden kannte. Jena war so furchtbar weit weg. Nun gut, im Vergleich zu Frankreich war es das nicht, aber wenn Femke nach Frankreich gefahren war, dann mit ihren Eltern. Johannes aber war allein. Sie stand schon eine ganze Weile vor dem Haus und sah dem emsigen Treiben zu. Johannes hatte auch schon zweimal zu ihr herübergesehen und einmal sogar kurz gewinkt, doch Zeit hatte er noch keine für sie gehabt. Sie spielte verlegen mit einer Haarsträhne. Sie mochte nicht stören, wollte sich nicht aufdrängen. Sie konnte sich vorstellen, dass die Familie genug mit ihren Angelegenheiten beschäftigt war. Aber sie wollte Johannes den Briefbeschwerer auch nicht einfach so in die Hand geben, kurz »gute Reise« sagen und

wieder verschwinden. Unschlüssig trat sie von einem Fuß auf den anderen.

»Richte Onkel Theodor die herzlichsten Grüße aus. Gewiss werden wir im nächsten Jahr mal zu Besuch kommen und sehen, wie du dich machst.« Der Wagen war beladen, und Herr Nebbien schob seinen Sohn auf die Kutsche zu.

»Warte, Junge, ich will dich wenigstens noch einmal in den Arm nehmen.« Frau Nebbien versagte die Stimme. Sie drückte Johannes an sich und schluchzte anschließend in ihr Spitzentaschentuch.

Femke wurde immer unruhiger. Sie machte zwei Schritte auf die Kutsche zu. Eigentlich hatte sie hier nichts zu suchen, aber sie konnte ihn doch unmöglich ohne ihr Geschenk und ein Wort des Abschieds reisen lassen.

»Na, na, Mutter.« Johannes tätschelte ihren Arm. »Ich komme doch wieder.« Und zu seinem Vater sagte er: »Nur einen Moment noch.« Damit schlüpfte er an ihm vorbei und ging zu Femke hinüber.

Ihr fiel ein Stein vom Herzen. Gleichzeitig musste sie schlucken. Der Kloß in ihrem Hals war so mächtig, dass es schmerzte.

»Wie schön, dass du mir auch auf Wiedersehen sagst.« Da stand er also vor ihr. Er sah sehr erwachsen aus in seinem Reiseanzug. Das war er ja auch. Zwanzig Jahre war er alt, Femke sechzehn. Irgendwie hatte sie gar nicht bemerkt, dass sie nicht mehr die beiden Nachbarskinder von früher waren. Sie wusste nicht, was sie sagen sollte. Sie war ja nicht einmal sicher, ob ihre Stimme ihr überhaupt noch gehorchte. Die Treppengiebel der roten Backsteinhäuser hinter ihm verschwammen. Sie blinzelte und senkte den Kopf.

»Du wirst doch wohl nicht auch weinen, hm?« Er legte einen Finger unter ihr Kinn und zwang sie, ihn anzusehen.

Tapfer schluckte sie erneut und schüttelte den Kopf. Aber da

kullerten auch schon Tränen über ihre Wangen. Sie musste an die Heliaden denken. Wenn wenigstens Bernstein aus ihren Tränen werden könnte. Sie hob die Hände, in denen sie die ganze Zeit ein Päckchen gehalten hatte. Es war in dunkelblauen Samt eingeschlagen, der von einer hellblauen Seidenschleife gehalten wurde.
»Für mich?«, fragte er.
Sie nickte. »Damit du mich nicht vergisst«, brachte sie so leise hervor, dass er es eben noch hören konnte.
»Aber ich vergesse dich doch nicht«, sagte er. Dann nahm er sie zum ersten Mal in den Arm und drückte sie fest an sich. »Ich werde dich nie vergessen.« Seine Lippen waren ganz nah an ihrem Ohr. Es schien Femke, als wäre er auch ein wenig traurig. Sie schluckte immer wieder gegen die Tränen an, denn er sollte sie doch nicht weinend in Erinnerung behalten. Wenn es doch nur nicht so weh täte, dann könnte sie seine Wärme und die schönste Berührung, die ihr je zuteilgeworden war, wenigstens genießen.
Er ließ sie los und wischte ihre Tränen von den Wangen, aber es waren gleich wieder neue da.
»Was kann es bloß sein?«, fragte er und machte ein Gesicht, als würde er angestrengt nachdenken. Die typische Falte erschien senkrecht über seiner Nasenwurzel. »Für einen Bernstein ist es zu leicht«, meinte er und warf das Päckchen kurz in die Luft. Natürlich wusste er, dass Bernstein sehr leicht war, und natürlich ahnte er, welches Geschenk sich unter dem Samt verbarg. Er wollte ihr einfach eine Freude machen.
Als er sich anschickte, die Schleife zu lösen, rief sie: »Halt! Mach es erst auf, wenn du in Jena angekommen bist.«
Johannes sah sie an. »Also schön, versprochen. Na, du spannst mich vielleicht auf die Folter«, sagte er und lachte. Dann wurde er ernst. »Pass gut auf dich auf, meine Femke.« Er blickte noch

eine Sekunde in ihre grünen Augen, dann drehte er sich um und ging zu der wartenden Kutsche.

Femke konnte sehen, wie er ihr Geschenk behutsam in seine Tasche legte und diese sorgsam verschloss. Sie hätte liebend gern sein Gesicht gesehen, wenn er den Briefbeschwerer auspackte, aber sie wollte, dass er dort in Jena, wo alles neu, fremd und vielleicht auch aufregend war, an sie dachte. Wenn er den Würfel zwischen seinen Fingern drehte, dann würde sie ihm ganz nah sein, dessen war sie sicher.

Der Kutscher schnalzte, und die vier stattlichen Holsteiner trabten los. Johannes winkte seinen Eltern aus der kleinen Luke in der Tür der Kutsche zu. Aber Femke meinte, er würde nur sie ansehen und nur ihr winken. Von der Glockengießerstraße ging es in die Königstraße. Femke lief dem Gefährt hinterher. Noch setzten die Pferde langsam einen Huf vor den anderen. Wenn sie erst einmal die Große Burgstraße erreichten, würde die Geschwindigkeit anziehen. So war es. Femke raffte den Rock ihres lindgrünen Kleides und lief immer schneller. Trotzdem wurde der Vierspänner immer kleiner. Sie rannte, wie sie noch nie in ihrem Leben gerannt war. Als sie am Burg Thor ankam, war sie vollkommen aus der Puste. Sie lehnte sich an den rauhen Backstein und achtete nicht darauf, dass ihr Kleid dabei schmutzig wurde. Sie weinte und hustete den Staub aus, den sie, von den Hufen der Holsteiner und den Rädern des Wagens aufgewirbelt, geschluckt hatte. Wie viel hätte sie Johannes gern noch gesagt. Sie war wütend auf sich selbst, dass sie nichts herausgebracht hatte. Sie weinte und weinte und konnte sich nicht beruhigen. Ein alter Herr ging vorbei und sah sie mitleidig an, aber helfen konnte er ihr nicht. Femke presste eine Hand auf die bebenden Lippen, löste sich endlich von dem Tor, das über ihr in den Himmel ragte, und schlich zu Tode betrübt den Weg zurück. Sie stellte sich vor, wie Johannes die nächsten vier Tage in dem rumpelnden und holpernden Vierspänner sitzen würde. Die Knochen würden ihm weh tun, und er konnte mit niemandem reden. Wo würde er die Nächte verbringen? Hoffentlich geschah ihm auf dem Weg kein Unheil. Femke war sich ganz sicher, dass sie nicht wieder fröhlich sein konnte, ehe Johannes nicht zurück war. Wie die Heliaden würde sie vier Monate lang weinen. Ach, wenn doch nur auch zu ihr ein Gott käme, der sie in einen Baum verwandelte.

Es kam kein Gott, und sie verwandelte sich auch nicht in einen Baum. Es war ihr Vater, der es in der zweiten Woche nicht mehr aushielt, seine Tochter so bedrückt und ohne jegliche Lebensfreude zu sehen.
»So geht es nicht mehr weiter«, sagte er zu seiner Frau. »Was ist um Himmels willen mit Femke geschehen? Hat sie denn einen Bernstein verschluckt?«
»Verliebt ist sie«, antwortete Hanna schlicht. »Hast du das denn nicht gemerkt. Und unglücklich verliebt noch dazu.«
»Verliebt? Donnerschlag! Aber Femke ist doch noch ein Kind!«
»Sie ist sechzehn, Carsten. Und Johannes ist ein junger Mann von zwanzig Jahren. Wenn er aus Jena zurückkommt, wären beide gerade im richtigen Alter.«
»Ach, der junge Nebbien?« Carsten sah seine Frau vollkommen überrascht an.
»Ja. Hast du das denn wirklich nicht gesehen?« Sie schüttelte den Kopf. »Ihr Männer seid doch ulkig. Ihr könnt herrliche Kirchen bauen, mit Schiffen über die Meere segeln und die ganze Welt beherrschen, aber wenn eure Tochter verliebt ist, seid ihr blind.«
Carsten erholte sich schnell von der Neuigkeit. »Der Nebbien ist eine gute Partie. Das nenne ich eine prächtige Fügung.«

»So? Na, jetzt ist er erst einmal weit weg. In Jena gibt es auch eine Menge hübscher Mädchen, nehme ich an.« Sie widmete sich wieder ihrer Handarbeit.
Aber Carsten war gar nicht mehr zu bremsen. »Ich werde mit dem alten Nebbien sprechen. Könnte mir vorstellen, dass er auch ganz zufrieden ist mit der Verbindung. Eine gute Mitgift kann er von uns wohl erwarten.«
»Das wirst du schön lassen«, schimpfte Hanna. »Johannes ist ein junger Kerl. Wenn er sein Herz in Jena verliert, dann soll es so sein. Wenn er zurückkommt, ist es auch gut.«
»Meine liebe Hanna, Männer mögen in deinen Augen vielleicht ulkig sein, aber sie verstehen von bestimmten Dingen einfach mehr als ihr Frauensleut.«
Sie ließ das Spitzendeckchen sinken, an dem sie gerade arbeitete. »Etwa von der Liebe?«
»Eine vernünftige Partie hat mit Liebe nichts zu tun. Du weißt genau, dass Nebbien und ich uns mit ein paar anständigen Lübecker Bürgern zusammenschließen wollen, um das Badehaus und alles andere für Travemünde zu planen. Wenn wir beide einen Teil unseres Vermögens in die Sache einbringen, wäre es ideal, wenn die Kinder heiraten würden.«
Hanna seufzte. »Hast du diese törichte Idee noch immer nicht aufgegeben?«
»Die Idee ist alles andere als töricht, aber davon verstehen Frauen eben auch nichts. Wirst schon sehen. Travemünde wird ein Triumph.« Er beugte sich zu ihr hinunter, nahm ihr Gesicht in seine Hände und küsste sie schmatzend. »Sobald wir aus Frankreich zurück sind, werde ich mich darum kümmern.«
»Wir reisen nach Frankreich?«
»Ja. Vielleicht kommt Femke dann auf andere Gedanken. Ich habe Nachricht von Briand. Er will den Wein schon wieder

teurer machen. Behauptet, ihm würden die Käufer im eigenen Land wegbleiben, weil er mit Lübeck Handel treibe. Dabei hat Lübeck doch nichts mit dem Krieg gegen Frankreich zu tun.«
Die Revolutionskriege hatten die Grenzen verschoben. Weite Teile der Kurfürstentümer Köln, Mainz und Trier sowie große Gebiete der Kurpfalz gehörten jetzt zu Frankreich. Das aufgeblasene Heilige Römische Reich Deutscher Nation bröckelte heftig. Aber Carsten Thurau machte sich darüber keine Sorgen. Im Gegenteil. Musste die stolze Hansestadt aus Verbundenheit zu diesem monströsen politischen Geflecht nicht viel zu oft finanzielle Einbußen und Unbequemlichkeiten hinnehmen? Lübeck war neutral und würde es bleiben, dessen war er gewiss. Überhaupt war in den letzten Jahren so vieles in der Hansestadt besser geworden. Die Kaufleute arbeiteten enger mit den Ratsherren zusammen und hatten so größeren Einfluss auf das, was beschlossen und getan wurde. Klug organisierte Almosensammlungen sorgten dafür, dass kaum noch Bettler auf den Straßen zu sehen waren. Wundärzte waren eigens dafür angestellt, sich um mittellose Kranke zu kümmern. Kinder armer Leute wurden in die Schule geschickt. Gewiss, es war nicht das Katharineum, doch es war eine gute Entwicklung, wie Carsten Thurau meinte. Was ihn und seinen Weinhandel betraf, so hatte er ohnedies keinen Grund zur Klage. Außer, dass die Winzer versuchten, ihn unter Druck zu setzen. Doch wo einer den Bogen überspannte, wartete schon ein anderer auf den zahlungskräftigen Kaufmann aus Norddeutschland. Sich mit dem einen zu einigen oder den anderen zu finden, machte er sich mit Frau und Tochter auf den Weg in das Bordelais.

Die Reise war lang und beschwerlich. Femke, die seit Johannes' Aufbruch nach Jena nur noch wenig gegessen und stark an

Gewicht verloren hatte, durfte ihren Bernsteinanhänger zum ersten Mal tragen.
»Trage ihn unter dem Kleid«, hatte ihre Mutter sie gebeten. »Wir wollen nicht riskieren, dass uns jemand deswegen den Schädel einschlägt.«
Femke war es recht. Sie wollte sich nicht mit dem Stück schmücken, sondern es nur betrachten. Wenn sie abends, jede Nacht in einem fremden Bett, unter die Decke schlüpfte, nahm sie den Anhänger noch einmal hervor und hielt ihn fest in der geschlossenen Hand, bis er warm wurde. Sie liebte das Gefühl des vollkommen glatten Steins. Im Geiste führte sie Zwiegespräche mit der Eidechse, deren Grab der Bernstein war. Eine Nacht schliefen sie in einem kleinen weißen Gasthaus mit schwarzem Schindeldach, das sich an die auslaufenden Hügel des Elsass duckte. Dann wieder blieben sie in einem grauen Natursteinhaus mit blauen Fensterläden inmitten eines Kiefernwaldes. Einmal, kurz bevor sie endlich ihr Ziel erreichten, übernachteten sie sogar in einem kleinen Schloss, das einem Winzer gehörte. Zwei runde Türme, die Femke schon von Ferne entdeckt hatte, schauten auf einen Weinberg hinunter. Die Reben hingen voll blauer Trauben. Die Luft duftete nach Wein und nach Pfirsichen. Zwei Tage rasteten sie dort, dann setzten sie ihre Reise fort und erreichten am späten Nachmittag Bordeaux. Schon lange konnte man die schlanken hohen Türme der im gotischen Stil errichteten Kathedrale Saint-André sehen. Nur wenige Minuten später rollte ihre Kutsche auf das Weingut von Jacques Briand, das vor den Toren der Stadt lag. Er und seine Frau Yvette begrüßten ihre Gäste herzlich. Sie konnten sich gar nicht beruhigen, wie groß und erwachsen Femke geworden sei. Immerhin waren sieben Jahre vergangen, seit sie sich zum letzten Mal gesehen hatten. Damals, bei ihrem ersten Besuch, war Femke überrascht von dem Prunk des

Hauses, in dem sie zu Gast waren. Sie hatte ein Bauernhaus erwartet, denn es war immer die Rede von Weinbauern gewesen. Auch jetzt war sie wieder beeindruckt von dem zweistöckigen Gebäude. Es war dunkelrot gestrichen, und die drei großen Bogen des Haupteingangs, die rechteckigen Fenster in den Flügeln links und rechts und auch die drei ebenfalls bogenförmig eingefassten Fenster im zweiten Stock waren weiß eingerahmt. Sie gingen die breite gemauerte Treppe hinauf und betraten die großzügige Empfangshalle.

»Möchten Sie etwas trinken?«, fragte Yvette Briand. »Sie sind sicher durstig nach der langen Reise.«

Femke nickte, und auch Hanna und Carsten freuten sich auf eine Erfrischung.

»Ich glaube, ich werde alt«, gab Hanna zu. »Oft werde ich so eine Reise nicht mehr machen können.«

Ein Mädchen in einem blauen Kleid und mit weißer Schürze und Haube erschien mit zwei Krügen. In einem war Wasser, dem einige Minzzweige ein frisches Aroma verliehen, in dem anderen Wasser mit Lavendelsirup.

»Gehen wir auf die Terrasse«, schlug Jacques Briand vor und geleitete seine Gäste ins Freie. Er liebte es, seinen Grund und Boden zu präsentieren. Femke konnte das gut verstehen. Während vor dem Haus die Weinreben ordentlich aufgereiht standen, so weit das Auge reichte, blickte man von der Terrasse auf ein rechteckiges Bassin, das von weißen Steinpfaden eingefasst war. Lavendel spiegelte sich im Wasser und verströmte seinen Duft. In den Garten führten jeweils vier Stufen auf jeder Seite der Terrasse, die von Palmen gesäumt waren. Hinter dem Bassin gab es einen steinernen Bogen, der den Blick auf die Weinfelder lenken sollte, die sich gleich hinter dem Natursteinmäuerchen wieder erstreckten. Von dem Stein des Bogens war nicht mehr viel zu sehen, denn er wurde von einer Bougainvillea

überwuchert. Lila leuchteten ihre Blüten mit den anderen Blumen des Anwesens um die Wette. Den gesamten Garten mit seiner blühenden Pracht trennte die etwa halb mannshohe grobe Mauer von den endlosen Weinhügeln. Femke mochte diesen Platz sehr. Sie war außerordentlich froh, in den nächsten drei Wochen nicht mehr in die Kutsche steigen zu müssen. Tief sog sie die Luft ein, die hier nicht nur ganz anders duftete, sondern sich auch anders anfühlte als daheim in Lübeck. Sie war weicher, fast wie ein Seidenhauch, der über ihre Wangen fuhr. Ihr Blick verlor sich in den Farben des Gartens. Sie war zu müde, um sich auf irgendetwas zu konzentrieren. Wenn nur Johannes jetzt hier sein und das alles sehen könnte. Aus dem Augenwinkel nahm sie wahr, dass eine Gestalt, einen Arm aufstützend, leichtfüßig über die Mauer sprang.
»Ah, da kommt Luc«, sagte Jacques Briand.
Luc war der jüngste Spross der Familie. Seine drei älteren Schwestern waren alle mit Winzern in der Umgebung verheiratet. Er würde das Gut der Eltern übernehmen.
»Das soll das Bübchen sein, das sich bei unserem letzten Besuch vor den fremden Deutschen am liebsten verkrochen hätte?«, fragte Carsten Thurau fassungslos.
Die Briands lachten herzlich.
»Jaja, nicht nur Femke ist erwachsen geworden.«
Luc durchmaß den Garten mit festem Schritt, der verriet, dass man es hier mit einem selbstbewussten jungen Mann zu tun hatte. Er hatte breite kräftige Schultern, lockiges dunkelblondes Haar und braune Augen. Auch auf den nackten Armen kringelten sich blonde Härchen über der von Frankreichs Sonne gebräunten Haut. Er nahm zwei Stufen auf einmal, und schon stand er vor dem Besuch aus dem fernen Deutschland.
»Bonjour«, sagte er höflich. Er hatte eine angenehme, etwas rauhe Stimme.

Man tauschte ein paar Höflichkeiten aus, doch schon nach wenigen Minuten fachsimpelten die Männer über den letzten Jahrgang und eine Tinktur aus Brennnesselsud, die Luc entwickelt hatte, um Schädlinge von den Reben zu vertreiben. Yvette Briand und Hanna Thurau unterhielten sich angeregt über das kulturelle Leben in Lübeck und Bordeaux. In beiden Städten war der abendliche Besuch von Konzerten und Theatervorstellungen in Mode gekommen.

»Sie müssen uns ins Grand Théâtre begleiten«, schwärmte Yvette Briand. »Dort spielen die besten Ensembles des ganzen Landes. Und die Cours werden Sie nicht wiedererkennen. Dort wurden prunkvolle Häuser gebaut.« Die Cours waren Prachtstraßen, die man an die Stelle der alten Stadtmauern gebaut hatte. Ähnlich wie in Lübeck, wo die Befestigungsanlagen mehr und mehr den Alleen gewichen waren, konnte man auch hier die Verteidigung vernachlässigen und sich stattdessen um die seelische Erbauung der Menschen kümmern.

»Uns gefällt es hier draußen besser«, fuhr sie fort und sah sich zufrieden um. »Aber einige Kaufleute haben sich dort wahre Paläste gebaut.«

Femke stand etwas abseits, ihr Glas mit dem Lavendelwasser in der Hand. Es störte sie nicht, dass sich niemand um sie kümmerte. Im Gegenteil, sie war froh, sich nicht unterhalten zu müssen. Zwar beherrschte sie die französische Sprache sehr gut, und ihre Eltern hatten mit ihr während der Reise fast ausschließlich Französisch gesprochen, aber dennoch brauchte sie ein wenig Zeit, um den fremden Menschen gegenüber deren Muttersprache zu benutzen. Außerdem war sie viel zu müde, um selbst auf Deutsch gescheite Sätze zusammenzubringen. So nippte sie hin und wieder an ihrem Wasser und genoss es, wenn der Wind durch ihre Haare fuhr.

Luc verschwand nach einer kurzen Verabschiedung, wiederum

zwei Stufen auf einmal nehmend, so plötzlich, wie er gekommen war.

Während der nächsten Tage hatte Femke Gelegenheit, sich von den Strapazen der Reise zu erholen. Sie ging mit ihrer Mutter und Madame Briand spazieren, oder sie saßen auf der Terrasse im Schatten, tranken Wein oder Limonade und tauschten sich über das aus, was in Frankreich oder Deutschland die Gemüter beschäftigte. Liebend gern wäre Femke an den Atlantik gefahren, dessen salzige Brise sie manchmal bis hierher riechen konnte. Sie war noch nie am Meer gewesen. Gewiss, die Ostsee lag sozusagen direkt vor den Toren Lübecks, aber eben doch nicht so direkt, als dass sie zu Fuß dort hätte hingehen können. Ortschaften, in denen ihr Vater zu tun hatte, gab es dort nicht. Jedenfalls keine von einer Bedeutung, dass sie ihn bisher interessiert hätten. Es kam erst allmählich in Mode, dass die besseren Herrschaften zur reinen Erbauung eine Reise mit dem Wagen auf sich nahmen. Man fuhr ins Grüne, irgendwohin, wo es ein hübsches Lokal gab. An den nackten Strand fuhr man nicht. Dabei hätte Femke so gerne einmal selbst nach Bernstein gesucht. Am Atlantik gab es keinen, das wusste sie. Trotzdem hätte sie gern die Wellen und die Brandung gesehen, wäre gern durch den weichen Sand gelaufen, doch für einen Ausflug war es zu weit. Luc war am Tage meistens irgendwo unterwegs. Er kümmerte sich um die Kunden und um neue Rebsorten. Erst abends kamen alle zum Essen zusammen. Femke fand ihn sympathisch. Zwar sprachen sie nicht viel miteinander, denn sie war schließlich keine Geschäftsfrau, und so interessierte sie ihn offenbar nicht besonders, doch wenn sie einige Worte wechselten, war er immer freundlich. Vor allem seine stets gute Laune mochte sie an ihm. Anscheinend war er sehr unkompliziert, legte keinen großen Wert auf Konventionen und machte sich über nichts ernstlich Sorgen. Femke hatte ihn einmal von ihrem Fenster aus beobachtet. Sie hatte sich gerade für das Abendessen umgezogen und in den Garten geblickt. Da sah sie, wie er wieder einmal über die Mauer gesprungen kam. Er trug eine dunkle Hose und ein weißes Hemd, dessen Ärmel aufgekrempelt waren. Während er auf das Wasserbecken vor dem Haus zuging, knöpfte er sein Hemd auf und zog es aus. Dann kniete er sich an den Rand des Bassins, schöpfte mit vollen Händen Wasser und tauchte sein Gesicht hinein. Gleich darauf ließ er zwei volle Ladungen über seinen Kopf und den Oberkörper laufen. Er stand wieder auf, strich sich die Tropfen mit den Händen vom Körper, schüttelte einmal die Locken und zog sich, während er schon die Stufen zum Haus heraufsprang, wieder an. Femke hatte noch nie einen so muskulösen Mann gesehen. Er sah sehr gut aus, fand sie und schämte sich zugleich, dass sie ihn beobachtet hatte. Später beim Essen, wo sie einander gegenübersaßen, wagte sie kaum, ihm in die Augen zu schauen. Sie fürchtete, er habe sie am Fenster bemerkt.

»In den letzten fünf oder sechs Jahren war es mit den Geschäften nicht sehr gut bestellt«, sagte Jacques Briand und schnitt ein Stück von seinem Kaninchenbraten ab. »Die politische Lage ist zu instabil, mein lieber Thurau. Die Revolution geht an keinem Land spurlos vorbei. Und die verrückten Ideen, die dieser Robespierre verbreitet hat, spuken auch noch immer in den Köpfen vieler Menschen umher. Nein, es ist wirklich keine einfache Zeit.«

»Gewiss nicht«, pflichtete Carsten Thurau ihm bei. »Auch für unsere geliebte Hansestadt ist es nicht leicht, ihre Neutralität und Unabhängigkeit zu wahren. Der Rat hat seine liebe Mühe damit, und es kostet uns ein rechtes Vermögen.«

So ging es fast jeden Abend. Briand erklärte Thurau auf

Umwegen, warum er mehr Geld verlangen müsse, Thurau dagegen ließ Briand durch die Blume wissen, warum er nicht mehr Geld zahlen könne. Nach dem Essen saß man noch kurz bei einem Glas Wein oder einem Calvados beieinander. Luc verabschiedete sich für gewöhnlich früh. Er hatte immer noch etwas zu erledigen oder traf sich mit anderen jungen Burschen. Gern wäre Femke mal mit ihm gegangen. Bisher hatte sie noch nichts von der Stadt gesehen, und es hätte ihr Freude gemacht, ein paar Französinnen ihres Alters kennenzulernen. Aber er fragte sie nicht, und sie war es ja gewohnt, allein zu sein. Neben den Briands und ihren Eltern fühlte sie sich so überflüssig wie ein zweiter Henkel an einer Teetasse. Also verabschiedete sie sich meist kurz nach Luc und ging hinauf in ihr Zimmer. Bereits während der Reise hatte sie es sich zur Gewohnheit gemacht, sich Geschichten über die Eidechse in ihrem Bernstein auszudenken. Immer wieder neu waren die Abenteuer, die schließlich jedoch alle dazu führten, dass das bedauernswerte Tier im Harz endete. In der Kutsche hatte sie schweigend aus dem Fenster gesehen und eine Geschichte erdacht, am Abend in der Herberge hatte sie sie in ein kleines Notizbuch geschrieben. Nun nutzte sie die Zeit in ihrem Zimmer, um einige der Geschichten auszuschmücken.

An diesem Abend lief Luc nicht gleich nach dem Essen fort.

»Kommen Sie«, forderte er die Thuraus auf, »ich möchte Ihnen etwas ganz Besonderes zum Kosten geben.« Er ging voraus und stieg mit ihnen hinab in den Keller, in dem ein großer Teil des Weins lagerte. Sie durchquerten einen Gang, an dessen Wänden in regelmäßigen Abständen Fackeln befestigt waren. Es war kühl hier unten, und es roch stark nach Alkohol. Ihr Vater war gewiss schon an einigen Tagen hier unten gewesen, doch Femke betrat zum ersten Mal die Gewölbe. Sie ließen drei Holztüren liegen. Vor der vierten blieb Luc stehen. Die

Scharniere knarzten herzzerreißend, als er sie öffnete. Für wenige Sekunden verschwand er im Dunkel. Femke wartete mit den anderen, bis ein heller Schein aus dem Kellerraum in den Gang fiel.
Dann tauchte Luc wieder auf. »Bitte«, sagte er und hieß sie mit einer kurzen Handbewegung eintreten. In vier Reihen lagen honigfarbene Holzfässer auf niedrigen Gestellen, zwanzig Fässer in jeder Reihe. Neben der Tür stand ein dunkles Fass, das mindestens viermal so groß war wie die anderen. Es hatte offenbar ausgedient und gab nun einen ganz passablen Tisch ab, auf dem bereits einige Gläser standen.
»Ich habe einen Dessertwein gemacht«, erklärte Luc, »nach dem werden sich die Lübecker die Finger lecken.« Schon schenkte er sechs Gläser voll und reichte sie herum. Ein jeder schwenkte sein Glas, hielt es gegen das Licht der Kerzen und tauchte mit der Nase so tief in den kleinen Kelch, dass die Nasenspitze fast die gehaltvolle Flüssigkeit berührte. Femke war fasziniert von dem tiefen Rot des Weins. Wie herrlich das Licht ihn zum Funkeln brachte. Einen Bernstein in dieser Farbe müsste es geben, dachte sie.
»Ich habe zwei Sorten gemacht«, erklärte Luc. »Bei diesem hier habe ich unsere Trauben mit Trockenbeeren versetzt. Kosten Sie!« Er sah aufmerksam in die Runde.
Als Femke gerade einen Schluck nahm und über den Rand ihres Glases zu ihm hinübersah, trafen sich ihre Blicke. Schnell schloss sie die Augen.
»Nicht schlecht«, meinte Carsten Thurau anerkennend.
»Er ist ganz köstlich«, stimmte seine Frau ihm zu.
»Dann warten Sie, bis Sie die andere Sorte probiert haben«, sagte Luc. Der Stolz in seiner Stimme war nicht zu überhören.
Femke wagte es, ihn wieder anzusehen, als er sich einem anderen

Fässchen zuwandte, um von dort die Proben zu entnehmen. Er zog dazu einen Stopfen, der oben auf dem gewölbten Leib des Fasses saß, aus einer ringförmigen Öffnung. Die Härchen auf seinem Arm leuchteten im Kerzenschein, und seine Haut, die sich dunkel vom weißen Leinenhemd abhob, schien im warmen flackernden Licht einen noch tieferen Bronzeton anzunehmen. Er tauchte sechsmal einen Becher am Ende eines langen Stabes in das Fass und goss dessen Inhalt mit Schwung in sechs weitere Gläser. Femke vermochte den Blick nicht mehr von diesen schönen Armen abzuwenden. Bei jeder Bewegung konnte man das Spiel der Muskeln unter der Haut ahnen.

»Hat Ihnen der Erste nicht geschmeckt?«

Femke erschrak. Sie war die Einzige, die das erste Glas noch zur Hälfte gefüllt in der Hand hielt.

»O doch«, beeilte sie sich zu sagen.

»Na dann runter damit«, meinte Luc und lächelte sie fröhlich an. »Hier kommt ja schon der nächste.« Tatsächlich hielt er bereits eine Kostprobe der zweiten Sorte für sie in der Hand.

Femke trank eilig, reichte ihm das leere Glas und nahm ihm das volle ab.

»So ist es brav«, scherzte er. Dieses Mal verriet er nicht, woraus er den Dessertwein hergestellt hatte. Er wollte wissen, ob die Thuraus es erraten konnten.

Femke schmeckte diese Sorte herrlich. Sie war süß und schwer und wärmte ihren Bauch.

»Ich kann keine andere Frucht herausschmecken«, meinte Carsten Thurau, nachdem er einen Schluck geräuschvoll von einer Backe in die andere bewegt und mit der Zunge mehrfach gegen den Gaumen gedrückt hatte.

Femke beeilte sich einfach nur, ihr Glas schnell zu leeren. Sie wollte nicht wieder die Letzte sein.

»Welcher hat Ihnen besser geschmeckt, Mademoiselle?«, fragte Luc sie.
»Der Zweite«, antwortete sie ohne zu zögern.
»Das ist auch mein Favorit«, stimmte Jacques Briand ihr eifrig zu. Er hatte einen lustigen Schnauzbart, dessen Spitzen fast die Ohren berührten, wenn er wie jetzt über das ganze Gesicht lächelte.
»Verraten Sie uns Ihr Geheimnis, Luc. Was ist außer Trauben noch darin?«, wollte Carsten Thurau wissen.
»Nichts«, antwortete dieser. Während die anderen wieder kosteten, die Stirn runzelten und weiter mutmaßten, nahm er Femke das Glas ab, füllte es erneut und reichte es ihr.
»Danke schön«, sagte sie leise. Es hatte selbstverständlich zum Essen schon Wein gegeben, und Femke spürte, dass die niedrigen Wände sich um sie zu drehen begannen. Es wurde höchste Zeit, dass sie ins Bett kam. Andererseits gefiel es ihr hier unten. Geheimnisvolle Schatten tanzten über die grob behauenen Feldsteine. Einer sah sogar wie eine Eidechse aus. Sofort war Femke mit den Gedanken in ihren Geschichten. Sie hörte kaum zu, als Luc erklärte, es handle sich um Traubensirup, den er dem Rotwein zugefügt habe. Sie hörte auch nicht, dass ihre Mutter nach ihr rief und mit Yvette Briand das Gewölbe verließ, während Jacques Briand mit ihrem Vater zwischen zwei Reihen Fässern davonging und über Preise verhandelte. Gedankenverloren sah sie den Schatten zu, trank und drehte ihren Anhänger, den sie um den Hals trug, zwischen zwei Fingern. Erst im letzten Moment registrierte sie, dass Luc direkt vor ihr stand und eine Hand nach dem Bernstein ausstreckte.
»Der ist mir gleich am ersten Tag aufgefallen«, sagte er. »Ich habe den Leuchter gesehen, den Ihre Eltern meinen mitgebracht haben. Ein hübsches Stück. Na ja, nicht ganz mein Geschmack, aber das hier ist faszinierend.«

Ihre Finger berührten sich kurz, als er den Anhänger näher zur Fackel hielt.

»Er ist auch etwas ganz Besonderes«, erwiderte Femke. »Leider habe ich ihn nicht selbst geschliffen. Er ist ein altes Familienerbstück.«

Lucs Augen weiteten sich. »Sie schleifen selbst?«, fragte er ungläubig.

»Ja. Hat mein Vater Ihnen das nicht erzählt? Er erzählt es jedem, weil er so stolz ist.« Sie kicherte. Dann wurde sie wieder ernst. »Den Leuchter, der Ihnen nicht gefällt, habe ich gemacht.«

»Sie treiben Scherze mit mir!« Noch immer hatte er das ovale dunkle Schmuckstück in der Hand, aus dessen Inneren ein rundes totes Auge in die Welt starrte.

»Keineswegs.« Femke fiel plötzlich wieder ein, wie sie Johannes zu Meister Delius hatte schleppen müssen, damit er ihr glaubte. »Beschaffen Sie mir einen Rohbernstein, und ich schnitze Ihnen daraus, was Sie wollen«, erklärte sie übermütig.

»Woher sollte ich den wohl nehmen?«, fragte er und ließ endlich den Anhänger los.

»Tja«, machte sie.

»Kommt, Kinder«, rief Jacques Briand, der mit seinem Gast anscheinend handelseinig geworden war, »gehen wir nach oben. Da haben wir es viel netter.«

»Ich wusste gar nicht, dass Ihre Tochter eine solche Künstlerin ist«, sagte Luc zu Carsten Thurau. »Gerade hat sie mir erzählt, dass sie den Leuchter selbst angefertigt hat.«

»Oh, aber das sagte ich doch, als ich den Leuchter überreicht habe. Ja, sie hat ein großes Talent.«

»Der Junge war nicht dabei. War irgendwo draußen, sonst wäre ihm das nicht entgangen«, meinte Jacques Briand und zwirbelte ein Ende seines Bartes zwischen Daumen und Zeigefinger.

»Das ist einfach unglaublich.« Luc konnte sich nicht beruhigen. »Ich muss ihn mir gleich noch mal genau ansehen.«
»Ich dachte, er sei nicht nach Ihrem Geschmack«, gab Femke keck zu bedenken.
»Aber ich wusste doch nicht, dass Sie ihn gemacht haben.«
»Dadurch wird er auch nicht schöner«, stellte sie sachlich fest.
Jacques Briand lachte schallend. »Sie spricht nicht viel, aber wenn sie etwas sagt, lohnt es sich, hinzuhören.«
Die Damen warteten bereits im Salon. Luc ging sofort zu dem alten Eichenbüfett hinüber, auf dem das Geschenk einen Ehrenplatz bekommen hatte.
»Ah, verstehe«, sagte Luc, der den breiten runden Fuß behutsam in seiner großen Hand hielt, »Sie haben ihn geschliffen, also sozusagen poliert, doch hergestellt hat ihn ein anderer.«
»Aber nein. Ich habe zunächst von allen Rohbernsteinen – es waren vier – die Kruste entfernt, dann habe ich sie grob in Form gebracht und schließlich die Blumenornamente geschnitten. Nur zusammengesetzt hat Meister Delius die einzelnen Teile.«
»Das ist gut, ich meine, das ist perfekt!« Luc drehte den Leuchter in seinen Händen.
Verstohlen beobachtete Femke ihn dabei. Seine Augen hätten auch aus Bernstein sein können, fand sie, so dunkelbraun und leuchtend, wie sie waren.
»Wie entsteht Bernstein eigentlich genau?«, fragte Yvette Briand.
»Das scheint ein längerer Abend zu werden«, sagte ihr Mann. »Dazu soll es uns nicht an der passenden Begleitung fehlen.«
Daraufhin verschwand er und kehrte geraume Zeit später mit einer Flasche Rotwein zurück, die er aus den Tiefen seines Kellers geholt hatte. Sie war von einer dicken gelblichen Staubschicht bedeckt, dass man das Etikett nicht lesen konnte. Er

wischte den Belag einfach mit der Hand weg. Dann entfernte er den Korken und goss den Wein in eine Karaffe. »Er braucht noch ein wenig, bis er seine Blume vollkommen entfaltet hat. Vielleicht erzählt uns die Künstlerin unterdessen schon etwas mehr über ihren Stein.«

Sie saßen in tiefen Sesseln, in die man sank wie in ein weiches Bett. Ein schwerer Duft von Alkohol und Himbeeren lag in der Luft, seit Jacques Briand den Wein in die Karaffe gegossen hatte.

»Was soll sie viel erzählen?«, meinte Carsten Thurau leichthin, dem nicht entgangen war, dass Luc plötzlich seine Augen nicht mehr von dem leuchtenden roten Haar und der zarten Gestalt seiner Tochter nehmen konnte. Von der Spätsommersonne Frankreichs und dem Wein waren ihre Wangen leicht gerötet. Sie schien innerlich zu glühen. »Vor Millionen von Jahren wurde ein Wald überschwemmt. Das Baumharz dieses Bernsteinwaldes ist versteinert, das Meer war die Ostsee, und die gibt jetzt nach und nach das Harz frei«, erklärte er.

»Das ist die Version der Geschichte, die sogenannte Gelehrte verbreiten«, sagte Femke leise, wie Meister Delius kurz vor ihrer Abreise, als sie mit dem Würfel für Johannes beschäftigt war, zu ihr gesagt hatte. Normalerweise wäre sie froh gewesen, aus dem Zentrum der Aufmerksamkeit entlassen zu sein, und sie hätte auch niemals ihrem Vater widersprochen, wie sie es jetzt ja auf gewisse Weise tat, doch in diesem Moment wollte sie nicht wie ein dummes kleines Kind behandelt werden. Genauso fühlte sie sich aber. Hatte Monsieur Briand nicht sie gebeten, vom Bernstein zu erzählen? Warum antwortete ihr Vater an ihrer Stelle?

»Wie geht denn Ihre Version der Geschichte?«, wollte Luc wissen. Er faltete die Hände und beugte sich vor. Er war wirklich an dem interessiert, was sie zu sagen hatte. Femke freute sich darüber. Sie hatte das vorher nur bei Johannes erlebt.

»Also«, begann sie, »vor sehr langer Zeit lebte auf dem Grunde des Nordmeeres die Bernsteinkönigin. Sie hatte ein Schloss, das war ganz und gar aus gelben, braunen, weißen und roten Steinen gemacht, von den Außenmauern angefangen bis zum letzten Stuhl und sogar bis hin zum Geschirr und dem Besteck.«
Obwohl von der ersten Minute an klar war, dass Femke ein Märchen erzählte, hingen alle an ihren Lippen, so lebendig schilderte sie ein Schloss, das so schön und mystisch war, dass jeder gern darin gewandelt wäre.
»Der Fußboden war aus Bernstein, ebenso das Dach. Wenn die Sonnenstrahlen durch das Meer bis hierher kamen, wurden sie so verstärkt, dass alles golden und warm leuchtete. Die Königin konnte sehr gut schwimmen und lange unter Wasser bleiben, doch eine Nixe, die in den Fluten zu atmen vermochte, war sie nicht. So war es überlebenswichtig für sie, ihr Schloss nach ihren Streifzügen durch das Nordmeer stets zeitig zu erreichen.«
Sie machte eine kurze Pause, als Jacques Briand aufstand und zur Karaffe griff.
»Sechzehn Jahre ist er alt«, erklärte er mit Blick auf den violett schimmernden Wein. »Genauso alt wie Sie, Mademoiselle, wenn ich nicht irre.« Er hätte wohl gern noch mehr zu diesem ganz erlesenen Tropfen gesagt, doch wie alle anderen wollte er weiter zuhören. So schenkte er nur die Gläser ein und setzte sich wieder.
»Im Meer wohnte auch der Ostwind«, fuhr Femke fort. »Seine Behausung war eine finstere Blase, die über den Meeresboden trieb, sich bald aufblähte und bald zusammenzog. Der Ostwind begehrte die schöne Bernsteinkönigin. Er wollte sie freien und zu sich in sein zugiges unwirtliches Reich holen. Eines Tages rauschte er geradewegs zu ihrem Schloss und rief nach ihr: ›He, Königin, komm heraus zu mir, ich habe etwas mit dir zu

besprechen!‹ Doch sie rührte sich nicht, denn sie fürchtete sich vor dem ungestümen Wind. ›Hörst du nicht‹, rief er erneut, ›ich will mit dir reden. Komm raus!‹ Seine tiefe brausende Stimme machte ihr Angst. Sie fragte: ›Was gibt es wohl zwischen uns beiden zu besprechen?‹ Darauf sagte er einfach: ›Du sollst mein Weib werden. Du sollst mit mir in meinem Luftschloss leben.‹ Die Bernsteinkönigin erschrak. Sie wollte auf keinen Fall die Ehefrau des Ostwindes werden. Und schon gar nicht wollte sie jemals irgendwo anders leben als in ihrem Schloss. Als sie ihm das zur Antwort gab, wütete und tobte er. Lauter und lauter schrie er, bis das Meer um ihn zu schäumen und zu brodeln begann. Die Wände des Bernsteinschlosses zitterten und wackelten, und schließlich stürzte das Dach ein und alle Wände barsten.« Femkes Wangen glühten vor Aufregung. Niemand rührte sich. Es trank nicht einmal jemand von dem alten Wein, der verführerisch in den Gläsern duftete. »Das Schloss mit allem, was in ihm war, zerbrach in Millionen von Brocken. Die werden noch heute angeschwemmt, wenn der Ostwind wieder einmal laut seinen Kummer beklagt«, beendete sie die Geschichte.

Und mit einem verschmitzten Lächeln fügte sie hinzu: »Vielleicht habe ich den Leuchter doch nicht selbst gefertigt, sondern ihn am Strand gefunden.«

Am nächsten Morgen schlief Femke länger als gewöhnlich. Als sie in das große Speisezimmer kam, hatten alle anderen bereits gefrühstückt. Murielle, das Dienstmädchen, brachte ihr von dem langen, etwas trockenen Weißbrot, das man hier stets zu essen pflegte, Käse und ein Stück Salami. Nein, das Frühstück in Frankreich war nicht mit dem zu vergleichen, das sie von zu Hause kannte. Sie aß nicht viel. Als sie gerade aufstehen wollte, kam Luc herein.

»Ich habe in Bordeaux einige Erledigungen zu machen. Wollen Sie mich nicht begleiten?«, fragte er ohne Umschweife.
Femke zögerte. Vorgestern hätte sie noch mit Freude zugestimmt, aber heute wusste sie nicht mehr, worüber sie mit ihm reden sollte, wenn sie alleine waren.
»Nun, was ist? Wollen Sie denn nicht etwas von der Stadt sehen? Oder haben Sie andere Pläne?«
»Nein, ich meine, ja, ich würde die Stadt gerne sehen«, stotterte Femke.
»Dann los!«
Sie fuhren in einem offenen Wagen. Luc reichte ihr eine Wolldecke, denn der Sommer verabschiedete sich allmählich, und die Luft war merklich kühler. Er selbst schien das aber nicht zu spüren. Wieder trug er nur ein Hemd, dessen Ärmel er bis fast zur Schulter aufgekrempelt hatte. Ihr Weg führte am Ufer der Garonne vorbei. Der Fluss hatte viel Wasser, und der Pegel schien noch zu steigen.
»Die Flut des Atlantiks drückt das Wasser bis hierher und noch weiter in das Land hinein«, erklärte Luc. »Wer weiß, womöglich ist auch daran der tobende Ostwind schuld.«
Sie lachten, doch man konnte es beinahe glauben, wenn man die Strudel sah, die sich im Oberflächenwasser bildeten und im nächsten Moment wieder verschwunden waren.
»Wie kommt es, dass es hier so warm ist, dass die Palmen, der Lavendel und all die anderen wunderschönen Pflanzen so gut gedeihen?«, wollte Femke wissen. »Ich hörte, die Atlantikwinde können sehr kalt sein.«
»Das ist richtig. Aber es gibt einen breiten Streifen dichter Pinienwälder drüben auf der anderen Seite der Stadt. Der schützt uns und unseren Wein. Außerdem haben wir hier viel Wasser, wo die Garonne und die Dordogne zusammenfließen. Die Gironde speichert die Wärme am Tag und gibt sie dem

Land in der Nacht zurück. Mit Ihrem Mer baltique ist es ganz ähnlich. Im Sommer nimmt es die Wärme auf und gibt sie im Herbst zurück.« Luc hatte auf der Universität in Bordeaux alles gelernt, was man nur über Wetter, über Pflanzen und über Böden wissen konnte. Sie passierten eine Holzbrücke, die die Garonne überspannte. Er zeigte ihr den eleganten Bau des Theaters, die Kathedrale Saint-André und die Ruinen eines Amphitheaters aus dem 3. Jahrhundert. Luc konnte zu allen Gebäuden etwas erzählen. Er wirkte nie arrogant oder überheblich, sondern stolz und aufmerksam. Femke fand das alles ungeheuer spannend, und sie hoffte sehr, dass es nicht der einzige Ausflug mit ihm bleiben würde. Am Hafen stiegen sie aus und gingen ein wenig am Kai spazieren. Große Segelschiffe schaukelten auf dem Wasser. Eines wurde gerade mit Holz beladen.
»Holz ist neben Wein unsere wichtigste Handelsware«, erläuterte Luc, der Femkes Blick bemerkt hatte.
»In Lübeck wird auch viel Holz verschifft«, sagte sie. Der herbe harzige Geruch, die typische Mischung von Wasser und Holz, war ihr sehr vertraut. Er erinnerte sie an Johannes, und mit einem Schlag hatte sie ein schlechtes Gewissen. Sie hätte nicht sagen können, warum, doch allein die Tatsache, dass sie mit einem anderen als mit ihm zusammen war, reichte aus, damit sie sich schuldig fühlte.
»Wir treiben regen Seehandel mit den Antillen«, berichtete Luc weiter. »Wissen Sie, wo die sind?«
»Nein«, gab Femke zu.
»Sie müssten den gesamten Atlantik überqueren und bis nach Amerika segeln, um die Inseln zu erreichen. Ist das nicht unglaublich?«
»Ja«, sagte sie und nickte, während sie die dicken Wülste betrachtete, zu denen die meisten Segel jetzt zusammengelegt waren. Sie malte sich aus, wie es da draußen auf dem Atlantik

sein mochte. Ringsumher nichts als die wilde See, kein Land in Sicht, geschweige denn die Heimat.
»Ich werde auch mal dort hinsegeln«, verkündete Luc. »Ich werde Wein an meine Landsleute verkaufen, die sich dort niedergelassen haben. Sie sollen nicht auf ein so köstliches Stück Heimat verzichten müssen.«
Femke konnte ihn sich sehr gut als Abenteurer vorstellen. Sie sah ihn vor sich, das Steuerrad fest in der Hand, den Blick konzentriert auf die Weite des Meeres gerichtet. Das war natürlich Unsinn, denn er war ja kein Kapitän. Aber es würde ihm gut zu Gesicht stehen, fand sie. Sie merkte, dass er sie anschaute. Ihre Haare, die sie an diesem Tag offen trug, wehten ihr um das Gesicht.
»Was ist dort drüben los?«, fragte sie. Es machte sie nervös, wenn er sie so ansah.
Er folgte ihrem Blick. »Das sind die Austernfischer und die Möwen, die sich um die Abfälle streiten. Kommen Sie.« Sie schlenderten zu den Booten hinüber, auf denen die Fischer sortierten und stapelten. Die Möwen kreisten darüber, zeterten und schossen immer wieder hinab, um einen Brocken zu erhaschen. Manchmal jagte ein Vogel dem anderen dessen Beute im Flug ab, was mit noch lauterem Schimpfen quittiert wurde.
»Wollen Sie probieren?«, fragte Luc und ging auch schon auf einen der Fischer zu, ohne ihre Antwort abzuwarten.
Femke wusste, dass man Austern roh verspeiste, aber sie hatte noch nie welche gekostet. Ihr Vater behauptete immer, man könne ebenso gut ein Glas frisches Ostseewasser trinken, anstatt Austern zu essen. Außerdem passten sie nicht zu Wein und machten nicht satt. Warum also sollte man sie überhaupt auf den Tisch bringen? Femke konnte sich bei dem Gedanken, sie solle salziges Meerwasser trinken, nur schütteln. Wie es

aussah, würde sie nun aber nicht drum herumkommen, sich selbst ein Urteil zu bilden.

»Sehen Sie, so geht das«, sagte Luc, setzte die Schale an die Lippen und schlürfte die Auster, wie Femke als Kind den letzten Rest Grießbrei vom Teller geschlürft hatte, wenn ihre Mutter gerade nicht hinsah.

Angewidert starrte sie auf die glibberige graue Masse, die direkt vor ihrer Nase in der Schale lag. Sie nahm einen intensiven Fischgeruch wahr. Luc war noch am Leben, und er sah nicht aus, als hätte es ihm nicht geschmeckt. So schlimm würde es also schon nicht sein. Sie setzte die Auster an die Lippen, schloss die Augen und ließ die glitschige Masse in ihren Mund rutschen. Der Geschmack war der fürchterlichste, den sie jemals hatte. Sie hätte am liebsten alles ausgespuckt, aber das war natürlich nicht möglich. Also schluckte sie tapfer. Sie kniff die Augen noch fester zusammen und kämpfte gegen den Würgereiz.

»Femke, ist alles in Ordnung?«

»Jaja, es schmeckt nur ein wenig ... nun, ein wenig ungewohnt«, brachte sie mühsam heraus.

»Sie mögen es nicht«, stellte er fest.

Sie schüttelte den Kopf. »Nein, ich mag es überhaupt nicht.«

»Warum haben Sie sie nicht ausgespuckt?«

Femke musste lachen. »Das hätte ich gerne, aber das wäre doch schrecklich unhöflich gewesen.«

»Aber nein! Na ja, vielleicht haben Sie recht. Eine Dame tut so etwas nicht.« Er zuckte mit den Schultern. »Ich hätte es getan.«

Sie fuhren wieder ein Stück mit der Kutsche und hielten an einem kleinen Speiselokal, in dem der Fisch herrlich schmeckte und Femkes Geschmacksknospen gründlich entschädigte. Danach zeigte Luc ihr die Universität, die in einem über

dreihundert Jahre alten Gebäude untergebracht war. Als es bereits Abend wurde, gingen sie noch eine Weile in einem Park spazieren, der sich bis zum Ufer der Garonne erstreckte. Femke sah im dämmrigen Licht des Sonnenuntergangs Pärchen, die sich eng umschlungen hielten oder gar küssten. So etwas gab es auf Lübecks Straßen nicht, jedenfalls nicht dort, wo sie und ihre Eltern zu spazieren pflegten, und sie sah schnell beiseite.
»Heißen viele Mädchen in Deutschland Femke?«, fragte Luc unvermittelt. Wenn er ihren Namen aussprach, klang es wie *Fomck* mit einem kleinen Knalllaut am Schluss.
»Nein«, antwortete sie. Schon wieder kam ihnen ein Paar Hand in Hand entgegen. »Femke ist die Kurzform von Fredemar«, sagte sie schnell. »Ich bin sehr froh, dass ich Femke heiße.«
»Ja, das klingt viel schöner.«
»Es bedeutet Friede«, ergänzte sie.
»Luc heißen hier viele«, erzählte er.
»Es ist ein sehr schöner Name, finde ich«, meinte Femke eifrig.
Irgendwo lachte eine Frau, und ein Mann sagte etwas zu ihr. Ansonsten hörte man nur ihre Schritte auf dem Sandweg und den Gesang der Zikaden.
Femke fiel etwas ein. »Luc könnte auch eine Kurzform sein. Wissen Sie, wovon?«
Er zuckte mit den Schultern.
»Von Lübeck!« Sie strahlte. »Lü-beck, kurz Lük.«
Sie lachten, während sie das Flussufer erreichten. Die Garonne sah jetzt noch gefährlicher und unberechenbarer aus, wie sie so dunkel dahinrauschte, gluckste und strudelte. Im Schutz der Bäume im Park war die Luft noch recht mild gewesen, doch hier war deutlich ein kühler Luftzug zu spüren. Femke fröstelte.
»Ist Ihnen kalt?«

»Ein wenig.«
Einen Moment sah es so aus, als würde Luc sie in den Arm nehmen, um sie mit seinem Körper zu wärmen, aber er tat es nicht.
»Besser, wir fahren nach Hause«, meinte er stattdessen.
Als Femke drei Stunden später in ihrem Bett lag, fiel ihr auf, dass Luc den ganzen Tag nicht von ihrer Seite gewichen war. Was war aus den Besorgungen geworden, die er machen wollte? Sie hatte den Verdacht, dass es sie gar nicht gab. Er wollte ihr einfach nur die Stadt zeigen. Sie zog die Decke noch ein Stückchen höher und schlief zufrieden ein.

Femkes Hoffnung erfüllte sich nicht. Es blieb der einzige Ausflug, den sie und Luc machten. Zwar ließ er sich öfter auf der Terrasse oder im Haus sehen und leistete den Gästen aus Deutschland Gesellschaft, doch dabei blieb es bis zu dem Tag, als die Thuraus sich verabschiedeten. Sie wollten noch weitere Weingüter besuchen und durften nicht zu spät die Heimreise antreten. Es war bereits Ende August. Hier am Atlantik war das Klima noch recht freundlich, wenn es am Abend auch immer mehr abkühlte. Im Elsass konnte es schon sehr viel kälter sein. Noch kritischer war es in den deutschen Mittelgebirgen, die sie überqueren mussten.
»Ich hoffe, wir sehen uns wieder, Bernsteinkönigin«, sagte Luc zum Abschied.
»Das wäre schön.« Femke wurde das Herz schwer. Er würde ihr tatsächlich fehlen.
Luc nahm sie in den Arm und küsste sie auf jede Wange, wie es in diesem Land üblich war. Kurz darauf saßen die Thuraus in der Kutsche und rollten nach Nordwesten. Femke dachte an Lucs braune Augen und an den Abschied von Johannes, der sie ebenfalls zum ersten Mal in den Arm genommen hatte. Sie war

schweigsam während der Reise und auch beim Essen in dem kleinen Gasthof, in dem sie sich für die Nacht einquartierten. Sie ging mit ihrer Mutter schon in das Zimmer, in dem sie zu dritt schlafen würden, während Carsten Thurau mit dem Wirt noch über Médocs, Sauternes, Entre-Deux-Mers und andere Bordeauxweine, weiße und rote, fachsimpelte.

Oben im Zimmer sagte Hanna zu ihrer Tochter: »Er gefällt dir, nicht wahr?«

Femke wusste sofort, was ihre Mutter meinte. Trotzdem fragte sie: »Wer gefällt mir?«

»Luc. Du hast dich doch hoffentlich nicht in ihn verliebt, oder?«

»Aber nein!« Femke war ehrlich entsetzt.

Hanna nahm sie bei den Schultern und sah ihr zärtlich ins Gesicht. »Ich habe deine Blicke bemerkt, mein Kind. Du hast ihn förmlich angehimmelt. Oh, und er hat dich nicht weniger entzückt angesehen. Es würde mich nicht wundern, wenn wir bald wieder eine Einladung von den Briands erhielten.« Sie spitzte die Lippen und legte den Kopf schief. »Nimm dich lieber in Acht, Femke. Glaube mir, er ist genau der Mann, in den sich jede Frau nur zu gerne verlieben würde. Er trägt die Leichtigkeit dieses Landstrichs in sich, und er sieht gut aus.« Sie wurde ernst. »Nur hat dein Vater andere Pläne für dich, fürchte ich.«

Femke lag lange wach in dieser Nacht. Ihr Vater schnarchte, und der gleichmäßige Atem ihrer Mutter verriet, dass auch sie fest schlief. Femke dagegen war schrecklich durcheinander. Ihr Kummer über die Trennung von Johannes hatte ihr gerade noch das Herz zerrissen, und jetzt war sie schon betrübt, dass sie Abschied von Luc hatte nehmen müssen. Sie dachte daran, wie sich ihre Hände im Weinkeller berührt hatten, als er ihren Bernsteinanhänger bewundert hatte. Sie sah seine braunen Augen vor sich und konnte den Anblick seines Oberkörpers nicht vergessen, an dem die Tropfen hinabliefen und in der Sonne glitzerten. Gleichzeitig wurde das Bild von Johannes schwächer, wie er, ihr Päckchen in der Hand wiegend, eine steile Falte über der Nase, vor ihr gestanden hatte. Sie wusste einfach nicht, was mit ihr los war. Und was meinte ihre Mutter mit: »Nur hat dein Vater andere Pläne für dich ...«? Sie konnte sich keinen Reim darauf machen.

Die Tage gingen zäh dahin. Femke sehnte sich nach Lübeck und nach der Werkstatt von Meister Delius. Sie würde dort viel Zeit verbringen, wenn sie wieder zu Hause war, denn ihr Vater wurde nicht müde davon zu reden, dass er in Zukunft seinen besten Kunden der Stadt und auch denen in Schweden und Norwegen kleine Kunstwerke seiner Tochter schenken wollte. Es könne doch schlecht sein, dass sie ihr Talent einfach nur so vom lieben Gott bekommen habe. Und da sie als Frau schwerlich einen Beruf daraus machen würde, könne sie es doch zum Nutzen ihres Vaters einsetzen, meinte er. Sie freute sich, denn bisher achteten ihre Eltern eher darauf, dass sie nicht zu viele Stunden mit dem Schnitzen und Schmirgeln verbrachte. Sie ließen sie gewähren, aber doch nur bis zu einem in ihren Augen vernünftigen Maß. Die meiste Zeit des Tages sollte sie ihre Fertigkeiten verfeinern, die sie als Hausfrau einmal benötigen würde. Auch die Pflege ihrer Haut und ihrer langen Haare sei eine wichtige Größe im Leben eines jungen Mädchens. Hanna Thurau wusste, wovon sie sprach. Nun aber gewann das Bernsteinschnitzen an Bedeutung. Nichts hätte Femke mehr Freude machen können.

Mit ihren Eidechsengeschichten ging es nicht gut voran. Zwar hatte sie alle Zeit der Welt, neue zu erfinden und aufzuschreiben, aber ihre Gedanken machten sich allzu oft selbständig. Sie erwischte sich dabei, dass sie nicht in einem Millionen Jahre alten Bernsteinwald aus Kiefern, Palmen, Zimtbäumen und Magnolien unterwegs war, um sich seine Bewohner, Gürteltiere, Krokodile, Raubvögel mit mächtigen gebogenen Schnäbeln und farbenprächtig schillernde Leguane, vorzustellen, sondern sich das ein ums andre Mal am Hafen von Bordeaux, am Bassin des Weingutes oder an einem Vierspänner in der Glockengießerstraße wiederfand.

In der Nacht, bevor die Thuraus ihren Heimweg antraten, träumte Femke von einem Unfall. Ihre Kutsche kam vom Weg ab. Sie hörte Holz splittern und ihre Mutter schreien. Erschrocken fuhr sie aus dem Schlaf hoch und atmete schnell.

»Du hast nur geträumt. Schlaf noch ein bisschen«, murmelte Hanna.

Femke ließ sich wieder in die Kissen sinken. Sie fürchtete, dass die Heimreise nicht glücklich verlaufen würde.

Carsten Thurau wählte eine Route, die sie zunächst nach Norden führte. Als sie die Loire erreichten, schlugen sie eine nordöstliche Richtung ein. Sie wichen den schroffen Bergen so gut es ging aus und wollten nördlich an den Ausläufern der Vogesen ihren Weg zurück nach Deutschland nehmen. Seit Tagen prasselte starker Regen auf das Dach der Kutsche. Längst drang er auch durch die Ritzen des Gefährts nach innen. Ein dünnes Rinnsal plätscherte stetig über die Tür, neben der Femke saß. Glücklicherweise konnte es die Kutsche durch den unteren Türspalt wieder verlassen. Regelmäßig tropfte es auch von der Decke. Schon waren die dicken Schaffelle und die Wolldecken, die Carsten auf die lederbezogenen Sitzbänke gelegt hatte, feucht. Hanna klagte über Schmerzen im Rücken, und Femke hustete herzerweichend. Sie hatte in Frankreich wieder etwas ihres verlorenen Gewichts zurückgewonnen, doch nun wurde sie von Tag zu Tag dünner und schwächer. Schließlich bekam sie auch noch Fieber. Bis Straßburg schafften sie es, dann legten sie eine längere Rast ein. Sie mieteten sich zwei hübsche Zimmer in einem kleinen Gasthof unweit des Münsters. Sobald Femkes Fieber sank und sie etwas zu Kräften kam, ließ sie sich einen Sessel ans Fenster schieben, wo sie, eingewickelt in ein Daunenbett und eine Rosshaardecke, unter der eine Wärmflasche lag, stundenlang saß und das Münster betrachtete. Der Wirt hatte stolz berichtet, dass es sich um das größte Gebäude der Welt handle. Wer konnte das schon nachprüfen? Femke war es gleich. Sie war fasziniert von den reichen Verzierungen, den spitzen Türmchen, fein gearbeiteten Heiligenfiguren und Wasserspeiern, zarten Säulen und durchbrochenen Ornamenten. Die Farbe des rosa Vogesensandsteins gefiel ihr ebenso wie die der hohen bogenförmigen und runden Fenster. Das mussten wahrhaft Künstler und Gelehrte gleichermaßen gewesen sein, die dieses Bauwerk geschaffen hatten. Wie sonst konnten seine verschiedenen Flügel so raffiniert miteinander verbunden sein, seine Türme so weit in den Himmel ragen, ohne in sich zusammenzustürzen, sein Schiff so vielen Menschen Platz bieten? Wie sonst konnte es von so vollkommener Schönheit sein? Jeden Tag saß sie dort und versuchte sich wenigstens einen der Türme so gut einzuprägen, dass sie ihn später in Bernstein arbeiten könnte. Madame Roubin, die Wirtin, eine rundliche große Frau mit rot geäderten Pausbacken und einer schiefen Nase, brachte ihr zweimal am Tag warmes Essen. Meistens war viel Fleisch dabei, nicht selten mit einem großen Knochen. Femke hätte der feineren Küche von Bordeaux den Vorzug gegeben, aber sie aß, weil sie wusste, dass sie für die verbleibende lange Reise viel Kraft brauchte. Ihr Vater sah mehrmals am Tag nach ihr, um ein wenig zu plaudern und sie aufzuheitern. Ihre Mutter hütete das Bett, doch auch ihre Rückenschmerzen wurden, wie Carsten seiner Tochter berichtete, von Tag zu Tag weniger, so dass man

bald wieder aufbrechen würde. Das taten sie an einem sonnigen Oktobertag. Der Himmel war blau, die Kutsche samt der Felle und Decken getrocknet. Sie hielten sich an das Ufer des Rheins. Sein Tal war für sein mildes Klima bekannt, und die Pferde hatten keine schwierigen Bergpfade zu bewältigen. Sie kamen gut voran und waren dankbar, diesen höchst unerfreulichen Teil der Reise hinter sich zu lassen.
»So schnell bringt mich keiner mehr in eine Kutsche, wenn ich erst wieder Lübecks Boden betrete«, meinte Hanna trotzdem.
Carsten, der sich in den letzten Tagen unübersehbar Sorgen gemacht hatte, hatte sein fröhliches Gemüt wiedererlangt.
»Wirst sehen, das letzte Stück schaffen wir ruck, zuck«, verkündete er fröhlich und gab dem Kutscher Anweisungen, die Pferde nur recht anzutreiben.
Femke dagegen ahnte, dass sie das Schlimmste noch vor sich hatten. Bald nachdem sie Frankfurt passiert hatten, setzte wieder Regen ein. Sie mussten über den Vogelsberg, der für sein rauhes Klima bekannt war. Die Räder der Kutsche sanken immer wieder tief in die schlammigen Pfade ein. Je höher der Weg sie führte, desto beschwerlicher war das Fortkommen. Mehr als einmal mussten sie aussteigen. Die Pferde strengten sich nach Kräften an, doch sie tänzelten nur hilflos auf der Stelle. Dampf stieg aus ihren Nüstern und vom nassen Fell auf. Carsten Thurau und der Kutscher legten zwei dicke Äste quer vor die hinteren Räder, die im Morast steckten, und drückten kräftig gegen den Wagen, bis dieser sich mit einem Ruck wieder in Bewegung setzte. Sie schafften nur kurze Passagen, und an einem Abend erreichten sie nicht einmal eine Herberge, in der sie sich aufwärmen und ausruhen konnten. Stattdessen verbrachten sie die Nacht in der Kutsche. Sie versuchten eng aneinandergepresst wenigstens die Stunden zum Schlafen zu nutzen, in denen die Pferde ausruhen mussten. Noch vor dem

Morgengrauen machten sie sich wieder auf den Weg, hungrig, mit schmerzenden Gliedern, frierend und vollkommen erschöpft. Dann begann es zu schneien. Es war inzwischen Mitte Oktober und Schnee um diese Zeit am Vogelsberg nicht ungewöhnlich. Carsten versuchte so gut es ging seine beiden Frauen zu trösten und aufzumuntern, doch es gelang nicht. Ihm selbst sank allmählich der Mut. Endlich hatten sie den höchsten Punkt des Gebirges erreicht. Langsam ging es wieder in Richtung Tal, und damit wuchs die Hoffnung, dass der Schnee zumindest zu Regen und es etwas wärmer würde. Die Arbeit der Pferde, die Carsten bei nächster Gelegenheit auszutauschen gedachte, wurde leichter, denn nun rollte das Gefährt stellenweise von allein der Heimat entgegen. Femke hustete wieder etwas stärker, aber sie fühlte sich, wenn man die Umstände bedachte, nicht so schlecht. In der einzigen Schenke, die es hier oben gab, aßen und tranken sie. Die Tiere wurden versorgt, und die Decken und Felle hingen am Feuer eines großen Ofens. Als sie nach der Pause vor die Tür traten, hatte es zu schneien aufgehört. Es sah aus, als wollte der Himmel sogar aufreißen und ein paar Sonnenstrahlen zu ihnen schicken. Eilig machten sie sich wieder auf den Weg. Sie waren nicht weit gekommen, da gab es einen Schlag. Man hörte Holz splittern, und der Wagen rutschte mit einem Mal zur Seite. Femke wurde gegen ihre Mutter geschleudert, der Kopf ihres Vaters prallte mit einem hässlichen Geräusch an die Wagentür. Die Kutsche schlingerte. Femke konnte sich nicht von ihrer Mutter lösen, um an ihren Platz zurückzurutschen. Die Bänke waren vollkommen schief.

»Die Achse ist gebrochen«, schrie der Kutscher auch schon, der alle Mühe mit den Pferden hatte, die vor Schreck in rasanten Galopp gefallen waren. Es krachte noch einmal, dann verschlimmerte sich die Schieflage, und ein lautes Knirschen ließ ahnen, dass ein Rad verloren war. Die auf dem Boden schleifende Ecke bremste die Pferde, und endlich brachte der Kutscher sie zum Stehen.

»Donnerschlag«, fluchte Carsten. Er sprang aus dem ramponierten Wagen und trat wütend gegen eines der verbliebenen Räder. »Haben wir denn noch nicht genug ausgestanden?«, schrie er.

Femke stand zitternd neben dem, was von der Kutsche noch übrig war, und fragte sich, wie sie je nach Hause kommen sollten. Ihre Mutter machte einen erstaunlich gefassten Eindruck.

»Wir sollten dankbar sein, dass wir so glimpflich davongekommen sind. Gar nicht auszudenken. Wir hätten alle tot sein können.«

Carsten, der schon zu einem heftigen Protest angesetzt hatte, schnaufte hörbar aus und rieb sich die Schläfe.

»Lass mal sehen«, sagte Hanna, nahm seine Hand beiseite und die Stelle in Augenschein, wo er gegen die Wagentür geprallt war. »Es blutet nicht«, stellte sie zufrieden fest, »aber es wird eine hübsche Beule geben.«

»Setzen Sie sich wieder in den Wagen«, schlug der Kutscher Fritz vor. »Ich gehe zurück zu der Schenke. Es kann nicht weit sein. Der Wirt und sein Sohn sind kräftige Burschen. Wenn sie mir helfen, können wir das Rad vielleicht so reparieren, dass wir es bis zur nächsten Ortschaft schaffen.«

»Geht es dir überhaupt gut, Fritz?«, fragte Hanna fürsorglich. »Du bist verletzt.«

Blut sickerte durch seine Jacke, und die Hände waren aufgerissen.

»Es geht schon, Frau Thurau.«

»Du gehst mit den Frauen zurück, Fritz«, beschloss Carsten. »Du hast recht, es ist nicht weit. In der Hütte können die beiden sich aufwärmen und haben es bequemer als hier. Du kannst deine Wunden versorgen und kommst dann mit dem Wirt oder seinem Sohn zurück. Nehmt die Pferde auch mit. Vielleicht können wir sie dem Wirt lassen und dafür seine kaufen. Ich bleibe bei unserem Gepäck, bis du zurück bist. Also beeil dich.«

Sie liefen zwei Stunden. Es ging zwar nicht steil, aber stetig bergan. Femke führte das eine, der Kutscher das andere Tier am Zügel. Hanna, die humpelte, wurde immer langsamer.

»Hast du dich verletzt, Mutter?«

»Ach was, das ist nichts.«

»Wollen Sie aufsitzen?«, fragte Fritz.

»Nein, nein, die Pferde haben genug geschuftet. Wer weiß, vielleicht haben sie auch etwas abbekommen, das wir nicht erkennen können.«

»Die Tiere hatten eine Pause, bevor es passiert ist«, entgegnete Fritz. »Sie lahmen nicht und sehen gesund aus. Sie haben nur einen gehörigen Schrecken bekommen.«

»Ich kann laufen«, beharrte sie.

In der Schenke richtete die Wirtin ihnen notdürftig ein Lager vor dem Ofen ein. Fremdenzimmer gab es nicht, nur die Schankstube, in der die Wirtsleute üblicherweise selbst schliefen. Wenn Reisende bleiben mussten, dann höchstens für zwei Nächte, weil ihnen wie den Thuraus ein Unglück zugestoßen war oder sie das Wetter am Weiterziehen hinderte. Das Wirtspaar teilte sich dann mit seinen zwei Söhnen und drei Töchtern eine winzige Kammer. Femke fragte sich, wovon die Familie hier oben lebte. Wahrscheinlich musste man für das frisch gebackene Brot, das Trockenfleisch und die warme Milch ein kleines Vermögen zahlen. Aber sie war dankbar, ein Dach über dem Kopf und etwas zu essen zu haben. Der Wirt ließ sich auf den Handel ein, nahm die guten Holsteiner, die mit etwas Pflege wieder vorzüglich laufen würden, ein hübsches

Sümmchen dazu und überließ ihnen seine beiden Pferde, die die notdürftig zusammengezimmerte Kutsche mit der Familie in den nächsten größeren Ort brachten. Dort saßen Carsten, Hanna und Femke wieder für viele Tage fest. Sie konnten unmöglich mit dem Wagen eine längere Reise riskieren, und die Pferde waren es auch nicht gewohnt, so lange und gleichmäßig zu traben. Sie hatten bisher als Reittiere gedient oder einen Karren zu dem kleinen Acker gezogen, den die Wirtsleute in den Bergen bewirtschafteten. Das kannten sie. Aber bis nach Lübeck zu laufen, dafür waren sie nicht zu gebrauchen. Also schickte Carsten eine Depesche nach Hause an seinen Adlatus Reimer Wilcken, der sich um die Geschäfte kümmerte, die Weinschröter bezahlte, die Thuraus Fässer aus dem Ratsweinkeller holten, wo sie nach der Einfuhr zunächst kontrolliert werden mussten, bevor sie in die eigenen Gewölbe gebracht werden durften. Der kümmerte sich darum, dass eine neue Kutsche mit frischen Pferden der Familie entgegengeschickt wurde. Es ging auf Weihnachten zu, als sie endlich nach Hause kamen und die schlanken Türme von St. Petri und St. Marien in der Ferne ausmachen konnten.

III

Während ihres Aufenthalts in Frankreich war es in Lübeck recht unruhig zugegangen. Russland, Schweden, Dänemark und Preußen hatten das Nordische Neutralitätsbündnis geschlossen, dessen oberstes Ziel es war, den britischen Handel zu boykottieren. Da dieser Handel über den Seeweg und damit durch Lübecks Hafen führte, besetzten die Dänen die neutrale Hansestadt sowie ihre Schwesternstädte Bremen und Hamburg. Einen Monat später war der Spuk zwar vorüber, und die Dänen zogen wieder ab, aber die Episode hatte sehr deutlich gezeigt, wie instabil Frieden und Unabhängigkeit waren. In derselben Zeit hatte die Gesellschaft zur Beförderung gemeinnütziger Tätigkeit, die Carsten Thurau wohl schätzte, für sein persönliches Leben oder den Erfolg seiner Weinhandlung aber als unnütz einstufte, eine Naturhistorische Sammlung und eine wohlfeile Speiseanstalt ins Leben gerufen. Er musste einsehen, dass die Gesellschaft, deren Mitgliederzahl sich in den letzten zwei Jahren fast verdoppelt hatte, ein wachsendes Ansehen genoss. Ebenso kluge wie einflussreiche Männer schlossen sich darin zusammen, Kaufmänner, Chirurgen und neuerdings auch Handwerker. Wer auf sich hielt, war engagiertes Mitglied der gemeinnützigen Verbindung. Was Carsten Thurau noch mehr überzeugte, war die Tatsache, dass diese Vereinigung die erste Flußbadeanstalt des Landes geschaffen hatte. Johann Julius Nebbien war Mitglied, ebenso der Gärtner Fricke, der die Gärtnerei nahe dem Thurauschen Sommerhaus betrieb. Einflussreiche Männer, Handwerker und die Erfahrungen mit der Errichtung einer Badeanstalt, das war die ideale Kombination, um das Ostseebad Travemünde aus der Taufe zu heben. Kurzerhand wurde auch Carsten Thurau Mitglied der Gesellschaft. Während seine Frau Hanna die Lesegesellschaft am Ufer der Wakenitz nutzte, welche auch dazugehörte, und Femke fast jeden Tag bei Meister Delius in der Werkstatt verbrachte, traf er sich mit den anderen Männern im Börsen-Kaffeehaus, um die Planungen voranzutreiben. Zehn Lübecker waren es schließlich, die eine private Gesellschaft zur Gründung des Ostseebades ins Leben riefen. Immer öfter fuhren sie hinaus, um nach dem geeigneten Platz für eine Badeanstalt zu suchen und weitere Planungen durchzuführen. Hanna schüttelte nur stumm den Kopf über ihren Mann. Er würde einen beachtlichen Teil des benötigten Vermögens selbst aufbringen müssen, aber sie kannte ihn gut genug, um zu wissen, dass er es sich niemals ausreden lassen würde. So weigerte sie sich nur, ihn zu begleiten.

»Ich will nicht zusehen, wie unser Wohlstand am Strand der Ostsee versickert«, ließ sie ihn wissen. Noch mehr aber hielt sie vermutlich davon ab, dass sie von dem Unfall mit der Kutsche nicht ganz genesen war. Ihr linker Fuß hatte seine Beweglichkeit eingebüßt, und sie humpelte.

»Darf ich dich begleiten?«, fragte Femke an einem warmen Tag im Juli 1801. »Vielleicht kann ich am Strand Bernstein finden.«

»Warum nicht?« Carsten Thuraus fröhliche blauen Augen strahlten. Er trug die braunen Haare, die bereits von vielen grauen Strähnen durchzogen waren, inzwischen so kurz, dass von den Locken nichts mehr übrigblieb. Dafür hatte er sich einen Bart stehenlassen, der ihm bei Jacques Briand so ausgesprochen gut gefallen hatte. Ständig drehte und zwirbelte er nun die Enden, wenn er nachdachte, einen Wein kostete, mit den anderen Mitgliedern debattierte oder auch einfach nur die Zeitung las.

Über Femke freute er sich, wie sich ein Vater nur freuen konnte. Auch sie hatte sich verändert, hatte weibliche Rundungen bekommen und sehr frauliche Züge, die anstelle des Kindergesichts von einst getreten waren. Im Gegensatz zu ihrer Mutter war sie von der Idee, aus Travemünde einen Ort der Erholung zu machen, über die Maßen begeistert. Sicher wünschten sich viele Menschen so wie sie Herbergen am Meer, die es möglich machten, einige Tage des Jahres dort zu verbringen, wenn es in der Stadt heiß und stickig wurde. Meister Delius hatte jedoch ihren Enthusiasmus gebremst, was den Bernstein betraf. In der Bucht dürfe sie keine reichen Funde erwarten, aber den einen oder anderen Brocken würde sie schon auflesen. Sie fuhren zusammen mit Nebbien in einem offenen Wagen. Es war herrlicher Sonnenschein, und eine würzige Brise wehte ihnen von Osten entgegen, die Erfrischung versprach. Die Männer unterhielten sich, während es dem Meer entgegenging. Femke legte den Kopf ein wenig zurück, schloss die Augen und sog immer wieder tief die Düfte ein, die von blühenden Blumen, den Feldern und endlich auch von Algen, Muscheln und Salzwasser in der Luft lagen. Sie passierten die gewaltige Festungsanlage mit der Zitadelle. In der Nähe des Leuchtturms ließen sie die Droschke stehen. Von dort gingen sie quer über eine Wiese zum Wasser. Femke war überwältigt von der Schönheit des goldenen Strandes und der grauen Wellen, die an Land rollten, ihren weißen Saum vorschickten und den Boden dunkel färbten. In einem ewigen Kommen und Gehen zogen sie sich zurück, der Sand wurde wieder hell, als ob eine große Wolke, die soeben noch einen Schatten geworfen hatte, nun zur Seite weichen würde. Und schon waren Wasser und Gischt wieder da. Femke hatte natürlich Zeichnungen gesehen. Bei

Meister Delius gab es ein Buch, in dem das Bernsteinfischen dargestellt war. Doch so schön, wie die Küste in der Wirklichkeit war, hatte sie kein Maler zeichnen können, fand Femke. Natürlich nicht, vermochte doch kein Künstler das Rauschen der Wellen, das leise Säuseln des Windes und das Kreischen der Möwen einzufangen. Und keiner konnte diesen frischen starken Geruch oder das Wogen des Wassers auf Leinwand bannen.
»Nun, wie gefällt es dir?«, fragte Carsten Thurau seine Tochter.
»Es ist so schön!«, antwortete Femke und konnte sich gar nicht sattsehen.
»So wie dir wird es bald vielen Gästen gehen. Wenn hier erst Speiselokale stehen und Herbergen, dann wird es wirklich schön sein.«
Femke brauchte das zwar nicht, um sich hier wohl zu fühlen, aber ihr Vater und die anderen klugen Männer würden sicher das Richtige tun. Dass genug Menschen hierherkommen würden, daran zweifelte sie nicht.
Nebbien und Thurau trafen sich mit zwei anderen Kaufleuten. Sie schritten den Strand nördlich des Leuchtturms ab. Der Turm, einst von holländischen Maurern aus rotem Ziegel erschaffen, blickte schon weit über hundert Jahre auf die See hinaus. Femke hatte Zeit, sich nach Bernstein umzusehen. Sie raffte den Rock ihres pastellgelben Kleides, damit die blaue Blumenborte am Saum nicht nass wurde. Ihre roten Haare hatte sie streng am Hinterkopf zusammengesteckt, damit sie sie nicht störten, wenn sie sich nach Steinen bückte. Langsam spazierte sie nah an der Höhe vorbei, bis zu der die Wellen spülten. Ihr Blick suchte konzentriert den Sand ab. Femke wusste genau, wie sie das Gold des Nordens von wertlosem Stein unterscheiden konnte.

Zunächst wog sie ihre Funde in der Hand. Bernstein war viel leichter als andere Materialien, die sich am Strand finden ließen. Natürlich gab es Unterschiede, was die genaue Zusammensetzung, mögliche Einschlüsse und die Größe anging. Wenn sie nach der ersten Schätzung also nicht sicher war, klopfte sie mit dem vermeintlichen Bernstein vorsichtig an ihre Schneidezähne. Fühlte sich das unangenehm an und brachte einen hellen Klang hervor, handelte es sich ganz gewiss nicht um Bernstein. Der machte nämlich einen dumpfen Laut und verursachte kein unschönes Gefühl, sondern war, als würde man mit einem Fingernagel sanft gegen die Zähne klopfen. Lediglich bei zwei Exemplaren vermochte Femke nicht zu sagen, was sie da in der Hand hielt. Meister Delius hatte recht, die Ausbeute war in der Tat mehr als enttäuschend, wenn es sich denn bei den beiden Klumpen, einem rötlichen etwa von der Größe einer Walnuss und einem kirschgroßen gelben, überhaupt um ihren geliebten Rohstoff handelte. Trotzdem war sie überglücklich und keineswegs enttäuscht. Sie fand es herrlich, wie der weiche Sand unter ihren Schuhen nachgab, und sie liebte es, sich in einer Welt aus Muscheln, Steinen, Tang und Holzstückchen zu verlieren und ganz ihren Gedanken nachhängen zu können.
»Femke!« Das war die Stimme ihres Vaters. »Komm! Wir fahren zurück.«
»Schon?«
»Es wird höchste Zeit«, rief er. »Seit zwei Stunden läufst du nun am Wasser entlang. Ich hoffe, es hat sich gelohnt.«
»Nur einen Moment noch«, bat sie, während sie ihm so schnell es ging entgegenlief. Besonders flink kam sie allerdings in dem weichen Sand nicht voran. »Ich muss nur rasch meinen Krug aus dem Wagen holen und dann noch einmal zum Wasser zurück.«

»Hast du so viel Bernstein gefunden«, fragte er fröhlich, »dass du ihn nicht in deinen beiden Händen tragen kannst?«

Sie lachte hell auf. »Das kann man nicht gerade behaupten. Ich will nur sehen, ob es überhaupt Bernstein ist, was ich hier habe.«

Sie schwenkte die beiden Stücke in der Luft und lief auch schon an ihm vorbei zwischen den Kiefern hindurch, in deren Schatten der Wagen wartete. Mit dem Krug eilte sie gleich darauf zurück. Sie raffte ihr Kleid noch etwas höher und schöpfte Wasser aus der nächsten Welle, die auf den Strand rollte. Ihre Schuhe wurden dabei nass.

»Oh, dat is man Schiet«, schimpfte sie, wie sie es von Meister Delius kannte. Ganz leise, damit ihr Vater sie nicht hörte. Sie ging ein paar Schritte zurück, Sand legte sofort eine geschlossene Schicht auf die Schuhe und würde sie zerkratzen. Femke kannte die Wirkung vom Bernsteinschleifen nur zu gut. Aber sie konnte sich jetzt nicht darum kümmern. Statt die Schuhe von den Sandkörnern zu befreien, warf sie beide Steine in den gefüllten Krug, in den sie zuvor ebenfalls von zu Hause mitgebrachtes Salz gestreut hatte. Das kleinere Exemplar sank sofort zu Boden, das größere jedoch schwamm zu Femkes Freude. Es war Bernstein.

»Du hast nur einen einzigen Stein gefunden?«, fragte ihr Vater, als sie wieder in der Droschke saßen, zwirbelte seinen Bart und schaute sie mitleidig an.

»Aber sieh nur, wie groß er ist«, entgegnete sie aufgeregt. »Ich wusste ja, dass dies nicht die richtige Gegend ist, um Bernstein zu suchen. Trotzdem habe ich einen gefunden.«

»Wo wäre denn der bessere Platz?«, fragte Johann Julius Nebbien.

In Femkes Ohren klang es nicht so, als würde es ihn wirklich interessieren. Er wollte wohl höflich sein.

»Je weiter nach Osten Sie fahren, desto besser stehen die Chancen«, erklärte sie ihm.

»Johannes hat sich nach dir erkundigt«, sagte er in dem gleichen beiläufigen Ton. »Er wollte wissen, ob du noch immer Bernsteine schnitzt.«

Femke hatte das Gefühl, als hätte ihr jemand eine Faust in den Bauch gerammt. Seit seiner Abreise hatte sie nichts von Johannes gehört. »Sie haben Nachricht von ihm?«, fragte sie und spürte, wie ihre Wangen glühten.

»Ja, erst kürzlich haben wir wieder einen Brief erhalten.« Er klang kühl und abweisend. Trotzdem fügte er hinzu: »Wir sollen dir wieder beste Grüße bestellen. Er ist wohl sehr angetan von deiner …« Er räusperte sich kurz und suchte nach dem passenden Wort. »… von deiner Begabung. Er hat etwas von einem Briefbeschwerer geschrieben, der dir recht anständig gelungen sein soll.«

»Mein lieber Nebbien«, mischte sich Carsten Thurau ein, »meine Tochter ist eine Künstlerin! Sagen Sie nur nicht, Sie haben noch nie ein Schmuckstück von ihr gesehen? Na, das müssen wir schleunigst ändern. Vielleicht haben Sie ja selbst Bedarf. Brauchen Sie auch einen Briefbeschwerer? Femke macht Ihnen gern einen. Nicht wahr, Femke?«

Sie hatte ihren Vater kaum gehört. Johannes schrieb seinen Eltern regelmäßig und ließ ihr Grüße ausrichten, und sie erfuhr nichts davon? Wahrscheinlich wartete er auf eine Antwort, auf einen Gruß von ihr und glaubte, sie habe ihn längst vergessen, weil ihn kein Zeichen von ihr erreichte.

»Femke?« Carsten Thurau ließ seinen Bart los und tätschelte ihr den Arm. »Wo bist du nur wieder mit deinen Gedanken?«

»Entschuldige«, murmelte sie verwirrt.

»Du machst einen Briefbeschwerer für Herrn Nebbien, nicht wahr, Kind?«

Sie funkelte Johannes' Vater aus ihren grünen Augen an. Am liebsten hätte sie nein gesagt, hätte ihn angeschrien, aber sie hatte nicht den Mut.
»Ja, natürlich«, sagte sie stattdessen leise.

Carsten Thurau schlug Femke vor, sie solle doch gleich den Stein für Nebbien verwenden, den sie selbst gefunden hatte. Das würde ihm bestimmt besonders gut gefallen. Aber Femke wollte nicht. Sie hatte in der Nacht von einer Wiege geträumt und beabsichtigte, ohne dass sie sich die Bedeutung des Traums, an den sie sich nur sehr verschwommen erinnerte, hätte erklären können, eine Wiege zu schnitzen.
»Für einen Briefbeschwerer ist er viel zu klein«, sagte sie daher. »Ich werde sehen, ob ich ein größeres Stück für ihn besorgen kann.«
Sie fragte Meister Delius danach, als sie am Nachmittag bei ihm in der Werkstatt saß.
»O Deern, das wird nicht einfach.« Der alte Delius rieb sich müde das Gesicht und klemmte dann wieder seinen Zwicker, dessen beste Tage längst vorüber waren, auf die Nase. »Bernstein ist nicht mehr gefragt. Damit ist kein gutes Geschäft mehr zu machen. Es kommen kaum noch Händler aus dem Osten bis hierher. Es lohnt sich nicht für sie.«
»Aber Sie sind doch sonst auch selbst gefahren«, wandte Femke ein, »und haben sich die besten Stücke selbst bei den Händlern ausgesucht.«
»Ja, aber siehst du, Deern, ich bin alt geworden. So eine Reise ist eine Strapaze.«
Sie nickte.
»Natürlich, das weißt du selbst am besten«, murmelte er. »Meine Augen werden auch immer schlechter. Bald ist's für mich sowieso vorbei mit der Schnitzerei.«

»Und dann? Was wird denn aus Ihnen, wenn Sie nicht mehr mit Messern, Bohrern und Nadeln hantieren können?« Femke schüttelte den Kopf und seufzte. Sie vermochte sich beim besten Willen nicht vorzustellen, wie er tagaus, tagein untätig sein sollte.

»Ich werde wohl bei meiner Tochter unterkommen«, antwortete er und sah dabei nicht gerade glücklich aus. »Ihr Mann hat ein schönes Vermögen und ein stattliches Haus. Da wird wohl noch ein Zimmerchen für mich sein. Jan fährt zur See. Der ist selber froh, wenn er mit seiner Heuer über die Runden kommt.« Noch einmal rieb er sein Gesicht und legte den Zwicker diesmal ganz beiseite. Dann holte er tief Luft und stemmte die Arme in die noch immer runden Hüften. »Aber so weit isses ja noch nicht. Noch habe ich ein paar Vorräte, die mich ... die uns noch für geraume Zeit beschäftigen werden.«

Femke setzte sich an den Platz, der ihr in den letzten Jahren eine Heimat geworden war. Was Meister Delius anging, war sie fürs Erste beruhigt. Er würde weder heute noch morgen seine Werkstatt schließen müssen. Und bevor das geschah, könnte ihr Vater vielleicht helfen. Er war ein tüchtiger Geschäftsmann mit guten Kontakten. Außerdem wollte er Stücke von ihr für seine Kunden haben. Da war es nur gerecht, wenn er sich auch um das Rohmaterial kümmerte.

Sie griff nach ihrem Messer und fing an. Die erste Schwierigkeit war immer, die gewünschte Form, die das kleine Werk einmal haben sollte, in dem unbearbeiteten Klumpen bereits zu erkennen. Sie ritzte mit der Messerspitze die äußeren Umrisse, die sich sogleich als heller Streifen auf dem dunklen rötlichen Untergrund zeigten. Die nächste Schwierigkeit war, solche Risse im Material rechtzeitig zu erkennen, die zum unkontrollierten Wegplatzen großer noch benötigter Stückchen führen konnten. Manchmal kratzte Femke sogar ganz behutsam mit dem Fingernagel, um das empfindliche Material nicht so zu beschädigen, dass die beabsichtigte Form nicht mehr zu machen wäre. Das eine Mal deutete sich ein Abbruch an. Dann bekam plötzlich ein ganzer Bereich eine andere Farbe. Ein anderes Mal platzte aber auch ohne jegliches Anzeichen ein Brocken weg oder brach gar das ganze Stück einfach auseinander. Dann war meist nichts mehr damit anzufangen. Bei ihren ersten Versuchen war es Femke hin und wieder so gegangen. Jetzt geschah es fast gar nicht mehr. Für besonders komplizierte Schnitzarbeiten erwärmte sie den Bernstein, bevor sie sich an ihm zu schaffen machte. Dabei passte sie gut auf, dass er nicht zu rasch zu heiß wurde, weil sonst infolge innerer Spannungen Sonnenflinten entstehen konnten. Diese kleinen Kringel sahen aus wie Fischschuppen und minderten den Wert der Arbeit. Winzige Splitter flogen glitzernd durch die Luft, als sie an ihrem Fund zu schnitzen begann. Bald war das ganze Tuch voll davon, das sie als Unterlage auf ihrem Arbeitstisch liegen hatte.

»Diesen Brocken hast du in Travemünde gefunden?« Delius riss die runden Äuglein weit auf. »Da hast du aber ein seltenes Glück gehabt. Dabei hatten wir in den letzten Tagen nicht einmal Sturm. Der wollte wohl unbedingt von dir geschliffen werden, was?«

Sie lächelte.

»Hast gleich doppelt Glück«, fuhr er fort. »Im Osten, wo viel mehr von den schmucken Steinen zu entdecken sind, hättest du ihn gar nicht behalten dürfen.«

»Warum nicht?«, fragte sie verwundert.

»Kein Bürger darf dort unbearbeiteten Bernstein besitzen. Das ist seit 1394 so«, mahnte er mit erhobenem Zeigefinger.

Femke staunte wie so oft, was er alles über Bernstein zu erzählen wusste. Er war ein wahrer Meister seiner Zunft. Nur

musste man klug die Legenden und Deliusschen Märchen von der Wahrheit trennen.
»Ja, wirklich«, sagte er, als hätte er ihre Gedanken erraten. »Dieses Verbot gilt auch heute noch. Allerdings wird es inzwischen nicht mehr so schrecklich ernst genommen wie noch vor dreihundert Jahren.«
Er beugte sich zu ihr hinunter. »Und was soll aus dem besonderen Exemplar werden?«
»Das ist ein Geheimnis«, gab Femke ein wenig verschämt zur Antwort. Was würde er denken, wenn sie ihm sagte, dass sie eine Wiege schnitzte. Er würde nur auf dumme Gedanken kommen. »Sie sollen es mir sagen, sobald Sie es erkennen können.«
Schon am nächsten Tag war es so weit. Femke arbeitete unermüdlich. Aus dem Brocken wurde ein Quader, der nur eine Stunde später vage die Form eines Kinderbettchens erkennen ließ – jedenfalls für das geschulte Auge. Delius legte die Stirn in Falten und zog die Brauen zusammen.
»Eine Wiege!«, rief er dann aus.
»Sehr gut«, bestätigte Femke und lachte unsicher. »Aber das hat nichts zu sagen«, fügte sie rasch hinzu und errötete.
»Soso, das hat also nichts zu sagen.« Er baute sich vor ihr auf, den kugeligen Bauch gemütlich vorgestreckt. »Und wie kommt jemand wie du auf den Gedanken, eine Wiege zu schnitzen? Oder ist es etwa ein Auftrag?«
»Nein«, antwortete sie. Und dann erzählte sie von ihrem Traum, dass sie auch nicht wisse, warum, aber sie sei sich einfach sicher, dass dieser Bernstein dafür bestimmt sei, in eine hübsche kleine Wiege verwandelt zu werden.
»Hm.« Delius wäre eine andere Erklärung lieber gewesen. »Ist denn noch kein Kavalier in Sicht, der dir den Hof macht?«
»Aber nein.«

»Wenn ich jung genug wäre, ich würde es tun.«
Wieder lachte Femke ihn an. Eine Weile widmeten sie sich schweigend ihren Arbeiten. Er polierte mit einem Lederzipfel einen Ring, den er für die Frau eines Großbauern gefertigt hatte. Er war hellgelb, fast weiß, ein seltenes Stück. Während Delius ihn wienerte, verströmte der Ring einen feinen zitrusartigen Duft.
»Denken Sie nur«, begann Femke, »Johannes hat seinen Eltern aus Jena geschrieben. Und stets hat er mir Grüße bestellt, doch sie haben es mir nie gesagt.«
»Johannes? Der Nebbien?«
»Ja, wer denn sonst?« Sie wusste genau, dass Meister Delius nicht ihren Kummer über Johannes' Fortgehen vergessen hatte.
»Starkes Stück«, murmelte er.

Zwei Wochen später war die kleine Bernsteinwiege fertig. Femke war jedes Mal von neuem erstaunt, dass es so lange dauerte, obwohl die Konturen doch schon am ersten oder zweiten Tag erkennbar waren. Aber so war Bernstein nun einmal, weich und nachgiebig und gleichzeitig auch störrisch und eigensinnig. Er ließ schnell erste Erfolge zu, verlangte dann aber größte Geduld, wenn man zu einem perfekten Resultat kommen wollte. Heute wollte sie zu Meister Delius gehen, um das kleine Kunstwerk mit dem groben Ledertuch zu polieren, bis es rundherum glänzte. Noch war sie unschlüssig, was sie dann damit anfangen sollte, aber das würde sich schon finden. Für einen von Vaters Geschäftspartnern war es ihr zu schade. Es war nämlich wirklich besonders gut gelungen. Kopfkissen und Decke wölbten sich, als wären sie gerade frisch aufgeschüttelt, Kopf- und Fußende waren durchbrochen und die Beine liebevoll gedrechselt. Besonders stolz war Femke auf die beiden gebogenen Streben, auf denen die Beine standen. Sie waren so gleichmäßig geraten, dass die Wiege tatsächlich sanft von einer Seite zur anderen schaukelte, wenn man ihr Schwung gab. Sie hatte sehr vorsichtig zu Werke gehen müssen, denn immerhin mussten alle noch so feinen und zerbrechlichen Teile aus einem Stein gearbeitet werden. Falls ihr keine andere Bestimmung für das Kleinod einfiele, bekäme es eben einen Platz in ihrer Stube.

Sie war – wie so oft – ganz in Gedanken, als sie das Haus in der Glockengießerstraße verließ. Fast hätte sie die blonde Frau umgerannt, die offenbar eben im Begriff war, bei den Thuraus zu läuten.

»Oh, Entschuldigung«, murmelte Femke.

Die blonde Frau, sie mochte vielleicht sechs oder sieben Jahre älter sein als sie selbst, sah sie eindringlich an.

»Sie müssen Femke sein«, sagte sie schließlich. »Kein Zweifel, das kupferrote Haar und die grünen Augen … Johannes hat recht gehabt. ›Wenn du sie siehst, weißt du sofort, dass sie es ist‹, hat er gesagt.«

»Johannes? Sie haben mit Johannes gesprochen?« Femke konnte ihre Aufregung kaum verbergen.

»Ja, das habe ich. Ich komme ja direkt aus Jena.«

»Wie geht es ihm denn?«, wollte Femke wissen.

»Oh, es geht ihm prächtig. Obwohl …«

Femke erschrak. »Obwohl? Fehlt ihm etwas?«

»Nun, ich nehme doch an, dass ich ihm fehle.« Sie lächelte, und Femke fand, dass sie umwerfend schön aussah. Sie hatte freundliche braune Augen, einen makellosen Teint, der verriet, dass sie sich viel an der frischen Luft aufhielt. Die Lippen schimmerten rosa, und ihre Zähne, ganz gerade und gesund, leuchteten weiß.

»Schließlich kümmere ich mich um ihn, damit er nicht nur

über seinen Büchern hockt und studiert«, erzählte die Frau aus Jena unbekümmert weiter.

»Oh«, machte Femke und senkte den Kopf. Sie freute sich, dass es Johannes gutging, doch die Freude war deutlich getrübt.

»Ich habe mich ja noch nicht einmal vorgestellt. Wie unhöflich von mir.« Sie streckte Femke die Hand entgegen. »Wilma Cohn«, sagte sie, »ich bin Johannes' Cousine.«

»Ach so!« Femke ergriff die Hand und schüttelte sie kräftig.

»Seine Lieblings-Cousine, wie ich betonen möchte.« Wieder dieses umwerfende Lächeln. »Ich habe noch fünf Schwestern. Johannes hat also eine Menge Cousinen.«

»Oh, wirklich? Das muss schön sein.«

»Was? Fünf Schwestern zu haben? Es ist furchtbar!« Ihr Gesicht sprach eine andere Sprache.

»Ich habe leider gar keine Geschwister. Johannes war so etwas wie ein Bruder für mich. Er fehlt mir furchtbar.«

»Kann ich mir denken. Er hat viel von Ihnen erzählt.«

Die beiden Frauen standen eine ganze Weile vor dem Haus und plauderten.

»Jetzt bin ich unhöflich«, sagte Femke dann. »Ich hätte Sie längst hereinbitten sollen.«

Sie betraten das stolze Kaufmannshaus. Femke holte rasch einen Krug mit Limonade und etwas Lübecker Marzipan aus der Küche. Damit gingen sie hinauf in den Salon. Sie saßen einander am runden Tisch gegenüber und redeten, als ob sie sich schon seit Jahren kennen würden. Wilma musste ihr jede Einzelheit über das Leben in Jena und vor allem natürlich über Johannes erzählen. Dann wollte diese wissen, wie oft Femke schon in Frankreich gewesen war und was sie dort erlebt hatte.

»Ich konnte es kaum glauben, als Johannes mir sagte, Sie seien mit Ihren Eltern in Frankreich gewesen. Oh, wie ich Sie darum beneide.« Nun war sie es, die jede Einzelheit hören wollte.

Zwischendurch kam Hanna Thurau kurz dazu und wurde Johannes' Cousine vorgestellt. Nach ein paar Fragen ließ sie die beiden wieder allein. Femke berichtete von der unglückseligen Heimreise und dass ihre Mutter seither humple. Der Nachmittag neigte sich bereits dem Ende, als Femke ihre kleine Bernsteinwiege wieder einfiel. Dann würde sie sie eben morgen polieren. Es kam ja nicht auf einen Tag an.
»Und nun besuchen Sie Ihren Onkel und Ihre Tante?«, wollte sie von Wilma wissen.
Es war das erste Mal, dass ein trauriger Schatten über deren Gesicht huschte. »Meine Eltern meinten, dass mir die Luft hier gut bekommen würde«, sagte sie zögernd.
»Sind Sie denn krank?«
»Ja, das heißt, nicht so direkt.« Wilma fuhr mit dem Finger über die gewölbte Kante der Tischplatte. »Die Lungen, ich habe ein wenig Probleme mit den Lungen.« Sie hüstelte, als müsste sie beweisen, was sie sagte.
Femke hatte schon mal einen Lungenkranken gesehen. Er war blass gewesen mit bläulichen Lippen. Wilma aber war das blühende Leben.
»Dann wird Ihnen die Luft hier ganz sicher guttun«, sagte sie. »Von der Ostsee kommt immer ein frischer Wind in die Stadt. Wenn ich als Kind Husten hatte, hat meine Mutter immer das Fenster meiner Stube weit geöffnet. Und mir ging es wirklich ganz schnell besser.« Es sah nicht so aus, als würde diese Auskunft Wilma besonders beruhigen. »Schade, dass mein Vater in Travemünde noch nicht so weit ist. Dort ist die Luft noch viel besser. Deshalb soll es dort auch bald Herbergen und Lokale geben. Bisher gibt es nur ein paar Fischer- und Lotsenhäuser.«
Wilma sagte nichts. »Vielleicht kommen Sie einfach mit, wenn ich mit meinem Vater das nächste Mal rausfahre.«
»Das wäre schön.«

Es war nicht schwer, Carsten Thurau zu überreden, seine Tochter zur nächsten Fahrt nach Travemünde erneut mitzunehmen. Und auch Johannes' Cousine war ihm herzlich willkommen. Während er mit zwei Architekten und einem Baumeister, die Zeichnungen und Pläne für das Warmbadehaus in der Hand, in der Nähe des Leuchtturms auf und ab lief, spazierten Femke und Wilma über den Strand.

»Es ist herrlich«, seufzte Wilma.

»Nicht wahr? Meine Mutter hält es für eine verrückte Idee, aber ich bin sicher, dass mein Vater recht hat. Viele Menschen werden hierherkommen, wenn sie erst die Möglichkeit haben, über Nacht zu bleiben, gut zu essen und sich in einem hübschen Lokal von einem langen Spaziergang auszuruhen. Travemünde wird ein Triumph, sagt er immer.«

Die Röcke der Kleider angehoben, gingen sie durch den weichen Sand. Femke hielt nebenbei Ausschau nach Bernstein, doch in erster Linie gehörte ihre Aufmerksamkeit Wilma, die ihr in den wenigen Tagen ihres Besuchs schon zur Freundin geworden war. Sie berichtete von ihrem Mann August, einem Offizier der Preußischen Armee.

»Er ist in der Kavallerie«, erzählte sie. »Sein Generalleutnant ist ein grausamer Mann. Ich mache mir große Sorgen, dass er Augusts Regiment eines Tages ins Verderben führt.«

Femke stellte es sich schrecklich vor, den Ehemann in der Armee zu wissen.

»Haben Sie Kinder?«, fragte Femke.

»Nein«, antwortete Wilma und senkte rasch den Kopf.

Femke verstand, dass sie ein unerfreuliches Thema angesprochen hatte.

»Entschuldigen Sie bitte«, sagte sie darum schnell, »es geht mich wirklich nichts an.«

»Schon gut.«

Sie gingen eine Weile schweigend nebeneinander her. Ein paar Wölkchen zogen über den blauen Himmel. Möwen kreischten über einem Boot. Femke musste an die Austernfischer von Bordeaux denken.
»Wir hätten so gerne ein Kind«, erzählte Wilma unvermittelt. »Wir sind schon seit drei Jahren verheiratet, aber ich werde einfach nicht schwanger. Gewiss liegt es an mir.« Sie sah sehr unglücklich aus. »Das ist der wahre Grund, warum ich hier bin. Meine Lungen sind vollkommen in Ordnung.« Sie lachte bitter.
»Verstehe«, murmelte Femke.
»Meine Eltern dachten, die Klimaveränderung würde mir guttun. Wir hoffen, dass ich ein Kind empfangen kann, wenn ich wieder zurück bin. Ich wünsche es mir doch so sehr«, fügte sie leise hinzu.
Plötzlich kannte Femke die Bestimmung ihrer kleinen Bernsteinwiege ganz genau. Von Meister Delius wusste sie, dass das versteinerte Harz eine gute Wirkung auf die menschliche Gesundheit hatte. So wie es Holzspäne und kleine Papierschnipsel anziehen konnte, vermochte es auch Krankheit und Leiden aus dem Körper zu ziehen. Zwar hatte sie sich bisher noch nicht weiter mit dieser Eigenschaft des Steins beschäftigt, aber sie war ja auch kein Arzt. Und hatte nicht eine feine Lübecker Dame, der sie mal einen Anhänger gefertigt hatte, behauptet, seit sie den trage, habe sie keine Kopfschmerzen mehr?
Zurück in Lübeck, holte sie ihr Prachtstück hervor und überreichte es Wilma.
»Hier«, sagte sie, »das ist für Sie.«
Wilma schossen Tränen bei dem Anblick der filigranen geheimnisvoll schimmernden Wiege in die Augen.
»Sie ist wunderschön«, flüsterte sie gerührt. »Johannes hat mir gesagt, dass Sie eine Künstlerin sind, und er hat mir natürlich

auch den Würfel gezeigt, den Sie ihm geschenkt haben. Aber das hier …« Sie drehte und wendete das winzige Möbelstück achtsam in den Fingern. Man konnte ihre Angst sehen, es zu zerbrechen. »Mein Gott, Sie sind fürwahr begnadet.«
»Ich habe den Bernstein in Travemünde gefunden. Genau da, wo wir zusammen spazieren waren«, erklärte sie und freute sich über Wilmas Begeisterung.
»Ich kann es nicht annehmen«, sagte diese und streckte ihr die flache Hand, auf der die Wiege fröhlich wippte, vorsichtig entgegen.
»Aber warum denn nicht?«
»Es ist zu wertvoll.«
»Unsinn!« Femke lachte. »Ich sagte doch, ich habe den Brocken gefunden. Er hat gar nichts gekostet.«
»Aber Ihre Arbeit, Femke, die ist kostbar.«
Femke stutzte. Als sie damals für die Philosophie-Professorin die Kette bearbeitet hatte, da nannte ihr Vater das eine kleine Gefälligkeit. Zwar hatte sie lange daran gesessen, aber sie wäre doch nie auf die Idee gekommen, etwas dafür zu verlangen.
»Sie haben gewiss mehr Talent als so mancher Bernsteindreher, der von seiner Kunst lebt. Seien Sie sich dieser Tatsache bewusst. Sie sollten Ihre Werke nicht einfach so verschenken.«
»Vielen Dank«, sagte Femke. Sie war jetzt siebzehn Jahre alt und liebte es, solange sie denken konnte, mit dem steinartigen Material umzugehen. Bisher war sie immer dankbar gewesen, wenn ihre Eltern ihr das erlaubten, wenn sie Gelegenheit dazu fand. Erst jetzt begriff sie, dass sie etwas Besonderes konnte. Noch wusste sie nicht, welchen Wert das haben könnte, doch es hatte Wert, und das fühlte sich wunderbar an.
»Aber Ihnen möchte ich diese Wiege doch schenken. Halten Sie sie möglichst oft in den Händen, reiben Sie sie am Stoff Ihres Kleides und tragen Sie sie dicht an Ihrem Leib. Ich

verstehe nichts davon, aber Meister Delius sagt, das zieht die Krankheit aus dem Körper.«
Wilma sah sie unsicher an. »Schaden kann es gewiss nicht«, fügte Femke hinzu.

Wilma Cohn fuhr im August nach Jena zurück. Im Gepäck hatte sie die Wiege aus Bernstein und einen Brief von Femke an Johannes. Sie versprach, dass sie Nachrichten nach Lübeck schicken würde, damit Femke wusste, wie es Johannes und natürlich auch Wilma erging. Und wirklich, kurz vor Weihnachten 1801 hatte der Briefbesteller ein Kuvert aus Jena für Femke Thurau.

»Liebe Femke,
meine Reise zurück in die Heimat ist, dem Herrn sei Dank, ohne solch böse Abenteuer verlaufen, wie Sie sie einmal erleben mussten. Es ist schön, wieder daheim zu sein, aber ich vermisse auch Lübeck und vor allem den herrlichen Strand von Travemünde. Ganz gewiss werde ich dort einmal länger bleiben, wenn Ihr Vater das Nötige dafür besorgt hat. Vielleicht komme ich dann mit meinem Mann August und mit unserem Kind.
Ja, Femke, ich scherze nicht. Seit drei Tagen weiß ich, dass ich ein Kind unter meinem Herzen trage. Ich kann Ihnen gar nicht schildern, wie glücklich wir sind und wie dankbar ich Ihnen bin. Ganz sicher hat die magische kleine Wiege geholfen. Sie sind nicht nur eine Künstlerin, hochverehrte Femke, Sie sind eine weise Frau, vielleicht gar eine Heilerin.«

Zum ersten Mal war Femke aus tiefem Herzen froh, als so etwas wie eine Zauberin betrachtet zu werden, denn zum ersten Mal schwang dabei keine Angst und keine Ablehnung mit, sondern Bewunderung.

Die Nachricht verbreitete sich wie ein Lauffeuer in der Hansestadt. Wilma hatte natürlich auch ihrer Tante Clara Nebbien von dem heilsamen Kunstwerk berichtet. Die wiederum ließ die Frau des Apothekers wissen, dass es seiner Würz- und Branntweine gar nicht bedürfe, da Femke Thurau viel bessere Möglichkeiten besitze, Leiden zu lindern. Die Apothekersfrau erzählte das entrüstet der Gattin eines Senators, die wiederum die Geschichte amüsiert an die Frau eines Schiffmachermeisters weitergab. Jede schmückte das Gehörte aus, bis man sich schließlich erzählte, die rothaarige grünäugige Tochter des Weinhändlers sitze bei Mondenschein am offenen Fenster und schnitze allerlei magische Figuren, die böse Krankheiten zu vertreiben vermochten. Was man sprach, drang recht bald auch an Hanna Thuraus Ohren, der das gar nicht gefiel.

»Man sollte meinen, das seien alles vernünftige Menschen«, schimpfte sie kopfschüttelnd und hinkte von der Arbeitsplatte, auf der sie soeben Teig in eine Springform gefüllt hatte, hinüber zum Ofen, unter dem die Kohlen bereits glühten.

Sie war verändert seit dem Unfall. Nicht so sehr, dass es einem Fremden aufgefallen wäre, aber doch genug, als dass Femke es spürte. Hanna Thurau war schneller verärgert und ungeduldig. Sie fällte rascher Urteile über andere Menschen und ärgerte sich leichter über Dinge, die im Grunde nicht von Bedeutung waren. So wurde sie zum Beispiel einmal wütend, nur weil ein Tuchhändler auf dem Markt den gewünschten Stoff nicht mit der Lübischen Elle messen wollte, sondern mit der Hamburgischen.

»Seit hundert Jahren gilt die Hamburgische Elle«, schimpfte er.

»In Hamburg vielleicht, aber wohl kaum in Lübeck«, entgegnete Hanna Thurau aufgebracht.

»O ja, auch in Lübeck«, keifte der Tuchhändler zurück.

»Überall dort, wo ich meine Tuche verkaufe. Und jedem ist's so recht!«
»Mir aber nicht«, stellte Hanna Thurau kratzbürstig fest, ließ Stoff Stoff sein und stapfte davon. Femke hatte Mühe gehabt, mit ihr Schritt zu halten. Dann war ihre Mutter auch noch gegen ein Roggenscheffel gestoßen, das fast zu Boden gegangen wäre. In der letzten Sekunde konnte Femke es auffangen, dem Händler, dem es gehörte, eine Entschuldigung zurufen und ihr eilig folgen.
»Ach lass doch, Mutter«, sagte Femke jetzt und räumte Mehl, Zucker und Fett wieder fort. »Solange die Menschen nicht schlecht über mich reden, ist es doch nicht zu meinem Nachteil.«
»Sie glauben, du kannst zaubern. Welch ein Unfug! Und deinen Vater freut's obendrein. Nicht genug, dass er sich weniger um den Wein, dafür umso mehr um dieses Badehaus sorgt, nein, er will auch noch eine Wirtschaft eröffnen. Und dein Ruf soll dafür sorgen, dass die reichen Leute in Scharen kommen.« Sie ließ die Hände sinken und klopfte Mehl von ihrem Rock.
»Aber nein, Mutter, die Leute werden in Scharen kommen, um die klare Luft zu atmen und den wunderschönen Strand zu sehen. Es bedarf gewiss nicht meiner Bernsteine, um sie nach Travemünde zu locken.« Sie sah ihre Mutter nachdenklich an. »Warum bist du nur so gegen Vaters Einfall?«
Sie standen einander in der geräumigen Küche gegenüber.
»Ich sorge mich einfach, mein Kind.« Hanna seufzte schwer. Zum ersten Mal fiel Femke auf, dass ihre Mutter älter geworden war. »Was dein Vater bisher angefangen hat, wurde immer zu Gold. Er ist ein guter Kaufmann, daran gibt es keinen Zweifel. Nur kommt jetzt so vieles zusammen.« Sie wischte nervös mit einem Tuch über die Arbeitsfläche, obwohl diese bereits von jeglichen Spuren ihrer hausfraulichen Aktivitäten gereinigt

war. »Dein Vater hat neben dem Ratsweinkeller ein kleines Gewölbe gekauft, weil er meint, wenn die Speisewirtschaft in Travemünde erst die Menschen anzieht, braucht er einen größeren Vorrat für den Ausschank zusätzlich zu dem für den Verkauf. Du weißt ja, dass jeder der zehn Mitglieder dieser unglückseligen Gründungsgesellschaft seinen Anteil für das Seebad leisten muss. Das ist nicht wenig Geld. Im Gegenteil. Wenn die Franzosen nun weiter ihre Preise erhöhen und dein Vater sich nicht darum kümmert, weil er bloß seine Flausen im Kopf hat, dann werden wir gehörig aufpassen müssen. Am Ende müssen wir uns noch von unserem Sommerhaus trennen. Dabei sollst du das doch einmal haben.«
Femke hatte keine Ahnung gehabt, dass es so schlimm stand. Zwar hörte sie das eine oder andere und wusste, dass die Gründer des Seebades dies aus ihrem privaten Vermögen investierten – alle Welt sprach darüber, weil es so ungewöhnlich war –, aber sonst erzählte ihr Vater ihr nichts vom Geschäft, und sie fragte nicht danach. Warum auch? Sie war eine Frau, die sich um die Geschäfte nicht zu kümmern brauchte. Sie wollte es auch gar nicht, sondern mochte lieber für sich sein, schnitzen oder am Strand spazieren. Nun wurde ihr bang ums Herz. Ein Haus am Meer, daran hatte Femke oft gedacht, das wäre ihr Traum. Doch auch in dem Palais draußen vor dem Holsten Thor fühlte sie sich sehr wohl. Wie viele unbeschwerte Tage hatte sie dort mit ihren Eltern oder allein mit ihrer Mutter verbracht. Es wäre ein Jammer, das aufgeben zu müssen. Femke konnte sich nicht vorstellen, dass ihr Vater es so weit kommen lassen würde.

Der Winter flog nur so an Femke vorbei. Ständig erschienen Lübecker bei ihr, die sich etwas ganz Bestimmtes aus Bernstein anfertigen lassen wollten. Selbst aus Schwartau und Ratekau

kamen schließlich einige. Meist waren es wohlhabende Leute, die es sich leisten konnten, bei Delius für gutes Geld Rohmaterial zu erwerben. Manchmal waren aber auch arme Leute dabei, die in größter Verzweiflung kamen. Wie der Bauer, der die armselige Brautkette seiner Frau brachte.
»Bitte«, sagte er mit einem Flehen im Blick, das den Bernstein zum Schmelzen hätte bringen können, »machen Sie daraus Hände oder Finger oder was immer helfen kann, das meiner Frau ihre furchtbaren Schmerzen lindert. Die Hände sind dick angeschwollen und die Finger ganz krumm. Wenn es nicht bald besser wird, kann sie gar nichts mehr damit anfangen. Aber ich brauche sie doch auf dem Hof. Ich kann mir doch nicht erlauben, eine Magd einzustellen. Was wir haben, reicht ja kaum für uns.« Femke tat der Mann von Herzen leid. Aber sie war doch keine Ärztin. Und wie sollte sie aus diesen kleinen Perlen das Gewünschte schnitzen? »Sie werden ihr doch helfen? Und Sie nehmen kein Geld dafür, sagen die Leute. Ist das wahr?«
»Natürlich nicht. Nur weiß ich nicht, ob sich aus dieser kleinen Kette überhaupt etwas machen lässt.«
»Die Leute sagen, Sie haben magische Hände. Sie schaffen das.«
Er war vollkommen überzeugt davon, und Femke konnte ihn unmöglich enttäuschen. So tat sie also ihr Bestes. Während sie an einem Stück arbeitete, kamen immer neue Wünsche. Eine Frau brachte sogar einen Brieföffner, dessen Griff aus Bernstein war. Sie sagte, Femke kenne doch gewiss den Senator Brömse. Sein Antlitz solle sie in den Stein schnitzen, damit der sich in die Frau verliebe. Es war das erste Mal, dass Femke eine Bitte ausschlug.
»Ich bin untröstlich«, sagte sie, »aber so genau kenne ich den Herrn nicht, dass ich sein Gesicht deutlich genug vor Augen

hätte. Bringen Sie mir ein Porträt von ihm, dann will ich es gerne versuchen.«

Tag für Tag saß sie bei Meister Delius. Der hatte immer weniger zu tun, verfügte er doch über keine heilerischen Fähigkeiten. Und vom Verkauf roher Steine konnte er wahrlich nicht reich werden. Doch ihm war es einerlei. Solange er noch genug zum Leben hatte, beklagte er sich nicht. Statt teurer Wachskerzen zündete er kleine unbrauchbare Bernsteinreste an, die er zusammenkehrte und in eine Schale gab. Femke mochte es sehr, wenn zwei oder drei Bernsteinflammen die Werkstatt in flackerndes Licht tauchten. Vor allem liebte sie den harzigen Duft.

Ehe sie sich's versah, war es wieder Sommer. Das Warmbadehaus in Travemünde wurde eröffnet, wenig später auch die erste Herberge. Carsten Thurau behielt recht. Geschäftsreisende aus Russland kamen auf ihrem Weg nach Westeuropa ohnehin durch Travemünde. Ihnen waren einige Tage der Erholung mehr als willkommen. Aber auch aus dem Süden Deutschlands kamen Gäste und natürlich aus Lübeck und dem Umland selbst. Aus England hatte man drei Badekarren erworben für die Mutigen, die im Sommer das Meer der Badeanstalt vorzogen. Zwei Karren waren für Männer, einer für Frauen.

Auch Femke versuchte es einmal, denn sie stellte es sich herrlich vor, in der Ostsee zu baden. Zuerst fürchtete sie sich ein wenig, weil sie nicht schwimmen konnte, aber ihr Vater erklärte ihr, es gebe eine Leine, an der sie sich halten könne. Also wagte sie das Abenteuer. Vier Frauen konnten sich gleichzeitig in der hölzernen Karre umziehen, die mit ihren leuchtenden roten und weißen Streifen schon von weitem zu sehen war. Doch außer Femke war nur eine Dame aus Russland da, eine Malerin, wie man sich erzählte, die auf einer der beiden Holzbänke im Inneren Platz nahm. Es schaukelte und knarzte gehörig, als das Pferd den Karren ins Wasser zog. Die Wellen schlugen klatschend gegen den Boden. Femke wurde mulmig. Niemand würde freiwillig mit einer Kutsche in das Meer fahren. Doch genau das taten sie gerade. Die Russin lachte fröhlich. Sie schien keine Angst zu kennen. Auf der Rückseite des Karrens, vor den Blicken der Neugierigen am Ufer geschützt, führte eine kleine Stiege in die Ostsee hinab. Femke ließ der fremden Dame den Vortritt. Die lachte wieder, als sie flink über die wenigen Stufen kletterte und in die Fluten eintauchte. Femkes Knie zitterten, als sie ihr folgte. Das Wasser war eisig, aber auch herrlich erfrischend. Femke hielt das Tau umklammert, das am Badekarren befestigt war. Sie beneidete die Russin, die mit kräftigen Zügen die Wellen durchschnitt. Sie selbst setzte zaghaft einen Fuß vor den anderen, bis das Wasser ihr gerade über die Hüfte reichte. Der schlammige Grund des Meeres fühlte sich lustig unter ihren Fußsohlen an. Nur wusste sie nicht, ob er immer weiter so gemächlich in die Tiefe führte oder plötzlich steil abbrach. Womöglich gab es Kuhlen, in die man geraten konnte. Femke hielt lieber das Seil fest, das ihre Verbindung zu dem hölzernen Gefährt war. Fasziniert beobachtete sie die Russin, der überhaupt nicht kalt zu sein schien. Sie dagegen begann schon nach einer Minute zu beben. Sie musste sich bewegen. Aber wie? Was war zu tun, um an der Oberfläche zu bleiben? Wie musste sie mit den Armen rudern? Sie probierte ein wenig aus, vermied es aber, die Füße vom Grund zu lösen. Auch das Tau hielt sie weiter fest in der Hand. Sie hörte das helle Lachen der Russin, die ihre hilflosen Versuche offenbar beobachtet hatte.

»Ty dozhen plavat!«, rief sie und schwamm heran.

Femke hatte nicht den Hauch einer Idee, was das bedeutete.

»Plavat«, wiederholte sie, stellte sich ein paar Schritte von Femke entfernt hin und zeigte ihr ganz langsam, wie es ging.

Sie legte die Handflächen vor der Brust aneinander und schob sie wie einen Schiffsbug vorwärts. Als die Arme ganz gestreckt waren, öffnete sie sie weit, zog sie zur Seite und schloss die Hände schließlich wieder vor der Brust. Dann hielt sie sich an den Stufen des Badekarrens fest und machte die Beinarbeit vor.

»Smotrish' li ty? Tak!«, sagte sie fröhlich.

Femke nickte unsicher. »Ja, ich versuche es.« Sie ergriff dieselbe Stufe und ließ das Seil los. Die Russin legte eine Hand unter Femkes Bauch und redete unablässig. Zum ersten Mal fühlte Femke, wie es war, im Wasser zu schweben. Es war großartig. Nachdem sie mit den Beinen lange genug geübt hatte, löste die Russin Femkes Finger von den Stufen. Sie streckte beide Arme wie einen Balken vor, über den Femke sich legen konnte. So war es möglich, die Schwimmbewegungen mit den Armen und Beinen gleichzeitig zu probieren. Zwar verlor Femke wieder und wieder die Balance, tauchte mit dem Kopf unter, schluckte scheußlich schmeckendes Wasser, das sofort die Erinnerung an Austern wachrief, aber zwischendurch gelang es ihr bald, einen Zug ganz alleine zu tun, ohne dabei unterzugehen.

»Danke schön!«, sagte sie, als sie wieder im Karren waren und sich ankleideten. »Ich danke Ihnen sehr.«

Die Russin nickte und lachte.

Femke war nach ihrem ersten Bad in der Ostsee vollkommen erschöpft, aber sie beschloss, so oft wie möglich ihre Übungen fortzusetzen. Das tat sie, und am Ende des Sommers 1802 konnte sie recht passabel schwimmen. Sie berichtete Johannes davon, dem sie regelmäßig Briefe sandte. Über zwei Jahre war er nun schon fort. Es tat nicht mehr so weh wie am Anfang, doch er fehlte ihr noch immer. Ihr Herz machte jedes Mal einen Hüpfer vor Freude, wenn der Briefbesteller Antwort von ihm brachte. Johannes erzählte von seinen Studien, die gut vorangingen. Noch zwei weitere Jahre würde er wenigstens bleiben, dann hoffte er nach Lübeck zurückkehren und in der Kanzlei seines Vaters anfangen zu können. Noch einmal die gleiche lange Zeit, dachte Femke traurig. Aber, sagte sie sich, diese Zeit würde ebenso vergehen, wie sie bisher vergangen war. Sie tröstete sich damit, dass die Hälfte vielleicht vorüber war.

Auch mit Wilma tauschte sie Nachrichten aus. Ihre kleine Tochter war inzwischen geboren. Wilma hatte sie Femke taufen wollen aus Dankbarkeit für das Geschenk, von dem sie noch immer fest glaubte, dass es ihr überhaupt nur ermöglicht hatte, Mutter zu werden. Doch ihr Mann August bestand darauf, die Kleine nach seiner Mutter Sophie zu nennen. Sie einigten sich auf Sophie Femke. Mit einem Baby wollten sie die anstrengende Reise noch nicht wagen, doch sobald das Kind größer sei, würden sie nach Lübeck kommen, schrieb sie.

Femke freute sich sehr. Am liebsten wäre sie nach Jena gereist, um das Mädchen zu sehen. Doch daran war nicht zu denken. Im Frühjahr 1803 eröffnete in Travemünde Thuraus Wein- und Speisewirtschaft. Senatoren, Kaufleute, Literaten, Maler und selbst der Bürgermeister kamen zur Eröffnung und ließen sich auch danach gerne sehen. Femke hatte, wie ihr Vater es wollte, Leuchter für die Tische gemacht. Nun verbrachte sie Stunde um Stunde damit, kleine Muscheln, Schnecken, Seepferdchen und Seesterne aus dem versteinerten Harz zu schneiden, zu feilen und zu polieren. Zum Schluss bohrte sie immer ein feines Loch hindurch, so dass die Leute die Schmuckstücke an einer Kette tragen konnten. Sie stellten eine Armenbüchse auf, wie sie bei allen Zünften und öffentlichen Institutionen üblich war. Wer eines der kleinen Stücke sein Eigen nennen wollte, wurde um eine großzügige Spende gebeten. Viel zu oft klingelten die Münzen in der Blechbüchse. Allein schaffte Femke es unmöglich, eine ausreichende Menge herzustellen.

»Meister Delius muss mir helfen«, ließ sie darum ihren Vater wissen.

»Na schön«, meinte der und zwirbelte seinen Bart. »Mir ist es recht, solange die Leute den Unterschied nicht merken.«

»Wie?« Femke glaubte nicht recht zu hören. »Sie werden gewiss nicht merken, welches Stück von mir und welches von ihm ist. Wir werden es ihnen sagen.«

»Auf keinen Fall! Wer will schon Bernstein vom alten Delius? Deinen magischen Schmuck wollen die Leute.«

»Aber wir verderben Meister Delius sein Geschäft«, ereiferte sie sich.

»So ein Unsinn. Zahle ich ihm nicht genug für die Steine, die er uns besorgt? Was du selber am Strand findest, ist nicht einmal der Rede wert. Und überhaupt, was verstehst du vom Geschäft? Zerbrich dir deinen hübschen Kopf nur nicht darüber.«

»Dann wirst du ihm seine Arbeit aber auch bezahlen müssen«, beharrte sie.

»Ich soll erst den Stein teuer bei ihm kaufen, ihn auch noch für das Schnitzen bezahlen und dann das Geld, das die Leute geben, den Armen spenden?« Carsten Thurau zog die Augenbrauen hoch. »Na, da hört sich doch alles auf.«

»Er ist ein Bernsteindrehermeister, Vater. Er lebt davon, dass man ihn für seine Arbeit bezahlt. So wie du davon lebst, dass man deinen Wein bezahlt. So viel verstehe ich immerhin vom Geschäft.« Femke widersprach ihren Eltern gewöhnlich nicht, aber was genug war, war genug. Es war ihr längst lästig, immer die gleichen Formen drechseln, die immer gleichen Linien schneiden zu müssen. Ihren Träumen nachzuhängen war keine Zeit mehr. Doch sie beklagte sich niemals oder weigerte sich

gar. Aber wenn es um Meister Delius ging, konnte sie nicht schweigen.
»Also gut«, gab ihr Vater zerknirscht nach, »ich werde mit ihm einen Preis verhandeln.«

Im September 1803 gaben die Thuraus eine kleine Gesellschaft in ihrem Sommerhaus. Die Saison in Travemünde war vorüber, und die Männer, die das Seebad aus der Taufe gehoben hatten, fanden, es sei an der Zeit, ein erstes Resümee zu ziehen. Es war leicht zu durchschauen, dass sie sich selbst feiern wollten, und Femke konnte das gut verstehen. Im Leuchter, der unter der Kassettendecke des Saals hing, brannten Kerzen. An den Wänden standen neue Stühle, eine Chaiselongue und ein Sofa. Carsten Thurau hatte die Sitzmöbel machen lassen, um seine Frau, die aufgrund seiner geschäftlichen Wagnisse nicht gut auf ihn zu sprechen war, ein wenig fröhlicher zu stimmen. Hanna Thurau scheuchte die Dienstmädchen, die Platten mit geräuchertem Fisch als Appetithappen herumreichten. Femke unterhielt sich mit Clara Nebbien. Sie mochte Johannes' Mutter sehr und freute sich, mit ihr über ihn sprechen zu können.
»Er wird ein guter Anwalt werden«, sagte die stolz. »Wenn nur nichts dazwischenkommt.« Eine steile Falte zeigte sich über ihrer Nasenwurzel.
Femke musste lächeln. Von ihr hatte Johannes die also.
»Was sollte denn dazwischenkommen?«, fragte sie.
»Es sind unruhige Zeiten, mein Kind. Sein Vater erwartet von ihm, dass er für sein Land einsteht, wenn es sein muss. Die Zeichen stehen nicht gut. Ich fürchte, früher oder später wird er sich für das Heer melden müssen.«
Femke erschrak. »Aber er ist doch kein Soldat!«, rief sie entsetzt. »Und es ist doch auch kein Krieg.« Hatte nicht Senator Brömse, den Femke an diesem Abend so ausgiebig anschauen

konnte, dass es ein Leichtes für sie wäre, sein Porträt in Bernstein zu bannen, wie es einst der Wunsch einer Dame war, von einer vertraglich gesicherten Neutralität Lübecks in künftigen Kriegsfällen gesprochen? Johannes war ein Sohn Lübecks. Wofür sollte er kämpfen, wenn seine Stadt gar nicht beteiligt war?

Die Männer und ihre Frauen nahmen an der großen Tafel Platz, die Hanna Thurau für diesen Abend in der Mitte des Saals hatte aufbauen lassen. Nur Carsten Thurau setzte sich nicht, sondern blieb vor seinem Stuhl stehen, erhob sein Glas und klopfte mit einem kleinen Silberlöffel dagegen.

»Wir sind hier zusammengekommen, weil es etwas zu feiern gibt.« Er strahlte über das ganze Gesicht. Die Spitzen seines Bartes standen perfekt nach oben und glänzten vor lauter Frisiercreme. »Unserem Mut, meine Herren, ist es zu verdanken, dass es im schönen Norden unseres Landes eines der ersten Seebäder überhaupt gibt. Die Gäste kommen schon jetzt zahlreich, und es werden ganz gewiss von Jahr zu Jahr mehr werden. Der ersten Herberge werden weitere folgen, und ich fürchte, Konkurrenz für Thurraus Wein- und Speisewirtschaft wird auch nicht lange auf sich warten lassen.« Die Herren lachten. »Ich möchte nicht versäumen, unseren Gattinnen Dank auszusprechen. Dank dafür, dass sie uns unterstützt und von der ersten Sekunde an an uns geglaubt haben.« Er zwinkerte seiner Frau verschmitzt zu. Jeder wusste, dass sie keinesfalls an Travemünde geglaubt hatte. Es hatte sogar schon Gerüchte gegeben, die Ehe würde nicht mehr lange halten. Doch natürlich wagte niemand, das jetzt laut auszusprechen. Und Hanna Thurau schmunzelte nur.

»Stoßen wir mit diesem Rotspon auf unseren Erfolg an und auf die erfolgreichen Jahre, die noch vor uns liegen.« Er hob sein Glas ein Stückchen höher, und auch seine Gäste griffen nun

nach ihren Gläsern. »Es ist übrigens ein ganz vorzüglicher Jahrgang. Dank der Jahre, die er in Lübecker Kellern reifen durfte, hat er ein ausgezeichnetes Bouquet. Sie sollten nicht versäumen, ihn in meinem Lokal zu bestellen, denn er ist nur dort zu haben.«
»Immer geschäftstüchtig«, feixte Gärtner Fricke.
Das Essen wurde aufgetragen. Die Herren konnten gar nicht aufhören, über *ihr* Travemünde zu reden. Die Damen tauschten sich über die Bademode aus, jammerten über unzuverlässige Dienstboten und redeten über die Pockenimpfung, die Dr. Kahl derzeit an Waisenkindern durchführen ließ.
»Ich würde mein Kind dafür nicht hergeben«, sagte Frau Mommsen, die Frau des Korkenschneiders. »Wer weiß, ob es nicht mehr schadet als nützt?«
»Darum haben sich die ehrbaren Eltern Lübecks ja auch geweigert«, pflichtete ihr Frau Fricke bei. »Nur die armen Würmchen im Waisenhaus haben niemanden, der für sie spricht.« Sie schüttelte den Kopf. »Es ist eine Schande.«
Femke sprach kaum, sondern hörte hier und dort zu. Mal fragte eine der Damen nach ihrem Bernstein, dann wollte eine wissen, wie es denn mit den jungen Burschen aussehe.
»Wie alt sind Sie jetzt, Femke?«, erkundigte sich Frau Mommsen. Sie war mager und hatte ein schmales Gesicht, das von einer riesigen Hakennase beherrscht wurde.
»Neunzehn«, antwortete Femke.
»Oh, dann wird es aber Zeit!« Frau Mommsen fuchtelte mit dem knochigen Finger in der Luft herum.
Nach dem Essen standen die Herren beieinander, die Damen saßen auf den Möbeln, die ringsum an den Wänden aufgestellt waren. Femke, froh, sich nicht mehr unterhalten zu müssen, gab acht, dass jeder zu trinken hatte. Sie half ihrer Mutter, die Gewürzküchlein zu reichen, die sie zwei Tage zuvor gemeinsam

gebacken hatten. Und sie hörte, wie die Herren über die Besetzung Hannovers sprachen.

»Die Franzosen können uns noch gefährlich werden«, meinte einer. »Hannover ist nicht weit. Unser Nachbar im Süden, das Herzogtum Lauenburg, ist Bestandteil des Kurfürstentums Hannover. Was ist, wenn die Franzosen auch das besetzen?«

»Dann ist unser Nachbar französisch«, sagte ein anderer. »Lübeck ist neutral, das ist sicher. Uns kann nichts geschehen.«

»Im Krieg ist nichts sicher«, gab Senator Brömse zu bedenken. »Wir haben zwar einen Vertrag, aber wird er uns helfen?«

Femke musste sofort an Clara Nebbiens Worte denken. Bisher hatte sie die Franzosen als freundliche, charmante Menschen kennengelernt. Was aber würde geschehen, wenn sie jeden Neutralitätspakt mit Füßen traten? Musste Johannes am Ende doch noch für seine Stadt in den Krieg ziehen?

»Ich bitte Sie, meine Herren«, rief Carsten Thurau etwas zu laut, »wir wollen uns doch wohl nicht die gute Stimmung verderben. Dazu gibt es meines Erachtens überhaupt keinen Anlass. Seit England Elbe und Weser abgeriegelt hat, geht es uns doch noch prächtiger als zuvor. Wir sind der Haupteinfuhrhafen englischer Waren für ganz Deutschland! Was wollen wir denn noch? Unsere Wirtschaft blüht wie in den besten Zeiten der Hanse.«

»Nur wie lange noch?«, fragte jemand, den Femke nicht mit Namen kannte.

»Sie müssen ja so reden«, wandte Brömse sich direkt an Thurau. »Sie treiben Handel mit den Franzosen.«

»Damit Sie alle ihren Wein trinken können«, konterte dieser.

»Ihren Wein sollen sie ruhig schicken, solange sie nur ihre Soldaten zu Hause lassen.«

»Ich traue diesem Bonaparte nicht über den Weg«, sagte Brömse. »Meiner Ansicht nach nutzt er die Auswirkungen der

Revolution für seine ganz eigenen Zwecke. Er ist hungrig nach Macht. Wehe, wenn er zu viel davon bekommt.«
Mit wachsender Unruhe hörte Femke, wie weiter darüber debattiert wurde, ob Lübeck in Gefahr war oder nicht. Die meisten fühlten sich recht sicher. Vom preußischen Heer war viel die Rede, das, wenn es nicht genug gesunde Männer gab, die sich freiwillig meldeten, auch schon mal zwangsrekrutierte.
»Da nimmt einer einen Krug Bier, ohne sich Böses zu denken«, sagte jemand. »Und schon ist er besoldeter Soldat, nur weil am Boden des Kruges eine Münze liegt, die niemand zu sehen imstande ist. Wer aber so einen Becher greift, der hat angeblich das Angebot angenommen.«

Femke sollte den Namen Napoleon Bonaparte in den nächsten Jahren noch häufig hören. Und er bekam tatsächlich sehr viel Macht, hatte er sich doch zum Kaiser der Franzosen ernannt. Er hatte offenbar ebenso viele Feinde wie Verbündete. Und er war ein Kriegsherr. Was er nicht durch geschickte Schachzüge und Verbindungen Frankreich zuschlagen konnte, nahm er mit Gewalt ein. Mal machte die Nachricht von Napoleons Sieg über die verbündeten Heere Russlands und Österreichs die Runde, der die Kriegsgefahr in ganz Europa bedenklich ansteigen ließ. Dann wieder atmeten die Menschen auf, denn Österreich und Frankreich unterzeichneten einen Friedensvertrag. Der würde in ganz Europa für Ruhe sorgen. Femke verstand nichts von alldem. Sie hörte mal hier etwas und mal dort, und das ewige Hin und Her, Auf und Ab machte ihr Angst. Sie war nur froh, dass Lübeck neutral und so selbständig war. Wenn sie hörte, dass Gebiete wie Tirol oder Venetien so einfach an das Kurfürstentum Bayern oder an das napoleonische Königreich Italien fallen konnten, erschien ihr alles wie ein überdimensio-

nales Kartenspiel. Doch wie mochte es für die Menschen sein, die dort lebten, die eben Österreich zugeschlagen wurden und wenige Jahre darauf Italien? Als es hieß, die Freie Reichsstadt Augsburg sei auch an Bayern gefallen, erschrak sie. Wenn sogar eine Freie Reichsstadt zum Spielball der Mächtigen werden konnte, galt das dann nicht auch für die Hansestadt? Femke wurde immer nervöser. Ihr Vater versicherte ihr mehr als einmal, dass sie sich alle glücklich schätzen könnten, in Lübeck zu leben.
»Das ist eine Insel der Seligen«, verkündete er und zwirbelte ein wenig hektisch seinen Bart. »Wir sind ein wichtiger Handelspartner für alle, aber für niemanden der Feind. So wird auch niemand wagen, uns in diesen ganzen Schlamassel hineinzuziehen.«
So recht beruhigt war Femke von derartigen Reden aber nicht. Sie kannte ihren Vater zu gut. Er sah selbst nicht entspannt und gelassen aus. Im Gegenteil, sie sah ihm seine Sorgen an. Und sie fand auch heraus, was ihm so großes Kopfzerbrechen machte. Als sie an einem Tag im Februar 1806 bereits auf dem Weg zu Meister Delius war, aber noch einmal umkehrte, weil sie ihm zwei Wachskerzen mitbringen wollte, hörte sie einen Streit ihrer Eltern mit an. Die beiden waren in seinem Kontor, dessen Fenster zur zweigeschossigen offenen Diele zwar geschlossen waren, ihre Stimmen aber nur wenig zu dämpfen vermochten.
»Dann müssen wir eben doch das Sommerhaus verkaufen«, sagte Hanna gerade. Ihre Stimme verriet, dass sie nicht nur wütend, sondern auch über die Maßen enttäuscht war.
»Unsinn!«, widersprach Carsten. »Jetzt, wo Napoleon mit Österreich Frieden geschlossen hat, kommt alles wieder in Ordnung, wirst sehen.«
»Das geht schon zu lange so, Carsten. Immer denken und

hoffen wir, dass endlich Stabilität einkehren möge, damit die Leute wieder ihre Weinkeller füllen. Aber sie haben anderes im Kopf. Die einen weigern sich, überhaupt noch etwas zu kaufen, was auch nur im Entferntesten mit Frankreich zu tun hat, die anderen können es sich nicht mehr leisten.«

Femke hörte Schritte. Wahrscheinlich waren es die ihrer Mutter, die vermutlich aufgebracht im Kontor hin und her lief.

»Travemünde hat zu viel Geld gekostet«, resümierte diese weiter. »Du hast zwar recht behalten, der Einsatz hat sich gelohnt, nur haben wir jetzt keine Reserven mehr. So ist es doch, nicht wahr? Das ist es doch, was du mir gerade erklärt hast.«

»Es ist eine schwere Zeit, ja«, lenkte Carsten ein. »Unsere Keller sind voll. Und der einzige Weinhändler bin ich schließlich auch nicht.«

Die beiden schwiegen. Femke stand wie erstarrt in der Diele. Sie wagte nicht, sich zu bewegen. Wenn ihre Eltern sie entdeckten, mussten sie annehmen, dass sie sie belauschte. Das tat sie natürlich auch in gewisser Weise, doch es steckte immerhin keine Absicht dahinter.

»Können wir noch ein paar Monate überstehen?«, fragte Hanna.

»Ich werde im Amtshaus der Schiffer und im Ratsweinkeller vorsprechen und die Preise senken. Ich werde sagen, der junge Bordeaux sei so vielversprechend, dass ich große Mengen einlagern will. Dafür muss ich die Gewölbe leer kriegen. Das sieht jeder ein.« Er machte eine Pause, dann fügte er hinzu: »Solange die Leute noch so verrückt nach Femkes Bernstein sind, kommen wir wohl über die Runden. Nicht zu fassen, wie großzügig sie die Armenbüchse füttern.«

Femke traute ihren Ohren nicht.

»Es ist nicht recht, dass wir die Leute glauben machen, wir würden das Geld den Armen geben, wo wir es doch für uns

behalten.« Hanna flüsterte, aber dennoch war sie gut zu verstehen.
»Wir sind auch in Not, Hanna. Und es ist doch nur vorübergehend. In den ersten Jahren hat das Armen- und Werkhaus St. Annen so manches hübsche Sümmchen von uns bekommen.«
»Von Femke, wenn man es genau nimmt«, korrigierte Hanna.
»Aber ich habe den Delius bezahlt«, widersprach er.
»Sei's drum«, beendete sie das Thema. »Versuchen wir, was in unserer Macht steht. Dann sehen wir weiter, ob wir das Palais behalten können oder nicht. Vielleicht bieten wir es diesen Sommer über auch zur Miete an. Das ist nicht ungewöhnlich, und Nachfrage gibt es sicher nicht zu knapp.«
»Damit ein jeder weiß, dass wir in Geldnot sind?« Carsten wurde laut.
»Es ist doch keine Schande«, entgegnete Hanna. »Die Zeiten sind nun einmal nicht einfach. Auch ganz andere ehrbare Kaufleute haben Schwierigkeiten, das weiß jeder. Außerdem können wir sagen, dass wir den Sommer ohnehin in Travemünde verbringen müssen und zunächst keinen Nutzen von unserem Schlösschen mehr haben. Es wäre weniger gelogen als deine Geschichte vom guten jungen Bordeaux, den du lagern willst.«
Femke hörte ihren Vater bitter lachen. Dann sprachen beide sehr leise. Es klang erstickt. Vermutlich hielten sie sich umarmt und murmelten einander Worte des Trostes zu. Sie nutzte die Gelegenheit und stahl sich durch den Windfang hinaus. Ein kräftiger Wind blies ihr entgegen. Femke setzte die Kapuze ihres Mantels auf und zog den dicken Stoff fest um sich. Sie fühlte sich wie eine Diebin mit den beiden Kerzen in der Manteltasche. Aber bisher hatte sie doch ganz fest geglaubt, dass es ihnen gutginge. Da war es doch nur selbstverständlich, Meister

Delius, der nicht so viel hatte, zu helfen. Und außerdem, war es nicht viel verwerflicher, Spenden für ihre Schmuckstücke einzufordern, die dann gar nicht in das Armenhaus gelangten? Sie konnte ihre Eltern wohl verstehen, doch wäre es ihr viel lieber gewesen, sie wären ehrlich gewesen. Wenigstens zu ihr und Meister Delius. Und am besten auch zu den Menschen. Es war doch keine Schande, wie ihre Mutter gesagt hatte, wenn die Geschäfte aus verschiedenen Gründen nicht mehr liefen. Hätte man nicht freimütig zugeben können, dass man lieber mit preußischem Bernstein Handel treibe als mit französischem Wein? Sie fühlte sich betrogen und enttäuscht. Am liebsten hätte sie ihre Eltern auf der Stelle zur Rede gestellt. Nur hätte sie dann eingestehen müssen, dass sie gelauscht hatte. Während sie, den Kopf gesenkt, um das Gesicht vor dem schneidenden Wind zu schützen, von der Glockengießerstraße in die Königstraße zu Meister Delius' Werkstatt hinüberging, nahm sie sich ganz fest vor, noch am selben Abend mit ihren Eltern zu reden. Immerhin war sie eine erwachsene Frau, nächsten Monat wurde sie zweiundzwanzig. Wenn die Familie in Schwierigkeiten steckte, dann ging sie das auch etwas an.

Wenigstens bei Meister Delius gab es gute Neuigkeiten. Er hatte eine beachtliche Menge Rohbernstein von einem Händler aus Königsberg bekommen.

»Da sparen wir die kostbaren Kerzen besser auf und zünden den Brennstein an, was?«, meinte er.

»Haben Sie mir nicht selbst erklärt, dass die Menschen im Mittelalter ihn nur so genannt haben, weil es der einzige Stein war, den sie kannten, der brennen konnte? Sagten Sie nicht selbst, zum Verbrennen sei er aber natürlich viel zu schade?« Sie sah ihn tadelnd an. »Bernstein ist kostbar. Wir sollten uns freuen, dass wir wieder einen guten Vorrat haben.«

»Hast ja recht, Deern. Du bist längst klüger als dein alter

Meister.« Er breitete die neu erworbene Lieferung vor ihr auf einem Samttuch aus. Große und kleine, runde und kantige Klumpen lagen da. Sie waren gelb gesprenkelt, dunkelbraun, hatten schwarze Schlieren oder waren mit Seepocken bewachsen. Einschlüsse waren auf Anhieb nicht zu erkennen, und es gab auch keine Stücke von beachtlichem Umfang. Trotzdem war Femke klar, dass er diese Menge kaum auf anständigem Weg bekommen hatte. Je schwerer die Zeiten, desto einfallsreicher und erfolgreicher die Gauner, die unter der Hand besorgten, was gerade gebraucht wurde.

Femke sprach ihre Eltern an diesem Abend nicht auf die Not der Familie an. Und auch nicht an den folgenden Tagen. Sie redete sich ein, dass sie im Grunde nichts Unrechtes getan hatten. Was hätte es denn geändert, wenn sie mit ihr die Sorgen geteilt hätten? Geteiltes Leid war kein halbes Leid. Wenn Eltern Leid mit ihren Kindern teilen mussten, dann wog es für sie doppelt schwer. So beschloss sie, sich eifrig mit den Bernsteinen zu beschäftigen, um so ihren Beitrag zu leisten. Im Mai erfuhr sie, dass es Verhandlungen gebe. Napoleon, so lautete die verheißungsvolle Nachricht, wolle deutsche Gebiete zwischen England und Frankreich aufteilen, damit wieder Ruhe einkehren könne. Sie hatte keine Ahnung, ob es besser war, unter englischer, französischer oder preußischer Regierung zu stehen, malte sich aber aus, dass die Ansichten darüber geteilt waren und es gewiss, ganz gleich, wie die Entscheidung ausfiele, Widerstand dagegen gebe. Tatsächlich stellte sich Preußen gegen das Vorhaben. Bis Anfang August zogen sich die Verhandlungen hin, die mit einem Ultimatum Preußens endeten. Napoleon solle sich bis zum 8. Oktober mit seinen Truppen bis hinter den Rhein zurückziehen.

»Das gibt ein Blutvergießen«, prophezeite Johann Julius

Nebbien düster. Er war mit seiner Frau zu Gast bei den Thuraus. Sie saßen im Salon, tranken Wein und aßen selbstgebackenes Brot und eingelegten Hering. »Das Heilige Römische Reich Deutscher Nation gibt es nicht mehr«, fuhr er fort. »Wir können nicht länger neutral bleiben. Wir müssen uns entscheiden, auf welcher Seite wir stehen.«
»Das müssen wir nicht«, widersprach Carsten Thurau. »Lübeck ist zum souveränen Staat erklärt worden, wie die anderen beiden Hanseschwestern auch. Als solcher können wir weiter unsere Neutralität aufrechterhalten. Mag Krieg führen, wer will, das betrifft uns nicht.«
Femke wünschte sich sehnlichst, sich zurückziehen zu können. Wenn ihre Eltern über Politik sprachen, verabschiedete sie sich meistens und begab sich in ihre Kammer. Sie schrieb Johannes einen Brief oder drehte ihren Bernsteinanhänger in den Fingern und betrachtete die eingeschlossene Eidechse. Der war es gleich, wer gegen wen kämpfte, ob Franzosen, Preußen oder Engländer Gebiete überrannten und besetzten. Das kleine glänzende Auge, das andere wurde von einer dunklen rauhen Stelle verdeckt, die feine Struktur der schlangenartigen Haut und das mitten in der Bewegung erstarrte Beinchen versetzten Femke von einer Minute auf die andere in eine eigene ferne Welt. Dort fühlte sie sich wieder sicher.
»Wir haben uns jedenfalls entschieden«, hörte sie Nebbien sagen. Es wäre unhöflich, jetzt zu gehen. Sie würde wenigstens noch ihren Hering essen müssen. Also versuchte sie aufmerksam dreinzuschauen. »Unserer Familie sind die Preußen näher als die Franzosen. Darum war es für Johannes überhaupt keine Frage, sich in das preußische Heer werben zu lassen.«
»Was?« Femke ließ laut klirrend ihre Gabel auf den Teller sinken. Sie sah fragend zu Clara Nebbien hinüber, die rasch den Blick senkte.

»Ja, Femke. Du bist eine Frau und hast keine Brüder. Du kannst nur mit deinen Eltern beten, dass dieser Bonaparte rechtzeitig aufgehalten wird. Unser Johannes kann sich ihm selbst in den Weg stellen.«

Femke war übel. Gerade hatte Nebbien noch von einem fürchterlichen Blutvergießen gesprochen, und dann verkündete er voller Stolz, dass sein Sohn sich daran beteiligen würde!

»Das ist kein erfreuliches Thema für einen Abend wie diesen«, versuchte Hanna Thurau abzulenken. Sie sah ihre Tochter an. »Ist dir nicht gut? Du bist ganz blass.«

Nein, mir geht es nicht gut!, wollte sie schreien, aber sie brachte kein Wort heraus und schüttelte nur zaghaft den Kopf.

»Krieg ist nie ein erfreuliches Thema«, erklärte Nebbien. »Für keinen von uns. Leider nützt es nichts, die Augen davor zu verschließen. Gewiss, Johannes hätte wie ein Feigling nach Lübeck flüchten und hoffen können, dass wir hier tatsächlich verschont bleiben. Aber mein Sohn ist kein Feigling. Das preußische Heer ist in einem desolaten Zustand. Die Soldaten und Offiziere sind viel zu alt, die Ausrüstung ist mehr als mangelhaft. Es ist die Pflicht jedes gesunden jungen Mannes, seine Kraft und sein Leben zu geben, um es diesem französischen Scheusal nicht zu leicht zu machen.«

Femke schluchzte auf und stieß ihren Stuhl zurück, der krachend auf das dunkle Parkett schlug. Sie scherte sich nicht darum, auch nicht um den Schreckensschrei ihrer Mutter oder die verständnislosen Worte ihres Vaters, sondern stürzte tränenblind aus dem Salon.

Zwei Tage blieb sie im Bett, verweigerte jegliche Nahrung und trank nur hin und wieder einen Schluck Wasser. Sie wollte niemanden sehen und ließ sich auch nicht von ihrer Mutter trösten. Wie sehr hatte sie bereits im vergangenen Jahr gehofft, dass Johannes zurückkäme. Doch dann hatte sie seinen Brief erhalten, in dem er schrieb, er sei noch nicht abkömmlich. Er habe noch Pflichten in Jena zu erfüllen, die er sich zwar nicht ausgesucht habe, denen er sich aber auch nicht entziehen könne. Femke war natürlich davon ausgegangen, dass es etwas mit seinen Studien zu tun hatte. Jetzt verstand sie, was er meinte. Wieder und wieder spukten ihr Nebbiens Worte durch den Kopf. »Das preußische Heer ist in einem desolaten Zustand«, hatte er gesagt. Und dass es die Pflicht jedes gesunden jungen Mannes sei, seine Kraft und sein Leben zu geben. Aber doch nicht Johannes! Femke hatte eine ganze Nacht und fast den ganzen Tag geweint. Jetzt hatte sie keine Tränen mehr. Sie starrte nur vor sich hin und fühlte sich, als wäre sie wie ihre Eidechse in eine Falle gegangen, aus der es kein Entrinnen gab. Sie war ganz sicher, dass sie nie wieder in ihrem Leben fröhlich sein könnte, wenn ihm etwas zustoßen würde. Seine Briefe fielen ihr ein. Er hatte nicht oft geschrieben, aber es war ihr so vorgekommen, als hätten seine Zeilen an Offenheit und Vertrautheit immer mehr zugenommen. Hatte er zuerst nur von Jena berichtet, von seinen Studien und dem Leben im Haus seines Onkels, schrieb er später auch darüber, wie er sich fühlte. Er schrieb von Einsamkeit und davon, wie glücklich es ihn mache, wenn er die kleine Sophie Femke auf den Knien schaukeln oder ihren jüngeren Bruder Karl August halten dürfe. Femke kannte seine Zeilen auswendig.

»Wenn ich endlich in mein geliebtes Lübeck zurückkehren kann, will ich auch eine Familie gründen. Es gibt nichts Wichtigeres im Leben, Femke, das habe ich hier verstanden. Und ich möchte keine Zeit mehr verlieren.

Ich bin schon so gespannt, Dich endlich wiederzusehen. Gewiss bist Du eine schöne Frau geworden. Du ahnst nicht, wie sehr Du mir fehlst. Es wird von Woche zu Woche, von Monat zu Monat schlimmer für mich. Wie gut, dass ich den Würfel habe. Wenn ich ihn in der Hand halte, ist es, als hielte ich Deine Hände.«

Nachdem sie zwei Tage im Bett zugebracht und beschlossen hatte, nie wieder aufzustehen, träumte sie von Johannes. Er war der junge Mann aus ihrer Erinnerung, aber er trug Soldatenrock und stand ihr in Lübeck gegenüber. Mitgenommen zwar von endlosen Märschen und schrecklichen Kämpfen, aber am Leben, ja, sogar körperlich unversehrt. Der Traum schürte ihre Sehnsucht, gab ihr jedoch auch Trost. Darum stand sie am nächsten Morgen auf und kleidete sich an. Wie grenzenlos musste erst die Furcht von Wilma um ihren Mann sein? Und die konnte sich auch nicht unter den Daunen verkriechen. Das Elend im Volk wurde Tag für Tag größer. Wenn sich alle vor der Wahrheit versteckten, wer sollte dann noch dafür sorgen, dass das Leben weiterging? Viel gab es nicht, was Femke dafür tun konnte. Trotzdem sah sie ein, dass es auch keinen Sinn hatte, ihren Eltern zusätzlichen Kummer zu bereiten. Sie lief nicht mehr davon, wenn diese über Politik sprachen. Plötzlich hatte sie ein glühendes Interesse daran, denn das Schicksal der Preußen, das ihr bisher herzlich gleichgültig gewesen war, wurde zu Johannes' Schicksal. Mit wachsender Hoffnung hörte sie ihrem Vater zu, der von der Hanseatischen Konferenz erzählte.
»Was ist das für eine Konferenz?«, fragte sie.
»Das wirst du kaum verstehen«, gab er zur Antwort. »Zerbrich dir nur nicht deinen Kopf. Die Hauptsache ist doch, dass alles wieder in Ordnung kommen wird. Und genau dafür gibt es diese Konferenz.«
»Ich spreche Französisch, und ich habe bei dir gelernt, Bücher zu führen und Bilanzen zu lesen. Wenn ich es auch nie getan

habe, so kann ich es doch. Glaubst du, es ist so viel schwerer zu verstehen, was es mit dieser Konferenz auf sich hat?«
»Nein, aber es ist sehr ...«
»Dann erkläre es mir bitte«, unterbrach sie ihn.
Hanna Thurau sah von ihrer Handarbeit auf und blickte von einem zum anderen. Mit unbewegter Miene wandte sie sich sogleich wieder Nadel und Faden zu.
»Also gut, aber es wird dich langweilen. Du weißt ja, dass Lübeck und die anderen Hansestädte schon lange eine ganz besondere Rolle spielen. Nun sind sie zum ersten Mal in ihrer Geschichte zu souveränen Staaten erklärt worden. Das bedeutet, es wäre möglich, dass uns oder Hamburg der Krieg erklärt wird. Oder wir könnten uns von ganz allein einmischen.«
»Was im höchsten Maße dumm wäre«, raunte Hanna Thurau, ohne aufzublicken.
»Das wäre es in der Tat, und niemand beabsichtigt, solch eine Torheit zu begehen. Jedenfalls soll in der Konferenz die neue Situation beleuchtet werden. Wir müssen zusammenhalten, denn alle Hansestädte befinden sich in der gleichen Lage.« Er geriet ins Referieren und schien vergessen zu haben, dass seine Zuhörer Frauen waren, also im Grunde nichts von dem verstanden, was er sagte. »Was das Wichtigste ist: Wir sind nach wie vor bedeutende Handelsstädte. Davon leben wir, das ist aber auch für diejenigen entscheidend, mit denen wir Handel treiben. Ich gehe davon aus, dass die Herren während der Konferenz Wege finden, diese Bedeutung gegenüber allen Kriegsparteien herauszustellen und ihnen klarzumachen, dass wir sie nur weiter mit Waren versorgen können, wenn wir neutral bleiben.«
Femke verstand nicht, warum nicht jede der Kriegsparteien es vorziehen sollte, die Hansestädte nur an sich zu binden und dem Gegner damit wichtige Versorgung abzuschneiden. Doch

sie fragte nicht danach. Sie erinnerte sich aber, dass Lübeck mehr als einmal von kriegerischen Auseinandersetzungen profitiert hatte. Ihr konnte es nur recht sein, wenn es wieder so geschah.

Zwei Monate redeten, planten, überlegten die hanseatischen Politiker während ihrer Zusammenkunft in Lübeck. Unterdessen lief das Ultimatum ab, doch Napoleon Bonaparte dachte gar nicht daran, seine Truppen hinter den Rhein zurückzubringen. Späher wussten sogar zu berichten, dass er weiter nach Norden vordrang und sich anschickte, gegen die Hauptstadt Berlin zu ziehen. Die Ereignisse überschlugen sich. Preußische Truppen schlossen sich mit ihren sächsischen Verbündeten zusammen. Überall im Land wurden Truppenbewegungen gemeldet. Napoleon ließ seine Korps ausschwärmen. Am 19. Oktober erreichte das Lübecker Rathaus ein Brief, in dem es hieß:

»Seit sechs Uhr am Morgen des 14. Oktober stehen sich die Truppen Napoleons, Preußens und Sachsens in Jena gegenüber. Für den Ausgang der Schlacht wird das Schlimmste befürchtet, denn das französische Heer hat fast doppelt so viel Mann zur Verfügung.«

Wie ein Lauffeuer verbreitete sich die Nachricht, wie jede andere Nachricht von Angriffen, Besetzungen und Siegen es in den vergangenen Jahren vor ihr getan hatte. Femke lief von nun an jeden Tag zum Rathaus, wo immer die neuesten Meldungen zu hören waren. Sie wusste, dass ihr Vater ihr und ihrer Mutter nicht unbedingt die ganze Wahrheit erzählte, wenn die sie erschrecken könnte. Es war ein bitterkalter November. Wehmütig dachte Femke daran, dass sie noch im letzten Jahr um diese Zeit mit ihrer Mutter begonnen hatte Weihnachtsplätzchen zu backen. Dieses Jahr würde es wohl kaum nach Zimt und Kardamom duften. Das Weihnachtsfest würde sehr bescheiden

ausfallen, wenn es überhaupt eines gäbe. Für sie hatte das alles kaum noch eine Bedeutung. Ihr einziges Bestreben, ihre ganze Bemühung galt dem Ergattern von Neuigkeiten aus Jena.
»Im Nebel hat dieser Teufel angreifen lassen«, sagte einer von zwei Senatoren, die gerade das Rathaus verließen. »Die preußischen und sächsischen Soldaten waren doch ohnehin schon in einem erbärmlichen Zustand. Und dann noch dieser Überraschungsangriff. Es ist eine Schande.«
»Kein Grund zur Aufregung, mein Bester«, gab der andere zurück. »Wie mit den Herren aus Bremen und Hamburg festgelegt, führen wir unsere Politik der Neutralität fort. Wir führen den gesamten Ostseehandel für Frankreich und seine Verbündeten. Das ist Napoleon bewusst, und darum stehen wir unter seinem Schutz. Es wäre ein fataler Fehler, uns gegen ihn zu stellen.«
»Er ist nicht unser Feind, gewiss, aber was soll das für ein Freund sein, der allein in Jena zehntausend Soldaten in den Tod schickt? Seine eigenen Verluste noch nicht einmal eingerechnet. Mit so einem möchte ich nicht unter einer Decke stecken.«
»Tun wir doch auch nicht, tun wir nicht. Wir sind neutral«, beschwichtigte der erste Senator.
Femke hörte ihnen nicht weiter zu. Zehntausend tote Soldaten. Sie schloss die Augen und stand eine Weile im Schutz der Arkaden, die sich entlang der Marktfront zogen. Instinktiv griff sie sich an die Brust, doch da war ihr Bernsteinanhänger nicht mehr, den sie so gern fest in die Hand geschlossen hätte. Seit die Armut sich immer deutlicher bemerkbar machte, bewahrte sie ihren Schatz in einer Schatulle in ihrer Stube auf. Man wusste in diesen Tagen nie, wozu ein armer Teufel sich hinreißen ließ, wenn ihm das kostbare Stück direkt vor die Nase gehalten wurde. Sie atmete tief durch. Es blieb ihr nichts

anderes, als zu hoffen und zu beten, dass ihr Traum zu denen gehörte, die später wahr wurden, dass Johannes nicht unter den Toten zu finden sei. Sie musste einfach daran glauben.

Um nicht gänzlich den Verstand zu verlieren, ging sie weiter zu Meister Delius. In seiner Werkstatt fand sie Trost und Ablenkung. Doch es war dort auch bitterkalt. Lange konnte sie es nie aushalten. Schon bald waren ihre Finger von der Eiseskälte steif, und sie musste das Schnitzmesser aus der Hand legen. Auch an diesem Tag ging sie zu ihm. Sie hatte versprochen, ein altes Familienwappen, dem das Alter üble Spuren versetzt hatte, seinen Besitzern zu bringen. Meister Delius hatte behutsam eine feine Schicht abgetragen und es auf Hochglanz poliert. Solche Arbeiten gingen ihm gut von der Hand, denn dafür brauchte er kein gar zu scharfes Auge. Die Auslieferung bedeutete für ihn dagegen größte Anstrengung. Er war ein gutes Stück über sechzig Jahre alt und nicht mehr so flott auf den Beinen, wie er es gern wäre. So erledigte Femke den einen oder anderen Gang für ihn. Sie tat das gern. Sie liebte es, in Lübecks Straßen unterwegs zu sein. Wenn auch Armut und Not zunehmend ein Gesicht bekamen, herrschte noch immer ein Gefühl von Geborgenheit zwischen den stolzen Kaufmannshäusern. Dicht an dicht standen sie wie rote Backsteinsoldaten im Schulterschluss und schienen nichts und niemanden zu fürchten. Von der Königstraße lief sie, das bernsteinerne Wappen in ein derbes Wolltuch geschlagen, in Richtung Markt. In einer gefrorenen Pfütze zeigten sich die milchig verschwommenen Umrisse der Marienkirche und der Türmchen des Rathauses wie in einem alten Spiegel. Sie eilte die Holstenstraße hinab und wandte sich dann den alten Speichern zu. Am Ufer der Trave lagen Holz- und Salzmarkt. Gleich dahinter hatte sie das Wappen abzuliefern, im Hause des Kapitäns Aldenrath. Ein Mann, vielleicht vier oder fünf Jahre älter als Femke, begrüßte

sie, nachdem ein Dienstmädchen sie eingelassen hatte. Femke hätte schwören können, dass sie ihn kannte.
»Was kann ich für Sie tun?«, fragte er.
Nachdenklich betrachtete sie sein rötlich braunes Haar und die grauen Augen. Wo hatte sie ihn nur schon gesehen?
»Fräulein? Ist das Paket dort vielleicht für uns?«
»Oh, Verzeihung«, stammelte Femke. »Ja, allerdings ist es das. Ich komme vom Bernsteindreher Peter Heinrich Delius und bringe Ihnen Ihr Familienwappen zurück. Es ist jetzt wieder schön wie eh und je.«
Statt ihr das Paket abzunehmen, das sie ihm nun entgegenstreckte, schlug er sich mit einem Mal auf den Oberschenkel.
»Sie sind Femke Thurau. Ich habe die ganze Zeit überlegt, woher ich Sie kenne.« Bevor sie fragen konnte, reichte er ihr die Hand. »Jeremias Aldenrath. Ich bin ein Freund von Johannes. Er hat uns einmal miteinander bekanntgemacht. Oh, Verzeihung.« Endlich nahm er ihr das eingewickelte Wappen ab, so dass sie sich begrüßen konnten.
»Natürlich, ich erinnere mich«, sagte Femke erfreut. »Rudern Sie noch immer?«, fragte sie, denn das war das Einzige, woran sie sich im Zusammenhang mit ihm wirklich erinnerte.
»Im Moment ist es mir zu kalt«, sagte er lächelnd. »Dass Sie noch immer Ihrer Bernsteinkunst nachgehen, weiß jeder in der Stadt. Sie sind ja fast eine Berühmtheit.«
»O nein«, widersprach sie und starrte auf den Fußboden.
»Bei mir sind die Boote etwas größer geworden«, plauderte er weiter. »Ich trete, wie es sich für einen braven Lübecker Sohn gehört, in die Fußstapfen meines Vaters und werde Kapitän. Ich hoffe schon sehr bald mein eigenes Kommando zu führen.«
»Oh.« Femke wusste nicht, was sie sagen sollte.
»Johannes tritt ja ebenfalls in die Fußstapfen seines Vaters. Ging er nicht nach Jena zur Universität?«

»Ja«, antwortete sie leise.
»Ausgerechnet. Wenn Sie meine Meinung hören wollen: Er hätte lieber bleiben und das Tischlerhandwerk lernen sollen.«
Sie starrte ihn überrascht an.
»Ist doch wahr, wir leben doch nicht mehr im Mittelalter. Handwerker sind gut angesehen. Und Johannes hat nichts lieber getan, als mit Holz zu arbeiten. Können Sie sich vorstellen, dass er hier einen Streit entscheiden und dort einen Vertrag aufsetzen soll?«
»Ich weiß nicht. Ja, schon …«
»Er wird sich zu Tode langweilen. Das ist meine Meinung.«
»Ich glaube, er wäre glücklich, jetzt in einem warmen und sicheren Kontor zu sitzen und Verträge zu prüfen.«
»Da haben Sie recht. Jena ist derzeit ein unsicheres Pflaster. Das werden selbst die Studenten zu spüren kriegen.«
»Und die Soldaten noch viel mehr.« Femke sah ihn traurig an. »Johannes ist zum preußischen Heer gegangen.«
»Großer Gott!« Jeremias fuhr sich durch die Haare. »Ist ihm denn nichts Besseres eingefallen?« Er sah sie lange an und wechselte abrupt das Thema. »Es wird viel über Sie erzählt in der Stadt. Seemannsgarn, würde ich sagen, wenn Sie ein Matrose wären. Aber wenn man Sie so ansieht, könnt man's fast glauben.«
»So?« Femke fühlte sich nicht wohl in ihrer Haut.
»Es heißt, Sie hätten magische Fähigkeiten. Ihre Bernstein-Kunstwerke könnten böse Geister vertreiben und selbst das hässlichste Weib zu einer Schönheit werden lassen.«
»Wer erzählt denn solchen Unsinn?«, fragte sie ärgerlich, musste aber gleichzeitig über seine schamlose Übertreibung lächeln.
»Und wenn doch etwas dran ist? Können Sie mir nicht eine Figurine schnitzen? Ein hübsches Mädchen, das mir dann dank Ihres Zaubers in Fleisch und Blut über den Weg läuft?«

Sie konnte sich schwer vorstellen, dass dieser gutaussehende Jeremias Aldenrath, der eine hoffnungsvolle Zukunft als Kapitän vor sich hatte, nicht selbst eine Frau finden konnte. Man sah ihm an, dass er noch immer sportlich war und sich viel an der frischen Luft aufhielt. Er hatte Charme und Benehmen. Schon Johannes hatte stets von seinem tadellosen Charakter gesprochen. Wahrscheinlich standen die jungen Damen in Wahrheit Schlange und hofften auf eine Verabredung mit ihm.

»Sie wollen nicht?«, fragte er und blickte ihr tief in die Augen.
»Dann gehen Sie wenigstens mit mir aus.«
Er ließ sie nicht gehen, ohne ihr dieses Versprechen abzunehmen. Ob sie es jemals würde halten können, schien mehr als ungewiss.

Am nächsten Morgen, der November brachte den ersten Schnee, wurde Femke durch Lärm aus ihren Tagträumen gerissen, der von Norden her zu ihrer Stube heraufdrang. Es klang wie ein unvorstellbar schwerer Schlag und dann nach berstendem Holz.
»Soldaten!«, schrie jemand.
»Die Schweden greifen an!«, brüllte ein anderer.
Es dauerte nicht lange, dann war wieder ein Krachen und Splittern zu hören. Auch im Hause der Thuraus brach Tumult los. Ein Gastwirt, der gerade mit Carsten Thurau in dessen Kontor hockte, stürmte mit diesem die Treppen hinab. Sie hörte Stimmen aus der Diele, verstaute rasch ihre Bernstein-Eidechse in der Schatulle und schob sie, als ob sie dort sicherer wäre, ganz nach hinten in die Kommode hinter ihre Tücher, Schals und die warme Wäsche. Dann lief sie ebenfalls die Treppen hinunter in die Diele, wo bereits ihre Eltern mit dem Wirt standen.
»Was ist denn passiert?«, fragte sie.

»Die Schweden«, antwortete ihre Mutter tonlos.
»Donnerschlag, warum sollten die uns denn angreifen?«, fragte Carsten Thurau. Das ergab tatsächlich keinen Sinn. Schon lange war eine schwedische Einheit von vielleicht tausend Mann oder mehr im Herzogtum Lauenburg stationiert. Das stand unter dem Einfluss des Königreichs von Großbritannien und Irland, dessen Verbündete die Schweden waren. Warum bloß verließen die Soldaten, deren Aufgabe der Schutz Lauenburgs war, ihren Posten und verschafften sich gewaltsam Zutritt zum neutralen Lübeck, wie ein aufgeregter Laufbursche des Bäckers Krüger, der sich in diesem Moment mit einem Sprung in den Windfang des Hauses Glockengießerstraße 40 zu retten versuchte, atemlos erzählte.
»Sie kommen schon die Burgstraße herauf«, berichtete er weiter. »Das Burg Thor ist schlimm beschädigt!«
»Donnerschlag!«, stöhnte Carsten Thurau noch einmal.
Dann hörten sie auch schon das gleichmäßige Trampeln Tausender schwerer Stiefel, das von der Burgstraße kam.
»Gott steh uns bei!«, flüsterte Hanna Thurau.
Draußen wurden Kommandos gebrüllt, die Schritte verstummten. Niemand wagte sich aus dem Haus. Auch der Bäckerbursche blieb, wo er war. Regungslos standen sie in der Diele und lauschten. Auf das Stadtmilitär brauchten sie nicht zu hoffen. Viel zu lang hatte Lübeck sich nicht mehr verteidigen müssen. Niemand war mehr darauf vorbereitet.
Nach einer ganzen Weile fasste Carsten Thurau sich ein Herz.
»Ich sehe mal nach, wie die Lage ist«, sagte er.
»Nein, Carsten, geh lieber nicht!« Hanna sah ihn flehend und voller Panik an.
»Schon gut«, beruhigte er sie. »Seit einer halben Stunde scheint es friedlich zu sein. Keine Schüsse, kein Feuer, nichts. Ich bin nun einmal Ratsmitglied. Ich muss wissen, was vor sich geht.«

»Ich begleite Sie, Thurau.« Der Wirt und Femkes Vater holten ihre Mäntel und öffneten die Haustür. Draußen war alles ruhig. Der Bursche des Bäckers Krüger, ein Kind von höchstens vierzehn Jahren, blieb dicht hinter ihnen.
»Wir sollten im Salon auf sie warten«, schlug Femke vor. »Dort ist es wärmer.«
Ihre Mutter nickte, doch keine der beiden rührte sich von der Stelle. Sie starrten voller Angst auf die Tür, durch die die Männer schließlich verschwunden waren. Dann endlich lösten sie sich aus ihrer Erstarrung und gingen in die Küche, von der aus sie den Eingang im Blick behalten konnten. Hanna Thurau legte Holz in den Ofen und zündete es an. Als es seine Wärme zu verströmen begann, schob sie einen Wasserkessel auf den Herd. Es dauerte über zwei Stunden, bis Carsten Thurau zurück war. Seine Wangen waren von der Kälte gerötet, und er machte ein sehr ernstes Gesicht.
»Die Schweden wollen uns nichts Böses«, sagte er matt und schlüpfte aus seinem Mantel.
»Na wundervoll! Und warum ignorieren sie dann unsere Neutralität?«, wollte Hanna wissen.
»Sie bitten um Schiffe, damit sie über die Ostsee ins schwedische Stralsund fliehen können.«
»Fliehen? Aber vor wem denn?«, fragte Femke, die überhaupt nichts mehr verstand.
Carsten Thurau sah von seiner Tochter zu seiner Frau und wieder zu seiner Tochter.
»Vor den Franzosen.« Er atmete schwer. »Der schwedische Befehlshaber behauptet, die französischen Heere rücken gen Norden vor.«
Hanna Thurau presste erschrocken die Hand auf den Mund. Auch Femke hatte schreckliche Angst. Wenn die Schweden Lübecks Neutralität so einfach übergehen konnten, dann

konnte ein deutlich stärkeres Heer das allemal. Nun gut, bisher hatte Napoleon die Stadt unter speziellen Schutz gestellt. Was aber, wenn er nun glaubte, die Hansestadt würde den schwedischen Soldaten Hilfe und Unterstützung gewähren? Sie mochte es sich nicht ausmalen.

Carsten Thurau versuchte am Abend seine Familie zu beruhigen. Er selbst wirkte zwar von den Geschehnissen noch immer aufgewühlt, doch schien er fest daran zu glauben, dass die Beschlüsse der eilig einberufenen Ratsversammlung von dem erwünschten Erfolg gekrönt sein würden.

»Die Herren des Bauhofs sind beauftragt, Pfähle und Tafeln zu machen. Sie werden die Aufschrift ›Territoire neutre de la ville anséatique de Lubec‹ tragen. Das soll wohl genügen.«

»Hoffen wir es«, sagte Hanna. Es klang wenig überzeugt.

»Gewiss doch. Es gibt ja auch keinen Grund mehr, Lübeck in diese Auseinandersetzungen hineinzuziehen. Die meisten schwedischen Soldaten sind bereits zu Fuß nach Travemünde weitergezogen, von wo aus sie hoffen Stralsund schneller erreichen zu können. Nur ein kleiner Teil hat ein paar Seeschiffe beschlagnahmt.« Schnell sprach er weiter, bevor Hanna, die bereits für eine Schimpfkanonade über dieses unerhörte Verhalten Luft schnappte, ihm ins Wort fallen konnte. »Dies wird die Ratsversammlung selbstredend nicht billigen, sondern ein Beschwerdeschreiben an den König von Schweden aufsetzen.«

Hanna schnaubte verächtlich.

»Wir müssen uns darauf einrichten, in nächster Zukunft für eine Weile mit dem Klang von Kanonendonner in der Ferne zu leben. Vielleicht positioniert sich sogar ein Heer auf Gebiet, das Lübeck gehört. Ganz sicher kommt jedoch kein Lübecker Bürger zu Schaden. Und das ist doch wohl die Hauptsache.«

Carsten Thurau schätzte wie auch die anderen Ratsmitglieder die Lage vollkommen falsch ein. Nur zwei Tage nach dem Durchmarsch der Schweden erreichte ein Abgesandter des preußischen Kommandanten Blücher Lübeck. Er verlangte Unterkunft und Verpflegung für achttausend Soldaten. Der Rat lehnte das natürlich ab. Gleichzeitig signalisierte er, dass das lübeckische Militär keinen Widerstand leisten würde. Man bat lediglich um eine gnädige Behandlung und darum, nicht die Gewalt über das Rathaus aus der Hand geben zu müssen.

»Die einzig richtige Entscheidung«, sagte Carsten Thurau, als er von der Ratsversammlung zurückkehrte. »Blücher wird mit seinen Soldaten die Tore sichern und außerhalb kämpfen. Hier drinnen werden die Männer sich nur ausruhen und Verwundete versorgt werden. Uns geschieht schon nichts.«

Niemand, der nicht musste, ließ sich auf der Straße blicken, als Blücher wenige Stunden später mit seinen Truppen gewaltsam das ohnehin von den Kanonen der Schweden arg lädierte Burg Thor und Mühlen Thor passierte. Thurau, weitere Männer des Rates und einige Senatoren berieten sich mit ihm, denn die Unterbringung so vieler Männer stellte die Stadt vor ein erhebliches Problem, um nicht zu sagen, es war unmöglich. Den Kommandanten scherte das wenig. Er überließ es seinem Generalquartiermeister, sich darum zu kümmern, und nahm selbst sogleich die Wallanlagen in Augenschein.

Femke stand mit ihrer Mutter wie die meisten Nachbarn hinter den nur einen Spaltbreit geöffneten Vorhängen. Entsetzt beobachteten sie, wie preußische Soldaten in ihren zumeist blauen Röcken und weißen oder grauen Hosen in die Häuser rannten, um leere Fässer, Kisten und Bretter zu suchen. Auch aus der Diele der Thuraus drang Poltern und Knarren nach oben. Dann sahen die beiden Frauen, wie zwei Soldaten jedoch mit leeren Händen das Haus verließen. Aus den Höfen wurden

Leiterwagen herbeigeschafft, auf die in höchster Eile alles an Material gestapelt wurde, das sich zum Befestigen der Verteidigungsanlage nutzen ließ. Ein Soldat stand da unten auf der Straße, der mit einem Kameraden sprach. Der andere, einer von den beiden, die sich in der Diele zu schaffen gemacht hatten, zeigte auf das Haus der Thuraus, doch der Soldat schüttelte nur den Kopf und wies in eine andere Richtung.
Die beiden Frauen am Fenster des Salons hielten den Atem an. Sie wagten nicht, dichter an die Scheibe heranzutreten, geschweige denn den Vorhang weiter zu öffnen, um besser zu sehen, doch sie waren auch nicht imstande, den Spalt aus den Augen zu lassen. Nach einigem Debattieren gab einer der beiden nach und machte sich mit weiteren Kameraden davon, ein Stück die Straße hinunter. Der Soldat, der ihn fortgeschickt hatte, blieb einen kurzen Moment allein zurück. Er sah sich um, wendete sich dann in Richtung des Thurauschen Hauses und blickte geradewegs nach oben.
»Johannes!«, rief Femke und wollte zum Fenster stürzen.
Ihre Mutter hielt sie zurück. Femke spürte, wie ihre Knie weich wurden und ihre Beine unter ihr nachgaben. Sie sackte ihrer Mutter in die Arme. Es vergingen nur wenige Sekunden, in denen Femke ohne Bewusstsein war. Als sie zu sich kam, fand sie sich in einem Sessel wieder, während ihre Mutter ihre Hand hielt.
»Das war Johannes«, flüsterte Femke. »Ganz sicher!«
»Ja, Kind, das war er. Siehst du, er lebt«, sagte sie und lächelte ihre Tochter sanft an.
Femke wollte aufspringen und nach ihm sehen, doch ihre Beine versagten ihr weiterhin den Dienst.
»Ist er noch da?«, fragte sie deshalb.
Ihre Mutter trat vorsichtig ans Fenster. »Nein, jedenfalls kann ich ihn nicht mehr sehen. Es sind so viele, die da durcheinanderlaufen.«

Es dauerte nicht lange, da war der Spuk in der Glockengießerstraße vorüber. Carsten Thurau erzählte beim Abendessen, dass die Soldaten die Befestigungsanlagen am Hüxter Thor, Mühlen Thor und Burg Thor erheblich verstärkt hätten.

»Von Westen wird es niemand versuchen, in die Stadt vorzudringen. Das Holsten Thor ist samt seiner Wehranlage noch mehr als intakt. Die anderen drei Tore sind gesichert, überall sind Männer bereit für den Kampf. Die Chancen stehen gut, denke ich, dass Blücher es schafft, die Franzosen draußen abzudrängen«, sagte er und gab sich rechte Mühe, eine zuversichtliche Miene aufzusetzen. Doch Femke kannte ihren Vater und durchschaute ihn leicht. Außerdem hatte sie Johannes' Gesicht gesehen. Nur kurz zwar, aber doch lang genug, um zu erkennen, in welch erbärmlichem Zustand er war. Und das galt für die gesamten Truppen. Sie waren in nicht viel mehr als zwanzig Tagen von Jena zu Fuß bis nach Lübeck gelaufen. Und das nach einer Schlacht, die ihnen gewiss keine Härte erspart hatte.

Femke fand kaum eine Stunde Schlaf in dieser Nacht. Und so erging es wohl den meisten Frauen und Männern der Stadt. Wie ein Blitz aus heiterem Himmel, so kam es ihnen vor, hatte das grausame Unglück die bis zu dem Tag friedliche und glückliche Hansestadt getroffen. Wenn sie am Morgen aufstehen würden, wäre nichts mehr wie zuvor. Femke wälzte sich unruhig hin und her. Der Anblick von Johannes' ausgemergeltem Antlitz trieb sie um. Wo würde er die Nacht verbringen? Etwa draußen in der bitteren Kälte? Es hatte zu schneien aufgehört, und die zarten Flöckchen waren längst getaut, doch entsetzlich kalt war es dennoch. Gerade in der Nacht. Schließlich fiel sie doch noch in einen unruhigen Schlaf. Sie träumte, die Franzosen hätten den guten Thurauschen Rotspon gefunden und sich daran nicht zu knapp berauscht. Im Traum sah sie, wie es einigen preußischen Soldaten gelang, den Betrunkenen zu entkommen und aus dem Hexenkessel zu fliehen.

Am Morgen kündete Kanonendonner, Pistolen- und Gewehrfeuer die Ankunft der Franzosen an. Carsten Thurau bestand auf Normalität und wollte sich trotz der viel zu frühen Stunde, zu der alle durch die Unruhe und den anschwellenden Kampfeslärm geweckt worden waren, mit seiner Familie an den Frühstückstisch setzen. Femke konnte diese Situation kaum ertragen. Die Stadt, in der sie sich bisher so geborgen und sicher gefühlt hatte, vermittelte ihr kein Gefühl von Schutz mehr. Zu nah, zu greifbar war die Bedrohung. Zu der Angst um die Eltern und das eigene Leben kam der Gedanke an die Männer, die unweit der schmucken Giebelhäuser hinter den eilig erhöhten und befestigten Wehranlagen um das nackte Überleben kämpften. Johannes war unter ihnen. Ein paar Bilder ihres Traums drangen verschwommen in Femkes Bewusstsein. Sie erinnerte sich, dass sie preußische Soldaten gesehen hatte, die geflohen waren, während die französischen Wein tranken. Auch Johannes war unter den Fliehenden. Ja, sie war ganz sicher, dass es in ihrem Traum so gewesen war. Wenn es doch auch in Wirklichkeit so sein könnte. Bei jedem Kanonenschlag zuckte sie zusammen. Auch ihre Mutter saß am gedeckten Tisch und rührte nichts an.
Heftiges Pochen ertönte an der Eingangstür. Femke und Hanna Thurau fuhren zusammen, Carsten Thurau stand schweigend auf und ging hinunter in die Diele.
»Wer da?«, brüllte er durch die geschlossene Tür.
»Ich bin es, Nebbien!«
Carsten Thurau öffnete die Tür. Wenig später erschien er mit Johann Julius Nebbien und dessen Frau im Salon.
»Guten Morgen.« Nebbien räusperte sich. Es war ihm offenbar

nicht angenehm, was er zu sagen hatte. »Ich will es kurz machen. Johannes war heute früh bei uns. Er hat sich für einen Moment von der Truppe entfernt, um uns Nachricht über die Lage zu bringen. Und die ist alles andere als rosig.«
Clara Nebbien sah blass und mitgenommen aus. Auch Hanna Thurau waren die Spuren der wenig erholsamen Nacht und der jüngsten Ereignisse deutlich ins Gesicht geschrieben. Femke vermutete, dass sie selbst keinen Deut frischer aussah.
»Die Franzosen sind in einer Überzahl, die allen Anlass zur Sorge gibt. Unser Sohn berichtet, die preußischen Korps wurden auf dem langen Marsch bis hierher nach und nach aufgelesen. Es gibt keine einheitliche Organisation. Die meisten Männer sind entkräftet und überfordert. Die Situation verlangt nach einer Kapitulation. Doch Johannes glaubt nicht, dass Generalleutnant von Blücher dazu zu bewegen ist.« Sein Gesicht war noch ein wenig verkniffener als sonst. Das war alles, was er an Emotionen zeigte. Sein Bericht klang sachlich, als würde ihn die ganze Chose nicht persönlich betreffen.
»Herrgott, für die Einzelheiten ist doch später noch Zeit. Worum es jetzt geht, ist, dass wir uns in Sicherheit bringen.« Es war das erste Mal, dass Femke Clara Nebbien so aufgebracht erlebt hatte. Noch nie war sie ihrem Mann ins Wort gefallen oder ihm so über den Mund gefahren, wie sie es jetzt getan hatte.
»Clara!«
Sie achtete nicht auf ihn. »Johannes glaubt, dass es zum Schlimmsten kommt. Er sagt, er kann sich nicht vorstellen, wie die Stadt verschont bleiben soll. Er hat sogar davon gehört, dass einige Häuser direkt bei den Toren angezündet werden sollen.«
»Was?« Carsten Thurau starrte sie an. »Aber das ist unmöglich!«
»Er rät uns dringend, uns sicherheitshalber zu verstecken. Ihr

Weinlager sei ein guter Platz.« Sie hielt ein Bündel in die Höhe. »Ich habe etwas zu essen und zu trinken eingepackt. Nicht gerade viel, aber für ein paar Stunden wird es reichen.«
Hanna Thurau war die Erste, die sich von dem Schock erholte. Sie stand auf.
»Ich werde auch noch etwas zusammensuchen. Und du, Carsten, bring so viele Decken, wie wir haben. Es ist feucht und kalt dort unten. Wir können alles gebrauchen, das uns wärmt.« Damit war sie auch schon auf dem Weg in die Küche.
»Deine Mutter hat recht«, sagte Carsten Thurau und machte sich nun ebenfalls nützlich. »Zieh dich warm an, Femke. Am besten trägst du ein paar Röcke übereinander. Und hol deinen wärmsten Mantel.«
Femke war bereits aufgestanden und verließ gleich hinter ihm den Salon. Sie ließen die Nebbiens allein zurück.
Zwei Minuten später eilten alle fünf durch den hinteren Ausgang in den Hof und von dort über eine Holzstiege in das alte Lager der Thurauschen Weinhandlung. Zwar hatte Carsten Thurau einen Teil seiner Bestände verkaufen können, doch lagen noch immer einige Fässer auf ihren Holzgestellen. Er wartete an der Stiege, bis seine Frau zwei derbe Wolldecken, die sie für gewöhnlich als Unterlage für die Sitzbänke der Kutsche verwendeten, auf den Boden hinter die letzte Reihe Fässer gebreitet hatte.
»Am besten, alle setzen sich«, gab er Anweisung. »Ich schließe dann die Luke. Wir haben zwar noch die Lampe, doch es wird recht dunkel werden. Besser, wir laufen nicht zu viel umher.«
Alle gehorchten und hockten sich auf das notdürftig eingerichtete Lager. Dann zog Carsten Thurau die schwere Eisenklappe zu, die laut ins Schloss krachte. Er kam zu den anderen herüber und mit ihm der schwache Lichtschein der Laterne, die er trug. Ansonsten war es, wie er angekündigt hatte, dunkel.

Wie oft war dieser Platz Unterschlupf für Femke und Johannes gewesen, wenn sie alleine sein wollten, von den Erwachsenen unentdeckt. Doch das war meist im Sommer gewesen, wenn die Luke offen stehen und helles Tageslicht eindringen konnte. Manchmal hatten sie sie auch absichtlich geschlossen und sich an dem gruseligen Gefühl erfreut. Sie wussten zu jeder Zeit, dass sie allein bestimmen konnten, wie lange sie dort im Dunkeln aushielten. Und stets war ihnen klar gewesen, dass oben natürlich keine echte Gefahr lauerte. Dies hier war alles andere als ein Kinderspiel. Das Kampfgetöse, das dumpf zu hören war, erinnerte Sekunde um Sekunde an den blutigen tödlichen Ernst der Lage. Es war nicht Johannes, mit dem sie hier kauerte, es waren seine und ihre Eltern. In ihren guten Kleidern hockten sie am Boden im Schein der flackernden Laterne. Welch ein vollkommen unpassender Anblick, fand Femke. Kanonenschläge erschütterten die Erde. Jedes Mal zuckten die Frauen zusammen. Und jedes Mal sprachen sie sich gegenseitig Trost zu. Die Männer schwiegen meist. Es war keine Rede mehr von dem Schutz, den die neutrale Stadt Lübeck ihren Bürgern bot, und auch nicht davon, dass es gut war, sich diesem Bonaparte in den Weg zu stellen. Feuchtigkeit und Kälte krochen schnell durch die Decken und Kleider. Hin und wieder stand einer auf, rieb sich die Arme und trat mehrmals hintereinander auf der Stelle. Brot und Wurst rührte niemand an. Sie tranken nur das viel zu kalte Wasser und beteten inständig für einen guten Ausgang der Kämpfe. Ab und zu hörten sie gedämpft den Klang rasch vorübereilender Stiefel. Jedes Mal hielten sie den Atem an und wagten nicht, sich zu bewegen. Der Keller lag zwischen dem Hüxter Thor und dem Burg Thor. Von beiden Seiten hörten sie also die Granaten und die Schreie der Männer, die immer lauter wurden. Am liebsten hätte Femke sich die Ohren zugehalten, doch sie wusste, dass es kindisch

wäre und ihr nicht helfen würde. Kommandos wurden gebrüllt, und schließlich war sogar das helle Klirren gegeneinanderschlagender Klingen zu hören. Kein Zweifel, die Franzosen waren in der Stadt. Femke hätte nicht sagen können, wie lange es dauerte, wie viele Stunden sie sich im Keller verkrochen und Zeuge der schrecklichen Vorgänge oben auf den Straßen waren. Irgendwann ebbte der Krach ab. Nicht schlagartig, sondern nach und nach verstummten die Kanonen und Granaten, die Säbel und Pistolen. So allmählich, dass es ihnen erst auffiel, als es schon geraume Zeit still war.
»Es hat aufgehört«, sagte Hanna Thurau plötzlich.
Alle sahen auf und lauschten angestrengt.
»In der Tat.« Johann Julius Nebbien nickte ganz langsam und andauernd. »Es scheint vorbei zu sein.«
»Was mag das bedeuten?«, fragte Clara Nebbien leise.
Niemand wagte eine Antwort darauf.
»Schauen wir nach«, entschied Carsten Thurau schließlich. Er sah Nebbien an und machte eine Kopfbewegung, die diesen aufforderte, ihn zu begleiten. Er erklomm zwei Stufen der ausgetretenen Holztreppe, und sein Schopf berührte die Eisenluke. Dann stemmte er eine Hand dagegen und öffnete sie einen Spaltbreit. Das Knarren der Eisenscharniere erschien Femke furchtbar laut, doch je weiter die schwere Klappe angehoben wurde, desto mehr Geräusche drangen zu ihnen herein und mischten sich mit dem Quietschen und Kratzen. Brandgeruch waberte in den Keller. Carsten Thurau sah sich um, dann stieg er hinaus und öffnete die Eingangsluke ganz. Nebbien folgte ihm zögernd. Die Frauen waren aufgestanden und kauerten sich dicht aneinander, den Blick ängstlich auf die Stiege gerichtet, die ihr Weg zurück in ihre gemütlichen Stuben oder ins Verderben sein konnte. Schnelle Schritte näherten sich. Dann war Carsten Thurau wieder da.

»Kommt!«, rief er. »Die Franzosen sind zurückgedrängt. Keine Ahnung, wie lange die Preußen uns eine Verschnaufpause verschaffen können, aber wir sollten sie schleunigst nutzen.«
Sie beschlossen, in die Häuser zurückzukehren, um sich wenigstens aufzuwärmen. Femke wagte nicht, ihren Vater nach Einzelheiten zu fragen. Sein Gesicht sagte mehr als genug. Er sah fahl aus hinter seinem buschigen Bart. Sie holten Stühle und setzten sich allesamt in die Küche der Thuraus. Dort war es am schnellsten warm, wenn sie den Ofen anzündeten. Und man konnte Tee zubereiten und war am schnellsten wieder draußen im Hof und die Treppe in das Weinlager hinunter, wenn es nötig sein sollte. Außerdem würde Johannes gewiss hier nach ihnen suchen, denn er hatte seinen Eltern ja geraten, sich bei den Thuraus zu verbergen. Falls er es einrichten und noch einmal kommen konnte, würde er sie hier finden. Es war nicht Johannes, der kam, es war Senator Brömse, der am frühen Abend an die Tür pochte.
»Thurau, machen Sie auf, ich bin es, Brömse!«
»Senator Brömse. Sicher bringt er gute Neuigkeiten«, meinte Carsten Thurau und ging, ihn einzulassen.
Dieser brachte die Familien rasch auf den aktuellen Stand.
»Der Senat hat sich zu einer außerordentlichen Sitzung im Rathaus eingefunden«, begann er seinen Bericht. »Zusammen mit der Bürgerwache haben wir uns eingeschlossen. Eine weise Entscheidung, denn die Kämpfe sind wahrhaftig bis an die Mauern unseres ehrenwerten Rathauses vorgedrungen. Sogar einige Scheiben sind zerschossen worden. Gottlob ist niemandem etwas zugestoßen.« Alle Augen waren vor Entsetzen weit aufgerissen und unablässig auf den Senator gerichtet. »Die Lage ist die«, fuhr er fort. »Ein Bataillon am Burg Thor hat die Kanonen zu früh zu weit in die Stadt gezogen. Der Himmel weiß, was den General zu diesem Fehler getrieben hat. Jedenfalls

hätten die Soldaten dieses Regiments auf ihre eigenen Kameraden schießen müssen, wenn sie die anstürmenden Franzosen hätten treffen wollen. So kam es, dass die Truppen dort in arge Bedrängnis geraten sind.« Er schüttelte den Kopf und sah sehr müde und angegriffen aus. »Am Markt stand eine Reserve einiger hundert Mann bereit, um dort einzugreifen, wo Hilfe benötigt wird. Doch da war keiner, der die Not der am Burg Thor Postierten gemeldet hätte. Erst als es schon zu spät war, hat sich der Reservetrupp auf den Weg gemacht. Als ihnen die kämpfenden Preußen und Franzosen, Mann gegen Mann, in der Breiten Straße schon entgegenkamen, ergriffen sie die Flucht.«

»Was?«, riefen Nebbien und Thurau wie aus einem Mund.

»Die Moral der preußischen Truppen ist nahe dem Nullpunkt«, erklärte Brömse ungerührt. »Die meisten der Männer da draußen sind in den letzten Wochen täglich mehrere Meilen marschiert, auch des Nachts. Sie hatten nicht genug zu essen und zu trinken und mussten sich fast jeden Tag ein Franzosenregiment vom Leibe halten. Was glauben Sie denn, meine Herren, wie es da um die Moral bestellt sein soll? Angesichts der Aussichtslosigkeit erwarten sie von Generalleutnant von Blücher die Kapitulation. Und auch wir müssen darauf hoffen. Alles andere wäre Wahnsinn.«

Für ein paar Sekunden trat betretenes Schweigen ein. Femke wusste nicht, was sie denken sollte, doch erschien es ihr einleuchtend, dass Napoleon die Stadt wiederum unter seinen Schutz stellen würde, sobald der Preuße sich ergeben hatte.

»Es gibt auch ein paar gute Nachrichten«, sagte Brömse in die Stille. »Die französischen Korps, die die preußischen so in Bedrängnis gebracht haben, sind nur die Vorhut. Die eigentlichen Truppen Napoleons sind noch mindestens einen halben Tagesmarsch entfernt.«

»Was ist daran denn gut?«, fragte Hanna Thurau, die unablässig in der Küche auf und ab gehumpelt war, bald Tee nachgeschenkt, bald Brot aufgetischt und im nächsten Moment Holz nachgelegt hatte. Jetzt blieb sie stehen und sah Senator Brömse an, als hätte er den Verstand verloren.

»Wenn allein die Vorhut bereits so viel ausrichten kann, wozu ist dann erst das gesamte Heer imstande, das in einigen Stunden eintreffen wird?«

»Gut ist«, erklärte Brömse ruhig, »dass die französischen Soldaten sich zurückgezogen haben. Nicht nur die Preußen, auch sie haben schwere Verluste erlitten und darum offenbar entschieden, sich ein gutes Stück vor den Toren der Stadt zu verschanzen, bis ihre Kameraden da sind. Dann werden sie zu einem vernichtenden Schlag ausholen, das ist gewiss. Wir können nur versuchen, Blücher vorher zur Aufgabe zu zwingen. Wenn wir das schaffen, ist es vorbei.«

»Dann können wir also wagen, in den Häusern zu bleiben?«, fragte Clara Nebbien. Die tiefe senkrechte Falte zeigte an, wie konzentriert sie war.

»Das können Sie, denke ich, das können Sie. Wir rechnen nicht damit, dass vor den frühen Morgenstunden etwas geschehen wird.«

»Das ist wirklich eine gute Nachricht«, sagte Carsten Thurau und seufzte. »Dann können wir wenigstens in unseren Betten schlafen und uns ein wenig ausruhen.«

»Wäre es denn nicht klüger zu fliehen, solange wir noch die Möglichkeit haben?«, fragte Femke scheu. »Warum warten, bis Tausende französische Soldaten die Tore überrennen?«

»Weil die Franzosen, die jetzt da sind, niemanden gehen lassen werden«, beantwortete Brömse geduldig ihre Frage.

»Nicht einmal Frauen und Kinder?«, wollte sie wissen.

»Das kann ich mir nicht vorstellen. Die Gefahr wäre zu groß,

dass Soldaten in Verkleidung sich aus dem Staub machen und später aus dem Hinterhalt angreifen würden.«
»Ich verstehe«, flüsterte Femke. Sie begriff, dass alles von diesem Blücher abhing, von dem sie schon so viel Schreckliches gehört hatte. O gewiss, er war ein angesehener Mann von hohem militärischem Rang, doch was andere mit Respekt in der Stimme über ihn berichteten, ließ Femke schaudern. Er würde nicht kapitulieren. Und dann?

Nachdem Senator Brömse gegangen war, verließen auch die Nebbiens das Haus. Femke hörte Clara Nebbien aufschreien, als sie auf die Straße trat. Da draußen musste es furchtbar aussehen. Sie hatten die Vorhänge seit dem Vorabend noch nicht wieder geöffnet, und Femke hatte nicht den Mut, es jetzt zu tun. Mit ihren Eltern verbrachte sie zwei oder drei Stunden am Ofen im Salon. Dann gingen sie alle in ihre Betten, um ein wenig Schlaf zu bekommen. Es war wichtig, dass sie Kräfte sammelten. Wenn Blücher nicht Verstand genug hatte, seine Niederlage einzugestehen, würden sie sich auf eine längere Zeit im Keller zwischen den Weinfässern gefasst machen müssen. Und es war noch nicht sicher, dass die Franzosen weiter an die Neutralität der Stadt glaubten, wenn die Preußen sich darin verschanzten. Niemand konnte sagen, ob noch Unterschiede zwischen dem zivilen Volk, der Bürgerwache und den preußischen Soldaten gemacht werden würden.
Als Femke allein in ihrem Bett lag, musste sie immer wieder an Johannes denken. Senator Brömse hatte von schweren Verlusten auf beiden Seiten gesprochen. Sie flehte und betete im Stillen, Johannes möge noch am Leben sein. Sie glaubte ganz fest daran. Hatte sie nicht geträumt, dass er mit einigen Kameraden fliehen konnte, während die Franzosen betrunken waren? Dieser Gedanke ließ sie nicht mehr los. Wenn ihr Traum

Wirklichkeit werden sollte, mussten die französischen Soldaten irgendwie an Wein kommen. Und wenn sie nun ... Femke verwarf die Idee sofort wieder. Es wäre viel zu gefährlich. Das würde ja bedeuten, dass sie sich aus dem Haus schlich, das Lager der Soldaten erreichte und ihnen Wein brachte. Völlig unmöglich. Sie konnte ja nicht einmal genug tragen, um drei oder vier Männer betrunken zu machen. Und sie wusste ja auch gar nicht, wo diese sich aufhielten. Es war die Rede davon gewesen, sie hätten sich ein gutes Stück vor den Toren der Stadt verschanzt. Das konnte alles Mögliche heißen.
Femke wurde immer aufgeregter. Sie stellte sich vor, dass es ihr irgendwie gelänge, den Alkohol zu den Franzosen zu schaffen, woraufhin Johannes und seine Kameraden fliehen konnten. Es musste ihr einfach gelingen. Sie sprang aus dem Bett. Noch wusste sie nicht, wie sie es anstellen sollte. Sie wusste nur, dass sie es versuchen musste. Also zog sie sich ein dickes Winterkleid an, band sich einen Schal um den Hals und schlüpfte in ihren warmen Wollmantel mit der großen Kapuze. Auf Zehenspitzen schlich sie zur Schlafstube ihrer Eltern. Sie hörte den gleichmäßigen Atem ihrer Mutter und das rasselnde Schnarchen ihres Vaters. Einer plötzlichen Eingebung folgend lief sie nicht die Treppe hinab, sondern schlich sich in das Kontor ihres Vaters. Die Dielen knarzten unter ihren Schritten. Femke hielt inne und lauschte. Alles blieb ruhig. Sie öffnete langsam, Millimeter um Millimeter, eine Schublade und sah den Schlüssel, der zur Tür zum Ratsweinkeller passte. Sie machte sich nicht die Mühe, die Lade wieder zu schließen, nachdem sie den Schlüssel entnommen hatte. Sie wollte nur so schnell wie möglich die Sache hinter sich bringen. Nun war ihr nämlich klar, wie sie es anstellen würde. Wie ein Schatten huschte sie aus dem Kontor, über den Flur, der gleich einer Galerie vom Kontor zur Treppe führte. Sie tastete sich vorsichtig

weiter durch die Dunkelheit. Ihre Lampe hatte sie nicht mitgenommen, das war zu riskant. So musste sie mit dem Schein der Laterne auskommen, der unter der Tür der Schlafstube ihrer Eltern auf den Flur fiel.
»Ich lasse die Lampe brennen«, hatte ihr Vater gesagt. »Wenn doch schon nachts etwas geschieht, verlieren wir keine Zeit.«
Am liebsten wäre Femke gerannt, doch die kleinste Berührung brachte die alten Holzstufen zum Knarren. Darum lief sie sie behutsam, eine nach der anderen, hinab. Als sie den Steinboden der Diele unter ihren Füßen spürte, beeilte sie sich dafür umso mehr. Wie schon zuvor die Schublade, bewegte sie auch die Türklinke wie in Zeitlupe. Mit einem leisen Ächzen öffnete sich die schwere weiße Tür. Eisige Luft schlug ihr entgegen. Glücklicherweise hatten die Stadtväter offenbar genau wie Femkes Vater beschlossen, die Öllampen nicht zu löschen, um im Notfall den Feind wenigstens sehen zu können. Immerhin jede zweite brannte, so dass sie das steinige Pflaster der Glockengießerstraße ausmachen konnte.
Femke zog sich die Kapuze weit ins Gesicht. Die Aufregung wärmte sie so sehr, dass sie nicht einmal den schneidenden Wind richtig bemerkte. Sie lief in die Königstraße und weiter in die Große Burgstraße. Die Straßenlampen gaben nur wenig Licht. Oft hatten die Bürger Lübecks sich darüber schon beklagt. Und da hatten alle Lampen gebrannt! Jetzt war es nur die Hälfte. Femke musste gut achtgeben, dass sie nicht ungünstig trat und stürzte. Doch sie war auch froh über die Dunkelheit, denn so musste sie nicht in vollem Ausmaß ertragen, was sich ihren Augen darbot. Scheiben waren geborsten. Hier und da zeigte sich sogar eine klaffende Wunde im Backstein der Häuser, die zweifellos von Granaten geschlagen worden war. Je näher Femke dem Tor kam, desto mehr solcher Einschussstellen entdeckte sie. Ja, sie meinte sogar dunkle Flecken auf

dem Boden zu erkennen, die vom Blut der Verwundeten und Getöteten stammen mussten. Ihr Atem stand als kleiner Nebel vor ihrem Mund.
Was tue ich hier nur?, fragte sie sich in Gedanken. Der Senator hatte zwar davon gesprochen, vom Burg Thor aus seien die Franzosen in die Stadt vorgedrungen, wer aber sagte ihr, dass sie sich deshalb wirklich in Richtung Burgfeld zurückgezogen hatten? Sie konnte es nur hoffen. Wenn nicht, würde sie nämlich den ganzen Weg an der oberen Trave bis zum Hüxter Thor und womöglich weiter bis zum Mühlen Thor laufen und von dort außerhalb der Stadt nach den Soldaten suchen müssen. Ganz in ihre Überlegungen vertieft, den Kopf gesenkt, als ob sie dadurch unsichtbar wäre, eilte sie dem Burg Thor entgegen. Sie sah den Mann, der aus der Dunkelheit trat, erst, als er genau vor ihr stand. Femke stieß einen spitzen Schrei aus und machte einen Schritt zurück.
»Das ist eine Frau«, sagte der Mann daraufhin zu einem anderen, der im Schatten der Häuser nur als vager Umriss zu erkennen war. Und an sie gewandt, fragte er: »Was tun Sie um diese Zeit auf der Straße? Wissen Sie denn nicht, dass das gefährlich ist?«
Femke stotterte: »Ich ... ich wollte nur, ich dachte ...« Sie wusste nicht, was sie sagen sollte. Jetzt, wo sie dem Mann im Soldatenrock gegenüberstand, kam ihr vollkommen lächerlich vor, was sie tat.
Der andere trat näher.
»Ist schon gut. Ich kenne diese Frau«, sagte er zu seinem Kameraden. Und als der unschlüssig stehenblieb, fügte er hinzu: »Sie ist nicht ganz richtig.« Er hob die Hand und tippte sich an die Stirn. »Man munkelt sogar, sie sei eine Hexe.«
Femke hatte die Stimme sofort erkannt.
»Johannes!«, flüsterte sie, als der andere sich trollte.

Er packte sie am Arm und zog sie ein Stück mit sich. Sie stolperte hinter ihm her. Er schob sie in die nächste Gasse. Sein Kamerad mochte Gott weiß was denken.

»Johannes«, flüsterte sie noch einmal. »Ich bin ja so froh, dich zu sehen.«

Sie glaubte, im dämmrigen Schein einer Lampe ein Lächeln über seine von den vergangenen Wochen gezeichneten Züge huschen zu sehen. Dann erschien die für ihn so typische Falte über der Nase.

»Ich freue mich auch«, sagte er endlich. »Aber mein Kamerad hat recht, es ist nicht die beste Zeit für eine Frau, hier herumzuschleichen. Was in aller Welt tust du hier?«

»Ich habe einen Plan«, erklärte sie atemlos. Wenn sie jetzt auch nur eine Sekunde zögerte, dann, dass wusste sie, hatte sie keinen Mut mehr. »Ich gehe zu den Franzosen und sage ihnen, wo sie jede Menge Wein finden können. Sie werden sich betrinken, und du kannst mit deinen Kameraden fliehen.«

»Hast du den Verstand verloren?« Johannes starrte sie mit funkelnden Augen an. Er hatte sich verändert. Da war ein fremder Zug um seinen Mund, den Femke noch nicht kannte. Auch diesen Blick, so zornig und gleichzeitig verzweifelt, hatte sie noch nie bei ihm gesehen.

»Nein! Hör mir zu«, beeilte sie sich zu sagen. »In meinem Traum hat es funktioniert.«

Er lachte ein bitteres Lachen. »Du hast dich anscheinend kein bisschen verändert.« Es klang enttäuscht. »Wäre es nicht längst an der Zeit, erwachsen zu sein?«

Femke fühlte, wie ihr Tränen in die Augen schossen. Und mit einem Mal spürte sie auch den schneidenden Wind und die Eiseskälte. Trotzdem gab sie nicht auf.

»Ich habe als Kind Träume gehabt, die dann wahr geworden sind. Du weißt das. Ich habe aber auch als Erwachsene noch so manches im Schlaf gesehen, was sich später so oder ganz ähnlich ereignet hat. Ich bin erwachsen geworden, Johannes, das musst du mir glauben. Aber an diesen ...« Sie zögerte. Selbst nach Jahren wusste sie nicht, wie sie ihre Fähigkeiten nennen sollte. »... an diesen Ahnungen hat sich nichts geändert.« Sie sah ihn eindringlich an. Sie wünschte so sehr, dass er ihr vertrauen würde. Lange blickten sie einander an. »Bitte, Johannes, vertrau mir«, zischte sie und erschrak selbst über ihre Entschlossenheit und dass sie ausgesprochen hatte, was sie die ganze Zeit dachte.

»Und was genau hast du geträumt?«, fragte er. Seine Skepsis war fast greifbar.

»Was ich dir sagte: Französische Soldaten trinken den vorzüglichen Lübecker Rotspon und müssen ihren Rausch ausschlafen. Das heißt, sie sind unachtsam, und eine Truppe preußischer Soldaten kann unbemerkt die Stadt verlassen und sich in Sicherheit bringen.« Sie machte eine kurze Pause, dann fügte sie hinzu: »Du gehörtest auch zu denen, die sich retten konnten.«

»In deinem Traum«, hielt er ihr entgegen. Aber er klang schon nicht mehr ganz so ablehnend.

»Erinnere dich daran, wie es war, wenn ich recht hatte. Es trat alles beinahe haargenau so ein wie in meinen Träumen. Stell dir doch nur einmal vor, wenn es jetzt auch so wäre.«

»Ich stelle mir gerade vor, wenn es dieses Mal anders ist. Und überhaupt, was ist das für ein Plan, von dem du gesprochen hast?«

Femke hüstelte verlegen, dann fasste sie sich ein Herz.

»Ich habe den Schlüssel zum Weinlager meines Vaters.« Sie hob die fest verschlossene Faust. »Damit gehe ich zu den Franzosen und ...«

»Du hast doch den Verstand verloren«, schnitt er ihr das Wort

ab. »Ich habe ja nicht geahnt, dass ich die Wahrheit spreche, als ich sagte, du seist nicht ganz richtig im Kopf.«
»Aber ich kann doch nicht darauf warten, dass sie zufällig den Wein finden. Wenn sie nicht einmal in der Stadt sind und von den Fässern gar nichts wissen, die unter Lübecks Gassen und Häusern liegen, wie soll der Traum denn dann wahr werden?«
»Du willst also ganz einfach zu Napoleons Männern marschieren, als Frau, allein, und ihnen mit dem Schlüssel vor der Nase herumwedeln? Und was dann? Was, wenn sie dich vorher umgebracht haben oder weiß Gott was mit dir anstellen?«
Femke erschrak.
»Ich führe zwei oder drei von ihnen zu dem Gewölbe«, beantwortete sie trotzdem kleinlaut seine Frage.
»Unmöglich!« Johannes schüttelte energisch den Kopf. »Die preußischen Soldaten lassen niemals Franzosen passieren. Sie würden sie sofort festhalten.« Er sprach von seinen Kameraden, als ob er nicht zu ihnen gehören würde.
»Und wenn du es ihnen erklärst?«
»Nein, Femke. Selbst wenn sie deinen genialen Plan gutheißen und bei der Sache mitmachen würden, kann es nicht funktionieren.«
Sie ignorierte die Ironie in seiner Stimme.
»Und warum nicht?«
»Weil die Franzosen es für einen Trick halten müssen. Sie sind nicht dumm, Femke. Sie werden glauben, dass sie festgehalten werden, sobald sie sich in der Stadt sehen lassen.«
»Nein, ganz bestimmt nicht. Ich werde ihnen sagen, dass viele Lübecker Bürger auf ihrer Seite sind. Viele Kaufleute treiben seit eh und je Handel mit den Franzosen, wie es auch mein Vater tut. Die Lübecker halten eher zu ihnen als zu den mordenden preußischen Truppen, die die Souveränität der Stadt mit Füßen treten.« Er warf ihr einen Blick zu, den sie nicht

deuten konnte. Deshalb fügte sie rasch hinzu: »So könnte man es ihnen erklären, damit sie sich in die Stadt trauen, meine ich.«

Johannes schüttelte erneut den Kopf. »Nein, so funktioniert das nicht.«

Sie war verzweifelt. Dann gab es also keine Möglichkeit, die Gegner betrunken zu machen, um Johannes zu retten? Sie zog ihren Mantel fester um sich, denn die Kälte kroch jetzt von ihren Füßen den Rücken herauf.

»Wir müssen den Wein zu ihnen schaffen«, überlegte Johannes laut.

Sie blickte ihn überrascht an.

»Aber wie?«

»Ich muss mindestens einen von den preußischen Soldaten von dem Plan überzeugen. Ein kleines Fass können wir zu zweit schleppen. Wir bringen es in das französische Lager am Burgfeld, legen uns auf die Lauer, und wenn es tatsächlich aufgeht und genug von ihnen nicht mehr bei Sinnen sind, dann wagen wir es.«

»Aber euch Soldaten werden sie doch gewiss nicht trauen«, wandte Femke ein.

»Sie haben gesehen, wie Generäle sich mit ihren gesamten Regimentern davongemacht haben. Da wird man sie wohl auch davon überzeugen können, dass zwei zu ihnen überlaufen.«

»Das mag sein. Aber dann müsst ihr sicher bei ihnen bleiben, während eure Kameraden fliehen können.«

»Dann ist das der Preis.«

»Nein!« Femke war entsetzt. Sie stand allein für Johannes hier draußen in der frostigen Finsternis, den Schlüssel ihres Vaters in der Hand. Sie war keine Heldin. Es war ihr sehr recht, wenn auch andere Männer gerettet wurden, aber es war nicht ihr Ansinnen, diesen Blücher und seine Leute zu unterstützen. Es

ging ihr einzig um Johannes. Wie er es sich dachte, ging ihre Rechnung nun einmal nicht auf.
»Ich werde gehen«, beharrte sie. »Gerade wenn ich als Frau allein komme, werden sie keinen Argwohn hegen. Ich sage ihnen, dass meine zwei Burschen schon mit dem Fass parat stünden. Glaubst du, ihr könnt etwas zum Anziehen auftreiben? Etwas anderes als eure Soldatenröcke, meine ich.«
»Aus den Häusern hier«, er deutete mit einer Kopfbewegung auf die Häuserzeile, die es schlimm getroffen hatte, »sind vier Männer ums Leben gekommen. Die hatten wohl genug am Leib für uns zwei«, fügte er bitter hinzu.
»O mein Gott«, wisperte Femke. »Wie ist denn das passiert? Das sind doch Zivilisten!«
»Das ist der Krieg, Femke. Er schert sich nicht darum, was einer ist. Die Soldaten haben die Häuser eingenommen, um von dort besser auf ihre Feinde zielen zu können. Die Bewohner haben sie kurzerhand auf die Straße gejagt, wo sie von französischen Granaten oder preußischen Gewehrfeuern niedergestreckt wurden. Das lässt sich nicht vermeiden.«
Ihr wurde übel. Wie konnte er nur so reden? Was war ihm alles zugestoßen, dass er so bitter sprach? Femke hatte keine Zeit, darüber nachzudenken.
»Dann gebe ich dir jetzt den Schlüssel. Zieht euch um und geht dann zum Keller und holt ein Fass. Ich mache mich auf den Weg zum Burgfeld.« Sie gab ihm den eisernen Schlüssel in die Hand. Ihre Finger berührten sich lange, denn Johannes nahm ihn ihr nicht ab. Sie wünschte so sehr, sie hätten sich unter anderen Umständen wiedergesehen. Er nickte nachdenklich und ergriff schließlich doch das kleine Stück Metall.
»O Gott, beten wir, dass du recht behältst«, sagte er heiser.
Sie schluckte. Jetzt gab es kein Zurück mehr. Angst schnürte ihr die Kehle zu.

»Ich gehe jetzt zu dem Soldaten, mit dem ich Wachdienst habe, und weihe ihn in unsere Pläne ein. Wenn er einverstanden ist, schwenke ich eine Laterne. Dann kommst du und läufst weiter zum Burgfeld, während wir uns umziehen und den Wein holen. Wenn ich in den nächsten fünf Minuten kein Zeichen gebe, dann läufst du nach Hause. Hast du mich verstanden?«
Sie nickte. Ihr wurde wieder heiß.
Johannes wandte sich ab. Er machte einen Schritt von ihr weg, dann drehte er sich plötzlich noch einmal um, packte sie an den Schultern und zog sie an sich. Selbst durch den Stoff fühlte er sich dünner an als vor vielen Jahren, knochiger.
»Pass auf dich auf, Femke, hörst du?«, flüsterte er, seinen Mund in ihrem roten Haar vergraben.
»Ich verspreche es«, gab sie zitternd zurück.
So plötzlich, wie er sie umarmt hatte, ließ er sie nun los und war im nächsten Augenblick in der Dunkelheit verschwunden. Femke presste sich an das Eckhaus, an dem die kleine Gasse auf die Große Burgstraße traf. Sie starrte angestrengt in die Richtung, in die er gegangen war, und sehnte das Schwenken der Laterne herbei, vor dem sie sich gleichzeitig so sehr fürchtete. Zwei Minuten mochten vergangen sein, drei, dann sah sie das flackernde Licht einer Öllampe, das von einer Seite zur anderen schwebte. Sie holte tief Luft und ging den Männern entgegen. Als sie sich unweit der Trümmer trafen, die einmal das Burg Thor gewesen waren, nickten sie einander zu. Johannes' Kamerad starrte Femke neugierig an. Ihre Blicke trafen sich nur kurz, und sie fürchtete sich vor dem merkwürdigen Glanz in seinen Augen. Dann gingen alle drei aneinander vorbei ihres Weges. Femke überquerte die Trave. Bald war sie von nahezu vollkommener Dunkelheit umschlungen. Hier draußen gab es keine Straßenlaternen. Würde nicht der Mond fast ganz rund am Himmel stehen, sie hätte den Pfad unmöglich

gefunden. Endlich entdeckte sie den schwachen Schein eines Feuers. Das Lager der Franzosen!

»Arrêté!« Ein Wachmann trat ihr in den Weg.

»Bonsoir, Monsieur«, brachte sie heraus. In seiner Sprache stellte sie sich als die Tochter des größten Weinhändlers der Stadt vor.

»Und was treibt wohl die hübsche Tochter des größten Lübecker Weinhändlers um diese nächtliche Stunde hier draußen?«, wollte er misstrauisch wissen.

»Nun, Monsieur, es ist so: Mein Vater handelt seit ich denken kann mit Wein aus dem schönen Frankreich. Ich selbst habe ihn mehr als einmal nach Bordeaux begleitet. Eine wunderschöne Stadt!«

»O ja, ich bin in Bordeaux aufgewachsen«, sagte er voller Freude. Die Erinnerung an seine Heimat, die dem Soldaten ohne Zweifel fehlte, vertrieb zumindest vorübergehend seine Skepsis.

Danke, lieber Gott!, betete Femke innerlich. Laut sagte sie: »Unsere Hansestadt steht unter dem besonderen Schutz Napoleons. Gewiss haben Sie die Schilder gesehen. Wir sind eine neutrale Hansestadt, doch die Preußen scheren sich nicht einen Deut darum.« Sie sah ihn abwartend an. »Sie haben einfach nicht das tadellose Benehmen, das in Frankreich gelehrt wird. Es ist eine Schande.« Sie barg ihr Gesicht in einer Hand, als müsste sie über das gewaltsame Eindringen der Preußen weinen.

»Ist ja schon gut, Mademoiselle, aber was wollen Sie jetzt von uns?«

»Oh«, sie schniefte noch einmal kurz, »ich will nichts von Ihnen. Ich möchte etwas für Sie tun. Sicher können Sie ein wenig Trost gebrauchen, so fern von der Heimat und nach all diesen schrecklichen Kämpfen.«

»He, was ist denn da los?« Ein anderer Soldat war aufmerksam auf die nächtliche Besucherin geworden.
»Hier ist eine Frau«, rief der Wachmann. »Kommen Sie mit, Mademoiselle«, sagte er zu ihr, packte sie am Arm, wie Johannes es gemacht hatte, und führte sie unsanft ins Lager. Am Feuer kauerten viele Männer, einige von ihnen noch sehr jung. Der eine trug einen Verband um den Arm, der andere hatte eine Wunde am Kopf. Wie auch die preußischen Soldaten wirkten sie recht angeschlagen.
»Guten Abend«, sagte Femke schüchtern.
Einige antworteten, andere pfiffen oder machten: »Oh, là, là!«
»Was will sie hier?«, fragte einer, der anscheinend das Kommando führte.
Der Wachmann stieß sie an, was wohl bedeuten sollte, dass man von ihr eine Antwort erwartete.
»Nun, ich … ich bin die Tochter eines Weinhändlers. Ich habe zwei unserer Burschen angewiesen, ein Fass Wein zu holen und hierher zu bringen. Ich möchte Ihnen damit dafür danken, dass Sie da sind, um uns vor den Preußen zu schützen. Und ich möchte Ihnen meine tiefe Verbundenheit mit Ihrem Heimatland ausdrücken.« Sie hatte schnell dahingeplappert. Die Soldaten wurden hellhörig. Einige klatschten leise, andere murmelten Worte der Freude. Der Kommandeur jedoch blieb kühl.
»Sie wollen uns Wein schenken? Warum? Wollen Sie uns etwa betrunken machen, damit Ihre Männer uns dann übertölpeln und töten können?«
»Aber nein, Monsieur!« Femkes Entsetzen war echt. Dass ihr Plan durchschaubar sein könnte, daran hatte sie nicht einmal gedacht. Aber schließlich sah er nicht vor, die französischen Soldaten zu töten.
»So etwas käme mir niemals in den Sinn«, antwortete sie darum

ein bisschen wahrheitsgemäß. »Wie ich schon sagte«, fuhr sie fort, »sind wir eine neutrale Hansestadt. Die Preußen haben sich ungeheuer dreist darüber hinweggesetzt. Das bedeutet aber nicht, dass wir mit ihnen einverstanden sind. Und ganz sicher sind diese Kerle nicht unsere Männer. Im Gegenteil, wir bewundern die französische Kultur und haben viel für Napoleon getan. Immerhin läuft über unseren Hafen sein Handel.« Sie führte alles ins Feld, was sie mal gehört hatte, und hoffte inständig, dass sie es korrekt in Erinnerung hatte. Dass die Soldaten, die sich am Feuer wärmten, das Fässchen gern haben wollten, war offensichtlich. Also zog sie einen Trumpf. »Es ist übrigens ganz erstaunlich«, flötete sie. »Der Wein, den ich Ihnen zum Kosten bringen lasse, kommt aus Frankreich, aber Sie werden in Ihrem Land keinen Tropfen finden, der so köstlich schmeckt wie der unsere.«

»Wie soll das möglich sein?«, fragte der Kommandeur.

»Es hat mit dem Klima in Lübecks Kellern zu tun und mit den speziellen Fässern, die wir benutzen.«

»Das kann jeder behaupten«, höhnte er.

»Jetzt haben Sie die Gelegenheit, sich selbst davon zu überzeugen.« Als hätten sie den Zeitpunkt exakt verabredet, erschienen in dem Moment die Umrisse von Johannes und seinem Kameraden mit einem Fass Wein. »Hier sind wir«, rief Femke ihnen zu. Die beiden kamen näher. Sofort war der Kommandeur mit zwei seiner Wachen bei ihnen, um sie nach Waffen zu durchsuchen. Erst dann durften sie ihre schwere Fracht abstellen. »Danke«, sagte Femke zu ihnen. »Geht jetzt nach Hause und schlaft etwas.«

Noch war der Kommandeur nicht überzeugt. Argwöhnisch betrachtete er das Fass, als wäre es ein Trojanisches Pferd, aus dem in wenigen Sekunden eine ganze Armee hervorkäme. Wenn er allein hätte entscheiden können, so wäre Femkes Plan

nicht aufgegangen. Doch seine Männer waren nicht mehr zu halten, und er begriff, dass es für die Moral der Truppe richtig war, das Geschenk anzunehmen.
»Bringt eure Becher«, rief er. Die Soldaten brachen in gedämpften Jubel aus, sprangen auf und holten derbe Becher aus Zinn und Ton, die für Wein gewiss nicht besonders geeignet waren.
»Bringt auch einen Becher für die Mademoiselle aus Lübeck!« Femke erschrak. Gerade hatte sie sich verabschieden wollen.
»Das ist wirklich freundlich«, stotterte sie ängstlich, »aber ich möchte rasch in meine Kammer zurückkehren. Es würde mir wohl nicht gut bekommen, wenn die preußischen Soldaten mich zu Gesicht bekämen.«
Inzwischen war das Fass offen, der Wein duftete verlockend, und die Franzosen waren kaum noch zu bremsen. Ihr Kommandeur reichte den ersten gefüllten Becher Femke.
»Ich glaube nicht, dass wir davon trinken werden, wenn Sie es nicht vor uns tun«, erklärte er mit versteinerter Miene.
»Oh, Sie glauben doch nicht ... Ich verstehe. Im Krieg darf man niemandem trauen.« Während sie sprach, nahm sie ihm den Becher ab. Sie setzte ihn an die Lippen, ohne den Blick von dem Mann zu nehmen, der sie kritisch beobachtete. In einem Zug leerte sie den Becher unter den Augen der gierigen Männer.
»Es wäre gut, er würde noch einige Minuten atmen. Er ist zu kalt, und in feineren Gläsern könnte er sein Aroma sicher besser entfalten, damit Sie alle Nuancen genießen können. Doch auch so bin ich sicher, dass Sie die Qualität des Weins erkennen werden.«
Mit einem Nicken erlaubte der Mann, der die Verantwortung für seine Leute trug, die Becher nun alle zu füllen. Femke atmete auf. Sie sah, wie das Fass schräg gehalten wurde und der

Rotspon heraussprudelte. Nicht wenig ergoss sich auf den hartgefrorenen Boden. Sie konnte nun nur noch beten, dass ihr Plan aufging.
»Bring die Frau zurück zum Tor«, befahl der Kommandeur einem seiner Männer. »Werden Sie unbemerkt an den preußischen Wachen vorbeikommen?«
»O gewiss. Sie kennen sich in unserer Stadt nicht aus. Ich werde denselben Weg nehmen, auf dem ich gekommen bin.«
»Dann könnten Sie uns auch in die Stadt führen. Wir dringen unsichtbar ein und zerschlagen ihre Reihen noch in der Nacht.«
»Nein!« Femke hatte geschrien. Sie versuchte sich zu beherrschen. »Bitte, Monsieur, ich wollte Ihnen wirklich nur den Wein bringen. Außerdem glaube ich nicht, dass ich Sie in die Stadt führen kann. Eine Frau allein schleicht sich leicht unbemerkt hinein, aber ein ganzes Korps? Es wird nicht funktionieren. Im Übrigen hoffe ich darauf, dass der preußische Generalleutnant zur Einsicht gelangen und kapitulieren wird. Kein Blutvergießen mehr, das wäre mein Wunsch. Bitte, Monsieur, ich ...«
Er unterbrach sie. »Ein Scherz«, sagte er ruhig. Femke stellte jetzt erst fest, dass er lächelte. »Es war nur ein Scherz, Mademoiselle. Ihren Wein zu trinken ist das eine, aber Ihnen blind zu folgen etwas ganz anderes. Wir werden bestimmt nicht hinter Ihnen herlaufen. Außerdem habe ich meine Befehle.« Er stand stramm, nahm dann Femkes Hand und beugte galant den Kopf, bis seine Lippen beinahe die eisigen Finger berührten. »Merci, Mademoiselle. Gott schütze sie!«
Der Wachposten packte sie wieder am Arm, behutsamer dieses Mal als zuvor, und geleitete sie ein Stück.
»Von hier nehme ich einen Schleichweg«, flüsterte sie ihm zu. »Sie können mich jetzt allein lassen.« Und dann meinte sie

noch: »Gehen Sie nur zurück, bevor Sie nichts mehr von dem Rotspon abbekommen.«
Er verabschiedete sich mit einem Kopfnicken. Femke eilte einige Meter in die Dunkelheit, dann blieb sie stehen und lauschte auf die Schritte des Soldaten, die sich leise entfernten. Sie wartete lange ab, um ganz sicherzugehen. Erst nach einer geraumen Weile wagte sie es, den Weg zum Burg Thor einzuschlagen. Immer wieder drehte sie sich um, ob auch niemand hinter ihr her war. Aber da war nur Schwärze. Johannes und sein Kamerad erwarteten sie bereits. Sie trugen wieder ihre Soldatenröcke.
»Haben sie das Fass geöffnet? Trinken sie?«, fragte der andere ungeduldig.
Femke nickte. »Ja. Zuerst dachten sie wohl, der Wein wäre vergiftet. Ich musste einen Becher voll trinken, bevor sie es gewagt haben. Und nun?«, fragte sie atemlos.
»Wir warten noch mindestens eine Stunde«, antwortete Johannes. »Dann spähen wir die Lage aus. Wenn die Franzosen unaufmerksam sind, machen wir uns davon.«
»Sei bloß vorsichtig!«, flehte Femke und fing einen fragenden Blick des anderen auf.
»Geh nach Hause«, sagte Johannes nur. »Du kannst jetzt nichts mehr für uns tun.«
Sie biss sich unschlüssig auf die Unterlippe. Sollte sie ihm einfach um den Hals fallen? Nein, das konnte, das durfte sie nicht tun. In ihrem Kopf drehte es sich. Der hastig hinuntergestürzte Wein und die Aufregung dieser Nacht zeigten Wirkung. Femke nickte, zog ihre Kapuze wieder über den Kopf und lief so schnell sie nur konnte nach Hause.

»Blücher ist letzte Nacht geflohen.« Es war Senator Brömse, der die Nachricht brachte.

»Was?« Carsten Thurau starrte ihn an.

»Dann gibt es keine Kapitulation«, stellte Hanna Thurau tonlos fest.

»Aber so war das nicht ausgemacht«, platzte Femke heraus, die müde und blass im Sessel am Ofen saß.

»Nein, ausgemacht war leider gar nichts. Und ganz offensichtlich war es nie seine Absicht, die Kapitulation auszusprechen. Er hatte die ganze Zeit den Plan, sich mit einem Korps davonzumachen, während wir auf ihn eingeredet haben.« Brömse schüttelte ärgerlich den Kopf.

»Nein, nein, so war es nicht!«, rief Femke verzweifelt aus. Sie fühlte sich elend. Sie war schuld, dass es nicht zur Aufgabe des Preußen und damit zur Rettung der Stadt kam. »Er hat das nicht von langer Hand geplant. Und er sollte doch auch gar nicht mit ihnen gehen. Das habe ich doch nicht gewollt«, flüsterte sie.

»Wovon sprichst du?«, fragte Carsten Thurau und starrte sie an.

Also erzählte Femke ihren fassungslosen Eltern und Senator Brömse die ganze Geschichte, angefangen von ihrem Traum bis zu dem Moment, als sie leise wieder in ihr Bett geschlüpft war.

»Du hast was?« Carsten Thurau war so rot im Gesicht, dass Femke schon Angst hatte, er bekäme eine Herzattacke.

»Sie hat in die Schlacht eingegriffen«, stellte Brömse ruhig fest. »Das war sehr mutig, Fräulein Thurau. Ich wüsste nicht viele Männer zu nennen, die gewagt hätten, was sie gestern Nacht getan haben. Nur weiß ich nicht, ob die Konsequenzen für uns sehr glücklich sein werden.« Er machte ein sehr ernstes Gesicht.

Femke war den Tränen nahe. Einerseits war sie froh, dass Johannes es mit seinen Kameraden offenbar tatsächlich geschafft

hatte, an den Franzosen vorbei in Sicherheit zu kommen. Andererseits wurde ihr jetzt klar, dass die Kämpfe nun weitergehen würden. Die einen waren gerettet. Den Preis dafür zahlten andere. Frauen und Kinder vielleicht. Und es würde ein hoher, ein grausam hoher Preis werden.
»Blücher hätte niemals aufgegeben«, sagte Hanna Thurau in Femkes Gedanken hinein. »So konnten wenigstens ein paar Soldaten dem Inferno entkommen, das hier losbricht, sobald Napoleons Truppen da sind.«
Das war ein schwacher Trost. Erst ganz allmählich wurden Femke die Folgen ihres Handelns klar. Nicht genug, dass das Unheil von der Stadt hätte abgewendet werden können, nein, der Generalleutnant würde mit seinen Soldaten, also auch mit Johannes, woanders erneut gegen die Franzosen kämpfen. Vielleicht stießen weitere Männer zu ihnen, wie es auf dem gesamten Marsch von Jena bis nach Lübeck der Fall gewesen war. Nicht einmal sie waren also gerettet und in Sicherheit. Sie war untröstlich. Sie hatte es nicht wissen können, dass dieser Blücher den größten Teil der Truppen im Stich lassen würde, doch was spielte es jetzt für eine Rolle, ob sie es sich hätte denken können oder nicht? Sie dachte an Johannes, und es fühlte sich ein wenig nach Verrat an. Er hätte ihr sagen müssen, dass er seinen Vorgesetzten informiert hatte. Wusste er von dessen Plänen? Hatte er ahnen können, dass dieser sich den Flüchtenden anschloss? Sie hatte keine Antwort auf diese Fragen. Es blieb auch keine Zeit, sich darüber Gedanken zu machen.
»Es kann nicht lange dauern, bis die Franzosen den Zusammenhang zwischen dem großzügigen Geschenk und dem Entkommen Blüchers begreifen. Vermutlich haben sie es längst. Gut möglich, dass sie Ihnen das nicht durchgehen lassen werden, Fräulein Thurau. Sie sind in Gefahr«, sagte Brömse ernst.

»Womöglich spricht es sich auch noch herum, dass Sie es waren, die Blücher den Rückzug geebnet hat. Falls jemand Ihnen die Schuld daran zuspricht, dass es keine Kapitulation gibt, trägt das nicht gerade zu Ihrer Sicherheit bei. Fräulein Thurau, Sie müssen verschwinden.«
»Aber wo soll ich denn hin?«
Hanna Thurau war hinter ihre Tochter getreten und legte ihr die Hände auf die Schultern.
Die Röte wich aus Carsten Thuraus Gesicht, und er wurde sehr blass.
»Sie haben recht, Senator«, sagte er. »Tja, aber wohin mit ihr?«
»Hier im Haus kann sie nicht bleiben, und unseren Weinkeller wird man auch rasch finden, wenn man nach ihr sucht«, stellte Hanna Thurau mit zitternder Stimme fest. Ihre Hände verstärkten den Druck auf Femkes Schultern.
»Dabei wäre ein Weinkeller sicher kein übles Versteck«, dachte Brömse laut nach. »Vielleicht der Ratsweinkeller?«
»Nein.« Carsten Thurau schüttelte nachdenklich den Kopf. »Es ist keine Kunst, den Weg dorthin herauszufinden. Jeder weiß, wo Lübecks größtes Weinlager ist. Dort ist sie nicht sicher. Aber in dem Gewölbe, das ich kürzlich noch erworben habe, vielleicht. Davon wissen nicht viele.«
Femke spürte, wie sich die Hände ihrer Mutter von ihren Schultern lösten. Sie hörte, wie sich ihre Schritte entfernten. Hanna Thurau packte Proviant zusammen, wie sie es schon einmal getan hatte. Damals waren sie zu fünft gewesen. Jetzt musste Femke allein gehen. Sie wollte nicht, aber sie wusste, dass sie keine Wahl hatte. Also stand sie auf, begab sich in ihre Kammer und zog sich wiederum mehrere Kleiderschichten übereinander an. Als sie gerade damit fertig war, hörte sie hastig geschlagene Trommeln, das Zeichen für den nächsten unmittelbar

bevorstehenden Kampf. Für die Soldaten hieß das, auf der Stelle zu den Alarmplätzen zu rennen. Für die Bürger Lübecks, die Alten, Kinder, Frauen und Männer, bedeutete es, sich und die kostbarste Habe gut zu verbergen und zu beten.
Femkes Tür flog auf. Ihr Vater stürmte herein.
»Du musst gehen, Femke. Du hast keine Zeit mehr.«
Sie nickte, folgte ihm auf den Flur und die Treppe hinab. Unten kam ihr bereits ihre Mutter entgegen, die ohne Rücksicht auf ihr kaputtes Bein aus der Küche gestürzt war. Wortlos drückte sie ihr ein Bündel in die Hand, nahm sie in den Arm und presste sie an sich. Schon schob ihr Vater sie zur Tür hinaus. Auf der Königstraße mussten sie eng an den Fassaden der Kaufmannshäuser bleiben, um nicht den Soldaten im Weg zu sein, die zu Hunderten in Richtung Burg Thor marschierten. Gegen den Strom liefen sie bis zur Fleischhauerstraße und dann zum Marktplatz. Femke hielt den Kopf gesenkt. Sie wollte sich vor dem feinen Nieselregen schützen, der sich ihr eisig auf die Haut legte. Sie wollte aber auch vermeiden, dass jemand sie erkannte. Ihr schlug das Herz vor Angst bis zum Hals. Sie war fast sicher, in der nächsten Sekunde würde jemand schreien: Da ist die Verräterin. Packt sie! Doch niemand achtete auf Vater und Tochter.
Femke blickte rasch zum Rathaus hinauf. Stolz und trotzig stand das alte Gemäuer, als wollte es höchstpersönlich den Feinden die Stirn bieten. Die filigranen Türmchen reckten sich in den Novemberhimmel, der grau durch die kreisrunden Windlöcher der hohen Schildgiebelwand hindurchlugte. Bei dem knappen Licht des nebeldunstigen Spätherbsttages kam der Kontrast der sandsteinernen aufwendig verzierten Prunktreppe vor der rot und schwarz gebrannten Backsteinfront nicht so schön zur Geltung wie an einem sonnigen Tag. Doch selbst in diesem Moment ließ der gewaltige Rathauskomplex ahnen, wie

tief beeindruckt fremde Besucher sein mochten, die ihn zum ersten Mal sahen. Einzig die zerbrochenen Fensterscheiben zeigten, dass etwas nicht in Ordnung war. Femke fragte sich, welcher Anblick sich ihr bieten werde, wenn sie ihren Unterschlupf verlassen und nach Hause zurückkehren würde.
Sie rannten über den Kohlmarkt und in die kleine Gasse, die an den Kirchhof von St. Petri angrenzte. Ihr Vater blickte sich nervös um, als er vor der Holztür eines unscheinbaren flachen Hauses stehenblieb, das zwischen zwei dreigeschossigen Giebelhäusern fast erdrückt zu werden schien. Innerhalb einer Sekunde schloss er auf, schob Femke durch die Tür und verriegelte sie hinter ihr.
Da stand sie allein in der kleinen Diele. Sie hätte sich sehr gewünscht, dass ihr Vater noch ein wenig bei ihr geblieben wäre, aber sie spürte, dass er wegen ihrer nächtlichen Aktion wütend war. Bestimmt war es auch klüger, sich umgehend auf den Heimweg zu machen. Niemand konnte sagen, wie viel Zeit ihm blieb, zurück in die Glockengießerstraße zu eilen und mit ihrer Mutter dort den Weinkeller aufzusuchen. Ein einziges Mal war Femke bisher in diesem Gebäude gewesen. Es erinnerte sie an die Werkstatt von Meister Delius. Sie begab sich in einen winzigen Raum, in dem ihr Vater eine gute Anzahl Kerzen aufbewahrte, nahm zwei Stück und ging dann hinab in den Gewölbekeller. Modrige feuchte Kälte schlug ihr entgegen. Trotz der vielen Kleider, die sie am Leib trug, fröstelte sie. Das Gewölbe war dort, wo die Treppe ankam, so hoch, dass ein nicht allzu groß gewachsener Mensch aufrecht stehen konnte. Durch zwei kleine halbrunde Fenster direkt unter der Decke, die auf den Klingenberg hinausschauten, fiel Licht herein.
Femke ging an großen ordentlich aufgereihten Fässern vorbei in den hinteren Teil des Gewölbes. Die Erbauer des Kellers hatten offenbar vor vielen Jahren mehr Platz schaffen wollen,

als unter dem Haus eigentlich zur Verfügung stand, und sich ein gutes Stück unter die nachbarliche Gasse gegraben. Immer niedriger wurde der Raum. Sie musste sich bücken. Dort, wo der Keller endete, war die Wand nur noch etwa hüfthoch. Die gewölbte Decke bildete mit den an dieser Stelle niedrigen engen Wänden eine kleine Höhle.

Femke bewegte sich vorsichtig, um sich nicht zu stoßen. Viel Tageslicht gelangte nicht bis hierher, aber es musste genügen. Sie legte das Schaffell, das ihre Mutter ihr mit dem Proviant gegeben und das sie unter ihrem Mantel getragen hatte, auf den Boden. Dann kauerte sie sich darauf und wartete. Sie wusste, dass es viele Stunden, womöglich sogar Tage dauern konnte, bis sie ihr Versteck verlassen durfte. Jede Minute würde ihr schrecklich lang werden. Sie versuchte sich zu beruhigen. Den Gedanken daran, wie furchtbar es sein würde, hier eine Nacht zu verbringen, schob sie weit von sich.

Femke betastete ihre Brust. Durch den Stoff erkannten ihre Finger den runden Bernsteinanhänger mit der Eidechse. Einem Impuls folgend, hatte sie ihn mitgenommen. Falls es zu Plünderungen käme, wäre ihr Glücksbringer hier gewiss am besten aufgehoben. Außerdem brauchte sie ihn jetzt dringlicher als je zuvor bei sich. Sie holte ihn unter ihren Kleidern hervor und sah ihn an. Es war bei dem wenigen Licht unmöglich, Einzelheiten zu erkennen. Trotzdem bildete sie sich ein, jede Pore der Haut, jede winzige gebogene Kralle sehen zu können. Und auch der Glanz des Auges schien vorhanden, als ob es aus sich selbst leuchten würde. Wahrscheinlich war ihr der Anblick von alldem so vertraut, dass er jetzt vor ihrem geistigen Auge erschien. Sie versenkte sich in die Eidechsengeschichten, die sie während der Frankreichreise aufgeschrieben hatte. Eine nach der anderen rief sie sich ins Gedächtnis und brachte sich damit fort aus der unwirtlichen Umgebung und der Gefahr hinein in einen urzeitlichen Bernsteinwald mit all seinen fremdartigen und aufregenden Geschöpfen. So konnte sie den Kanonendonner, die Schreie, die Gewehrsalven und die Laute von berstendem Glas, splitterndem Holz und auseinanderplatzendem Stein ertragen.

Als ihr Magen knurrte, zündete sie eine Kerze an, tropfte etwas Wachs auf den Steinboden dicht neben dem Fell und stellte dann die Kerze in die rasch hart werdende Pfütze. Im schwachen Schein der Flamme öffnete sie das Päckchen, das ihre Mutter ihr gepackt hatte. Viel war nicht darin, und Femke nahm nur etwas Brot und ein Stückchen Wurst heraus und aß beides. Es war sicher klug, sich den geringen Vorrat gründlich einzuteilen. Obwohl sie wusste, dass das Licht der Kerze nicht reichte, um von der Straße aus gesehen zu werden, löschte sie es rasch wieder. Zu groß war ihre Angst, hier unten entdeckt zu werden. Sie dachte an ihre Mutter und ihren Vater. Wenn nur niemand auf der Suche nach ihr ihre Eltern finden und ihnen etwas antun würde.

Auch Johannes schlich sich immer wieder in ihre Gedanken. Sie konnte seinen Gesichtsausdruck nicht vergessen, der um so vieles härter und trauriger geworden war in den Jahren oder den letzten Monaten, in denen er das Soldatenleben hatte kennenlernen müssen. Warum nur hatte er sich dafür gemeldet? Ob es sein Vater war, der ihn dazu gedrängt hatte, oder ob Johannes es selbst für seine Pflicht hielt? Femke seufzte tief. Es machte keinen Unterschied.

Die Kälte kroch aus dem steinernen Boden durch das Schaffell. Femke zog einen dicken Wollrock aus und legte ihn, der Länge nach gefaltet, ganz am vorderen Rand auf das Fell. Anschließend zog sie auch noch ihren Mantel aus. Dabei stieß sie mit dem Kopf gegen die niedrige Decke, zuckte zurück und hielt sich die schmerzende Stelle. Tränen schossen ihr in die Augen, und sie wusste, dass es nicht der Schmerz allein war, der sie zum Weinen brachte. Sie faltete auch ihren Mantel so oft es ging, dass ein Streifen blieb, auf dem sie gerade noch liegen konnte. Nachdem sie ihr Lager so sorgfältig vorbereitet hatte, legte sie sich darauf, packte den hinteren Zipfel des Schaffells und zog es wie eine Decke über sich. Der in der Feuchtigkeit kräftiger werdende Tiergeruch mischte sich mit dem von Holz und dem säuerlichen Weingeruch. Femke musste an ihren Besuch im Weinkeller der Briands denken. Ob Luc wohl auch unter die Soldaten gegangen war? Sie hätte nicht sagen können, wie viele Stunden sie in der Dunkelheit lag, bis sie schließlich in einen unruhigen Schlaf fiel.

Es blieb nicht bei einer Nacht, die Femke im hintersten Winkel des Gewölbes kauernd verbringen musste. Erst am dritten Tag wurde sie erlöst. Für sie fühlte es sich an, als wäre sie mindestens eine ganze Woche hier unten gewesen. Am zweiten Tag hatte sie im Schein der Kerze eine Lücke zwischen zwei Steinen im Boden entdeckt und Sand und Dreck mit den Fingernägeln herausgekratzt. Mit den Zähnen hatte sie ein Stück von dem Leinentuch abgerissen, in das ihre Mutter Brot, Wurst und Hering gewickelt hatte. Sie legte ihr Amulett behutsam auf den kleinen Fetzen und schlug es ein. Dann schob sie es in den Spalt und verteilte etwas Sand darüber. Es war gewiss kein dummer Einfall, Wertsachen zu verstecken, und Femke kannte die übliche Reaktion der Menschen, die zum ersten Mal ihren Anhänger sahen. Sie wusste, wenn jemand ihn in die Hände bekam, wäre er für sie verloren. Als sie am dritten Tag hörte, dass sich jemand an der Tür oben zu schaffen machte, blieb ihr fast das Herz stehen. Sie fühlte sich krank und schwach, hatte Hunger und wollte nur noch schlafen, doch die Geräusche weckten augenblicklich ihre Lebensgeister.

»Femke, komm heraus, Kind, schnell!« Das war die Stimme

ihres Vaters, der auch schon die Treppe zu ihr heruntergelaufen kam.

»Gott sei Dank, du bist da«, murmelte sie. Sie raffte Rock und Mantel zusammen und kroch auf allen vieren bis zu der Stelle, wo sie sich zur vollen Größe würde aufrichten können. Als sie das tat, verweigerten ihre Gelenke ihr den Dienst. Zu lange hatte sie mit angewinkelten Beinen liegend oder hockend verbracht. Sie hielt sich an einem Fass fest, um nicht zu fallen.

»Geht es dir gut, mein Kind?« Carsten Thurau war mit einem Satz bei ihr und legte stützend den Arm um sie.

»Es geht schon«, flüsterte sie. Sie konnte kaum die Knie durchdrücken, so sehr schmerzte es. Trotzdem setzte sie tapfer einen Fuß vor den anderen. »Wie geht es Mutter?«

»Es geht ihr gut, mach dir keine Sorgen. Wir haben großes Glück gehabt.« Er sprach leise und gepresst und sah grau aus. »Was wir an Geld im Hause hatten, haben wir den Franzosen, die unser Haus plündern wollten, gegeben. Auch Schmuck hat deine Mutter ihnen freiwillig überlassen. Wir hatten großes Glück«, wiederholte er. »Es waren anständige Männer. Sie haben uns nichts angetan. So gut ist es weiß Gott nicht vielen ergangen.« Er schüttelte bei dem Gedanken an Greuel, die Femke sich lieber nicht vorstellen wollte, den Kopf. Seine Stimme versagte ihm.

Sie hatten die Treppe erreicht.

»Ist es vorbei?«, fragte Femke.

Carsten Thurau fasste sich und nickte. »Napoleon hat ein Plünderungsverbot erlassen. Es ist vorbei.« Bitter fügte er hinzu: »Als ob noch etwas geblieben wäre, was sie nicht genommen, zerstört oder besudelt hätten.«

Jede Stufe war eine Qual für Femke, doch der Gedanke an eine warme Stube, an ihr weiches warmes Bett und an etwas zu essen und zu trinken trieb sie voran. Sie traten hinaus in die

Abenddämmerung. Während ihr Vater hinter ihnen die Tür verschloss, starrte Femke auf die Spuren der Zerstörung. Fenster waren zerbrochen oder fehlten vollständig. Es war, als würden die Giebelhäuser aus tiefliegenden Augen zurückstarren. Haustüren waren aus den Angeln gerissen oder entzweigeschlagen. Die große Eingangspforte zur Petrikirche stand offen. Lautes Wiehern drang aus dem Gotteshaus.
»Sie haben kein Fünkchen Anstand im Leib«, zischte Carsten Thurau. »Ihren Pferden stellen sie die Krippe direkt auf den Altar!«
Langsam gingen die beiden über den Markt. Dunkle Blutlachen zwischen den Pflastersteinen ließen ahnen, welche grausamen Kämpfe sich hier und überall in der Stadt abgespielt haben mochten. Als sie die Königstraße erreichten, kam ihnen eine Patrouille von vier Franzosen entgegen. Femke senkte den Kopf. Die Männer tuschelten. Sie zog sich verstohlen die Kapuze ihres Mantels tiefer ins Gesicht und betete, dass keiner der Soldaten dabei war, denen sie den Wein gebracht hatte. Falls einer sie erkannte, ließ er sich nichts anmerken, und Femke und ihr Vater konnten unbehelligt ihren Weg fortsetzen. Aus einem Haus schräg gegenüber von Delius' Werkstatt stolperte plötzlich eine Frau auf die Straße.
»O mein Gott«, murmelte Carsten Thurau und versuchte sich so zwischen Femke und das erbärmliche Geschöpf zu stellen, dass diese nichts sehen sollte. Doch sie sah noch genug. Das Haar stand der Frau wirr und zerzaust vom Kopf, ihre weiße Brust war entblößt, ihr Kleid nur noch ein Fetzen, der mehr von ihrem geschundenen Körper zur Schau stellte als verbarg. Ihre Handgelenke waren blau und blutig. Blut klebte ihr ebenfalls an den Schenkeln. Ein gurgelnder Klagelaut drang aus der Kehle der Gepeinigten, ihre Augen flackerten, als wäre sie dem Irrsinn verfallen. Die patrouillierenden Franzosen drehten auf

dem Absatz um und gingen zu ihr. Sie begann zu schreien und trat um sich, als die Männer bei ihr waren. Einer sprach beruhigend auf sie ein, ein anderer hakte sie recht grob unter und rief seinen Kameraden etwas von einer Krankenstation zu.
Endlich zu Hause, fiel Femke ihrer Mutter in die Arme, die in dem Moment aus der Küche trat, in dem Carsten Thurau seine Tochter in das Haus bugsierte. Sie trank gierig heiße Milch und aß eine große Scheibe Brot. Dann ließ sie sich von ihrer Mutter ins Bett bringen wie ein kleines Mädchen.

IV

Die Zeit im feuchten kalten Weingewölbe hinterließen ihre Spuren. Femke bekam eine schreckliche Erkältung. Drei Tage brachte sie mit Fieber und hustend im Bett zu. Dann endlich konnte sie aufstehen. Die Lage in der Hansestadt normalisierte sich jedoch noch lange nicht. Zwar hielt Napoleon schützend seine Hand über deren Bewohner, doch verbot er gleichzeitig den Handel mit England und sorgte äußerst nachdrücklich dafür, dass jeder sich an das Verbot hielt. Die Engländer reagierten darauf, indem sie den Handel zwischen Frankreich und Lübeck störten. Schon war die Rede davon, dass Schiffe angegriffen wurden und Händler auf dem Landweg ebenfalls nicht durchkämen.

Die Schäden im Hause der Thuraus hielten sich sehr in Grenzen. Und den Verlust des Schmucks schien Hanna Thurau gut zu verschmerzen. Femkes großzügiges Geschenk an die französischen Soldaten hatte dazu geführt, dass diese sich während der Plünderungen reichlich im Ratsweinkeller bedient hatten. Jetzt mussten sie zwar bezahlen, wenn sie mehr Wein haben wollten, doch nützte den Thuraus das nur wenig. Bald zeichnete sich nämlich ab, dass keine Lieferung aus Frankreich mehr ankäme. Die Vorräte gingen zur Neige. Und selbst wenn man noch so manch lohnendes Geschäft abwickeln konnte, nützte das Geld kaum etwas. Nahrungsmittel wurden innerhalb weniger Tage knapp, denn noch immer waren Tausende Soldaten in der Stadt, Franzosen und preußische Gefangene, die versorgt werden mussten. Die kauften auf, was immer sie kriegen konnten, und die Bürger hungerten. Es gelang Carsten Thurau ein Fässchen Rotspon gegen Mehl, Eier und eingelegtes Gemüse zu tauschen. So war immerhin für den Rest der Woche ihr Überleben gesichert.

»Wie es Meister Delius gehen mag?«, fragte Femke, die ihrer Mutter in der Küche half. Sie bereiteten dünne Pfannkuchen zu.

»Vermutlich ist er zu seiner Tochter gegangen. Hat sie nicht ein großes Haus in der Dankwartsgrube?«

»Wenn er es zu ihr geschafft hat, bevor alles losging.«

»Du machst dir Sorgen, was?« Hanna Thurau blickte ihre Tochter an. Hinter ihr zischte der Teig in der heißen Pfanne. Wenn sie wie früher mehr als genug von allem gehabt hätten, würde jetzt die Butter nur so spritzen. Aber nun musste man achtgeben, dass der Teig nicht am Gusseisen kleben blieb, so wenig Fett verwendete Hanna.

»Ja«, antwortete Femke leise. »Seine Geschäfte gehen schon lange nicht mehr gut. Er hat, was er zum Leben braucht, aber eben auch nicht mehr. Was ist, wenn er nichts mehr zu essen hat? Ich habe seine Tochter nicht oft bei ihm gesehen. Ihr Mann ist reich, gewiss, aber für ihren alten Vater scheint sie nicht viel übrig zu haben. Und er bittet nicht um Hilfe.«

Hanna Thurau seufzte tief, zögerte aber keine Minute. Sie nahm zwei der fertigen Pfannkuchen, legte sie auf einen Teller und verteilte ein paar eingelegte Zwiebeln und Gurken darauf. »Ich nehme an, du willst nach ihm sehen. Nimm ihm das hier mit. Und sag ihm, er soll zu seiner Tochter gehen, wenn er Hilfe braucht. Wir können nicht immer für ihn da sein. Wer weiß, wie lange wir noch die Soldaten in der Stadt haben.«

Femke strahlte glücklich. »Danke!«

Sie nahm den Teller, zog ihren Mantel über und die gefütterten Stiefel an. Dann verließ sie das Haus. Es war ein kalter Tag,

aber die Luft war klar, und die Sonne schien von einem blauen Himmel. Femke blinzelte gegen das blendende Licht an. Sie musste husten, als die eisige Luft in ihre Lungen drang. Es wollte ihr nicht in den Kopf, dass ein Tag so schön daherkommen konnte, wenn sich in Wahrheit so viel Kummer und Leid in der Stadt eingenistet hatten. Sie beeilte sich, die wenigen Schritte durch die Königstraße zu laufen, und spürte, wie ihr trotz der niedrigen Temperatur der Schweiß ausbrach – ein untrügliches Zeichen dafür, dass sie noch nicht wieder völlig gesund und bei Kräften war. Wie üblich klopfte sie an die Holztür, die zu ihrer Erleichterung unbeschädigt war. Ein leises Quietschen sagte ihr, dass die Tür bereits offen war. Sie drückte vorsichtig dagegen, und tatsächlich, sie schwang auf, ohne dass Femke die Klinke hätte hinunterdrücken müssen. Das gleißende Sonnenlicht fiel herein und beleuchtete eine Szenerie, die sie erstarren ließ. Der Teller mit den Pfannkuchen glitt ihr aus den Fingern und zerbrach scheppernd vor ihren Füßen. Ein Mann mit fast bläulich glänzendem schwarzem Haar, blauen Augen und sehr kantigen Gesichtszügen fuhr hoch. Es war offensichtlich, dass er sich aneignete, was an Bernstein noch da war. Femkes Gedanken rasten. Einerseits war sie überrascht, dass hier überhaupt noch etwas zu holen war, andererseits konnte sie nicht fassen, dass jemand das Plünderungsverbot so einfach ignorierte. Wenn sie sich nicht sehr irrte, stand eine nicht unerhebliche Strafe darauf. Der Mann erholte sich schnell von seinem Schreck. Er kam auf sie zu.
»Bonjour, Mademoiselle«, sagte er mit einer äußerst melodischen Stimme. »Hier geht es vielleicht zu, ein Kommen und Gehen ...«
»Was machen Sie hier?«, fragte Femke ängstlich.
Er stand jetzt direkt vor ihr.
»Scherben einsammeln«, antwortete er, griff an ihr vorbei und

schloss lächelnd die Tür hinter ihr. Seine Augen blitzten. Dann kniete er vor ihr nieder und sammelte die Reste des Tellers und das dazwischen verteilte Essen auf. Als er sich wieder erhob, sah er sie unentwegt an und sagte: »Sie sprechen meine Sprache. Charmant!«

Femke war unglücklich darüber, dass ihr der Teller aus der Hand gefallen war. Sie hätte liebend gern nachgesehen, ob die Pfannkuchen noch zu retten waren, doch der Franzose warf alles in einen Abfallkorb.

»Das sollte wohl für den alten Mann sein, nehme ich an.« Es war keine Frage, sondern eine Feststellung. »Sehr freundlich, Mademoiselle, doch leider ...«

Femke verstand nicht, aber sie hatte Angst. Erst jetzt blickte sie sich genauer um. Als sie die Füße von Meister Delius aus der Kammer ragen sah, die von der Werkstatt abging, schrie sie auf.

»Was haben Sie getan?«

»Der dumme alte Mann«, erwiderte er und schüttelte den Kopf, als täte ihm leid, was passiert war. »Seit ich in der Stadt bin, habe ich so viel von den magischen Bernsteinen gehört, die eine junge Frau mit viel Talent und im wahrsten Sinne zauberhaften Fähigkeiten herstellen soll, dass ich mir nun auch ein kleines Kunstwerk fertigen lassen wollte. Man sagte mir, hier sei die einzige Bernsteinwerkstatt. Also kam ich her.« Er fuhr sich durch die schwarzen Haare. »Doch statt einer geheimnisvollen Frau finde ich diesen fetten Greis. Und er will mir partout nicht verraten, wo ich die Dame mit den magischen Händen finde. Er hat sich gewehrt und ist gestürzt und ...«

»Sie haben ihn umgebracht!«, stieß Femke entsetzt hervor.

»Mon Dieu, nein! Aber ich war vielleicht ein wenig grob. Der Krieg macht Ungeheuer aus uns allen. Es ist ein Jammer.« Sein Gesichtsausdruck passte nicht zu seinen Worten. Er sah fast ein wenig amüsiert aus.

Femke drehte sich der Magen um. Sie empfand Abscheu, tiefe Trauer über den Verlust des Freundes und entsetzliche Angst. Er würde nicht zögern, sie ebenfalls zu töten.
»Ich hatte gehofft, wenn die Bernsteinfrau, von der so erstaunliche Dinge berichtet werden, mir ein Schmuckstück macht, führt es mich sicher auf den rechten Weg zurück. Was denken Sie?« Seine blauen Augen sahen sie durchdringend an.
»Wenn Sie kein Herz im Leib haben«, zischte ihn Femke außer sich an, »hilft Ihnen auch kein Bernstein. Womit auch immer Sie sich schmücken, Sie bleiben hässlich.« Sie erschrak selbst über ihre Worte, in denen so viel Hass lag. Und noch mehr erschrak sie über seine Miene, die sich auf der Stelle verfinsterte. Sie zweifelte nicht daran, dass er sie im nächsten Moment schlagen oder sofort umbringen würde. Seine Kieferknochen traten bedrohlich hervor. »Aber versuchen könnte ich es«, fügte sie schnell hinzu. »Denn ich bin die Bernsteinfrau von Lübeck.«
Er legte einen Finger unter ihr Kinn und hob ihren Kopf.
»Wahrhaftig«, sagte er langsam. »Diese grünen Augen ...« Mit der anderen Hand schob er ihre Kapuze zurück. »Das rote Haar! Sie sind die Magierin, von der ich gehört habe. Das nenne ich Glück.«
Sie atmete schwer und spürte, wie sich ihr Brustkorb hob und wieder senkte. Noch immer war seine Hand unter ihrem Kinn, die andere spielte mit ihren Haaren. Er trat noch einen Schritt auf sie zu. Sie schloss die Augen. Er war ihr jetzt so nah, dass ihre Gesichter sich beinahe berührten, und sie hätte nicht gewusst, wohin sie schauen sollte.
»Was wollen Sie von mir«, flüsterte er, »dass Sie so erwartungsvoll die Augen schließen, hm, Mademoiselle?«
»Was ich von Ihnen will?« Sie trat einen Schritt zurück, stand nun mit dem Rücken an der Tür und begann zu zittern. »Sie

hatten doch einen Auftrag für mich«, brachte sie stockend hervor.
»Das ist wahr.« Er drehte sich um und ging zu ihrem Arbeitstisch. Dort hatte er das Rohmaterial abgelegt, als sie ihn bei seinem Diebstahl überrascht hatte. »Kommen Sie her! Ich will, dass Sie einen Stein aussuchen, aus dem Sie mir ein großes reichverziertes Kreuz machen können. Es soll mich in künftigen Schlachten beschützen.«
Sie rührte sich nicht von der Stelle.
»Nun kommen Sie schon. Sagen Sie mir, welcher Stein sich am besten eignet.« Sein Ton klang nun wieder, als wäre nichts geschehen. Er führte sich wie ein Kunde auf und als wäre dies hier Femkes Werkstatt.
Sie näherte sich ihm langsam.
»Ich könnte Sie anzeigen«, murmelte sie kaum hörbar. Schweiß stand ihr auf der Stirn, und sie hätte sich am liebsten gesetzt. »Sie wissen, dass ich das tun kann. Sie haben gemordet und geplündert.«
»Sie verstehen nicht viel von militärischen Rängen, nicht wahr? Ich bin General. Oh, wie unhöflich, ich habe mich noch nicht einmal vorgestellt.« Er verneigte sich formvollendet vor ihr. »General Deval. Pierre Deval. Es ist mir eine Ehre, Ihre Bekanntschaft zu machen, Mademoiselle …?«
Sie starrte ihn feindselig an.
»Wollen Sie mir nicht Ihren Namen verraten? Das würde unsere zukünftige Zusammenarbeit vereinfachen.« Er schien sich keinen Deut um ihre Drohung zu scheren.
»Es wird keine Zusammenarbeit geben.« Sie ging langsam Schritt für Schritt rückwärts, entfernte sich vom Tisch und hoffte die Tür zu erreichen, bevor er sie daran hinderte.
»Also gut, dann nenne ich Sie eben weiter Bernsteinfrau, bis Sie mir Ihren Namen verraten. Laufen Sie nicht weg, Bernsteinfrau.

Sie haben noch nicht den geeigneten Stein ausgewählt. Außerdem brauchen Sie doch bestimmt ein wenig Werkzeug, oder?«
Sie hatte die Tür fast erreicht. Wenn sie sich jetzt umdrehte und aus dem Haus stürzte, konnte er sie nicht aufhalten.
Ungerührt sprach er weiter: »Es wird nicht schwer sein, Ihren Namen und Ihre Adresse herauszufinden. Laufen Sie also ruhig weg, wenn Sie unbedingt wollen. Dann statte ich Ihnen eben einen Besuch ab, wenn Ihnen das lieber ist.« Er klang höflich und charmant.
Femke fand das alles grotesk. Sie blieb stehen. Wenn er das wirklich tat, waren ihre Eltern in Gefahr. Das durfte sie nicht riskieren. Noch einmal versuchte sie ihn nervös zu machen: »Ich verstehe vielleicht nichts von militärischen Rängen, ich weiß aber, dass Napoleon ein Plünderungsverbot verhängt hat. Das gilt gewiss auch für einen General.« Sie bekam kaum noch Luft vor Angst.
»Da haben Sie recht. Und ich respektiere die Anordnungen Napoleons. Nur wissen Sie, es ist ja nicht direkt eine Plünderung, wenn man einem Handwerker einen Auftrag erteilt. Einer kann eben einem schönen Weib nicht widerstehen, der andere muss unbedingt ein von Ihnen gefertigtes Schmuckstück haben. Wir Generäle haben alle unsere Schwächen und drücken untereinander manchmal ein Auge zu. Bei wem also wollen Sie mich anzeigen? Bei Bonaparte höchstselbst?«
Sie schluckte. War ihr eben noch fiebrig heiß gewesen, packte sie jetzt ein Schüttelfrost.
»Geht es Ihnen nicht gut?« Mit einem Satz war er bei ihr und führte sie zu dem Hocker, auf dem sie so viele glückliche Stunden verbracht hatte. »Sie sind ja ganz blass. Glauben Sie, hier ist irgendwo ein Cognac zu finden? Der würde Ihnen guttun.«
Dieser General Deval führte sich auf, als wäre er wahrhaftig besorgt um sie.

Anstatt auf ihn zu reagieren, wandte sie sich den wenigen Bernsteinen zu, die vor ihr auf dem Tisch lagen. Sie hob ein dunkelbraunes Exemplar in die Höhe.

»Daraus ließe sich ein Kreuz machen«, sagte sie.

»Nein, ich möchte lieber einen hellen Stein.« Er hielt ihr einen Brocken hin. »Was halten Sie von diesem hier? Er glänzt wie Gold.«

Sie nahm ihn aus seinen Fingern und drehte ihn vor ihren Augen. »Es wird ein bisschen kleiner, als ich es aus dem dunklen machen könnte. Aber es wird sicher trotzdem noch ein Kreuz von eindrucksvollen Maßen.«

»Sehr gut!« Er strahlte sie hocherfreut an. »Wie lange werden Sie brauchen?«

»Nun, ein schlichtes Kreuz ist schnell gemacht, aber Sie sprachen von Verzierungen. Dafür benötige ich sicher zwei oder drei Wochen.«

»Ich gebe Ihnen eine Woche.« Er zuckte mit den Schultern. »Ich bedaure, Bernsteinfrau, aber ich weiß ja nicht, wie lange wir in der Stadt bleiben. Es ist mir darum lieber, wenn Sie die Arbeit in einer Woche fertig haben. Es wäre doch zu dumm, wenn ich ohne meinen magischen Schutz in die nächste Schlacht weiterziehen müsste. Also?«

»Sie sehen ja, dass ich nicht gesund bin. Wir haben nicht viel zu essen. Ich könnte schneller arbeiten, wenn wir besser versorgt wären, meine Eltern und ich.«

Er machte einen Schritt auf sie zu und hockte sich vor sie hin. Sie nahm einen feinen Geruch teurer Seife wahr.

»Sie sind klug, Bernsteinfrau, das gefällt mir. Eigentlich dachte ich, Ihr Leben ist Lohn genug für Ihre Arbeit. Aber gut, ich will Ihnen noch mehr geben. Sie werden hier in der Werkstatt jeden Tag etwas finden. In genau sieben Tagen werde ich hier sein. Dann will ich das Kreuz haben.« Er richtete sich auf,

beugte sich aber gleich darauf zu ihr hinunter. »Da Sie klug sind«, sagte er im selben freundlichen Ton, doch seine Augen blitzten drohend, »werden Sie niemandem etwas von unserer kleinen Absprache verraten. Falls Sie versuchen, mich aufs Kreuz zu legen, statt mir eines zu fertigen«, er lachte über sein Wortspiel, »dann muss ich Sie töten. Das würde mir keinen Spaß machen.«
Während er das verbleibende Rohmaterial an sich nahm, packte Femke den ausgewählten Bernstein, drei verschiedene Schnitzmesser, zwei Feilen und Leder ein. Sie beobachtete überrascht, wie er sich von ihr abwandte und zu Meister Delius' Leiche ging. Er war sich sehr sicher, dass Femke tun würde, was er von ihr verlangte. Wie hätte sie ihn auch aufs Kreuz legen sollen? Sie sah nicht hin, als er Delius' Füße packte und den Körper hinter sich herschleifte. Sie hatte keine Ahnung, was er mit dem Leichnam machte. Ohne sich noch einmal umzudrehen, stürzte sie aus dem Haus.

»Du siehst schrecklich aus, Kind!« Hanna Thurau blickte von ihrer Handarbeit auf, als Femke den Salon betrat. »Gewiss war es eiskalt in der Werkstatt. Und du bist viel zu lange dortgeblieben. Du bist doch noch gar nicht ganz gesund.«
Femke sagte nichts, sondern setzte sich still in den Sessel, der dicht beim Ofen stand. Hanna unterbrach ihre Näharbeit, stand auf, nahm die Wollstola ab, die sie um ihre Schultern getragen hatte, und legte sie ihrer Tochter um.
»Danke.«
»Und, wie geht es dem alten Delius?«, fragte sie, während sie sich wieder setzte.
»Ich habe ihn gar nicht gesprochen«, gab Femke zur Antwort. Sie wollte ihre Mutter nicht belügen, aber die Wahrheit konnte sie auch nicht sagen.

Hanna hob die Augenbrauen. »Ach, dann ist er wohl doch bei seiner Tochter, was?«
»Ich weiß nicht, wo er ist.« Sie schluckte.
»Wo soll er denn sonst sein?« Hanna konzentrierte sich wieder auf ihre Arbeit. »Mach dir keine Sorgen um ihn.«
Einen kurzen Moment schwiegen sie.
»Wenn du ihn nicht getroffen hast, wo bist du denn dann so lange gewesen?«, fragte Hanna schließlich.
»Ich habe mir etwas Werkzeug eingepackt, damit ich in meiner Kammer ein bisschen schnitzen kann.«
»Die Tür war offen?« Hanna sah ihre Tochter überrascht an.
»Du kennst ihn doch. Er dachte gewiss, es sei besser, die Tür offen zu lassen, bevor jemand sie einschlägt.« Sie lächelte dünn.
»Hast du die Pfannkuchen in die Küche gebracht?«
Der Schreck fuhr Femke in die Glieder. Nun half es nichts, sie musste lügen. »O nein, ich ... Bitte verzeih mir, Mutter, aber da war dieser Junge auf der Straße. Er hat um etwas zu essen gebettelt. Als ich ihm den Teller hingehalten habe, hat er ihn mir aus der Hand gerissen. Es tut mir leid, aber er ist auf dem Pflaster zerbrochen.«
»Oh, wie ärgerlich.«
»Es tut mir wirklich leid, Mutter.«
»Schon gut.« Sie seufzte. »Wenn diese Not doch nur bald vorüber wäre!« Ein tapferes Lächeln huschte über ihr Gesicht. »Wenn der Teller dann der einzige Verlust ist, haben wir es noch recht gut getroffen.«
Femke nickte. Ganz bestimmt hatte ihre Mutter noch nicht vergessen, dass sie schon mehr Verlust hatte hinnehmen müssen – ihr Schmuck, Geld, Wein und Vorräte. Doch sie wusste, dass diese alle materiellen Einbußen leichten Herzens akzeptierte, solange ihr und ihrer Familie dafür anderer Schaden

erspart blieb. Einige Bürger der Stadt waren bei den Kämpfen ums Leben gekommen, viele mehr verletzt worden. Immer wieder hörte man von Frauen, an denen sich ein Soldat vergangen hatte, manchmal sogar von armen Geschöpfen, die gleich mehreren hintereinander oder, wie man sich hinter vorgehaltener Hand zuflüsterte, gleichzeitig zu Willen sein mussten.

Noch am selben Tag machte Femke sich an die Arbeit. Sie schnitzte im Schein der Öllampe, bis ihre Augen schmerzten. Am nächsten Morgen begann sie, sobald die ersten Sonnenstrahlen in ihre Kammer fielen. Zur Mittagsstunde lief sie zur Werkstatt hinüber. Sie atmete auf, als sie diese leer vorfand. Deval hatte Meister Delius' Leiche wirklich fortgebracht. Und er hatte sein Versprechen gehalten. Auf einem Tuch lagen zwei Äpfel, kalter Braten und ein Stück Käse. Gern hätte Femke sofort in das Fleisch gebissen oder sich etwas Käse in den Mund geschoben, doch sie band das Tuch an seinen vier Ecken zusammen und trug ihren Lohn glücklich nach Hause.
»Wo hast du das her?«, fragte Carsten Thurau misstrauisch.
»Ich habe bei den Franzosen getauscht«, antwortete Femke zaghaft.
»Getauscht? Was hast du dafür gegeben?« Auch ihre Mutter, die auf die Lebensmittel deutete, schien nicht gerade erfreut, sondern eher besorgt.
»Ich habe einen sehr einfachen Bernsteinanhänger zu den Soldaten gebracht, den ich für den Verkauf in Travemünde gemacht hatte. Sie haben sich darum gerissen. Wenn ich ihnen mehr Anhänger bringe, kann ich mehr Lebensmittel bekommen.«
»Du machst Geschäfte mit den Franzosen?« Carsten Thurau war wütend.
»Aber das tust du doch auch«, warf Femke ein.
Einen Moment fürchtete sie, er würde sie schlagen. Doch dann

beruhigte er sich offenbar. Es sah aus, als wäre ganz plötzlich alle Energie aus ihm gewichen. Seine Schultern hingen hinab, die Arme baumelten kraftlos an den Seiten.

»Das ist doch etwas ganz anderes, Kind! Die Soldaten haben Lübecker Bürger ermordet und ihre Frauen und Töchter vergewaltigt.«

»Carsten!« Hanna Thurau sog hörbar die Luft ein.

»Schon gut, Mutter, ich weiß ja, wie viel Schuld einige von ihnen auf sich geladen haben.« Sie legte ihrem Vater beschwichtigend eine Hand auf den Arm. »Sie sind nicht alle so. Und was noch viel wichtiger ist, sie werden gut versorgt. Sie haben Vorräte, und ihr Nachschub scheint gesichert zu sein. Du hast meine kleinen Schmuckstücke gegen Spenden für die Bedürftigen hergegeben. Jetzt sind wir bedürftig, Vater, und sollten die Stücke, die ich noch habe, gern gegen Essen eintauschen.«

»Du hast recht, Femke. Aber auch dein Vater hat recht. Es ist gefährlich, zu den Soldaten zu gehen. Für ein junges hübsches Mädchen gleich dreimal. Ich werde in Zukunft die Tauschgeschäfte machen.«

»Nein!« Femke überlegte fieberhaft. Sie hasste es, unehrlich mit ihren Eltern zu sein, und fühlte sich, als würde sie sich mehr und mehr in die Lügengeflechte verstricken. Wenn sie so weitermachte, könnte sie sich nie mehr daraus befreien. »Ich gehe ja nicht allein. Ich schließe mich den Bäckersfrauen und Fischern an.«

»Es ist meine Aufgabe, für meine Familie zu sorgen.« Carsten Thurau wirkte müde, als wäre er im Grunde froh, wenn ihm jemand diese Last abnehmen könnte. »Gib mir die verbleibenden Schmuckstücke, dann gehe ich damit zu den Franzosen.«

»Bitte, Vater, glaub mir. Die Frauen sagen, sie bekommen mehr als die Männer. Die Soldaten haben wohl mehr Mitleid mit uns schwachen Weibsbildern. Es ist nicht gefährlich«, beschwor

sie ihn. »Mir wird nichts geschehen. Und so kann ich außerdem erfahren, ob jemand eine bestimmte Form haben will. Ich allein kann entscheiden, ob ich sie ihm versprechen kann. Lass mich gehen. Es ist besser so.«
Die Eltern nahmen ihr das Versprechen ab, niemals allein zu gehen und immer mit den anderen das Soldatenlager wieder zu verlassen. Sie versprach es. Beinahe Tag und Nacht arbeitete sie an dem Kreuz. Sie schnitt sich mehr als einmal in die Finger, weil sie sich so beeilen musste. Das Haus verließ sie nur, um Gemüse, Früchte, Mehl, Zucker, Milch und fast immer Käse, Wurst oder Fleisch zu holen. Ihr Vater konnte sich nur schwer damit abfinden, dass seine Tochter auf diese Weise für einen gedeckten Tisch sorgte, das war nicht zu übersehen. Doch er fügte sich in die Umstände und aß mit gutem Appetit. Nach einer Woche hielt Femke das fertige Stück Bernstein gegen das Licht. Sie lächelte zufrieden. Es war ein Meisterstück. Wie schön wäre es, es einem unbescholtenen Bürger, einem guten Christenmenschen zu bringen. Stattdessen würde es der Mörder von Meister Delius auf der Brust tragen. Wenn ihr Meister auch im Handgemenge gestürzt war, blieb es für sie Mord. Immerhin hatte er nur seine Schülerin und sein Hab und Gut verteidigen wollen. Es waren genau sieben Tage vergangen, seit sie General Pierre Deval begegnet war. Nun würde sie ihn wiedersehen. Voller Angst lief sie den kurzen Weg in die Werkstatt, den sie jeden Tag gegangen war. Als sie das Haus betrat, war er bereits da.
»Bonjour, Mademoiselle«, begrüßte er sie freundlich.
»Guten Tag.« Sie stand unentschlossen an der Tür.
»Wollen Sie nicht näher treten?« Er fuhr sich mit der Hand durch das schimmernde schwarze Haar. »Ich habe Ihnen heute etwas ganz Besonderes mitgebracht. Das Kreuz ist doch fertig?«
»Ja.« Sie schloss endlich die Tür hinter sich und ging zu ihm an

den Arbeitstisch. »Ich hoffe, ich habe Ihren Geschmack getroffen«, sagte sie scheu. Wie oft hatte sie sich seine Reaktion ausgemalt, wenn ihm die Arbeit nicht gefiele. Ob er sie wohl gleich töten würde? Femke konnte sich nicht mehr vorstellen, dass dieser gutaussehende höfliche Mann jemals einem Menschen das Leben genommen haben sollte. Vielleicht war alles ein böser Traum und Meister Delius' Leiche hatte niemals wenige Meter von ihr entfernt auf dem Boden gelegen.
»Das kann ich Ihnen sagen, wenn ich die Arbeit zu sehen bekomme.« Deval lächelte sie aufmunternd an.
»Was? Oh, natürlich, Verzeihung.« Mit fahrigen Händen zog Femke das Päckchen hervor und reichte es ihm. »Bitte schön.«
Er nahm es entgegen und packte es aus. Ihr fiel auf, wie zart seine Hände, wie fein die Finger waren, wie behutsam er das Leinentuch entfernte und das Bernsteinkreuz gegen das Licht hielt, das durch die Fenster hereinkam. Sie hielt den Atem an, denn er sagte eine ganze Weile kein Wort. Er drehte das Kreuz nur langsam und betrachtete es eingehend.
»Wunderschön«, sagte er dann ergriffen.
Ihr fiel ein Stein vom Herzen.
»Wie ist es nur möglich, so feine Konturen herauszuarbeiten?« Er sah sie staunend wie ein Kind an. »Und wie raffiniert Sie die königlichen Lilien mit den bonapartischen Bienen verbunden haben. Beide Symbole sind sofort zu erkennen. Und sie zeigen mir, dass Sie klug sind, Bernsteinfrau, und wissen, was um Sie her geschieht.« Seine blauen Augen schienen tief in ihre Seele zu blicken.
»Es freut mich, dass es Ihnen gefällt«, sagte Femke ausweichend.
»Ja, es gefällt mir sehr!« Nun strahlte er über das ganze Gesicht, und sie konnte ein erfreutes Lächeln nicht verbergen. »Ich muss

mich dafür entschuldigen, dass ich Sie so zur Eile gedrängt habe. Umso mehr muss ich das Ergebnis bewundern. Doch es wäre nicht nötig gewesen, denn wir bleiben noch einige Zeit in Ihrer schönen Stadt.«

Das war keine gute Nachricht in Femkes Ohren. Sie konnte ein Seufzen nicht unterdrücken, doch er ging nicht darauf ein. »So können Sie sich immerhin für das nächste Schmuckstück mehr Zeit lassen.« Er nestelte an seiner Jacke herum und holte ein Päckchen aus der Innentasche hervor.

»Für das nächste Schmuckstück?«, fragte Femke erschrocken. »Ich dachte, wir hätten beide unseren Teil der Abmachung erfüllt. Jetzt kann ich wieder meiner Wege gehen und bin Ihnen nichts mehr schuldig.«

Er war gerade dabei, einen kleinen Gegenstand auszuwickeln, den er in einem Wolltuch bei sich trug. Mitten in der Bewegung hielt er inne.

»Selbstverständlich können Sie Ihrer Wege gehen. Und Sie sind mir auch nichts schuldig. Das waren Sie nie. Aber ich habe mir überlegt, dass es kein schöneres Weihnachtsgeschenk für meine Mutter gäbe, als wenn Sie ihr ebenfalls ein solches Kreuz anfertigen würden. Das erste hat meine Erwartungen weit übertroffen. Also bitte ich Sie herzlich mir hieraus ein ähnliches Kreuz für meine Mutter zu machen.« Er streckte ihr die Hand hin, auf der der große dunkle Bernstein lag, den sie vor einer Woche für die Aufgabe ausgewählt hatte. »Er wäre geeignet, haben Sie gesagt.« Noch immer hielt er seine Hand ausgestreckt und wartete auf eine Reaktion. Als diese ausblieb, fügte er hinzu: »Bitte, Bernsteinfrau, meine Mutter ist eine alte Dame. Sie würden ihr damit eine sehr große Freude machen. Glauben Sie mir, dass sie diese Arbeit zu schätzen wissen wird.«

»Ich möchte eigentlich nicht ...«, begann Femke zögernd. Unter normalen Umständen hätte sie mit Begeisterung zugesagt, aber der Mann, der sie bat, war ein Mörder. Sie wollte nichts mehr mit ihm zu schaffen haben.

»Hören Sie, Bernsteinfrau, was hier passiert ist ...« Er deutete zu der Stelle, wo Delius' Leiche gelegen hatte. »Es war ein Unfall. Ich möchte, dass Sie das wissen.« Er sah sie ernst und eindringlich an. Nach einigen Sekunden lächelte er plötzlich wieder. »Es ist Ihre Entscheidung, aber wenn Sie nein sagen, dann kann ich Ihnen auch nicht weiterhin etwas zu essen bringen lassen. Was sollte man denken, wofür ich Sie jeden Tag entlohne? Sie wollen doch Ihren Ruf als ehrenhafte Frau nicht gefährden, richtig?« Er legte den Kopf leicht schief. Sein Haar glänzte im Licht des Novembertages, das nur wenig von den Glasscheiben gedämpft wurde. »Von jetzt ab zu hungern kann auch nicht Ihr Wunsch sein. Seien Sie nicht dumm, nutzen Sie Ihre Fähigkeiten, die Sie allein in dieser Stadt haben, und setzen Sie sie geschickt ein. Dann überstehen Sie und Ihre Familie diese schweren Zeiten unbeschadet.« Der Blick seiner Augen war geradezu stechend.

Ganz allmählich dämmerte es Femke. »Soll das etwa eine Drohung sein?« Sie sprach langsam und leise. »Heißt das, dass meine Familie Schaden nehmen wird, wenn ich Ihnen meine Fähigkeiten nicht zur Verfügung stelle?«

»Aber nein!« Der Ausdruck seiner Augen wurde mit einem Schlag wieder sanft. »Ich rate Ihnen doch nur, Ihr großes Können zu Ihrem Vorteil zu nutzen.« Er nahm ihre Hand und legte den Bernstein hinein. »Machen Sie daraus ein weiteres Kreuz. Ich bitte Sie! Sie bekommen dafür weiterhin Lebensmittel. Außerdem werde ich noch mehr als bisher für Ihren Schutz und den Ihrer Eltern sorgen. Einverstanden?«

Sie überlegte. Noch mehr als bisher? Dann hatte er also schon jetzt dafür gesorgt, dass die Thuraus unter einem gewissen

Schutz standen? Sie dachte an ihren Vater, der zwar nicht glücklich über die Herkunft der Dinge war, die in den letzten Tagen auf den Tisch kamen, sie aber dennoch gern gegessen und getrunken hatte. Es war keine schöne Vorstellung, darauf ab sofort verzichten zu müssen.
»Also gut«, sagte sie und biss sich auf die Unterlippe.
Er reagierte nicht, wie sie erwartete, mit Freude.
»O nein, Bernsteinfrau, so geht das nicht. Sie müssen handeln!«
Sie sah ihn verblüfft an, und er warf den Kopf in den Nacken und lachte schallend. Dabei entblößte er ein makelloses sehr weißes Gebiss, wie es nur selten zu sehen war.
»Noch einmal. Sie haben ein Talent, das sonst niemand weit und breit zu bieten hat. Dafür können Sie auch etwas verlangen.«
»Aber ich ...«, stammelte sie hilflos. Sie hatte nicht den Hauch einer Idee, worauf er hinauswollte.
»Natürlich diktiere ich Ihnen letztendlich den Preis, wenn ich es will. Und jeder andere General hat dazu ebenfalls die Macht, aber Sie dürfen nicht so schnell zustimmen. Das verdirbt Ihren Lohn. Sehen Sie, es ist doch so: Gewiss ist es ein Leichtes, Sie unter Druck zu setzen, damit Sie eines Ihrer kleinen Kunstwerke herstellen. Was aber, wenn Sie dann nur ein gewöhnliches Stück produzieren, das keinerlei magische Kraft besitzt?«
»Oh, hören Sie doch damit auf!« Femke wurde ärgerlich. »Sie glauben doch nicht wirklich, dass ich Zauberkräfte besitze und an den Bernstein weitergeben kann?«
»Alle glauben das.« Er sagte es, als wäre es das Selbstverständlichste der Welt.
»Wie passt das zusammen, sich ein Kreuz schnitzen zu lassen und gleichzeitig derart abergläubisch zu sein?« Sie vergaß allmählich ihre Vorsicht.
»Muss man sich denn immer für eine Sache entscheiden?« Er ging zum Fenster und sah hinaus. Femke den Rücken

zugewandt, fuhr er fort: »Kann man nicht an Gott glauben und sicherheitshalber auch an fremdartigen Zauber?« Er machte eine kurze Pause und fragte dann leiser: »Kann man nicht als Soldat seine Pflicht tun und trotzdem das Töten verabscheuen?«

Sie starrte ihn irritiert an. Tat sie ihm womöglich unrecht? War er im Grunde ein anständiger Mensch? Johannes fiel ihr ein. Auch er würde töten müssen, war deshalb aber doch noch lange kein gewissenloser Mörder. Der Krieg verlangte es so. Daraus konnte man keinem Soldaten einen Vorwurf machen. Dann dachte sie wieder an Meister Delius. Es war bestimmt kein Erfordernis des Krieges, ihm das Leben zu nehmen. Nein, diesem Franzosen war nicht zu trauen. Er spielte mit ihr wie ein Raubtier mit seiner Beute.

Er drehte sich wieder zu ihr um. »Nun, Bernsteinfrau, was meinen Sie? Sollte der Preis für Ihre Arbeiten nicht steigen, wenn alle an die besonderen Kräfte glauben, die ihnen innewohnen sollen?« Sein Lächeln wirkte freundlich.

Femke hielt es einerseits für falsch, die Menschen an der Nase herumzuführen, andererseits behauptete sie ja nicht, dass ihre Kettenanhänger oder Figürchen das eine oder andere bewirken konnten. Außerdem war Wilma Cohn tatsächlich schwanger geworden, nachdem sie mit Femkes Wiege nach Hause zurückgekehrt war. Bernstein hatte eine Wirkung auf das Wohlbefinden, welcher Art die auch sein mochte.

»Also?« Deval beobachtete sie interessiert. Dann schien ihm etwas einzufallen. »Oh, ich habe Ihnen natürlich auch heute etwas mitgebracht. Etwas ganz Besonderes.« Er drehte sich zu einer Holzkiste um, die auf der Anrichte stand. Sobald er sie öffnete, stieg ein herrlicher Duft daraus hervor und breitete sich in der kleinen Werkstatt aus. Femke lief das Wasser im Mund zusammen. »Das haben Sie sich wahrhaftig verdient«,

stellte er fest und packte ein gebackenes Huhn aus. Die Haut glänzte goldbraun und sah sehr knusprig aus. Sie war gewiss mehrmals mit Fett eingestrichen worden, während das Tier im Ofen garte. Femke musste schlucken, so wässrig war ihr der Mund geworden. Dann holte er noch eine Flasche Cognac hervor. Ein großzügiger Lohn, wie Femke fand.
»Für mich? Ich danke Ihnen, General Deval«, sagte sie höflich.
Er nickte nur und packte beides wieder in die Kiste zurück.
»Sagen Sie mir also, was Sie für das zweite Kreuz haben wollen. Und wäre es zu viel verlangt, wenn Sie mir nun doch Ihren Namen verrieten, Bernsteinfrau?«
Sie zögerte noch eine Sekunde, dann holte sie tief Luft und erklärte: »Sie bekommen das Geschenk für Ihre Mutter. Ich verlange dafür, dass Sie uns weiter wie bisher versorgen. Außerdem möchte ich, dass wir unter Ihrem persönlichen Schutz stehen. Und zwar so lange, wie Sie mit Ihren Männern in der Stadt sind.« Da er sie geduldig anhörte, fuhr sie fort: »Ich benötige zwei Wochen Zeit. Sehen Sie!« Sie streckte ihm die Hände hin. »Weil ich so in Eile war, habe ich mich geschnitten.«
Deval kam hinter der Anrichte hervor und nahm ihre Hände. Er sah ihr ernst in die Augen.
»Ich bin untröstlich. Verzeihen Sie, dass ich Ihnen nur eine Woche gegeben habe.« Er zog ihre Hände an seine Lippen und küsste die verheilenden Schnitte in ihren Fingern, ohne den Blick abzuwenden oder auch nur zu blinzeln. »Selbstverständlich haben Sie dieses Mal zwei Wochen Zeit. Haben Sie sonst noch einen Wunsch?«
Femke wurde immer mutiger. Ihre Stimmung besserte sich, wenn ihr in seiner Anwesenheit auch noch immer mulmig zumute war. In diesen schwierigen Zeiten Forderungen stellen zu können war jedoch ein großartiges Gefühl.

»Mein Vater handelt mit Wein aus Frankreich. Der kommt im Moment wegen der Blockaden jedoch nicht bis nach Lübeck durch. Aber Sie und Ihre Soldaten werden bestens versorgt. Können Sie nicht etwas dafür tun, dass wenigstens kleine Lieferungen zu meinem Vater gelangen?«
»Das ist nicht so einfach«, antwortete er nachdenklich. »Unmöglich ist es aber auch nicht.« Sein Gesicht hellte sich auf. »Sie haben schnell begriffen. Was das Handeln angeht, meine ich. Das habe ich nicht anders erwartet. Ihren Namen haben Sie mir aber noch nicht verraten.«
»Den müssen Sie nicht wissen«, erklärte sie etwas hochmütig. Sie fühlte sich längst nicht so sicher, wie sie dabei erscheinen mochte.
»Also gut, Bernsteinfrau, Sie sollen Ihren Willen haben.« Er sah sie spöttisch an, und auf einmal war Femke klar, dass er die ganze Zeit nur ein Spiel mit ihr trieb. »Glauben Sie wirklich, dass mir Ihr Name noch nie zu Ohren gekommen ist, obwohl ich schon so viel von Ihnen gehört habe?« Er trat einen Schritt auf sie zu. Wie bei ihrer ersten Begegnung war er ihr so nahe, dass sie den zarten Geruch von feiner Seife wahrnehmen konnte. »Denken Sie, dass es schwer ist, den Namen der Bernsteinschnitzerin herauszufinden, deren Vater mit Weinen aus Frankreich handelt?«
Sie erschrak. Sie hatte sich verraten. Womöglich wusste er von dem Geschenk an die französischen Soldaten. Femke bekam Todesangst.
Als könnte er ihre Gedanken lesen, sagte er: »Keine Sorge, ich habe nicht vor, Ihre Geheimnisse zu lüften. Jedenfalls noch nicht.«
»Femke«, sagte sie, »mein Name ist Femke.« Nach raschem Abwägen hatte sie sich entschieden, dass es besser war, wenn sie ihm ihren Namen verriet, wie wenn er anfing herumzuschnüf-

feln. Vielleicht konnte sie ihn davon abbringen, Fragen nach ihr zu stellen. Und wenn sie Glück hatte, wusste er noch nicht, dass sie ungewollt Blücher und durchaus gewollt einigen preußischen Soldaten zur Flucht verholfen hatte.
»Femke.« Er wiederholte ihren Namen. »Sehr schön.«
Sie musste lächeln, denn er sprach ihren Namen genauso aus, wie Luc es getan hatte. Außerdem war sie erleichtert. Wenn er wüsste, dass sie den nächtlichen Besuch im französischen Lager zu verantworten hatte, wäre ihm die Wut über den Vorfall oder die Freude darüber, die Schuldige in seiner Gewalt zu haben, sicher anzumerken.
»Wir sehen uns also in zwei Wochen«, sagte Deval, schnappte sich seinen mit Pelz besetzten Mantel und zog ihn über die Uniform. »Oder gestattest du mir, dich früher wiederzusehen, Femke?«
Ohne höflich darum zu bitten, erlaubte er sich einfach, sie mit Du anzureden, als ob sie sich besonders gut kannten.
»Früher? Warum? Wollen Sie kontrollieren, ob das Kreuz für Ihre Mutter auch so schön wird wie das Ihre?«
Er schüttelte den Kopf und trat zu ihr. »Ganz so schnell, wie ich geglaubt habe, begreifst du doch nicht. Dabei ist es doch ganz leicht. Du musst dir nur überlegen, welche Vorzüge du zu bieten hast, und diese geschickt einsetzen.«
Sie starrte ihn verständnislos an.
»Wir bleiben noch eine Weile in der Stadt. Du könntest meine Mätresse werden«, meinte er leichthin.
Ehe sie auch nur überlegen konnte, was zu tun sei, schlug sie ihm ins Gesicht. Sie erschrak. Kein Zweifel, dass er zurückschlagen würde oder Schlimmeres. Doch das geschah nicht. Er funkelte sie nicht einmal drohend an, wie er es früher schon getan hatte. Nein, seine Augen blitzten belustigt.
»Siehst du, genau das mag ich an dir. Man sieht dir an, dass du

Angst hast, und trotzdem beherrschst du dich nicht. Das ist vielversprechend. Außerdem bist du aufrichtig. Das kann man nicht von vielen Weibsbildern behaupten.« Er griff in ihr Haar, das ihr lang in den Nacken hing, und holte eine dicke Strähne nach vorn. »Sollen die Leute doch über dein rotes Haar reden, mir gefällt's. Und die grünen Augen dazu finde ich faszinierend.« Er ließ ihre Haare los und nahm einen Schritt Abstand, um sie eingehend von oben bis unten zu betrachten. »Ich bin sicher, dass du unter deinem Mantel einen schönen Körper mit Rundungen an den richtigen Stellen verbirgst.« Seine Augen glitten so schamlos langsam und direkt über Femkes Gestalt, dass ihr das Blut ins Gesicht schoss. »Das nenne ich Vorzüge, die nicht zu übersehen sind«, sprach er ungerührt weiter. »Dafür kannst du etwas verlangen.«
»Niemals«, zischte sie. »Da würde ich lieber verhungern.«
»Schon möglich. Dann würde ich dich allerdings nicht mehr für klug halten. Nun gut«, er wollte sich offenbar auf den Weg machen, »das hat noch Zeit. Jeder begehrt etwas, wofür er jeden Preis zahlen würde. Wenn dir einfällt, was dein größter Wunsch ist, lass es mich wissen, wenn ich ihn dir erfüllen kann.« Er deutete eine Verbeugung vor ihr an. »Dann werde ich jetzt gehen. Warte noch ein paar Minuten, bis du auch gehst. Es wäre nicht gut für dich, wenn wir zusammen gesehen würden. Jedenfalls nicht, bevor unsere kleine Affäre begonnen hat. Es reicht, wenn die Leute dann über dich reden.«
Damit ließ er sie stehen.

Auf dem Heimweg, die köstliche Fracht fest im Arm, kämpfte Femke mit den unterschiedlichsten Gefühlen. Da waren vor allem Entrüstung und Wut. Wie konnte er ihr nur allen Ernstes vorschlagen, seine Geliebte zu werden? Wofür hielt er sie? Sie atmete die kalte klare Luft tief ein, als könnte sie sich damit von dem schmutzigen Antrag reinigen, den er ihr gemacht hatte. Neben Scham und Empörung musste sie sich aber auch ein anderes Gefühl eingestehen. Sie empfand Freude. Nach Wilma Cohn war dieser Franzose der Erste, der ihr Geschick im Umgang mit Bernstein so lobte und ihm einen Wert beimaß. Er mochte ihre Aufrichtigkeit. Und bei dem Gedanken an seinen Blick, mit dem er von ihren Augen zu ihren Brüsten und weiter hinab zu ihrer Hüfte gewandert war, fühlte sie ein angenehmes Kribbeln im Bauch. Dieser ungehörige Kerl sah gut aus und hatte vornehme Umgangsformen. Außerdem nahm er sich nicht einfach, was er wollte, sondern gab ihr dafür immerhin etwas zurück. War das nicht sehr viel anständiger, als es von anderen Männern des Militärs berichtet wurde? Vielleicht hätte sie ihm erlauben sollen, sie vor dem Ablauf von zwei Wochen wiederzusehen. Dafür hätte sie gewiss etwas verlangen können. Sie schalt sich für diesen Gedanken, während sie in die Glockengießerstraße lief. Wenn er sie sehen durfte, würde er sich nicht damit zufriedengeben, mit ihr zu plaudern. Sie mochte sich nicht ausmalen, was er sich von ihr erhoffte. Nein, es gab nichts auf der Welt, das es wert war, ihm diese Hoffnung zu erfüllen. In diesem Punkt irrte er gewaltig.

Sie betrat die Diele und wollte gleich in die Küche gehen, um die Kiste abzustellen, da hörte sie ihre Mutter sagen: »Der Anhänger könnte uns das Auskommen für eine gute Zeit sichern.« Offenbar waren die Eltern im Kontor ihres Vaters.

»Das kommt nicht in Frage«, entgegnete er, und sein Ton erlaubte keinen Widerspruch. Jedenfalls hätte Femke sich nicht mehr getraut, auch nur ein weiteres Wort zu sagen. Ihre Mutter jedoch war wie üblich nicht sehr beeindruckt.

»O doch, das kommt sehr wohl in Frage. Du weißt, dass das Stück von einigem Reiz ist. Ich bin überzeugt davon, dass es uns die Vorratskammer füllen würde. Und wenn wir sonst nichts mehr haben, was wir geben können, dann müssen wir in einer solch schweren Zeit auch an dieses Opfer denken. Du kannst mir glauben, dass es mir nicht leichtfiele, aber was sein muss, muss sein.«

Femke stand still in der hohen Diele. Die Kiste hatte sie noch immer im Arm. Von welchem Anhänger mochte die Rede sein? Ob ihre Mutter in Erwägung zog, sich von einem weiteren Schmuckstück zu trennen? Oder ging es etwa um ihren Bernsteinanhänger mit der Eidechse? Femke wollte ihn auf gar keinen Fall hergeben. Andererseits hatte ihre Mutter doch auch schon so viel Schmuck geopfert. Wie konnte sie selbst da nein sagen?

»So groß wird die Not hoffentlich nicht werden«, war nun wieder Carsten Thurau zu hören. »Du hast wohl vergessen, dass es ein Familienerbstück ist. Für niemanden hat es so viel Wert wie für uns.«

Es ging tatsächlich um die Eidechse.

»Vergiss du nicht«, warf Hanna Thurau in sanfterem Ton ein, »dass es kein Erbstück unserer Familie ist.«

Femke nahm wahr, dass ihre Eltern weiter debattierten. Sie verstand die Welt nicht mehr. Was sollte das bedeuten, dass es kein Erbstück unserer Familie sei? Hatte ihre Mutter nicht einmal behauptet, sie habe den Anhänger wiederum von ihrer Mutter bekommen? Femke konnte sich beim besten Willen keinen Reim machen. Möglich, dass ihre Großmutter den Schmuck von ihrem Mann geschenkt bekommen hatte. Dann war es vielleicht ein Erbstück von seiner Familie. Oder stammte es aus der Familie ihres Vaters? Aber dann müsste es doch mit gleicher Wertschätzung gehütet werden. Ach, es war alles so schrecklich kompliziert geworden. Femke musste lügen, ihre Eltern redeten hinter ihrem Rücken – es war schrecklich. Doch vielleicht verstand sie auch alles ganz falsch und es ging

überhaupt nicht um die Eidechse im Bernstein. Auf jeden Fall hatte ihre Mutter recht, für das Stück würde der General einiges zahlen. Sie würde ihren Anhänger hergeben. Es würde ihr zwar das Herz brechen, wäre aber immer noch besser, als ...
»Ich bin zurück!«, rief sie laut, damit ihre Eltern glaubten, sie sei eben erst zur Tür hereingekommen. Außerdem wollte sie sich von ihren finsteren Gedanken ablenken.
»Ich komme hinunter«, rief ihre Mutter. Kurz darauf war der ungleichmäßige Schritt auf den Stufen zu hören.
»Ich bitte um einen Trommelwirbel«, sagte Femke übermütig. Sie wollte unbedingt gute Laune haben und verbreiten.
»Aha«, machte Hanna wenig überzeugt. »Und wofür, wenn ich fragen darf?« Normalerweise hätte sie sich schneller von der fröhlichen Stimmung ihrer Tochter anstecken lassen. Dass sie es nicht tat, verriet, wie sehr sie die Debatte beschäftigte.
»Für einen Festtagsbraten!« Femke öffnete langsam den Deckel der Kiste. In dem Moment betrat auch Carsten Thurau die Küche.
»Höre ich da etwas von einem Braten?« Er zwirbelte vergnügt die Enden seines Bartes. Er war ein besserer Schauspieler als seine Frau.
»Allerdings. Seht nur!« Damit holte Femke das Huhn hervor.
»Donnerschlag«, sagte er und vergaß das Zwirbeln.
Auch ihre Mutter vergaß in dieser Sekunde offenbar ihre Sorgen. »Ein ganzes Huhn! So viel hast du für einen deiner Anhänger bekommen?«
»Nein, es ist für ein Kreuz, das ich einem Franzosen machen sollte. Daran habe ich die ganze Woche gesessen«, berichtete sie, froh, endlich einmal wieder die Wahrheit sagen zu können.
»Das wird ein Festmahl«, freute sich Carsten Thurau. »Gut gemacht, Mädchen!« Er packte sie in der Taille, hob sie hoch und wirbelte sie einmal herum.

Femke schrie und lachte. Und auch ihre Mutter konnte sich das Lachen jetzt nicht mehr verkneifen.

»Ich werde zu den Nebbiens rübergehen und sie einladen. Sie haben es im Moment auch nicht leicht.«

»Und dazu können wir ihnen dies hier anbieten.« Femke, die wieder auf ihren Füßen stand, zog nun auch die Flasche Cognac aus der Kiste.

»Dreimal Donnerschlag! Ja, laden wir die Nebbiens ein und feiern die Kapitulation!«

»Was?« Femke sah ihn überrascht an. »Die Kapitulation? Haben die Preußen etwa …?«

»Generalleutnant von Blücher hat die Kapitulation erklärt, ja. Schon vor ein paar Tagen«, erwiderte Carsten Thurau.

»Das wusste ich ja gar nicht.«

»Draußen beim Dorf Ratekau hat er gestanden. Es sollen noch immer fast zehntausend Soldaten bei ihm gewesen sein. Viele von ihnen liegen jetzt hier verletzt in den Kirchen, die meisten aber sind Gefangene der Franzosen«, berichtete ihre Mutter.

Das Hühnchen war ein Festschmaus gewesen, doch Femke hatte es nicht recht schmecken wollen. Die Nebbiens konnten nichts von Johannes sagen. Sie wussten nicht, ob er bei den Gefechten vor der Kapitulation gefallen, danach gefangen genommen oder verletzt war. Die Franzosen waren seiner Truppe immerhin dicht auf den Fersen geblieben, da konnte ihm alles Mögliche widerfahren sein. Clara Nebbien sah krank aus. Es war ganz offensichtlich, wie sehr sie unter der Ungewissheit litt. Ob Johann Julius Nebbien irgendetwas fühlte, ließ sich dagegen nicht erraten. Was er zu berichten hatte, schlug Femke noch mehr auf den Appetit und das Gemüt. Bei den Gärtnern und Bleichern, die vor den Toren der Stadt wohnten, wo die Thuraus ihr Sommerhaus hatten, waren leichte Truppen und

Reiter untergebracht, die erst gar nicht bis in die ohnehin hoffnungslos überfüllte Stadt vordringen wollten. Sie hätten noch schlimmer gestohlen, geschlagen und missbraucht, als es in den Mauern Lübecks geschehen war, behauptete er. Femke redete sich ein, dass durch die Kapitulation die Flucht Blüchers aus der Hansestadt keine Bedeutung mehr hatte, man sie also auch nicht mehr dafür zur Rechenschaft ziehen würde. Darüber hinaus versuchte sie, nicht zuzuhören, wenn Nebbien von Greueltaten erzählte. Sie starrte durch ihn hindurch und verabschiedete sich früh, um zu Bett zu gehen.
Am nächsten Tag lief sie durch die Kirchen, aus denen man notdürftig Krankenlager gemacht hatte. Dort herrschte ein unfassbares Durcheinander, wie sie es sich niemals hätte vorstellen können. Sie begann in der Katharinenkirche. Im hohen lichtdurchfluteten Mittelschiff waren die Holzbänke an die Seite geschoben worden, damit die Verwundeten dort Platz hatten. Einige der Bänke wurden als Pritschen verwendet, andere dienten den Helfern als Ablage von Verbandsmaterial und Abstellmöglichkeit für Wasserschüsseln. Ein süßlich-fauliger Geruch stieg Femke in die Nase, der sie fast würgen ließ. Und dann dieser Anblick. Da waren Männer, die im Kampf ein Auge, Ohr oder Gliedmaßen verloren hatten. Blut quoll unter schmutzigen Tüchern hervor oder war zu einer schwarzen krustigen Masse geworden. Eine Krankenschwester beugte sich gerade über den nackten Stumpf eines Soldaten, der bläulich violett schimmerte. Sie tupfte mit einem nassen Lappen die eitrigen Ränder sauber. Eine andere Schwester trat zu ihr und ihrem anscheinend bewusstlosen Patienten, hob seine Lider an, fühlte seinen Pulsschlag. Dann hockte sie sich zu der anderen, die den Stumpf versorgte, flüsterte ihr etwas zu, stand wieder auf und zog ein Tuch über das Gesicht des Mannes. Femke beobachtete, wie die Krankenschwester, die noch immer

vor dem Fleisch kniete, aus dem das Bein gerissen worden war, weiter ihrer Arbeit nachging. Tränen liefen ihr über die Wangen. Schließlich schlug sie die Hände vors Gesicht und weinte leise. Sie war ganz allein. Die andere war bereits wieder zwischen den Verletzten unterwegs, brachte hier jemandem Wasser, kontrollierte dort, ob einer noch am Leben war.

Das Schlimmste für Femke, viel schlimmer als der Geruch und die Bilder, die sich ihr boten, aber waren die Laute, die die gotische Grabeskirche erfüllten. Das Stöhnen und Schreien, das Jammern und Ächzen schien nicht von Menschen zu sein. So viel Leid lag darin, so viel verzweifeltes unmenschliches Leiden, dass die Stimmen verfremdeten und nicht von dieser Welt waren. Sie produzierten Töne, die Femke durch und durch gingen. Eine Gänsehaut lief über ihren Körper, die ganz sicher nicht von der feuchten Kälte herrührte, die in der Katharinenkirche herrschte.

Sie blickte sich um, ging langsam Schritt für Schritt durch die Reihen. Die blank gelaufenen Steine des Bodens waren gesprenkelt mit dem Blut der preußischen Soldaten. Femke musste achtgeben, wohin sie trat. Sie wünschte sich sehr, Johannes hier zu finden, denn wenn er nicht zu den Verwundeten gehörte, die zurück in die Stadt gebracht worden waren, konnte sein Schicksal womöglich noch schlimmer sein als das dieser Gestalten hier. Gleichzeitig fürchtete sie sich davor, ihn an diesem Ort, in all diesem Leid zu sehen. Ihr war klar, dass nur die Männer in der Kirche blieben, die es schwer erwischt hatte. Die anderen schickte man gewiss fort, damit sie sich wieder bei Lübecker Familien einquartierten oder sich auf den Weg nach Hause machten. Einen Sohn der Stadt, dessen Elternhaus nur wenige Schritte entfernt stand, würde man bestimmt nicht hierbehalten, wenn er in der Lage wäre, zur Not auf allen vieren dorthin zurückzukriechen. Sie zwang sich, in die Gesichter zu sehen, um Johannes ausmachen zu können, wenn er doch hier war. Plötzlich packte eine Hand ihren Knöchel. Femke stieß einen erstickten Schrei aus, der im allgemeinen Anschwellen von Schmerzenslauten jedoch unterging. Sie versuchte durch einen Ausweichschritt zur Seite zu entkommen, wobei sie fast über einen anderen am Boden liegenden Mann gestolpert wäre.

»Bitte nicht«, flüsterte sie voller Angst und versuchte weiter die weiße Hand abzuschütteln.

Endlich war eine Schwester bei ihr, bückte sich und löste die knochigen Finger von Femkes Knöchel.

»Kennen Sie ihn?«, fragte sie.

»Nein, nein, ich denke nicht«, gab Femke atemlos zur Antwort. »Ich suche Johannes Nebbien«, sprudelte sie los. »Haben Sie ihn gesehen? Er kommt aus Lübeck. Er hat zwar die letzten Jahre in Jena studiert, aber er ist doch ein Lübecker. Sie müssen ihn kennen. Ist er hier?«

Die Schwester, eine füllige Person mit dunklen von grauen Strähnen durchzogenen Haaren, die sich inzwischen aufgerichtet hatte, sah Femke mitleidig an. Sie legte ihr eine kräftige Hand auf den Arm, die verriet, dass man es hier mit jemandem zu tun hatte, der zupacken konnte.

»Kindchen, ich habe hier mehr als genug zu tun. Von morgens um fünf bis spät in der Nacht bin ich hier, um zu verbinden, zu säubern, zu füttern und Leichentücher überzuziehen. Wenn ich mir auch noch alle Namen merken sollte, käme ich nicht weit.« Sie lächelte Femke freundlich an. Die Erschöpfung war ihr in das runde Gesicht geschrieben. »Und Lübeck ist kein Dorf, Mädchen. Draußen in Ratekau kennt wohl jeder jeden. Aber hier ... Von einem Johannes Nebbien habe ich noch nie gehört. Ich kenne nur den Anwalt, aber der heißt doch ...« Sie zog die Stirn kraus und dachte nach. Sie war ganz offensichtlich

dankbar, mal eine normale Unterhaltung führen und eine Pause machen zu können.
»Das ist sein Vater«, erklärte Femke.
»Sieh an. Keine Ahnung, ob er hier ist. Tut mir leid.« Sie ließ Femke los und warf noch einen Blick auf den Mann, der Femkes Fuß gepackt hatte und nun wieder reglos auf seinem Lager aus Decken und Laken ruhte. »In den anderen Kirchen sieht es nicht viel besser aus. Selbst in Glandorps Hof und in Füchtings Hof haben die Witwen Verwundete aufgenommen, habe ich gesehen. Sie haben also viel zu tun, wenn Sie ihn suchen wollen.« Die dralle Frau klopfte Femke zum Abschied noch einmal auf den Arm und wandte sich wieder ihrer Aufgabe zu.
Femke seufzte mutlos. Sie ging weiter zwischen den armen Seelen entlang, fand Johannes aber nicht. An der Westwand des südlichen Seitenschiffs blieb sie unter dem düsteren Gemälde stehen, das die Auferweckung des Lazarus zeigte. Als sie noch ein Kind war, hatte ihre Mutter ihr erzählt, dass es vor über zweihundert Jahren von einem Venezianer gemalt worden sei. Dann hatte sie von Venedig erzählt, dass die Menschen dort mit Schiffchen statt mit Pferd und Wagen durch die Straßen fuhren, und Femke hatte sich gewünscht, das einmal zu sehen. Viel wärmer sei es in Venedig und die Luft so samtig weich wie in Südfrankreich. Schon damals hatte Femke nicht verstanden, wie ein Maler, der aus einer angeblich so herrlichen sonnigen Stadt kam, so finstere Werke schaffen konnte. Auch jetzt schauderte sie bei dem Anblick. Doch die Gesichter der gezeigten Personen, vor allem das von Jesus Christus, strahlten so viel Sanftmut und Zuversicht aus, dass sie plötzlich spürte, wie auch sie wieder neuen Mut fasste. Sie verlor sich im Anblick des gütigen Gesichts und sendete ein stilles Gebet zum Himmel. Für einen kurzen Moment konnte sie das Grauen, das um sie herum war, verdrängen. Es war, als hielte sie eine Kerze in die Höhe, in

deren Schein nur das Bild, nur der ruhige verheißungsvolle Blick sichtbar wurden. Alles andere blieb im Dunkeln.

Nachdem sie die Katharinenkirche verlassen hatte, ging Femke zu Glandorps Hof und weiter zu Füchtings Hof. Die beiden Stiftungshöfe, die den Witwen von Kaufleuten und Schiffern eine Heimat gaben, lagen in direkter Nachbarschaft zu ihrem Elternhaus. Wie die Krankenschwester in St. Katharinen gesagt hatte, gab es auch hier Verletzte, die von den Bewohnerinnen sorgsam gepflegt wurden. Doch beide Male erfuhr Femke, dass Johannes Nebbien nicht dort sei. Sie ließ sich nicht entmutigen und lief weiter zum Koberg. Der Himmel hatte sich immer mehr verdunkelt, und nun fielen dicke Regentropfen herab. Sie zog sich die Kapuze ihres Mantels über den Kopf und senkte den Blick, während sie rasch auf den dreischiffigen roten Backsteinbau des Heiligen-Geist-Hospitals zuging, dessen zarte Türmchen in den blau-schwarzen Himmel ragten wie drohende Finger. Hier lagen die Kranken wenigstens in Betten, die dicht an dicht in der vom Mittelschiff abgehenden Hospitalhalle aufgebaut waren. Doch davon einmal abgesehen, war das Bild, das sich bot, nicht viel erfreulicher als jene, die Femke nun bereits aus der Katharinenkirche und von den Höfen kannte – überforderte, bis zum Umsinken ermattete Helfer und gequälte, misshandelte Kreaturen. Vom Heiligen-Geist-Hospital lief sie zur Jakobikirche, dem Gotteshaus der Seefahrer, Reisenden und Pilger, und dann weiter in die Königstraße, wo sie aus Meister Delius' Werkstatt rasch die Verpflegungsration holte, die Deval ihr stets zuverlässig Tag für Tag bringen ließ. Oder ob er sie selber brachte, um Femke vielleicht doch vor Ablauf der zwei Wochen zu treffen? Sie dachte nicht weiter darüber nach, sondern machte, dass sie schnell nach Hause kam.

Nach dem Essen mit ihren Eltern ging sie zur Marien- und weiter zur Petrikirche. Sie blickte an dem alten Bauwerk mit seinem Kirchturm und den vier Ecktürmchen, die sie so mochte, hinauf und seufzte tief. Ihre Fußsohlen brannten. Sie war es nicht gewohnt, den ganzen Tag auf den Beinen zu sein. Mehr schmerzte aber noch ihre Seele. Noch nie in ihrem Leben hatte sie so viele Enttäuschungen hinnehmen müssen. Immer wieder war sie mit Hoffnung in eines der Häuser gegangen, um eine furchtbare beklemmende Zeit später ohne auch nur die winzigste Nachricht wieder auf die Straße zu treten. Ob es in St. Petri anders sein würde? Sie betrat die hohe Kirchenhalle. Immerhin war sie mittlerweile vorbereitet auf das, was sie dort erwartete. Wieder schritt sie zwischen den langen Reihen versehrter klagender und sterbender Männer hindurch. Wieder musste sie gegen den Würgereiz ankämpfen und sich selbst dazu anhalten, nicht mit jedem, der dazu fähig war, ein paar Worte zu sprechen. Wie sehr diese Menschen Zuwendung brauchten! Doch dafür hatte Femke keine Zeit. Sie sah sich um und fragte hier eine Schwester, dort einen Soldaten, der ansprechbar war.

»Den Nebbien suchen Sie?«

Femke drehte sich um. Gerade war eine Nonne schulterzuckend davongegangen, als eine leise Stimme die Worte hinter Femkes Rücken flüsterte. Hätte der Mann, der auf einer fleckigen Decke schlotternd unter einem dünnen Wolltuch lag, nicht Johannes' Namen erwähnt, Femke hätte ihn womöglich überhört. Nun aber kniete sie sich zu ihm hin.

»Ja. Sie kennen ihn?«

»Ob ich ihn kenne?« Ein heiseres Lachen kam über seine Lippen und ging in ein jämmerliches Husten über, das Femke allein beim Zuhören Schmerzen verursachte. Als er endlich wieder zu Atem kam, wischte er sich einen Blutstropfen mit dem Handrücken von den Lippen. Der in Fetzen gerissene Ärmel ließ den blauen preußischen Soldatenrock erkennen. »Sicher doch. Wir haben ja Seite an Seite gekämpft.«

»Wirklich?« Femkes Herz schlug schneller. Nie war ihre Chance besser gewesen, etwas über Johannes' Schicksal zu erfahren. Der Gedanke versetzte sie in helle Aufregung. »Was ist aus ihm geworden? Ist er auch hier?«

»O nein, nein, er ist nicht hier. Wir sind von Jena den ganzen vermaledeiten Weg bis hierher zu Fuß gegangen. Sie können sich nicht vorstellen, was das für eine verfluchte Strapaze ist, jeden Tag viele Meilen zu marschieren.« Er schnaufte, als wäre er gerade erst eingetroffen. »Und dann die Kämpfe. Immer wieder haben uns die Franzosen in Gefechte verwickelt.«

Femke hörte ihm geduldig zu, obwohl sie das doch längst wusste. Vor wenigen Minuten hatte sie der Schwester doch selbst erklärt, dass Johannes zwar aus Lübeck stamme, aber mit den Truppen von Jena gekommen sei. Sie versuchte sich ihre Ungeduld nicht anmerken zu lassen.

Der Soldat wurde von Schüttelfrost ergriffen. Sein Körper zitterte und bebte. Dann setzte auch der kratzende Husten wieder ein.

»Ach, können Sie mir nicht noch eine Decke besorgen, Fräulein?«, flehte er zwischen zwei Hustenanfällen. »Es ist so schrecklich kalt.« Wie zur Bestätigung seiner Worte schlugen seine Zähne unkontrolliert aufeinander. Die Lippen hatten eine beängstigend blaue Färbung angenommen.

»Augenblick«, sagte Femke und stand auf. Hätte sie diesen Mann, der anscheinend etwas über Johannes sagen konnte, doch nur in der Katharinenkirche oder in einem der Stiftungshöfe getroffen, dann hätte sie rasch nach Hause laufen und warme Sachen für ihn holen können. Sie musste drei Helferinnen bitten, bis eine ihr endlich ein blutbeflecktes Laken reichte, das sie zuvor einem anderen wegnahm.

»Der ist sowieso bald hin«, stellte sie fest. »Dem nützt das nicht mehr.«
Femke schluckte, sah den Sterbenden lieber nicht mehr an, sondern lief zu Johannes' Kameraden zurück.
»Es ist nicht gerade ein Daunenbett«, sagte sie und gab sich Mühe zu lächeln, »aber es wird Sie sicherlich ein wenig wärmen.« Sie breitete das Laken über dem Mann aus, schlug es unter seinen Füßen ein und schob den dünnen Stoff so gut es ging unter den Körper, der sich kalt anfühlte. Kein Wunder, eine einzelne Decke konnte kaum die frostigen Temperaturen abhalten, die im Steinboden der Kirche steckten und in den bewegungslosen Leib krochen. Sie kniete sich wieder neben ihn hin. »Haben Sie ihn auch noch hier in Lübeck gesehen? Sind Sie gar mit ihm aus der Stadt geflohen?«
Er starrte sie einen Moment an und sah verwirrt aus. Dann hellten sich seine Züge auf.
»Allerdings, mein Fräulein, allerdings! Es ging um unser Leben, aber wir haben es geschafft. Bis nach Ratekau haben wir uns durchgeschlagen. Oh, der Josef hat gekämpft wie ein Löwe.«
»Johannes«, unterbrach sie ihn.
»Hä?«
»Sie sagten eben Josef. Aber sein Name ist doch Johannes.« Ein ungutes Gefühl beschlich sie. Ob der Arme wohl von all den Geschehnissen durcheinander war, ob er Johannes verwechselte?
»Natürlich, entschuldigen Sie, Fräulein. Die Anstrengung, nicht genug zu beißen und zu trinken. Das macht den Kopf schwach.« Wie eine Mumie eingepackt lag er vor ihr und versuchte sich immer tiefer in die Decken zu graben. »Wenn Sie vielleicht etwas zu essen und zu trinken bringen können. Etwas Warmes, wenn möglich. Das täte mir bestimmt gut.«
Femke stöhnte leise.

»Gewiss fällt es mir dann auch leichter, mich klar an alles zu erinnern. Also an Johannes, meine ich.« Seine Augen waren glasig. In ihnen lag die pure Verzweiflung.
Femke lächelte ihm wiederum zu. »Gewiss, ich werde mal sehen, was ich auftreiben kann.« Wieder eilte sie von einer Schwester zur anderen. Dann entdeckte sie eine Kirchenbank, auf der einige Stücke Brot lagen. Dort stand auch ein Krug, aus dem es verheißungsvoll dampfte. Sie sah sich ängstlich um. Es waren so viele Menschen da, die etwas brauchten, da würde mit dem, was da war, gewiss nicht freigiebig umgegangen werden. Niemand beachtete sie. Also goss Femke rasch etwas von der heißen Flüssigkeit, die schwach nach Kamille duftete, in einen Becher, nahm einen Kanten Brot und brachte beides zu dem Soldaten.
»Sie sind ein Engel, mein Fräulein!«, seufzte er, als er sie kommen sah. »Helfen Sie mir, bitte.«
Er machte Anstalten, sich ein wenig aufzurichten, und Femke verstand. Sie stellte den Becher neben ihm ab, kniete sich zu ihm und legte ihren Arm um seinen Nacken. Dann half sie ihm so weit auf, dass er trinken konnte, ohne den kostbaren dünnen Tee zu verschütten. Er lag schwer in ihrem Arm. Mit der freien Hand führte sie den Becher vorsichtig an seine Lippen. Sie nahm den fauligen Geruch von Exkrementen wahr. Hin und wieder setzte sie das Gefäß ab und ließ ihn vom Brot abbeißen. Es dauerte nicht lange, bis er den Becher, dem bereits der Henkel fehlte, geleert hatte.
»Ahh, das war gut«, sagte er, während Femke seinen Oberkörper langsam zurück auf die kalte Decke legte. Erneut schob sie so viel Stoff unter den Mann, wie das Laken hergab. Sie hatte schon Angst, er würde einschlafen, denn er hatte die Augen geschlossen und atmete ruhig. Doch dann sah er sie dankbar an. »Wo war ich? Oh, richtig, die Schlacht bei Ratekau.« Er

machte eine Pause, schien sich zu erinnern. »Die alles entscheidende Schlacht.« Es klang sehr bitter. »Johannes hat gut gekämpft, hat zwei Franzosen gleichzeitig geschafft, den einen mit dem Säbel, den anderen mit dem Bajonett.«
Femke erschauderte bei den vermeintlichen Heldentaten, die sie anhören musste. Wenn alles stimmte, was dieser Mann zu berichten wusste, hatte Johannes mehr Menschen auf dem Gewissen, als jemand je verkraften konnte.
»Aber irgendwann hat es ihn doch erwischt«, sagte der Soldat gerade. Femke riss die Augen auf.
»Er ist tot?«, fragte sie ängstlich.
»Mausetot, mein Fräulein. Tut mir sehr leid. Die Kehle haben sie ihm durchgeschnitten, diese Barbaren.« Wieder ein Hustenanfall.
Femke sah verschwommen, wie kleine Tropfen Blut auf das Laken flogen.
»Sie hatten ihn wohl sehr gern, was?« Er stützte sich wackelnd auf die Ellbogen und sah sie eindringlich an. »Wenn ich wieder auf den Beinen bin, kümmere ich mich um Sie, Fräulein. Kommen Sie und sehen Sie nach mir, bis ich wieder aufstehen kann. Dann, das verspreche ich, werde ich auch für Sie da sein.« Damit ließ er sich keuchend auf sein Lager zurückfallen.
Femke stand auf. Sie stammelte ein paar Worte des Dankes und gute Wünsche für seine baldige Genesung, drehte sich um und ging unsicher den Gang zwischen den Verwundeten entlang. Sie stieß mit einer kleinen mageren Nonne zusammen, die ihr kurz die Hände tätschelte und »es ist für uns alle schwer« murmelte. An einer Säule blieb sie stehen und hielt sich fest. Die hohe Kirchenhalle drehte sich um sie. Wie durch einen dicken Vorhang hörte sie die Stimme einer Frau, die ihren Sohn suchte.
»Haben Sie nicht meinen Jungen gesehen? Göttsch, Sebastian

Göttsch heißt er. Bitte, jemand muss ihn doch gesehen haben.«
Die Krankenschwester, die von der Frau angehalten worden war, gab keine Antwort.
Da hörte Femke eine leise rauhe Stimme. »Den Göttsch suchen Sie?«
Sie sah, wie die verzweifelte Mutter sich zu ebendem Soldaten umdrehte, dem Femke zuvor das Laken, Brot und Tee gebracht hatte.
»Sie kennen ihn?«, fragte die Frau hoffnungsvoll.
»Ob ich ihn kenne? Seite an Seite haben wir gekämpft!«
Femke konnte es nicht fassen. Sie sah zu den beiden hinüber. Kurz trafen sich ihr Blick und der des Kranken. Ihr war, als würde er ein klein wenig die Augenbrauen zur Entschuldigung heben und kaum sichtbar lächeln. Femke begriff. Sie sah einmal auf die Frau, die ihren Sohn suchte, und schüttelte dann den Kopf. Er sollte ihr nicht die gleiche Geschichte mit dem gleichen traurigen Ausgang erzählen. Dann drehte sie sich um und ging. Plötzlich begann sie zu lachen. Sie konnte sich nicht wieder beruhigen, sondern lachte immer lauter. Tränen liefen ihr über das Gesicht, als sie eilig noch immer lachend die Petrikirche verließ. Sie spürte die Blicke in ihrem Rücken, konnte sich aber nicht beruhigen. Johannes war vielleicht doch noch am Leben!

Das Weihnachtsfest und vor allem die Abgabe der Kreuzes, das Femke für Madame Deval schnitzte, rückte näher. Sie arbeitete eifrig daran und gönnte sich nur eine Rast, wenn sie in die Werkstatt ging, um ihren täglichen Lohn zu holen. An einem Tag lag neben Brot, Käse und Kuchen eine Rose. Femke fragte sich, woher er die um diese Jahreszeit haben mochte. Eine Rose im Winter war ein wirklich ungewöhnliches Geschenk. Am nächsten Tag wurde sie mit jedem Schritt, den sie auf ihrem

Weg machte, aufgeregter. Ob er sich wieder etwas Besonderes ausgedacht hatte? Sie zog die Hand aus dem wärmenden Ärmel ihres Wintermantels und öffnete die Tür des kleinen Hauses. Es war wieder einmal recht dunkel darin, denn der Dezember brachte graue Tage, die Sonne mochte nicht mit ansehen, wie Lübeck sich verändert hatte. Femke schloss die Tür hinter sich und wollte hinüber zu ihrem Arbeitstisch gehen, wo sie schon das Päckchen sah. Plötzlich spürte sie zwei Hände auf ihren Schultern. Bevor sie schreien oder herumfahren konnte, legte sich eine Hand auf ihren Mund, die andere über ihre Augen. Die Arme hielten sie in eisernem Griff. Tausend Gedanken schossen Femke durch den Kopf. Ob man sie beobachtet hatte, wenn sie hierherkam? Vielleicht hatte jemand herausgefunden, dass es hier etwas zu holen gab. Womöglich war das aber auch ein Polizist, der sie des Mordes an dem Bernsteindreher Peter Heinrich Delius verdächtigte. Nein, das konnte nicht sein. Kein Polizist in der ganzen Stadt verhielt sich so. Die Hände des Mannes, Femke war sicher, dass es sich nicht um eine Frau handelte, waren sehr kalt. Lange war er wohl auch noch nicht hier.

Dicht an ihrem Ohr flüsterte er: »J' ai une surprise!« Femke erkannte Devals Stimme und war erleichtert.

»Eine Überraschung, was denn für eine Überraschung?«, fragte sie, als er ihren Mund freigab. Sie konnte die Freude nicht ganz verbergen und war gleichzeitig ärgerlich, dass dieser Mann es immer wieder schaffte, sie vollkommen aus der Fassung zu bringen.

»Ich konnte einfach nicht bis Weihnachten damit warten«, sagte er. »Schließ die Augen, bitte!« Er klang wie ein kleiner Junge kurz vor der Bescherung. »Nicht öffnen, bevor ich es dir erlaube. Versprichst du es?«

Sie nickte mit fest geschlossenen Augen. »Ich verspreche es.«

Er ließ sie los. Nach wenigen Sekunden spürte sie, dass er die Kapuze ihres Mantels von ihrem Kopf zog. War es klug, ihm zu vertrauen? Sein unsittliches Angebot fiel ihr wieder ein. Sie atmete schneller. Dann fühlte sie etwas Kaltes an ihrem Hals, eine Kette. Ein Schauer lief durch ihren Körper, als seine Finger sich an ihrem Nacken zu schaffen machten, um den Verschluss zu schließen.

»Sie haben kalte Hände«, sagte sie rasch, damit er ihr Zittern und ihren unregelmäßigen Atem nicht falsch verstand.

»Pardon, noch eine Sekunde … Jetzt darfst du schauen.«

Femke hatte zunächst keine Augen für das Schmuckstück, das er ihr angelegt hatte. Sie betrachtete fasziniert das Bild, das sie und dieser Mann abgaben. Er stand dicht hinter ihr, seinen Körper an ihrem Rücken, die linke Hand auf ihrer Schulter, sein Gesicht an ihrem Ohr. Sein rechter Arm drückte ihren Arm an ihren Körper und war weit ausgestreckt. In der Rechten hielt er den Spiegel.

»Es ist natürlich nicht so schön wie dein Bernstein, aber ich hoffe, es gefällt dir trotzdem.«

Erst jetzt schenkte sie der Kette ihre Aufmerksamkeit. Es verschlug ihr den Atem.

»Oh, Monsieur Deval, sie ist wunderschön!« Femke konnte nicht anders als mit den Fingerspitzen an dem mit Diamantsplittern besetzten Silber entlangzugleiten, das in drei Kaskaden eng an ihrem Hals lag. Drei Perlen schmückten den unteren Bogen. Sie sah seinem Spiegelbild in die Augen.

»Das ist doch nicht etwa ein Geschenk für mich, oder?«

»O doch, natürlich, Femke, meine Bernsteinfrau«, antwortete er, und seine Augen strahlten. Wie dunkel und geheimnisvoll sie waren. Die Augen eines Mörders.

»Das kann ich nicht annehmen.«

Er hob vor Erstaunen die Brauen. »Warum denn nicht?«

»Sie bezahlen mich dafür, dass ich den Anhänger für Ihre Mutter anfertige. Das ist alles. Es gibt keinen Grund, dass Sie mir teure Geschenke machen, für die ich nicht bezahlen kann.«
»Aber für ein Geschenk bezahlt man nie!« Er schien ehrlich verwirrt und enttäuscht. »Perlen sind in meiner Heimat gerade große Mode, weißt du. Ich finde, sie sind ein bisschen ähnlich wie Bernstein.«
Nun war es an Femke, überrascht zu sein.
»Aber ja, sie kommen aus der Natur. Ganz genau wie dein Bernstein. Sie wachsen im Meer in Austern heran, und talentierte Menschen so wie du machen herrlichen Schmuck daraus.«
Sie nahm die mittlere der drei Perlen, die größte, zwischen Daumen und Zeigefinger. Sie fühlte sich makellos glatt an. Femke musste daran denken, wie gern sie damals bei ihrer letzten Reise nach Frankreich den Atlantik gesehen hätte. Nun hielt sie gewissermaßen ein Stückchen des Atlantiks in ihren Händen. Ihr wurde bewusst, dass sie noch immer in einer engen Umarmung mit Deval stand, und schickte sich an, die Kette zu öffnen. Doch er ließ es nicht zu. Sanft, aber bestimmt schob er ihre Hände zurück.
»Du schnitzt diese Dinge, mit denen sich die Frauen schmücken. Aber du selbst trägst nie eine Kette oder Ohrringe. Das muss sich ändern. Sie steht dir ausgezeichnet.«
Sie dachte an ihren Anhänger, den sie sehr wohl getragen hatte. Jetzt lag er sicher, wie sie hoffte, im Steinfußboden eines Weingewölbes. »Das ist wirklich freundlich, aber ich kann das nicht annehmen.«
»Du willst mich verärgern?« Seine Augen blitzten aus schmalen Schlitzen.
»Nein«, beeilte sie sich zu versichern.
»Sehr gut!« Er lächelte wieder.

Erschrocken sah sie im Spiegel, wie er sein Gesicht an ihren Hals legte und ihn küsste. Seine Lippen waren warm, und auch die Zungenspitze, mit der er ihre Haut ganz leicht berührte, fühlte sich angenehm an. Femke schloss die Augen, als wäre das alles nicht wahr, wenn sie es nur nicht im Spiegel mit ansehen müsste. Seine Finger, die sie eben noch als kalt empfunden hatte, entzündeten ein Feuer an ihrem Haaransatz und in ihrem Nacken. Er drehte sie zu sich um und warf den Spiegel mit Schwung auf den Arbeitstisch, der einige Schritte von ihnen entfernt stand. Klirrend landete er dort und rutschte mit einem schleifenden Geräusch über die Holzplatte. Femke öffnete die Augen und war endlich wieder ganz bei Sinnen.
»Ich kann nicht länger bleiben«, sagte sie. »Danke für die Kette. Ich bringe Ihnen bald das Kreuz für Ihre Mutter.« Damit huschte sie an ihm vorbei und griff nach dem kleinen Paket mit Lebensmitteln, das sie hatte holen wollen.
»Warum zierst du dich so lange, Femke? Bei uns sagt man: Ein Mädchen ohne Freund ist wie ein Frühling ohne Rosen.«
»Nun, es ist Winter«, entgegnete sie leise und setzte die Kapuze wieder auf. Er lachte.
Sie war schon an der Tür, als sie hinzufügte: »Bei uns sagt man: Ost un West, Ball oder Fest, to Huus bie Moder is de Deern am best.«
»Ich spreche deine Sprache nicht, aber es hört sich hübsch an.« Er schmunzelte und machte keine Anstalten, sie am Gehen zu hindern. Ihm bereiteten Sprichwörter und das Spiel mit Femke augenscheinlich Vergnügen. »Tout vient à point à qui sait attendre.«
Dieses Sprichwort kannte Femke auch auf Deutsch. »Zu dem, der warten kann, kommt alles mit der Zeit.« Wenn er sich da nur nicht täuschte.
»Au revoir, Monsieur«, sagte sie und schlüpfte durch die Tür.

Schon wenige Tage später sahen sie sich wieder. Femke brachte ihm das zweite Bernsteinkreuz.

»Wie ist das nur möglich?«, fragte er und drehte das Kunstwerk in seinen Händen. »Und du behauptest, keine magischen Fähigkeiten zu haben? Wie sonst ist es dir wohl gelungen, das zweite Kreuz noch schöner zu machen als das erste?«

Sie freute sich über sein Lob.

»Der dunkle Bernstein war größer. Das hatte ich Ihnen von Anfang an gesagt. Daraus lässt sich mehr machen.«

»Ja, das hast du gesagt. Es ist alles in Ordnung, Femke, glaube mir. Ich verehre meine Mutter sehr. Sie hat es verdient, das prachtvollere Kreuz zu tragen.«

Sie atmete auf. »Da bin ich froh.« Unsicher starrte sie auf ihre Schuhspitzen, die unter ihrem Kleid hervorlugten. »Ich möchte Ihnen danken, Monsieur Deval. Die Arbeit hat mir viel Freude gemacht, und meine Familie war so gut versorgt.«

»Ich danke dir, meine Bernsteinfrau. Und wenn du willst, kannst du noch viele Schmuckstücke machen. Alle Generäle und Marschälle wollen etwas von dir geschnitzt haben. Das sichert dir ein gutes Einkommen.«

»Wirklich?« Sie sah erfreut zu ihm auf. Noch immer lag der Handel und damit auch ihres Vaters Weinhandel lahm. Wenn sie mit ihrem Geschick das Überleben der Familie sichern konnte, gab es keinen Grund zur Sorge. Den Generälen und Marschällen, von denen er gesprochen hatte, ging es gewiss nur um ihre Handwerkskunst. Sie würden nicht versuchen sie zu ihrer Mätresse zu machen. Das würde die Situation für sie deutlich erleichtern.

Deval griff in die Innentasche seines Mantels und zog einen kleinen Lederbeutel hervor.

»Dies sind die Steine, die ich aufbewahrt habe«, sagte er und reichte ihr den Beutel. »Es sind nicht mehr viele, aber ich gebe sie dir, damit du sie verarbeiten kannst.«

Als Femke danach greifen wollte, zog er ihn zurück.
»So einfach geht das nicht. Du weißt doch, es wird immer erst gehandelt.«
Sie seufzte. Er war wie eine Katze, die die Pfote auf der Maus hatte. Sie spielte so lange, wie es ihr Freude bereitete, dann tötete sie die Maus. Femke befürchtete, dass er etwas von ihr verlangen würde, was sie niemals geben würde. Trotzdem fragte sie: »Also schön, was wollen Sie dafür haben, dass Sie mir die Brocken überlassen?«
»Du begleitest mich zu einer kleinen Feier.« So wie es klang und wie er sie anlächelte, handelte es sich nicht um einen Preis, den sie zu zahlen hatte, sondern um die Einladung eines attraktiven Mannes, um die sie so manche Frau beneidet hätte. »Wir machen ein kleines weihnachtliches Fest«, erklärte er. »Es ist gut, wenn du einige Leute kennenlernst. Siehst du, Lübeck wird eine französische Stadt. Da kann es nicht schaden, die neuen Herren des Hauses zu kennen.«
»Lübeck ist selbständig, unabhängig und ...«
»Souverän, ich weiß.« Er zuckte mit den Schultern. »Das wird es auch bleiben. Nur, dass wir euch unsere Kultur und unseren Fortschritt bringen, euch beschützen und in Napoleons mächtiges Reich aufnehmen. Ihr dürft euch glücklich schätzen.«
Wieder strahlte er sie so umwerfend an, dass es ihr nicht gelingen wollte, ihm Arglist zu unterstellen. Wenn er recht behielt, war es sicher nicht dumm, einigen der einflussreichsten Franzosen ihre Arbeiten zu präsentieren. Könnte doch sein, dass sie sogar jemanden kennenlernte, der ihren Vater mit Wein beliefern konnte. Trotzdem vermochte sie ihren Widerstand noch nicht endgültig aufzugeben.
»Lübeck ist sehr wohl eine fortschrittliche Hansestadt und braucht gewiss keine neuen Herren.« Sie kaute unsicher auf der Unterlippe. Dieser Mann forderte sie immer zu Widerworten

heraus, was ihr von ihren Eltern ganz sicher nicht beigebracht worden war. Wenn er in ihrer Nähe war, fühlte sie sich immer so wie als kleines Mädchen, wenn sie auf dem zugefrorenen Krähenteich über das Eis geschlittert war, stets in Angst zu stürzen. Auch jetzt hatte sie dieses Kribbeln im Bauch, als stünde sie auf spiegelglatter Eisfläche. Sie fürchtete sich, konnte es aber nicht lassen, wieder und wieder Schwung zu holen.
Er verstaute das Bernsteinkreuz für seine Mutter sicher in seiner Tasche und kam auf sie zu. »Was jagt dir eigentlich den größeren Schrecken ein, ich oder deine eigene Courage?«
»Wer hat hier wohl magische Fähigkeiten?«, rutschte es ihr leise heraus.
Er runzelte die Stirn. »Was meinst du?«
»Ach nichts«, sagte sie schnell. Dann konnte er wohl doch keine Gedanken lesen, wie sie schon befürchtet hatte.
Er ließ den kleinen Lederbeutel mit dem restlichen Rohmaterial, das er Meister Delius gestohlen hatte, vor ihrer Nase hin und her baumeln.
»Was ist nun? Wirst du mich begleiten?«
»Also schön.« Sie schloss die Hand um den Beutel und sah ihm in die Augen.

Es war der 21. Dezember des Jahres 1806, als Femke sich in ihrem schönsten Kleid auf den Weg in die Breite Straße machte. Sie hatte darauf bestanden, sich nicht von Deval abholen zu lassen. Ihre Eltern hätten sie niemals gehen lassen. So hatte sie behauptet, mit anderen Händlern zu einer Weihnachtsfeier geladen zu sein, bei der sie zahlungskräftige Kunden kennenlernen würde. Das war zwar nicht die volle Wahrheit, aber auch nicht gänzlich gelogen.
Die Worte ihrer Mutter klangen ihr noch in den Ohren: »Du wirst also mit anderen Lübeckern zusammen sein?«

»Ja, Mutter«, war ihre Antwort gewesen. Sie würde wohl kaum die einzige Tochter der Stadt sein, die eingeladen war.
»Wer wird noch dort sein? Irgendjemand, den wir kennen?«
Femke kam ins Schwitzen. »Die Spinnerin könnte da sein und auch die Stutenfrau.«
»Könnte da sein?« Hanna Thurau hob fragend die Brauen. »Aber du musst doch wissen, mit wem du dich treffen wirst. Und überhaupt, die Stutenfrau? Die Franzosen haben doch mehr zu essen als wir. Sie soll sich schämen, wenn sie Brot und Wecken auch noch denen bringt, statt sie an ihre Lübecker Mitbürger zu verkaufen.«
»Sie kriegt doch Mehl von den Franzosen, Hefe, Zucker und Milch. Daraus muss sie ihnen dann auch ein paar süße Köstlichkeiten backen. Aber gewiss bleibt etwas übrig, und das verkauft sie dann ja an die Lübecker.« Sie stammelte und spürte, wie ihr die Hitze vom vielen Lügen aufstieg. Lange ginge das nicht mehr gut.
»Wenn du in zwei Stunden nicht zurück bist, wird dein Vater dich eigenhändig abholen«, erklärte Hanna Thurau abschließend und zog ihre dicke Wollstola fest um ihre Schultern. Sie heizten sparsam, und es war kalt in der Stube. Sie waren mit allem sparsam. Carsten Thurau war an diesem Abend mit einigen Gastwirten im Ratsweinkeller, wo er für die letzten Fässer, die er noch anzubieten hatte, einen guten Preis zu erzielen hoffte. Wenigstens für den Heiligen Abend wolle er doch seiner Frau und seiner Tochter wieder etwas bieten, hatte er gesagt. Was danach käme, wenn die letzten Vorräte verkauft waren, er wusste es nicht.
»Ich bin sicher zurück, Mutter«, sagte Femke kleinlaut und drückte ihrer Mutter zum Abschied einen Kuss auf die Wange. Erst danach war sie in ihre Stube gegangen, hatte das schlichte blaue Kleid gegen ein dunkelgrünes getauscht, das mit ihren

Augen und Haaren perfekt harmonierte, den Mantel darübergezogen, die Kette, die Deval ihr geschenkt hatte, in ihrem Pelzmuff verborgen und sich dann aus dem Haus geschlichen. Jetzt stand sie vor dem Haus mit der Nummer 91, dem Gasthof Zum Goldenen Engel. Sie blickte nervös nach links und rechts in die Dunkelheit. Aus der Ferne hörte sie Schritte und Stimmen, die jedoch leiser wurden. Sie klemmte sich mit fahrigen Bewegungen den Muff unter einen Arm und legte sich die Perlenkette um. Der Muff entglitt ihr und fiel auf die nasse Straße.

»Schiet!«, fluchte sie leise, hakte den Verschluss ein, prüfte, ob er sicher verschlossen war, und hob dann das Stück Pelz auf. Sie schlug die Nässe mit den Fingern so gut wie möglich ab, schob den Muff dann wieder über ihre linke Hand, wobei sie peinlich darauf achtete, dass die feuchte Stelle nach unten zeigte und nicht auch noch ihren Mantel beschmutzen konnte. Dann öffnete sie die Tür des Gasthofs. Der Goldene Engel war nicht nur die erste Adresse im Johannis-Quartier, sondern zählte auch zu den besten Gasthäusern ganz Lübecks. Natürlich kannte der Wirt Carsten Thurau, weshalb Femke ihrer Mutter auch wenigstens in diesem Punkt die Wahrheit hatte sagen müssen. Hätte sie vorgegeben, das Fest fände woanders statt, wäre das sicher innerhalb kürzester Zeit herausgekommen. Sie schob den schweren Vorhang zur Seite, der den Windfang von der eigentlichen Gaststube trennte. An zwei Tischen saßen Gäste, die sie mit einem flüchtigen Nicken grüßte. Dann stieg sie die ausgetretenen Holzstufen hinauf. Deval hatte ihr gesagt, dass man im Goldenen Engel den blauen Salon reserviert habe. Oben an der Treppe kam ihr Georg Tesdorp, der Wirt, bereits entgegen. Er sah sie verwundert an.

»Fräulein Thurau!« Er fasste sich schnell. »Einen guten Abend wünsche ich. Bedaure sehr, aber hier habe ich heute eine geschlossene Gesellschaft.«

»Die Dame gehört zu mir«, verkündete Deval, der hinter Tesdorps Rücken herangetreten war.

»Oh«, machte der und schaute von einem zum anderen. »Verstehe, Herr General«, sagte er dann leicht reserviert, machte aber eine einladende Geste, die Femke ermunterte, in den herrlich warmen Salon zu treten.

Deval nahm ihr Mantel und Pelzmuff ab und sagte leise: »Du trägst die Kette. Wie schön!« Ohne Tesdorp eines Blickes zu würdigen, reichte er ihm Femkes Garderobe.

Das Parkett in dem großen prächtigen Raum war auf Hochglanz poliert. Unter dem Kristallleuchter stand eine lange Tafel. Der Schein unzähliger Kerzen wurde von den gläsernen Tropfen und Perlen des Lüsters gebrochen und malte zauberhafte Sternen- und Kreismuster auf die mit taubenblauer Seidentapete bezogenen Wände. Es waren deutlich mehr Männer als Frauen anwesend. Alle waren sehr gut gekleidet. Femke erkannte unter den wenigen Damen Maria Petersen, Doktor der Philosophie. Sie nickten einander höflich zu. Die Dame war alt geworden, stellte Femke fest. Es war lange her, dass sie sie das letzte Mal gesehen hatte. So wie man von ihr wusste, dass sie nicht viel vom Ausgehen und von öffentlichen Auftritten hielt, so wusste man auch, dass sie gute Kontakte zur geistigen Elite Frankreichs pflegte. Das war offenbar der Grund, warum sie ausgerechnet an diesem Fest teilnahm.

»Wie wäre es mit einem Glas Champagner?«, fragte Deval und riss Femke aus ihren Gedanken. »Es ist noch Zeit, bis das Essen beginnt.«

Sie hatte noch nie echten Champagner getrunken und sagte schüchtern: »Gern.« Die Tischdecke war makellos weiß, feinstes Porzellan und Kristall standen an jedem Platz bereit. Das Silberbesteck war poliert. Die Mitte der festlichen Tafel dekorierten Tannenzweige, kleine rotbackige Äpfel, Hagebutten,

Tannenzapfen und mit Nelken gespickte Orangenscheiben. Dazwischen standen weiße Kerzen in roten Haltern.
»Bitte sehr.« Er reichte ihr ein hohes Glas mit einer elfenbeinfarbenen Flüssigkeit, in der Bläschen wie Perlen glitzerten.
»Danke schön.«
»Santé«, sagte er, hob sein Glas und nickte ihr zu.
»Santé«, flüsterte sie. Sie spürte, dass Deval sie beobachtete, während sie den Champagner kostete. »Er ist sehr gut«, sagte sie darum.
Femke kam aus gutem Hause. Sie hatte ihr ganzes Leben lang alles gehabt, was man brauchte. Aber ihre Eltern gaben nicht viel auf Prunk und übertriebenen Glanz. Sie waren immer am glücklichsten gewesen, wenn sie mit einem Gläschen Wein in der guten Stube beieinandersitzen konnten. Natürlich hatte Hanna Thurau auch das Haus für das Weihnachtsfest geschmückt oder den Salon im Sommerhaus hübsch geputzt, bevor sie Gäste empfing, doch niemals hätte sie zur Schau gestellt, was sie sich leisten konnten.
»Glaube mir, mein Kind, die einen haben, die anderen sind!« Das war ihr Leitspruch, den sie Femke immer wieder ans Herz legte. Sie hatte ihn verinnerlicht. Obwohl Femke wusste, dass auch sie viel hatten, legte sie doch stets mehr Wert darauf, was und wie sie war. Aber in Anbetracht all dieser funkelnden und glänzenden Herrlichkeit war selbst sie beeindruckt.
»Du bist so nachdenklich. Was ist los?«
»Nichts. Gar nichts. Ich sehe mich nur ein wenig um.« Sie hielt sich an ihrem Glas fest und spürte, wie Hitze in ihr aufstieg. Da stand sie nun, eine Lügnerin an der Seite eines Mörders, teuren Champagner in der Hand und in Erwartung eines guten Weihnachtsessens, während in den Kirchen und im Heiligen-Geist-Hospital die Männer froren, hungerten und starben.
»Ich möchte dir jemanden vorstellen. Komm!« Deval legte ihr

einen Arm um die Taille und führte sie quer durch den Salon, von dem auf jeder Seite ein kleinerer Nebenraum abging. Auch in diesen beiden Zimmern standen Menschen beieinander, redeten, tranken und lachten. Sie gingen auf einen schlanken Mann mit sehr kurzen schwarzen Haaren und einer runden Brille zu.
»Darf ich bekannt machen? Das ist Charles Neuville«, verkündete er, als sie vor ihm standen. »Das ist Femke ... die Bernsteinfrau, von der ich dir so viel erzählt habe.«
Femke erschrak ein wenig. Er kannte ihren Nachnamen nicht. Was würde das für einen Eindruck machen. Und noch schlimmer, was mochte er von ihr erzählt haben?
»Es freut mich«, sagte sie und streckte ihm die Hand entgegen.
»Oh, die Freude ist auf meiner Seite.« Charles Neuville ergriff ihre Hand und deutete mit perfekter Verbeugung einen Handkuss an. »Ich hatte wirklich gehofft, Sie kennenzulernen.«
Am liebsten wäre Femke davongelaufen, so unsicher und hilflos fühlte sie sich.
»Charles ist der Proviantmeister meines Regiments«, erklärte Deval mit vielsagendem Blick. »Aber vor allem ist er ein Künstler. Genau wie du.«
»Oh.«
»Nein, glauben Sie ihm kein Wort, bitte. Ich male ein wenig, wenn ich die Zeit dafür finde. Aber mit Ihnen könnte ich mich niemals messen. Das wäre, wie Wasser mit diesem köstlichen Champagner zu vergleichen.«
»Gewiss, der Champagner ist gut, aber hätten wir kein Wasser, würde er uns nicht viel nützen.« Sie lächelte ihm zu.
»Sie sind sehr freundlich.«
»Ich habe dir doch gesagt, sie ist eine kluge Frau.« Deval sah sie zufrieden an.

»Klug und so talentiert«, meinte Neuville bewundernd. »Pierre hat mir das Kreuz gezeigt, das Sie für ihn gemacht haben. Ich möchte Ihnen sagen, dass ich noch nie in meinem Leben eine so zarte und gleichzeitig doch so starke Arbeit gesehen habe. In Ihrem Werk liegt ein Ausdruck, der mich tief berührt hat.«
Femke freute sich sehr, doch sie war auch beschämt. »Ich danke Ihnen, Monsieur. Im Grunde gilt dieses Lob jedoch nicht mir, sondern einem wirklichen Meister seines Fachs, der mir alles beigebracht hat, was ich über den Umgang mit Bernstein weiß.« Sie warf Deval einen kurzen Blick zu. »Ich habe von Meister Delius gelernt, wie man einem unförmigen Klumpen sein Geheimnis entlockt, wie man seine wahre Gestalt erkennt und zum Vorschein bringt.«
»Bestellen Sie ihm meinen Gruß und meine Verehrung.« Er verneigte sich leicht. »Oder ist er womöglich auch hier?«
»Nein, er ist tot«, antwortete Femke. Sie spürte Devals Blick. Er brannte geradezu auf ihrem Gesicht, aber sie sah ihn nicht an. Stattdessen leerte sie ihr Glas.
»Wie bedauerlich«, stellte Neuville fest. »Umso erfreulicher, dass Sie seine Kunst fortführen. Pierre sagte, Sie spielen eine bedeutende Rolle in der Kunstszene der Stadt. Bitte, Sie müssen mir davon erzählen, ja?«
»Gern.« Sie schluckte. Wie sollte sie diesen Abend nur überstehen?
»Noch ein Glas Champagner?« Bevor sie antworten konnte, reichte Deval ihr bereits den Kelch und nahm ihr das leere Glas ab. Sein Blick trug nicht gerade dazu bei, dass sie sich wohler fühlte. Das Zucken seiner Wangen verriet Anspannung, das Funkeln in seinen Augen Wut.
Femke gab sich alle Mühe, sich an die Lehrer ihrer Kindheit zu erinnern. Sie erzählte von den Malern und Bildhauern, die ihre Eltern für sie hatten ins Haus kommen lassen. Mit jedem

Schluck des Schaumweins, der prickelnd durch ihre Kehle floss, verflog die Ängstlichkeit mehr, und sie plauderte immer leichter über deren Kunst und über das, was sie von ihnen gelernt hatte. Neuville hing an ihren Lippen.
Als schließlich zu Tisch gebeten wurde, sagte er: »Sie müssen in meiner Nähe Platz nehmen, Mademoiselle Femke. Ich brenne darauf, mehr zu hören. Wenn Sie sich von mir nicht belästigt fühlen, heißt das.«
»Überhaupt nicht.« Sie schenkte ihm ihr schönstes Strahlen, sah dann aber ein wenig besorgt zu Deval hinüber. »Oder sind uns bereits Plätze zugedacht?«
»Nein, nein.« Seine Gesichtszüge hatten sich wieder etwas entspannt, aber Femke hätte nicht sagen können, was in ihm vorging.
Aus beiden Nebenräumen kamen die Gäste zur Tafel. Unter ihnen entdeckte Femke einen Mann mit rötlich braunen Haaren, grauen Augen und dem durchtrainierten Körper eines Sportlers – Jeremias Aldenrath. Er war nicht allein, sondern in Begleitung einer ausgesprochen schönen Frau, wie Femke fand. Sie hatte ebenfalls braunes Haar, das sie kunstvoll aufgetürmt trug. Ihre braunen Augen strahlten Wärme und Aufmerksamkeit aus.
»Guten Abend! Das ist eine Überraschung«, sagte Jeremias, der seiner Begleiterin den Stuhl zurechtrückte und dann zu Femke kam, um sie zu begrüßen.
»Herr Aldenrath, guten Abend.« Femke reichte ihm die Hand.
»Was machen Sie denn hier?«
»Was schon? Die Franzosen lieben meine Bernsteinarbeiten«, antwortete sie ohne zu zögern und wunderte sich selbst, wie leicht ihr die Erklärung über die Lippen kam.
»Das kann ich mir denken. Ich hörte, der alte Bernsteindreher sei verschwunden. Ist das wahr?«

»Er ist verstorben. Leider.« Sie schaute zu Boden.
»Oh, das tut mir leid. Tja, er war alt.« Einen Augenblick schwiegen beide.
»Und was machen Sie hier?«, fragte Femke.
»Mein Vater hat gute Beziehungen zu einem französischen Kapitän. Sein Sohn ist Marschall. Er hat mich eingeladen.«
»Verstehe.« Wieder schwiegen sie kurz.
»Wie ich sehe, brauchen Sie keine Figurine mehr«, sagte Femke schmunzelnd.
»Was meinen Sie?«
»Nun, Sie baten mich einmal um eine Figurine, deren Zauberkraft Ihnen eine schöne Frau schicken sollte. Erinnern Sie sich nicht? Mir scheint, das ist nicht mehr nötig.« Sie blickte zu der Dame, die die beiden nicht aus den Augen ließ.
»Oh, ach so! Da haben Sie recht! Der Zauber hat mich ganz von allein erwischt.« Er warf seiner Begleiterin einen verliebten Blick zu. »Haben Sie gehört, dass Johannes hier in Lübeck gekämpft hat?«, fragte er unvermittelt.
»Ich störe nur ungern, aber wir sollten uns setzen.« Deval sah Jeremias Aldenrath feindselig an und machte Anstalten, Femke zu ihrem Platz zu führen.
»Nur einen Moment noch. Darf ich kurz vorstellen …«
»Dazu ist später sicher noch Gelegenheit. Wir wollen doch nicht unhöflich sein.« Damit zog er sie sehr bestimmt mit sich.
»Vielleicht später«, sagte Jeremias. Seine Stimme verriet Verwunderung und auch ein wenig Verärgerung.
»Das war unhöflich«, zischte Femke schärfer, als sie beabsichtigt hatte.
Während des Essens – es gab unglaubliche sieben Gänge – fiel es Femke schwer, sich auf die Konversation zu konzentrieren. Sie musste unbedingt noch einmal mit Jeremias sprechen.

Wenn er wusste, dass Johannes in Lübeck gekämpft hatte, wusste er vielleicht auch etwas über sein Schicksal nach der Flucht. Wäre Neuville nicht ein so charmanter und kluger Unterhalter gewesen, hätte sie es kaum ausgehalten, Jeremias nicht fragen zu können. Er erzählte ihr, wie sehr er den Maler Fragonard bewundere, der sogar französischer Hofmaler gewesen sei.

»Seine Porträts sind so lebendig«, schwärmte er. »Wenn Sie sie sehen, glauben Sie, nicht auf Leinwand, sondern in ein Gesicht aus Fleisch und Blut zu schauen.« Neuville schien alles über diesen Maler, der gerade erst verstorben war, zu wissen, über seinen Stil, seine Vorbilder, sein Elternhaus in Grasse. Der Vater war ein Parfumhersteller, dessen Geschäfte mehr schlecht als recht liefen. Trotzdem unterrichtete ein sehr bedeutender Maler Fragonard schon früh, weil er dessen großes Talent entdeckt hatte. »Er ließ eine solche Begabung erkennen, dass der große Meister ihn unabhängig von Stand und Geld förderte. Apropos, was macht Ihr Vater, wenn ich fragen darf?«

»Er handelt mit Wein aus Frankreich.«

»Oh, wie nett. Daher sprechen Sie unsere Sprache so vorzüglich.«

»Ja, die Verbindung zwischen Lübeck und Frankreich war immer gut. Viele Bürger meiner Stadt sprechen daher Ihre Sprache.«

»Was sehr praktisch ist«, sagte Deval, der sich bisher kaum an der Unterhaltung beteiligt hatte. »Immerhin wird Lübeck jetzt eine von unseren Städten. Alle werden in Kürze Französisch sprechen.«

»Ach, die Politik ist ein unerfreuliches Thema«, meinte Neuville und schüttelte verdrossen den Kopf. »Gewiss, Berlin ist besetzt, die preußischen Hauptfestungen sind geschlagen. Wir haben allen Grund zur Freude. Nur kann ich mich nicht an so viel

Krieg erfreuen. Er bringt auf allen Seiten Tod und Verletzung mit sich. Niemand kann das im Grunde doch wirklich wollen.«
»Nein, das will niemand«, stimmte Deval ihm nachdrücklich zu. »Aber wie sagt Napoleon? Das ist der Krieg! Er funktioniert überall auf der Welt gleich. Wir werden das nicht ändern, sosehr wir es auch wollten.«
»Leider.« Neuville nickte nachdenklich. »Die Preußen haben jedenfalls wie Ehrenmänner gekämpft. Das sollten wir trotz unseres Sieges nicht vergessen.«
»Trinken wir auf die preußischen Soldaten«, sagte Deval und erhob sein Glas.
»Ja, trinken wir auf sie«, meinte auch Femke und dachte an Johannes, als sie einen Schluck Wein trank.
Das Dessert wurde aufgetragen, kleine Baisers, die mit Zimtsahne gefüllt waren. Femke konnte sich nicht erinnern, wann sie das letzte Mal so satt gewesen war. Plötzlich fielen ihr die Worte ihrer Mutter wieder ein. »Wenn du in zwei Stunden nicht zurück bist, wird dein Vater dich eigenhändig holen«, hatte sie gesagt. Wie spät mochte es sein? Sie wollte sich gerade danach erkundigen, als sie von unten aus der Gaststube die Stimme ihres Vaters hörte.
»Ich muss weg«, sagte sie.
»Was?«, erwiderten Deval und Neuville wie aus einem Mund.
»Ich meine, ich muss mich kurz entschuldigen«, fügte sie hinzu und lächelte scheu.
Die beiden Männer standen ebenfalls auf, als sie sich erhob. Langsam und auf ihre Haltung bedacht, entfernte sie sich vom Tisch und ging auf die Treppe zu. Als sie drei Stufen hinter sich gelassen hatte, wollte sie den Rock raffen, um ihrem Vater entgegenzulaufen. Doch dann fiel ihr die Halskette ein. Eilig öffnete sie sie und ließ sie in ihre Hand verschwinden. Dann hastete sie die letzten Stufen hinab.

»Tja, Herr Tesdorp, da kommen Sie etwas zu spät. Gerade habe ich meine letzten Fässer verkauft«, hörte sie ihren Vater sagen.
»Vater, das ist eine Überraschung!« Sie kam auf ihn zu und küsste ihn auf die Wange. Sie wusste, dass sie ihn um den Finger wickeln konnte, wenn sie sich nur ein bisschen anstrengte.
»Wohl kaum. Deine Mutter hat mir gesagt, du wüsstest, dass ich dich abhole.«
»Ja, ja, aber doch nicht so früh.« Sie bugsierte ihn in einen Winkel der Gaststube, der von der Treppe her nicht einzusehen war. Es konnte immerhin sein, dass Deval ihr folgen würde, und er sollte ihren Vater besser nicht zu Gesicht bekommen. Außerdem gab sie acht, dass keiner sie belauschen konnte.
»Ich weiß schon, Mutter macht sich Sorgen. Sie hat mich gebeten, nicht länger als zwei Stunden zu bleiben. Aber das Essen ist noch nicht einmal beendet, und ich glaube, dass ich danach einige interessante Bestellungen bekommen kann.« Sie ergriff seinen Arm, stellte sich auf die Zehenspitzen und flüsterte ihm verschwörerisch ins Ohr: »Außerdem habe ich gute Aussichten, von dem Schmaus etwas mitzunehmen. Dann kannst du morgen auch davon kosten. Ich sage dir, du wirst begeistert sein.« Sie hauchte ihm noch einen Kuss auf die Wange.
»Das lässt sich leicht denken, so wie das hier duftet.« Er stupste ihre Nase, als wäre sie noch immer sein kleines Mädchen. »Schön, ich rede mit deiner Mutter. Aber bleib nicht zu lange, und komm auf keinen Fall allein nach Hause.«
»Gewiss nicht, ich versprech's.« Weit war ihr Heimweg nicht, und Jeremias Aldenrath würde sie bestimmt in die Glockengießerstraße bringen.
Femke legte sich die Kette wieder um, die in ihrer Hand ganz warm geworden war, und beeilte sich dann, zur Festtafel zurückzukehren, bevor Deval doch noch nach ihr suchte. Als sie wieder bei Tisch saß, dachte sie beklommen daran, was sie ih-

rem Vater in Aussicht gestellt hatte. Nun blieb ihr nichts anderes übrig, als um ein paar Reste der Speisen zu bitten. Oh, wie sehr sie all das verabscheute, diese Lügen, das Bitten, die Abhängigkeit von diesem undurchschaubaren Mann und die Verantwortung. Sie war zweiundzwanzig Jahre alt. Wie alle jungen Frauen ihres Alters ging sie davon aus, einmal von einem Mann versorgt zu werden. Nun selbst dafür Sorge tragen zu müssen, dass ihre Eltern zu essen hatten, wäre ihr niemals eingefallen.
»Alles in Ordnung, Mademoiselle Femke«, fragte Neuville, der ihr gegenübersaß und sich nun vorbeugte.
»Brauchst du etwas? Kann ich dir etwas bringen lassen?« Auch Deval schien sich um sie zu sorgen. Er legte ihr eine Hand auf den Arm.
»Nein, nein, es ist alles in Ordnung.« Sie lächelte erst den einen und dann den anderen an. Devals schwarzes Haar schimmerte im Kerzenlicht, Schatten tanzten über seine Haut und ließen ihn noch geheimnisvoller wirken.
»Es ist nur …«, begann sie zögernd. Sie sollte einsetzen, was ihr zur Verfügung stand, so hatte Deval es ihr beigebracht. Also schön, genau das würde sie tun. Mit einer fahrigen Bewegung griff sie noch einmal nach ihrem Weinglas und trank einen unschicklich großen Schluck. Dann beugte sie sich zu Deval hinüber und legte ihm im Schutz des weißen Damasttuches eine Hand auf das Knie. »Die Speisen waren so köstlich, und ich schäme mich dafür, sie allein genossen zu haben. Ich verehre meine Eltern, wie Sie Ihre Mutter verehren. Sie hätten ein solches Festessen verdient, nicht ich«, flüsterte sie so dicht an seinem Ohr, dass ihre Lippen es kurz berührten. Sie setzte sich wieder gerade hin, zog ihre Hand zurück und sah beschämt auf ihren Schoß. So abscheulich sie es auch fand, so etwas tun zu müssen, so sehr freute sie sich jetzt, dass ihr Tun seine Wirkung nicht verfehlte.

»Hast du nicht gesehen, wie viel die Mädchen wieder abgeräumt haben? Ich werde dafür sorgen, dass dir von allem etwas eingepackt wird.« Genau wie sie beugte er sich weit zu ihr herüber und legte ihr ebenfalls eine Hand auf das Bein. Jedoch schien es ihm zu gefallen, seine Hand so weit oben auf ihrem Schenkel zu plazieren, dass ein jeder sie sehen konnte. Femke presste unwillkürlich die Knie zusammen und versteifte sich. »Du solltest übrigens Ohrringe tragen«, raunte er ihr noch zu, bevor er sich wieder entspannt auf seinem Stuhl zurücklehnte. Sie warf ihm einen kurzen Seitenblick zu, doch er wandte sich gerade an seinen Sitznachbarn zur Linken, der ihn anscheinend etwas gefragt hatte. Ihr Blick und der von Neuville, der sie offenkundig die ganze Zeit beobachtet hatte, trafen sich. Sie spürte, wie sie errötete.

Einige Zeit später, Femke fürchtete, dass es längst tiefe Nacht war, wurde die Tafel nach etlichen Reden aufgehoben. Ein paar Männer rauchten in einem der kleineren Nebenräume. In einem anderen stand ein Klavier, und einer der Franzosen stimmte Weihnachtslieder an. Es dauerte nicht lang, bis die meisten zu der hübschen Melodie von Papa Noël zu singen begannen.

»Möchten Sie nicht ein deutsches Weihnachtslied vortragen?«, fragte Neuville Femke. Die hatte gerade mit Jeremias sprechen wollen und zierte sich zunächst etwas.

»Eine wundervolle Idee. Bitte, Femke, mach uns allen die Freude!« Deval sah sie so flehend aus seinen schönen Augen an, dass sie nicht nein sagen konnte.

»Also gut, eines kann ich auf dem Klavier spielen. Darf ich?«

»Mit Vergnügen.« Der Mann gab ihr gerne den kleinen Hocker frei, und Femke setzte sich. Sie hatte lange nicht mehr Klavier gespielt und konnte auch nur wenige Melodien. Aber sie mochte es. Ein falscher Griff, dann wusste sie wieder, in welcher Reihenfolge die Tasten anzuschlagen waren.

Sie begann zu singen: »Es ist ein Ros entsprungen.« Während sie sang, fiel ihr auf, wie passend der Text doch war. Von einer Rose mitten im kalten Winter war die Rede. Genau wie Deval sie ihr vor einigen Tagen geschenkt hatte. Ob er wohl doch ein wenig Deutsch verstand? Sie glaubte es nicht. Als sie das Lied beendet hatte, erhob sie sich sofort und überließ wieder einem anderen Klavier und Schemel.

»Du hast eine sehr schöne Stimme«, sagte Deval anerkennend. »Sie passt zu deinen Augen.«

»Wie kann eine Stimme denn zu Augen passen?« Femke lachte, um ihre Unsicherheit zu überspielen. »Möchten Sie wissen, wovon das Lied handelt?«

»Erzähl es mir.«

»Es ist ein sehr altes kirchliches Weihnachtslied, in dem es um eine Rose geht, die mitten im Winter blüht. Man sagt, dass Praetorius, der den Text geschrieben hat, durch einen schneebedeckten Klostergarten spazierte und eine blühende Rose entdeckte.«

»Wie hübsch. Und da fielen ihm die Worte ein?«

»Nicht sofort. Erst hat er die Rose gepflückt und ...«

»Seiner Angebeteten geschenkt«, beendete Deval den Satz für sie.

»Nein, er legte sie in der Kapelle unter ein Heiligenbild.«

»Welch eine Verschwendung.« Er sah ihr tief in die Augen. »Ich wusste, dass dir meine Rose gefallen würde.«

»Es ist spät, ich muss gehen«, sagte sie. »Ich werde Herrn Aldenrath bitten, mich nach Hause zu bringen.«

»Nicht bevor du mit Neuville verhandelt hast. Er will auch einen Bernstein von dir. Und er ist unser Proviantmeister. Es ist seine Aufgabe, alles hierher nach Lübeck zu schaffen, was wir brauchen.« Es sah sie eindringlich an. »Theoretisch könnte er auch Wein besorgen. In größeren Mengen.«

»Wirklich?« Femke konnte ihr Glück gar nicht fassen.
»Sicher.« Er hielt den Kopf in der für ihn so typischen Art schief und ließ seine ebenmäßigen Zähne sehen. »Gehen wir zu ihm.«
Sein Arm legte sich wie selbstverständlich um ihre Taille, und Deval führte sie in den Salon zurück, wo Neuville mit einem glatzköpfigen Mann mit buschigem Bart sprach. Der entschuldigte sich auf der Stelle, als Deval zu den beiden trat, und ging.
»Nun, mein lieber Charles, du hast so viel mit unserer Künstlerin hier gesprochen, aber du hast sie noch nicht um einen Gefallen gebeten, habe ich recht?«
»Oh ... äh ... ja, das stimmt. Ich wusste nicht, ob ich es wirklich wagen darf.« Er sah sie erwartungsvoll an.
Femke hätte am liebsten ausgerufen: Und wie Sie dürfen!, beherrschte sich aber. »Einen Gefallen?«, fragte sie stattdessen.
Noch immer lag Devals Hand auf ihrer Hüfte. Jetzt drückte er ihr spielerisch zwei Finger in die Taille, als wären sie Verbündete, die gemeinsame Sache machten. Fast hätte sie aufgelacht, denn es kitzelte.
»Zu meiner großen Freude habe ich gehört, dass Sie auch Aufträge annehmen. Das ist in Frankreich auch üblich. Selbst Fragonard hat Adlige gemalt und sich dafür bezahlen lassen. Wie sonst könnten Künstler überleben?«
»Künstlerinnen können sich einen Mäzen suchen«, schlug Deval in lockerem Plauderton vor, während er seine Hand ein wenig zurückzog und jetzt beinahe auf ihrem Gesäß liegen ließ.
»Nicht nur Künstlerinnen«, wandte Neuville ein. »Allerdings sucht doch wohl eher ein Mäzen denjenigen, den er für begabt genug hält, dass sich eine Unterstützung lohnt, als dass es umgekehrt geschieht.« Er sprach nun wieder Femke ganz direkt an. »Würden Sie mir wohl eine Brosche in der Form einer Blüte anfertigen? Ich überlasse es ganz Ihnen, welche Blume es wird. Ich werde Ihnen keinerlei Vorschriften machen.«

»Sehr gerne, Monsieur Neuville. Ich denke, ich habe einen schönen Bernstein, der für eine Brosche geeignet ist.« Sie wusste, dass in ihrem bescheidenen Bestand noch ein etwas größerer Brocken war. Den würde sie gerne opfern, wenn ihr Vater dafür nur wieder Ware bekäme.
»Ja? Oh, das ist großartig. Meine Schwester heiratet, wissen Sie, und das wäre ein einmaliges Hochzeitspräsent.« Er machte eine Pause und rieb sich etwas linkisch die Hände. »Die Sache ist nur die«, begann er, »die Schlacht ist geschlagen. Zwar bleiben nicht wenige französische Beamte hier, um die Angelegenheiten der Stadt auch in Zukunft zu regeln, aber Proviantmeister werden dann nicht mehr gebraucht.«
»Sie fahren nach Hause?«
»Ja, sobald die meisten Soldaten zu Pferde oder mit Wagen Lübeck verlassen haben. Das kann sehr bald im neuen Jahr sein. So bleiben Ihnen vielleicht nur zwei oder drei Wochen.«
»Ich habe schon schneller ein Stück fertiggestellt«, beruhigte sie ihn.
»Da bin ich aber erleichtert. Und wie hoch wird der Preis sein? Ich bin zwar kein General wie mein Freund hier«, er lachte, »aber ich bin auch kein armer Mann.«
»Ich will kein Geld, Monsieur.«
»Nicht?« Er hob erstaunt die Brauen.
»Nein. Aber ich würde Sie ebenfalls gern um einen Gefallen bitten.«
»Alles, was in meiner Macht steht.«
Wieder kniff Deval sie leicht. Es ist Zeit, Forderungen zu stellen, schien er ihr damit zu sagen.
»Wie ich Ihnen erzählte, handelt mein Vater mit Wein aus Ihrem schönen Heimatland. Im Moment gestaltet sich das jedoch recht schwierig. Wie Sie wissen, kommen kaum Waren durch, die nicht unter dem Schutz des Militärs stehen.«

»Ich verstehe.« Neuville nickte zuversichtlich. »Machen Sie sich darum keine Sorgen, bald geht alles wieder seinen Gang, wenn wir uns in der Stadt vollständig eingerichtet haben. Am besten stelle ich Ihnen gleich den Herrn vor, der sich in Zukunft um den Warenverkehr in der Hansestadt kümmern wird. Er ist vorgestern aus Frankreich eingetroffen.« Er reckte den Hals und sah sich um.

Nur wenige Minuten später lernte Femke Monsieur Belmont kennen, einen rundlichen kleinen Franzosen, dessen Aussehen sie schmerzlich an Meister Delius erinnerte. Sie erfuhr, dass er eine Villa mit neuer klassizistischer Fassade an der Wakenitzmauer bewohnte und in der Tat großen Einfluss darauf hatte, wer in Zukunft mit wem Handel treiben würde. Ihr Vater solle sich nur ruhig an ihn wenden, ließ er sie fröhlich wissen, dann werde man das Problem wohl lösen. Mehr wollte er an diesem Abend jedoch nicht über geschäftliche Dinge sprechen und entschuldigte sich rasch wieder.

»Ich habe den Eindruck, dass dein Vater demnächst wieder glänzende Geschäfte macht, wenn er diesem dicken Beamten nur hin und wieder einen guten Tropfen überlässt«, raunte Deval Femke ins Ohr.

Neuville dagegen konnte sein Glück gar nicht fassen.

»Das war alles?«, fragte er zum wiederholten Mal. »Mehr verlangen Sie nicht für Ihre Kunst?«

»Sie ahnen nicht, wie groß der Gefallen ist, den Sie mir getan haben.«

Femke schaute ihn überglücklich und dankbar an. Die Brosche musste ein Meisterstück werden. Sie sah, wie Frau Dr. Petersen sich mit einigen Herren unterhielt, die Kette präsentierte, die sie um den Hals trug, und auf Femke deutete. Wenig später war Femke umringt von einigen Beamten, die die Geschicke der Stadt in der nächsten Zeit maßgeblich lenken würden. Sie alle wollten für ihre Frauen, Töchter oder für sich selbst Schmuck oder andere Ziergegenstände von ihr.

»Ich will sehen, was sich machen lässt«, antwortete sie das eine Mal ausweichend. Dann wieder versprach sie: »Schicken Sie mir eine Zeichnung. Ich lasse Sie dann wissen, ob ich das passende Material habe.« Sie nannte ohne Furcht ihren vollen Namen und ihre Adresse, so sicher war sie, dass der Krieg endgültig vorbei war und nun Normalität einkehrte. Es würde anders werden in ihrem Lübeck, aber es gab gewiss keinen Grund mehr, sich zu verstecken.

Erst als sie beobachtete, wie Jeremias Aldenrath und die Schönheit an seiner Seite sich von zwei Herren verabschiedeten, bemerkte Femke, wie müde sie war. Sie musste unbedingt nach Hause und in ihr Bett.

Die beiden kamen auf sie zu.

»Wir werden gehen, es ist sehr spät geworden«, sagte er, nachdem er die Frauen kurz einander vorgestellt hatte.

Femke sah sich rasch um. Deval war mit Neuville und einem anderen im Gespräch.

»Sie wissen, dass Johannes hier war«, sagte sie hastig. »Wissen Sie auch von seiner Flucht?«

Jeremias nickte. »Und von seiner Gefangenschaft, ja.«

»Was?« Femke starrte ihn an. »Er wurde gefangen genommen? Woher wissen Sie das?«

»Ich sagte Ihnen doch, dass mein Vater gute Kontakte hat. Er hat sich Sorgen um einen Freund gemacht und hat darum Einblick in die Papiere erbeten, in denen die Namen aller Gefangenen aufgeführt sind.« Er rieb seinen Daumen an Zeige- und Mittelfinger. »Gebeten, wenn Sie verstehen. Dabei hat er Johannes' Namen entdeckt.«

Femke fühlte sich benommen. Ihre Beine schienen sie nicht länger tragen zu wollen, und sie griff nach einer Stuhllehne, um sich festzuhalten. Sie sah, wie Deval ihr einen Blick zuwarf und die Stirn runzelte.

»Wenn ich etwas Neues erfahre, lasse ich es Sie wissen«, sagte Jeremias. Dann verabschiedeten er und seine Begleiterin sich.

Jeremias drehte sich noch einmal um. »Sollen wir Sie vielleicht mitnehmen?«

»Nein, das wird nicht nötig sein. Ich bringe sie nach Hause.« Deval war mit einem Schritt bei ihr.

Jeremias Aldenrath nickte nur, sagte aber nichts und ging.

»Ich hätte mit ihnen gehen können. Dann hätten Sie sich keine Umstände zu machen …«

»Was denkst du denn von mir? Ich habe dich schon nicht abholen dürfen, dann bringe ich dich wenigstens nach Hause, wie es sich für einen Kavalier gehört. Oder ist das in Lübeck anders?«

»Nein«, sagte sie schwach. Sie wünschte Neuville eine gute Nacht und versicherte ihm noch einmal, dass sie umgehend mit der Anstecknadel für seine Schwester beginnen würde. Dann wartete sie im blauen Salon, in dem nur noch wenige Herren ein letztes Pfeifchen rauchten, auf ihren Mantel. Ein Mädchen – Tesdorp war vermutlich längst in seinem Bett – brachte ihn und eine prall gefüllte Schachtel, aus der es appetitlich duftete.

»Wusstest du, dass Blücher hier in diesem Haus sein Hauptquartier hatte?«, fragte Deval, als er sie die Treppe hinabführte. »Das ist der preußische Generalleutnant, der Feigling, der seine Truppen im Stich gelassen hat.«

»Ich weiß, wer Blücher ist«, erwiderte sie müde.

Es war ungemütlich kalt und nieselte, als sie auf die Breite Straße traten. Der Morgen begann bereits zu grauen.

Deval legte einen Arm um sie. Nicht zum ersten Mal an diesem Tag konnte sie sein Parfum riechen und seine Wärme spüren. Sie gingen schweigend durch die so friedliche Stille des bald anbrechenden Tages, wie ein miteinander eng vertrautes Paar. Doch in Femke tobte die Hölle. Schließlich konnte sie es nicht mehr aushalten.

»Ich muss etwas wissen«, begann sie.

Er sagte nichts, beobachtete sie nur aufmerksam von der Seite.

»Die Soldaten, die von französischen Generälen oder meinetwegen Leutnants gefangen genommen wurden, was geschieht mit ihnen?« Sie wählte ihre Worte sorgfältig und hoffte, dass ihre Gefühle ihr nicht zu deutlich ins Gesicht geschrieben standen.

»Das ist sehr unterschiedlich. Manche Kriegsgefangene müssen für den Sieger arbeiten. Andere ... Warum fragst du das?« Er blieb stehen und drehte sie zu sich um.

Sie schluckte. Ohne auf seine Frage einzugehen, wollte sie wissen: »Haben Sie die Macht, einen Gefangenen freizubekommen?« Tränen schimmerten in ihren Augen. Sie war verzweifelt und fühlte sich trotz all der erfreulichen Erlebnisse des Abends elend.

Deval sah sie lange und ernst an. »Aha«, sagte er schließlich leise und sehr sanft. »Ich verstehe!« Er hakte sie unter und ging mit ihr weiter die Pfaffenstraße entlang in Richtung Glockengießerstraße. »Versprechen kann ich das nicht.« Und beiläufig fügte er hinzu: »Unter meinen Schutz stellen könnte ich so einen, wenn ich das wollte. So wie ich für den Schutz deiner Familie gesorgt habe, könnte ich dafür sorgen, dass ihm nichts zustößt.«

Sie schluckte noch einmal und wischte sich verstohlen eine Träne ab, die ihr über die Wange gekullert war.

»Dazu müsste ich natürlich seinen Namen kennen. Und ich müsste wissen, warum ich das tun sollte.«

Sie waren an Femkes Elternhaus angekommen. Die Vorhänge

vor den Fenstern des weiß verputzten Stadthauses waren noch verschlossen. Femke hoffte inständig, dass ihre Mutter und ihr Vater fest schliefen und nicht mitbekamen, dass sie erst in den Morgenstunden heimkehrte.

»Ich wusste, dass es etwas gibt, was du um jeden Preis begehrst.« Er betonte das Wort jeden so, dass es Femke einen Schauer über den Körper jagte. »Oder sollte ich besser sagen: jemanden? Es gibt also doch einen Mann in deinem Leben. Das hätte ich mir denken können.« Deval klang niedergeschlagen. Er legte ihr den Finger unter das Kinn und hob ihr Gesicht an, um in ihre Augen sehen zu können. »Ich habe dir gesagt, dass ich dir deinen größten Wunsch erfüllen werde, wenn ich kann. Du wünschst dir das Leben eines Mannes? Gut, das sollst du haben.«

Sie atmete erleichtert auf. Ihre Lippen bebten.

»Den Preis dafür kennst du«, fügte er ungerührt hinzu.

Sie wusste sehr genau, was er meinte. Nun würde er endlich bekommen, was er so lange wollte. Sie hätte davonlaufen mögen, aber das durfte sie nicht. Es gab für Johannes keine andere Rettung.

»Sein Name ist Johannes Nebbien«, flüsterte sie und schloss die Augen. Dann ließ sie zu, dass Deval ihr Gesicht zu sich heranzog und sie küsste. Seine Lippen waren weich und schmeckten ein wenig nach Wein. Er war sehr behutsam. In einer Hand hielt er noch immer das Paket mit den Köstlichkeiten für Femkes Eltern, mit der anderen streichelte er zärtlich ihren Nacken. Sie spürte ein Kribbeln tief in ihrem Bauch. Nach einer kleinen Ewigkeit ließ er sie los.

Sie öffnete die Augen.

»Du solltest jetzt schlafen gehen, meine kleine Bernsteinfrau. Du hast eine Menge zu tun. Komm weiterhin in deine Werkstatt. Ich treffe dich dort.« Er küsste sie auf die Wange, reichte ihr die Schachtel und wartete, bis sie im Haus verschwunden war.

Das prall gefüllte Paket mit Fleisch, Gemüse, Früchten und Baiser, das Femke ihren Eltern am nächsten Morgen präsentierte, ersparte ihr weiteres Nachfragen. Als sie ihrem Vater dann auch noch sagte, wo er Monsieur Belmont finden und was der für ihn tun könne, war ohnehin keine Rede mehr davon, dass sie so lange ausgeblieben oder mit wem sie nach Hause gekommen war. Vielleicht begriffen ihre Eltern auch, dass ihre Tochter mittlerweile eine erwachsene Frau war, wenn sie es vermutlich auch nicht wahrhaben wollten.

»So viel hast du erreicht?«, fragte Carsten Thurau nur ungläubig. »Ein solches Festmahl und dann auch noch die Zusage von diesem Monsieur, der gerade erst angereist ist, das gibt es doch nicht alles für ein bisschen Schnitzerei!«

»Die meisten der Männer halten meine Schnitzerei für Kunst«, erklärte Femke ruhig. Es kam ihr ja selbst ganz unglaublich vor. »Aber darum geht es gar nicht. Im Grunde waren und sind Franzosen und Lübecker doch Freunde. Es kehrt endlich wieder Ruhe ein, Vater, und Belmont und die anderen wollen mit dir und den Kaufleuten friedlich zusammenleben und Handel treiben. Man braucht ihnen nur sein Anliegen vorzutragen. Mit mir und meinem Bernstein hat das gar nichts zu tun.«

Damit war Carsten Thurau zufrieden und wollte sich noch am selben Tag auf den Weg zur Wakenitzmauer machen.

»Untersteh dich! Weihnachten ist so nah, dass man es schon riechen und fühlen kann. Der französische Herr möchte gewiss keine Geschäfte mehr vor den Feiertagen machen. Und außerdem ist er doch gerade erst in Lübeck angekommen.« Hanna seufzte übertrieben, schüttelte den Kopf, dass ihre blonden, von ersten silbrigen Strähnen durchzogenen Haare, die sie an

diesem Morgen offen trug, nur so flogen, und sah ihre Tochter an. »Manchmal fehlt Männern aber auch jedes Feingefühl.«
An den nächsten beiden Tagen ging Femke schon früh aus dem Haus in die kleine Werkstatt, die jetzt ihr gehörte.
»Ich habe sie aus militärischen Gründen konfisziert«, hatte Deval ihr leichthin erklärt.
Ein Blick auf ihre Bernsteinreserven sagte ihr, dass sie nicht einmal annähernd alle Wünsche würde erfüllen können, die man an sie herangetragen hatte. Ob Neuville eine Möglichkeit hatte, neues Rohmaterial zu besorgen? Kaum vorstellbar. Sie musste dringend mit Deval darüber sprechen. Wann immer sie an ihn dachte, durchströmten sie die unterschiedlichsten Empfindungen. Da war vor allem Scham, denn ganz gleich, wie sie es auch drehte, sie hatte ihm die Zusage gegeben, seine Mätresse zu werden. Bei diesem Gedanken wurde sie beinahe panisch. Noch nie war sie einem Mann näher gekommen als bei einer Umarmung. Ihr fiel die ein, mit der Johannes sich von ihr verabschiedet hatte, bevor er nach Jena abgereist war. Und auch die bei ihrem Wiedersehen unter so unglücklichen Umständen. Vor allem aber fielen ihr die Berührungen von Deval ein. Dachte sie daran, was seine Lippen und Hände bei ihr ausgelöst hatten, war sie auf der Stelle hin und her gerissen zwischen einem ungekannten Wohlgefühl und tiefster Beschämung. Was sie so sehr entsetzte, war die Tatsache, dass er sich mit Küssen und zarten Berührungen nicht lange zufriedengeben würde.

Femke verbrachte mit ihren Eltern und der Großmutter ein überraschend fröhliches Weihnachtsfest. Sie blickten wieder zuversichtlicher in die Zukunft, und ihr selbst gelang es besser, als sie je zu hoffen gewagt hätte, ihre Ängste und Sorgen zu verbergen und zu verdrängen. Am ersten Feiertag hatten sie die

Nebbiens zu Gast. Selbst ihnen gegenüber konnte Femke ihre gute Laune behalten. Ein einziger Moment nur vertrieb ihre Unbeschwertheit für eine Weile. Femke war allein mit Clara Nebbien. Die Männer waren im kleinen Salon, ihre Mutter und Großmutter in der Küche, um Tee zu machen.
»Ach, Femke, deine Eltern haben wahrhaftig Glück«, sagte Clara Nebbien.
»Warum?«
»Weil sie eine Tochter haben. Die kommt nicht auf den törichten Gedanken, sich zur Armee zu melden. Ich bin ganz sicher, dass der Junge noch am Leben ist. Als Mutter spürt man so etwas. Trotzdem habe ich schreckliche Angst. Nur eines von drei Kindern haben wir groß gekriegt. Und nun gibt es nicht einmal die kleinste Nachricht. Seit Wochen!« Sie starrte auf ihre Hände.
Femke war überrascht. Sie war fest davon ausgegangen, dass Jeremias den Nebbiens längst die Neuigkeit überbracht hatte. Hätte sie nur geahnt, dass er das nicht getan hatte, wäre sie doch sofort zu ihnen gelaufen und hätte es ihnen erzählt.
Femke legte zaghaft eine Hand über die ihre. »Aber ich habe eine Nachricht«, sagte sie und bemühte sich um ein zuversichtliches Lächeln, als Clara Nebbien sie mit geweiteten Augen anstarrte.
»Du hast ... Aber woher? Geht es ihm gut?« Clara Nebbien hatte blitzschnell Femkes Hand ergriffen und presste ihre Finger so sehr zusammen, dass sie knackten.
»Das weiß ich leider nicht«, begann sie ihre Fragen zu beantworten. »Aber er lebt. Ich habe Jeremias Aldenrath getroffen, der mit Johannes zur Schule gegangen ist. Sein Vater hat erfahren, dass Ihr Sohn nach der Kapitulation gefangen genommen wurde.«
Clara stieß einen komischen hohen Laut aus, ließ Femkes

Hand abrupt los und schlug sich die Fäuste vor den Mund. Sie begann am ganzen Körper zu zittern. Femke hatte Angst, dass sie in der nächsten Minute in Ohnmacht fallen würde oder Schlimmeres.
»Machen Sie sich keine Sorgen, Frau Nebbien.«
»Wie sollte ich wohl nicht?«, kreischte diese.
Hanna Thurau kam mit einer Kanne Tee zurück. Ihre Schwiegermutter war zu Bett gegangen.
»Was ist denn hier los?«, fragte Hanna.
»Es ist wegen Johannes«, erklärte Femke.
»Gibt es Neuigkeiten?«
»Sie haben ihn gefangen genommen!« Johannes' Mutter war außer sich.
»O mein Gott«, seufzte Hanna, goss Tee in die Tassen und setzte sich zu ihrer Tochter auf das Sofa, das am Ofen stand.
»Ihm wird nichts geschehen. Das müssen Sie mir glauben.« Femke bemühte sich sehr um einen Ton, der Vertrauen einflößte.
»Woher willst du das denn wissen?« Clara Nebbien hatte zwar zu zittern aufgehört, doch ihre Stimme versagte jetzt, und sie schüttelte nur noch verzagt den Kopf.
»Femke hat schon recht. Sie müssen fest daran glauben, dass ihm nichts zustoßen wird. Und nun trinken Sie erst einmal Ihren Tee, dann geht es gleich besser.«

Am 27. Dezember ging Femke wieder in ihre Werkstatt, um an der Brosche für Neuvilles Schwester zu schnitzen. Sie hatte sich für eine Rosenblüte entschieden, weil die Rose einfach die klassische Blume der Liebe und damit der Hochzeit war. Sie war froh, an ihrem Tisch sitzen und den dunkelroten Stein bearbeiten zu können.
Zuerst war es immer ein beklemmendes Gefühl, wenn sie allein

in diesem Raum saß. Immer noch stand ihr das Bild des toten Meisters, wie er halb in der Werkstatt und halb in dem kleinen Raum daneben lag, klar vor Augen. Sie schämte sich vor ihm, weil er tot war und sie noch lebte. Und weil sie mit seiner Kunst ihr eigenes Leben verbesserte. Ohne ihn hätte sie niemals ein Schnitzmesser zur Hand genommen. Das alles war nicht gerecht. Neben der Scham und der Trauer war es ihr am Anfang auch ein wenig unheimlich gewesen, sich allein an einem Ort aufzuhalten, an dem ein Mord geschehen war. Immer wieder musste sie sich sagen, dass der attraktive Mann, auf den sie sich auf Gedeih und Verderb eingelassen hatte, schuld am Tod des Meisters war. Der Gedanke daran jagte ihr eine Gänsehaut über den Rücken.

Ganz allmählich ließen die Beklemmungen nach, und sie konnte es mehr und mehr genießen, wieder in aller Ruhe mit dem Material umzugehen, das sie so liebte. Wie glatt sich eine Seite dieses Brockens schon jetzt anfühlte, obwohl sie ihn noch gar nicht geschmirgelt, geschweige denn poliert hatte. Das würde die Unterseite werden. Ohne viel daran tun zu müssen, hatte sie damit eine perfekte Rückseite, die keinem Stoff etwas anhaben konnte.

Sie nahm den Bernstein zwischen ihre beiden Hände und hauchte, die Lippen an die Daumen gelegt, zwischen die Handflächen. Schnell wurde das versteinerte Harz warm, viel schneller, als es bei einem gewöhnlichen Stein der Fall wäre. Als sie diese Wärme ganz deutlich spüren konnte, schnupperte sie. Ihre geübte Nase erkannte den frischen Duft eines Nadelbaums. Und da war auch eine würzige Nuance, wie von einem fremdartigen Kraut. Femke hielt den kleinen Klumpen gegen das Licht der Öllampe. Sie traute ihren Augen nicht. War das etwa ein Einschluss? Sie schaute genau hin und drehte das glänzende Harz unendlich langsam. Es könnte der Flügel eines

Insektes sein. Dann wäre der Stein einerseits kostbarer, andererseits konnte sie ihn dann unmöglich in eine Form zwingen. Auf seinem Tisch lagen noch die Augengläser von Meister Delius, gerade so, als hätte er sie dort erst vor einer Minute abgelegt. Sie stand auf und ging hinüber. Je näher sie seinem Platz kam, desto unwohler fühlte sie sich. Es war eine Sache, in seiner Werkstatt an ihrem Tisch zu schnitzen, wie sie es auch zu seinen Lebzeiten getan hatte, eine ganz andere jedoch, seine Augengläser zu berühren, die ihr so vertraut waren. Sie musste daran denken, wie sie ihm einmal in ein Glas Most gefallen waren. Die Erinnerung ließ sie wehmütig lächeln. Schließlich war ihre Neugier jedoch größer als die Scheu. Sie nahm den Zwicker zur Hand und betrachtete durch ihn, ohne ihn auf ihre Nase zu setzen, das, was sie für einen hauchdünnen Flügel hielt, eingehend. Nein, die Vergrößerung brachte es an den Tag. Das war kein Einschluss, sondern nur ein Riss im Inneren, der sich bis an die Oberfläche zog. Sie würde bei der Bearbeitung ganz besonders behutsam zu Werke gehen müssen, wenn sie nicht wollte, dass Splitter unkontrolliert absprangen.

In diesem Moment ging die Tür auf. Deval trat, die Hände aneinanderreibend, in die schummrige Werkstatt.

»Mon Dieu«, rief er, als er sie erblickte. Aus seiner Perspektive musste es aussehen, als trüge sie die runden Augengläser des Meisters. »Wer sind Sie, und was haben Sie mit meiner grünäugigen Bernsteinfrau gemacht? Ich will sie auf der Stelle zurückhaben.«

Femke ließ den Zwicker sinken und musste über seine Grimassen schmunzeln.

»So ein Glück, da ist sie wieder!« Er kam auf sie zu und küsste sie zart auf die Wange. »Und, immer fleißig? Kommst du voran?«

»Ja.« Sie nickte. »Aber ich habe ein Problem.«

»Probleme solltest du nicht haben«, unterbrach er sie. »Sag mir, was es ist. Ich löse deine Probleme.«
»Warum?«, fragte sie. Bisher glaubte sie, dass es ihm immer und bei allem zuerst um seinen eigenen Vorteil ging. Warum dieses freundliche Angebot?
»Warum? Weil ich keine traurigen, grüblerischen Frauen mag. Frauen sollen fröhlich sein, unbeschwert. Dafür sind sie doch auf der Welt.« Er hielt seine Hände über die Flamme der Lampe. »Es ist scheußlich kalt hier im Norden. Habe ich dir gesagt, dass ich aus Südfrankreich komme, von der Côte d'Azur? Da ist es niemals so entsetzlich kalt.«
»Warten Sie nur, bis der Schnee kommt und die Teiche zugefroren sind. Dann ist richtig Winter! Etwas Schöneres als Lübeck im Schnee können Sie sich nicht vorstellen.«
»Wie lange willst du noch Sie zu mir sagen?«, fragte er. Anscheinend hatte er genug über das Wetter geredet. Er zog die Stirn kraus und fragte weiter: »Du wirst im Bett doch nicht etwa auch noch Monsieur Deval zu mir sagen?« Es klang wie die normalste Angelegenheit, die zwei erwachsene Menschen, die sich mäßig gut kannten, miteinander besprachen. Femke verschlug seine Dreistigkeit den Atem. Sie spürte, wie ihr die Hitze in die Wangen schoss. »Nun gut, es ist deine Entscheidung.« Er zuckte gleichgültig mit den Schultern. »Du wolltest mir von deinen Problemen berichten.«
Sie schnappte nach Luft, entschied sich dann aber, nicht weiter auf das peinliche Thema einzugehen. Stattdessen klagte sie über den Mangel an Bernstein.
»Woher hast du ihn bisher bekommen?«
»Meister Delius hat ihn besorgt.« Sie blickte zu Boden. »Nur einmal habe ich am Strand von Travemünde ein Stückchen gefunden. Doch das war großes Glück. Normalerweise findet man hier in der Bucht vor Lübeck keinen Bernstein.«

»Wo dann?«

»Die Küste weiter hoch nach Osten«, sagte sie. »Meinen Sie, Monsieur Neuville könnte da etwas tun?«

»Charles? O nein! Da überschätzt du sein Talent. Nicht jeder kann eine Rose im Winter besorgen, weißt du?«

»Aber etwas Bernstein vielleicht?«

»Bestimmt nicht. Er kann nur dafür sorgen, dass das hier ankommt, was andere auf den Weg bringen.« Er dachte kurz nach, dann beschloss er: »Also schön, du musst wieder nach Travemünde fahren.«

»Kein Mensch ist im Winter in Travemünde!«, protestierte sie. »Außerdem werde ich dort nichts finden, das sagte ich Ihnen doch.«

»Du hast gesagt, du hast dort einmal etwas gefunden.«

»Das war reines Glück.«

»Und warum solltest du nicht wieder Glück haben? Umso besser, wenn niemand dort ist, dann schnappt dir auch keiner etwas weg.«

Femke überlegte. Warum nicht? Sie konnte nur gewinnen, und sie sehnte sich ohnehin nach dem Strand und der salzigen Ostseeluft.

»Ich schicke dir morgen eine Kutsche«, verkündete er fröhlich. »Problem gelöst?«

»Schön wäre es, nur glaube ich nicht daran.«

»Aber das musst du!« Er kam auf sie zu und nahm ihr Gesicht in seine Hände. Sie waren warm von der Hitze der Öllampe. Ganz langsam und mit tiefer Stimme, als murmle er einen Zauberspruch, sagte er: »Du musst daran glauben, dass du Bernstein findest.«

»Was aber, wenn ...?«

»Kein Aber.« Er legte zwei Finger über ihre Lippen. »Über das Aber grüble ich nach, wenn du mit leeren Händen zurück-

kommst.« Er holte aus, als wollte er sie schlagen, doch seine leuchtenden Augen sprachen eine eigene Sprache. »Untersteh dich, ohne Bernstein zurückzukehren!«
Nachdem er gegangen war, fühlte sich Femke leichter ums Herz. Wie auch immer er es anstellen würde, Deval würde einen Weg finden, an neuen Bernstein zu gelangen. Wer eine herrlich blühende Rose mitten im Winter besorgen konnte, der konnte alles auf dieser Welt besorgen.

Wie versprochen fuhr am nächsten Tag eine Kutsche in der Königstraße vor. Femke hatte ihren Eltern gesagt, dass sie den Tag in Travemünde verbringen und Bernstein suchen würde.
»Wartet nicht mit dem Essen auf mich. Es kann sehr spät werden«, hatte sie angekündigt. Sie trug lange wollene Unterwäsche und ein dickes Unterkleid. In der Hand hielt sie einen Schal, den sie später gegen den kalten Wind um den Hals binden würde. Sie schloss die Tür der Werkstatt hinter sich, nickte dem Kutscher zu, der unter dicken Decken auf dem Bock saß, und öffnete den Wagenschlag. Fassungslos starrte sie Deval an.
»Komm schnell rein und schließ die Tür, sonst erfriere ich.«
Sie tat, was er sagte, und nahm ihm gegenüber Platz. »Sie fahren mit?«
»Ich kann es selbst kaum glauben. Am Strand wird es noch kälter sein, habe ich recht?«
»Das nehme ich an, ja.«
»Oh, mon Dieu, warum tue ich mir das an?« In gespielter Verzweiflung schüttelte er den Kopf.
»Ich weiß nicht. Sie müssen mich nicht begleiten.«
»Aber ich will«, sagte er und strahlte.
Femke verstand die Welt nicht. Er würde ihr nur im Weg sein und ihr ständig Steine zeigen, die er für Bernstein hielt.

»Komm rüber«, sagte er. »Setz dich zu mir. Wir müssen uns wärmen.« Er lüpfte die Decke leicht.
Auf ihrer Seite war nur das Fell, auf dem sie saß. Der Weg nach Travemünde war weit. Wenn sie sich nicht zudeckte, war sie vollkommen durchgefroren, wenn sie ankamen. Also gab sie ohne weiteres Zieren nach und setzte sich neben ihn. Er machte keinerlei Anstalten, die Situation auszunutzen, sondern legte lediglich seinen Arm so um sie, dass sie ganz nah beieinandersitzen konnten. Dann erzählte er von Antibes, einem Ort im Süden Frankreichs, wo er aufgewachsen war.
»Fast immer scheint die Sonne, und die Luft duftet nach Lavendel oder Oliven. Es gibt keinen schöneren Ort auf der ganzen Welt«, schwärmte er. »Die Felsen reichen direkt bis ans Meer. Und wir haben auch lange weiße Strände. Du musst mich einmal besuchen, wenn ich wieder zu Hause bin.«
Femke musste lächeln. Würde es wirklich wieder eine Zeit geben, in der sie nicht mehr unter seinem Einfluss stand? Würde er Lübeck einfach verlassen? Wie erleichtert würde sie dann sein, redete sie sich ein.
»Oder besser, ich nehme dich einfach mit.« Er sagte das ganz nebenbei, als wäre ihm die Idee eben erst gekommen. Dabei sah er sie erwartungsvoll an und prüfte offenbar genau ihre Reaktion.
»Warten Sie nur, bis Sie Travemünde gesehen haben«, entgegnete sie ausweichend. »Vielleicht wollen Sie dann gar nicht mehr zurück.«
»Unmöglich!« Er lachte schallend. Seine Schilderungen von violetten Feldern, so weit das Auge reicht, von Palmen, von Häusern, die aussahen, als wären sie Teil eines Felsens, und von einem türkisfarbenen Fluss, der sich in einer tiefen Schlucht zwischen dichtbewachsenen Kalkbergen seinen Weg bahnte, waren so lebendig und farbenfroh, dass Femke sich wünschte, tatsächlich irgendwann dorthin fahren zu können.

Ehe sie sich's versah, hatten sie die Wälle erreicht, die das kleine Travemünde gegen die Franzosen schützen sollten, aber ebenso machtlos gewesen waren wie das Burg Thor von Lübeck. Die Kutsche rumpelte über die kleine Brücke, und sie waren da. Jetzt war es an Femke, von dem einstigen Fischerort zu erzählen, den ihr Vater und andere Lübecker zu einem Seebad hatten werden lassen.

»Möchten Sie sich ein wenig umsehen, bevor wir an den Strand gehen?«

»Ich möchte mich zuerst ein wenig aufwärmen. Wie wäre es mit einer heißen Schokolade mit viel Sahne? Danach zeigst du mir das Dorf, dann essen wir zu Abend, und morgen suchen wir Bernstein.«

»Wie bitte? Aber das geht nicht. Ich muss nach Hause. Meine Eltern kommen um vor Sorge, wenn ich heute nicht zurück bin.«

»Femke, du treibst mich noch in den Wahnsinn! Bist du ein kleines Mädchen oder eine erwachsene Frau?«

»Ich ... Aber das ...«

Er fiel ihr ins Wort. »Dann wird es Zeit, dass du endlich erwachsen wirst. Ich will nämlich kein Kind haben, sondern eine Geliebte.«

Sie wollte protestieren.

»Ich mache dir einen Vorschlag«, sagte er versöhnlich. »Ich schicke den Kutscher mit einer Nachricht zu deinen Eltern zurück. Dann kommen sie nicht um und du auch nicht. Morgen holt er uns wieder ab.« Ohne ihre Antwort abzuwarten, ging er nach vorne zu dem Mann auf dem Kutschbock, gab ihm Anweisungen und nahm dann ihren Arm, während sich die Räder des Wagens knarrend und quietschend in Bewegung setzten.

»Was haben Sie nur angerichtet?«, fragte Femke bestürzt. »Wir werden kein Dach über dem Kopf haben.« Und wütend fügte sie hinzu: »Ich sagte Ihnen doch, im Winter ist niemand hier. Das Restaurant meines Vaters ist geschlossen, ebenso das Logierhaus.«

»Dann steht uns ein echtes Abenteuer bevor!« Seine Augen blitzten unternehmungslustig.

»Ein kaltes Abenteuer«, stellte Femke fest und sah der Kutsche nach.

Der Gedanke an eine Nacht unter freiem Himmel bei Minustemperaturen brachte Deval schlagartig um seine Unternehmungslust.

»Das große weiße Gebäude dort«, meinte er und zeigte auf das Kurhaus, das vor vier Jahren für die Erholungsuchenden entstanden war. »Es schaut nicht aus, als wäre dort kein Mensch. Sieh doch!«

Tatsächlich, hinter den Fensterscheiben waren Köpfe zu erkennen. Femke war erstaunt. Wenn sie ihrem Vater sagte, dass jetzt auch den Winter über Betrieb war, würde er sein Lokal ebenfalls ganzjährig öffnen.

Sie gingen hin. Der geräumige Speisesaal war recht gut gefüllt. Es war ein buntgemischtes Publikum, das sich eingefunden hatte. Männer, deren frische Verletzungen darauf schließen ließen, dass sie am Krieg beteiligt waren, schienen sich hier zu erholen, bevor sie in die Heimat zurückkehren konnten, gutgekleidete Paare hatten vermutlich die Feiertage hier verbracht und gedachten auch den Jahreswechsel am Meer zu erleben. Nur zwei Gesichter waren Femke bekannt. Es war ein Bildhauer aus Russland, den sie schon einmal im Sommer hier gesehen hatte, und die russische Malerin, die ihr einst das Schwimmen gezeigt hatte.

Der Wirt begrüßte Femke und ihren französischen Begleiter überschwenglich. Natürlich kannte er die Tochter des Weinhändlers, der Travemünde maßgeblich zu dem gemacht hatte, was es jetzt war – ein mondäner Badeort. Er war begeistert, sie in Begleitung eines Generals zu sehen.

»Es ist mir ein Vergnügen«, wiederholte er mehrfach. »Wie schön, Fräulein Thurau, dass Sie uns beehren.«

Sie hob die Augenbrauen, erwiderte aber nichts. Sonst hatte er sie kaum eines Blickes gewürdigt, geschweige denn mit ihr geredet. Nun überschlug er sich beinahe, um ihnen den besten Tisch zu geben, den er noch hatte. Eilig winkte er ein Mädchen heran, seine Tochter, wie Femke vermutete. Nachdem er ausführlich Napoleon, die französische Streitmacht und die anbrechende französische Zeit gelobt hatte, zog er sich endlich zurück.

»Immerhin einer, der verstanden hat«, kommentierte Deval zufrieden.

Die Russin – Femke hatte sie erst nicht erkannt, da sie ihre Haare jetzt kurz wie ein Junge trug – sah zu ihnen herüber, und Femke nickte zum Gruß. Deval drehte sich um und grüßte ebenfalls, wobei er ihr ein umwerfendes Lächeln schenkte.

»Wer ist das?«, fragte er. Sein Gesichtsausdruck wechselte von Freundlichkeit zu offener Abscheu.

»Eine Malerin aus Russland. Ich kenne ihren Namen nicht. Sie hat mich in der Ostsee das Schwimmen gelehrt.«

Er riss die Augen auf. »Im Wasser?«

Femke prustete so plötzlich los, dass man sich nach ihr umdrehte.

»Selbstverständlich im Wasser«, antwortete sie lachend.

»Ich meine, im offenen Wasser der Ostsee?« Als sie nickte, sagte er: »Du musst wirklich verrückt sein.«

Sie tranken flüssige Schokolade mit einer Extraportion Sahne und machten danach einen Spaziergang durch das Dorf. Femke zeigte ihm die St.-Lorenz-Kirche aus rotem Backstein, den Mittelpunkt des alten Fischerortes. Kein Wölkchen stand am

Winterhimmel, aber der Wind blies ihnen scharf ins Gesicht. Beide hatten einen dicken Schal um den Hals geschlungen und die Kapuzen über die Köpfe gezogen. Sie kniffen die Augen zusammen, während sie am Turm mit seinem spitzen Helm emporschauten. Sie betrachteten die Zitadelle und die alte Zugbrücke, über die sie selbst vor zwei Stunden gekommen waren. Parallel zum Ufer der Trave verliefen Vorder- und Hinterreihe, die einzigen Straßen, in denen die Fischer und Lotsen wohnten. Seit sich das Örtchen zum Seebad mauserte, wurden nach Norden hin neue Häuser gebaut. Femke aber zeigte ihm lieber die Lübsche Vogtei, einen zweigeschossigen Giebelbau.
»Dieses Haus ist schon über zweihundert Jahre alt«, sagte sie laut gegen den pfeifenden Wind. »Seitdem ist es Sitz des Lübecker Stadthauptmanns. Drinnen …«
»Sehr schön«, unterbrach er sie. »Ich habe genug gesehen. Bist du nicht hungrig?«
Sie hatte den ganzen Tag nichts gegessen, und tatsächlich knurrte ihr Magen ein wenig. Außerdem ging die Sonne bald unter. Es wurde in der Tat Zeit, zum Kurhaus zurückzukehren. Femke hätte es gerne noch hinausgezögert, denn nach dem Essen würde sie mit ihm ins Logierhaus gehen müssen. Doch sie sah ein, dass es keinen Sinn hatte.
»Ja, doch«, sagte sie leise.

Beim Abendessen sahen sie die Russin wieder. Sie saß allein an ihrem Tisch und hatte nicht nur eine Flasche Wein vor sich stehen, sondern auch einen Cognac. Femke bedauerte sehr, dass sie sich nicht mit ihr unterhalten konnte.
»Kein Wunder, dass sie allein dahockt«, stellte Deval fest, der ihren Blick bemerkte.
»Warum? Sie scheint sehr nett zu sein.«
»Sieh sie dir doch nur an! Eine Frau mit der Haartracht eines

Mannes. Und dann trinkt sie auch noch Alkohol in der Öffentlichkeit.«

»Aber ich habe bei eurem Weihnachtsfest im Goldenen Engel doch auch Alkohol getrunken.« Sie verstand ihn wirklich nicht.

»Das ist doch etwas völlig anderes. Du warst mit mir zusammen.«

»Und?«

»Sie ist allein. Alleine gehört sich das nicht für eine Dame.«

»Gehört es sich denn für eine unverheiratete Dame, mit einem Mann in einem Logierhaus die Nacht zu verbringen?« Ein wenig hoffte sie, dass ihn dieses Argument dazu bewegen würde, seinen Plan zu ändern und ihnen doch noch eine Kutsche zu rufen.

Er grinste. »Apropos Alkohol, was trinken wir? Wein?« Sein Grinsen wurde noch breiter.

Sie schüttelte resigniert den Kopf. »Haben Sie eigentlich unseren Lübecker Rotspon gekostet?«

»Ich habe davon gehört. Er soll besser schmecken als Bordeaux in Frankreich.«

»Das stimmt.«

»Du hast recht. Ich wollte ihn längst kosten.« Er bestellte eine Flasche und dazu zweimal den Braten mit Kartoffeln und Steckrübenmus.

Da Femke keine Hoffnung mehr hatte, ihrem Schicksal zu entrinnen, hielt sie es für einen guten Einfall, sich zu betrinken. Sie wusste, wie sich ein kleiner Schwips anfühlte, mehr jedoch nicht. Aber sie hatte gehört, dass größere Mengen Alkohol sogar zur Besinnungslosigkeit führen konnten. So würde sie von dem, was ihr bevorstand, im besten Falle nichts mitbekommen.

Als die Nacht hereinbrach, ließ der Wirt Fackeln anzünden, die den Weg vom Kurhaus zu dem daneben liegenden

Logierhaus beleuchteten. Femke konnte sie von ihrem Platz am Fenster sehen. Und immer wieder holte der Schein des Leuchtfeuers, das niemals müde wurde, die Konturen des Tages aus der Dunkelheit.
Sie aßen und tranken. Deval schenkte ihr bereitwillig nach und lächelte dabei tiefgründig. Längst hatte er zugegeben, dass dieser Wein hier besser war als jeder, den er zuvor genossen hatte. Ob er das nur so dahinsagte oder tatsächlich meinte, blieb – wie immer – ein Rätsel.
»Hoffentlich ist der Sturm morgen vorüber, sonst können wir unmöglich an den Strand gehen, ohne zu erfrieren.«
»Aber wir müssen.« Femkes Stimme klang unsicher. Sie konzentrierte sich sehr und bemühte sich um einen strengen Ton, der klarmachte, dass sie keinen Widerspruch duldete. Sie brauchte Bernstein. Das war der einzige Grund für sie, hier zu sein.
»Ohne mich. Lieber bleiben wir den ganzen Tag im warmen Bett und gehen übermorgen an den Strand.«
Sie verschluckte sich am Wein und musste schrecklich husten, nachdem sie ihn endlich hatte schlucken können.
»Nein, nein, glauben Sie mir, es gibt keine günstigere Voraussetzung als starken Wind«, versicherte sie keuchend. »Je mehr, desto besser stehen unsere Chancen.«
Er wechselte das Thema. »Eurem Travemünde fehlt etwas.«
»So?«
»Was tun die Gäste hier, wenn es regnet oder stürmt? Ich meine, die vernünftigen Leute, die nicht im Sand herumsuchen.«
»Sie erholen sich, atmen die gesunde Luft.«
»Atmen scheint mir keine sehr erfüllende Beschäftigung zu sein.«
»Im Sommer können sie schwimmen. In der Ostsee oder im Warmhadebaus.«

Er zog die Brauen hoch, und Femke kicherte. »Warmbadehaus wollte ich sagen«, korrigierte sie angestrengt.
»Du hast genug Wein gehabt, glaube ich.«
»O nein, nein. Lassen Sie uns ruhig noch eine Flasche bestellen.«
»Ein Kasino würde sich gut machen«, kam Deval auf das Thema zurück. »Glücksspiel macht jedem Spaß, vor allem denen, die Geld haben. Und das haben die meisten, die herkommen, richtig?«
»Ist das denn erlaubt?«, fragte sie ungläubig.
»Was nicht erlaubt ist, macht am meisten Vergnügen. Du wirst mir zustimmen.«
»Gewiss nicht.« Sie griff verunsichert nach ihrem Glas, doch es war leer. »Wollten wir nicht noch etwas trinken?«
»Besser nicht. Ich bringe dich jetzt ins Bett.« Er winkte dem Wirt, zahlte die Zeche und ließ sich dann ihr Zimmer zeigen. Es war nicht wenig, was er zu zahlen hatte. Femke nahm gerade noch wahr, dass es sogar eine ungehörig hohe Summe war. Geschieht ihm recht, dachte sie. Neuvilles Worte fielen ihr ein, der angedeutet hatte, dass ein General offenbar mehr als gut entlohnt wurde. Bei jedem anderen hätte sie ein schlechtes Gewissen gehabt, für viel Geld Wein zu trinken, den sie von ihrem Vater gratis haben konnte. Aber als General konnte er es sich wohl leisten.
Femke traf die frische Luft wie ein Schlag. Sie musste sich an ihm festhalten, um überhaupt auf ihren beiden Beinen zum kleinen Logierhaus zu gelangen, das direkt neben dem Kurhaus stand. Das Zimmer war klein, aber sehr hübsch. Ein großes Bett, ein zierliches Tischchen mit zwei Stühlen, ein Schrank auf hellen Dielen. Die Vorhänge waren zugezogen, auf dem Tisch flackerte eine Öllampe.
»Ich habe kein Nachtkleid«, murmelte Femke überflüssigerweise,

als sie alleine waren. Sie hörte noch, wie er »Was würdest du damit auch anfangen?« fragte, dann überließ sie sich seinen Berührungen. Er legte ihren Schal beiseite und küsste ihren Hals. Geschickt zog er eine Nadel nach der anderen aus ihren Haaren. Seine Hände wühlten sich in die kupferrote Pracht, die ihr daraufhin auf die Schultern und über den Rücken fiel. Femke stand ganz steif und ließ ihn machen. Gewiss tat er so etwas nicht zum ersten Mal. Als er ihren Mantel öffnete, berührte er wie zufällig ihre Brust. Sie seufzte auf. Wie gerne würde sie ihm sagen, dass sie sich vor ihm ekelte. Genau das sollte er glauben. Doch die Laute, die ihr entwischten, als er ihren Nacken massierte und seine Lippen über das kleine Grübchen an ihrem Halsansatz gleiten ließ, sagten ihm etwas ganz anderes. Ihr Atem ging immer schneller, das Zimmer drehte sich um sie. Deval begann ihr Kleid zu öffnen. Er schob es von ihren Schultern und entdeckte das Unterkleid.
»Mon Dieu, du bist keine Frau, du bist eine Zwiebel.« Er zog ihr Schicht um Schicht aus und verkündete triumphierend: »Jetzt weiß ich wenigstens, dass dir die Kälte doch nicht so wenig ausmacht, wie du mir einreden wolltest.« Als sie ganz nackt vor ihm stand, trat er einen Schritt zurück und betrachtete sie einige Sekunden. »Dachte ich's mir doch«, sagte er zufrieden.
Femke versuchte nicht einmal, etwas vor ihm zu verbergen. Dazu hatte sie keine Kraft mehr. Er trat wieder auf sie zu und war ihr jetzt so nah wie bei ihrer ersten Begegnung. Schon damals hatten sein Duft, seine dunklen funkelnden Augen und sein schwarzes Haar sie durcheinandergebracht. Jetzt taten sie es umso mehr. Er legte seine Hände auf ihre Brüste, streichelte sie mit den Daumen und knetete sie sehr vorsichtig. Sie spürte, wie ihr Mund furchtbar trocken wurde, und fuhr sich mit der Zunge über die Lippen. Deval sah es, lachte leise und flüsterte

ihr ins Ohr: »Wusste ich's doch! Die verbotenen Dinge bereiten auch dir das größte Vergnügen.« Sie spürte seine Zähne an ihrem Hals, dann an ihrem Nacken, wie sie behutsam und spielerisch an ihrer Haut knabberten. Sie spürte seine Lippen und seine Zunge, wie sie über ihre Schultern und Arme hinabglitten zu ihren Brüsten. Er hob sie hoch und legte sie auf das Bett. Durch ihre nur halb geöffneten Augen sah sie, wie er sich auszog. Er hatte eine Narbe unter der rechten Brust. Gewiss von einem Gefecht, wie sie vermutete. Im flackernden Schein der Lampe erschien seine Haut ganz dunkel. Sein muskulöser Bauch hob und senkte sich schnell. Sie musste an den Oberkörper von Luc denken, den sie so schön gefunden hatte. Schatten tanzten durch das Zimmer und fielen auf sein Gesicht, als er zu ihr kam. Wieder küsste er zunächst ihren Hals und bewegte sich dann unendlich langsam weiter hinab zu ihren Brüsten, ihrem Bauch. Ein nicht gekannter Schauer fuhr durch Femkes Körper, und sie spürte ein Ziehen im Leib, das fremd, aber auch verheißungsvoll war. Als seine Lippen von ihrem Bauchnabel weiter abwärts glitten, stöhnte sie laut auf.
»Ich tue das nur für Johannes«, hauchte sie mehr zu sich selbst, als dass sie es Deval sagen wollte.
Dieser hob kurz den Kopf und lachte sein tiefes dunkles Lachen. »Wenn er jetzt hereinkäme, dein Johannes, du würdest ihn nicht einmal bemerken.« Mit einer schnellen Bewegung war er über ihr und küsste sie fordernd auf den Mund, ehe sie etwas erwidern konnte.

»Los, aufwachen! Ich habe großen Hunger.« Deval rüttelte sie am Arm.
Benommen öffnete Femke die Augen. Ihr Kopf dröhnte fürchterlich, ihr Körper fühlte sich an, als wäre sie am Vortag den ganzen Weg von Lübeck hierher zu Fuß gelaufen.

»Nun mach schon, oder muss ich dir erst etwas Ostseewasser holen?«
Sie blinzelte ihn an. Deval war bereits angezogen. Gerade knöpfte er sein Hemd zu.
»Wir wollen Bernstein suchen, erinnerst du dich?«
»Geh du nur frühstücken, ich habe keinen Hunger«, antwortete sie matt.
»Kommt nicht in Frage.« Er riss ihr die Decke weg.
Instinktiv versuchte sie ihren Körper mit ihren Händen zu verbergen.
»Mach dir keine Mühe, es gibt keinen Winkel, den ich mir nicht gründlich angesehen hätte.« Sein Blick sagte ihr, dass dies die Wahrheit war. »Wenn du nicht bald aufstehst, werde ich das Frühstück ein wenig verschieben und überprüfen, ob mir auch nichts entgangen ist.« Er machte Anstalten, sich zu ihr aufs Bett zu setzen.
»Ich komme ja schon«, gab sie rasch nach und war mit einem Satz auf den Beinen. Die schnelle Bewegung bekam ihr nicht gut. Alles drehte sich, und in ihrem Kopf pochte es stärker als zuvor. Er beobachtete sie ungerührt, wie sie sich anzog und notdürftig die Haare ordnete.
Nach dem Frühstück spazierten sie den Strand entlang. Der Wind hatte deutlich nachgelassen, und die Wintersonne wärmte sie ein wenig. Deval war bester Laune. Er erzählte wieder von seinem Heimatort Antibes, von Männern, die Boule spielten, von der Olivenernte und von Kastanienfesten.
Femke hörte kaum zu. Auf seine Frage, warum sie so ruhig sei, sagte sie: »Wenn ich zwischen all den Muscheln und Steinen Bernstein finden will, muss ich mich konzentrieren.« Sie starrte auf den Boden, froh, ihn nicht ansehen zu müssen. Keine Sekunde der letzten Nacht konnte sie aus ihren Gedanken verbannen. Jede Faser ihres Körpers erinnerte sie daran.

Sie war erleichtert, als sie endlich wieder in der Kutsche saßen und nach Lübeck zurückfuhren. Es ging über die Brücke, die einen schmalen Abschnitt der Trave überspannte, vorbei an Feldern, die um diese Jahreszeit trostlos waren, und an der Windmühle, die heute untätig in der winterlichen Landschaft stand.

»So ein Pech, dass du nichts gefunden hast.« Er klang ehrlich enttäuscht. »Der Ausflug hat sich trotzdem gelohnt.« Wieder saßen sie dicht nebeneinander. Und obwohl er auch dieses Mal nichts tat, was sich nicht schickte, spürte Femke doch bei jeder noch so kleinen Berührung ein heftiges Verlangen. Dafür schämte sie sich noch mehr als für alles, was in der letzten Nacht geschehen war. Immerhin hatte sie es nur für Johannes getan. Trotzdem fühlte sie sich, als hätte sie ihn betrogen. Dabei rettete sie ihn doch. Bisher hatte sie noch nie darüber nachgedacht, aber nun kam ihr in den Sinn, dass Johannes der erste Mann hätte sein sollen, dem sie sich hingab. Es war zu spät, und das tat ihr weh. »Wenn er jetzt hereinkäme, dein Johannes, du würdest ihn nicht einmal bemerken.« Sie konnte sich gut an diese Worte erinnern. Eine Träne lief ihr über die Wange. Sie warf ihm einen verstohlenen Seitenblick zu. Deval war eingenickt. Was würden ihre Eltern nur sagen? Sie würden erfahren, dass sie nicht allein in Travemünde gewesen war. Am besten, sie sagte es ihnen selbst. Was, wenn sie ein Kind von Deval bekäme? Nein, Gott würde gewiss nicht zulassen, dass ein Kind ohne Liebe gezeugt wurde. Immer wieder seufzte sie tief. Ihr war das Herz so schwer, und sie war vollkommen durcheinander.

»Was sagst du da?« Es war zu Femkes großer Verwunderung ihre Mutter, die sich furchtbar über ihre Beichte ereiferte. Erfreut war ihr Vater auch nicht gerade, doch glaubte er die

Geschichte von dem hilfsbereiten Kunstliebhaber eher als seine Frau. Oder er wollte sie lieber glauben.
»Es ist doch nichts passiert.« Femke war nicht in der Lage, ihrer Mutter in die Augen zu sehen, während sie die Lüge aussprach. »Es gab zwei Betten. Er hat in seinem geschlafen und ich in dem meinen.«
»Das werden die Leute aber nicht denken!« Hanna ging in der Stube auf und ab. Sie hinkte längst nicht mehr so stark wie damals nach dem Unfall, aber man konnte noch sehen, dass etwas mit einem ihrer Beine nicht stimmte.
»Wer Monsieur Deval kennt, wird wissen, dass er ein Ehrenmann ist.« O Herr im Himmel, was erzählte sie da bloß? »Für ihn habe ich damals das Kreuz gefertigt. Und hat er mich dafür nicht reich belohnt? Durch ihn habe ich auch Monsieur Belmont kennengelernt, der Vater helfen wird, bald wieder seinen Geschäften nachgehen zu können. Was sollte falsch daran sein?« Sie hatte sich in Rage geredet, ihre Wangen glühten, und sie war den Tränen nah.
Carsten Thurau sah seine Tochter an. »Lass das Mädchen in Ruhe«, sagte er zu seiner Frau. »Sie ist erwachsen und sehr vernünftig. Wenn du meine Meinung hören willst ...«
»Vernünftig!«, fauchte Hanna. »Schande hat sie über die Familie gebracht.«
Femke begann zu zittern. So hatte sie ihre Mutter noch nie erlebt.
»Donnerschlag, jetzt ist es genug!« Er hieb mit der Faust auf den Tisch, dass es nur so klirrte, und sprang auf. Hanna blieb augenblicklich stehen, und Femke hielt die Luft an. »Die Deern hat in den letzten Wochen die Familie durchgebracht. Ohne zu klagen, ohne ein Widerwort hat sie getan, was ich hätte tun sollen – dafür sorgen, dass es uns weiterhin gutgeht.« Seine Lippen begannen zu beben, seine Augen glänzten. Er kniff sie

immer wieder zusammen, um die Tränen zurückzuhalten. »Wenn du nicht mehr weißt, was dieses Kind für uns bedeutet, ich weiß es noch! Und das gilt heute mehr denn je.« Zornig funkelte er seine Frau noch einmal an, drehte auf dem Absatz um und rannte aus der Stube, die Tür hinter sich ins Schloss knallend.

Die beiden Frauen blieben entgeistert zurück. Es dauerte einen Moment, bis Hanna Thurau sich so weit gefasst hatte, dass sie Femke ruhig ansprechen konnte.

»Du sagst, er ist ein französischer General?«

»Ja.«

»Und er ist wirklich nur an deinem Geschick interessiert? An deinem handwerklichen Geschick, meine ich.«

Femke antwortete nicht, sondern nickte nur kaum sichtbar.

»Ich meine, es wäre doch nicht verwunderlich, wenn er sich auch in dich verguckt hätte. Du kannst dich sehen lassen, bist im besten Alter.«

Es arbeitete in Femkes Kopf. War es nicht möglich, dass der Wirt des Kurhauses ihren Eltern früher oder später verriet, dass sie Arm in Arm gegangen waren? Sie rief sich das Essen ins Gedächtnis. Deval hatte mehr als einmal seine Hand auf ihre gelegt und ihre Wange gestreichelt. Sie musste wenigstens kleine Zugeständnisse machen.

»Ja, er mag mich schon recht gerne«, gab sie leise zu.

»Und was ist mit dir?« Die Augen ihrer Mutter blickten forschend. Ihre Wut war verflogen, und sie betrachtete ihre Tochter wieder mit der Liebe, die sie ihr immer entgegengebracht hatte.

»Ich weiß es nicht.« Und das war die Wahrheit.

»Lass dir Zeit, Femke.« Hanna nahm ihre Hände in die ihren. »Wenn du auch Gefühle für ihn hast, und wenn er wirklich so anständig ist, wie du sagst, dann sollten wir ihn kennenlernen.«

Sie sah ernst aus, lächelte jedoch sanft. »Ich nehme an, auch in Frankreich hält man bei den Eltern um die Hand der Braut an.«
»Mutter!«
»Ist ja schon gut. Werde du dir erst einmal klar, ob er der Richtige ist, dann sehen wir weiter. Bis es so weit ist, solltest du allerdings keine Nacht mehr mit ihm in einer Kammer verbringen. Kann sein, dass er sonst um dich anhalten muss.« Sie stand auf und strich sich den Rock glatt. »So, jetzt will ich mal sehen, wo dein Vater ist. Ach, Kind, mit Männern ist es nicht immer einfach, weißt du?«
O ja, das wusste sie nur zu gut. Sie ließ müde den Kopf sinken, fuhr aber sofort wieder hoch, als ihre Mutter sich an der Tür noch einmal umdrehte.
»Und ich hätte schwören können, dein Herz gehört dem Johannes Nebbien.«

Das neue Jahr brachte Schnee. Es wollte gar nicht mehr aufhören zu schneien. Schon verwandelten ungezählte Flocken die Straßen und Häuser in ein Märchenland. Die Hufe der Pferde, das Knarzen der Wagenräder, die Schritte der Menschen wurden gedämpft, als wäre die Welt mit einem Mal in Samt gehüllt. Jeden Tag aufs Neue schaufelten die Knechte die Glockengießer- und die Königstraße frei. Trotzdem hatte Femke Mühe, in die Werkstatt und zurück nach Hause zu kommen. Die Rosenblüte für Neuvilles Schwester hatte sie fertiggestellt. Das war gut, denn er würde in wenigen Tagen abreisen. Femke bedauerte das, denn sie mochte ihn. Nach dem Weihnachtsessen hatten sie sich noch zweimal getroffen. Einmal hatte Deval ihn mit in die Werkstatt gebracht, später gingen sie gemeinsam aus, um Neuvilles Abschied zu feiern. Wann immer Femke Deval sah, erinnerte sie ihn daran, dass sie mehr

Bernstein brauchte. Sie hatte nur noch drei kleine Stücke, aus denen sich überhaupt noch etwas machen ließ. Jedes Mal vertröstete er sie.
»Ich habe dir gesagt, ich kümmere mich darum, also kümmere ich mich auch darum. Was ist bloß los mit dir? Kannst du an nichts anderes denken als an deinen Bernstein?«
Nach dem Abschiedsabend von Neuville nahm Deval sie das erste Mal mit zu sich. Er hatte sich in einem dreigeschossigen Stadtpalais mit Dreiecksgiebel in der Schildstraße nahe der Aegidienkirche eingerichtet. Er war nicht mehr so behutsam wie beim ersten Mal. Vielleicht kam es ihr aber auch nur so vor, weil sie klarer bei Sinnen war. Sie setzte sich zur Wehr, wenn er sie gar zu grob anpackte. Das stachelte ihn anscheinend nur an.
Hinterher sagte er: »Siehst du, meine Femke, die Spielarten der Liebe sind vielfältig. Ich nehme an, dass es allen Männern auf Dauer zu langweilig ist, wenn sie allzu zart sein müssen.«
Sie erwiderte nichts, sondern starrte nur an die prächtige Kassettendecke.
»Du solltest jetzt besser gehen«, ließ er sie wissen und gähnte. »Es könnte einen schlechten Eindruck machen, wenn du erst morgen früh mein Haus verlässt.«
Noch nie war sich Femke so schmutzig und so benutzt vorgekommen. In aller Eile schlüpfte sie in ihre Kleider und rannte beinahe aus dem Palais. Sie lief die Aegidienstraße hoch bis zur Königstraße. Einmal rutschte sie aus und wäre gefallen, wenn sie sich nicht in letzter Sekunde an einem Mauervorsprung hätte halten können. Es war stockfinster, und sie hoffte inständig, niemandem zu begegnen. Mit gesenktem Kopf ging sie weiter. Schnell kam sie nicht voran, zu groß war ihre Furcht, doch noch zu stürzen. Aus der Ferne hörte sie Schritte sich nähern. Wenig später erkannte sie einen Mann mit schwarzem

Umhang und schwarzer Kappe. Er schwenkte eine Lampe. Sie erschrak, als ihr klarwurde, dass er direkt auf sie zukam. Sehen konnte er sie gewiss nicht, denn sie stand ja in völliger Dunkelheit. Sie flüchtete in einen Hauseingang und presste sich mit dem Rücken an die Tür. Als er fast heran war, hob der Mann einen Arm und blies in sein Horn. Ein unheimlicher Laut erfüllte die Gassen der Stadt. Es war der Nachtwächter, der, wie es seit vielen Jahren Brauch war, die Stunde verkündete.
»Hört, ihr Leut', und lasst euch sagen«, rief er mit lauter Stimme in die Stille, »unsre Uhr hat Mitternacht geschlagen.«
Schon Mitternacht! Femke presste sich noch fester an die Tür, als er an ihr vorüberging. Dann schlich sie weiter und erreichte endlich das sichere Elternhaus.
In der Nacht träumte sie, Johannes sei zurück und liege in Lübeck im Hospital. Ganz deutlich sah sie ihn vor sich, die dunklen Schatten unter seinen Augen, die fahle Haut, Schweißperlen auf seiner Stirn. Er lag in weißen Laken und schlief. Sie berührte sein schweißnasses Haar und strich ihm eine Strähne aus den Augen. Dann erwachte sie. Sie fühlte sich schrecklich allein. Ihr schien es, als hätte sie alles in ihrem Leben falsch gemacht. Arme und Beine waren bleischwer, als sie am Morgen aufstand. Sie hustete und wünschte sich sehnlichst, dass der Traum, in dem sie Johannes, aus seiner Gefangenschaft befreit, gesehen hatte, wahr würde, doch glauben konnte sie es nicht.
Nachdem sie eine Tasse heiße Milch getrunken hatte, verließ sie das Haus. Sie hatte keinen Hunger, fühlte sich matt und fiebrig. Auch der Husten wurde immer stärker, und ihr Hals schmerzte. Sorgsam hob sie die Beine, um hier über einen Schneehaufen zu steigen, dort über eine gefrorene Pfütze hinwegzutreten. Sie hatte sich entschieden, die übrigen Steine und ihr Schnitzwerkzeug wieder nach Hause zu holen. Dann brauchte sie nicht jeden Tag durch den immer höher

aufgetürmten Schnee zu stapfen. In dem einfachen Haus in der Königstraße angekommen, packte sie zusammen, was sie in den nächsten Tagen brauchen würde. Sie trat gerade wieder auf die Gasse, als Deval auf sie zukam.
»Du gehst schon?«
»Ja, ich habe mir nur ein paar Dinge geholt.«
»So. Du hast mir einmal gesagt, nichts sei so schön wie Lübeck im Schnee. Nun, du hast nicht übertrieben. Es ist malerisch. Lass uns ein wenig spazieren gehen.« Er schickte sich an, sie unterzuhaken.
»Seien Sie mir nicht böse, aber ich fühle mich nicht besonders.«
Er schüttelte verständnislos den Kopf. Femke wusste nicht, worüber. Darüber, dass sie nicht mit ihm durch die winterlich weißen Gassen bummeln wollte, oder darüber, dass sie ihn wieder mit Sie anredete.
»Du gehst mir doch nicht aus dem Weg, oder?« Er blickte sie skeptisch an. Dann hob er ihr Kinn an und sah ihr in die Augen. »Nein, du dürftest mir die Wahrheit gesagt haben. Entschuldige, dass ich an dir gezweifelt habe. Du siehst wirklich elend aus.«
War dieser besorgte freundliche Mann derselbe, der sie gestern Abend aus seinem Bett geworfen hatte?
»Ich werde mich am besten hinlegen.«
»Schade. Dann bringe ich dich wenigstens nach Hause.«
»Ich glaube nicht, dass das eine gute Idee ist.«
»O doch, keine Widerrede. Sonst stürzt du womöglich, geschwächt, wie du bist.«
Und so hakte er sie unter und lotste sie zwischen Schneehaufen hindurch an schaufelnden Männern vorbei, die sich den Schweiß mit den Ärmeln von der Stirn wischten.
»Ich habe nun wirklich bald keinen Bernstein mehr.«

Er schnaubte gereizt.
»Ich weiß, Sie wollen sich darum kümmern. Aber wann? Wenn Sie nichts bekommen können, werde ich einen anderen Weg finden müssen, um an Rohmaterial zu kommen.«
»Ach so? Gibt es denn einen anderen Weg?«
»Ich weiß nicht, ich ...«, stammelte sie.
Er blieb stehen. Sie waren gerade erst an der Ecke Glockengießerstraße angekommen.
»So«, rief er fröhlich, »da wären wir. Dann werde ich mal gehen. Ich habe noch einiges zu erledigen. Ich sehe dich später.«
Er hauchte ihr einen Kuss auf die Wange und ging, die Hände tief in den Manteltaschen vergraben, davon. Es war keine Rede mehr davon, dass sie stürzen könnte.
Femke atmete tief ein und bekam prompt einen Hustenanfall. Sie hatte alles so satt! Mit hängenden Schultern ging sie die wenigen Schritte bis zum Haus mit der Nummer 40. Dort angekommen, machte sie, einem Impuls folgend, kehrt. Sie lief in die entgegengesetzte Richtung, die Beckergrube hinab bis zum Hafen. Sie keuchte, kalter Schweiß trat ihr auf die Stirn und die Oberlippe. In ihrer Kehle brannte ein Feuer, das Böses ahnen ließ. Weiter ging es am Ufer der Trave entlang. Wenn sie keinen Bernstein mehr hatte, musste sie eben nach Osten gehen und sich welchen besorgen. Sie wollte nicht länger auf die Gunst dieses Franzosen angewiesen sein. Sollte er doch nach ihr suchen! Vermutlich war es ihm ohnehin gleich, ob sie in der Stadt war oder nicht. Sie eilte auf die beiden dicken Türme des Holsten Thors zu. Immer schwerer wurde ihr das Atmen, immer häufiger strauchelte sie. Unter dem Bogen des äußeren Tores machte sie halt. Sie lehnte sich an das kalte feuchte Mauerwerk, hustete und japste. Am liebsten wäre sie an dem Stein hinabgerutscht und einfach liegengeblieben, aber sie zwang sich, weiterzugehen. Es würde eine weite Reise werden. Sie

hätte einen Kanten Brot mitnehmen sollen, dachte sie noch und taumelte voran. Nach einigen Schritten drehte sie sich um. Von hier sah das Holsten Thor aus wie ein Gesicht, ein entsetztes Gesicht mit aufgerissenen Augen. Sie lief zur Puppenbrücke, schwankend, und blickte in die verschwommenen Gesichter von Merkur und Neptun, von Frieden und Eintracht.
»Heda, Deern, alles in Ordnung?« Femke hörte die Stimme wie aus weiter Ferne. Sie wollte antworten, aber es kam kein Laut über ihre Lippen. Dann wurde es schwarz um sie.

Drei Tage und drei Nächte kämpfte sie gegen den starken Husten und das hohe Fieber. Dann endlich kam sie wieder zu sich. Sie erkannte ihre Mutter, die ihr kalte Umschläge um die Knöchel legte. Tag für Tag kam sie mehr zu Kräften und konnte schließlich wieder aufstehen.
»Was wolltest du um Himmels willen da draußen?«, fragte Hanna Thurau immer wieder besorgt, ohne darauf eine Antwort zu erhalten. Was hätte Femke auch sagen sollen? Dass sie nach Osten laufen wollte, die Bernsteinküste entlang? Ihre Mutter müsste ja meinen, sie habe vollständig den Verstand verloren. Dass wohl einfach alles zu viel für sie geworden war, konnte sie auch nicht eingestehen.
Es tat ihr gut, als sie endlich wieder das Millionen Jahre alte Harz bearbeiten konnte. Lange währte diese Freude aber nicht. Sie lieferte die letzten Stücke ab und machte sich eines Tages auf den Weg zu Devals Stadtpalais, um ihn ein letztes Mal nach seinen Bemühungen zu fragen, ihr Nachschub zu liefern. Selten war ihr in ihrem Leben so klar, was zu tun war. Es war, als hätte ihr das Fieber zwar zunächst das Bewusstsein genommen, sie dann aber zur Besinnung gebracht.
»Ich gehe zu Monsieur Deval«, teilte sie ihren Eltern mit. »Er versucht mehr Bernstein für mich zu bekommen. Es ist nichts

mehr übrig, aber es wollen doch noch so viele Leute etwas haben.«
»Willst du ihn uns nicht bald mal vorstellen, hm?« Carsten Thurau zwirbelte seinen Bart und sah sie liebevoll an.
»Ja, Vater«, erwiderte sie, »ich werde ihn einladen.« Damit verschwand sie.
Ein Mädchen öffnete die massive Holztür mit den geschwungenen Schnitzereien. Sie machte einen Knicks und ließ Femke eintreten. Dann ging sie die Treppe hinauf. Nach wenigen Augenblicken erschien Deval oben und lief leichtfüßig zu ihr hinunter.
»Femke, das ist eine Überraschung!« Sein erfreuter Ausdruck wirkte aufrichtig. Er küsste sie auf die Wange. »Darf ich den Anlass deines Besuchs erfahren?«
»Er wird Ihnen nicht gefallen.« Sie lächelte ihn charmant an.
Sein Gesicht verriet Skepsis und Neugier. »Komm erst einmal herein«, sagte er höflich, nahm ihr den Mantel ab und führte sie in den Salon. Während sie in einem Sessel Platz nahm, fachte er das Feuer im Kamin neu an, das auszugehen drohte.
»Also, was treibt dich her, was mir missfallen könnte?« Er schien wahrhaftig keine Idee zu haben.
»Es geht um den Bernstein.«
»Ich hätte es wissen müssen.« Seine Verzweiflung war übertrieben und gespielt. Femke ging nicht darauf ein. Er war ein schlechter Komödiant. Warum war ihr das nur nicht früher aufgefallen? Da sie nicht reagierte, sprach er weiter. »Weißt du, Chéri, es gibt da jemanden, der kann dir eine gute Menge besorgen. Aber es dauert seine Zeit.«
»Wann?«, fragte sie. Es klang weder ungeduldig noch drohend. Wie und womit hätte sie ihm auch drohen können.
»Das kann ich nicht sagen.« Er sah zufrieden in die Flammen, die nun wieder knisternd in die Höhe züngelten. »Vielleicht nächste Woche, vielleicht ein bisschen später.«

Sie glaubte ihm kein Wort. Er hatte keine Ahnung, woher er Bernstein kriegen sollte. Eine Rose im Winter, das bekam er hin, aber das war auch alles.
»Gut«, sagte sie nur und stand auf.
»Du willst doch nicht schon gehen?«
»Doch. Ich habe Sie etwas gefragt und meine Antwort bekommen. Das war alles. Mehr wollte ich nicht.«
Er kam auf sie zu. »Aber ich will mehr.« Er presste seine Lippen auf ihre. Sie war nicht überrascht. Natürlich nicht. Wer sich in Gefahr begibt, kommt darin um. Sagte man es nicht so? Sie hatte damit gerechnet, und es machte ihr nichts mehr aus. Ihre Gedanken waren bei Johannes. Es war sein Nacken, um den sie ihre Arme schlang, sein Haar, durch das sie ihre Finger gleiten ließ, sein Hals, den sie mit ihrer Zungenspitze nachzeichnete.
Deval stöhnte auf: »Oh là, là, was ist denn heute mit dir los?« Er sank in die Knie und zog sie mit sich. Sie half ihm, sich von seinem Hemd zu befreien, kratzte und biss. Mal stellte sie sich vor, bei dem Mann zu sein, den sie liebte, streichelte und liebkoste ihn hingebungsvoll, dann wieder wurde ihr klar, wessen Hände ihren Körper erkundeten und in Flammen setzten, und all ihr Hass entlud sich in wütenden Faustschlägen und atemlosen Küssen. Sie kannte sich selbst nicht mehr.
Als sie sich wenig später ankleidete, konnte sie ihn nicht ansehen. »Meine Eltern wollen Sie kennenlernen«, sagte sie kühl, während sie ihre Haare richtete.
»So?« Das war offenbar das Letzte, womit er gerechnet hätte.
»Sie glauben, dass Sie um meine Hand anhalten werden.« Sie strich sich den Rock glatt. Ihre Stimme gaukelte ihm Gelassenheit vor, doch ihr Herz raste, und ihre Knie fühlten sich nicht so an, als würden sie zuverlässig ihren Dienst tun.
Er fuhr sich mit beiden Händen durch das zersauste Haar. »Was? Wie kommen sie denn auf die Idee?«

»In Lübeck ist so etwas nicht unüblich, wenn ein Mann einer Frau die Unschuld raubt.«
»Du hast ihnen das doch nicht gesagt?« Er schien eher amüsiert als schockiert zu sein.
»Natürlich nicht.«
Einen Moment schwiegen beide.
»Was hast du dir nur eingebildet?«, fragte er unvermittelt.
»Nichts, ich dachte ja nur ... Ich dachte nicht, dass ...« Da war wieder ihre verflixte Unsicherheit.
»Was denn nun, dachtest du oder dachtest du nicht?« Er wartete einen Moment auf eine Reaktion, dann begann er zu lachen. Er lachte sie aus.
»Ich habe mir nichts eingebildet. Ich könnte mir nichts Schlimmeres ausmalen, als dass Sie um meine Hand bitten.« Sie schluckte. Sie musste hier raus, bevor sie anfing zu weinen.
Deval lachte nicht mehr. Er musterte sie von oben bis unten.
»Dann ist es ja gut«, sagte er kalt. »Weil ich nämlich verheiratet bin.«

»Und, hat Monsieur Deval Bernstein für dich bekommen?« Hanna Thurau zündete die Lampe an, die die Stube in warmes gelbes Licht tauchte.
»Nein.«
»Das ist schade. Und was jetzt?«
»Ich werde den Anhänger mit der Eidechse zerteilen.«
»Was?« Carsten Thurau, der sich gerade mit den *Lübecker Anzeigen* niedergelassen hatte, blickte sie erschrocken an. Die Bekanntmachungen von Todesanzeigen, Auktionen und Getreidepreisen schienen mit einem Schlag uninteressant geworden zu sein. »Ich habe mich wohl verhört!«
»Das kannst du nicht tun, Femke«, stimmte Hanna ihrem Mann zu.

»Ich weiß ja, dass es ein Erbstück ist. Und es fällt mir doch auch wirklich schwer. Aber ich habe sonst kein Material mehr.«

»Bald bekomme ich Weinlieferungen, dann ist alles wieder im Lot.«

»Aber ich schnitze doch nicht nur, um für uns Lebensmittel zu erwerben. Ich meine, es ist wunderbar, dass die Menschen mich belohnen, aber ich liebe doch auch das Schnitzen und Schmirgeln, das Schneiden und Polieren selbst.«

»An deinen Anhänger legst du jedenfalls nicht das Messer an«, brummte er missmutig.

»Wo ist er überhaupt?« Hanna Thurau schien erst jetzt zu bemerken, dass Femke die Kette lange nicht getragen hatte.

»Ich habe ihn versteckt. Damals, als ich drei Tage in dem Weingewölbe beim St.-Petri-Kirchhof ausharren musste, habe ich ihn dort versteckt, falls die Plünderer auch unser Haus heimsuchen würden.«

»Kluges Mädchen«, lobte ihr Vater. »Und jetzt willst du das kostbare Stück selbst zerstören? Das wäre allerdings weniger klug.«

»Ich habe es mir gut überlegt. Das Harz ließe sich eng um die Eidechse herum schneiden. Dann blieben zu beiden Seiten zwei anständige Brocken übrig, aus denen sich etwas schnitzen ließe.«

»Zwei Brocken? Wie lange würde es dauern, bis du diese zwei Brocken verwandelt und weggegeben hättest, hä? Und dann?«

»Nun, das Mittelstück bringt sicher viel ein, wenn ich es gut poliere. Einschlüsse sind sehr begehrt.«

»Kommt nicht in Frage!« Er wurde lauter.

Femke musste an das Gespräch denken, das sie einmal belauscht hatte. Jetzt war sie sicher, dass es um ihren Anhänger gegangen war. Genau wie an dem Tag, als Deval ihr ins Gesicht angeboten hatte, seine Mätresse zu werden, und es für ihren Vater schlicht nicht denkbar war, dass der Bernsteinanhänger verkauft wurde, während ihre Mutter diese Möglichkeit für einen Ausweg hielt, wenn kein anderer in Sicht war, kämpfte er auch jetzt um ihn.

»Carsten«, begann Hanna vorsichtig, »dieser Monsieur Belmont hält dich seit Tagen hin. Er kann schließlich auch nicht persönlich den Wein aus Frankreich holen. Es steht nicht in seiner Macht, ob und wann du wieder Ware bekommst.«

»Er hat es mir ganz fest zugesagt, und er ist der verantwortliche Mann in dieser Sache«, beharrte er.

»Der Seehandel ist durch Napoleons Dekret nahezu zum Erliegen gekommen. Und der Landweg ist gefährlich«, fuhr Hanna unbeirrt fort. »Was kann ein Mann da tun, selbst wenn er noch so viel Verantwortung und Einfluss hat?«

»Ich kann für meine Familie sorgen«, polterte er. »Und wenn hier jemand ein Opfer bringen muss, dann bin ich das! Femke hat weiß Gott genug getan«, fügte er etwas leiser hinzu.

Hanna stand auf und ging zu ihm. Sie legte ihm eine Hand auf den Arm. »Erinnerst du dich an die Worte, mit denen uns der Anhänger für unsere Tochter gegeben wurde?« Sie wählte jede Silbe offenbar mit Bedacht. Ihre Stimme klang weich und einschmeichelnd. Sie gab sich alle Mühe, eine Situation in der Vergangenheit heraufzubeschwören.

Statt, wie Femke es erwartet hatte, ruhiger zu werden oder ihretwegen auch zu schimpfen wie ein Rohrspatz, starrte Carsten seine Frau nur mit offenem Mund an. »Er soll als Schmuckstück getragen werden, gewiss. Aber er soll uns auch nützen, wenn wir in Not sind. Ich habe diese Worte nie vergessen. Wir müssen nur den Zeitpunkt erkennen, wenn die Not am größten ist. Und jetzt …«

»Schweig, Weib!«, herrschte er sie an.

Es war still in der Stube. Nur das Knistern des Feuers im Ofen und der schwere Atem von Carsten Thurau waren zu hören.

»Ich habe die Worte auch nicht vergessen«, keuchte er heiser. »Wohl habe ich aber eine andere Vorstellung davon, was große Not ist. Wir haben ein Dach über dem Kopf. Mehr als das.« Er deutete mit einer ausladenden Geste auf den Ofen, die Möbel, die schweren Samtvorhänge vor den Fenstern. »Wir haben bisher noch immer zu essen und zu trinken gehabt. Und das wird auch so bleiben.«

»Aber es ist doch nur ein Schmuckstück«, sagte Femke

Langsam drehte er ihr den Kopf zu. Er sah mit einem Mal ganz grau und alt aus. »Nein, mein Mädchen, es ist viel mehr als das.« Er machte eine Pause und schien zu überlegen, ob er sagen sollte, was er auf dem Herzen hatte, oder ob er besser schwieg. Dann hatte er sich entschieden. »Es ist das Einzige, was du von deinen wahren Eltern hast.«

»Carsten!« Hanna wurde bleich. Femke war sicher, dass sie ihren Mann in der nächsten Sekunde ins Gesicht schlagen würde. Stattdessen gaben ihre Knie nach, und sie sank in seine Arme. Gemeinsam stützten sie sie und brachten sie zum Sofa. Femke legte ihr die Wollstola um. »Geht es wieder?«, fragte sie. Sie setzte sich zu ihrer Mutter und hielt ihre Hände.

Carsten Thurau ließ sich erneut in seinen Sessel sinken. »Hast du mir überhaupt zugehört?«

Femke bemerkte, dass sie ihn zwar hatte reden hören, seine Worte aber nicht begriffen hatte. Zu sehr war sie vom Antlitz ihrer Mutter gefesselt, das die Farbe völlig unnatürlich wechselte, zu einer Grimasse wurde, um schließlich vollkommen zu erschlaffen.

»Ja, du sagtest ...« Sie rief sich seine Worte ins Gedächtnis. Als sie ihr einfielen, starrte sie ihn fassungslos an. »Es ist das Einzige, was ich von meinen wahren Eltern habe? Aber was soll

das denn heißen? Ihr seid doch meine Eltern, meine wahren Eltern. Ich meine, es gibt doch nur wahre Eltern, oder nicht?«
Sie schluckte. Es war ihr unmöglich, sich einen Reim darauf zu machen.
Hanna hob die Hand, ließ sie aber gleich wieder sinken.
»Denkst du nicht, dass es an der Zeit ist, ihr die Wahrheit zu sagen?«, fragte Carsten.
Sie nickte langsam, sog tief die Luft ein und schob dann die Hände ihrer Tochter zur Seite. »Ich hole den Brief«, sagte sie und verließ die Stube.
»Was ist denn nur los?«, wollte Femke wissen. Wollte sie wirklich? Wenn sie ganz ehrlich war, hatte sie in den letzten Monaten mehr als genug Aufregung gehabt. Niemand sollte ihr die Wahrheit sagen. Sie wollte nur noch hören, dass alles in Ordnung war und alles wieder gut würde.
Hanna kam mit einem Stück Papier zurück. Es war vergilbt. Die Jahre waren ihm anzusehen. Nach und nach erzählten sie Femke, dass sie sich immer Kinder gewünscht, aber nie bekommen hatten, von ihrer ersten Nacht draußen im Sommerhaus vor den Toren der Stadt, von Hannas Traum, der gar kein Traum gewesen war. Als sie ihr schließlich schilderten, wie sie mit dem kleinen Bündel im Bett gelegen und das frierende Kind mit ihren Körpern gewärmt hatten, lächelten sie. Sie sahen jetzt aus, als wäre eine große Last von ihnen genommen. Sie blickten einander in die Augen. Femke erkannte, wie verliebt sie nach all den Jahren noch waren.
»Ist dir denn nie aufgefallen, dass du die roten Haare und die grünen Augen weder von deinem Vater noch von mir geerbt haben kannst?«
Femke schüttelte stumm den Kopf.
»Ich hätte ja lieber einen Jungen gehabt, aber wo du nun schon mal da warst ...« Es war offenkundig, dass ihr Vater sie zum

Lachen bringen wollte, doch ihr war nicht im Geringsten danach zumute.

»Hier, Femke.« Hanna reichte ihr das Papier. »Das ist von deiner Mutter.«

»Du bist meine Mutter«, schluchzte sie.

»Ja, Kind, und das werde ich auch immer bleiben.« Auch Hanna schossen jetzt die Tränen in die Augen. Sie riss Femke an sich und drückte sie ganz fest. Sie weinten, Femke am ganzen Körper bebend, Hanna still. Nur ab und zu sah Femke, wie eine Träne auf den Ärmel ihrer Mutter fiel, an dem sie sich festklammerte.

Endlich konnte sie sich lösen und nahm ihr das Papier ab. Sie warf ihrem Vater einen fragenden Blick zu. Der wischte sich mit dem Handrücken über das Gesicht und nickte ihr mit zusammengekniffenen Lippen zu.

Femke las:

»Dies ist meine Tochter Femke. Ich habe sie in einer Nacht mit einem Großbauern empfangen, mit dem ich Geschäfte gemacht habe. Er war ein guter Mensch, doch von Liebe oder gar Heirat war nie die Rede gewesen. Und ich war längst weitergezogen, als ich merkte, dass da ein Kind unter meinem Herzen heranwächst. Es war zu spät, um etwas dagegen zu unternehmen, und ich hätte das auch nicht gekonnt. Doch behalten kann ich meine Tochter auch nicht. Darum habe ich schon vor der Niederkunft in Lübeck nach ehrbaren Menschen gesucht, die sich ihrer annehmen können. Ich hörte, dass Ihnen das Glück eigener Kinder nicht vergönnt sei. Und ich hörte, dass Sie wahrlich gute Menschen sind. So lege ich das Schicksal meiner kleinen Femke in Ihre Hände. Ich bete zu Gott, dass er Sie reich dafür entlohnen möge, dass Sie ihr ein gutes Zuhause geben. Das Einzige, was ich Ihnen als Lohn geben kann, ist das Amulett, das das Kind um den Hals trägt. Es ist ein Familienerbstück und von einigem Wert, doch habe ich es nie angerührt,

wenn Hunger und Elend auch noch so groß waren. Die rechtmäßige Besitzerin ist Femke. Möge sie das Schmuckstück tragen, wenn sie eine junge Frau geworden ist. Oder mögen Sie den rechten Zeitpunkt erkennen, wenn es Ihnen in der Not nützen kann.«

Die nächsten Tage verbrachte Femke fast nur in ihrer Kammer. Sie kam zum Essen in die Stube, wollte dann aber bald wieder allein sein. Ihre Eltern ließen sie in Ruhe.
»Sie braucht Zeit«, sagte Hanna mehr als einmal. »Geben wir ihr Zeit.«
An einem grauen Februartag teilte Femke ihnen mit, dass sie ihren Anhänger holen wolle. Sie wolle ihn wieder tragen.
»Denkst du noch immer daran, ihn in Stücke zu schneiden?«, fragte Carsten vorsichtig.
»Nein«, antwortete sie. »Das kommt für mich jetzt nicht mehr in Frage.«
Er atmete auf und strahlte sie an. »Ich begleite dich«, schlug er dann vor.
»Nein, Vater, ich möchte allein gehen.«
Er wollte widersprechen, sie überzeugen, aber ein Blick seiner Frau hielt ihn davon ab.
»Also gut, wie du meinst.« Etwas hilflos stupste er ihre Nase.
Die Temperaturen waren in den letzten Tagen gestiegen. Der Schnee schmolz und verwandelte die Straßen in schlammige Bäche. Knöcheltief sank Femke bei so manchem Schritt in die Mischung aus Wasser, Unrat und Sand ein. Zum Abend hin, wenn es wieder kälter wurde und fror, musste man zu Hause sein, denn alle Gassen und Wege verwandelten sich in gefährliche Eisbahnen. Als Kind hätte sie keine Gelegenheit versäumt, mit beiden Füßen in den Matsch zu springen und am frühen Morgen über die noch gefrorenen Pfützen zu schlittern. Das war lange her. Sie nahm nicht den direkten Weg, den sie

im November mit ihrem Vater gelaufen war, sondern machte einen Bogen, die Beckergrube hinab und an der Marienkirche vorbei. Sie wollte keinesfalls Deval begegnen, der sie unter Umständen in der Königstraße in der Werkstatt zu sehen beabsichtigte. Niemand lief ihr über den Weg.

Rasch schlüpfte sie in das kleine Haus. Es war ein sonderbares Gefühl, wieder hier zu sein, wo sie ganz allein fast drei Tage und zwei volle Nächte hatte ausharren müssen. Eine schöne Erinnerung war das nicht gerade, aber die schweren Stunden waren vorübergegangen und hatten ihr möglicherweise das Leben gerettet. Wer konnte das schon sagen? Sie lief die Stiege hinab in den dunklen Keller. Das Tageslicht schien schwach durch die kleinen Fenster. Dieses Mal trug Femke eine Lampe bei sich. Das Gewölbe wirkte nicht mehr so eng und gedrungen. Kein einziges Weinfass füllte den Platz, allein die Holzrahmen, auf denen sie gelegen hatten, standen wie die Rippen eines übermäßig großen Skeletts beieinander. Im flackernden Schein der Flamme rannte eine Spinne vor Femkes Füßen über den steinernen Boden. An der Wand blieb sie eine Weile sitzen, bevor sie in erstaunlichem Tempo die Wand hinauf in die Dunkelheit verschwand.

Femke fand die Stelle zwischen zwei großen Steinquadern auf Anhieb. Sie kniete sich hin, wischte mit den Fingern den Sand beiseite, den sie selbst über ihren Schatz gestreut hatte, und zog endlich das kleine Päckchen an einem Zipfel des Leinentuchs hervor. Die Lampe stand neben ihr auf dem Boden. Feuchtigkeit und Kälte machten ihr nichts aus. Sie konnte es nicht erwarten, ihre Eidechse wiederzusehen. Also wickelte sie den Anhänger aus und betrachtete ihn lange.

»Da bist du ja«, flüsterte sie, als sie in das Auge des Reptils blickte. »Meine Mutter hat dich in den Händen gehalten, so wie ich jetzt. Kannst du mir nicht etwas über sie verraten?«

Lange sah sie die geschuppte Haut, die winzigen leicht gebogenen Krallen, die Öffnung des Mundes an, bis sie schließlich meinte, das eingeschlossene Tier habe sich bewegt. Sie schloss die Augen und legte sich das kalte glatte Oval an die Stirn. »Erzähl mir doch, was du weißt«, bettelte sie wieder und wieder. Die Eidechse jedoch schwieg in ihrem Grab aus Harz.
Femke hätte nicht sagen können, wie lange sie im kalten Keller zugebracht hatte. Ihre aufeinanderschlagenden Zähne machten ihr klar, dass es wohl zu lange gewesen war. Sie löschte die Lampe, als sie wieder oben in der kleinen einfachen Diele stand, und stellte sie an ihren Platz zurück. Ein lautes Pochen an der Tür ließ sie herumfahren.
»Femke!«, rief eine Frauenstimme. »Bist du hier?«
Femke öffnete und sah sich Clara Nebbien gegenüber.
»Frau Nebbien, ist etwas passiert?«
»Der Johannes ist wieder da!«
»Was? Aber das kann doch nicht sein!« Femke konnte nicht glauben, was sie hörte.
»Aber ja doch, wenn ich es dir sage!« Clara Nebbien hatte lange nicht mehr so glücklich ausgesehen. »Er ist geflohen. Er konnte sich aus der Gefangenschaft befreien. Ist das nicht wunderbar?«
»Das ... das ist großartig!«
Die beiden Frauen fielen sich in die Arme.
»Wo ist er? Ist er zu Hause?«
»Nein, er ist im Hospital. Ich weiß nicht, was sie meinem Jungen angetan haben, aber er ist mit seinen Kräften am Ende. Nicht einmal bei Bewusstsein ist er.«
»Waren Sie schon bei ihm?«
Femke schloss die Tür hinter ihnen ab, und sie machten sich auf den Heimweg, während Clara Nebbien weitersprach. »Ja, ich komme eben von ihm. Ein Kamerad war bei uns, mit dem

Johannes fortgelaufen ist. Sie waren wohl zu dritt. Der Soldat berichtete, er habe gehört, wie ein Franzose rief, sie sollen sie laufen lassen. Da sei der Nebbien dabei, und dem dürfe nichts geschehen. Ist das nicht erstaunlich?« Sie schüttelte noch immer ungläubig den Kopf. »Es ist ein Wunder!«

»Ja«, sagte Femke und lachte sie an. »Das ist ein Wunder.« Und in Gedanken fügte sie hinzu: Danke, Pierre Deval, du hast Wort gehalten. Wenigstens das.

In der Glockengießerstraße angekommen, sagte Femke: »Ich werde gleich zu ihm gehen.«

»Warte lieber noch ein paar Tage«, erwiderte Johannes' Mutter. »Er ist nicht bei Bewusstsein. Er wird gar nicht mitkriegen, dass du da bist. Ich werde morgen wieder nach ihm sehen und dich wissen lassen, sobald er zu sich kommt.«

»Aber ich will ihn doch nur rasch sehen.«

»Ihr seid zusammen aufgewachsen.« Sie nickte verständnisvoll. »Ihr seid wirklich Freunde gewesen. Ich kann mir vorstellen, dass du dir Sorgen um ihn machst. Aber glaube mir, er braucht jetzt vor allem Ruhe, damit er bald wieder gesund wird. Und du willst doch, dass er schnell wieder zu Kräften kommt.«

»Natürlich.«

Wahrscheinlich hatte Clara Nebbien recht. Sie verabschiedeten sich, und Femke brachte ihren Eltern die gute Nachricht.

»Kaum habe ich meinen Anhänger zurück, schon bringt er mir Glück«, beendete sie ihren Bericht.

»Das sind wirklich gute Neuigkeiten«, sagte ihre Mutter zwar, doch besonders erfreut wirkte sie dabei nicht.

Auch Femkes Vater berührte die großartige Nachricht offenkundig kaum. Anstatt vergnügt seine Bartspitzen zu zwirbeln, blickte er sorgenvoll vor sich hin.

»Was ist denn mit euch los? Stimmt etwas nicht?«

Die beiden schauten einander an.

»Keine Geheimnisse mehr«, sagte Hanna.
Femke wurde unruhig. Gab es schon wieder schlechte Botschaften, neuen Kummer?
»Lübecks Souveränität ist nicht umsonst zu haben«, begann ihr Vater. »Wir mussten viele Jahre an die an den norddeutschen Grenzen stehenden Truppen Zahlungen leisten.«
»Dein Vater hat die Stadt dabei unterstützt. Sehr großzügig unterstützt«, erklärte ihre Mutter mit Nachdruck.
»Wir konnten es uns leisten«, verteidigte er sich.
»Ja, nur kam dann noch die Investition in Travemünde dazu. Dein Vater hat einen Kredit aufgenommen.«
»Es sollte nur vorübergehend sein, aber dann ...«
»Dann kam der Krieg«, beendete Femke seinen Satz.
Er nickte. »Wenn der Handel nun bald wieder in Schwung käme, dann ließe sich die Lage retten. Leider verlangen die Franzosen nun auch noch Anleihen von den Bürgern *ihrer* Stadt.«
»Wir müssen die Häuser verkaufen«, stellte ihre Mutter sachlich fest. »Wir werden schon etwas Kleineres finden, in dem wir zu dritt gut unterkommen können.«
»Hat denn jemand Geld für ein Haus in dieser schwierigen Lage?«, fragte Femke zweifelnd.
»Irgendjemand hat immer Geld«, brummte ihr Vater. »Viel werden wir allerdings nicht kriegen.«
»Aber dann wäre es eine Schande!«
»Wir werden versuchen zuerst das Sommerhaus anzubieten.« Hanna gab sich Mühe, zuversichtlich dreinzuschauen. »Wer weiß, möglich, dass das, was wir dafür bekommen, schon reicht, bis es wieder bessergeht.«
»Aber ihr seid doch seit der Novemberschlacht noch gar nicht draußen gewesen«, gab Femke zu bedenken. »Hat Herr Nebbien nicht berichtet, vor den Toren sehe es noch schlimmer aus

als in der Stadt? Was, wenn die Soldaten das Sommerschlösschen verwüstet haben?«

»Ja«, Carsten nickte bedächtig, »wir werden es uns ansehen müssen.« Dann schlug er sich auf die Oberschenkel. »Es wird schon alles werden. Die Hauptsache ist doch, dass wir drei zusammen und gesund sind. Denkt nur daran, was einigen Bürgern seit den Gefechten widerfahren ist. Alte wurden niedergestochen, Junge beraubt, und so manche ehrbare Lübeckerin wird bald ein Soldatenbalg zur Welt bringen. Nee, wir sollten dankbar sein.«

»Recht hast du!« Hanna warf ihrem Mann einen glücklichen Blick zu. Und an Femke gewandt, sagte sie: »Und jetzt ist auch noch der Johannes nach Hause gekommen. Das sind wirklich gute Neuigkeiten!«

Am Abend lag Femke in ihrem Bett und konnte keinen Schlaf finden. Sie wollte unbedingt zu Johannes gehen. Und sie wollte so gerne ihren Eltern helfen. Wenn sie doch nur Bernstein hätte, sie würde Tag und Nacht schnitzen, bis ihre Finger blutig wären. Sie warf sich von einer Seite auf die andere, blieb aber hellwach. Und wenn ihr Einfall, nach Osten zu gehen, an die Bernsteinküste, doch nicht so dumm gewesen war? Nun gut, so unvorbereitet wie im beginnenden Fieberwahn dürfte sie sich natürlich nicht auf den Weg machen. Wenn sie aber ein Bündel mit warmen Sachen schnüren, etwas Proviant einpacken und den kürzesten Weg wählen würde, könnte sie vielleicht nach ein paar Tagen schon wieder zurück sein. Sie hatte nicht den Hauch einer Vorstellung davon, wie weit entfernt die besten Fundgebiete waren. Und hatte Meister Delius ihr damals nicht gesagt, dass es für Fremde verboten sei, am Strand von Ostpreußen nach dem Gold der Ostsee zu suchen, ja, ihn überhaupt nur zu betreten? Das war lange her, sagte sie sich. Inzwischen konnte es schon ganz anders aussehen.

Femke schwang die Füße aus dem Bett. Da saß sie in der Dunkelheit und konnte sich nicht entschließen, das Unerhörte wahrhaftig zu riskieren. Ebenso wenig konnte sie diesen Plan aufgeben. Während sie noch überlegte, was zu tun sei, zündete sie ihre Lampe an und zog sich langsam an. Diesmal würde es niemanden geben, der ihr aus wollener Unterwäsche, Unterkleid und dickem Winterkleid half. Es war der Gedanke an Deval, der die Entscheidung brachte. Wenn sie ganz aufrichtig vor sich selbst war, musste sie sich eingestehen, dass sie etwas für ihn empfunden hatte. Sie hatte sich in ihn verguckt, und die Erinnerung an die körperliche Liebe, die sie bei ihm kennengelernt hatte, ließ auch in diesem Moment ein Verlangen in ihr aufsteigen. Doch jetzt, da sie wusste, dass er verheiratet war, da sie seinen wahren Charakter endlich durchschaut hatte, empfand sie nur noch Verachtung für ihn. Ihr Herz gehörte einzig Johannes, da hatte ihre Mutter recht gehabt. Und nun, da er frei war, war sie es auch. Die Erkenntnis traf sie wie aus heiterem Himmel. Fast hätte sie laut aufgelacht. Ja, natürlich, sie war frei. Für Johannes' Leib und Leben hatte sie sich Deval hingegeben. Jetzt gab es nichts mehr, was sie von ihm erbitten musste. Johannes war in Sicherheit, und sie konnte gehen.
Sie setzte sich an den kleinen Tisch, der in ihrer Kammer unter dem Fenster stand, griff nach Feder, Tinte und Papier und schrieb einen Brief an ihre Eltern.

»Liebe Mutter, lieber Vater,
es tut mir leid, Euch aufs Neue Sorgen zu bereiten. Ihr müsst wissen, dass ich das nicht will. Ich wollte es nie. Und doch habe ich Euch belogen. Nicht einmal, sondern wieder und wieder. Ich schäme mich so sehr dafür.
Monsieur Deval, von dem ich Euch erzählt habe, ist alles andere als ein Ehrenmann. Wahr ist, dass ich ihm Bernstein geschnitzt

habe. Ein Kunstliebhaber ist er darum nicht. Er hatte große Macht über mich, doch das ist Vergangenheit.
Gewiss kann er mir von dem begehrten Stoff, der uns jetzt retten könnte, nichts bringen. Darum habe ich mich entschieden, selbst an die Bernsteinküste zu reisen. Habt keine Angst, mir wird nichts geschehen. Ich bete, dass ich schon bald wieder gesund bei Euch bin. Bis dahin kümmert Euch ein wenig um Johannes. Frau Nebbien wird es Euch wissen lassen, wenn er wieder bei Bewusstsein ist. Ihr müsst ihm sagen, dass ich ihn bald besuchen werde, ich bitte Euch.
Ich muss jetzt schließen, denn wenn ich nicht bald gehe, tue ich es womöglich gar nicht. Wenn ich zurück bin, erkläre ich Euch alles, was Ihr jetzt noch nicht verstehen könnt.
Ich liebe Euch!
Eure Tochter Femke«

Sie schlang sich ein Tuch um den Kopf und wickelte die Enden fest um den Hals. Dann zog sie ihren Mantel an. Wie damals, als sie ins Franzosenlager gegangen war, schlich sie auch in dieser Nacht zuerst zur Kammer ihrer Eltern und vergewisserte sich, dass diese schliefen. Vorsichtig stieg sie Stufe um Stufe hinab. Aus der Haushaltskammer nahm sie ein kleines Gefäß mit Öl für ihre Lampe mit, aus der Speisekammer ein paar Lebensmittel, die nicht so leicht verdarben. Sie wollte nicht zu viel nehmen, damit ihren Eltern noch genug blieb. Andererseits würde sie gewiss einige Tage fort sein, und sie würde täglich eine weite Strecke laufen müssen, wenn nicht irgendeine gute Seele sie ein Stück mit dem Wagen mitnahm. So griff sie noch einmal zu und packte schließlich alles in das Bündel, das sie aus einem Laken gebunden hatte. Ihren Bernsteinanhänger trug sie unter der Unterwäsche verborgen. Er sollte ihr nützen, wenn sie in Not war, hatte ihre wahre Mutter geschrieben.

Femke hoffte von Herzen, dass diese Not nie kam. Außer ihrem Amulett trug sie die Kette von Deval um den Hals. Was von beidem herauslugte, würde von dem Tuch um Kopf und Schultern vor Blicken geschützt sein. Für die Kette konnte sie sicher eine gute Menge Rohharz bekommen. So sorgte Deval ja in gewisser Weise doch noch für den versprochenen Nachschub. Das bisschen Geld, das sie besaß, hatte sie auch bei sich. Es konnte nicht schaden, denn sie würde für mehr als eine Nacht ein Dach über dem Kopf benötigen. Ihr Bündel fest im Arm, in der anderen Hand die Lampe, verließ sie das Haus. Ihr Weg führte sie zuerst zum Heiligen-Geist-Hospital. Sie musste Johannes sehen, sie konnte nicht anders. Sie nahm ihren ganzen Mut zusammen und klopfte an das Haupttor. Ob jemand sie in der Nacht hören würde? Nichts geschah. Nach einer Weile klopfte sie erneut, noch etwas lauter diesmal.
Endlich hörte sie schlurfende Schritte herankommen. Eine Frauenstimme schimpfte: »Ist das denn die Möglichkeit? Wer will denn um diese Zeit ... Ja, ich komme ja schon!«
Für eine Sekunde erschien ein heller Fleck auf der Holztür, der Femke verriet, dass jemand das Plättchen zur Seite geschoben hatte, hinter dem sich ein kleines Guckloch verbarg. Sofort war der Fleck wieder verschwunden. Die Frau presste vermutlich ihr Auge an die winzige Öffnung, um Femke sehen zu können. Gottlob wurde drinnen kratzend und quietschend ein Riegel zur Seite geschoben. Dann endlich öffnete sich die gewaltige Tür einen Spalt.
»Was wollen Sie um Himmels willen um diese Stunde?« Von der Nonne, die in dieser Nacht Dienst tat, war nur der schmale Kopf unter ihrer Robe zu sehen.
»Verzeihung, bitte, aber ich muss zu Johannes Nebbien. Er ist aus französischer Gefangenschaft geflohen und erst sehr kurz bei Ihnen.«

»Und da kommen Sie mitten in der Nacht? Nur um einen zu besuchen?« Sie schickte sich an, die Pforte wieder zu schließen, und brummelte noch verdrießlich: »Kommen Sie morgen wieder. Ist doch nicht die Möglichkeit!«

Femke wusste sich nicht anders zu helfen, als blitzschnell ihren Fuß zwischen Tür und Rahmen zu stellen.

»Aber ich muss ihn jetzt sehen«, erklärte sie. »Es geht um Leben und Tod!«

»Was zum …? Wieso …?« Die Nonne begriff nicht, warum sich die schwere Holztür nicht schließen ließ, und schob sie mehrmals kräftig gegen Femkes Stiefel.

»Sie tun mir weh!«, beschwerte diese sich.

»Ach du meine Güte.« Sie erkannte, was die Tür blockierte, und ließ von ihren Bemühungen ab. »Das muss ja wirklich dringlich sein.«

»Wenn ich es doch sage!« Femke spürte einen pochenden Schmerz in ihrem rechten Fuß, aber es war ihr gleich. »Ich bitte Sie von ganzem Herzen, lassen Sie mich zu ihm!« Und nach kurzer Überlegung fügte sie hinzu: »Ich mache mich bald auf, um Bernstein zu holen. Wenn ich zurück bin, schnitze ich Ihnen ein Kreuz zum Dank.«

»Ach Sie sind das!«, sagte die Nonne, ohne sich von der Stelle zu rühren.

Femke dachte fieberhaft nach, was sie noch anbieten konnte, aber es gab doch nichts, was sie hätte geben können.

»So, so, ein Kreuz aus Bernstein. Na, dann kommen Sie mal rein.« Sie trat zurück und zog das Tor so weit auf, dass Femke hineingehen konnte.

Ihr fiel ein Stein vom Herzen. »Ich danke Ihnen, ich danke Ihnen so sehr.«

»Das muss dann wohl der sein, den sie gestern ins Langhaus gebracht haben«, überlegte die Nonne laut. Sie war einen Kopf größer als Femke. Nur die faltigen dürren Hände ließen darauf schließen, dass sie kaum genug auf den Rippen hatte. Der Rest ihres Körpers steckte unter der weit geschnittenen Schwesterntracht. Femke hatte Mühe, mit ihr Schritt zu halten. Sie liefen zwischen den Betten hindurch, bis sie endlich zu der Pritsche kamen, auf der Johannes Nebbien lag.

»Ja, das ist er«, flüsterte Femke gerührt.

»Aber nur ein paar Minuten«, mahnte die Nonne und ging davon. Sie war wohl für die Nachtwache eingeteilt und musste Sorge tragen, dass alle Kranken hatten, was sie zur Genesung brauchten.

Behutsam, ohne die Männer zu stören, legte Femke ihr Bündel auf den Boden und kniete neben Johannes' Lager nieder. Sie hätte sich gern bequemer gesetzt, aber es gab keinen Stuhl, nicht einmal einen Schemel. Und das einfache Bett war so schmal, dass einer gerade darauf liegen konnte. So kniete sie vor ihm und sah ihn, wie sie ihn schon in ihrem Traum gesehen hatte, mit dunklen Schatten unter den Augen und einer erschreckend fahlen Haut. Zaghaft berührte sie sein Gesicht. Es war beängstigend heiß. Schweißperlen standen ihm auf der Stirn. Wie im Traum lag er in weißen Laken und schlief. Sie berührte sein schweißnasses Haar und strich ihm eine Strähne aus den Augen.

»Bist du wach?«, fragte sie zaghaft. »Kannst du mich hören?« Doch er reagierte nicht auf sie. »Ach, Johannes, wo soll ich bloß anfangen? Eigentlich müsste ich die Geschichte ganz von vorn beginnen, als du nach Jena abgereist bist.« Sie dachte kurz nach. »Nein, es hat ja sogar noch viel früher angefangen. Als ich ein kleines Mädchen war und aus der Werkstatt von Meister Delius nach Hause gelaufen bin. Damals hast du mich fast umgerannt, und ich habe dich hinterher in die Bernsteinwerkstatt mitgenommen, weil du mir nicht geglaubt hast, dass ich schnitzen kann.« Sie lächelte bei der Erinnerung. »Ich fürchte, die Schwester wird mir nicht genug Zeit lassen, mir alles vom Herzen zu reden. Darum werde ich mich auf das Wesentliche beschränken.« Sie machte eine kleine Pause. »Gerade das will mir aber nicht leicht über die Lippen kommen.« Sie holte tief Luft. »Als du nach Jena gegangen bist, war ich so traurig. Ich war mir ganz sicher, dass ich nicht wieder froh sein könnte, ehe du nicht wieder in Lübeck bist. Damals war ich ein dummer Backfisch. Ich habe gar nicht begriffen, wie sehr ich dich liebe.« Wieder hielt sie kurz inne. Sie tupfte ihm mit einem Zipfel des Lakens den Schweiß von der Stirn. »Ja, Johannes, ich liebe dich wahrhaftig. Und wenn ich es doch nur damals schon gewusst hätte, dann hätte ich es dir gesagt.« Sie sah ihn lange an und hoffte so sehr, dass er die grauen Augen öffnete. Aber das geschah nicht. »Vielleicht hättest du mich sogar nach Jena mitgenommen. Wer weiß?« Aber sie hatte ihm kein Wort gesagt, sondern ihn gehen lassen. Alles hätte ganz anders ausgehen können. Doch dann kam der Krieg. »Und weil ich dich so lieb habe, musste ich etwas ganz Abscheuliches tun. Ich bete, dass du mir verzeihen kannst.« Sie beichtete die ganze Sache mit Pierre Deval. Einzelheiten ließ sie freilich aus, aber sie gestand ihm doch, dass sie ihren Körper diesem Mann geschenkt hatte. »Ich hätte mich so gerne für dich aufgehoben«, schloss sie ihr Geständnis.

Als sie sich erheben wollte, stieß sie mit dem Knie gegen einen Lederranzen, der unter seinem Bett angelehnt stand. Es machte einen dumpfen klatschenden Laut, als er umkippte. Femke erschrak und sah sich um, doch niemand schien aufgewacht zu sein. Und auch die Nonne war nicht im Anmarsch. Eilig bückte sie sich, um den Ranzen wieder aufzustellen, da kullerte ein kleiner Gegenstand aus einer Seitentasche – ein Würfel aus Bernstein. Johannes hatte den Briefbeschwerer, den sie für ihn gemacht hatte, bei seinen persönlichen Gegenständen in jedem Kampf und auf dem langen Marsch von Jena bis in die Heimat bei sich gehabt. »Ich bin bald zurück, Johannes«, versprach sie ihm. »Dann wird endlich alles gut.«

Sie packte ihr Bündel und huschte den Gang entlang. Nun sollte ihr Abenteuer also beginnen. Dabei war sie doch gar keine Abenteuerin. Tausend Fragen gingen ihr durch den Kopf. Wie sollte sie den Weg finden? Und warum hatte sie ausgerechnet in der finstersten Nacht aufbrechen müssen. Sie würde die Hand nicht vor Augen sehen und noch weniger, wohin sie ihren Fuß setzte.

»So, jetzt gehen Sie aber schleunigst nach Hause«, mahnte die Nonne, die am Ende der Bettenreihe wie aus dem Nichts auf den Weg trat.

»Das wäre schön«, seufzte Femke. »Nur muss ich die Bernsteinküste erreichen, wie ich Ihnen sagte.«

»Aber doch nicht noch heute Nacht! So eilig ist es mit dem Kreuz nicht, junge Frau.« Die Nonne lächelte zum ersten Mal.

»Mit Ihrem Kreuz vielleicht nicht, mit anderen Dingen dafür umso mehr. Leider.«

»Sie sind mir vielleicht eine verdrehte Person! Besuchen mitten in der Nacht einen Bewusstlosen und wollen ebenfalls mitten in der Nacht auf Reisen gehen. Aber der Postwagen ist doch längst weg. Und zu Fuß wollen Sie ja wohl nicht gehen, oder?«

»Na ja, doch, das hatte ich mir so gedacht«, druckste Femke.

Die Nonne schüttelte fassungslos den Kopf und warf dann einen Blick zur Decke, wo sie anscheinend ein stilles Zwiegespräch mit Gott führte.

»Wir haben noch ein Bett im Schwesternschlafsaal. Ruhen Sie sich lieber noch ein wenig aus. Bereits vor Sonnenaufgang

werden Sie geweckt. Dann ist's noch Zeit genug, um sich auf die Reise zu machen. Wenn Sie zum Holsten Thor raus die Stadt verlassen, sollten Sie den Postwagen nach Hamburg erwischen.«
»Aber ich will nicht nach Hamburg.« Sie erklärte der Nonne, dass sie zuerst nach Norden und dann nach Osten wollte, immer an der Küste entlang.
»O ja, natürlich. Dann müssen Sie wahrhaftig gut zu Fuß sein. Da käme eine Bootsfahrt ganz gelegen, habe ich recht?«
»Eine Bootsfahrt?«
»Ja, auf die Insel Poel und auf der anderen Seite wieder runter. Es sollte mich doch sehr täuschen, wenn Ihnen das nicht die Unternehmung erleichtern würde.«
Es stellte sich heraus, dass die Nonne, die selbst noch niemals auch nur einen Fuß vor die Tore Lübecks gesetzt hatte, vor allem für Warentransporte verantwortlich war, mit denen Wäsche und Nahrungsmittel in das Hospital kamen. Sie erklärte der staunenden Femke, dass noch immer einige Dörfer auf dem kleinen Eiland Poel zum Besitz des Heiligen-Geist-Hospitals gehörten. Von dort bekam man Fisch.
»Vom Dorf Klütz fährt ein Wagen zur Ostsee. Dann geht's ins Boot. Wenn Sie wollen, gebe ich Ihnen ein Schreiben für einen unserer Fischer mit. Der bringt Sie auf die Insel und vom östlichen Ufer zurück ans Festland. Dann haben Sie schon ein gutes Stück geschafft.«
Femke nahm das Angebot nur zu gerne an. Sie war aufgewühlt von all den Ereignissen der letzten Tage, aber auch furchtbar erschöpft. Wenn sie an die Strapazen dachte, die ihr bevorstanden, wurde ihr angst und bange. Sie war froh, sich auf der einfachen Pritsche ausstrecken zu können. Hier, ganz in Johannes' Nähe, schlief sie sofort ein.

Wie vorhergesagt, waren die Schwestern am nächsten Tag bereits auf den Beinen, bevor der Morgen graute. Sie begrüßten den Gast, der sich nachts zu ihnen gestohlen hatte, nur kurz und machten sich dann an ihre Arbeit. Sie hatten alle Hände voll zu tun, denn die Krankenbetten waren alle belegt. Femke bekam einen heißen Tee und ein Stück Brot mit Butter. Sie widerstand der Versuchung, noch einmal zu Johannes zu gehen. Je eher sie sich auf den Weg machte, desto besser.
Sie verließ die Stadt durch das Burg Thor. Ihr fiel ein, dass auch Johannes seine Reise nach Jena hier begonnen hatte. Nun war sie es, die sich ins Ungewisse wagte. Wenn sie ihn damals schon bedauert hatte, weil er in der Fremde kaum jemanden kannte, wie sehr sollte sie da sich selbst bedauern. Sie schlug die östliche Richtung ein. Ihre Laterne hielt sie weit vor sich gestreckt. Schnell konnte sie nicht gehen, dafür war der Weg zu schlecht, und die Wurzeln, die durch den notdürftig festgeklopften Sand wuchsen, waren in der Dunkelheit nicht auszumachen. Als es dämmerte, drehte Femke sich um. Die sieben Türme Lübecks waren nur noch als Schemen vor dem grauen Februarhimmel zu erkennen. Sie war heilfroh, endlich das Licht ihrer Lampe löschen zu können.
Zur Mittagsstunde erreichte sie das Dorf Palingen. Die Straße ging in der Mitte hindurch, auf jeder Seite standen acht Häuser. Eine Bauersfrau scheuchte Gänse vor sich her, weg von einem kleinen Teich, auf dem ein einsamer Schwan nach Futter suchte.
Femke grüßte die Frau, die ihren Gruß freundlich erwiderte. Hinter der alten Hirtenkate war das Dorf zu Ende. Drei Wege liefen wie die Zinken einer Gabel auseinander. Sie wusste nicht, welcher davon nach Klütz führte. Also kehrte sie um und fragte die Frau mit den Gänsen.
»Den mittleren Weg müssen Sie nehmen, junge Frau. Aber

heute kommen Sie da gewiss nicht mehr hin. Es ist ja weit bis nach Klütz hoch.«

Femke sank der Mut.

»Besser wird es sein, wenn Sie nach Dassow laufen. Von da fährt sicher ein Wagen, der Sie mitnehmen kann.«

»Und nach Dassow ist es auch der mittlere Weg?«, fragte Femke.

»Ja, gewiss doch.«

»Vielen Dank.«

Sie wäre gern geblieben und hätte ein wenig ausgeruht. Auch eine warme Suppe wäre ihr gut zupassgekommen. Aber sie wollte keine Zeit verlieren, und so ging sie weiter. Im nächsten Dorf hockte sie sich auf einen mächtigen breiten Findling und aß etwas. Lange blieb sie nicht, denn die Kälte kroch allzu schnell vom Stein durch ihre Kleider. Die Sohlen ihrer Stiefel waren nicht gerade dick. Immer deutlicher spürte sie die Kiesel, die hier und da spitz aus dem Sand ragten. Eine Allee knorriger Kastanien führte bergan. Femke war überrascht, wie hügelig es hier war. Natürlich gab es keine stolzen Anhöhen, aber dennoch war sie bald aus der Puste, weil die Steigung sich weiter und weiter nach oben zog. Auf der Kuppe, die sie schließlich erreichte, hatte sie einen herrlichen Blick weit in das Land hinein. Im Sommer mochte es hier himmlisch sein. Jetzt war der Boden karg und nackt, und die Bäume standen kahl und streckten ihre blattlosen Äste in den trüben Himmel. Nur selten kam sie an einem einzelnen Hof vorbei, einmal auch durch ein Dorf. Dort fragte sie, wie weit es noch bis Dassow sei.

»Zwei Stunden, wenn du gesunde Beine und gute Schuhe hast«, meinte ein Schuster und entblößte grinsend seine vier Zähne. Zwei hatte er oben, zwei im Unterkiefer.

»Ach, so weit noch?« Femke ließ traurig die Schultern hängen.

317

Es wurde schon dunkel. Zwar konnte sie den Marktflecken erreichen, allerdings erst, wenn es schon stockfinster war. Sie hätte sich lieber bei Tageslicht eine Bleibe für die Nacht gesucht. Doch sie hatte keine Wahl, und so beeilte sie sich, weiterzukommen.

Wie befürchtet war der Himmel schon schwarz, als sie müde und der Verzweiflung nahe den Ort erreichte. Dies war erst der erste Tag. Der erste von wie vielen? Nicht einmal das wusste sie. Sie kam sich ungeheuer dumm vor. Ihre Eltern waren gewiss sterbenskrank vor Sorge, und sie lief ganz allein durch die Fremde, anstatt einen Knecht mitzunehmen, der das Bündel tragen konnte, das ihr mit jedem Schritt schwerer wurde. Glücklicherweise brannte in den Fenstern Licht. So sah nicht alles gespenstisch und abweisend aus. Plötzlich war es ihr, als hätte sie aus dem Augenwinkel einen Schatten gesehen. Da wieder! Dazu waren da scharrende, röchelnde Laute. Femke spürte, wie sich ihre Nackenhaare aufrichteten. Jetzt klirrte etwas.

»Wer da?«, fragte sie. Ihre Stimme verriet ihre Angst. Sie bekam keine Antwort. Mit fahrigen Händen versuchte sie die Laterne anzuzünden. Um Öl zu sparen, war sie ohne den Schein ihrer Lampe gelaufen, so lange es nur ging. Ausgerechnet jetzt und hier, wo doch aus den Häusern genug Licht fiel, um sich zu orientieren, musste sie sie nun entfachen. »Bei mir ist nichts zu holen. Ich bin nur auf der Suche nach einer Bleibe für die Nacht«, redete sie weiter, während sie sich hinhockte und mit dem Docht hantierte. Noch bevor es ihr gelungen war, Licht zu machen, kreischte es keine Armeslänge von ihr entfernt markerschütternd. Ein Grunzen ertönte jetzt direkt an ihrem Ohr, und dann fühlte sie eine feuchte kalte Schweineschnauze in ihrem Gesicht, die sie derart kräftig stupste, dass sie zur Seite in den Straßenschmutz fiel. »So ein Schiet, Schiet aber auch«, schimpfte sie vor sich hin. Am liebsten hätte sie losgeheult, aber geholfen hätte ihr das nicht. Also fluchte sie lieber, bis der Kloß aus ihrem Hals sich auflöste.

Sie packte ihr Bündel, hoffte, dass nichts hinausgefallen war, und strich sich den Mantel zurecht. Dann ging sie ein Stückchen die Straße entlang und entdeckte zu ihrer großen Erleichterung einen Krug, an dessen Tür sie klopfen konnte. Die öffnete sich, und ein Mann mit schlohweißem Haar, das ihm bis zum Kinn reichte, sah Femke abweisend von oben bis unten an. Nun schaute auch sie an sich hinunter. Ihr Mantel war fleckig und an einigen Stellen durchnässt. Ein Stückchen verschimmelte Kartoffel und etwas Zwiebelschale klebten daran. Außerdem hatte sie irgendetwas vom Gürtel bis fast hinab zum Saum verschmiert, wohl, als sie den Mantel glattgestrichen hatte, ohne das ganze Malheur sehen zu können.

»Ich bin gestürzt«, sagte sie hastig. »Für gewöhnlich sind meine Kleider besser in Ordnung.« Sie zeigte ein zaghaftes Lächeln und klopfte den Unrat ab, so gut es eben ging.

»Eine Wäscherei ist das hier aber nicht«, sagte der Mann mit einer rauhen schleppenden Stimme.

»O nein, ich suche auch keine Wäscherei, sondern eine Kammer für die Nacht.«

»Können Sie die denn bezahlen?«

»Gewiss.« Sie reckte stolz das Kinn. Als Kind hatten einige sie gemieden oder gehänselt, weil sie so sonderbar und eigenbrötlerisch war. Manche hatten sie gefürchtet, weil sie sie für eine Hexe hielten. Dass aber jemand sie für eine Landstreicherin oder Bettlerin ansah, das war ihr noch nicht passiert.

»Na dann mal herein in die gute Stube«, flüsterte der Wirt in seinem eigentümlichen Tonfall, den Femke unheimlich fand. »Eine Kammer ist gerade noch frei.« Drinnen, wo es heller war als an der Tür, musterte er sie eingehend und begann zu lachen, leise, als sollte sie es nicht hören. Auch versuchte er damit aufzuhören, was ihm aber nicht gelingen wollte. Sein Körper zitterte verräterisch den ganzen Weg die Stiege hinauf, deren zur Mitte hin deutlich nach unten gewölbten Stufen darauf schließen ließen, dass schon viele hier hinaufgestiegen waren. Sie ächzten und knarrten unter der Last, und Femke hoffte, dass sie und der Rest des einfachen Kruges wenigstens noch eine Nacht überdauern würden.

»Da draußen auf der Straße waren Schweine«, erzählte Femke, um das Schweigen zu beenden, das ihr fast noch unangenehmer war als sein verstohlenes Gelächter. »Ihretwegen bin ich gestürzt.«

»Ja, ja, das liebe Vieh. Ist eine echte Schweinerei.« Er sprach so langsam, dass Femke meinte, er müsse in der nächsten Sekunde in den Schlaf fallen. Wieder lachte er. Diesmal klang es hohl, als säße er in einem Kellergewölbe. Dabei starrte er auf ihre Wange.

Femke entdeckte einen schlichten zerkratzten Spiegel, der gleich neben der Tür viel zu hoch an der Wand hing. Der Wirt hatte ihn vermutlich so angebracht, dass er sein Antlitz bequem anschauen konnte. Dass die meisten seiner Gäste kleiner waren, denn er war ausgesprochen groß gewachsen, war ihm wohl nicht in den Sinn gekommen. Sie musste sich auf die Zehenspitzen stellen, um einen Blick zu erhaschen. So gelang es ihr, ihre Wange zu sehen, und da wusste sie, was ihn derart belustigt hatte. Das Schwein, das sie auf dem Weg umgeworfen hatte, hatte ein Mal auf ihrem Gesicht hinterlassen. Ganz deutlich war ein dreckig schwarzes Rund mit kleiner nach oben weisender Spitze in der Mitte zu erkennen, in dessen Innerem zwei runde Stellen sauber geblieben waren und wie Äuglein leuchteten. Das perfekte Abbild einer Schweineschnauze.

»Oje«, seufzte Femke und wischte mit der Hand darüber. Das verstärkte den üblen Geruch, den sie seit ihrer Begegnung mit dem Borstenvieh in der Nase hatte. Wie peinlich das alles war. Sie sah verstohlen zur Tür, doch der Wirt war bereits gegangen.

Die Kammer war die einfachste, die Femke je zu Gesicht bekommen hatte. Da war ein Holzgestell mit einem Brett darauf. Ein Betttuch versteckte das Stroh notdürftig, das auf dem Holz ausgestreut war. Immerhin gab es ein Kissen, wenn das seine besten Tage auch bereits weit hinter sich gelassen hatte. Die Wolldecke sah ebenfalls sehr alt und reichlich benutzt aus. Nun schön, sie würde ohnehin nur das Überkleid ausziehen. Da brauchte es sie nicht zu kümmern, ob alles sauber war. Jedenfalls redete sie sich das ein und vermied es, sich die anderen Reisenden vorzustellen, die hier schon genächtigt haben mochten. Eine Schüssel und ein Krug standen bereit, damit sie sich waschen konnte. Sonst gab es nur einen Stuhl, dessen eines Bein fest mit Flachs umwickelt war. Setzen würde sie sich besser nicht. Womöglich musste sie das Möbelstück bezahlen, wenn es wieder auseinanderbrach. Um den Mantel und das Kleid daraufzulegen, würde er wohl taugen.

»Ich nehme an, Sie wollen noch etwas essen, bevor Sie zu Bett gehen?«

Femke erschrak. Sie hatte den Gastwirt nicht zurückkommen hören. Jetzt stand er mit einem Mal wieder regungslos im Türrahmen.

»Gern«, sagte sie. Ihr war klar, dass ihr Proviant schon nicht reichen würde, wenn sie unterwegs davon aß. Wann immer sie die Gelegenheit hatte, sollte sie darum in den Gasthäusern etwas zu sich nehmen.

»Schön. Kommen Sie einfach runter, wenn Sie sich eingerichtet haben.« Dabei warf er noch einmal einen Blick auf ihren beschmutzten Mantel, und sie verstand. Sonderlich reinlich schien dieser Wirt nicht zu sein, wenn man sich umschaute. Da war es fast eine Unverschämtheit, wie er seinen Gast behandelte, dem ein Missgeschick zugestoßen war. Als ob sie andere Gäste vergraulen würde. Und überhaupt, den Mantel würde sie sowieso in ihrer Kammer lassen. Trotzdem war es eine gute Idee, die Flecken auszureiben. Sie zog den Mantel aus und stellte fest, dass auch das Kleid etwas abbekommen hatte. Das Wasser im Krug war eisig, aber immerhin klar. Es dauerte eine Weile, dann betrachtete sie zufrieden das Ergebnis. Nun musste der Stoff nur noch trocknen, dann würde es schon gehen. Sie breitete den Mantel über dem Stuhl aus, überlegte es sich dann aber anders und entschied, ihn doch mit in die warme Gaststube zu nehmen. Dort brannte ein Feuer, das ihn gewiss recht bald trocknen würde. Als sie die bescheidene Kammer verlassen wollte, stellte sie fest, dass das Schloss keinen Schlüssel hatte. Jedermann konnte also eintreten und ihre Sachen stehlen. Unschlüssig ging sie ein paar Schritte in den Flur, dann aber wieder zurück. Ihren Schmuck trug sie ohnedies am Körper, aber ihre geringe Barschaft sollte sie besser auch nicht zurücklassen.

In der Stube war es wunderbar warm. An einem Tisch saßen zwei Männer, die ihre Unterhaltung kurz unterbrachen und ihr zur Begrüßung höflich zunickten. Dann sprachen sie weiter und schenkten ihr glücklicherweise keine Beachtung mehr. Es duftete nach gebratenem Speck, nach Rüben, Zwiebeln und nach Kerbel. Kaum dass sie saß, stellte ihr der Wirt einen Teller mit dampfendem Eintopf vor die Nase.

»Der duftet aber gut«, sagte sie scheu.

»Was dachten Sie denn?« Damit legte er ihr einen Kanten Brot, den er in der anderen Hand gehalten hatte, einfach auf den Tisch. Femke kannte es so, dass Brot auf einem Teller gebracht wurde, aber von derlei Feinheiten sollte sie sich wohl lieber verabschieden.

»Es gibt keinen Schlüssel für die Kammer«, bemerkte sie.
»Nein, den gibt es nicht.« Er wiegte langsam den Kopf. »Wovor haben Sie denn Angst? Die Schweine kommen die Treppe nicht herauf. Wir behalten Sie hier unten in der Stube.«
»Die Schweine schlafen hier drinnen?« Sie sah sich mit großen Augen um und entdeckte in einer Ecke neben dem Ofen tatsächlich ein Lager aus Stroh.
»Wenn es mir gelingt, sie dazu zu überreden. Sie fühlen sich auf der Straße wohler, wo sie im Unrat wühlen und arglose Passanten erschrecken können. Ein Bier dazu?«
»O nein, lieber nicht. Haben Sie vielleicht einen Tee?«
»Tee? Bitte schön.« Er ging.
Femke verbrannte sich an dem ersten Löffel des Eintopfs fast die Lippen. Es schmeckte herrlich, besser als das gesamte Weihnachtsessen der Franzosen, fand sie. Das musste wohl daran liegen, dass sie den ganzen Tag gelaufen war. Selten hatte sie einen solchen Appetit gehabt. Darum ließ sie sich den Teller auch noch einmal füllen und hoffte inständig, dass sie für Kost und Logis nicht zu viel würde berappen müssen. Immerhin war sie gerade erst aufgebrochen und musste den Weg auch irgendwann zurück. Während sie ihren Tee trank, den Becher zwischen ihren Handflächen hin und her drehend, sah sie verstohlen zu dem Wirt hinüber, der gerade mit seinen anderen Gästen sprach. Er hatte eine lange gebogene Nase, hellblaue, ein wenig hervortretende Augen unter üppig buschigen Brauen, die ebenso weiß wie sein Haar waren, ein schmales Gesicht und ein spitzes Kinn. Das weiße Haar trug er gescheitelt. Es schien geradewegs von seinem Schädel in die Höhe wachsen zu wollen, und nur weil das nicht möglich war, schließlich doch an seinem Kopf hinabzuhängen. Er sah zu ihr herüber, und Femke, die sich ertappt fühlte, als hätte sie etwas ausgefressen, blickte in ihren Becher.

»Wohin soll denn die Reise gehen?«, fragte er beiläufig, als er ihren Teller abräumte.

»Nach Osten«, antwortete sie. Um nicht zu einsilbig zu sein, erzählte sie, dass sie Bernstein holen wolle.

»Dann müssen Sie Geld haben«, sagte er unumwunden und sah sie aus seinen wässrig blauen Augen aufmerksam an.

Femke durchfuhr der blanke Schrecken. Eine schwache junge Frau, die allein vollkommen schutzlos war, reiste mit Geld durch die Gegend. Das musste jeden auf dumme Gedanken bringen.

»Um ehrlich zu sein, ist es nicht sehr viel. Ich dachte, ich könnte meine Dienste im Tausch anbieten.« Er zog die mächtigen Augenbrauen hoch, und sofort merkte sie, was sie da gesagt hatte. »Ich meine, ich kann schnitzen. Ich hoffe Rohmaterial zu bekommen, wenn ich einige Stücke fertige.«

»So, so«, machte er und sah sie weiter an. »Wo genau wollen Sie den Bernstein denn holen?«

»Um die Wahrheit zu sagen, ich weiß nicht, wie weit nach Osten ich gehen muss.«

»Gehen? Sie wollen doch nicht etwa den ganzen Weg laufen. Also hier gibt es weit und breit keinen Bernstein, das weiß ich sicher. Da müssen Sie noch einige Tagesmärsche machen.«

»Ich hoffe, dass ich so manchen Meter in einem Wagen hinter mich bringen kann. Morgen soll es zum Beispiel von hier nach Klütz gehen.«

»Ja, da fährt ein Wagen«, bestätigte er zu Femkes Freude. »Der Hinrichs fährt. Das ist einer der Kaufmänner hier aus Dassow.«

»Können Sie mir wohl sagen, wo ich ihn finde?«

»Ich zeige es Ihnen morgen früh. Vor Sonnenaufgang fährt der nie los.« Er schmunzelte in sich hinein. Dann schien ihm etwas einzufallen. »Und dieser Stein, wenn Sie ihn dann haben, ist doch von Wert, oder etwa nicht?«

»Ja, gewiss ist er das.«
»Und Sie müssen auch wieder zurückkreisen?«
»Ja, ja, das muss ich. Ich will nicht zu lange bleiben.«
Er warf den beiden Männern, die noch immer bei ihrem Bier saßen, einen Blick zu.
Herrje, was durfte sie bloß sagen und was nicht? Wie sollte sie erkennen, wer ihr helfen konnte, so wie die Nonne im Hospital, und wer ihr dagegen gefährlich werden mochte. Sie trank ihren Tee aus und wünschte eine gute Nacht.
»Schieben Sie den Stuhl unter die Klinke«, rief der Wirt ihr hinterher, als sie schon an der Treppe war.
»Bitte?«
»Wegen des Schlüssels, meine ich. Der Stuhl passt drunter. Das ist so gut wie abgeschlossen.«
Femke folgte seinem Rat und fragte sich, ob das zerbrochene Stuhlbein wohl bei dem Versuch eines Gauners, in die Kammer einzubrechen, entzweigegangen war.

Sämtliche Knochen schmerzten, als sie am Morgen erwachte. Die Beine wollten ihr anscheinend jeden einzelnen Schritt ihres langen Marsches übelnehmen. Arme, Rücken und Nacken pochten von dem ungewohnt harten Lager. Dennoch hatte sie erstaunlich gut geschlafen. Falls ein ungebetener Gast in ihre Kammer hätte eindringen wollen, hätte sie es zumindest gehört und schreien können. Dieser Gedanke hatte ihr genug Sicherheit geschenkt, um zur Ruhe zu kommen. Sie kleidete sich an und begutachtete den Mantel. Die Flecken waren noch zu sehen, aber längst nicht mehr so schlimm wie am Abend. Helles Sonnenlicht fiel in die Gaststube, in der der Ofen bereits wieder bollerte.
»Guten Morgen, haben Sie gut geschlafen?«, begrüßte der Wirt sie.

»Ja, danke schön. Guten Morgen.«
Ein Pfeifen, das durch alle Fugen zog, sagte Femke, dass es ein stürmischer Tag werden würde. Offenbar hatte der Wind die Wolken weggeblasen. Ihr sollte es recht sein. Je länger trockene windige Witterung anhielt, desto eher würden auch die Wege trocknen und besser zu begehen sein. Schlamm war nicht gerade das, was sie gebrauchen konnte.
»Ich möchte mit Ihnen reden«, raunte der Wirt und stellte ihr einen Becher Kaffee hin. Selbst wenn er nur einen guten Morgen wünschte, klang er schon, als würde er Böses im Schilde führen. Bei dieser Ankündigung wurde es Femke darum mulmig ums Herz.
»Ja?«, fragte sie.
Er nahm einen Stuhl und zog ihn an ihren Tisch fast neben den ihren. Dabei wäre gegenüber ein Stuhl gewesen, doch dann hätte er nicht so nah bei ihr gesessen.
»Sie sind noch nicht oft gereist, habe ich recht?«
»O doch, ich bin mit meinen Eltern in Frankreich gewesen. Schon sehr oft.«
»Alleine, meine ich. Sie sind noch nicht oft alleine gereist.«
»Das ist richtig.« Sie blickte schüchtern auf die zerkerbte Tischplatte. Dunkle Ringe ließen vermuten, dass hier häufiger Rotwein und Bier als Tee und Wasser ausgeschenkt wurden.
»Hören Sie, junge Frau, ich gebe Ihnen einen guten Rat. Erzählen Sie nicht gleich jedem den Grund Ihrer Reise. Genau genommen geht der überhaupt niemanden etwas an. Schwindeln Sie lieber ein bisschen.«
»Aber was soll ich denn sagen?« Zwar hatte sie im Lügen inzwischen Übung, es war ihr jedoch nach wie vor zuwider.
»Am besten behaupten Sie, Sie sind auf dem Weg zu Verwandten, die Sie besuchen wollen. Das ist am wenigsten verdächtig oder interessant.«

»Und wenn jemand fragt, wo meine Verwandten wohnen?«
»Wer sollte darauf eine Antwort verdient haben?« Seine hellblauen Augen sahen bei Tageslicht gar nicht so unfreundlich aus, wie Femke gestern noch fand. Er hat sogar fast etwas Väterliches an sich, dachte sie bei sich.

»Was aber, wenn jemand fragt, weil er mir eine Fahrgelegenheit anbieten könnte?«, überlegte sie laut.

»Hm, das wäre allerdings dumm.« Er rieb sich das spitze Kinn.

»Kennen Sie denn keinen Ort, an dem Sie das Zeug zu finden hoffen?«

»Nein, die einzige Stadt, die ich wegen ihrer Berühmtheit für Bernstein weiß, ist Königsberg. Aber so weit will ich gewiss nicht reisen.«

»Machen Sie es doch so: Wenn jemand nach dem Namen des Dorfes fragt, sagen Sie einfach, es sei der Ort, den jeder für seinen Bernstein kennt. Je näher Sie Ihrem Ziel sind, desto öfter werden die Leute eine Vermutung äußern, um zu zeigen, wie gut sie sich auskennen. Dann können Sie sagen, dass derjenige richtig geraten hat, und Sie kennen gleich die Orte, die für Sie von Interesse sind.«

Das war ein vortrefflicher Einfall, fand Femke. Nie hätte sie geglaubt, dass sie diesem merkwürdigen Kauz noch einmal dankbar sein würde.

»Warum helfen Sie mir?«, kam es ihr auch schon über die Lippen.

»Weil ich selbst fünf Töchter habe«, lautete umgehend die Antwort. »Fünf, stellen Sie sich das nur vor! Keinen einzigen Sohn, aber fünf Töchter. Wofür will Gott mich so strafen?« Seine Augen verrieten, dass er es nicht anders hätte haben wollen, selbst wenn er hätte wählen können. Gleich war er wieder ernst. »Wenn auch nur eine von ihnen alleine verreisen müsste, wäre ich sterbenskrank vor Sorge.«

»Ich fürchte, das sind meine Eltern auch bereits.«
»Hm«, machte er. »Noch ein Stück Brot?« Er antwortete sich selbst: »Kann nicht schaden.« Gleich darauf war er mit einem Kanten zurück, den er ihr in die Hand drückte. Er setzte sich erneut zu ihr. »Falsch Zeugnis zu reden ist eine Sünde, ich weiß, aber wenn irgendein Beamter Sie fragt, dann dürfen Sie auf keinen Fall zugeben, dass Sie Waren holen wollen.«
»Aber wieso?«
»Ja haben Sie denn noch nicht von den Zollposten gehört? Die sind streng, seit der Seehandel lahmt. Sie brauchen Papiere oder Bares, wenn Sie an denen vorbeikommen wollen.«
Sie seufzte. Die Sache wurde immer komplizierter.
»Machen Sie sich mal keine allzu großen Sorgen, junge Frau. Wie eine Händlerin oder gar Schmugglerin sehen Sie ja nicht gerade aus. Durchsuchen werden die Sie schon nicht.«

Nachdem Femke bezahlt hatte – ihr wurde schlagartig klar, dass ihr Geld kaum für drei weitere Nächte reichte –, zeigte der Wirt ihr den Weg zu Kaufmann Hinrichs. Sie sah den Unrat, in dem die Schweine bereits wieder genüsslich wühlten. Bei der bloßen Vorstellung, dass sie darin gelegen hatte, wurde ihr unwohl.
Der Kaufmann Hinrichs, ein farbloser Mann mittleren Alters, erklärte sich gern bereit, sie mitzunehmen. Auf die Frage, wohin in Klütz sie denn genau wolle, antwortete sie, wie der Wirt ihr geraten hatte, dass sie Onkel und Tante zu besuchen gedenke.
Ihr fiel der Brief ein, den sie von der Lübecker Nonne erhalten hatte, und ergänzte: »Sie leben auf der Insel Poel. Ich habe ein Empfehlungsschreiben für einen Fischer dabei, der mich mit dem Boot hinüberbringen soll.«
Hinrichs war mit dieser Auskunft zufrieden und schlummerte,

bald nachdem sie aufgebrochen waren, ein. Außer ihm und Femke waren noch zwei männliche Passagiere mit von der Partie, die angeregt miteinander plauderten und ihr keinerlei Aufmerksamkeit schenkten. Das Gefährt war gottlob eine Kutsche mit Verdeck. Zwar rumpelte es schrecklich, und sie wurden hart hin und her geworfen, doch immerhin waren sie ein wenig vor der Kälte geschützt. Femke fragte sich, wie jemand bei diesem Geschaukel schlafen konnte. Einmal biss sie sich sogar so stark auf die Zunge, dass es blutete. Es musste wohl die Gewöhnung sein, wenn man oft mit dem Wagen unterwegs war.

Nach vier Stunden Fahrt durch Sumpfgebiet und Eichen- und Rotbuchenalleen rollten sie über eine Holzbrücke und hatten die Residenz der Grafenfamilie von Dittmer erreicht. Hinrichs setzte sie an einer Allee niedrig geschnittener Linden ab.

»Da hinten ist das Schloss«, erklärte er. »Der Graf und seine Familie sind aber nicht hier. Die haben das Weite gesucht, als die Soldaten kamen. Ist ja auch nicht schwer, wenn man mehrere Wohnsitze hat. Da würde sich jeder in Sicherheit bringen.« Er deutete mit dem ausgestreckten Finger in eine andere Richtung. »Und da geht es nach Klütz hinein. Es ist nicht weit. Dort finden Sie gewiss Ihren Fischer.«

Femke verstand zwar nicht, warum er sie nicht weiter mitnehmen wollte, er würde doch auch in das Dorf hineinfahren, aber sie fragte nicht. Wie die anderen gab sie ihm die vereinbarten Münzen und lief hinter seinem Wagen her.

Es war nicht schwierig, das Haus des Fischers zu finden, doch er war nicht da. Seine Frau öffnete auf das Klopfen hin und hörte Femke neugierig zu.

»Die Schwester meinte, er kann mich nach Poel rüberfahren«, beendete Femke ihre Erklärung und griff in ihre Manteltasche, wo sie das Schreiben aufbewahrte.

»So, hett se dat seggt«, kommentierte die dralle Fischersfrau.

329

»Bloß isser noch nich mol zurück.« Man konnte hören, dass sie sich mehr und mehr Mühe gab, ihre Sprache der der Hanseatin anzupassen, die ihr da ins Haus geschneit war. »Er kommt meist gegen Sonnenuntergang.«
»Das ist schade. Ich hatte so gehofft, dass er mich heute noch bringen könnte.«
»Tja, gehofft, gehofft. Was du hoffst, kriegst nicht oft.«
Femke fragte sich, ob diese Weisheit von der kugeligen Frau selbst stammte, die jetzt die Hände in die Taille stützte. »Morgen früh können Se noch mol fragen. Dann wird er Se schon mitnehm.«
Was blieb ihr anderes übrig?
»Können Sie mir denn wenigstens eine saubere Wirtschaft empfehlen, die nicht so teuer ist? Ich muss ja irgendwo über Nacht bleiben.«
»Da gehen Se am besten ins Schloss.« Sie erzählte, was schon Hinrichs gesagt hatte. Graf von Dittmer hatte seine Familie beim Anmarsch der Truppen fortgebracht. Nun erfuhr die verdutzte Femke, dass das Gesinde offenkundig geblieben war und sich wie Wirtsleute auf dem Anwesen gebärdete. »Is die Katz aus'm Haus, tanzen die Mäuse auf'm Tisch«, kommentierte die Fischersfrau zwinkernd. »Vornehmer wohnen Sie nirgends.«
Da konnte sie wohl recht haben. Besser als ein Lager auf Stroh würde es in einem Schloss gewiss sein. Also lief sie den Weg zurück, den sie gekommen war. Abendlicht fiel auf das Schloss der gräflichen Familie, als Femke die Allee hinaufging. Das Anwesen war prächtig. Vor dem rot getünchten Hauptgebäude war ein parkähnlicher Garten, der sie an den vor dem Thurauschen Sommerhaus erinnerte. Überhaupt entdeckte sie eine gewisse Ähnlichkeit, wenn auch hier natürlich alles größer und feiner war. Der Kiesweg führte um den im Rund angelegten

Rasen, in dessen Mitte sich ein Brunnen befand. Sie konnte sich vorstellen, wie hier im Frühjahr die Fontänen sprudelten. Wann der Graf wohl wieder zurückkam? Von zwei Seiten führte die Treppe zur Eingangstür. Femke stieg die steinernen Stufen hinauf und betätigte den Türklopfer, der die Form einer Faust hatte, die sich um einen Ring schloss. Ein junger Mann öffnete ihr.

»Sie wünschen?«, fragte er würdevoll.

»Ich habe gehört, dass es hier Zimmer für die Nacht gibt«, sagte sie frei heraus. »Falls dies ein Scherz gewesen ist, bitte ich Sie, mir zu verzeihen.«

»O nein, kein Scherz. Treten Sie ein.«

Sie tat, wie ihr geheißen, und fand sich in einer Halle mit kunstvoller Deckenmalerei wieder. In einer Ecke loderte ein Feuer in einem Kamin mit Sandsteinfassung.

»Kommen Sie«, sagte der junge Mann in gekünstelt näselndem Ton.

Sie folgte ihm durch Räume, in denen geradezu verschwenderisch Stuck, kunstvolle Holzvertäfelungen und Delfter Kacheln zu bewundern waren. Nach einer Weile gelangten sie in eines der Nebengebäude, dessen Räume weit weniger aufwendig geschmückt und auch sehr viel einfacher eingerichtet waren.

»Das Gesindehaus«, erklärte der junge Mann mit so viel Pathos, als würde er soeben das Erscheinen von Napoleon Bonaparte höchstpersönlich ankündigen.

»Was soll die Nacht denn kosten«, wollte Femke wissen. Als sie den Preis hörte, lachte sie hell auf. »Das ist ja mehr, als ich in einer guten Wirtschaft zu zahlen habe.«

»Dafür schlafen Sie hier aber auch in einem gräflichen Bett. Die älteste Tochter des Grafen von Dittmer, Amalie, hat darin geruht.« Etwas leiser fügte er hinzu: »So lange, bis es ausrangiert wurde.«

Femke war weniger davon beeindruckt, dass es gerade die Tochter des Grafen war, als davon, dass es sich um ein richtiges Bett handelte. Im Feilschen war sie nicht geübt, und es fiel ihr schwer, sich darin zu probieren, aber wenn sie Bernstein kaufen wollte, konnte es nicht schaden, ein wenig Praxis darin zu erwerben.

»Wenn das Bett bereits ausrangiert ist, so lässt es sich darin kaum mehr komfortabel schlafen. Da nützt es mir herzlich wenig, dass es eine Gräfin war, die die Kuhle geformt hat, unter der mein Rücken leiden wird.«

Der junge Mann, vermutlich einer der Diener, konnte ein Grinsen nicht unterdrücken. Auf Anhieb ließ er ihr ein Drittel des Preises nach. Femke, die von ihrem Vater rechnen und kaufmännisch zu denken gelernt hatte, erkannte, dass die Bediensteten sich ein gutes Zubrot verdienen wollten, solange ihre Herrschaften nicht in der Nähe waren. Wie viel sie verlangen oder um wie viel sie die Preise senken konnten, wussten sie nicht. Darum wurde sie mutiger.

»Also schön, ich bin einverstanden, wenn ein warmes Abendessen und das Frühstück damit ebenfalls abgegolten sind.«

»Ja doch«, murrte er. Wahrscheinlich war ihm klar, dass keine weiteren Gäste zu erwarten waren. Und sie zahlte noch immer gutes Geld. Sie konnten beide mit ihrem Handel zufrieden sein.

Als sie allein war, trat sie hinaus auf eine Terrasse, die direkt vor der Kammer lag. Das Holz musste geölt und das Dach dringend gestützt werden. Entweder war der Graf nicht sehr freigiebig, was den Umgang mit seinen Dienstboten anging, oder er hatte nicht annähernd so viel Vermögen, wie ihm nachgesagt wurde. Die roten Ziegel über ihr wölbten sich beängstigend, und so ging sie rasch wieder hinein. Durch das Fenster genoss sie noch einige Minuten den Anblick des Grabens, der das

Schloss einrahmte. Zweige einer Trauerweide hingen in das Wasser, auf dem sich eine dünne Eisschicht bildete. Sie stand da, bis die Dunkelheit die Idylle vor ihrem Fenster verschlang. Während sie sich ein wenig frisch machte und die Haare richtete, dachte sie, wie viel beschaulicher und ruhiger hier draußen alles war als in Lübeck. Sie liebte ihre Stadt, aber erst jetzt bekam sie ein Gefühl dafür, wie gedrängt die Häuser dort standen, wie viele Menschen dort lebten. Ob sie für immer hätte tauschen mögen, konnte sie nicht sagen, aber der Frieden in dieser Natur gab ihr Kraft und Mut. Wäre sie nur unter glücklicheren Umständen hergekommen.

Sie ging den Weg zurück, den sie mit dem Diener gekommen war, und betrat einen Raum, den er ihr als Speisezimmer präsentiert hatte. Dort gab es sogar zwei Kamine, die für angenehme Wärme sorgten. Die Wände waren hoch und mit Seidenteppichen dekoriert. Femke sah an dem großen runden Tisch die beiden Reisenden aus dem Hinrichs-Wagen.

»Oh, ich habe Sie gar nicht erkannt. Ohne dicken Schal und Tuch über dem Kopf sehen Sie ganz anders aus«, meinte einer der beiden, ein untersetzter Herr mit wenig Haaren.

Es gab Reh aus den Vorräten des Grafen und frisch geschossenes Auerhuhn, dazu Wein, der gewiss ebenfalls aus dem gräflichen Keller stammte. Femke hatte fürwahr einen guten Handel geschlossen. Das Essen war fürstlich. Wenn sie beim Bernsteinhandel ebenso geschickt war, konnte sie zufrieden sein.

»Fürchten Sie nicht, dass der Graf plötzlich in der Tür stehen könnte?«, fragte Femke eine der Mägde.

»Aber nein. Bevor der hier aufkreuzt, schickt er einen Boten, der uns Anweisungen gibt, die Tücher wieder von den Möbeln zu nehmen und die Kamine zu befeuern. Wir brauchen nur die Gäste vor die Tür zu setzen, und schon ist alles bereit«, antwortete sie strahlend.

»Aber das Essen, der Wein ...«
»Wir werden sagen, die Preußen haben alles genommen. Das wird er leicht glauben.«
In der Tat, das würde er wohl. Wenn er vor Angst sein eigenes Leben und das seiner Frau und Kinder in Sicherheit gebracht hatte ...
Femkes Aufmerksamkeit wurde von dem Gespräch der beiden Herren angezogen, mit denen sie bereits im Wagen angereist war. Während der Fahrt hatte sie nur hin und wieder Wortfetzen aufgefangen, die jedoch ohne Zusammenhang waren und keinen Sinn ergaben. Da sie ohnedies mit ihren eigenen Gedanken beschäftigt war, hatte sie nicht weiter auf die Herren geachtet. Nun aber konnte sie nicht umhin, ihrer Unterhaltung mit wachsender Faszination zu folgen.
»Dass es möglich ist, sich mit einem Fallschirm zu retten, hat Kuparenko ja wohl bewiesen«, sagte der mit dem schütteren Haar voller Überzeugung.
»Und wenn er nur Glück hatte? Wie leicht kann beim Ausstieg etwas passieren, oder der Schirm öffnet sich nicht. Was dann? Nein, wir müssen uns unbedingt um andere Mittel kümmern, die uns im Falle des Falles das Leben retten können.« Der Zweite war ein kleiner schlanker Mann mit braunen Locken und braunen Augen. Er sah deutlich jünger aus als der Erste. Es konnten Vater und Sohn sein. »Außerdem bei einer Höhe von über siebentausend Metern ...«
»Ist an eine andere Rettung als die mit dem Fallschirm gar nicht zu denken«, fiel der Ältere ihm ins Wort. Er bemerkte Femkes Blick und wandte sich ihr zu: »Entschuldigen Sie bitte, Sie müssen uns für furchtbar unhöflich halten. Schon während der Reise haben wir kaum Notiz von Ihnen genommen und jetzt wieder nicht.«
»Wir kennen einfach kein anderes Thema als die Ballonfahrt.

Und die dürfte für eine Frau wohl nicht von Interesse sein«, meinte der Jüngere.

»Warum nicht?«, fragte Femke.

»Eben«, sagte der Ältere, »warum nicht? Es gibt nicht viele Frauen, die je ihren Fuß in einen Ballon gesetzt haben, aber es gibt welche.«

»Ich weiß nicht, ob ich den Mut hätte«, gestand sie.

»Sie hatten den Mut, sich in einen schüttelnden, schwankenden Wagen zu setzen. Glauben Sie mir, das ist schlimmer als jeder ruhig und sanft schwebende Ballon.« Der junge Mann schien das ernst zu meinen.

»Ich stelle es mir schön vor, aber der feste Boden unter den Füßen oder besser unter den Rädern lässt mir die Reise in einem Wagen doch ungefährlicher erscheinen.«

Der Jüngere wandte sich wieder seinem Begleiter zu. Doch Femke wollte so gern noch etwas mehr wissen. Sie erinnerte sich dunkel daran, dass sie als kleines Kind einmal einen Ballon gesehen hatte.

»Sind Sie schon einmal in einem Ballon geflogen?«, fragte sie.

»Gefahren«, erwiderten die beiden wie aus einem Mund.

»Weit mehr als einmal«, ergänzte der Ältere.

Sie erzählten von ihren Plänen. Eigentlich hatten sie von Frankreichs nördlicher Küste aus über den Golf von Biskaya nach Spanien fliegen wollen, doch nun stellten sie Überlegungen an, von der Ostseeküste aufzubrechen und Stockholm anzusteuern.

»Bisher ist noch niemand so weit gefahren.«

»Und das ist erst der Anfang für uns. Irgendwann wollen wir die ganze Welt umrunden.«

»Höhen von über siebentausend Metern sind heutzutage zu schaffen.«

»Natürlich muss man dafür sehr gut in Form sein. Puls und

Atmung verändern sich in so gewaltigen Höhen. Sie werden mir zustimmen, dass das für Frauen nicht in Frage kommt.«
Die beiden hatten sich in Rage geredet, und Femke war eine aufmerksame Zuhörerin. So flog der Abend nur so dahin. Diener und Mägde waren längst zu Bett gegangen, als auch die Gäste sich schließlich zurückzogen. Erfreut stellte Femke fest, dass Töchter von Grafen ihre Matratzen lange bevor sie durchgelegen waren ersetzen ließen. Sie lag weich und komfortabel, fast wie in ihrem eigenen Bett zu Hause. Was ihre Eltern wohl in dieser Minute taten? Ob sie schlafen konnten? Femke beschloss, ihnen einen Brief zu senden, sobald sich die Möglichkeit dazu fand.

Der Wind blies auch am nächsten Tag kräftig von Südwesten. Zum Frühstück hatte Femke Kaffee und süßes Gebäck. Sie verabschiedete sich von den Ballonfahrern und wünschte ihnen Glück. Auf dem Weg zum Fischerhaus fiel ihr auf, dass sie die Namen der Herren nicht wusste. Wenn sie wirklich von hier bis nach Stockholm in ihrem luftigen Gefährt fuhren oder womöglich tatsächlich um die ganze Welt, dann würde das in allen Zeitungen stehen. Femke hätte ihre Pläne gerne verfolgt. Der Fischer war ein Mann mit einem fröhlichen Naturell. Natürlich rudere er sie gern nach Poel und sorge dafür, dass jemand sie auf der anderen Seite des Eilands wiederum in ein Boot verfrachte und zum Festland bringe, bekundete er. Er pfiff unbekümmert ein Lied und marschierte, nachdem er in seine Stiefel geschlüpft und einen langen kuriosen Mantel mit vielen Taschen und einer weiten Kapuze angezogen hatte, los.
»Ich denke, es fährt ein Wagen zur Küste«, wandte Femke ein, die Mühe hatte, mit ihm Schritt zu halten. Das Bündel mit ihrer Habe störte sie. Es wäre besser gewesen, sich einen ordentlichen Koffer mitzunehmen. Doch den hätte sie mitten

in der Nacht nicht aus der Kammer holen können, ohne dass ihre Eltern etwas gemerkt hätten.

»Is nich weit«, entgegnete er nur und lief, das Tempo beibehaltend, weiter.

Das war es wirklich nicht. Nach nicht einmal einer Stunde standen sie am Strand. Die See war vom Wind in Bewegung.

»Das nenn ich Glück«, verkündete der Fischer. »Der Wind wird uns im Handumdrehen rübertragen.«

Das tat der Wind, aber er biss sich auch in Femkes Gesicht fest und trieb ihr die ganze Zeit über Tränen in die Augen. Der Fischer erzählte pausenlos vom Leben auf Poel und speziell von den Dörfern, die noch immer zu dem Besitz des Heiligen-Geist-Hospitals gehörten. Sie erinnerte sich, dass die Schwester im Hospital in Femkes letzter Nacht in Lübeck davon gesprochen hatte. Niemals seien die Bauern und Fischer leibeigen gewesen, ließ er sie voller Stolz wissen. Er selbst sei auf dem Eiland geboren worden, aber seiner Frau zuliebe auf das Festland gezogen.

»Wir Kerle sind doch dösig«, meinte er rückblickend. »Auf meinem Poel würde es uns bessergehen. Aber meine drögere Hälfte will nich. Is nix zu machen.« Er strahlte sie an. »Schlecht geit's uns ok so nich!«

Sie legten in einem kleinen Hafen an, in dem mehrere Boote und Kutter munter auf den Wellen schaukelten. Netze und Reusen hingen im Wind. Es roch nach Algen, Fisch und Salz. Der Fischer machte sich mit Femke auf den Weg. In den kleinen Dörfern standen einfache Häuser, einige mit Ziegeln, die meisten mit Stroh gedeckt. Dazwischen kamen sie immer wieder an buschumstandenen Wasserlöchern vorbei. Wald gab es nicht auf dem Inselchen. Um die Mittagsstunde kamen sie am nordöstlichsten Zipfel, im Dörfchen Gollwitz, an. Die Fischerkaten erinnerten Femke an Travemünde. Wie weit entfernt schien ihr plötzlich ihre Ausfahrt mit Deval dorthin. Sie verdrängte den Gedanken sofort wieder. Ihr Magen grollte, sie hatte großen Hunger. Ihr fiel ein, dass der Fischer den ganzen Weg noch einmal vor sich hatte. Er musste auf jeden Fall etwas essen.

»Denken Sie, wir könnten hier eine warme Mahlzeit bekommen, bevor Sie mich ans Festland rudern?«

»Wiss doch!« Sofort sprudelte er los und schwärmte von Butt und Dorsch, von Aal und Hering. Und auch die Seevögel pries er an, die leicht zu jagen waren, die Sturm- und Silbermöwen und die Austernfischer. Von Langenwerder, kaum mehr als eine größere Sandbank, die gleich gegenüber der Nordostküste Poels lag, hole man außerdem die Eier der dort brütenden Tiere.

Femke war nicht überrascht, dass er einen Fischer kannte, dessen Frau den besten Räucheraal der gesamten Insel anzubieten hatte. Sie klopften an die Kate, die sich hinter eine Weißdornhecke duckte. Die Männer begrüßten sich, Femke wurde herzlich hereingebeten. Sie musste sich bücken, wenn sie nicht mit dem Haar an dem weit über die Haustür hinausragenden Strohdach hängenbleiben wollte. Im Kachelofen prasselte ein Feuer. Darüber hing ein gusseiserner Kessel. Der Fußboden war aus gebrannten Ziegeln, die Decke so niedrig, dass ein großer Mensch, wie zum Beispiel der weißhaarige Wirt aus Dassow, nur zwischen den dunklen Balken hätte aufrecht stehen können. Neben dem Ofen befand sich ein großer Weidenkorb, in dem Holzscheite bereitlagen. Es gab einen Tisch mit drei Stühlen, deren Sitzflächen aus Stroh geflochten waren.

Sogleich machte sich die Fischersfrau, eine rotwangige Person im blau-grau gestreiften Kleid und mit einer weißen Haube auf den störrischen Haaren, daran, das Essen zu richten. Der Fischer setzte sich zu den beiden Gästen und zündete sich seine

Pfeife an. Femke hatte noch nie zuvor eine so lange Pfeife gesehen. Ihr Begleiter, der sich ihr als Anton vorgestellt hatte, und der Aalfischer Curth waren zusammen aufgewachsen.

»Dass der Anton aufs Land gegangen ist, kapiert keiner«, meinte Curth und zog an seiner Pfeife. »Oder Sie etwa?« Er sah Femke erwartungsvoll an.

»Oh, ich kenne ihn ja kaum. Und ich kann auch weder etwas über das Leben hier noch über das drüben in Klütz sagen.« Sie erinnerte sich an die Stille, die auch hier gegenwärtig war. »Ich komme aus Lübeck«, erzählte sie. »Von dort möchte ich nicht weg, obwohl es sehr viel unruhiger ist und lauter.«

»O nee, das wär nix für mich.« Curth hob abwehrend die Hand und blies Rauch in die Luft. »Verstehen Sie was vom Räuchern?«, fragte er unvermittelt.

»Nein, tut mir leid …«

»Dann muss meine Frau Ihnen was zeigen. Nu, Trine, willst du der Dame aus Lübeck deinen Aal-Ofen zeigen?«

Trine wollte nur zu gern. Sie führte sie in eine Kammer, die direkt von dem Wohnraum abging. Dort standen Salzfass und Wannen, lagen Messer und mehrfach gebogene Haken. Sie gingen durch eine niedrige Tür nach draußen. Wieder musste Femke sich bücken, die Fischersfrau tat es wie im Schlaf.

»Das ist der Räucherofen«, sagte sie und deutete auf einen hohen Holzkasten, der mindestens einen Kopf größer war als Trine. In der Mitte ragte ein Rohr schief in die Höhe, der Rauchabzug. Am Fuße der Vorderseite war eine Kiepe, deren Inhalt darauf schließen ließ, dass sich dort die Asche des verbrannten Holzes fing. Trine schob einen Riegel zur Seite und öffnete die Tür. Oben hingen an vier Stäben an die dreißig Aale, unten waren die Reste verkohlter Holzscheite zu erkennen. Trine suchte zwei besonders schöne Fische aus und schloss die Tür wieder.

»Man darf sie niemals offen stehenlassen«, erklärte sie, »sonst sind die Katzen gleich dran.« Neben dem Ofen an der Hauswand stapelte sich Brennholz, und in einem großen Fass schwammen Aale, die wohl erst kürzlich aus dem Meer geholt worden waren. »Nehmen Sie die mit?« Trine hielt ihr die beiden Fische aus dem Räucherofen entgegen. »Ihnen ist bestimmt kalt hier draußen. Ich hol noch einen frischen Aal, dann können Sie gleich mal sehen, wie man damit umgeht.« Ihre Wangen glühten.

»Ich weiß nicht ... Wir können nicht so lange bleiben. Ich muss noch weit reisen.« Femke wollte nicht unhöflich sein, aber ihr lag nicht viel daran, dem schlangenähnlichen Meeresbewohner beim Sterben zuzusehen. Und sie sorgte sich tatsächlich sehr darum, zu spät von der Insel zu kommen.

»Dauert sowieso noch ein Weilchen, bis das Essen auf'm Tisch steht«, wischte Trine den Einwand beiseite.

Femke fragte sich, wie das Essen überhaupt auf den Tisch kommen sollte, wenn die Köchin eine Vorführung ihrer Räucherkunst lieferte, aber ihr fiel nichts mehr ein, was sie hätte vorbringen können. So ergab sie sich in ihr Schicksal und trug mit spitzen Fingern die beiden Fische ins Haus. Unschlüssig blieb sie damit in der ersten Kammer stehen. Dort erschien gleich darauf auch Trine, die einen sich windenden Aal mit aller Kraft in ihren Händen hielt.

»Legen Sie die man da hin«, meinte sie und deutete mit einer Kopfbewegung auf ein Holzbrett zu Femkes Rechten. Femke legte die Räucherfische ab und sah voller Entsetzen, wie Trine ein Messer ergriff und sich anschickte, den Aal der Länge nach aufzuschlitzen. Es schien ihr Mühe zu machen, das glitschige Tier festzuhalten. Außerdem schlang es sich wieder und wieder um ihren Arm. Es war wahrhaftig ein Kampf, den Trine endlich für sich entschied. Das Messer fuhr vom Kopf bis zur

Schwanzspitze durch den Fisch, der noch einige Male zuckte und sich wand, bis er leblos auf dem Brett liegenblieb. Erst jetzt traute Femke sich näher heran.

»Wenn Sie ihn richtig sauberkriegen wollen, muss der Schleim weg. Der Schleim ist das Schlimmste.« Sie öffnete ein Gefäß, aus dem sie eine winzige Menge Flüssigkeit in eine Wasserschüssel gab. Es roch streng nach Salmiak. »So, nu kommt der allein zurecht«, verkündete sie lachend. Ihre Wangen leuchteten noch kräftiger. »Machen wir die Kartoffeln.«

Wenig später fand Femke sich auf einem Höckerchen sitzend wieder, ein Messer in der Hand. Es fühlte sich vertraut und heimelig an, und sie konnte sich nicht entschließen, Trine zu belügen, als diese nach dem Grund und dem Ziel der Reise fragte. Zögernd zuerst, dann immer ausführlicher erzählte sie davon, wie sie zum Bernsteinschnitzen gekommen war, wie begehrt ihre Stücke wurden, bis sie damit sogar ihre Familie ernähren konnte. Die Fischersfrau wurde ganz still und hörte ihr schweigend zu. Sie holte nebenbei den Aal aus seinem Salmiakbad, säuberte ihn gründlich, entfernte die Kiemen und nahm ihn aus. Dann warf sie eine Handvoll Salz in den langen schlanken Leib des Aals und eine weitere von außen über ihn und rieb ihn gründlich damit ein.

»Wenn ich nur Rohmaterial kriegen könnte, dann wäre es nicht schwer, ein gutes Auskommen damit zu sichern«, beendete Femke indessen seufzend ihre Schilderung und warf die letzte geschälte Kartoffel in eine Schale mit Wasser.

»Da haben Sie noch eine weite Reise vor sich, Mädchen«, sagte Trine nachdenklich. »Warum bloß machen Sie die mutterseelenallein?«

Femke ging nicht auf ihre Frage ein. Sie war hellhörig geworden.

»Kennen Sie sich denn mit Bernstein aus? Ich meine, Sie

sagten, es sei eine weite Reise, die ich noch vor mir habe. Wissen Sie denn, wo sich am besten etwas finden lässt?«
»Ob ich mich auskenne?« Sie stützte die kleinen fleischigen Hände auf die Knie, um aufzustehen, wobei sie so sehr Schwung holen musste, dass Femke schon meinte, sie käme nicht hoch. »Mein Ururgroßvater war ein berühmter Bernsteindreher in Königsberg. Haben Sie denn nich die Pfeifenspitze gesehn, an der mein Curth nuckelt? Reiner Bernstein! Hat mein Großvater gemacht. Mein Bruder ist auch Drechsler. Is nach Kassel gegangen, wo nu alle so verrückt danach sind.« Sie nickte, als wollte sie sich selber ihre Geschichte bestätigen.
Femke war fassungslos. »Dann können Sie mir auch sagen, wo ich am besten Bernstein bekomme?«
»Nach Dänemark hoch wollen Sie woll wiss nich fahrn, was? Warum ham Se nich einen von den Franzosen gefragt, die nu überall herumlungern.«
»Franzosen, wieso sollten ausgerechnet die denn das wissen?«, unterbrach Femke sie.
»Weil's da auch welchen gibt, in Frankreich«, erwiderte Trine. »Aber nich viel. Und der aus der Ostsee is wieso der schönste.«
»Ja«, stimmte Femke ihr geistesabwesend zu. Wenn Deval sich nur ein bisschen angestrengt hätte, hätte er ihr wirklich helfen können. So wie sie die Sache mittlerweile sah, hatte er nicht einmal jemanden um Rat gefragt.
»Nach Stolp müssen Sie fahren, Mädchen.«
»Wie?«
»In Stolp sitzen se alle, die Bernsteinhöker. Ob die einer Fremden aber was verkaufen ... Ich weiß nich.« Sie schüttelte zweifelnd den Kopf, und das so schnell, dass Femke schon glaubte, die weiße Haube würde sich im nächsten Moment von ihrem Haar lösen und durch die Luft sausen. Dann konzentrierte

Trine sich auf den Dill, den sie aus einem Töpfchen, das nahe dem Ofen gestanden hatte, zupfte. Die Kartoffeln hingen längst in einem breiten gusseisernen Topf mit gebogenem Henkel über dem Feuer.

»Wie komme ich am besten nach Stolp, und wie lange werde ich da unterwegs sein?«, fragte Femke aufgeregt.

Trine pustete die Luft hörbar aus und machte dicke Backen. »Sie wollen aber auch alles wissen.«

»Ja«, gestand Femke. »Das liegt daran, dass ich selbst kaum etwas weiß. Ich habe mich wohl recht blauäugig aufgemacht.« Sie lächelte entschuldigend.

»Dat glöw ick ok«, murmelte Trine. Sie schnitt ein gutes Stück Butter ab, zerdrückte es mit einer Gabel, gab etwas Salz hinzu und rührte zum Schluss den feingehackten Dill dazu. Immer wieder verschwand sie in die Stube, wo die beiden Fischer ihr Schwätzchen hielten. Als sie diesmal zu Femke zurückkehrte, brachte sie die Kartoffeln mit. Sie verteilte sie auf vier Teller, gab reichlich von der Dillbutter darüber und legte jedem zwei anständige Stücke Räucheraal dazu. Dann klatschte sie noch jedem einen Berg geriebenen Meerrettich auf den Tellerrand und nickte zufrieden.

»Es ist köstlich«, schwärmte Femke, als sie in der Stube vor dem Kachelofen saßen und aßen.

»Sie müssen einen Aal auf Ihre Reise mitnehmen, Mädchen«, sagte Trine bestimmt und erzählte ihrem Mann von Femkes in ihren Augen schier unglaublichen Plänen. Sie hatte einen der Hocker aus der Kammer geholt, die Küche und Arbeitsraum in einem war, auf dem sie nun mit rundem Rücken saß und gerade so auf den Tisch schauen konnte. Aber das störte sie nicht. Sie stand ohnehin alle Augenblicke auf, um mehr Dillbutter oder Meerrettich zu holen oder erneut einen Kessel mit Wasser über das Feuer zu hängen. Dann wieder lief sie los und gab

Pfefferminzblätter in eine Teekanne, die sie bald mit sprudelndem Wasser aufgoss. Die ganze Zeit über redete sie, ganz gleich, ob sie im Raum war oder nicht.

Mehrmals machte Femke Anstalten, aufzubrechen. Sie verlieh ihren Bitten immer mehr Nachdruck, doch keiner der Anwesenden ließ sich davon beeindrucken.

»Geht gleich los«, hieß es ein ums andre Mal. Bis Anton nach einem prüfenden Blick aus dem kleinen Fenster meinte, es sei kein guter Einfall, noch an diesem Tag rüberzufahren. Immerhin müsse er ja noch zurück, und das sei nicht zu schaffen. Ihr Einwand, er könne ja, nachdem er sie auf dem Festland abgesetzt habe, auf Poel übernachten, bevor er am anderen Tag zu seiner Frau zurückfahre, zeigte keine Wirkung. Wieder einmal war sie machtlos und musste sich fügen. Immerhin, so tröstete sie sich, war sie nun klüger, was ihr Ziel anbelangte. Die Begegnung mit Trine war ein Gewinn, der gewiss mehr zählte als ein Tag, den sie eher dort hätte sein können.

Es wurde Abend, und sie saßen noch immer zu viert um den kleinen Tisch in der Fischerkate. Femke fragte schüchtern, wo sie denn schlafen solle, ob es im Dorf wohl eine Wirtschaft gebe.

»Nee, so was gibt's hier nich«, lautete die einhellige Antwort. Außerdem dürfe sie bei Dunkelheit sowieso nicht draußen auf Poel sein.

»Aber warum denn nicht?«, wollte sie wissen.

»Weil das Irrlicht Sie sonst erwischt«, flüsterte Curth geheimnisvoll.

»Das Irrlicht?«

Vergnügt zwinkerte er den anderen zu. Er war zufrieden, dass Femke gefragt hatte. Bereitwillig erzählte er die Geschichte von einem schrecklich geizigen Bauern, der einst auf dem Eiland gewohnt hatte. Eines Abends kam ein Wanderer zu ihm, hungrig und erschöpft vom vielen Laufen, und bat um etwas Brot und Wasser. Der Bauer gab ihm einen alten trockenen Kanten und einen Becher faulig riechendes Wasser. »Gott segne dich«, war die Antwort des bescheidenen Wanderers auf diese schäbigen Gaben. Doch der Bauer meinte, er brauche Gottes Segen nicht. Da wurde er mit einem Schlag in eine Kugel aus Licht verwandelt, die fortan ruhelos über die Insel streifen musste. »De Lücht«, wie die Poeler zu diesem herumirrenden Schein sagten, flößte den Leuten Angst ein, und wer ihn sah, machte sich rasch davon.

»Und darum ist kein Mensch auf ganz Poel geizig«, endete Curth. »Können Se glauben.« Er nickte seiner Frau zu, die aufstand und eine Flasche Schnaps holte.

Das Märchen hatte Femke gut gefallen, der Schnaps dagegen schmerzte in ihrer Kehle, und sie hoffte, dass es bei dem einen bleiben würde. Ihre besorgte Miene deutete Trine offenbar falsch.

»Machen Se sich man keine Sorgen«, beruhigte sie sie, »die Geschichte ist nämlich noch nich zu Ende.« Nun war sie es, die lebendig schilderte, wie eines Tages drei Männer vom Festland über eine Holzbrücke zurück auf die Insel wollten, wo sie wohnten. Die Brücke verband das Festland mit dem Eiland an einer Stelle, wo beides ganz nah beisammen war. Da aber links und rechts vom Steg Wasser und Sumpf waren, konnte man leicht ertrinken, wenn man in der Finsternis passieren wollte, so wie diese drei Männer. Sosehr sie sich auch abmühten, konnten sie die Holzbrücke doch nicht ausmachen. Da wünschte sich einer *de Lücht* herbei, um ihnen den Weg zu leuchten. Und es kam wahrhaftig, und die Männer sahen die Brücke und konnten nach Hause gehen. »Gott segne es!«, sagte einer von ihnen. Damit war das Irrlicht gerettet und wurde nie mehr gesehen.

Femke musste lächeln. Dachte die Fischersfrau tatsächlich, dass sie dieses Märchen für bare Münze nahm?

Trine schenkte noch einmal Schnaps ein.

»Dass de Moort uns nich heimsucht«, erklärte sie.

»Der Moort, was ist denn das nun schon wieder für eine Geschichte?«

»Geschichte?« Trines Augen weiteten sich. »Wir vertellen keine Geschichten!« Sie kicherte. »Den Moort gibt dat wahrhaftig. Er kommt durchs Schlüsselloch, wenn einer noch spät viel Fettes isst.«

»So isses«, stimmte Anton ihr zu. »War schon immer so. Denn kommter un hockt sich auf Ihre Brust.«

»Ja, un dann piesackt er Se fürchterlich!«, meinte auch Curth im Brustton der Überzeugung.

»So, so, aber der Schnaps, der hilft gegen den Moort?«

»Klar! Wenn der den riecht, kommter nich durchs Schlüsselloch«, erwiderte Anton. Sie lachten.

Ach, wenn ich doch hier Bernstein finden oder zusammen mit einem dieser freundlichen Leute weiterreisen könnte, dachte Femke wehmütig. Plötzlich fiel ihr eine der Geschichten ein, die Meister Delius ihr erzählt hatte. War es nicht an der Zeit, dass sie auch etwas zu der Unterhaltung beitrug?

»Kennen Sie das Märchen von der Bernsteinfee?«, fragte sie. Alle verneinen. Trine schüttelte in der für sie offenbar eigenen Art so rasch den Kopf, als würde sie zittern. Sie rückte sich ihren Hocker zurecht und sah so erwartungsvoll aus wie ein kleines Kind. Curth paffte seine Pfeife und blies kleine runde Rauchkringel in die Luft. Im Ofen prasselte noch immer das Feuer.

»Es war einmal ein Mädchen, das liebte einen Matrosen«, begann Femke. »Als der in See stechen musste, blickte sie dem Schiff so lange nach, bis es mit dem Horizont verschmolz. Sie war untröstlich, denn der Abschied zerriss ihr das Herz.« Sie musste plötzlich an Johannes denken und daran, wie weh ihr der Abschied von ihm getan hatte. Sie schluckte heimlich und erzählte weiter. »Traurig lief das Mädchen in die Dünen und weinte bitterlich. Sie saß dort sehr lange und weinte sich schließlich sogar in den Schlaf. Als sie erwachte, war es bereits dunkel geworden, und die Sterne funkelten über ihr am Himmel. Da stand plötzlich eine schöne Frau vor ihr mit einem Kleid aus silbernem Mondlicht und langen Haaren aus lauter golden glänzenden Bernsteinschnüren.«

»Wie schön!«, seufzte Trine.

»Pscht«, machte ihr Mann.

»Die Frau löste eine der Schnüre aus ihrer Haarpracht und reichte sie dem Mädchen«, fuhr Femke fort. »Sie sagte ihr, sie solle aufhören zu weinen, denn aus ihrem tiefen Schmerz werde ihr neues Lebensglück erwachsen. Auf die Frage des Mädchens, wer die schöne Frau denn sei, sagte diese: ›Wisse, ich bin die Bernsteinfee!‹ Das Mädchen lief nach Hause. Das eine oder andere Mal erhielt sie Briefe von ihrem Bräutigam, die alle sehr fröhlich, aber nicht voller Sehnsucht nach ihr waren. Dann kamen keine Briefe mehr. Heimkehrende Seeleute berichteten, der Matrose habe in vielen Häfen Mädchen gehabt. In einem schließlich habe er sich die Braut eines anderen gewählt.«

»Oh«, machte Trine entsetzt und schlug eine Hand auf ihre rote Wange.

»Ja, dafür musste er mit dem Leben bezahlen. Das Mädchen betrauerte seinen Bräutigam sehr. Dann lernte es einen jungen Fischer kennen, der neu ins Dorf gezogen war. Es kam eine schreckliche Sturmflut, wie man sie noch nie zuvor erlebt hatte. In letzter Sekunde rettete der Fischer der Mutter des Mädchens das Leben. Schon einen Monat später heirateten der Fischer und das Mädchen, und sie trug natürlich die Bernsteinkette um den Hals.«

Trine wischte sich gerührt eine Träne aus dem Augenwinkel.
Anton meinte fröhlich: »War ja klar, dass ein Fischer kommen musste, um die Deern froh zu machen.«
Sie saßen noch ein Weilchen, dann zeigten sie Femke ihr Bett. Diese fremden Fischersleute überließen ihr doch tatsächlich ihre Schlafstube und legten sich zusammen mit Anton auf den nackten Boden. Sie tastete noch einmal nach ihrem Eidechsen-Anhänger, dann schlief sie zufrieden ein.

Ein süßer Duft weckte Femke am anderen Morgen. Trine hatte eine warme Milchsuppe gemacht. Außerdem ließ sie sich Femkes Bündel geben.
»Auf dem Rücken lässt sich's besser schleppen«, fand sie und nähte flugs Bänder an das Betttuch, in dem Femke ihre Habe verstaute. Als diese ihr Geld dafür und für die gute Verpflegung und Unterkunft geben wollte, zierte sie sich erst. Dann meinte sie, es sei denn auch gleich für die Übernachtung auf dem Rückweg, und nahm ihr das Versprechen ab, wieder auf Poel Station zu machen.
Der kräftige Wind wollte anscheinend nie mehr aufhören zu blasen. Femke zog sich ihr Wolltuch weit ins Gesicht. Anton dagegen schien das Wetter mal wieder nichts auszumachen. Gutgelaunt ruderte er sie das kurze Stück über die Wiek. Es dauerte nur einen Wimpernschlag, dann waren sie drüben. Femke dachte, dass er sie leicht noch am Abend hätte übersetzen und zurückkehren können, doch sie bedauerte nicht, dass er sich anders entschlossen hatte. Nach einer herzlichen Verabschiedung war Femke wieder allein.
Betrübt watete sie durch den Schlamm. Der Weg, der zunächst über eine schmale Landzunge führte, stand knöcheltief unter Wasser. Es hatte den Anschein, als hätte der Sturm die Wogen bis über den Pfad getrieben. Und wirklich musste Femke

zweimal einen raschen Schritt zur Seite machen, um den nach ihr leckenden Wellen der Ostsee zu entwischen. Sie lief ein Stück an einer von wildem Gestrüpp überwucherten Steilküste entlang. Ganz krumm standen die vom ewigen Wind gebeugten Büsche. Pappeln und Weiden waren zerzaust und manche sogar mitten im Stamm geborsten. Sie gönnte sich nur eine Pause, als sie vom Gehen ganz erschöpft war, und aß etwas von Trines Aal, den sie schon wegen des aufdringlichen Geruchs nicht allzu lange mit sich herumtragen mochte.

Noch am Nachmittag erreichte sie Neubukow. Wie ein Gitter waren die Straßen um den Marktplatz angelegt. Femke ging rasch in die Kirche, die auf einem Feldsteinsockel stand, um ein Dankgebet zu sprechen. Bisher verlief die Reise besser, als sie zu hoffen gewagt hätte. Wenn sie auch gerne schneller unterwegs gewesen wäre, war ihr doch schon so viel Gutes widerfahren, dachte sie bei sich. Auf dem Markt erkundigte sie sich anschließend nach einem Wagen, der gen Rostock fuhr, und schnell hatte sie einen gefunden. Ihr war eingefallen, dass ihr Vater mit einem Wirt der Hansestadt, einer Schwester Lübecks, Geschäfte machte oder besser gemacht hatte. Gewiss würde der sie aufnehmen und ihr die Möglichkeit geben, ihren Eltern eine Nachricht zu senden. Auch halfen die Wirtsleute ihr ganz bestimmt dabei, einen Wagen zu finden, der sie in Richtung Stolp brachte. Rostock war groß, eine richtige Stadt. Sie war zuversichtlich, dass viele Kutschen von dort aufbrachen. Zuerst musste sie allerdings nahezu ihre letzten Taler geben, um überhaupt dorthin zu gelangen. Vielleicht war es gerade recht so, sonst hätte Femke die Kette, die sie von Deval als verfrühtes Weihnachtsgeschenk erhalten hatte, noch aufbewahrt. Dabei war in einer Stadt wie Rostock und vielleicht mit Unterstützung eines ehrbaren Kaufmanns die beste Gelegenheit, sie zu Geld zu machen. Außerdem handelte es sich um

eine Kutsche mit Verdeck, die von vier kräftigen Pferden gezogen wurde. Es ging flott voran. Nur einmal machten sie eine Pause, damit die Tiere ausruhen und fressen konnten. Die Passagiere, außer Femke gehörte ein Pastor mit seiner Frau und seinem kleinen Sohn dazu, nutzten die Zeit, um ebenfalls von ihrem Proviant zu essen und sich ein wenig die Beine zu vertreten. Es war mitten im Hütter Wohld, und Femke staunte nicht schlecht, dass dort in der Einöde eine kleine Frau stand und dünnes Bier verkaufte, das bei den Reisenden trotz des hohen Preises auf große Begeisterung stieß. Ein Zufall war das kaum, vermutete Femke. Während der zweiten Hälfte der Fahrt nickte sie ein. Dieses Gefährt war umso vieles besser gepolstert als das, in dem sie nach Klütz gereist war. Es gab warme Decken für jeden und weiche Kissen auf den Bänken.
»Brrr«, machte der Kutscher, und die Pferde blieben stehen. Femke rieb sich die Augen.
»Schon da?«, fragte sie.
Der Pastor nickte. Sie stiegen vor dem großen Stein Thor aus. Hinter den dicken abweisenden Stadtmauern lag Rostock. Mit dem letzten Tageslicht schritt Femke durch das Tor, ihr Bündel auf dem Rücken, was wirklich viel komfortabler war, wie Trine richtig vermutet hatte.
»Ach bitte«, wandte sie sich an den Wachposten, der am Tor Dienst tat, »wo finde ich wohl das Gasthaus Zur Kogge?«
Der Wachmann beschrieb ihr den Weg. »Ist aber nicht billig, kann ich Ihnen sagen«, fügte er vertraulich hinzu. »Falls Sie doch lieber eine Unterkunft für weniger Geld hätten, könnte ich Ihnen da wohl helfen. Sauber, versteht sich.«
»Nein, danke schön, das ist sehr nett«, sagte sie und machte sich auf den beschriebenen Weg. An jedem anderen Ort wäre sie über den guten Rat des Mannes froh gewesen. Hier hatte sie ein Ziel. Wie sehr Rostock doch ihrem geliebten Lübeck

glich. Die weiß getünchten Giebelhäuser und die aus rotem Backstein schmiegten sich dicht aneinander. Es hatte den Anschein, als wollten sie den engen Rahmen sprengen, in dem die Stadtmauer sie einquetschte. Auch das Kopfsteinpflaster war ihr vertraut. Nur so viele Türme wie zu Hause gab es nicht. Einzig der der Marienkirche überragte die Kaufmannshäuser und Handwerkerbuden, die Wirtschaften und den Marktplatz. Vor einem stattlichen Gebäude blieb sie stehen. Rechts und links von der Eingangstür, die von einem nach oben spitz zulaufenden Kranz vorspringender Ziegel eingerahmt war, schauten große Sprossenfenster auf die Straße. Über dem ersten Stockwerk erhob sich ein mächtiger Treppengiebel mit ebenfalls bogenförmig gerahmten kleineren Fenstern. Einige der äußeren Bogen sowie die beiden obersten, die genau über der Eingangstür standen, waren nur Zierde. Dahinter konnte man den Himmel sehen, der sich allmählich verdunkelte. Die Ziegel waren rot und schwarz und erinnerten Femke an das Lübecker Rathaus. Zwischen der Tür und einem der großzügigen Sprossenfenster ragte ein Eisen aus der Wand, an dem eine goldene Hansekogge im Wind hin und her schwang, als würde sie wahrhaftig über die stürmische Ostsee segeln. »Zur Kogge« stand in goldenen Lettern auf dem dunklen Holz direkt über dem Eingang.

Sie trat ein. Beim Anblick der weißen Tischwäsche, des feinen Porzellans und des silbernen Bestecks war Femke klar, dass hier nur Leute speisten und logierten, die über einen gewissen Reichtum verfügten. Sie merkte, dass hier und da getuschelt wurde und immer mehr Gäste sie missbilligend ansahen.

Ein Kellner kam auf sie zu. »Guten Tag, gnädige Frau. Kann ich etwas für Sie tun, oder ist es wohl möglich, dass Sie sich in der Tür geirrt haben?« Er hatte schwarze, von Pomade glänzende Haare, die er ordentlich gescheitelt trug, eine spitze Nase und ein ebensolches Kinn sowie einen kleinen spitzen Mund, der besser ein Schnabel geworden wäre. Über seinen Zwicker, der auf dem Nasenhöcker saß wie ein Reiter auf seinem Pferd, blickte er sie an.

»Nein, ich habe mich gewiss nicht geirrt. Ich bin Femke Thurau aus Lübeck, die Tochter des Weinhändlers.«

»Oh«, machte der Kellner, wobei sich sein gesamtes Gesicht zu diesem Buchstaben zu formen schien.

Das Tuscheln in der Gaststube nahm zu.

»Verzeihen Sie meinen Aufzug«, sagte sie rasch. »Es war eine weite und anstrengende Reise.« Sie fühlte sich unwohl in ihrer Haut. Sie war es nicht gewohnt, wie eine Landstreicherin betrachtet zu werden. Und üblicherweise gab sie dazu auch niemandem Anlass. Doch mit dem Stoffbündel auf dem Rücken, dem fleckigen Mantel, dessen Saum sich mit schmutzigem Schlamm vollgesogen hatte, und dem unter dem derben Kopftuch vorlugenden Zopf, aus dem mehr Strähnen abstanden, als dass sie von ihm gehalten würden, gab sie ein jämmerliches Bild ab.

»Bitte, Fräulein Thurau, kommen Sie mit mir.« Er stakste vor ihr her, wobei er seine Füße bei jedem Schritt ein bisschen zu hoch hob, wie sie fand. Mit der langen gebogenen Nase, den gespitzten Lippen und dann auch noch diesem Gang hätte er wirklich einen Storch oder Kranich abgeben können. Femke warf hier und da einen scheuen Blick zu den Gästen an den Tischen, wenn sie das Gefühl hatte, angestarrt zu werden. Eilig wandten diese sich ab oder grüßten schmallippig. In einem kleinen Nebenraum, nicht viel mehr als ein Korridor, der dem Duft nach zu urteilen zur Küche führte, ließ der Gasthauskranich Femke warten. Nervös zupfte sie an ihren Kleidern und öffnete ihren Zopf. Mit den Fingern ging sie wie mit einem Kamm durch die Strähnen und schob das Tuch auf ihre Schultern hinab.

»Fräulein Thurau, das ist eine freudige Überraschung!« Albert Curtius, stolzer Inhaber der Kogge, streckte die Arme nach ihr aus. Ehe sie sich's versah, presste er sie an seine breite Brust. »Carsten hätte mir sagen sollen, dass seine Tochter nach Rostock kommt«, plauderte er drauflos. »Wo ist er überhaupt? Er hat Sie doch nicht alleine reisen lassen?« Jetzt schob er sie von sich und begutachtete sie von den roten Haaren bis zu den Stiefeln, auf denen der Schlamm zu einer hellen Kruste trocknete. »Sie sind eine richtige Frau geworden, erwachsen und groß! Ist das denn zu glauben? Ich sehe Sie noch als kleines Mädchen auf den Knien Ihres Vaters schaukeln.«
»Guten Tag, Herr Curtius«, sagte Femke endlich. »Ich muss gestehen, dass ich mich weniger gut an Sie erinnern kann. Sie werden mir hoffentlich verzeihen.«
»Oh, aber natürlich, Sie waren ja auch noch so klein.« Er deutete mit der flachen Hand eine Höhe an, die eher für einen Hund gepasst hätte. »Also, was tun Sie in Rostock? Und wo sind die geschätzten Eltern? Ihnen geht es doch gut, hoffe ich?«
»Ja, danke«, gab sie zurück und fuhr rasch fort: »Sie kümmern sich zu Hause um die Geschäfte. Es ist ja in der letzten Zeit alles ein wenig durcheinandergeraten. Und ich bin auf der Durchreise.«
»Aha, auf der Durchreise. Wo soll es denn hingehen?«
Sie hatte gehofft, dass er nicht fragen würde, geglaubt hatte sie das nicht.
»Ich möchte nach Stolp reisen«, erklärte sie.
»Nach Stolp? Du meine Güte! Was treibt Sie dorthin? Verwandtschaft?«
»Nein, um ehrlich zu sein ...«
In dem Moment erschien Merit, seine Frau, auf der Bildfläche. Es war offenkundig, dass sie direkt aus der Küche kam, wo sie unüberhörbar die Angestellten zurechtgewiesen hatte.

»Wie ich höre, ist die kleine Thurau auf Besuch«, rief sie bereits von weitem in einem Ton, der einem General zur Ehre gereicht hätte.
Femke machte höflich einen Knicks.
»Wie sehen Sie denn um Himmels willen aus?«
»Die lange Reise«, stammelte sie beschämt. »Bitte verzeihen Sie meine so wenig tadellose Erscheinung.«
»Das bleibt nicht aus, wenn man reist«, stellte Merit Curtius sachlich fest. »Mein Gatte müsste sich entschuldigen, dass er Ihnen weder den Mantel abgenommen noch ein Zimmer angeboten hat, wo Sie sich frisch machen können.« Sie warf ihm einen resignierten Blick zu und verdrehte die Augen. »Wenn wir Frauen uns nicht um alles kümmern würden. Kommen Sie, Fräulein Thurau.«
»Danke schön«, murmelte Femke, nickte Curtius zu, der schief grinste, und eilte hinter seiner Frau her eine breite Treppe hinauf. Das Zimmer war prachtvoll und entsprach dem, was sich Femke im Schloss von Klütz vorgestellt hatte.
»Unser bestes«, kommentierte Merit Curtius und ließ sie allein.
Das Bett war so breit, dass zwei Personen darin bequem hätten schlafen können. Darüber spannte sich ein Baldachin aus türkisfarbener Seide, die mit Silberfäden durchzogen war. An den Wänden hingen Jagdszenen, vor dem Bett lag ein großer Orientteppich, der so kostbar aussah, dass Femke auf der Stelle aus ihren Stiefeln schlüpfte.
Es klopfte, und ein Mädchen mit gestärkter Schürze und weißem Häubchen betrat das Zimmer. Sie grüßte scheu und zündete die Lampen an, die von geschwungenen Armen gehalten wurden. Dann deckte sie den ebenfalls in Türkis und Silber gehaltenen Bettüberwurf ab und schüttelte die Kissen auf. Femke sah eine dicke Daunendecke, die in einem strahlend weißen Laken steckte.

»Haben Sie noch einen Wunsch?«, fragte das Mädchen.
»O ja, den habe ich. Könnte ich wohl Schreibpapier, eine Feder und Tinte bekommen, wenn es nicht zu viele Umstände bereitet?«
»Natürlich, gnädiges Fräulein.« Sie machte einen Knicks und wollte gehen.
»Oh, noch etwas.« Hastig lief Femke zu ihrem Bündel, das auf einem Sessel beim Fenster lag, und zerrte ein Kleid heraus. Sie wollte zum Essen in der Gaststube unbedingt ordentlich angezogen sein. »Ob Sie das für mich plätten könnten?« Sie hielt dem Mädchen das Kleid hin.
»Natürlich, gnädiges Fräulein«, sagte sie wiederum, machte ihren Knicks und verließ das Zimmer.

Zuerst saß Femke allein an einem Tisch vor den Sprossenfenstern und aß. Später setzte sich Albert Curtius zu ihr. Auch seine Frau nahm bei ihnen Platz. Sie stand jedoch immer wieder einmal auf, kümmerte sich hier um etwas und machte dort den Angestellten Beine. Diese Geschäftigkeit war wohl die einzige Eigenschaft, die sie mit Trine gemeinsam hatte.
»Ach, dieser böse Krieg hat uns aber auch allen das Leben schwergemacht«, seufzte Curtius und stützte sein fleischiges Kinn auf die Hand, den kleinen Finger geziert abgespreizt.
»Ja«, stimmte Femke ihm aus tiefem Herzen zu. »Er hat viel Unglück über das Land gebracht. Grauenvoll, was einigen Lübeckern geschehen ist. Hier war es nicht besser?«
»O nein, ganz und gar nicht. Einige unserer zahlungskräftigsten Gäste haben erheblichen finanziellen Schaden genommen. Sie kommen viel seltener zu uns zum Speisen. Wir wissen kaum, wie wir über die Runden kommen sollen, wenn sich das nicht bald wieder ändert.«
Femke hatte gar nicht das Gefühl, dass es mit der Kogge nicht

zum Besten stand. Die Gaststube war gut gefüllt, die Menschen aßen und tranken reichlich. Natürlich war es denkbar, dass der Schein täuschte. Auch von Carsten Thurau wusste kaum einer, wie tief der einst wohlhabende Weinhändler in der Krise steckte.

»Dieser schreckliche Generalleutnant von Blücher«, schimpfte sie. »Hätte er nicht die Neutralität Lübecks mit Füßen getreten, wäre uns all der Kummer erspart geblieben.«

»Wie? Ich höre wohl nicht recht.« Er richtete sich gerade auf und sah sie pikiert an. »Was hätte er denn Ihrer Meinung nach tun sollen, den Dänen in die Arme laufen?«

»Nein, das nicht. Ich weiß nicht ...«

»Dann sollten Sie besser nicht über Politik reden.« Sein Antlitz nahm wieder versöhnlichere Züge an. »Einer hübschen jungen Frau steht das ohnehin nicht gut zu Gesicht.« Er beugte sich zu ihr herüber. »Das verdirbt den Teint!« Er lachte ein weibisches Lachen und wedelte dazu mit einer Hand.

»Was steht einer Frau nicht gut zu Gesicht?« Merit Curtius setzte sich.

»Politik«, antwortete Femke und fing einen gequälten Blick von Curtius auf.

»Von wegen!«, protestierte seine Frau lautstark. »Achten Sie bloß nicht auf das Geschwätz meines Mannes. Die Arbeit dürfen wir Frauen machen, aber wir sollen bloß nichts zu sagen, nicht einmal eigene Ansichten haben«, schimpfte sie. »Was glauben Sie wohl, Fräulein Thurau, wer hier dafür sorgt, dass alles für die Gäste recht ist? Wenn ich mich auf ihn verlassen würde, hätten Sie keine Kerze auf dem Zimmer, kein Öl in den Lampen, und der gebratene Dorsch wäre Ihnen ohne Kartoffeln serviert worden.« Mit einem Blick auf Femkes leergegessenen Teller fragte sie: »War er gut, der Fisch? Waren Sie zufrieden?«

»Ja, er war ausgezeichnet«, erwiderte sie schnell und verschwieg, dass der geräucherte Aal von Trine noch viel köstlicher gewesen war.

»Wissen Sie, warum unten im Süden die Stadt Kronach nicht von den Schweden eingenommen wurde?« Ohne eine Antwort abzuwarten, sagte sie: »Weil die Frauen sich der Sache angenommen haben. Haben die Kronacher Männer auch gekämpft wie die Teufel, waren die Weiber noch viermal schlimmer«, erzählte sie mit unverhohlener Bewunderung. »Mit Pflastersteinen und kochendem Wasser trieben sie die Schweden in die Flucht!«

»Hach, diese alte Geschichte«, jammerte ihr Mann. »Ich glaube nicht, dass auch nur ein Fünkchen Wahrheit dran ist.«

»Gewiss doch«, beharrte sie. »Nein, nein, Fräulein Thurau, lassen Sie sich den Mund nicht verbieten. Es steht einer jungen Dame sehr wohl zu Gesicht, eine Meinung zu haben, wenn Sie meine hören wollen.«

»Ihre Ansicht ist, der schreckliche Blücher habe das Leid über uns gebracht«, ließ Curtius seine Frau wissen.

Die zog die Augenbrauen hoch. »Wie kommen Sie denn auf diesen Unsinn?«

»Ich kenne mich nicht besonders aus, aber ich habe gesehen, was in Lübeck vor sich ging, nachdem er mit seinen Soldaten in der Stadt Quartier genommen hat. Wäre er außerhalb der Mauern geblieben, wäre es glimpflicher für uns ausgegangen, meine ich.« Sie blickte unsicher auf ihre Hände.

»Sie haben noch viel zu lernen, Fräulein Thurau«, beschied Merit Curtius sie. »Generalleutnant von Blücher, übrigens ein Sohn unserer Stadt, wie Ihnen gewiss bekannt ist, hat sich dem wahren Schreckensmann, Napoleon, voller Tapferkeit entgegengestellt.«

Nein, Femke wusste nicht, dass Blücher aus Rostock kam. Es

war ihr nun noch peinlicher, schlecht über ihn geredet zu haben.
»Es ist ja nur, er hat so viele Soldaten mitgenommen, die sich womöglich gar nicht gegen Napoleon stellen wollten. Jedenfalls zu dem Zeitpunkt nicht mehr, als das preußische Heer so geschwächt war«, gab sie zögernd zu bedenken.
»Glauben Sie etwa, unsere Burschen haben sich darum geprügelt, in der napoleonischen Armee zu dienen?«, fragte Merit Curtius aufgebracht.
»Nein, gewiss nicht.«
»Eben, aber sie mussten es tun.«
»Merit, meine Liebe, nun hör aber mit diesen unerfreulichen Geschichten auf.« Wieder wedelte Albert Curtius mit einer Hand in der Luft herum. »Fräulein Thurau hat uns noch immer nicht verraten, was sie in Stolp will.«
»In Stolp?« Es sah zunächst so aus, als würde Merit Curtius gegen den Willen ihres Mannes weiter bei Blücher und der Politik bleiben, doch nun hatte er ihre Aufmerksamkeit gewonnen.
Femke kam nicht umhin, vom Sinn ihrer Reise zu berichten. Sie bemühte sich nach Kräften, nur so wenig wie möglich zu verraten. Merit Curtius fand es »ganz phantastisch«, dass sie sich mit künstlerischen Dingen befasste.
»Wie ungewöhnlich, dass Sie allein reisen«, meinte Curtius, als seine Frau gerade wieder einmal gerufen wurde. »Gibt es denn keinen Bräutigam, der Sie begleiten könnte?«
»Nein«, antwortete sie und spürte, wie sie errötete.
»Ist wenigstens einer in Sicht?«
»Nein.«
»Aber warum um Himmels willen nicht?«
Was sollte sie darauf sagen? Sie hoffte inständig, dass Merit Curtius wieder auftauchen würde, doch das geschah nicht.

»Ich weiß es nicht. Es wird sich schon beizeiten einer finden«, sagte sie und fragte sogleich nach einer Kutsche, die nach Stolp fuhr.

»Wollen Sie nicht noch ein wenig bleiben?«, fragte Merit Curtius, die nun zurück war und sich wieder setzte.

»Aber natürlich«, stimmte ihr Mann hocherfreut zu. »In Rostock gibt es so viel zu sehen. Und auch sehr nette ungebundene Burschen.« Er blickte sie bedeutungsvoll an.

»Danke, Sie sind sehr freundlich, aber ich möchte meine Eltern nicht so lange warten lassen.«

»Schade«, sagte seine Frau, und es klang aufrichtig bedauernd. »Sie hätten nach Warnemünde rausfahren können.«

»Zu dieser Jahreszeit?« Albert Curtius riss die Augen entsetzt auf und schüttelte sich.

Wieder der matte Blick seiner Frau gen Himmel, den Femke gleich nach der Begrüßung schon bemerkt hatte.

»Es gibt Überlegungen, aus Warnemünde ein Seebad zu machen, wie Travemünde eines ist. Mein Mann ist im Ausschuss.« Sie schnaufte. »Wie man hörte, hat sich Ihr Vater sehr um die Angelegenheit gekümmert. Es wäre interessant gewesen, Ihre Meinung zu hören.«

»Dafür muss ich nicht erst nach Warnemünde reisen, wenn ich es auch gern täte.« Jetzt war sie auf sicherem Terrain. »In der Tat war mein Vater an den Veränderungen in Travemünde beteiligt. So habe ich sehr gut beobachten können, wie richtig seine Einschätzung war: Die Menschen sehnen sich nach Ruhe und nach Natur. Beides finden sie dort. Ich selbst liebe es sehr, am Strand zu spazieren oder ein Bad in der Ostsee zu nehmen.«

»Sie baden in der Ostsee?« Es war Albert Curtius anzusehen, dass er diese Vorstellung in keiner Weise als verlockend erachtete. Femke fragte sich, ob er der Richtige für das Vorhaben

war. Doch wie sie die Sache einschätzte, war es ohnehin eher Merit Curtius, die als Frau zwar offiziell kein Amt bekleiden oder einen Vertrag unterzeichnen durfte, durch ihren Ehemann aber sehr wohl Einfluss nehmen konnte.
»Wenn Sie mich jetzt entschuldigen würden.« Femke fielen beinahe die Augen zu, und sie wollte doch unbedingt noch einige Zeilen an ihre Eltern schreiben. »Ich habe noch eine lange Reise vor mir und werde mich jetzt besser ausruhen.«

Sie nahm an dem Pult Platz, das neben einem großen Spiegel mit Holzrahmen und hölzernem Fuß stand, in dem sie sich von oben bis unten sehen konnte. Während sie die Feder in das Tintenfass tauchte, musste sie an die Nacht ihrer Abreise denken. Genau wie jetzt hatte sie allein in der Stille gesessen und eine Nachricht an ihre Eltern geschrieben. Nein, jetzt war es anders. Die schreckliche Angst war einer nur noch leichten Unsicherheit gewichen. Femke empfand eine Aufregung, die ihr in gewisser Weise gefiel. Wenn ihr auch klar war, dass ihr noch einiges auf ihrer weiten Reise an die Bernsteinküste zustoßen konnte, so war sie nun doch gewiss, dass alles gut ausgehen würde. Sie schrieb:

»Liebe Mutter, lieber Vater!
Erst die fünfte Nacht bricht an, die ich fern von der Heimat und fern von Euch verbringe, und schon fehlt Ihr mir sehr.
Doch Ihr braucht Euch keine Sorgen zu machen, denn ich bin in den allerbesten Händen. Ich befinde mich in dem schönsten Zimmer, das Ihr Euch nur vorstellen könnt, im Gasthaus Zur Kogge. Gewiss kennt Ihr es und habt selbst schon hier geschlafen. Es ist das beste Zimmer, sagte man mir, und ein schlechteres wird man Euch auch kaum gegeben haben. Das ist schön. Es ist ein wenig, als wärt Ihr hier bei mir.

Herr Curtius und seine Frau sind sehr freundlich zu mir. Sie lassen Euch auch aufs Herzlichste grüßen. Überhaupt habe ich schon sehr viele hilfsbereite Menschen getroffen. Wenn einige von ihnen auch noch so arm waren, haben sie mir reichlich zu essen und stets ein warmes Bett gegeben. Es geht mir wirklich sehr gut!
Morgen früh, wenn ich diesen Brief zur Poststation gebracht habe, verlasse ich die Stadt und nehme den Postwagen, der vor den Toren Passagiere aufnimmt, wie man mir sagte. Sobald es geht, werde ich Euch wissen lassen, wann Ihr mich zurückerwarten könnt. Bitte sagt Johannes, dass ich jeden Tag an ihn denke. Ist er schon erwacht? Ich bete dafür.
In Liebe
Eure Tochter Femke«

Albert Curtius legte ihr eine Abrechnung neben den Kaffee. »Sie werden verstehen, dass wir Sie in diesen schweren Zeiten nicht völlig kostenlos beherbergen und verköstigen können«, flötete er. »Schließlich habe ich auch für den Thurauschen Rotspon immer zahlen müssen. Und nicht zu knapp.« Er ließ sein glockenklares Lachen hören.
Femke starrte auf die Summe.
»So viel habe ich nicht mehr«, rutschte es ihr heraus. »Ich meine, ich habe natürlich nicht erwartet, dass Sie von mir weniger verlangen als von jedem anderen Gast, nur weil Sie mich schon als kleines Kind gekannt haben und von meinem Vater Ihren Wein beziehen.« Wenn sie ehrlich zu sich war, hatte sie genau das zumindest gehofft. »Nur musste ich für die Kutsche, die mich hierher gebracht hat, bereits mehr aufbringen, als ich angenommen hatte. Aber keine Sorge, Sie sollen Ihr Geld natürlich erhalten.« Femke fluchte innerlich. Hätte sie doch nur auf den Wachmann am Stadttor gehört und eine einfache Herberge bezogen. Das Essen war nicht mehr als gewöhnlich, und

von dem prachtvollen Baldachin war schließlich nichts zu sehen, wenn man schlief.
»Ich kann mich auch an Ihren Vater wenden.« Curtius betrachtete eingehend seine Fingernägel. »Ihre Eltern wissen doch, dass Sie hier sind, nehme ich an?« Er sah nicht auf, sondern wiegte nur den Kopf von der einen Seite auf die andere, während er seine Finger bald streckte und bald wieder anzog.
»Gewiss, was denken Sie denn von mir?«, fragte sie empört. »Gestern Nacht habe ich ihnen noch einen Brief geschrieben, den ich gleich zur Poststation bringen werde. Ich wollte Sie schon lange fragen, wo ich meine Halskette für einen guten Preis verkaufen kann. Sobald das geschehen ist, bekommen Sie Ihr Geld.« Sie tastete mit einem Finger unter dem hohen Kragen ihres Kleides und holte das Schmuckstück hervor, das sie von Deval bekommen hatte.
»Du meine Güte!« Er klatschte in die Hände und starrte gierig auf das diamantenbesetzte Silber und die Perlen. »Es muss Ihnen wahrhaftig schlechtgehen, wenn Sie sich davon zu trennen beabsichtigen.«
»Aber nein«, widersprach Femke, die nicht wollte, dass überhaupt jemand von der Misere ihrer Eltern wusste, und schon gar nicht dieser aufgeblasene Gastwirt. »Es ist das Geschenk von einem Kavalier, an den ich lieber nicht mehr erinnert werden möchte, wenn Sie verstehen.« Sie bedachte ihn mit einem schüchternen Lächeln.
»Nein, kein bisschen. Wenn einer solche Geschenke macht, hält man den doch fest und will ihn nicht vergessen.«
»Er war großzügig, gewiss, aber nicht anständig«, erklärte sie ausweichend.
»Nun, bei diesem Präsent darf auch ein bisschen Unanständigkeit sein«, flüsterte er, zwinkerte anzüglich und brach dann in sein kehliges Gelächter aus.

Femke verzog keine Miene.

Er hüstelte und fragte: »Dürfte ich wohl ...?« Schon streckte er seine Finger nach dem glitzernden Stück aus.

Femke öffnete den Verschluss und reichte ihm die Kette. Er hielt sie gegen das Licht, biss darauf, drehte und wendete sie immer wieder.

»Nun, so viel, wie ich anfangs dachte, ist sie bei näherer Betrachtung doch nicht wert.«

»Wie? Aber ...«

»Richtig gemacht, Fräulein Thurau. Gut, dass Sie ihn abgewiesen haben.« Er bemühte sich um einen beiläufigen Ton. »Dennoch ist es ein recht hübsches Stück, und meiner Frau würde es sicher gut stehen.« Das Leuchten in seinen Augen verriet ihn und den wahren Wert des Schmucks. Deshalb ließ Femke sich auf sein Angebot nicht ein. Die Summe war nicht übel. Ihr würde eine hübsche Barschaft übrigbleiben, nachdem Curtius seine Forderung abgezogen hatte, aber sie wollte nicht so schnell nachgeben, wusste sie doch, dass sie unter anderen Umständen deutlich mehr für die Kette verlangen konnte. Sie feilschten eine Weile, und Femke hatte das Gefühl, es bereite ihm größtes Vergnügen. Doch dann verlor er die Lust daran.

»Wenn Sie klug sind, machen Sie das Geschäft. Mein Angebot ist nur so hoch, weil ich Ihrem Vater verbunden bin. Jeder andere gibt Ihnen weit weniger für diesen Tand.«

Femke schnappte nach Luft. Das ging nun wirklich zu weit.

»Aber versuchen Sie es ruhig woanders«, ermunterte er sie. »Nur fürchte ich, dass Sie den Postwagen nach Danzig dann nicht mehr erwischen. Ich könnte Ihnen das Zimmer für eine weitere Nacht lassen ...«

Sosehr es sie auch ärgerte, er hatte nun einmal recht. Zwar würde sie nicht im Traum daran denken, noch eine Nacht in der Kogge zu bleiben, sie würde sich nach einer Herberge

umsehen, in der es die Hälfte kostete, man aber doppelt so herzlich war, doch am liebsten wollte sie die Stadt gleich verlassen.
»Also schön«, sagte sie darum, »ich bin einverstanden.«
Sie machten den Handel, und Femke war ihm nichts mehr schuldig, sondern konnte sich ein ordentliches Sümmchen in den Schaft ihres Stiefels schieben. Wenn sie den Rest der Reise bescheiden lebte, blieb ihr sicher genug, um eine gute Menge Bernstein zu erwerben. Eine Sorge war sie los, und es tat ihr um die Kette keine Sekunde leid. Sie hätte sie ohnehin niemals mit Freude tragen können.

Nach einer Verabschiedung, die spürbar kühler ausfiel als die Begrüßung, lief Femke zur Poststation, die in einem schlichten Ziegelbau zwei Straßen weiter untergebracht war. Von dort eilte sie geradewegs zum Stein Thor hinaus. Sie hatte erneut die Kleider an, mit denen sie in Rostock eingetroffen war. Das Kleid, das das Mädchen am Vorabend geplättet hatte, lag sorgfältig gefaltet in der Mitte des Bündels, das Femke wieder auf dem Rücken trug. Der Wind hatte nachgelassen, dafür nieselte es jetzt, und die Sonne verbarg sich hinter grauen Wolken. Wenn die Kutsche nur bald käme, dachte sie und trat ungeduldig von einem Fuß auf den anderen, um sich warm zu halten. Sie hoffte, dass man ihr die richtige Stelle genannt hatte. Bei jedem Hufgeklapper, bei jedem Quietschen herannahender Räder schaute sie erwartungsvoll zum Tor. Doch es waren die Karren der Händler, die Rostock verließen. Da, wieder der hohle Klang von Hufen auf hartgefrorener Erde. Sie blinzelte gegen den Regen, der sich auf ihr Gesicht legte und bereits das Tuch durchnässte, das sie um die Haare gewickelt trug. Nein, es war wieder nur ein offener Ackerwagen. Als er näher kam, erkannte Femke einen Mann in Uniform. Kein Zweifel, es war der Postillion. Er brachte das einfache Gefährt zum Stehen, die beiden Pferde wieherten und schnaubten.

»Einen guten Morgen, junges Fräulein«, rief er ihr unbekümmert zu. »Sie wollen nach Danzig?«

»Nein, nur bis nach Stolp. Machen Sie dort Station?«

»Aber ja, steigen Sie auf!« Er deutete nach hinten, wo Femke eine Holzleiter erkannte.

»Können Sie mir wohl sagen, wie lange die Fahrt dauern wird?«

»Das weiß nur Gott allein«, antwortete er lachend. »Wenn er es gut mit uns meint, schaffen wir es in sechs Tagen.«

»Sechs Tage?« Sie traute ihren Ohren nicht. Wenn sie so lange bei dieser Kälte, Sturm und Regen in dem offenen Wagen durchgeschaukelt wurde, war sie sterbenskrank, da war Femke ganz sicher.

»Also, was ist? Ich muss weiter. Wenn alle meine Passagiere so zögerlich sind, brauche ich wenigstens acht Tage«, scherzte er.

»Werden denn noch mehr Passagiere mitfahren?«

»Das glaube ich wohl. Hinter dem nächsten Dorf halte ich noch einmal. Da steigt für gewöhnlich immer jemand zu.«

»Und eine andere Möglichkeit gibt es nicht, nach Stolp zu kommen?«

»Es gibt immer eine andere Möglichkeit. Nur ob es schneller geht, kann ich nicht sagen. Sicherer reisen Sie garantiert nicht.«

Sie erkundigte sich noch nach dem Preis, der ihr nicht zu hoch erschien, dann ergab sie sich in ihr Schicksal und kletterte auf den Karren. Auf der hinteren der drei Querbänke nahm sie Platz. Und schon setzte sich das Gefährt auch mit knarrenden Rädern in Bewegung. Wenn Femke bereits von dem Wagen des Kaufmanns Hinrichs schlecht gedacht hatte, so fand sie hierfür keine Worte. Auf blankem Holz musste sie sitzen, auf dem Boden lagen vier dicke Postsäcke und Heu für die Pferde. Noch bevor sie das nächste Dorf erreichten, nahmen sie vier weitere

Reisende auf, die winkend am Weg gestanden hatten, hinter dem Dorf noch einmal vier. Konnte man seine Habe zunächst auf den Sitzbänken unterbringen, musste man sie nun darunter und dazwischen stopfen. Die anderen, drei Frauen, drei Männer und zwei Kinder, hatten große Koffer und Taschen bei sich, auf die sie zum Teil ihre Füße stellen mussten, wenn sie sie überhaupt mitnehmen wollten. Sie hielten sich in südöstlicher Richtung. Femke zweifelte sehr daran, dass es eine gute Entscheidung war, den Postwagen zu nehmen. Wenn sie nicht irrte, wäre es schneller, an der Küste entlang, über die Insel Usedom und vorbei am Frischen Haff zu fahren. Was, wenn jemand sie hätte rudern können, wie nach Poel hinüber? Oder wenn sich auf Usedom womöglich schon Bernstein finden ließe? Sie verwarf den Gedanken. Zum einen war es jetzt ohnehin zu spät, zum anderen vertraute sie auf Trine, die ihr gesagt hatte, in Stolp seien die meisten Bernsteinhändler ansässig.
Ein ums andre Mal rollte der Wagen über einen hohen Stein und lehnte sich erschreckend auf die Seite. Die Kinder kreischten und lachten, die Frauen schrien in heller Angst. Einer der Männer rauchte unablässig eine Pfeife, ein anderer stimmte volkstümliche Lieder an, die Frauen summten mit. Auch Femke sang mit ihnen. Die Leute fuhren bis Danzig, würden also die gesamten sechs Tage ihre Gefährten sein. Da war es gut, nicht als Außenseiterin zu gelten. Während kurzer Unterbrechungen der holprigen Fahrt, die nötig waren, um Post auszuliefern, aufzunehmen und die Pferde zu füttern, gingen die Reisenden ein wenig auf und ab, um ihre schmerzenden Knochen auszuschütteln. Verstohlen suchte sich einer nach dem anderen einen Busch, hinter dem er seine Notdurft verrichten konnte. Femke hatte das noch niemals getan, wenn Fremde in der Nähe waren, doch sie hatte keine Wahl. Von wegen, es gibt immer eine andere Möglichkeit, dachte sie bitter.

»Möchten Sie etwas Bier?«, fragte eine der Frauen. »Sie haben nichts zu trinken, habe ich recht?«

»Nein, ich habe nur noch etwas zu essen.« Femke sah betreten zu Boden. »Vielleicht kann ich Ihnen davon etwas abgeben«, schlug sie vor.

»Gern«, sagte die Frau, die wie Femke ein Tuch um den Kopf gebunden hatte und die Mutter der beiden Kinder zu sein schien. »So machen wir das immer auf Reisen. Alle teilen alles.«

Femke lächelte erleichtert. Viel war es nicht mehr, was sie beisteuern konnte, doch störte sich niemand daran.

»Hopp, hopp, es geht weiter«, ertönte die Stimme des Postillions schon bald.

Einer nach dem anderen kletterte die Leiter hoch und über das Gepäck, was sich reichlich schwierig gestaltete. Femke saß noch nicht einmal, als der Karren mit einem kräftigen Ruck anfuhr. Sie stürzte, musste sich an einem der Männer festhalten und spürte einen heftigen Schmerz, der in ihr Knie fuhr. Wütend murmelte sie ein paar Worte der Entschuldigung zu dem, den sie angerempelt hatte, und setzte sich auf ihren schmalen Platz, auf dem nach der Rast eine kleine Pfütze stand.

Dunkelheit senkte sich nach diesem grauen Tag früh über das Land. Immerhin hörte es auf zu nieseln. Die Mutter hielt ihre Kinder, eines in jedem Arm, fest umschlungen. Wieder und wieder rieb sie sich die Hände. Auch Femke schlotterte und versuchte sich irgendwie warm zu halten. Sie rieb mit den Händen ihre Arme und Oberschenkel. Wenigstens hatte sie ihre Handschuhe mitgenommen. Sie war der Verzweiflung nahe und ganz sicher, dass sie keine weiteren fünf Tage wie diesen überstehen konnte, als sie plötzlich an einem Häuschen hielten, das mitten in der Einsamkeit zu stehen schien. Wie sich herausstellte, handelte es sich um einen einfachen Krug, in dem man die Nacht verbringen wollte.

Die Mutter reichte einem der Männer die schlafenden Kinder vom Wagen. Femke hatte kaum noch Gefühl in den Füßen und kletterte ungelenk über die Leiter. Der Mann mit der Pfeife blieb bis zum Schluss und reichte allen das Gepäck.
Femke presste ihre Sachen an sich und stellte fest, dass sich alles klamm anfühlte. Sie begann zu zittern, als sie das Häuschen betrat. Kaum dass sie drinnen war, bekam sie einen Hustenanfall. Der Rauch des Herdes erfüllte den gesamten Raum und drang in alle Ritzen. Immerhin, es war warm, sehr warm sogar, wie sie erfreut feststellte. Ihre Freude wich mit einem Schlag großer Skepsis, als sie sich genauer umsah. Der Krug bestand aus zwei Räumen, die von einem Durchgang verbunden wurden. Im ersten Raum, den man durch die Eingangstür betrat, erblickte sie grob gezimmerte Tische und Hocker, in dem anderen war Stroh ausgestreut. Ihre Mitreisenden kannten diese Art von Herbergen offenbar. Sie nahmen kaum Notiz von dem Lager, das Femke nur als für Tiere geeignet erachtet hätte, sondern legten dort bloß rasch ihre Sachen ab und setzten sich dann hungrig an die Tische. Jeder bekam einen Teller mit einem Brei hingestellt, der überwiegend aus Kartoffeln, ein wenig Kohl und Karotten bestand. Er sah nicht gerade appetitlich aus, duftete aber würzig und dampfte verlockend. Trotz der Wärme in dem Krug waren Femkes Glieder noch kalt. Die heiße Mahlzeit würde ihr wohltun.
Während des Essens erzählte einer der Mitreisenden von seinen Plänen, sich in der Pferdezucht zu versuchen. Es gebe ein Gestüt von hohem Ansehen nahe Danzig. Dort wolle er seine Erfahrungen einbringen und hoffe auf eine Anstellung. Die Frau mit den beiden Kindern hatte ihren Mann und damit Haus und Existenz verloren. Sie war auf dem Weg zu ihrer Schwester, die in Danzig gut verheiratet war. Dort würde sie gegen Kost und Logis für sich und die Kleinen den Haushalt

führen. Von den beiden Paaren erfuhr Femke kaum etwas, außer dass eines sehr strenggläubig war. Sie beteten immerzu und sangen kirchliche Lieder. Eines war allen gemeinsam – die Furcht vor der Zukunft. Auch in Danzig, dem Ziel der anderen, tobte der französisch-preußische Krieg. Man erzählte sich, die Stadt sei dieser Tage belagert worden. Für jeden in dieser Herberge war anscheinend ungewiss, wie es weitergehen sollte. Zuerst zog sich das tiefreligiöse Paar zurück. Gleich nach ihnen brachte die Mutter ihre Kinder zum Schlaflager. Auch Femke war sterbensmüde. Ihre Glieder waren wieder warm, aber es zwickte hier und da, die Folge des langen Sitzens auf der harten Bank. Also wünschte sie dem zweiten Paar und dem Pferdezüchter eine gute Nacht und ging in den Nebenraum der Gaststube, in der noch immer dicker Rauch stand. Ab und zu öffnete der Wirt die Eingangstür, damit der Qualm abziehen konnte. Da dann sofort eisige Luft hereinkam, schloss er sie aber rasch wieder. Femkes Augen tränten, und immer wieder musste sie husten. Sie mochte sich kaum ausmalen, wie ihre Kleider am nächsten Morgen riechen würden. Da sie den Tag aber erneut in einem Gefährt ohne Verdeck, also an der frischen Luft zubringen würde, konnte es ihr herzlich gleichgültig sein.
Das Stroh lag dick aufgeschichtet. An einer Seite war es sogar erhöht, damit man sein Haupt bequem betten konnte. Kissen gab es keine. Nebeneinander waren lediglich zehn Betttücher über das Stroh gelegt und zehn dünne Decken. Femke hatte verstohlen beobachtet, dass die anderen Frauen nur die Oberkleider ausgezogen hatten, bevor sie unter die Decken gekrochen waren. So machte sie es auch. Als sie endlich lang ausgestreckt lag, nur wenige Zentimeter von einem der beiden Kinder entfernt, das in dem Moment eingeschlafen war, in dem seine Mutter es zugedeckt hatte, stellte sie fest, wie erstaunlich komfortabel das Strohbett war. Sie hatte erwartet, dass es

überall pikte und kratzte, aber nein, es lag sich recht angenehm. Einzig das Rascheln bei jeder Bewegung störte sie ein wenig und die Nähe zu den anderen. Femke dachte voller Wehmut an das luxuriöse Zimmer zurück, das sie in der Kogge hatte bewohnen dürfen. Doch gleich fiel ihr auch der unverschämt hohe Preis und die überhebliche Art ein, mit der man sie behandelt hatte. Sie hätte nicht tauschen wollen.

Femke erwachte, weil neben ihr etwas kicherte und flüsterte. Es waren die beiden Kinder, für die die Reise ein großer Spaß zu sein schien. Das Mädchen hatte einen Strohhalm in der Hand und kitzelte damit seinen Bruder. Sie bemühten sich, die Erwachsenen nicht zu wecken, aber gerade weil sie leise sein wollten, mussten sie immer mehr lachen. Auch ihre Mutter wachte von ihrem unterdrückten Prusten auf. Wenig später schlugen alle die Decken zurück, reckten die steifen Glieder und schlüpften in die Kleider. Der Postillion war bereits auf den Beinen. Femke konnte sich nicht erinnern, wann er sich zur Ruhe gelegt hatte. Hatte er sich nicht noch einige Zeit mit dem Wirt unterhalten? Sie hoffte inständig, er möge frisch genug sein, um den Wagen sicher zu lenken.
Es dauerte nicht lang, bis der Herd die gesamte Wirtschaft beheizte. Es gab Kaffee aus einer verbeulten Kanne. Außerdem bot der Wirt Brot, Speck und Käse zum Verkauf an. Da Femke so gut wie nichts mehr hatte und auch die anderen ihre Vorräte auffüllten, tat sie es ihnen nach. Auch einen Krug Bier nahm sie dem Wirt ab. Alle kletterten wieder die Leiter hinauf und setzten sich auf die Holzbänke, die von einer dünnen Eisschicht überzogen waren.
»Nehmen Sie sich etwas von dem Heu und legen es auf die Bänke«, bot der Postillion an. »Sonst werden Sie gar zu schnell nass und kalt.«

Die nächsten beiden Tage glichen dem ersten, an dem Femke den schäbigen Ackerwagen in Rostock bestiegen hatte. Sie wurden kräftig durchgeschüttelt, sangen und erzählten den Kindern Geschichten, damit die Zeit herumging. Sie hielten nur an, wenn Post aufzuladen oder auszuliefern war oder der Postillion mit der Sense die wenigen Halme schnitt, die er am Wegrand für die Pferde fand. Trotzdem kamen sie quälend langsam voran. Zu oft war der Weg so schlecht, dass der Fahrer die Tiere zurückhalten und Schritt für Schritt eine komplizierte Passage bewältigen musste. Einmal mussten sogar alle aussteigen, und die Männer halfen, den Karren aus einer Mulde zu schieben, in der er steckengeblieben war. Mehr als einmal fürchtete Femke, ein Rad könnte brechen, das Gefährt kippen oder einfach in der Mitte durchbrechen, so ächzte und knarrte, so schwankte und schlingerte es.

Auch die Herbergen glichen einander wie ein Huhn dem anderen. Überall gab es einen Gemüsebrei und am Morgen Kaffee, überall schliefen sie auf Stroh, das nur von dünnen Laken bedeckt war. Als der vierte Tag anbrach, waren alle ein wenig ruhiger. Niemand mochte mehr so recht die gleichen Lieder wieder anstimmen, und neue wollten ihnen einfach nicht einfallen. Sie starrten vor sich hin, rieben sich hin und wieder die Arme warm und hingen ihren Gedanken nach. Die Kinder quengelten, ihnen wurde die Zeit nun auch zu lang.

»Wann sind wir endlich da?«, fragten sie. Und: »Wie lange müssen wir denn noch fahren?«

Der Mann, dessen Ziel das Gestüt war, bastelte ihnen während einer Rast aus Zweigen, Blättern und Moos kleine Puppen. Femke bewunderte, wie rasch er aus dem, was zur Verfügung war, so hübsches Spielzeug machen konnte. Er war wirklich geschickt. Die Mutter dankte ihm sehr, und auch das Mädchen und der Junge freuten sich, doch lange hielt ihre Begeisterung nicht an. Allzu bald war ihnen wieder kalt, wollten sie herumtollen, hatten sie Durst oder Hunger.

»O verdammt!«, fluchte der Postillion plötzlich. »Das sieht doch verdammt nach ... Achtung, alles bereitgemacht!«, rief er.

Einer der Männer erhob sich und blickte angestrengt nach vorne. »Wahrhaftig, eine kalte Herberge«, murmelte er und wurde hart auf die Bank zurückgeworfen.

Femke hatte keinen Schimmer, wovon die Rede war. Es war noch viel zu früh am Tag, um schon wieder in einer Herberge einzukehren. Und wie nur konnte man von weitem sehen, dass diese kalt war? Sie reckte den Hals, vermochte aber bei alldem Schaukeln nichts zu erkennen. Sie hätte schwören können, dass da weit und breit kein Haus stand.

»Kalte Herberge!«, schrie jetzt auch der Postillion. »Alle raus hier!«

»Wie bitte? Aber warum?« Sie begriff nicht. Er sollte den Wagen erst zum Stehen bringen, dann würde sie ihn fragen, warum sie bereits so früh Quartier beziehen wollten.

»Springen Sie«, sagte der sehr gläubige Mann zu der Mutter, nachdem er ein schnelles Gebet gesprochen hatte.

»Wie?«, kreischte diese entsetzt. Die Kinder fingen an zu weinen. Dann geriet alles aus den Fugen. Die Männer brüllten durcheinander, gaben Kommandos und forderten immer hastiger dazu auf, den Wagen zu verlassen. Der Postillion bemühte sich, die Pferde zu beruhigen, aber die hielten nicht an, sondern wurden offenbar von dem Gewicht des Fahrzeugs angetrieben, das mit wachsender Geschwindigkeit auf eine Senke zurollte. Immer mehr schlingerte der Wagen jetzt, die Geräusche wurden bedrohlicher, das Weinen der Kinder lauter.

»Ich kann sie nicht halten«, schrie er. »Springen Sie ab!«

Das erste Paar folgte endlich seiner Aufforderung, dann auch der Pferdezüchter.

»Sie zuerst, ich kümmere mich um die Kinder«, sagte der junge Mann, der eben noch gebetet hatte, zu der Mutter. Die sah ihm kurz in die Augen und sprang. Der Mann ergriff den Jungen, kletterte mit ihm über den Wagenrand auf die Leiter und stieß sich von dort ab. Als seine Frau mit dem Mädchen den gleichen Weg nahm, krachte eines der Räder gegen einen großen Stein. Man hörte Holz splittern. Die Frau flog, das Mädchen mit ihrem Körper schützend, in hohem Bogen von der Leiter. Femke spürte, wie etwas unter dem Boden des Karrens nachgab und dieser sich immer mehr zur Seite neigte. Dabei verloren sie an Geschwindigkeit. Gern wäre sie auch erst auf die Leiter gestiegen, um aus geringerer Höhe einen Satz auf die Erde zu machen, doch dazu blieb keine Zeit. Sie fasste sich ein Herz und sprang. Zwar landete sie recht passabel, doch die Wucht machte es ihr unmöglich, stehenzubleiben. Sie stolperte vorwärts, mit den Armen rudernd. Ein Ast schlug ihr ins Gesicht, und durch ihren Knöchel fuhr ein brennender Schmerz, als sie mit dem Fuß in eine kleine Kuhle trat. Als sie sich umdrehte, sah sie noch, wie der Wagen schließlich kippte und krachend liegenblieb. Die Postsäcke fielen heraus, ebenso die Gepäckstücke. Die Pferde wieherten aufgeregt, der Postillion hatte sich im letzten Moment, als das Gefährt bereits weit in der Schieflage war, mit einem Sprung gerettet und redete nun auf die Tiere ein und strich ihnen sanft über die bebenden Hälse. Susanna, die junge Frau, die mit dem Mädchen von der Leiter gestürzt war, saß, beide Beine von sich gestreckt, die Röcke bis auf die Oberschenkel geschoben, auf dem schmutzigen Weg und rieb sich das linke Knie, das zusehends anschwoll. Ihr Mann Jacob bückte sich zu ihr hinunter, nachdem er Sorge getragen hatte, dass es beiden Kindern und der Mutter gutging. Als er sie ansprach, blickte sie verwirrt zu ihm auf und sah sich erschrocken um, während sie die Röcke wieder über die Beine warf. Für einen Moment waren ihr alle Regeln des Anstands vor Schreck und Schmerz offenkundig verlorengegangen. Femke kam die ganze Szene unwirklich vor. Dann fiel ihr ihr Geld ein, und sie tastete in ihrem Stiefel, als würde sie den schmerzenden Knöchel befühlen. Gottlob war das Geld, das sie für den Bernstein und die Heimreise brauchte, noch an seinem Platz.

»Sind alle wohlauf?« Das war der Pferdezüchter, der sich als Dierk vorgestellt hatte. Als ihm alle bestätigten, so weit auf den Beinen und nahezu unverletzt zu sein, ging er zu dem Postillion und besprach mit ihm die Lage. Der Mann, von dem Femke bisher nur wusste, dass er Karl hieß, begann die Gepäckstücke aufzuheben. Er reichte Femke ihr Bündel, an dem Sand und Grasbüschel hingen. Eines der Bänder, die Trine angenäht hatte, war an einer Seite abgerissen.

»Danke«, sagte sie.

»Ist schon das zweite Mal, dass meine Frau und ich das mitmachen.« Er schüttelte den Kopf.

»So einen Unfall?«

»Ja, eine kalte Herberge eben.«

»Das haben Sie vorhin schon gesagt. Was bedeutet das?«, wollte Femke nun endlich wissen.

»Dass wir heute Nacht den Himmel statt eines Strohdachs über dem Kopf haben, eine im Februar wahrlich kalte Herberge.«

Femke starrte ihn an. »Und das wussten Sie schon vorher?«, fragte sie entgeistert.

»Sagen wir besser, es war zu befürchten. Sehen Sie, mein Fräulein, es gibt einfach Wegstrecken, die dafür bekannt sind, dass sie viele Tücken bereithalten. Schauen Sie sich um. An dieser Stelle ist es schon anderen so wie uns heute gegangen.«

Sie folgte seiner Aufforderung und bemerkte, dass in dem kleinen Graben, der eine Seite des Weges begrenzte, und auf den kahlen Wiesen auf der anderen Seite Trümmer lagen, die nicht

von ihrem Postwagen stammten. Dort ragte ein Stück von einem Rad aus dem Boden, da lagen einige Balken und Bretter.
»Wenn zu erkennen ist, dass ein Sturz unvermeidbar wird, ist es sicherer, rauszuspringen. Sonst kann es böse Verletzungen geben«, erklärte er ihr weiter.
»Verstehe«, sagte sie bedrückt.
Der Postillion meldete sich zu Wort. »Tja, Herrschaften, der Wagen ist hin.«
Ein Seufzen ging durch die kleine Gruppe Menschen, die das Schicksal hier zusammengeführt hatte.
»Nun, zumindest eines der Räder«, ergänzte er, wohl um ihnen etwas Mut zu machen.
»Und was jetzt?«, fragte Jacob. Seine Frau war inzwischen aufgestanden und stützte sich an seiner Schulter ab, um das schmerzende Bein nicht zu belasten.
»Bis zum nächsten Dorf, in dem wir einen Unterschlupf finden können, ist es zu weit. Das erreichen wir nicht mehr vor Einbruch der Dunkelheit«, ließ der Postillion, der sich nun als Emanuel vorstellte, seine Passagiere wissen. »Ich schlage vor, wir versuchen mit vereinten Kräften, den Wagen wieder aufzustellen, so dass die Frauen und Kinder darin heute Nacht schlafen können. Ich reite zum Dorf. Wenn ich dort ein Rad bekommen kann, verlieren wir nur einen Tag.«
»Und wenn nicht?« Femke war verzweifelt. Sie würden erfrieren. Und gab es hier draußen nicht womöglich wilde Tiere? Sie war nicht die Einzige, die sich sorgte.
»Wir sollen hier draußen schlafen, unter freiem Himmel?« Es war Elisabeth, die Mutter der beiden Kinder, die aussprach, was Femke dachte. »Was ist mit Wölfen? Gibt es hier nicht welche?«
»Machen Sie sich keine Sorgen«, beruhigte Karl sie. »Die lassen uns in Ruhe, wenn wir sie in Ruhe lassen.«

»Es gibt also Wölfe?«, fragte Femke.
Emanuel meldete sich wieder zu Wort. »Bitte, meine Damen, es ist nicht das erste Mal, dass ich in so einer Lage bin, und noch nie hat mich ein Wolf angegriffen. Wir müssen jetzt nur einen klaren Kopf bewahren. Also, ich reite ins nächste Dorf, und zwei von Ihnen sollten zum Fluss gehen. Er ist nicht weit. Wenn Sie gleich losgehen, sind Sie zurück, bevor es dunkel wird. Sie werden Wasser brauchen.«
»Sie können nicht laufen«, sagte Karl mit einem Blick auf Susanna. »Also werden meine Frau und ich gehen und Wasser holen.«
»Und ich begleite Sie«, sagte Dierk zu dem Postillion. »Reiten kann ich, und allein sollten Sie sich nicht auf den Weg machen.«
»Gut«, stimmte der zu, und es sah aus, als wäre er darüber erleichtert. »Stellen wir also den Wagen auf und stützen ihn.«
Die Männer machten sich daran, die Pferde auszuspannen und an Bäumen festzubinden. Die Kinder hatten ihren Schreck überwunden und waren zur Stelle, als es darum ging, den umgeworfenen Karren wieder aufzurichten. Zwar waren sie eher im Weg, als dass sie hätten helfen können, doch so waren sie wenigstens beschäftigt. Ein Baumstumpf diente als Bock unter der Ecke, deren Rad zerbrochen war. Emanuel und die anderen rüttelten einige Male an dem Holzgestell, das zur Nacht als Lager dienen sollte.
»Das hält«, stellte Emanuel zufrieden fest. »Also dann.« Dierk und er bestiegen die beiden Pferde und ritten los, Karl und seine Frau Magda nahmen, was sie an Gefäßen tragen konnten. Ihre Gestalten wurden auf dem langen geraden Weg immer kleiner. Dann verschwanden sie hinter der nächsten Erhebung. Erst spät fiel Femke ein, dass sie hätte mitgehen können. Dann hätten sie mehr Wasser gehabt. Aber niemand hatte sie gefragt.

Und sie war es nicht gewohnt, in derartigen Situationen zu wissen, was zu tun ist. So fing sie an das Heu zusammenzutragen, das bei dem Sturz aus dem Wagen gefallen war. Sie breitete es zwischen den Holzbänken aus, dann ging sie unschlüssig zu Elisabeth hinüber.
»Wir sammeln Reisig für ein Feuer. Helfen Sie uns?«, fragte diese.
»Gern.«
»Ich habe schon ganz viel«, verkündete das Mädchen stolz und zeigte einige Zweige, die es vorsichtig im Arm trug.
»Das ist doch gar nichts«, sagte der Junge prahlerisch. »Ich habe schon viel mehr!«
»Hast du nicht!«
»Habe ich wohl. Guck doch!«
Die beiden wetteiferten weiter, und jeder wollte Bestätigung von der Mutter, mehr gesammelt zu haben als der andere.
»Kinder!«, sagte Elisabeth zu Femke. »Sie können einem den Nerv töten. Und doch sind sie meine ganze Freude. Haben Sie keine Kinder?«
»Nein.«
»Sie sind noch jung. Sie werden sich noch welche anschaffen, nehme ich an.«
Femke fühlte sich nicht wohl bei diesem Thema. Sie hatte noch nie wirklich darüber nachgedacht, wie es sein würde, eine eigene Familie zu haben. In diesem Moment war diese Vorstellung so weit weg wie ihre geliebte Heimatstadt.
»Ich wüsste gar nicht, wie ich ohne sie weitermachen sollte. Sie sind mein einziger Trost nach dem Tod meines Mannes.« Elisabeth bückte sich rasch, um Steine für eine Feuerstelle aufzulesen, aber Femke hatte die Tränen in ihren Augen gesehen. Sie betrachtete die Mutter der beiden Kinder erst jetzt aufmerksam und dachte, dass sie nicht viel älter sein dürfte als sie selbst.

Einzig die verhärmten Züge um den Mund und die dunklen Ringe um die Augen nahmen ihr das frische Aussehen.

Sie bereiteten den Feuerplatz hinter dem Wagen vor. Dort war er vor dem Wind geschützt, der auffrischte. Sie suchten aus den Trümmern anderer Kutschen und Karren Holzplanken zusammen, die sie als Sitzflächen um die Feuerstelle auslegten. Wer ein Betttuch oder eine Decke auf die Reise mitgenommen hatte, legte sie nun über das, was ihnen als Sitzmöbel würde dienen müssen. Sie waren gerade fertig, als Karl und Magda mit dem Wasser zurückkamen.

»Gottlob war der Fluss nicht mehr gefroren«, sagte Magda völlig außer Atem und lud behutsam die Gefäße ab, die sie geschleppt hatte.

Jacob machte sich daran, ein Feuer zu entfachen, bevor das letzte Tageslicht dem dunklen Abend wich. Seine Frau Susanna schlug das Kreuz über einem Brot. Sie war also katholisch, bemerkte Femke. Dann brach sie den Laib in große Stücke.

»Sucht einen kräftigen Zweig für jeden«, rief sie den Kindern zu. »Dann können wir das Brot rösten, wenn das Feuer nachher schön brennt.«

Das ließen die beiden sich nicht zweimal sagen. Einige Zeit später loderten Flammen in den grauen Himmel. Karl und Magda, Jacob und Susanna, Elisabeth, Femke und die Kinder rückten so dicht heran, wie sie es wagen konnten. Sie hielten ihre Stöcke mit dem Brot vor sich und drehten sie langsam. Auch etwas Speck hatten sie aufgespießt, obwohl der beim Sturz im Dreck gelandet war. Ihre Becher mit Wasser standen an den Steinen, die die Feuerstelle begrenzten. Jacob stimmte ein Danklied an. Später, als sie gegessen und das lauwarme Wasser getrunken hatten, sang er ein Abendlied. »O Großer Gott, die Dunkelheit versetztet mich in Traurigkeit, denn welch' auf bösen Wegen gehn, die müssen stets im Dunkeln stehn.«

Femke hätte ein anderes Lied mehr Freude gemacht, eines, das Zuversicht vermittelte. Immerhin gab sie sich alle Mühe, nicht ständig an die finsteren Gestalten zu denken, die hier draußen herumschleichen mochten. Dass er ausgerechnet von denen singen musste.

»Gehen wir schlafen«, sagte Elisabeth zu ihren Kindern.

»Ich bleibe hier am Feuer«, verkündete Karl. »Es darf nicht ausgehen, sonst finden uns die beiden nicht, wenn sie mit einem Rad zurückkehren sollten.«

»Glaubst du, sie kommen heute Nacht noch zurück, anstatt sich im Dorf auszuruhen?«

»Ich weiß es nicht. Aber wenn sie kommen, weist das Feuer ihnen den Weg.«

»Wir wechseln uns ab«, schlug Jacob vor. »Ich lege mich jetzt hin und kümmere mich später um das Feuer, wenn Sie schlafen.«

»Ich habe noch etwas Öl und eine Lampe«, sagte Femke. »Vielleicht können wir sie oben auf den Wagen stellen, so dass wir schon aus der Ferne zu sehen sind.«

»Gute Idee. Aber vergewissern Sie sich, dass sie nicht kippen kann.«

Sie kletterte mit Elisabeth und den Kindern in den Wagen. Dann halfen sie Susanna hinauf, deren Knie ihr noch immer arge Beschwerden machte. Zum Schluss gesellte sich Magda zu ihnen. Sie legten sich alle so dicht aneinander, wie es ging, und warfen ein Betttuch und zwei Decken über sich. Die andere Wolldecke, die es noch gab, bekam Jacob, der auf dem nackten Boden beim Feuer lag.

Die Wärme wich schnell aus Femkes Leib. Sie spürte, wie sie eine Gänsehaut bekam. Das kleine Mädchen, das neben ihr lag, begann ebenfalls bald mit den Zähnen zu klappern. Es drückte sich immer dichter an Femke, die ihre Arme um den kleinen

Körper schlang. Sie musste an zu Hause denken, wo ihr weiches Daunenbett verwaist war. Wenn sie doch nur dort sein könnte. Welche Strapazen und Gefahren mochten noch während dieser Reise auf sie warten? Femke seufzte tief. Und sie wusste ja nicht einmal, ob sie bekam, was sie hoffte. Sie zwang sich, an etwas anderes zu denken. An Johannes etwa, der zwar das bessere Nachtlager hatte, dem es jedoch so viel schlechter ging. Welche Qualen hatte er hinter sich gebracht! Da würde sie es wohl ein paar Tage aushalten, auf die Bequemlichkeit zu verzichten, die sie von zu Hause kannte.

Die Stunden flossen zäh dahin. Femke hatte das Gefühl, sie läge die ganze Nacht auf dem feuchten Heu wach. Mal bewegte sich die eine, dann zuckte die andere im Schlaf, und dann wieder jammerten die Kinder leise im Traum. Sie war froh, als sie Hufgeklapper hörte, die Augen öffnete und feststellte, dass der Morgen bereits graute. Emanuel und Dierk waren zurück. Auf einem der Pferde war ein hölzernes Rad zu erkennen.

»Gottlob«, flüsterte Susanna und bekreuzigte sich. Als sie aufstehen wollte, war der Schmerz in ihrem Knie wieder da. Sie unterdrückte einen Schrei und biss die Zähne zusammen.

»Noch nicht besser?«, fragte Femke.

Sie schüttelte den Kopf. »Es wird schon gehen«, sagte sie tapfer.

»Gut geschlafen?« Emanuel hatte seine gute Laune offenbar wiedergefunden. »Das Rad wird nicht ganz passen, aber für das Stück bis in das Dorf wird es schon gehen. Dort können Sie sich alle aufwärmen und ein gutes Frühstück zu sich nehmen, während ich ein passendes Rad einsetzen lasse.«

Femkes Lampe war in der Nacht ausgegangen. Nun hatte sie nur noch einen winzigen Rest Öl in der kleinen Flasche. Damit würde sie sparsam sein müssen. Sie ging ein wenig auf und ab und schlug die Hände gegen ihre Arme. Ihr war flau im Magen.

Ein Frühstück würde ihr wohl guttun. Doch je mehr sie darüber nachdachte, desto stärker wurde der Druck in ihrem Magen. Nein, etwas zu essen war doch kein guter Einfall. Dierk und Emanuel spannten die Pferde vor den Wagen, nachdem das Rad befestigt war.

»Wir können nicht schnell fahren, aber immerhin kommen wir weiter«, sagte Dierk aufmunternd zu ihr. »Fühlen Sie sich nicht gut? Sie sehen blass aus.«

»Nein, mir ist nicht wohl«, antwortete Femke. »Vielleicht war etwas in dem Flusswasser. Oder es war der Speck von gestern. Er war dreckig, wissen Sie.« Weiter kam sie nicht. Sie spürte, wie sich ihr Magen drehte. »Entschuldigung«, flüsterte sie, wandte sich von ihm ab und ging einige Schritte zu einem Baum. Dort musste sie sich übergeben. Elisabeth kam zu ihr.

»Meine Güte, Sie sind ja kreideweiß! Sie werden doch wohl nicht krank?«

»Nein, nein, es geht gleich wieder. Habe wohl den Sand nicht vertragen, in dem der Speck gelegen hat.« Sie versuchte ein Lächeln, musste sich aber gleich wieder erbrechen. Wie sollte sie nur die Schaukelei in dem Wagen überstehen? Glücklicherweise ging es besser, als sie sich endlich in Bewegung setzen konnten. In einer kleinen Schenke im nächsten Ort gelang es ihr sogar, ein Stück trockenes Brot zu essen und Kräutertee zu trinken. Emanuel kümmerte sich derweil, wie er es versprochen hatte, um ein neues Rad, mit dem sie endlich wieder zügiger vorankamen. Femke hätte nie für möglich gehalten, dass der Anblick eines Strohlagers auf dem Boden einer nicht ganz sauberen Herberge und der dicke Rauch eines Herds sie einmal in Begeisterung versetzen würden. Doch genau das war der Fall, als sie am Abend wieder in einem kleinen Krug Quartier beziehen konnten. Sie aß den angebotenen Eintopf mit Appetit und schlief herrlich. Am nächsten Morgen jedoch erwachte sie mit einem Pochen in den Schläfen, und wieder rebellierte ihr Magen.

»Gewiss habe ich mich verkühlt«, erklärte sie den anderen, nachdem sie sich wiederum hatte übergeben müssen. Kraftlos kletterte sie auf den Karren. Nur noch zwei Tage, redete sie sich im Stillen zu, dann würden sie in Stolp eintreffen. Das musste sie einfach aushalten. Sie bemerkte, dass Elisabeth sie kaum noch aus den Augen ließ. Femke wusste nicht, was sie davon halten sollte. An diesem Tag fuhren sie lange und erreichten erst in der Dunkelheit einen Krug, der deutlich größer war als alle anderen davor. Es gab mehrere kleine Kammern, die sogar Türen hatten. So drang der Rauch wenigstens nicht ganz so stark zu den Nachtlagern.

»Kommen Sie mit zu uns, Femke«, forderte Elisabeth sie auf, denn für jeden allein waren es dann doch zu wenige Kammern.

»Gern, danke.«

Nach dem Essen zogen sie sich zurück.

»Noch diese Nacht und eine weitere«, sagte Femke, »dann habe ich mein Ziel erreicht. Wie lange werden Sie noch unterwegs sein?«

»Zwei Tage werden es wohl noch sein«, antwortete Elisabeth leise und deckte ihre Kinder zu. »Glauben Sie mir, ich wäre lieber noch länger unterwegs, als als Bittstellerin im Haus meines Schwagers geduldet zu werden.« Das Wort Schwager zischte sie mit so viel Hass, dass Femke erschrak.

»Ich verstehe.« Femke bedauerte die Frau, die nicht wie sie wusste, dass sie nach einer Weile wieder nach Hause zurückgehen konnte. Für den Rest des Lebens mit jemandem unter einem Dach zu leben, den man nicht ausstehen konnte, war keine schöne Vorstellung.

»Ist Ihnen noch schlecht?«, fragte Elisabeth unvermittelt.

»Ein wenig flau noch, aber das kommt schon wieder in Ordnung.«
»Ich musste mich auch jeden Morgen übergeben, als ich schwanger war. Bei beiden Kindern war es so.«
Femke starrte sie an. »Aber ich bin nicht ...«
»Sind Sie sicher? Es geht mich nichts an, aber es war ganz genauso bei mir. Übelkeit am Morgen, und abends konnte ich wieder essen.«
»Nein, das ist völlig unmöglich«, widersprach Femke. »Ich habe mich nur verkühlt.«
Lange lag sie in der Dunkelheit und grübelte. Sie war hellwach und fragte sich ein ums andre Mal, ob es wirklich so unmöglich war. Sie war mit Deval zusammen gewesen, mehrmals. Selbstverständlich wusste sie, dass sie ein Kind von ihm empfangen haben konnte, auch wenn sie nicht ganz sicher war, welche Umstände eine Empfängnis begünstigt oder erschwert haben mochten. Ihre Mutter hatte ihr einmal erzählt, dass Frauen ihre Kinder unter dem Herzen trugen und nach neun Monaten unter schrecklichen Schmerzen gebaren. Sie hatte von der großen Gefahr gesprochen, im Kindbett zu sterben, und ihr darüber hinaus lediglich gesagt, sie solle später, wenn sie zu heiraten gedenke, im Ehehandbuch mehr darüber nachlesen. Da es niemanden gegeben hatte, der sich um sie bemüht hätte, und da Johannes in Jena gewesen war, hatte sie das nie für nötig erachtet. Und nun wusste sie weder, welche Anzeichen ihr sagen würden, ob sie wahrhaftig schwanger war, noch, was sie tun könnte, um es herauszufinden. Ihre Gedanken kreisten um die Frage, was sie mit einem Kind anfangen sollte. Was würden ihre Eltern sagen? Und noch schlimmer, wie würde Johannes darauf reagieren? Sie bekam schreckliche Angst, wälzte sich ruhelos herum und fiel erst spät in einen unruhigen Schlaf.

V

Endlich zeigte sich in der Ferne die Silhouette von Stolp. Femkes Aufregung wuchs. Nun würde sich erweisen, ob sie die Reise umsonst auf sich genommen hatte oder tatsächlich mit Bernstein im Gepäck nach Hause zurückkehren würde. Emanuel hielt den Wagen ein gutes Stück vor den Toren der Stadt an. Sie verabschiedete sich herzlich von den Menschen, mit denen sie die letzten Tage verbracht hatte.
»Passen Sie auf sich auf«, sagte Elisabeth noch eindringlich, dann setzte sich der Karren auch schon in Bewegung in Richtung Danzig.
Zwar beschlich Femke ein wenig Traurigkeit, weil sie schon wieder Abschied nehmen musste, doch war sie auch froh über die Stille, die sie nun genießen konnte, als sie das letzte Stück zu Fuß ging. Das allgegenwärtige Rumpeln und Knarzen des Karrens, das muntere Geplapper, das Quengeln der Kinder, der Gesang, all das wich jetzt einer Ruhe, in der es nur das leise Rascheln der vom Herbst übriggebliebenen Blätter und das Säuseln eines leichten Windes gab. Nach einigen Schritten fühlten sich ihre Knochen, die vom langen Sitzen und den Nächten auf hartem Untergrund schon weh taten, wieder besser an. Ihr Bündel auf dem Rücken, den abgerissenen Gurt mit der Hand haltend, lief sie an einem Gehöft vorbei auf Stolp zu, die Stadt der Bernsteinhändler. Lange hatte sie überlegt, wie sie es anstellen konnte, dass man ihr Ware verkaufte. Nun würde sich zeigen, ob ihr Plan aufging. Sie fragte den Wachposten am Tor nach dem Weg zu einem Händler.

»Einen suchen Sie?« Der Mann lachte. »Die hocken alle beieinander. Die Leute nennen die Zeile darum auch die goldene Gasse.« Er erklärte ihr, welchen Weg sie nehmen musste. Sie ging an der Schlosskirche vorbei und an der Marienkirche mit dem Marktplatz. Fremde Menschen liefen an ihr vorüber, Schals fest um den Hals gewickelt und weit in das Gesicht gezogen. Hier und da rumpelte ein Wagen vorbei. Femke schaute, ob es Emanuel war, der ihn lenkte, doch dem war natürlich nicht so. Es gab kein vertrautes Gesicht weit und breit, niemanden, zu dem sie gehen konnte. Als sie in die Gasse bog, die der Wachmann ihr genannt hatte, fühlte sie sich trotzdem gleich ein bisschen heimisch. Aus mindestens fünf Werkstätten drang das so vertraute Kratzen und Klopfen, das die Bernsteindreher bei ihrer Arbeit verursachten. Sie ging einige Schritte und sah an den Häusern empor. Wo sollte sie nur klopfen? Sie entschied sich schließlich für ein zweistöckiges weißes Gebäude, aus dem intensiv harziger Geruch drang. Ein letztes Mal ging sie in Gedanken durch, was sie sagen würde. Sie griff nach ihrem Eidechsen-Anhänger und schloss fest die Finger darum.
»Hilf mir, hörst du?«, flüsterte sie. »Wenn ich keinen Bernstein bekomme, dann war alles umsonst. Das darfst du nicht zulassen.« Sie sah das Knöpfchenauge des Reptils vor sich und wurde ruhig. Mutig klopfte sie an.
»Nur herein!«, rief eine melodische Stimme.
Femke war irritiert, denn da war nirgends ein Türgriff. Schon hörte sie von innen Schritte näher kommen.
»Nur herein«, wiederholte der Mann und öffnete.
Sie sah sich einem dünnen Mann mit feingliedrigen Händen und grauen Augen gegenüber, von denen eines größer war als das andere. Am auffälligsten an ihm aber war ohne Zweifel, dass er keine Haare hatte, überhaupt keine, weder auf dem Kopf noch an Kinn oder Wangen oder auf der Oberlippe. Er

hatte nicht einmal Augenbrauen oder Wimpern, wie sie überrascht feststellte.
»Kommen Sie herein, es wird kalt«, sagte er und lächelte ein dünnes Lächeln.
»Danke schön.« Sie trat ein und sah sich um. Jetzt fühlte sie sich vollends heimisch. Die kleine Werkstatt ähnelte der von Meister Delius in der Königstraße verblüffend. Statt einer Anrichte gab es offene Borde, doch die Arbeitstische hätten wahrhaftig die von Meister Delius sein können, von all den Messern, Nadeln und Lederlappen bis hin zu den Augengläsern, die dort offenbar gerade abgelegt worden waren. In einer Schale brannte ein dunkler Klumpen, daher der intensive Geruch. Wenn man hier Steine dieser Größe als Brennmaterial verwenden konnte, dann würde es nicht schwer sein, welche zu erwerben.
»Ja, sehen Sie sich ruhig um, meine Dame«, sagte der Meister höflich. »Hier entsteht beste Handwerkskunst. Wenn Sie mir verraten, wonach Sie suchen, kann ich Ihnen gleich ein paar Stücke zeigen.«
»Um ehrlich zu sein, suche ich keinen fertigen Schmuck.«
»Aha, dann wohl eher eine Schatulle oder gar ein Schachspiel?«
»Auch nicht«, antwortete sie und fasste sich ein Herz. »Mein Name ist Femke Thurau. Ich komme geradewegs aus Lübeck.« Sie machte eine kurze Pause, um eine mögliche Reaktion abzuwarten, doch es gab keine. »Peter Heinrich Delius, seines Zeichens Bernsteindreher, schickt mich.« Wieder keine Reaktion. »Kennen Sie ihn?«
»Nein. Ich wusste nicht einmal, dass in Lübeck noch einer ist. Gehört er der Zunft an?«
»Oh, aber gewiss!«
»So. Und warum schickt er eine junge Frau bis hier nach Stolp?«

»Weil uns in Lübeck der Bernstein ausgegangen ist. Es war einfach keiner mehr zu kriegen. Also schickt er mich, welchen zu kaufen.«

Der Mann riss erstaunt die Augen auf, was ohne Brauen sehr seltsam aussah.

»Warum ist er nicht selbst gekommen? Und warum schickt er ausgerechnet eine Frau? Oder sind Sie vielleicht seine Tochter?«

»Nein.« Femke hatte nicht mit so viel Misstrauen gerechnet. Wäre es einfacher gewesen, sich als seine Tochter auszugeben? Ihr behagte es schon nicht, so zu tun, als wäre Meister Delius noch am Leben. Wie fühlte es sich erst an, sich als seine liebende Tochter auszugeben?

»Er ist schon alt«, erklärte sie darum ausweichend. »Deshalb hat er mich geschickt. Wir sind Freunde. Er hat mir das Schnitzen beigebracht.«

»Einer Frau?« Wieder ging die Stirn vor lauter Überraschung in die Höhe. »Aber meine Dame, hat er Ihnen denn nicht gesagt, dass das mit dem Bernsteinkauf nicht so einfach ist?«

»Sie meinen wegen der Zollposten, die ich auf dem Rückweg zu passieren habe?«

Er schüttelte den Kopf. Offenbar wusste er nicht, was er von seiner Besucherin halten sollte, die angeblich von einem letzten Lübecker Bernsteindreher geschickt wurde, sich aber kein bisschen auskannte.

»Ich habe Geld«, sagte sie in ihrer Verzweiflung. »Ich meine, er hat mir genug mitgegeben. Sie können mir glauben.«

»Mit Geld hat das nichts zu tun«, entgegnete er, legte die Finger beider Hände aneinander und bog sie so, dass die Handrücken und die Finger einen rechten Winkel bildeten. Femke musste ständig darauf starren, weil sie befürchtete, die dünnen Glieder würden im nächsten Augenblick brechen. »Da ist mir ja ein komischer Vogel ins Haus geflattert«, fügte er nachdenklich hinzu.

»Können Sie mir denn sagen, was ich tun muss, um Bernstein zu bekommen?«

»Sie können gar nichts tun, das hätte er Ihnen sagen sollen. Alles, was die Ostsee hergibt, bekommen die Zünfte. Das ist so, seit das Bernsteinrecht nicht mehr an einen einzigen Kaufmann verpachtet wird.«

»Aber von den Zünften kann ich doch etwas kaufen, oder nicht?«, beharrte Femke, die einfach nicht wahrhaben wollte, dass sie unverrichteter Dinge nach Hause zurückfahren sollte. Er lachte. »Nein, meine Dame, da wird nichts draus. Es sei denn, sie wären selbst Mitglied einer Zunft, aber das wird als Frau wohl schlecht möglich sein.« Wieder lachte er. »Kann ich sonst noch etwas für Sie tun?« Es klang höflich und gelassen. Er hatte augenscheinlich nicht begriffen, wie verzweifelt sie war.

»Aber Meister Delius ist doch in der Zunft, und er schickt mich. Da muss sich doch etwas vereinbaren lassen.«

»Nee, gute Frau, da kann ich Ihnen keine Hoffnung machen. Wir haben ja selbst kaum genug. Und was übrig ist, das geht nach Danzig. Da gibt's zu viele Dreher und zu wenig Steine.«

»Sie haben nicht genug? Aber um es zu verbrennen, reicht es wohl noch.« Sie deutete auf die Schale, in der der harzige Klumpen immer weiter schmolz.

»Das muss übrig sein«, sagte er ungerührt. »Ist für uns billiger als anderer Brennstoff.« In Femkes Kopf arbeitete es. Anscheinend konnte man ihr das ansehen, denn der Mann sagte: »Kommen Sie bloß nicht auf die Idee, selbst zum Strand zu gehen. Am Ende sind Sie noch so dumm und halten das für einen vortrefflichen Einfall.« Als er ihren Blick sah, erklärte er: »Kein Fremder darf das Ostsee-Gold sammeln oder fischen.

Nicht einmal betreten dürfen Sie den Strand. So ist es Gesetz, und das sollten Sie lieber nicht brechen.«

Sie seufzte schwer. Tränen traten ihr in die Augen. Was blieb ihr denn anderes übrig, als heimlich an den Strand zu gehen und das Gesetz zu brechen? Es war allemal besser, dabei erwischt zu werden, als mit leeren Händen nach Hause zu kommen.

»Sollte nicht jedem zugänglich sein, was die Natur der Küste schenkt?«, fragte sie trotzig, und ein leises Schluchzen entwischte ihrer Kehle.

»Sagen Sie so was man lieber nicht zu laut. Da gab es schon mal einen, den sie dafür aufgeknüpft haben.«

Sie starrte ihn an. »Sie haben jemanden gehängt, weil er der Meinung war, dass jeder das Recht hat, Bernstein zu besitzen oder zu erwerben?«

»Es ist lange her«, antwortete er nickend. »Er lebte an der Küste und musste wie alle damals den Bernsteineid schwören. Zusammen mit der ganzen Familie fischte er täglich die Klumpen und lieferte sie ab. Er war ein rechtschaffener Mann. Lediglich Salz bekamen die Leute als Lohn für die anstrengende Arbeit. Eines Tages hat er einen Brocken behalten. Nicht irgendeinen.« Er machte eine bedeutungsvolle Pause. »Dafür haben sie ihn gehängt, ja, meine Dame. Doch bevor er am Galgen gebaumelt hat, sagte er noch das, was Sie gerade gesagt haben – dass Bernstein ein Geschenk der Natur ist, das allen gehören soll.« Er sah sie wieder aufmerksam an. »Seitdem ist er der heimliche Held aller Schnitzer und Dreher. Er hat uns Mut gemacht, und nun ist es ja auch so weit, dass die Zünfte den gesamten Fund eines Jahres zu einem festen Betrag kaufen können.« Er nickte zufrieden vor sich hin. Dann blickte er sie wieder an. »Na, na, machen Sie doch nicht so ein trauriges Gesicht. Da wird einem ja das Herz schwer.«

»Bitte«, flehte sie. »Meister Delius ist doch einer von Ihnen.

Und ich bin seine letzte Hoffnung. Ich habe diese ganzen Strapazen auf mich genommen, habe schon so manche Summe ausgegeben, um bis hierher zu gelangen. Ich habe auf Stroh geschlafen, bin zu stinkenden Schweinen in den Morast gefallen, musste eine Nacht unter freiem Himmel verbringen.« Alles kam ihr wieder in den Sinn, und es schien ihr unmöglich, jetzt aufzugeben. »Das alles habe ich auf mich genommen, damit Ihr Zunftbruder weiter seiner Arbeit nachgehen kann und sein Auskommen hat. Und da wollen Sie mich so nach Hause schicken?«

»Es liegt doch nicht an mir. Ich habe die Gesetze nicht gemacht.« Es sah aus, als würde er sich nicht mehr recht wohl in seiner Haut fühlen. »Und woher weiß ich überhaupt, dass Sie mir keine Märchen auftischen? Eine Frau, die das Schnitzen gelernt hat und alleine eine solche Reise macht, um Bernstein zu kaufen – das ist ja lächerlich.«

Femke wusste sich keinen Rat mehr. Plötzlich war ihr, als würde das Amulett auf ihrer Brust warm werden. Ja, es schien sich geradezu in ihre Haut brennen zu wollen.

Ich muss es ihm zeigen, dachte sie. Das ist meine letzte Chance. Sie sah ihm in die grauen Augen, die voller Skepsis dreinblickten. »Meister Delius wusste, dass Sie mir nicht glauben würden, denn in der Tat ist es ungewöhnlich, dass ein Mädchen bei ihm in die Lehre gegangen ist. Ich war noch ein Kind, als wir uns zum ersten Mal begegnet sind. Er hat gesehen, dass ich im Umgang mit dem Messer Talent habe. Darum hat er mir gezeigt, wie ich richtig damit zu Werke gehe. Wenn Sie mir nicht glauben, soll ich Ihnen das hier zeigen«, sagte sie schließlich und zog ihren Anhänger unter ihren Kleidern hervor.

Alle Farbe wich aus dem Gesicht des Mannes. Er schnappte nach Luft, taumelte rückwärts und ließ sich auf einen Schemel fallen.

»Woher haben Sie das?«, fragte er, als er wieder ruhiger atmen konnte, ächzend.

Femke war von der Heftigkeit der Reaktion so überrascht, dass sie vollkommen die Geschichte vergaß, die sie sich zurechtgelegt hatte.

»Es ist ein Familienerbstück«, gab sie wahrheitsgemäß zur Antwort.

Mühsam rappelte sich der Mann hoch und trat auf sie zu. Lange sah er das Schmuckstück an ihrem Hals an. Dann blickte er ihr ins Gesicht. Er kniff die Augen zusammen und versuchte offenbar die Wahrheit aus ihrem Blick zu lesen.

»Nein«, sagte er endlich, »das kann nicht sein. Ich frage Sie noch einmal: Woher haben Sie diesen Bernstein?«

»Aber das sagte ich Ihnen doch«, stammelte sie ängstlich. »Er befindet sich schon lange im Besitz meiner Familie. Ich habe ihn von meiner Mutter geerbt.«

»Wie, sagten Sie, war Ihr Name?«

»Thurau. Femke Thurau.«

Er schüttelte ganz langsam den Kopf. »Er wurde von der Mutter an die Tochter gegeben, das ist wahr, doch die Reihe wurde unterbrochen. Und nie war von Lübeck die Rede. Wie soll er da wohl hingekommen sein?«

»Nun, meine Mutter ist ... Sie hat ...« Was sollte sie nur sagen? Sie konnte doch diesem fremden Menschen nicht erklären, dass Hanna Thurau gar nicht ihre Mutter war und sie diese nie kennengelernt hatte.

»Er ist verschwunden, vielleicht sogar zerstört«, sprach er weiter. »Johann-Baptist ist der Letzte, der ihn mit eigenen Augen gesehen hat.« Er trat noch einen Schritt näher zu ihr. Aus seinem Blick sprach jetzt unverhohlene Ablehnung. »Wie sollte er nach Lübeck gelangt sein, wenn nicht durch einen gemeinen Diebstahl?«

»Aber nein, das ist nicht wahr!«
»Das wollen wir doch mal sehen. Los«, fuhr er sie böse an, »gehen wir. Wenn Sie nichts zu verbergen haben, dann werden Sie auch vor Johann-Baptist sprechen.«
Er zog sich nicht einmal einen Mantel an, so eilig hatte er es. Femke verstand nicht, was mit ihm los war. Und wer sollte dieser Johann-Baptist sein? Oh, hätte sie ihm doch den Anhänger nicht gezeigt. Sie stolperte hinter ihm her aus der Werkstatt hinaus auf die Straße. Drei Eingänge weiter blieben sie stehen. Der Mann pochte an die Tür.
»Johann-Baptist, ich bin es, Eduard. Mach auf, rasch!« Es dauerte nicht lange, bis die Tür sich öffnete.
»Was ist denn los?« Dieser Johann-Baptist war rein äußerlich das glatte Gegenstück des Bernsteindrehers Eduard, der, Femke im Schlepptau, an ihm vorbei in dessen Werkstatt drängte. Seine schwarzen Haare waren dicht und von vielen silbrigen Strähnen durchzogen. Das Gesicht verschwand unter einem zausligen Bart und breiten Koteletten. Er war groß, kräftig und hatte fleischige Hände, denen man keine feine Schnitzarbeit zutrauen mochte.
»Du wirst nicht glauben, was diese Frau hier bei sich trägt! Na, los doch, zeigen Sie es ihm«, herrschte er Femke an, die ihren Anhänger auf dem kurzen Weg eilig wieder unter den Stoff ihres Mantels hatte gleiten lassen.
»Willst du uns nicht erst bekanntmachen? Wo sind nur deine Manieren geblieben?« Sein Blick haftete auf Femkes Gesicht. Es hatte den Anschein, als würde er angestrengt über etwas nachdenken.
»Manieren? Nicht für eine Diebin!«
»Ich bin keine Diebin«, verteidigte Femke sich. »Jedes Wort, das ich Ihnen gesagt habe, ist wahr!« Als ihr einfiel, dass sie behauptet hatte, von Meister Delius geschickt worden zu sein,

senkte sie betreten den Kopf. Aber zumindest das, was sie über den Anhänger gesagt hatte, entsprach der Wahrheit. Sie allein war die rechtmäßige Besitzerin.

»Sie hat die Eidechse!«, rief Eduard aus. Seine Stimme war ganz heiser vor lauter Aufregung.

Johann-Baptists Reaktion war nicht minder heftig, als zuvor die von Eduard gewesen war. Er starrte Femke an, als wäre sie ein leibhaftiger Geist.

»Nein, das glaube ich nicht.«

»Wenn ich es dir sage. Los, Frau, zeigen Sie es ihm!« Er stieß Femke grob gegen die Schulter.

Diese zog die Kette unter ihrem Mantel hervor. Während sie den Bernstein wie ein schützendes Amulett vor sich hielt, sagte sie: »Meine Mutter hat ihn mir gegeben. Und sie hat ihn von ihrer Mutter bekommen. Glauben Sie mir doch bitte!«

Johann-Baptist war zuerst blass unter seinem Vollbart geworden. Jetzt färbten seine Wangen sich rot. Er schnappte nach Luft, und Femke befürchtete, er würde sie anschreien oder Schlimmeres noch. Das alles war zu viel für sie. Sie spürte, wie die Übelkeit wiederkam.

»Ist Ihnen nicht gut?«, fragte Johann-Baptist knapp.

»Nein, ich fühle mich schon seit Tagen nicht wohl. Darf ich mich kurz setzen?«

Wortlos schob er ihr einen Hocker hin. Sie nahm Platz und löste das Tuch, das sie um Kopf und Hals geschlungen hatte. Sie brauchte Luft.

»Rote Haare!« Johann-Baptist schaute Eduard vielsagend an. »Und hast du ihre Augen gesehen?«

Femke atmete tief ein und aus. Bloß jetzt nicht übergeben, dachte sie.

»Es wäre möglich«, fuhr er fort, als wäre sie überhaupt nicht anwesend.

»Hören Sie, ich habe keine Ahnung, was Sie meinen. Aber dass der Bernstein mir gehört, das kann ich beweisen.« Sie erhob sich schwerfällig, legte ihr Bündel ab und holte aus der Innentasche ihres Mantels ein vergilbtes Stück Papier hervor, das Einzige, was sie außer der Eidechse von ihrer leiblichen Mutter hatte. Sie hielt es den Männern hin.

Johann-Baptist nahm es ihr ab, und Eduard hing förmlich an seinen Lippen, als dieser mit leiser Stimme sagte: »Es ist ihre Schrift. Sie könnte es wenigstens sein.« Dann las er vor: »Es ist ein Familienerbstück und von einigem Wert, doch habe ich es nie angerührt, wenn Hunger und Elend auch noch so groß waren. Die rechtmäßige Besitzerin ist Femke. Möge sie das Schmuckstück tragen, wenn sie eine junge Frau geworden ist.«« Er ließ das Schriftstück sinken, und Femke nahm es sogleich wieder an sich.

»Dann haben Sie Ihre Mutter gar nicht kennengelernt?«, fragte er.

»Nein.« Sie schüttelte den Kopf. »Ich wusste bis vor kurzem noch nicht einmal, dass meine Eltern gar nicht meine Eltern sind.«

»Und Sie wissen auch nicht, welcher Art die Geschäfte waren, die Ihre Mutter mit dem Großbauern machte, der Ihr Vater ist? Sie wissen gar nichts über Ihre Mutter und deren Familie?«

»Nein, ich sage es Ihnen doch. Noch vor einem Monat glaubte ich, die Tochter eines Lübecker Weinhändlers zu sein. Doch dann haben mir meine Eltern diesen Brief gezeigt und erzählt, dass sie mich auf den Stufen vor ihrem Sommerhaus gefunden haben.«

»Dann wird es jetzt wohl Zeit, dass Sie die Wahrheit über Ihre Familie erfahren.« Johann-Baptist sah sie noch immer an, als könnte er es nicht glauben. Aber nun lag eine große Freundlichkeit in seinen Augen. »Woher wussten Sie denn überhaupt, dass Sie hier nach ihr suchen müssen?«

»Das wusste ich doch gar nicht. Ich bin ja gar nicht gekommen, weil ich meine Familie suche, sondern weil ich Bernstein kaufen will.« Sie erzählte erneut die ganze Geschichte.

»Eine Frau, die Bernstein schnitzt! Das erschien mir doch gar zu unglaublich«, sagte Eduard. »Jetzt ist mir natürlich alles klar. Sie hat das Talent ihrer Mutter geerbt.« Und an Femke gewandt erklärte er: »Sie hat zuerst als Paternostermacherin gearbeitet. Das war recht für sie als Frau. Aber ihr war es nicht genug.«

»Sie wollte Schmuck machen«, fuhr jetzt wieder Johann-Baptist fort. »Also zog sie von hier weg, um als fliegende Händlerin ihr Glück zu versuchen. Es scheint, die Bauern wussten ihre Kunst zu schätzen. Wird wohl einer eine Brautkette für seine Tochter bei ihr in Auftrag gegeben haben.«

Femke war vollkommen durcheinander. Sie wollte allein sein und über alles in Ruhe nachdenken. Ihre Mutter eine Bernsteinschnitzerin? War das wirklich möglich?

»Haben Sie schon eine Bleibe in der Stadt?«, fragte Johann-Baptist.

»Nein, ich bin ohne Umweg in die goldene Gasse gekommen. Ich muss mich noch nach einer Herberge umsehen.«

»Kommt nicht in Frage, Sie bleiben hier!«

Sie sah sich um. Diese Werkstatt war zwar groß und auch sehr kostspielig eingerichtet, mit edlen Hölzern und sogar einem dicken Teppich in der Mitte, wie sie überrascht zur Kenntnis nahm, aber nach einem bequemen Lager sah es dennoch nicht aus.

»Natürlich nicht direkt hier. Oben ist unsere Stube, und dort ist auch eine Kammer, in der Sie bleiben können. Es wäre mir eine große Ehre.«

Es wurde immer merkwürdiger. Eben noch hatte man sie eine

Diebin geschimpft, nun sollte ihr Besuch eine Ehre für den Gastgeber sein. Das eine erschien ihr ebenso falsch wie das andere.
»Bitte, kommen Sie mit mir. Meine Frau macht Ihnen Wasser heiß, damit Sie sich waschen können. Die Reise muss anstrengend gewesen sein.«
»Ja, das war sie.«
»Und gewiss sind Sie hungrig.« Er wollte ihr Bündel nehmen.
»Danke, es geht schon«, sagte sie hastig und presste ihre Habe an sich. Sie traute diesen fremden Männern noch nicht, auch wenn sie wie ihr lieber alter Meister Delius Bernsteindreher waren. Sie folgte ihm eine breite Treppe mit kunstvoll gedrechseltem Geländer hinauf. Eduard ließen sie einfach zurück.
»Bruni«, rief Johann-Baptist. »Wir haben einen Gast. Du wirst nicht glauben, wer hier ist.«
Eine Frau, die etwa Femkes Größe hatte, kam ihnen entgegen. Sie musste einmal eine Schönheit mit kastanienbraunen Haaren gewesen sein. Das Alter hatte den Schopf schon recht grau gefärbt und ihr tiefe Falten ins Gesicht gemalt. Trotzdem strahlte sie noch immer eine erhabene Eleganz aus. Sie trug ein dunkelgrünes Seidenkleid mit Stickerei. Offenbar verdienten Bernsteindreher in Stolp noch gutes Geld.
»Das ist Femke«, verkündete Johann-Baptist, als würde das als Erklärung reichen. Und dann fügte er hinzu: »Luises Tochter!«
»Guten Tag.« Die Frau mit Namen Bruni reichte Femke die Hand. »Ich freue mich immer über Besuch, wenn ich auch nicht recht weiß, von welcher Luise die Rede ist.« Sie sah ihren Mann an und wartete auf eine Erklärung.
»Von meiner Schwester Luise, der Bernsteinschnitzerin, die über Nacht verschwunden ist.«
»Grundgütiger!«

Femke starrte ihn ebenso fassungslos an wie seine Frau. Ganz langsam wiederholte sie im Stillen seine Worte. Ihre Mutter hieß also Luise. Sie war seine Schwester, dann war dieser Mann mit dem Vollbart ihr Onkel!

Bruni führte sie in ein Zimmer, in dem ein hübsch gedrechseltes Bett, ein großer Schrank, ein Tisch, zwei Stühle und ein kleiner Frisiertisch standen.
»Das Zimmer unserer Tochter«, erklärte sie. »Sie hat nach Danzig geheiratet. So, legen Sie Ihren Mantel ab. Ich lasse Ihnen gleich Wasser und Seife bringen. Armes Ding, Sie müssen völlig erschöpft sein. Woher kommen Sie?«
»Aus Lübeck.«
»Grundgütiger!«, sagte sie wieder. »Geben Sie dem Mädchen Ihr Kleid. Sie kann es waschen. Und sagen Sie ihr getrost, wenn Sie noch etwas brauchen. Sie wird es Ihnen gleich bringen.«
»Danke, Sie sind sehr freundlich«, entgegnete Femke. Bevor Bruni sie allein lassen konnte, fragte sie: »Haben Sie Luise, ich meine, haben Sie meine Mutter gekannt?«
»Oh, gewiss. Wir haben uns stets große Sorgen um sie gemacht. Sie war ... anders. Wie soll ich es sagen? Eine ungewöhnliche Frau. Ruhen Sie sich aus, mein Mann wird Ihnen alles über sie erzählen.«
Sie ging, und wenig später tauchte ein Mädchen auf, das Eimer für Eimer heißes Wasser in ein kleines Badezimmer schleppte, das an die Kammer angrenzte. Femke staunte, dass es hier eine Badewanne gab. Allmählich gewann sie Zutrauen zu diesen fremden Menschen. Und sie freute sich auf das heiße Bad und darauf, in ihr zweites recht sauberes Kleid schlüpfen zu können.
Das Bad war herrlich. Femke saß mit geschlossenen Augen in der Wanne, während das Dienstmädchen ihr den Rücken und

die Haare wusch. Die Seife duftete nach Rosen, und die Wärme drang in alle Fasern ihres Körpers. Am liebsten wäre Femke ewig im warmen Wasser sitzengeblieben. Doch es kühlte ab, und so stieg sie aus dem Zuber und ließ sich in ein vorgewärmtes Tuch hüllen. Das Mädchen kämmte ihre Haare und steckte sie zu einem geflochtenen Kranz auf ihrem Kopf fest. Dann reichte sie ihr ein Rosenöl für den Körper.
»Brauchen Sie noch etwas, gnädiges Fräulein?«
»Nein, vielen Dank!« Als sie allein war, rieb sie sich vom Hals bis zu den Zehen mit dem Öl ein. Wie gern hätte sie ein frisches Unterkleid gehabt. Sie war im Begriff, sich anzuziehen, als es klopfte. Das Mädchen war zurück.
»Die gnädige Frau schickt mich. Ich soll Ihnen das hier bringen. Sie sagt, es wird wohl passen.« Damit reichte sie Femke einen Packen Kleider, frische Wäsche, ein Unterkleid und sogar ein Leinenkleid, das sie darüber tragen konnte. Sie wollte erst nicht recht, entschied sich dann aber doch dafür. Sie wollte ja den besten Eindruck machen. Immerhin war das hier das Haus ihres leiblichen Onkels. Noch immer war die Vorstellung für Femke fremd und ein wenig beängstigend. Es war ihr, als ginge es gar nicht um sie, sondern um eine junge Frau, die sie nur flüchtig kannte. Alles war so verwirrend. Erneutes Klopfen riss sie aus ihren Gedanken.
»Darf ich hereinkommen?« Bruni war zurück.
»Aber natürlich.«
»Wie ich sehe, passen Ihnen meine Kleider.«
»Ja, vielen Dank. Ich werde mich erkenntlich zeigen.«
»Ein schöner Unsinn ist das. Sie gehören zur Familie, da ist es selbstverständlich, dass wir uns um Sie kümmern. Kommen Sie mit, Femke, mein Mann erwartet uns.«
Sie gingen über den Flur, von dem man hinunter in die Diele sehen konnte. Femke fühlte sich an ihr Elternhaus in der

Glockengießerstraße erinnert. Sie musste ihren Eltern unbedingt ein weiteres Lebenszeichen schicken.
Die gute Stube war mit dicken Teppichen ausgelegt. In einem offenen Kamin brannte ein Feuer. Die Vorhänge vor den Fenstern waren reich bestickt, ebenso Wandbehänge, die eine Stadt zeigten, durch die eigentümliche Schiffchen fuhren.
»Venedig«, sagte Bruni, die Femkes Blick bemerkt hatte.
»Meine Mutter hat mir davon erzählt«, erwiderte Femke. »Eine ganz außergewöhnliche Stadt, nicht wahr?«
»Ich kaufe dort Seide«, erzählte Johann-Baptist, der auf einem filigranen Stühlchen saß, das aussah, als könnte es seinem Gewicht unmöglich standhalten.
»Ich dachte, Sie sind Bernsteindreher«, erwiderte Femke irritiert.
»Das ist wahr. Und als solcher darf ich auch mit einigen anderen Gütern handeln. Da ich viel Bernstein nach Venedig verkaufe, hat es sich so gefügt, dass ich von dort Seide mitbrachte. Ein einträglicher Handel.«
Das glaubte Femke gern. Die Einrichtung, die Kleidung, die die beiden trugen, all das ließ großen Wohlstand erkennen.
»Setzen Sie sich zu mir.« Er deutete auf einen Stuhl zu seiner Rechten, und sie folgte seiner Aufforderung. »Und nun erzählen Sie mir doch noch einmal ganz von vorn, wer Sie geschickt hat, um Bernstein zu kaufen.«
Bruni setzte sich in einen kleinen Sessel, der am Kamin stand, und sah Femke erwartungsvoll an. Sie wusste ja nur das Wenige, das ihr Mann ihr berichtet hatte.
»Um die Wahrheit zu sagen, mich hat niemand geschickt. Ich bin selbst darauf gekommen, mich hier um Rohmaterial zu bemühen.«
»Ach so?« Er sah nicht so aus, als würde ihn die Nachricht sehr überraschen.

Femke begann zu erzählen. Sie berichtete von ihrer Freundschaft zu dem alten Bernsteindreher Peter Heinrich Delius und davon, wie er ihr das Schnitzen beigebracht hatte. Seinen Tod ließ sie aus, ebenso die Existenz von Deval. Sie verriet lediglich, dass es eine Menge Leute gab, die etwas von ihr gefertigt haben wollten.
»Meister Delius hatte irgendwann keinen Bernstein mehr für mich. Also habe ich mich auf den Weg gemacht«, schloss sie.
»Ich verstehe das nicht«, wandte Bruni ein. »Nun gut, wenn man etwas gerne tut, setzt man einiges daran, es auch tun zu können. Ich sticke zum Beispiel sehr gern. Aber ich käme doch nie auf den Gedanken, eine so lange und unbequeme Reise auf mich zu nehmen, nur um mir Garn zu besorgen.«
»Sagten Sie nicht, Ihr Vater sei Weinhändler?« Johann-Baptist sah sie an. »Es dürfte ihm nicht schlechtgehen, nehme ich an. Mir ist, als hätte ich schon von Thuraus Weinhandel zu Lübeck gehört.«
»Ja«, stimmte Femke zaghaft zu, »die Geschäfte gingen gut.«
»Warum haben Sie dann nicht eine Kutsche genommen und sich hierher bringen lassen?«
Femke zögerte noch, doch als sie in die freundlich-besorgten Gesichter blickte, entschied sie sich, ihnen die Wahrheit zu sagen.
»Ich habe meinen Eltern nur eine Nachricht hinterlassen und bin in der Nacht heimlich aufgebrochen.«
»Genau wie Luise damals«, kommentierte er.
»Dann werden sie sich schreckliche Sorgen machen«, meinte Bruni, und der Vorwurf in ihrer Stimme war unüberhörbar.
»Aus Rostock habe ich ihnen bereits geschrieben, dass es mir gutgeht. Und wenn Sie vielleicht Feder und Papier für mich hätten, dann würde ich ihnen gern auch von hier noch ein paar Zeilen senden.«

»Gewiss, ich lasse es Ihnen alles gleich heute noch in die Kammer bringen.«

»Danke schön.«

»Aber warum sind Sie nachts heimlich davongeschlichen?«, wollte Johann-Baptist wissen. »Hatten Sie Angst, Ihre Eltern würden Ihnen den Kopf waschen für diesen, Verzeihung, törichten Einfall?«

»Ich hatte Angst, sie würden mich aufhalten, ja. Ich weiß, dass sie es nie zugelassen hätten, denn ich bin ja zuallererst ihretwegen gefahren.«

»Das verstehe ich nicht«, sagte er.

Also erzählte Femke auch noch von den wirtschaftlichen Schwierigkeiten ihres Vaters, von den Zahlungen, die er als Lübecker Kaufmann schon immer für die Freiheit und Unabhängigkeit der Stadt hatte leisten müssen, von Travemünde, von der Belagerung und dem Handelsboykott, die es ihm unmöglich machten, wieder auf die Beine zu kommen.

»Sie sind wirklich ganz nach Ihrer Mutter geraten«, fand Johann-Baptist. Er lächelte sie an. »Nicht nur, dass Sie die grünen Augen und das rote Haar meiner Schwester geerbt haben, Sie sind anscheinend auch so wenig aufzuhalten, wie sie es war.« Wehmut lag in seinem Blick. Er vermisste sie, das war offensichtlich.

»Würden Sie mir mehr von ihr erzählen? Warum ist sie weggegangen?«

»Luise hatte es nicht leicht. Schon als sie noch ein kleines Mädchen war, wurde sie eher gemieden, weil die Kinder sie mit ihren roten Haaren für eine Hexe hielten. Mein Vater war Bernsteindreher, und sie hat so oft in seiner Werkstatt gesessen und ihm zugesehen, wie sie nur konnte. Ich bin drei Jahre älter als Luise. Als ich bei ihm in die Lehre ging, fing sie auch an mit Messer und Feile zu hantieren. Er wollte es nicht, aber er musste einsehen, dass sie mehr Talent hatte als ich.« Er machte eine Pause. Femke hing an seinen Lippen. Ihr war, als spräche er von ihrer Kindheit. Sie brannte darauf, alles zu hören. »Gewiss ist Ihnen bekannt, dass die Paternostermacher auch Mädchen aufnehmen. Mein Vater beschloss, sie dort in die Lehre zu schicken. Erst war sie darüber hocherfreut, doch schnell begriff sie, dass sie bereits konnte, was man ihr dort beibringen wollte. Sie konnte schon so viel mehr. Als sie einsah, dass sie fortan immer nur die gleichen Kugeln würde schleifen, die gleichen Kreuze würde schnitzen müssen, wurde sie von Tag zu Tag unglücklicher. Sie flehte unseren Vater an, bei ihm in der Werkstatt zusammen mit mir arbeiten zu dürfen, aber das war natürlich völlig undenkbar.«

»Wir haben so sehr gehofft, dass sie einen anständigen ehrbaren Mann findet, der es versteht, ihr Temperament ein bisschen zu zügeln. Aber das geschah nicht. Jeden hat sie vor den Kopf gestoßen, der sich für sie interessiert hat.« Bruni seufzte.

»Eines Tages kamen fliegende Händler in die Stadt. Darunter war ein Bernsteinmeister. Die Paternostermacher bekamen immer weniger zu tun, denn wer ist heute noch katholisch und benötigt eine Gebetskette? Dafür fanden sich immer mehr Bauern, die eine Brautkette aus Bernstein wollten. So zog dieser Meister also über Land und arbeitete für den, der ihm genug bezahlte. Seine Fingerfertigkeit ließ mehr als zu wünschen übrig. Vermutlich hat er darum keine Werkstatt geführt und war in keiner Zunft. Luise zeigte ihm ihre Stücke, und er erkannte den Schatz ihrer Begabung.« Johann-Baptist sah jetzt sehr niedergeschlagen aus, und seine Frau beendete die Geschichte für ihn.

»Wir haben nur eine Notiz von ihr gefunden, dass sie dem Bernsteindreher gefolgt ist, um mit ihm zu arbeiten. Sie wollte einfach nicht von ihrer Handwerkskunst lassen und schrieb,

dass sie nicht glauben könne, der Herrgott würde ein Talent verschwenden. Wenn er es verschenkt, dann will er auch, dass es genutzt wird.«
»Und Sie haben nie wieder etwas von ihr gehört?«
»Einmal schrieb sie aus Rostock, dann wieder aus Königsberg. Den letzten Brief erhielten wir vor ungefähr zweiundzwanzig Jahren.« Johann-Baptist sah Femke ernst in die Augen. »Sie schrieb, sie trage ein Kind unter dem Herzen. Sie wusste, dass meine Eltern die Schande, die sie dadurch über die Familie brachte, nicht ertragen könnten. Darum beschloss sie, nie wieder nach Hause zurückzukehren. Sie schrieb aber auch, dass sie sich nicht versündigt, dass sie nichts getan habe, dessen sie sich schämen müsse. Das war das letzte Lebenszeichen von ihr.«
Eine Weile blieb es still im Raum, nur das Knistern der brennenden Holzscheite war zu hören. Jeder hing seinen eigenen Gedanken nach.
»Und der Anhänger mit der Eidechse, was hat der mit allem zu tun?«, wollte Femke wissen.
Johann-Baptist holte tief Luft, doch seine Frau kam ihm zuvor. »Ist das nicht alles ein bisschen viel auf einmal? Hören Sie, Kindchen, es wäre gewiss besser, wenn Sie sich ausruhen würden. Gehen Sie schlafen. Und wenn Sie ausgeruht sind, müssen Sie etwas essen, damit Sie wieder ganz zu Kräften kommen. Dann ist immer noch Zeit genug, diese Geschichte zu erzählen.«
Sosehr sie auch darauf brannte, endlich die Geheimnisse ihrer durch das Blut verwandten Familie zu erfahren, so bleischwer legte sich doch die Müdigkeit über Femke. Die Anspannung der letzten Tage fiel von ihr ab, und das heiße Bad schien ein Übriges getan zu haben. Darum folgte sie Brunis Vorschlag und kroch in das Bett, das man ihr zur Verfügung stellte. Sie konnte sich nichts Schöneres vorstellen als sauberes Bettzeug,

eine schwere Daunendecke und ein großes Kissen, in dem sie versank und sofort einschlief.

Das Abendessen wurde im Salon serviert. In einem bunten Leuchter, wie Femke noch nie einen zuvor gesehen hatte, brannten Kerzen. Sie konnte ihre Augen kaum davon nehmen, so schön glänzten die roten, grünen, gelben und durchsichtigen Tropfen, Zapfen und Kugeln. Die Kerzen steckten in Fassungen, die Tulpenkelchen glichen. Besonders faszinierend war, dass die Farben zu fließen schienen. Sie verliefen ineinander, als würde es sich nicht um festes Material handeln, aus dem der Leuchter gemacht war, sondern aus einer zähen Flüssigkeit.
»Muranoglas«, sagte Bruni. »Wir haben uns den Leuchter in Venedig machen lassen.«
Vom Salon ging ein weiterer Raum ab, der durch eine breite Flügeltür getrennt war. Diese stand jetzt offen, so dass Femke einen jungen Mann sehen konnte, der dort an einem Spinett saß und spielte. Es hatte den Anschein, als wäre er eigens für das Abendessen engagiert worden. Sie dachte an Meister Delius und an die bescheidenen Verhältnisse, in denen er gelebt hatte. Hier genossen Bernsteinschnitzer offenkundig ein ganz anderes Ansehen.
Ein Mädchen servierte gebackenen Steinbutt mit gestampften Kartoffeln und Rosenkohl. Ein anderes kam mit einer Karaffe Weißwein.
»Nicht für mich«, sagte Femke schnell. »Verzeihen Sie, ich möchte nicht unhöflich erscheinen, aber mir war in den letzten Tagen nicht wohl. Heute geht es wieder, doch ich weiß nicht, ob ich schon Wein trinken sollte.«
»Sie waren krank?«, fragte Bruni besorgt.
»Gewiss nichts Ernstes.« Femke sprach aus, was sie von Herzen hoffte.

Sie aßen, und Femke musste von ihrer Reise erzählen. Die beiden wollten alles genau wissen. Vor allem interessierte sie, wie Femke ausgerechnet bei dem Bernsteindreher Eduard gelandet war.
Nachdem sie alles ausführlich geschildert hatte, kam sie endlich auf ihr Amulett zu sprechen. »Sie wollten mir von dem Anhänger erzählen. Warum war der Anblick für Sie und auch für Eduard ein so großer Schreck? Wenn ich ihn richtig verstanden habe, hat er ihn nie zuvor gesehen.«
»O doch, das hat er gewiss, nur ist es sehr lange her. Niemand von uns hat noch daran geglaubt, dass wir ihn je wieder zu Gesicht bekommen.« Johann-Baptist nahm einen Schluck Wein, dann fuhr er fort: »Vor über zweihundert Jahren hat ein Mann einen Stein mit einem Einschluss gefunden. Es war eine Eidechse. Er hat sofort gewusst, von welchem Wert sein Fund war. Auch kannte er die Strafe, die auf Unterschlagen von Bernstein stand. Da wurde damals nicht viel Federlesens gemacht, sondern der Dieb direkt am Strand aufgehängt. Trotzdem nahm er ihn an sich und lieferte ihn nicht ab. Es heißt, dass er viel zu fasziniert von dem Anblick gewesen sein soll.«
»Wer ist das nicht?«, fragte Bruni leise und schaute auf das Schmuckstück, das Femke jetzt wieder voller Stolz und ganz offen trug.
»Nikolaus, so hieß der Bernsteinfischer, hat wahrhaftig mit dem Leben dafür bezahlt.« Er machte eine Kopfbewegung in Richtung Amulett. »Und das, obwohl die Häscher den kostbaren Fund nie bei ihm entdeckt haben.«
»Wie ist das möglich?«, fragte Femke.
»Man hatte bei ihm kleine wertlose Steine gefunden, die er zuvor schon abgezweigt hatte. Die meisten taten das, um sich ein geringes Zubrot zu verdienen, oder einfach, um den Bernstein als Brennmaterial zu haben.«

Sie nickte. Wie schwer es war, mit größter Armut zurechtzukommen, wusste sie inzwischen. Jedenfalls hatte sie eine Ahnung davon gewonnen. Wer würde da nicht schwach werden und nehmen, was das Meer so freigiebig verschenkte?
»Den Brocken mit der Eidechse konnte seine Frau sicher verbergen. Sie soll es nicht gewagt haben, ihn zu bearbeiten oder womöglich zu versilbern. Stattdessen schenkte sie ihn ihrem ältesten Kind, einem Mädchen. Sie sagte ihr, dass ihr Vater für diesen Bernstein mit dem Einschluss gestorben sei. Sie sagte ihr auch, dass er vor allem aber dafür gestorben sei, dass irgendwann die Küstenbewohner das Gold der Ostsee selber besitzen und damit handeln dürfen, denn das erschien ihm nur gerecht. In dem Moment, in dem er in das Auge der Eidechse geblickt hat, wusste er, dass er des Todes war. Er wusste aber auch, dass er eine Aufgabe zu erfüllen hatte. Und so rief er, die Schlinge bereits um den Hals, die Fischer auf, für ihre Rechte zu kämpfen«, fügte er voller Ehrfurcht hinzu. »Sein Fund geht seither von einer Generation zur anderen. Immer bekommt die älteste Tochter das Stück. Und immer sagt die Mutter ihrer Tochter, wenn die Zeit gekommen ist, dass sie es hüten und bewahren und einst weitergeben soll.«
»Nur wenn die Not zu groß ist, dann soll sie den Stein klug einsetzen, damit er sie rettet«, beendete Femke geistesabwesend. Sie fühlte sich der Frau, die sie nicht von Angesicht kannte und die dennoch ihre Mutter war, mit einem Mal sehr nah.
»Ja, so ist es«, bestätigte er ruhig.
Femke dachte daran, dass sie es fast getan, dass sie fast die Eidechse verkauft hätte. Sie dankte ihrem Vater von Herzen, dass er es verhindert hatte. Nein, so groß war die Not wahrlich nicht. Da hatten einige ihrer Ahnen gewiss Schlimmeres erduldet. Plötzlich kam ihr ein Gedanke.
»Warum hat dieser Eduard gesagt, der Bernstein sei ver-

schwunden? War Luise denn nicht die älteste Tochter und damit die rechtmäßige Erbin? Und haben Sie nicht gewusst, dass Ihre Schwester ihn bei sich hatte, als sie ging?«

»Doch, ich wusste es.« Er senkte den Kopf und sah plötzlich schrecklich hilflos aus.

»Wir haben es niemandem gesagt«, erklärte Bruni. »Sie müssen das verstehen, mein Kind. Die Männer der Zunft verehren Nikolaus, den Urahnen meines Mannes, als Helden. Das Amulett, das Sie jetzt tragen, hat für sie den Wert einer Reliquie. Gewiss, Sie haben recht, Luise war die rechtmäßige Erbin. Sie durfte die Eidechse mitnehmen, wohin sie wollte. Aber sie hatte doch schon so viel Unruhe in die Zunft gebracht, weil sie immer wieder dafür eingetreten ist, dass es auch Frauen gestattet sein muss, Meister zu werden. Wenn dann auch noch bekanntgeworden wäre, dass sie mit dem Anhänger verschwunden ist, dass niemand wusste, wo er sich befindet, dann wäre ihr Ansehen vollends zerstört gewesen.«

»Im Grunde hat es keinen Unterschied gemacht«, ergänzte Johann-Baptist niedergeschlagen. »Aber ich habe es nicht übers Herz gebracht, sie zu verraten. Als sie hörten, dass Luise fort ist, war die Freude groß. Endlich Ruhe, so meinte man. Aber dann kam sofort die Frage nach dem Bernstein. Sie habe sich doch wohl nicht erdreistet, ihn mitzunehmen?, hieß es. Auch die Zunft habe inzwischen ein gewisses Recht an ihm. Und Luise habe ihr Recht durch ihr schändliches und unverschämtes Betragen verspielt, so sagten sie. Sie sei nicht würdig, den Schmuck zu tragen. Da habe ich ihnen erzählt, dass Luise genug Ehrgefühl im Leib hatte, den Schmuck für mich zurückzulassen. Ich habe behauptet, in ihrem Abschiedsbrief habe sie mir die Kostbarkeit anvertraut, damit ich sie meiner ältesten Tochter gebe.«

»Und doch sagte Eduard, das Amulett sei verschwunden.« Femke verstand noch immer nicht.

»Der Stein war in dem Moment verschwunden, in dem Luise ging. Es war eine Lüge, dass sie ihn zurückgelassen hat. Ich habe Monate später wieder gelogen. Es hat sich nämlich gefügt, dass es in der Gasse gebrannt hat. Das war die Gelegenheit. Von dem Zeitpunkt an gilt das Wahrzeichen unserer Zunft als verschollen. Geschmolzen in der Hitze der Flammen, wie viele andere Steine damals auch, oder gestohlen in dem Durcheinander, das geherrscht hat.«

»Nun begreife ich, warum es so ein Schock war, den Anhänger plötzlich völlig unversehrt zu Gesicht zu bekommen. Man konnte mich nur für eine Diebin halten.« Sie überlegte einen Moment. »Mit dem Brief meiner Mutter kann ich beweisen, dass ich das Schmuckstück nicht gestohlen habe. Aber nun werden alle wissen, dass Luise es damals mitgenommen hat und Sie gelogen haben.«

»Ja«, sagte Johann-Baptist bedrückt. »Das wird ihnen nicht gefallen.«

»Wir könnten sagen, dass Luise sich noch lange in der Nähe aufgehalten haben muss«, schlug Bruni vor. »Sie könnte die Wirren des großen Brandes genutzt haben, um sich zu holen, was ihr zustand. Sie hätte das Amulett gewissermaßen vor den Flammen gerettet.«

»Nein, es wird Zeit für die Wahrheit.«

»Aber du wirst Ärger bekommen. Und wenn wir behaupten, dass Luise in der Nacht zurückgekehrt sein muss, dann steht sie in keinem so üblen Licht da.«

»Kommt nicht in Frage, Bruni. Meine Schwester hat nichts Unrechtes getan, indem sie ihr Eigentum mit sich genommen hat. Ich hätte sie nicht zu schützen brauchen. Das werde ich jetzt richtigstellen.« Er klang sehr bestimmt. So unterließen die beiden Frauen es, weiter auf ihn einzureden. »Ich habe für morgen eine Zunftversammlung einberufen«, fuhr er fort. »Da werde ich reinen Tisch machen, ganz gleich, welche Folgen das für mich haben mag.«

Bruni sah, was die Entscheidung ihres Mannes betraf, nicht gerade glücklich aus. Femke war aber sicher, dass sie akzeptieren würde, was auch immer er beschloss.

»Wäre es wohl möglich, bei der Versammlung auch darüber zu sprechen, ob ich Bernstein erwerben darf?«, fragte Femke ängstlich.

Ein Klopfen weckte Femke am anderen Morgen. Sie rieb sich die Augen und sah sich um. Es dauerte eine Weile, bevor sie wusste, wo sie war. Schlagartig fiel ihr alles wieder ein – der bärtige Bernsteindreher Johann-Baptist, der ihr Onkel, und die Zunftversammlung, die für diesen Tag anberaumt war.

»Herein!«, rief sie, als es erneut klopfte.

Das Mädchen trat ein, das ihr am Vortag das Bad gerichtet hatte.

»Guten Morgen, gnädiges Fräulein. Ich bringe Ihnen das Frühstück.« Sie stellte ein Tablett auf den Tisch und öffnete dann die Vorhänge. Femke bemerkte erstaunt, dass es bereits heller Tag war und die Sonne ins Zimmer schien. Sie fühlte sich wunderbar erfrischt nach dieser Nacht und sprang aus dem Bett. Doch sofort musste sie sich wieder setzen, denn es wurde schwarz um sie, und sie spürte die inzwischen vertraute Übelkeit aufsteigen.

»Ist Ihnen nicht wohl, gnädiges Fräulein? Soll ich einen Arzt holen?«

»Nein, danke schön, das wird nicht nötig sein. Ich war wohl einfach zu schnell«, erwiderte Femke rasch. Tatsächlich ging der Schwächeanfall schon bald vorüber. Nachdem das Dienstmädchen gegangen war, holte sie sich das Tablett kurzerhand an das Bett, schlüpfte wieder unter die Decke und schlürfte genussvoll einen Becher heißer Milch, der man einen Löffel Honig und einen Hauch Zimt zugegeben hatte. Dann aß sie einige Löffel Haferbrei und fühlte sich anschließend gut genug, um sich anzukleiden.

Bruni Becker saß im Salon und stickte, als Femke endlich ihre Kammer verließ.

»Guten Morgen. Haben Sie gut geschlafen, mein Kind?«

»Ja, herrlich. Und das Frühstück war auch wunderbar. Haben Sie vielen Dank für alles.«

»Unsinn. Ich sagte Ihnen doch schon, dass es eine Selbstverständlichkeit ist. Sie gehören zur Familie. Immerhin sind Sie die Nichte meines Mannes. Und Sie haben das Amulett zurückgebracht.«

Femke fühlte sich mit einem Mal unbehaglich. Zurückgebracht sollte doch wohl nicht heißen, dass man von ihr erwartete, sie überließe das Einzige, was sie von ihrer Mutter hatte, der Zunft von Stolp oder ihrem Onkel!

»Ich werde gleich einmal das Mädchen rufen«, sagte Bruni, legte ihre Handarbeit beiseite und erhob sich auch schon aus ihrem Sessel. »Sie soll Ihre genauen Maße nehmen, damit wir Ihnen ein paar hübsche Kleider machen lassen können.«

»O nein, das ist wirklich nicht nötig.« Femke fühlte sich immer unbehaglicher. Sie brauchte ihr Geld, um Bernstein zu kaufen. Wenn sie das erledigt hatte, wollte sie rasch wieder nach Lübeck zurückkehren. Gewiss wollte sie sich hier keine neuen Kleider kaufen und auch nicht lange in Stolp verweilen.

»Papperlapapp! Die Seide, die wir zuletzt aus Venedig bekommen haben, ist ganz vorzüglich. Sie müssen ein paar Kleider daraus haben. Machen Sie meinem Mann die Freude. Er ist so glücklich, dass er eine Nichte hat. Sie müssen wissen, dass er seine Schwester über alles geliebt hat. Sie hat es ihrer Familie nicht leicht gemacht mit ihren verqueren Ideen und ihrem

schrecklichen Trotzkopf. Aber er hat sie geliebt. Dass sie fort ist, hat er nie verwunden. Doch jetzt sind Sie ja da!«
»Ja«, flüsterte Femke.
Bruni kam mit dem Dienstmädchen zurück, und sie notierten Femkes Maße. Dann verschwanden beide wieder, weil Bruni, wie sie sagte, genaue Anweisungen für die Näharbeiten geben wollte.

Am Nachmittag gingen Johann-Baptist und Femke zur Zunftversammlung.
»Sie müssen zunächst draußen warten«, erklärte er ihr. »Frauen sind nur in ganz bestimmten Ausnahmefällen zur Sitzung zugelassen. Diese Situation ist mehr als ungewöhnlich, und ich muss die Mitglieder zunächst befragen, ob man Sie dulden will oder nicht.«
»Natürlich.«
Sie wartete in einem Raum, in dem es nicht sehr warm war, und war froh, dass Bruni ihr einen Pelzmantel geliehen hatte. Je länger sie in dem kargen Zimmer, in dem es nur einige Stühle mit hohen Lehnen an der Wand und eine Vitrine mit ausgewählten Bernsteinarbeiten gab, auf und ab ging, desto mehr wuchs ihre Angst und Aufregung. Was, wenn man entschied, dass sie keinen Bernstein erwerben durfte? Hier und jetzt würde sich zeigen, ob ihre Reise einen Sinn gehabt hatte oder umsonst gewesen war. Nein, umsonst war sie ganz gewiss nicht. Femke hatte so viel über ihre Mutter erfahren. Und sie hatte einen leibhaftigen Onkel bekommen. Allein das war alle Strapazen wert gewesen.
Die hohe dunkle Holztür öffnete sich. Ein Adlatus erschien und bat sie, ihm zu folgen.
Als Femke den Raum betrat, setzte ein aufgeregtes Tuscheln und Flüstern ein. Alle sechzig Meister waren ins Zunfthaus ge-

kommen, um sich mit eigenen Augen von der ungeheuerlichen Behauptung zu überzeugen, der verschollene Anhänger sei wieder aufgetaucht. Sie starrten sie an, deuteten aber durchaus nicht nur auf die Kette, die sie um den Hals trug, sondern auch auf ihre kupferroten Haare, die ihr offen über die Schultern fielen.
»Meine Herren, darf ich vorstellen? Das ist Femke Thurau, die älteste Tochter meiner Schwester Luise Becker und damit die rechtmäßige Erbin der Bernstein-Eidechse. Bitte, Fräulein Thurau, setzen Sie sich zu uns.«
Die Männer erhoben sich von ihren Plätzen. Die mächtigen Tische, an denen sie gesessen hatten, waren in der Form eines Hufeisens aufgestellt. Femke musste einen Bogen darum machen, um an die Stirnseite zu gelangen, wo ein Stuhl für sie frei war. Sie sah, wie die Männer die Hälse verdrehten und versuchten eine möglichst gute Sicht auf das Objekt ihrer Neugier zu erhaschen. Die Blicke kamen ihr vor wie Nadelstiche, die bis auf ihre Haut drangen. Sie nickte ihnen scheu zum Gruß zu und setzte sich rasch neben ihren Onkel. Auch die Zunftmeister setzten sich wieder. Erneut redeten einige von ihnen leise miteinander, darunter der kahle Eduard, den sie jetzt zwischen den anderen entdeckte. Femke stellte fest, dass Johann-Baptist offenbar der Vorsitzende dieser Runde war.
Er ergriff das Wort. »Die Herren bestehen darauf, sich mit eigenen Augen von der Echtheit des Anhängers zu überzeugen. Selbstverständlich habe ich ihnen versichert, dass es sich um das vermisste Stück handelt, und ich habe ihnen auch bereits reinen Wein eingeschenkt, was meine falschen Angaben über den Verbleib betrifft. Dennoch, wenn es Ihnen nichts ausmacht, würde ich Sie bitten, das Amulett einmal durch die Reihen gehen zu lassen.«
Femke war überrascht. Damit hatte sie nicht gerechnet, doch sie beschloss, es könne nicht gefährlich sein, wenn sie der Bitte

nachkäme. So löste sie den Verschluss der Kette, ließ den Anhänger in ihre Hand gleiten und gab ihn ihrem Onkel.
»Danke. Meine Herren, ich reiche Ihnen die Kostbarkeit jetzt weiter. Betrachten Sie sie eingehend, und dann werden Sie mir Glauben schenken.« Er wandte sich wieder Femke zu. »Unterdessen sollten Sie noch einmal Ihr Anliegen vortragen, bitte.«
Sie räusperte sich. Wer nicht gerade von der Eidechse abgelenkt war, fixierte sie aufmerksam und ernst, fast abweisend, wie sie glaubte.
»Danke, dass ich vor Ihnen sprechen darf«, begann sie. »Vielleicht können Sie sich vorstellen, dass ich nicht minder von der Situation überrascht wurde als Sie. Noch vor wenigen Wochen glaubte ich zu wissen, wer ich bin, woher ich komme, wer meine Familie ist. Ich hielt die Schwestern meiner Eltern für meine Tanten und ihre Brüder für meine Onkel. Heute weiß ich, dass es sich nicht einmal um meine Eltern handelt. Jedenfalls nicht, wenn von echtem Fleisch und Blut die Rede ist.«
Sie machte eine Pause und musste schlucken. In diesem Moment wurde ihr bewusst, dass sie zwar einen Onkel gefunden, aber keine leiblichen Eltern mehr hatte. Ihr war, als zöge man ihr den letzten schwankenden Boden auch noch unter den Füßen fort. Tapfer sprach sie weiter: »Ich weiß heute aber auch, dass meine Begabung im Umgang mit Bernstein nicht von ungefähr kommt. Es ist das Erbe meiner Mutter.«
Es wurde unruhig im Saal. Aus einem Raunen wurde deutlicher Protest.
»Anscheinend haben Sie vor allem die verdrehten Ansichten Ihrer Mutter geerbt«, rief einer. »Die Bernsteinschnitzerei ist nichts für Frauen.«
»Der Anhänger sollte jetzt auf jeden Fall in den Besitz der Zunft übergehen«, sagte ein anderer, der das Stück gerade weiterreichte.

»Bitte, meine Herren!«, griff Johann-Baptist ein. »Lassen wir sie doch erst einmal ausreden.«
Sie sah in die feindseligen Gesichter und verlor jede Hoffnung, den ersehnten Bernstein mit nach Hause nehmen zu können. Am Ende musste sie noch um ihr Eigentum kämpfen.
»Leider kann ich mir kein Urteil darüber erlauben, ob die Ansichten meiner Mutter verdreht waren, denn ich durfte ihr nie begegnen. Außer natürlich an den ersten Tagen meines Lebens, an die ich mich bedauerlicherweise nicht mehr erinnere. Ich wünschte, ich könnte mich wenigstens entsinnen, wie sie aussah«, fügte sie leiser hinzu. Es wurde still im Saal. »Was ich von ihr weiß, ist, dass sie ein großes Talent im Umgang mit dem Baltischen Gold hatte. Und sie war der Auffassung, dass Gott einem Menschen ein Talent nicht schenkt, damit der es verkümmern lässt. Er soll es nutzen, um andere damit zu erfreuen. Diese Ansicht halte ich für überaus klug und ehrbar, und ich schließe mich ihr an.« Sie hatte das Gefühl, in den Gesichtern der Männer verändere sich etwas. Immerhin hörten sie ihr jetzt aufmerksam zu. »Es hat sich gezeigt, dass meine Begabung meinen Eltern Hanna und Carsten Thurau, bei denen ich aufgewachsen bin, das Auskommen in einer schweren Zeit sichern kann. Ich hielte es für verdreht, mich nicht darum zu scheren und ihnen nicht zu helfen, da es doch in meiner Macht steht. Darum habe ich mich auf den beschwerlichen Weg von Lübeck bis hierher gemacht, um Bernstein zu holen, daraus Schmuck und anderes zu fertigen und meine Familie zu versorgen, so lange dies nötig ist.«
»Nun, ich habe vorhin bereits einen Vorschlag unterbreitet, Fräulein ... Wie sollen wir Sie nennen? Thurau oder Becker?«, fragte einer der Meister.
»Femke«, antwortete sie, ohne weiter nachzudenken. Es war der Name, den ihre Mutter ihr gegeben und den sie ihr Leben

lang getragen hatte. Das einzige mit Bestand in dieser turbulenten Zeit.

»Also schön, Fräulein Femke«, fuhr er fort. »Mein Vorschlag lautet: Sie überlassen uns den Stein mit dem Einschluss. Er gehört hierher ins Zunfthaus! Dafür erhalten Sie einmalig so viele Rohsteine, dass Sie wahrlich zufrieden sein können.«

Femke nahm das Stück, das die Herren zu gern behalten wollten, wieder an sich. In ihrem Kopf gingen viele Gedanken umher. Vielleicht gehörte die Eidechse wirklich in ein Zunfthaus. Immerhin hatte dieser Nikolaus dafür gekämpft, dass Bernstein frei zugänglich war, und diese Männer hatten das erreicht. Andererseits schlossen sie jeden, der nicht zu ihrer Zunft gehörte, doch wieder aus. Das war es gewiss nicht, was Nikolaus sich erträumt hatte. Schließlich war er kein Dreher, sondern ein Bernsteinfischer gewesen. Und die mussten noch immer alles abliefern, was sie ernteten.

»Die seit Generationen bestehende Reihe wäre damit beendet«, stellte sie ausweichend fest.

»Haben Sie denn Kinder? Eine Tochter, der Sie den Schatz vererben wollen?«, fragte ein anderer.

»Nein«, sagte sie, »noch nicht.«

Johann-Baptist, der sie die ganze Zeit beobachtet hatte, meldete sich zu Wort. »Wir haben gesehen, wie leicht unser Heiligtum, wenn ich es so nennen darf, verschwinden könnte. Wäre meiner Schwester etwas zugestoßen oder hätte sie es in ihrer Not veräußert, wäre es für uns für immer verloren. Es ist nicht gut, dass es in den Händen eines Menschen liegt, der allein über seinen Verbleib entscheiden darf. Für Fremde, die seine Geschichte nicht kennen, ist das nur ein seltener Bernstein mit einem kostbaren Einschluss. Auch ich bin der Ansicht, dass der Anhänger dort sein und bleiben sollte, wo man seinen wahren Wert kennt und schützt. Der Vorschlag ist beiden Seiten dienlich, das ist meine Meinung. Doch ich kann auch verstehen, dass Sie sich nicht leichten Herzens trennen.«

Femke spürte wiederum alle Augenpaare auf sich gerichtet. Sie wusste, dass Johann-Baptist recht hatte. Fast hätte sie das Heiligtum, wie er es ausgedrückt hatte, in Stücke geschnitten und verkauft. Nun, da sie die ganze Geschichte kannte, käme sie nicht mehr auf den Gedanken, so etwas zu tun. Was aber, wenn ihre Tochter, falls sie je eine hätte, oder deren Tochter den Verkauf als glückliche, als einzige Lösung einer schrecklichen Misere ansah? Nun gut, so lautete nun einmal das Vermächtnis: In größter Not sollte der Anhänger helfen. Doch hatte sie erlebt, wie rasch etwa Hanna die Not als groß genug angesehen hatte. Sie war hin und her gerissen.

»Wir sind uns einig«, ließ nun einer sie wissen, »dass dies der einzige Weg für Sie ist, an Rohmaterial zu gelangen. Gegen alle Regeln geben wir Ihnen nur etwas her, wenn Sie bereit sind, unseren Preis dafür zu zahlen. Und noch etwas. Zwar sprechen Sie davon, das Geschick und die Fingerfertigkeit Ihrer Mutter geerbt zu haben, aber wie können wir wissen, ob das stimmt? Womöglich haben Sie nur erkannt, dass der Handel mit Bernstein einträglich ist, und wollen sich welchen erschleichen, um ihn gegen gutes Geld weiterzuverkaufen. Beweisen Sie uns, dass Sie wahrhaftig einer Ausnahme würdig sind. Also, wie lautet Ihre Entscheidung?«

Femke fädelte gedankenverloren die Kette wieder durch die Öse und legte sich den Anhänger um den Hals. Dann schloss sie die Finger darum und sagte: »Ich muss darüber nachdenken. Wenn es Ihnen recht ist, teile ich dem ehrenwerten Bernsteindreher Johann-Baptist Becker morgen meine Antwort mit. Was die Arbeitsprobe betrifft, die Sie verlangen. Händigen Sie mir das nötige Material und Werkzeug aus, und lassen Sie mich wissen, was ich für Sie fertigen soll. Ich werde es tun.«

Nach dem Besuch im Zunfthaus wanderte Femke lange durch die Gassen von Stolp, um alleine über alles nachzudenken. Der Wind frischte mehr und mehr auf, als wollte er ihr die Sorgen geradewegs aus dem Schädel blasen. Sie war selbst erschrocken darüber, wie tollkühn sie den Meistern zugesagt hatte, jede erdenkliche Form zu schnitzen, die sie von ihr verlangten. Gewiss, sie hatte Talent, daran gab es keinen Zweifel, doch ein Segelschiff war keine Kleinigkeit. Und genau das war die Aufgabe, die sie ihr gestellt hatten. Sie würde mehrere Klumpen erhitzen und aneinanderpressen müssen. Die Segel und die Taue würden eine echte Herausforderung darstellen. Femke fürchtete sich davor, unter den Augen dieser gewiss ganz besonders geschickten Meister zu versagen. Andererseits freute sie sich darauf, endlich wieder nach Herzenslust schnitzen und schleifen zu können.

Als sie schließlich wieder im Haus von Meister Becker war, schrieb sie einen Brief an ihre Eltern. Sie verschwieg ihnen, dass der Zufall sie zu ihrer wahren Familie geführt hatte. Stattdessen teilte sie ihnen mit, dass sie am Ziel ihrer Reise angekommen und im Begriff sei, eine große Menge Bernstein zu erstehen. Sie werde sich nun bald auf die Heimreise begeben und freue sich sehr auf den Frühling in Lübeck. Als sie die Zeilen noch einmal las, fühlte es sich richtig an. Sie würde die Eidechse hergeben. Mit dem Geld, das sie aus dem Verkauf der Perlenkette hatte, und der Rohware würden sie sich für eine geraume Weile keine Sorgen mehr machen müssen. Gewiss kam dann auch alles andere wieder in Ordnung, und ihr Vater verdiente mit seinem Wein wie früher ein kleines Vermögen. Außerdem kamen mit dem Sommer die Gäste nach Travemünde. Das würde ihm den ersehnten Auftrieb bringen. Sie lächelte zufrieden vor sich hin. Und die Eidechse wäre hier gewiss bestens aufgehoben. Sie hätte nicht sagen können, warum

sie ihrem Onkel ihre Entscheidung am Abend noch nicht mitteilte. Vielleicht war es tatsächlich gut, eine Nacht darüber zu schlafen, wie Bruni meinte. Das tat sie und träumte wirre Dinge von einem Doktor, der Eidechse und einem kleinen Mädchen, das in Windeln lag.
Als sie am Morgen erwachte, überlegte sie, ob ein Sinn in ihren Träumen zu finden sei, meinte dann aber, nur all das noch einmal durchlebt und gesehen zu haben, wovon sie in den letzten Tagen erfahren hatte. Außerdem hatte wohl auch der Sturm, der wütend an den Fenstern gerüttelt und um die Ecken gepfiffen hatte, ihre Träume ein wenig zerzaust. Wieder brachte ihr das Mädchen heiße Milch mit Honig, Haferschleim und Brot mit Butter. An diesem Tag zog Femke sich an und setzte sich an das Tischchen, um dort das Frühstück einzunehmen. Sie hatte gerade erst wenige Löffel des Breis gegessen, als sie ein Rufen hörte.
»Er kommt, der Strandsegen kommt!«
Neugierig spähte sie aus dem Zimmer. Sie hörte die Stimme ihres Onkels. »Ist der Wagen bereit?«
»Gewiss, gnädiger Herr.«
»Dann los, nichts wie raus an den Strand!« Er klang freudig erregt.
Bruni trat aus dem Salon auf den Flur und entdeckte Femke.
»Johann-Baptist ist nicht zu halten, wenn der Strandsegen kommt. Obgleich er es schon so oft mitgemacht hat und es doch gar nicht selbst tun müsste, lässt er es sich einfach nicht nehmen. Er ist wie ein kleiner Junge.«
»Was ist der Strandsegen?«
Bevor Bruni antworten konnte, stürzte Johann-Baptist die Treppe herauf.
»Es geht los. Der Wind steht günstig, ich habe es gewusst!« Er packte die Schultern seiner Frau und küsste sie schmatzend auf

die Wange. Und Femke rief er fröhlich zu: »Wenn Ihre Entscheidung für unseren Vorschlag ausfällt, dann holen wir jetzt vielleicht Ihre Steine herein.«
»Was?« Femke wurde hellhörig. Meister Delius hatte ihr davon erzählt, wie die Fischer und Sammler der Ostsee das Gold abjagten. Ihr Urahn Nikolaus hatte auf diese Art die Eidechse gefunden. Sie brannte darauf, einmal selbst dabei zu sein, zu sehen, wie die Männer den Bernstein aus dem Wasser holten.
»Darf ich mitkommen?«, fragte sie atemlos. »O bitte, bitte, lassen Sie mich dabei sein!«
»O Kindchen, das ist kein Vergnügen, glauben Sie mir«, sagte Bruni. »Da draußen ist es eisig kalt, der Wind treibt Ihnen die Tränen in die Augen und ...«
»Unsinn, es ist herrlich!« Er strahlte Femke fröhlich an. Dann zögerte er kurz. Man konnte förmlich sehen, wie er mit sich kämpfte. »Ach, was soll's? Kommen Sie mit! Bruni, gib ihr ein paar warme Sachen, einen Pelzmantel und die Pelzkappe. Beeilen Sie sich, Femke, der Wagen steht schon bereit.«
Sie erhielt von einer kopfschüttelnden Bruni, die wieder und wieder ausführte, wie nett sie es sich gemeinsam in der warmen Stube machen könnten, die Sachen und saß wenige Augenblicke später in einer prachtvollen, herrlich gefederten Kutsche.
»Es ist Fremden nicht gestattet, den Strand zu betreten«, erklärte Johann-Baptist während der Fahrt. »Aber das geht schon in Ordnung. Sie bleiben bei der Kutsche. Von dort können Sie den Bernsteinfischern zusehen.«
»Danke«, sagte sie und freute sich unbändig darauf. »Was ist das, ein Strandsegen?«, wollte sie wissen.
»Nach einer Sturmnacht, wie wir sie gestern hatten, treiben manchmal große Inseln aus Tang auf den Strand zu. Die führen meist große Mengen von Bernsteinen mit sich.«
»Das ist wahrlich ein Segen«, stimmte Femke zu.

»Den es schnell zu nutzen gilt«, erklärte er ihr. »Jeder Wellenschlag lockert die Tangmassen mehr. Die sind wie Siebe. Je kräftiger sie aufgeschüttelt werden, desto weiter werden die Löcher. Das heißt, es können immer mehr und größere Bernsteine hindurchfallen und zu Boden sinken. Gerade die großen Klumpen fallen rasch zum Meeresgrund zurück, weil sie das größere Gewicht haben und sich nicht leicht auf den wabernden weichen Pflanzen halten. Darum sind die Fischer jetzt längst draußen. Sie müssen schnell sein, verstehen Sie?«
Femke nickte.
Nach einer kurzen Fahrt, während der die Pferde vom Kutscher ohne Mitleid angetrieben wurden, hatten sie die Küste erreicht.
»Bleiben Sie hier stehen. Und wenn jemand fragt, verweisen Sie ihn an mich«, rief Johann-Baptist ihr zu und rannte zum Strand.
Dort waren bereits Männer und zu Femkes großer Verwunderung auch Frauen und Kinder versammelt. Sie sah, wie die Küstenbewohner den Bernsteinmeister begrüßten. Er war der Einzige seines Standes, der selbst für das Baltische Gold ins Wasser ging. Die Luft roch nach Salz und den Algen, die die begehrte Ladung mit sich trugen. Noch immer pfiff der Wind und trieb die Wellen vor sich her, die grollend auf den Sand schlugen, um sich gleich darauf zischend und brodelnd wieder zurückzuziehen. Femke beobachtete atemlos, wie Männer mit großen Netzen in die aufgewühlte See stürzten. Tollkühn sprangen sie über die Wellen hinweg, die im schnellen Rhythmus an den Strand brandeten, und warfen die Netze über die Tanginseln. Dann holten sie sie gemeinsam ein und warfen sie dort in den Sand, wo die Ostsee sie nicht mehr erreichen konnte. Sogleich machten sich die Frauen und Kinder daran, gewissenhaft die nassen Blätter und Stengel zu durchsuchen. Sie trugen Lederbeutel, die ihnen an Riemen vor den Bäuchen

hingen. Blitzschnell warfen sie einen Brocken nach dem anderen hinein, während die Männer bereits wieder die Brandung übersprangen, um die nächsten Tangmassen in ihren Netzen zu fangen.

Femke hätte liebend gern den Frauen geholfen. Es musste ein wunderbares Gefühl sein, die Steine als Erste berühren zu dürfen. Sie hätte die Chance, einen Einschluss zu entdecken oder ein besonders gefärbtes Exemplar. Doch sie sah auch, wie rasch die Sammlerinnen vorgehen mussten, wie mühsam es offenbar war. Immer wieder rieb sich eine die Fingerspitzen und hauchte dagegen, um nicht gänzlich vor Kälte das Gefühl in den Händen einzubüßen. Selbst in dem dicken Mantel war Femke bald kalt. Sie trat von einem Fuß auf den anderen, und wie Bruni angekündigt hatte, trieb der Wind einem die Tränen in die Augen, die bald eine kalte Spur auf die roten Wangen zeichneten. Jeder hier hatte seine Aufgabe, jeder war so beschäftigt, dass er nichts außer den braunen und gelben, den rötlich oder auch mal weiß gefärbten Steinen wahrzunehmen schien. Femke konnte sich nicht sattsehen. Sie ging langsam Schritt für Schritt näher auf die Frauen und Kinder zu, die im kalten feuchten Sand hockten. Sie sah, wie sie ab und zu ein Exemplar gegen die Zähne schlugen, um zu prüfen, ob es sich um Bernstein handelte. Irgendwann stand sie bei einer Gruppe, die gerade einen neuen Tangballen bekommen hatte. Ein Junge sah sie verstohlen von oben bis unten an, und auch die Frauen und zwei kleine Mädchen bemerkten sie und bedachten sie mit einem scheuen Gruß.

»Darf ich helfen?«, fragte Femke eine kleine rundliche Frau, die neben ihr stand und sich gerade die steif gefrorenen Finger rieb. Ohne eine Antwort abzuwarten, hockte sich Femke in den Sand und begann die Brocken aus dem Tang zu lesen und in den Lederbeutel ihrer Nachbarin zu werfen. Zunächst kam sie nur langsam voran, weil sie am liebsten jeden einzelnen Klumpen stundenlang betrachtet hätte, doch allmählich gewöhnte sie sich an die Arbeit und füllte mit den anderen die Säcke.

Femke hätte nicht sagen können, wie lange sie alle gemeinsam das kostbare Gut aus den Algen geklaubt hatten. Irgendwann kamen die Männer seltener mit einer neuen Tanginsel, und die Wartezeiten, in denen die Sammlerinnen, die Hände unter die Armbeugen geklemmt, von einem Fuß auf den anderen traten, wurden länger. So blieb genug Zeit, um dabei zuzusehen, wie die Männer jetzt mit langen Speeren in den tosenden Wellen standen und den Grund aufwühlten. Auf diese Weise brachten sie die Steine zum Aufschwimmen, die bereits gesunken waren. Mit Keschern fuhren andere Fischer durch das Wasser. Was in ihren Sieben war, warfen sie wieder und wieder an Land, und es war erneut die Aufgabe der Frauen und Kinder, das Brauchbare herauszusuchen. Femke zog sich langsam zur Kutsche zurück. Dann kam auch Johann-Baptist mit vor Anstrengung und Kälte geröteten Wangen.

»So etwas nennt sich mit Fug und Recht ein Strandsegen«, rief er ihr gegen den pfeifenden Wind bereits von weitem zu. »Ich hoffe, die Zeit ist Ihnen nicht zu lang geworden.«

»Keineswegs«, erwiderte sie.

Kurz darauf hockten sie einander in der Kutsche gegenüber.

»Danke, dass Sie mich mitgenommen haben. Ich hatte von Meister Delius schon viele Geschichten über die Bernsteinfischerei gehört. Es mit eigenen Augen zu sehen, ist etwas ganz anderes.«

»Das kann man wohl sagen. Und noch einmal etwas anderes ist es, sich selbst in die Brandung zu stürzen. Ich finde es herrlich!«

»Ich glaube, nur wer jemals den nassen Stein aus den Tang-

blättern oder aus dem Sand aufgelesen hat, der weiß, wie schwer es ist, ihn Brocken für Brocken abzuliefern.«
Johann-Baptist sah sie an, und seine Augen funkelten. »Ein Lügner, wer behauptet, er könne unseren Vorfahren Nikolaus nicht wenigstens ein bisschen verstehen.«

Im Haus der Beckers in der sogenannten goldenen Gasse angekommen, stellte Femke erst fest, wie hungrig sie war. Es gab in reichlich Fett gebratenen Dorsch und dazu Speckkartoffeln. Sie hatte ihren Teller noch nicht einmal zur Hälfte geleert, als sie wieder den Druck im Magen spürte.
»Entschuldigung«, murmelte sie und musste auch schon nach draußen rennen. Bruni kam ihr nach.
»Fühlen Sie sich nicht wohl, mein Kind?«, fragte sie besorgt. »Sie sind ja kreideweiß. Oh, ich habe doch gesagt, dass es kein Vergnügen ist, den ganzen Tag da draußen in der Kälte zu stehen.«
Femke wollte etwas erwidern, doch sie konnte nicht. Ihr Magen stülpte sich um, und sie hatte das Gefühl, ihr Innerstes wollte nach draußen.
»Wenn ich denke, wie der Mantel aussah, möchte ich meinen, Sie haben selbst im Sand gesessen und im Tang gewühlt. Da ist es kaum verwunderlich, wenn Sie sich etwas geholt haben.«
»Es tut mir leid«, flüsterte Femke, der es peinlich war, dass sie offenbar den kostbaren geliehenen Mantel verschmutzt hatte.
»Geht es wieder? Dann kommen Sie, Kind, ich bringe Sie ins Bett. Und dann werde ich nach dem Arzt schicken.«
»Nein, das wird nicht nötig sein«, lehnte sie ab. »Wärme und Ruhe werden mir gut bekommen. Morgen bin ich gewiss wieder auf den Beinen.«
»Keine Widerrede«, meinte Bruni streng. »Ihnen war schon nicht wohl, als Sie hier eingetroffen sind. Die Kälte heute hat

möglicherweise ihr Übriges getan, aber sie ist nicht der einzige Grund, dass Sie krank sind. Ein Arzt ist sehr wohl nötig.«
Femke wusste, dass sie recht hatte, doch sie verspürte keineswegs das Bedürfnis zu erfahren, was mit ihr nicht in Ordnung war. Es gelang ihr, Bruni umzustimmen, und am nächsten Tag war es wirklich wieder besser. Eifrig machte Femke sich an die Arbeit. Ihr stand die Werkstatt ihres Onkels zur Verfügung, und man gab ihr große Steine, aus denen sie liebend gern viele kleine Gegenstände gemacht hätte. Ein einzelnes großes Werk aus mehreren Steinen zusammenzufügen, darin fehlte ihr Erfahrung. Auch war diese Werkstatt viel moderner ausgestattet als die vertraute von Meister Delius. Es gab eine Säge, die man mit dem Fuß antreiben konnte, und eine ebensolche Schleifvorrichtung. Femke musste sich daran gewöhnen, fand dann aber rasch, dass es sehr viel einfacher war, den Bernstein mit beiden Händen zu halten und an die Säge oder die Schleifscheibe heranzuführen, als mit Werkzeug in der einen und Stein in der anderen Hand zu arbeiten. Andererseits musste man vorsichtig vorgehen, denn durch den Fußantrieb bewegten sich die rauhen Scheiben sehr schnell. Passte man nicht auf, erhitzte sich der Bernstein zu sehr, wurde klebrig und ließ seine harzige Vergangenheit ahnen. Diese Eigenschaft galt es stets zu beherzigen. Man konnte sie sich aber auch zunutze machen. Zuerst erwärmte Femke die Brocken nämlich behutsam im Wasserbad, um sie weicher werden zu lassen. Dann schnitt sie grob die einzelnen Teile vor und schweißte sie schließlich zusammen. Sie brauchte lange, bis die Übergänge sicher hielten, gleichzeitig aber so fein geschliffen waren, dass niemand mehr hätte sagen können, wo ein Stein in den anderen überging. Tag für Tag richtete sie sich in der Werkstatt ein, raspelte und schnitzte und vergaß die Welt um sich herum. Schon war der stolze Bug zu erkennen, nahm die Reling Gestalt an, entstand ein Ruder.

»Sie haben mehr als nur das Talent meiner Schwester«, sagte Johann-Baptist eines Tages. »Sie haben auch noch eine vortreffliche Ausbildung genossen. In der Tat, schon jetzt ist zu ahnen, dass dies ein Kunstwerk wird, das jedem Meister zur Ehre gereichen würde.«

Kaum zwei Wochen danach reckten sich die Masten stolz in die Höhe, blähten sich die goldbraunen Segel im Wind. Die Herren der Zunft ließen keinen Zweifel daran aufkommen, dass sie ihr niemals zutrauten, in der Kürze der Zeit ein akzeptables Resultat vorweisen zu können. Umso erstaunter waren sie, als sie das filigrane Werk, kaum größer als ein Päckchen Tabak, zu sehen bekamen.

»Ein Meisterstück«, murmelte Eduard.

»Und das soll sie ohne Hilfe bewerkstelligt haben?«, fragte einer.

»Niemals!«, lautete die Antwort aus mehreren Mündern.

»Daran zu zweifeln heißt an mir zu zweifeln. Ich versichere Ihnen, meine Herren, dass Femke dieses Schiff allein gefertigt hat.« Johann-Baptist war stolz, das war nicht zu übersehen. Er war aber auch wütend, dass die Männer ihre Begabung noch immer in Frage stellten, obwohl sie die ihr übertragene Aufgabe so tadellos bewältigt hatte. Femke selbst saß still in der Versammlung und beobachtete die Männer. Sie musste daran denken, dass auch Johannes ihr zuerst nicht geglaubt hatte, dass sie Bernstein bearbeiten konnte. Warum sollte es diesen Fremden anders ergehen? Es kümmerte sie nicht. Sie war glücklich, dass sie so lange ungestört hatte schnitzen und schmirgeln dürfen. Nun fühlte sie sich nur noch zutiefst befriedigt und erschöpft. Dass man ihr das Rohmaterial aufgrund ihrer Leistung und im Tausch gegen die Eidechse geben würde, daran hatte sie keinen Zweifel.

Die Männer diskutierten noch, doch es zeichnete sich ab, dass man ihr und Johann-Baptist Becker Glauben schenken würde. In zwei Tagen, so lautete schließlich die Verabredung, werde man sich im Zunfthaus wiedertreffen. Dann sollte Femke ihren Entschluss bezüglich des Anhängers kundtun, und man würde ihr entsprechend den Gegenwert nennen.

Während der vergangenen Wochen, die Femke überwiegend in der Werkstatt zugebracht hatte, war die Übelkeit manchmal aufgetreten, doch niemals so schlimm wie am Morgen nach der Versammlung.
»Grundgütiger, Sie sind ja so weiß wie die Milch!«, stellte Bruni besorgt fest. »Nun gibt es keine Widerrede mehr. Ich schicke das Mädchen zu Dr. Rosenthal. Er soll Sie endlich einmal ansehen.« Was auch immer Femke vorbrachte, Brunis Entschluss stand dieses Mal fest.
Dr. Rosenthal, ein mittelgroßer Mann mit einer schiefen Nase und einem unverkennbaren Ansatz zum Buckel, untersuchte sie eingehend. Er stellte ihr viele Fragen, fühlte ihren Puls und leuchtete in ihre Pupillen. Dabei nickte er unablässig, als würde alles, was er vorfand, exakt seine Vermutungen bestätigen.
»Die Übelkeit tritt meistens am Morgen auf?«
»Nicht nur, aber ja, meistens.«
»Und schwindlig ist Ihnen auch?«
»Manchmal, ja.«
»Wie ist es mit Müdigkeit? Fühlen Sie sich erschöpfter als gewöhnlich?« Er spitzte den Mund auf eigentümliche Weise, wenn er sprach, so dass der Klang der Worte etwas Amüsantes bekam.
»Ich bin schrecklich erschöpft, ja«, erwiderte sie. »Das führe ich allerdings auf die lange und vor allem strapaziöse Reise, von der ich mich noch nicht recht erholt habe, und auf die intensive Arbeit der letzten beiden Wochen zurück.«

»Hm«, machte er.

»Glauben Sie, es steckt eine ernste Erkrankung dahinter?« Sie sah ihn ängstlich an.

»Ernst ist es gewiss, aber keine Erkrankung. Sie bekommen ein Kind.«

Johann-Baptist Becker und seine Frau Bruni machten sich schreckliche Sorgen. Immer wieder setzte sich einer der beiden zu ihr an das Bett und wollte wissen, was denn um Himmels willen der Arzt gesagt habe. Der hielt sich offenbar an seine Pflicht zu schweigen und ließ Femkes Gastgeber im Unklaren. Sie selbst brachte kein Wort heraus. Es waren stets die gleichen Gedanken, die in ihrem Kopf kreisten. Da war das kleine Mädchen in Windeln, von dem sie geträumt hatte. Sie war sicher gewesen, es sei sie selbst gewesen, aber jetzt war ihr klar, dass sie eine Tochter unter dem Herzen trug. Wenn sie allein war, nahm sie den Brief ihrer Mutter zur Hand. Sie brauchte die Zeilen nicht mehr zu lesen, denn sie kannte sie auswendig. Dennoch starrte sie auf das vergilbte Papier und die Schrift ihrer Mutter Luise, vor allem auf die Worte, die sie über ihr Verhältnis mit dem Großbauern und die Folgen daraus geschrieben hatte.

»Er war ein guter Mensch, doch von Liebe oder gar Heirat war nie die Rede gewesen. Und ich war längst weitergezogen, als ich merkte, dass da ein Kind unter meinem Herzen heranwächst. Es war zu spät, um etwas dagegen zu unternehmen, und ich hätte das auch nicht gekonnt.«

Wie sehr sich die Geschichte doch wiederholte. Ob Deval ein guter oder schlechter Mensch war, hätte sie selbst heute noch nicht sagen können. Von Herzen gut würde sie ihn gewiss nicht nennen, aber abgrundtief böse? Auch in ihrem Fall war weder von Liebe noch von Heirat gesprochen worden. In einem

Punkt unterschied sich ihr Schicksal jedoch sehr von dem ihrer Mutter. Es war noch nicht zu spät, einen Eingriff vorzunehmen, das Kind aus ihrem Leib zu entfernen. Das hatte Dr. Rosenthal jedenfalls wenn auch nicht ausgesprochen, so doch unmissverständlich angedeutet, als sie anstatt Gott für das Glück eines Kindes zu danken verzweifelt in Tränen ausgebrochen war. Er hatte ihr verstohlen eine Adresse genannt, für den Fall, dass sie in dieser Sache Hilfe brauche. Doch Femke konnte sich nicht dazu entschließen. Hätte ihre Mutter damals die Möglichkeit gehabt, sie hätte es nicht übers Herz gebracht. Das war aus ihren Zeilen zu lesen, und Femke glaubte ihr. Sie verdankte diesem Umstand ihr Leben. Hatte sie da das Recht, dem hilflosen Wesen, das in ihr heranwuchs, sein Leben zu nehmen?

»Es ist gefährlich«, hatte Dr. Rosenthal gesagt. »Nicht wenige junge Frauen bezahlen selbst mit dem Leben. Es will wohlüberlegt sein. Andererseits, wenn Sie keinen Vater für das Kind haben, wiegt die Schande gewiss schwerer. Entscheiden Sie, ob das Leben immer besser ist als der Tod.«

Seit der Arzt das zu ihr gesagt hatte, war Femke verstummt. Nicht einmal weinen konnte sie mehr. Ihr war, als wäre sie von ihrer Umgebung abgeschnitten. Sie konnte zwar sehen, wie Bruni zu ihr in das Zimmer trat, konnte spüren, wie die Matratze sich leicht neigte, als sie sich auf die Kante des Bettes setzte, und konnte auch ihre Worte hören, doch zu antworten war sie nicht in der Lage.

»Femke, Kindchen, was ist denn nur mit Ihnen los? War das, was Dr. Rosenthal Ihnen zu sagen hatte, denn gar so schlimm? Wir machen uns größte Sorgen um Sie. Mein Mann ist verzweifelt. Bitte, so sagen Sie uns doch, was Ihnen fehlt.« Sie nahm Femkes Hand und tätschelte sie liebevoll.

Femke hätte sich gern für den Kummer, den sie ihnen bereitete, entschuldigt. Am liebsten hätte sie laut geschrien, dass ihr nichts fehle, dass sie ein Kind unter dem Herzen trage. Doch da waren keine Worte. Sie sah Bruni nur so eindringlich an, wie sie vermochte, und hoffte sehr, alles in ihren Blick zu legen, was sie nicht sagen konnte.

Nach einer Weile gab Bruni seufzend auf und ließ Femke allein. Nicht lang danach erschien Johann-Baptist, der sich nicht auf das Bett setzte, sondern sich einen Stuhl heranzog.

»Bitte, Femke, Sie müssen mit uns reden«, begann er. »Was auch immer Dr. Rosenthal zu Ihnen gesagt hat, es gibt sicher keinen Grund zu verzweifeln. Wir haben sehr gute Ärzte in Stolp. Und wenn Ihnen hier niemand zu helfen vermag, dann aber ganz gewiss in Danzig.«

Sie schüttelte den Kopf.

»Um Himmels willen, Sie dürfen nicht so rasch aufgeben! Lassen Sie mich doch wissen, was Ihnen fehlt, dann hole ich die besten Ärzte aus Danzig herbei, die mit genau der vorliegenden Problematik vertraut sind.«

Sie schwieg weiter. Und er redete weiter auf sie ein, bis er schließlich wie vor ihm seine Frau tief seufzte und das Zimmer verließ. So spielte es sich mehrmals am Tag ab, und es ging geschlagene vier Tage so. Femke wurde es immer schwerer ums Herz, denn diese Menschen waren so gut zu ihr. Doch je länger es dauerte, desto unmöglicher erschien es ihr, jemals wieder ein Wort zu irgendjemandem zu sprechen. Bruni brachte die Kleider, die die Näherinnen inzwischen geschneidert hatten. Femke stand auf und probierte sie. Sie passten wie angegossen, und sie lächelte als Zeichen ihrer Dankbarkeit.

»Wie schön Sie sind«, sagte Bruni. »Sie sollten heute mit uns zu Abend essen, um eines der neuen Kleider vorzuführen.«

Femke schüttelte nur den Kopf. Sie aß kaum und wollte dieses Zimmer nicht verlassen. Sie würde es nicht ertragen, unter

Menschen zu sein. Am fünften Tag betrat Johann-Baptist die Kammer. Er trug noch Hut und Mantel, und in seinem vollen Bart glänzten Tropfen. Es regnete schon den ganzen Tag.

»Ich komme geradewegs aus dem Zunfthaus«, erklärte er ohne Umschweife. »Die Männer erwarten eine Antwort von Ihnen. Also, Femke, werden Sie uns die Eidechse überlassen?«

Sie schüttelte heftig den Kopf.

»Ist das Ihr Entschluss, ich meine, ist das Ihr endgültiger Entschluss?«

Sie nickte sehr langsam, um ihm ihre Entscheidung zu bestätigen.

Er zog seinen Mantel aus, nahm den Hut ab und legte beides über den Tisch. Dann setzte er sich zu ihr, wie er es in den vergangenen Tagen immer wieder getan hatte.

»Ich bedaure Ihre Entscheidung sehr«, sagte er. »Nicht allein, weil die Eidechse also weiter ein unsicheres Leben führen wird.« Er lächelte, sah dabei aber sehr niedergeschlagen aus. »Vor allem sehe ich keine Möglichkeit, wie Sie dann an Bernstein gelangen sollten. Ich wäre durchaus bereit, Ihnen trotzdem etwas zu verkaufen, denn ich teile Ihre Ansicht und die meiner Schwester, dass ein Talent genutzt sein will. Nur stehe ich gänzlich allein da. Alle anderen sind sich einig, und ich habe nicht die Macht, mich gegen die Zunft zu stellen.« Er holte tief Luft. »Bruni ist eine kluge Frau.«

Femke sah ihn irritiert an.

»Sie hat einen vortrefflichen Einfall, den umzusetzen ich zunächst gezögert habe. Doch ich sehe keinen anderen Weg. Ich werde gleich zur Poststation gehen und eine Nachricht an Ihre Familie in Lübeck senden.«

»Nein!« Femkes Stimme klang heiser, und sie erschrak selbst darüber, sie nach Tagen des Schweigens wieder zu hören. Doch der Bann war endlich gebrochen. »Nein, bitte, tun Sie das nicht«, sagte sie. Dann brach auch der letzte Damm, und Tränen liefen ihr über die Wangen.

»Ist ja schon gut«, murmelte Johann-Baptist. Er zog ihren bebenden Körper an sich und streichelte ihr sanft über das Haar, während sie schluchzte und zitterte und sich an ihm festhielt. Nach einer kleinen Ewigkeit begann sie endlich zu erzählen. Zum ersten Mal sprach sie all die Ungeheuerlichkeiten aus, wie Meister Delius zu Tode kam, das unverschämte Angebot Devals, seine Mätresse zu werden, und die Umstände, unter denen sie sich gezwungen gesehen hatte, dieses anzunehmen. Ihr Onkel unterbrach sie nicht, sondern machte nur ab und zu große Augen oder schüttelte den Kopf.

»Und nun werde ich ein Kind von ihm zur Welt bringen. Meine Tochter, der das Amulett mit der Eidechse zusteht«, beendete sie ihre Geschichte. »Glauben Sie mir, ich wollte es wirklich hergeben, denn ich stimmte mit Ihnen überein, dass nicht ein Mensch allein über den Verbleib entscheiden sollte. Doch so gern ich auch die in Aussicht gestellte Menge roher Steine mit mir nehmen würde, so habe ich jetzt plötzlich das Gefühl, ich würde meine Tochter um ihr Erbe betrügen.«

»Nun, noch wissen Sie ja nicht einmal, ob es überhaupt ein Mädchen wird«, wandte er ein.

»O doch, dessen bin ich sicher«, sagte sie.

Er nickte langsam. Dann lächelte er. »Bei Bruni war es auch so. Sie wusste lange vor Dr. Rosenthal, dass sie guter Hoffnung war. Und sie sagte gleich, dass es ein Junge werden würde. Damit behielt sie recht.«

»Was soll ich denn nur tun?«, fragte sie betrübt. »Ich habe mich noch nie zuvor so hilflos gefühlt. Johannes weiß ja nichts von dem, was ich getan habe. Wenn er erfährt, dass ich ein Kind bekomme, muss er doch glauben, mein Herz gehöre einem anderen. Aber das ist nicht so. Es hat immer ihm gehört.«

»Sie müssen ihm die Wahrheit sagen. Wenn er Sie so liebt wie Sie ihn, dann wird er das Kind annehmen wie sein eigenes. Was Sie getan haben, geschah doch nur aus Liebe zu ihm. Wenn Sie ihm die Wahrheit sagen, wird er es verstehen.«
»Ich bete, dass Sie recht haben.«
Er hielt sie noch eine ganze Weile in den Armen und erzählte davon, wie es war, als seine Kinder noch klein waren. Femke hörte ihm kaum zu. Sie konnte nicht glauben, dass sie diesen Menschen, der ihr jetzt so viel Trost gab, vor zwei Wochen noch nicht einmal gekannt hatte. Sie konnte so vieles nicht glauben. Wie sehr war ihr Leben doch aus den Fugen geraten. Ob es je wieder in Ordnung käme?
»Es wird das Beste sein, wenn ich so bald wie möglich zurück nach Lübeck fahre«, beschloss sie. »Im Haus meiner Eltern wird sich für alles eine Lösung finden lassen.«
»Sie sollten dieses Mal eine Kutsche nehmen, die Ihnen Schutz vor dem Wetter und etwas mehr Bequemlichkeit bietet.«
»Das kann ich mir nicht leisten. Wenn ich schon mit leeren Händen zurückkehre, dann will ich wenigstens möglichst viel von dem Geld aufheben, das ich noch habe.« Sie senkte den Blick. »Ich hatte ihnen bereits geschrieben, dass ich im Begriff stehe, eine gute Menge Bernstein zu erwerben. Ich darf mir ihre Enttäuschung nicht ausmalen.«
Johann-Baptist klopfte ihr aufmunternd auf die Schulter. Dann stand er auf, ging zum Fenster und schloss die Vorhänge. Draußen war es bereits dunkel geworden.
»Ich mache Ihnen einen Vorschlag. Sie können meine Kutsche haben, um, sagen wir, wenigstens die Hälfte des Weges darin zurückzulegen. Ihre Eltern können Ihnen doch gewiss einen Wagen senden, der Sie auf halber Strecke abholt.«
»Das wird wohl möglich sein, ja.«
»Gut. Reisen Sie nach Lübeck und schenken Sie Ihrem Kind

das Leben. Dann können Sie noch immer überlegen. Ist es ein Mädchen, bleiben Sie dabei und behalten die Eidechse. Ist es aber ein Knabe, gehen Sie vielleicht doch noch auf unser Angebot ein.«

»Ja«, sagte sie bedrückt, »so können wir es machen, wenn es meinen Eltern dann auch nicht mehr viel hilft.«

»Ich könnte Ihnen aushelfen, immerhin bin ich Ihr Onkel.«

»Nein«, sagte sie entschieden, »das würden meine Eltern nicht annehmen.«

»Hm«, machte er. Noch immer stand er am Fenster, die Hände auf dem Rücken verschränkt. »Ein guter Ort, an den meine Kutsche Sie bringen kann, ist Dievenow. Dort kann man über eine kurze Brücke auf die Insel Wollin gelangen.«

Femke erschien diese Route ein wenig kompliziert. Wäre es nicht gescheiter, bis nach Stettin zu reisen, wo sie auf das Eintreffen des elterlichen Wagens in einer Herberge warten konnte?

»Stettin ist von den Franzosen besetzt«, erklärte er auf ihren Einwand hin. »Nein, im Norden an der Küste ist es gewiss ruhiger.« Und beiläufig fügte er hinzu: »Sie werden ja nicht die Dummheit begehen, dort am Strand nach Bernstein zu suchen, den man zu dieser Jahreszeit reichlich finden kann. Zwar ist es in der Region nicht verboten, als Fremder den Strand zu betreten, was aber an Bernstein gefunden wird, muss abgegeben werden. Alles andere wäre Unterschlagung.« Er drehte sich jetzt zu ihr um und sah ihr in die Augen. »Usedom und Wollin ist schwieriges Terrain für uns, ein Niemandsland gewissermaßen, in dem nur ab und zu, wenn der Nordost stark bläst, Bernstein gefunden wird. Nicht genug, als dass es sich lohnen würde, die Bewohner zu etwas zu verpflichten. Doch auch nicht so wenig, dass es unseren Handel in manchem Jahr nicht empfindlich störte. Darum schicken wir im Frühjahr und im

Herbst, wenn der Nordost am häufigsten weht, einen Wachposten aus.«
Je länger er sprach, desto mehr gewann Femke den Eindruck, er wolle sie zu einer Dummheit verleiten. Was führte er nur im Schilde? Ob er tatsächlich glaubte, sie würde Bernstein am Strand stehlen? Vielleicht hoffte er darauf, damit der Wachposten, von dem er sprach, sie dabei erwischen konnte. Und dann würde sie den Anhänger mit der Eidechse hergeben müssen, um straffrei nach Hause reisen zu dürfen.
»In diesem Jahr ist die Wahl auf einen tumben jungen Kerl gefallen«, erzählte Johann-Baptist weiter. »Es sollte mich wundern, wenn der überhaupt jemanden dingfest macht.« Er lächelte ihr schelmisch zu.
»Was würde denn geschehen«, wollte sie wissen, »wenn er doch jemanden beim Sammeln ertappt?«
»Aufgehängt wie Nikolaus damals wird heute Gott sei Dank keiner mehr. Es kostet ein Bußgeld, das ist alles.« Wieder dieser eindringliche Blick. »Wie ich schon sagte, glücklich bin ich nicht, dass es in diesem Frühjahr der Stiebel ist, der zur Wache bestimmt wurde. Wenn man mich fragt, ist er nicht ganz gescheit im Kopf und furchtbar abergläubisch.« Er schmunzelte vor sich hin. »Was kümmert es Sie? Sie werden ja gewiss nicht dort oben nach Bernstein suchen, nehme ich an.« Damit ließ er sie allein.

Femke sandte eine Botschaft an ihre Eltern mit der Bitte, ihr einen Wagen nach Wolgast zu schicken. Dieses Mal vermerkte sie auf dem Schreiben ihren Absender, damit Hanna und Carsten Thurau ihr eine Antwort zukommen lassen konnten. Das taten sie. Sie ließen sie wissen, dass Johannes das Heiligen-Geist-Hospital längst verlassen habe, dass es ihm täglich bessergehe und er mehr und mehr der Alte sei. Außerdem kündigten sie die Ankunft der Kutsche an und schrieben, dass sie kaum erwarten könnten, ihre Tochter wieder in die Arme zu schließen. Femke war überglücklich, denn ihr erging es ebenso. Sie hatte genug von der Fremde, von Abenteuern, Unwägbarkeiten und Veränderungen, die ihr ganzes Leben durcheinanderbrachten. Von Wollin würde sie zu Fuß nach Usedom laufen. Wenn alles so geschah, wie sie es plante, hätte sie drei volle Tage Zeit, um auf dem Weg nach Bernstein zu suchen. Dann endlich würde der Wagen sie nach Hause bringen. Sie schob den Gedanken daran, wie ihre Eltern und vor allem wie Johannes auf die Neuigkeiten reagieren würden, beiseite. Die Hauptsache war, dass er wieder gesund war. Darüber freute sie sich so sehr, dass sie plötzlich dachte, alles andere würde sich auch schon irgendwie wieder fügen. Die Beckers bestanden darauf, dass sie die neuen Kleider als Geschenke annahm. Über ihr Gepäck dagegen waren sie sich nicht einig.

»Ich halte es in diesem Fall nicht für nötig, die Sachen zu schicken. So viele Kleider sind es nicht. Sie kann sie gut in der Kutsche unterbringen«, war Brunis Meinung. Ihr Mann hingegen setzte sich vehement dafür ein, ihre Sachen zur Poststation zu bringen und nach Lübeck schicken zu lassen. Für das wenige, das sie für die Reise brauchte, reichte ein einfacher Lederranzen, den er ihr gab.

»Das ist praktischer«, beharrte er.

Auch wenn Bruni nicht verstand, was daran wohl so praktisch sein sollte, fügte sie sich doch und packte einen Koffer für Femke, den sie von einem Boten zur Poststation bringen ließ. Femke verstand umso besser. Sie war jetzt sicher, dass Johann-Baptist sie dazu ermuntern wollte, am Strand von Wollin und Usedom nach Bernstein zu suchen. Mit einem Lederranzen auf dem Rücken war das in der Tat erheblich einfacher, wie wenn sie einen sperrigen Koffer mit sich herumtragen oder immer erst in einer Herberge verstauen müsste.

Es war Anfang März, als der Tag des Abschieds kam.

»Sie müssen uns unbedingt wieder besuchen«, sagte Bruni zum wiederholten Male.

»Das würde ich gern tun«, erwiderte Femke, »aber vielleicht ist es einfacher, wenn Sie zunächst nach Lübeck kommen. Wenn das Kind erst da ist, werde ich so eine weite Reise nicht machen können.«

»Wir kommen ganz bestimmt«, versprach Johann-Baptist. »Passen Sie gut auf sich auf, hören Sie? Und denken Sie noch einmal über den Anhänger nach, wenn etwas Zeit vergangen ist, ja?«

»Das werde ich«, sagte Femke. Noch einmal bedankte sie sich für alles. Dann stieg sie in die Kutsche, die sich sogleich in Bewegung setzte. Es ging rasch voran, und sie genoss es, endlich allein zu sein. Der Kutscher sprach nur das Nötigste mit ihr. Meistens konnte sie ihren Gedanken nachhängen, ein wenig dösen oder die Landschaft betrachten, die noch im Winterschlaf lag. Bei Rügenwalde bezogen sie das erste Quartier. Femke hatte beschlossen, die besten Herbergen zu wählen, die sie finden konnte. Immerhin musste sie nun nicht mehr nur für sich selbst Sorge tragen.

Das herzogliche Schloss der Stadt war zu einem französischen Lazarett geworden. Femke seufzte. Diese Franzosen verfolgten sie wahrlich. Überall hatten sie Spuren hinterlassen. Erfreulicherweise gab es eine hübsche Schenke, in der zwar reger Betrieb herrschte, doch hatte man noch ein Zimmer für sie und eine einfache Kammer für ihren Kutscher. Femke erfrischte sich ein wenig. Sie war längst nicht so erschöpft, wie sie es von der Hinreise gewohnt war. Das war nicht verwunderlich, denn zum einen war das Gefährt äußerst komfortabel, zum anderen waren sie nicht bis in den späten Abend gefahren, sondern hatten früh Quartier bezogen. Sie öffnete den Lederranzen, um ihren Kamm zu suchen. Da entdeckte sie ein stramm gewickeltes Päckchen und einen Brief.

»Liebe Femke, meine geliebte Nichte!
Es bricht mir das Herz, dass Du uns schon wieder verlassen hast. Doch ich bin auch froh und glücklich, dass Du uns überhaupt gefunden hast. Es ist mir ein großes Bedürfnis, Dich nicht wieder aus den Augen zu verlieren. Deshalb bitte ich Dich sehr, zu uns zu kommen, wann immer Du es wünschst. Du sollst wissen, dass Du auch mit einem Kind ohne Vater hier immer ein Zuhause haben wirst. Was die Leute auch reden, Du bist uns willkommen. Ich werde den Fehler nicht wiederholen, den mein Vater machte. Solltest Du weiter Bernstein schnitzen wollen, steht Dir meine Werkstatt jederzeit offen. Gewiss, in der Zunft hat eine Frau nichts verloren. Wer aber sagt, dass sie nicht zu ihrem Vergnügen schnitzen darf?
Ich hätte so gern mehr Deiner Kunstwerke gesehen, denn schon das eine zeigt, dass Du unser Baltisches Gold so gut verstehst wie kaum ein anderer. Doch begreife ich natürlich, dass Du gehen musst. Irgendwann werde ich nach Lübeck kommen und dort sehen, was Du aus den Steinen gemacht hast, die Dir eine glückliche Fügung doch noch geschenkt hat. Wenn ich auch glaube, dass Du mich gut verstanden hast, so konnte ich doch nicht sicher sein, dass der Nordost Dir wohlgesonnen ist und viel versteinertes Harz auf den Strand treibt. Ich bin es auf jeden Fall und treibe Dir gern ein Päckchen in Deinen Ranzen. Hüte es gut, wenn Du einen Zollposten zu passieren hast. Und lass mich eines Tages sehen, was Du daraus gefertigt hast.
In Liebe und ewiger Verbundenheit
Dein Onkel Johann-Baptist Becker«

Femke musste schlucken. Die Schrift verschwamm ihr vor den Augen. Sie nahm das Leinenpäckchen und konnte den Bernstein bereits fühlen. Mit zitternden Händen löste sie das Bändchen und faltete den Stoff auseinander. Es mussten mindestens dreißig Brocken sein, kleine und größere, durchscheinende und solche mit undurchsichtiger Kruste oder sogar mit kleinen Seepocken bewachsen. Alle Farben waren dabei, selbst ein ganz weißer Bernstein, eine kostbare Seltenheit. Wie sollte sie ihrem Onkel jemals dafür danken? Sie wagte nicht, diesen Schatz im Zimmer zurückzulassen, und nahm den gesamten Lederranzen mit in die Gaststube, wo sie zu Abend essen wollte. Es gab keinen freien Tisch, doch ein Mann mit rötlich braunem Haar und einem fröhlichen Gesicht voller Sommersprossen bot ihr einen Platz im Kreis von vier Herren an.

»Setzen Sie sich zu uns, mein Fräulein. Wir würden uns über weibliche Gesellschaft freuen.« Er sprang auf und rückte ihr den Stuhl zurecht.

»Danke«, sagte sie. »Ich freue mich auch.«

»Ich bin Rasmus Klasing. Und das sind meine Freunde, mit denen ich über die Weltmeere segle.«

»Oder wenigstens über die Ostsee«, sagte einer der anderen und lachte. »Er ist ein Aufreißer, aber im Grunde eine ehrliche Haut«, ergänzte er. »Es ist eine Freude, eine Dame an unserem Tisch zu begrüßen. Frauen sind so viel bescheidener, und als Seeleute genießen wir ihre Anwesenheit gar zu selten.«

»Sie fahren also zur See«, stellte Femke fest. »Das muss sehr aufregend sein.«

»Das ist es«, sagte Klasing. »Wenn Sie wollen, erzählen wir Ihnen von unseren Abenteuern.«

Femke dachte, dass ihr eigentlich nicht mehr der Sinn nach Abenteuern stand. Sie nur erzählt zu bekommen, würde aber wohl noch gehen.

»Mit wem haben wir das Vergnügen?«, fragte einer der Männer. Er hatte runde fröhliche Augen, die ihr bekannt vorkamen, doch in seinem Blick lag eine große Ernsthaftigkeit. Seine Haare waren grau, und auch seine Haut hatte einen gräulichen Schimmer. Das ließ ihn viel älter erscheinen, als er vermutlich war.

»Femke Thurau«, antwortete sie. »Ich habe Verwandte in Stolp besucht und bin auf dem Weg nach Hause.« Sie musste lächeln. Mit einem Mal stimmte ihre Geschichte von dem Verwandtschaftsbesuch.

»Und wo ist Ihr Zuhause?«, wollte der Mann mit den grauen Haaren wissen. Er sah sie dabei merkwürdig an, und Femke fragte sich, ob sie ihm schon irgendwo begegnet sein konnte. »Womöglich in Hamburg?«

»Nein, ich komme aus der schönen Hansestadt Lübeck.«

»Lübeck!«, rief Klasing erfreut aus. »Dann haben Sie etwas mit der Thurauschen Weinhandlung zu tun?«

»Das kann man wohl sagen. Carsten Thurau ist mein Vater.« Oder er war es einmal, kam ihr in den Sinn. »Kennen Sie ihn?«

»Nein, bedaure. Aber ich war eine Zeitlang in Lübeck. Ich hatte dort für ein paar Jahre auf einem Handelsschiff angeheuert.«

»Dann müssen Sie die Stadt gut kennen.«

»Und den guten Thurauschen Wein, gewiss.«

Sie aßen und plauderten miteinander. Femke war froh, so nette Gesellschaft gefunden zu haben. Nach einem Tag in der Kutsche hatte sie schon wieder genug vom Alleinsein. Die Männer unterhielten sie prächtig, erzählten von ihren Reisen, die sie unternommen hatten. Dagegen war Femkes Reise nach Stolp ein Sonntagsausflug gewesen.

»Für mich wäre das nichts«, sagte sie. »Fürchten Sie sich denn niemals, wenn Sie fern der Heimat all diese Dinge erleben?«

»Sie scheinen auch keine Furcht zu kennen«, entgegnete der

Mann mit den grauen Haaren, der als Einziger seinen Namen nicht genannt hatte. »Immerhin reisen Sie allein durch eine nicht ungefährliche Gegend.«
»So?«, fragte sie. »Ist die Gegend gefährlich?«
»Haben Sie denn nicht die Sümpfe gesehen?«
Jetzt wurde ihr wirklich mulmig.
»Es heißt, dass ein paar Seeleute, die wie wir gerade aus Danzig kamen, mit ihrem Wagen zu nah an das Flussufer geraten sind«, erzählte Klasing. »Sie sollen mitsamt ihrer Kutsche im Sumpf versunken sein. Schon am nächsten Morgen, als man nach ihnen gesucht hat, war nichts mehr von ihnen zu finden.« Und flüsternd fügte er hinzu: »Aber ihre Seelen, die kann man heute noch sehen. Sie tauchen als Irrlichter nachts über den Sümpfen auf. Und wer ihnen folgt, läuft geradewegs in sein Verderben.«
»Rasmus und seine Märchen«, winkte der Grauhaarige ab. »Aber ich meinte es ernst. Die Sümpfe hier sind tückisch. Sie sollten achtgeben.«
»Danke für die Warnung«, sagte Femke. »Ich werde mit dem Kutscher reden.«
»Tun Sie das«, gab er ernst zurück. Dann verabschiedete er sich und ging.
»Lassen Sie sich von dem nicht ins Boxhorn jagen«, beruhigte Klasing sie. »Ist ein sonderbarer Gesell. Schon an Bord hat er kaum gelacht und keinen Alkohol angerührt. Ich frage Sie: Was ist das für ein Seemann? Ständig hat er düstere Vorhersagen getroffen. Wenn es nach ihm gegangen wäre, säßen wir nicht hier, sondern lägen alle am Meeresgrund in unserem nassen Grab.«
»Lass mal«, meinte einer der anderen. »Er wird seine Gründe haben. Wer weiß, was ihm in seinem Leben schon widerfahren ist. Jedenfalls ist er ein guter Seemann, auf den man sich stets

verlassen kann. Er gibt sein letztes Hemd für dich, also sprich nicht schlecht von ihm.«

Klasing kümmerte sich nicht um den Einwurf. Er wandte sich weiter Femke zu. »Wenn Sie am helllichten Tag reisen, sind die Sümpfe keine Gefahr. Man kann tückische Stellen und Morast gut erkennen. Nur nachts sollten Sie besser nicht unterwegs sein. Warum schließen Sie sich nicht uns an? Es sind unruhige Zeiten. So mancher reist unter falschem Namen, möchte den Franzosen nicht begegnen oder hat eine Fracht bei sich, die nicht für die Augen der Zollposten bestimmt ist. Da schadet es nie, sich zusammenzutun.«

»Vielen Dank für das freundliche Angebot, aber ich mache noch einen weiteren Besuch, bevor ich nach Lübeck zurückfahre. Man erwartet mich bereits, und der Ort liegt nicht auf Ihrem Weg nach Hamburg. Dennoch, danke.«

»Keine Ursache.«

Femke erhob sich. »Und ich danke Ihnen auch für den schönen Abend.« Damit zog sie sich in ihre Kammer zurück.

Als Femke ihr Frühstück in der Gaststube einnahm, waren die Seeleute bereits fort. Sie trank Kaffee mit viel heißer Milch und ließ sich Käse, Schinken und Brot für den Tag einpacken. Es war ein wenig wärmer geworden. Sollte der Frühling sich schon im März ankündigen? In manchem Jahr war es so. Dann brachte der Monat und auch der April bereits einige Tage mit wärmender Sonne. Doch fast immer kam in solchen Jahren die Kälte noch einmal mit Macht zurück.

Sie fuhren durch feuchtes Gebiet. Immer wieder lagen kleine Teiche am Wegrand und buschumstandene Wasserstellen. So ergaben sich reichlich Gelegenheiten, die Pferde zu tränken, die ihre Füße auch in morastigstem Gelände sicher setzten. Am frühen Abend erreichten sie wohlbehalten Kolberg. Sie

fanden einen Krug, der direkt am Flussufer lag. Femke dachte, dass dies der Fluss sein musste, aus dem Karl und Magda das Wasser geholt hatten, als sie mit dem Postwagen in die kalte Herberge geraten waren. Nur waren sie viel weiter südlich gewesen. Sie war sehr dankbar, dass sie nicht mehr unter freiem Himmel schlafen musste. So bald wollte sie dieses Erlebnis nicht wiederholen.
Auch am nächsten Tag verlief ihre Reise ohne Störungen. Einmal wurde die Kutsche von einem Zollposten angehalten. Femke stockte vor Schreck der Atem, doch der Mann warf nur einen raschen Blick in das Gefährt, sah, dass sie bloß einen einfachen Lederranzen bei sich trug, und wünschte eine gute Weiterfahrt. Ihr fiel ein Stein vom Herzen. Immer wieder legte sie ihre Finger auf die Stelle, wo sie den Eidechsen-Anhänger unter ihren Kleidern wusste. Oder sie legte die Hand auf ihren Bauch und führte in Gedanken ein Gespräch mit dem Ungeborenen. Wie lange würde es wohl dauern, bis es sich strampelnd bemerkbar machte?
Die Abenddämmerung setzte gerade ein, als sie bei Dievenow eine Holzbrücke überquerten und die Insel Wollin erreichten. Im ersten Krug des Eilands quartierte sie sich ein. Der Kutscher machte sich noch am selben Abend auf den Rückweg. Der Krug war einfach, wie Femke es bereits von ihrer Hinreise kannte. Immerhin gab es einzelne Kammern, von denen sie eine für sich allein bekam. Das Stroh war auf einer Pritsche ausgestreut und mit einem Betttuch zugedeckt. Ihr war es recht. Die Hauptsache war, sie hatte für sich und das Kind ein Dach über dem Kopf.

Mit den ersten Sonnenstrahlen verließ sie anderntags den Krug. Sie war ihrem Onkel dankbar, dass er darauf bestanden hatte, ihre Kleider, die Lampe und was sie sonst noch hätte mit sich herumtragen müssen, mit dem Postwagen nach Lübeck zu schicken. Den Ranzen mit einem Kleid zum Wechseln, ihrem Bernstein und dem Proviant trug sie bequem auf dem Rücken. Nichts schränkte sie in der Bewegung ein, und sie konnte sich sogar leicht nach Strandgut bücken. Der Nordost hatte die ganze Nacht geblasen. Jetzt schien die Sonne und wärmte schon ein bisschen. Der Wind hatte nachgelassen. Femke lief so dicht am Meeressaum entlang, dass ihre Stiefel mehr als einmal nass wurden. Ihr Blick war konzentriert auf den nassen Sand gerichtet, den die zurückrollenden Wogen dunkel färbten. Das Schicksal meinte es wahrlich gut mit ihr. Bald schon entdeckte sie, dass die Ostsee großzügig mit ihrem Schatz umgegangen war. Reichlich hatte sie davon an Land geworfen. Femke brauchte keine zwei Schritte von einem zum nächsten Fund zu tun. Voller Freude sammelte sie die hellen und dunklen, die runden und kantigen, die glatten Brocken und jene mit ausgeprägter Verwitterungskruste ein. Sie widerstand der Versuchung, die besonders stattlichen Exemplare gegen ihre Zähne zu klopfen, um sicherzustellen, dass es sich um Bernstein handelte. Sie würde Geduld haben müssen, ehe sie wusste, wie viel brauchbar und wie viel unnützer Ballast war. Leider war sie nicht die Einzige, die von dem Geschenk von Wind und Meer angezogen wurde. Nicht lang, da begegnete ihr eine alte Frau, ganz in graues Wollzeug gekleidet. Sie betrachtete Femke argwöhnisch.

»He, Sie da! Sie kommen doch wohl nich von Usedom rüber?«, rief sie.

»Nein, wie kommen Sie darauf?«

»Hab Sie hier noch nie gesehn«, antwortete die Alte. »Auf Usedom gibt's genug Bernstein. Das soll denen reichen.«

»Gewiss«, rief Femke ihr zu, »das ist auch meine Meinung.«

»So? Na ...« Damit ging sie weiter und ließ Femke allein zurück.

Das Gehen im weichen Sand war mühsam. Bald waren Femkes Manteltaschen gut gefüllt, und sie legte eine Pause ein. Erhitzt von der Anstrengung, konnte sie es aushalten, auf einem umgestürzten Baum in den Dünen zu sitzen. Eine leichte Brise spielte mit ihrem Haar. Sie biss von dem Käse ab, den sie noch hatte, und schaute hinauf zu den rasch über den blauen Himmel ziehenden Wolken. Als es ihr kühl wurde, warf sie sich den Ranzen wieder auf den Rücken und lief weiter. Immer schmaler wurde der Strand und endete schließlich an einem Kiefernwald. Während sie sich zwischen den knorrigen Bäumen hindurchbewegte, drehte sie sich wieder und wieder um. Ihr war, als wäre jemand hinter ihr. War da nicht ein Knacken und Rascheln? Es musste von den Ästen kommen, beruhigte sie sich, die sich im Wind wiegten. Wahrscheinlich hatte sie nur zu viele Geschichten von Irrlichtern und im Sumpf gebliebenen Seelen gehört. Ihr Weg führte sie weiter vom Ufer weg und hinauf auf eine Anhöhe. Dort kam sie in ein kleines Dorf. Es gab eine einzige Schenke, und da Femke seit dem Morgen an keiner anderen Herberge vorbeigekommen war, beschloss sie, in dieser hier zu bleiben. Wer konnte wissen, wie weit es bis zur nächsten war? Sie fragte nach einer Kammer.

»Hier schlafen alle in einer Kammer«, ließ der Wirt, ein stämmiger Kerl, dessen Beine seltsam kurz für den Oberkörper waren, sie wissen. Er zeigte ihr den Schlafplatz auf dem Boden. Die Betttücher, die dort lagen, waren sauber. Also erklärte sie, sie wolle über Nacht bleiben.

»Können Sie mir wohl ein wenig Salz verkaufen?«, fragte sie. Der Wirt grinste breit. »Sie sammeln Bernstein und wolln wissen, ob's welcher is, hab ich recht? Da lassen Sie sich man nich erwischen. Sehn die Herren Bernsteindreher gar nich gern.«

»Ich weiß«, entgegnete sie und fühlte sich, als wäre sie geradewegs bei einem Diebstahl ertappt worden.

»Salz ist inbegriffen«, meinte der Wirt lachend. »War's denn ein guter Tag?«
Sie lächelte. »Nun ja, zwei oder drei gute Stücke werden wohl dabei sein.« Und dann beeilte sie sich noch zu sagen, sie suche nur für den eigenen Bedarf, um damit einen Steckkamm als Schmuck für ihre Haare zu machen.
»Gewiss doch«, raunte er und grinste wiederum. »Meine Gäste hier sammeln alle nur für den eigenen Gebrauch.« Er reichte ihr ein Tongefäß mit Wasser und einen kleinen Lederbeutel voll Salz. »Das sage ich auch dem Schergen von der Zunft, wenn er mich fragt. Nur einen einzigen Brocken bekomme ich dafür von den Sammlern. Das ist nicht zu viel, oder?«
Sie seufzte. »Nein, das ist nicht zu viel.«
Als sie aus der Schenke trat, meinte sie eine Gestalt hinter einer der kleinen strohgedeckten Katen verschwinden zu sehen. Sie wartete geraume Zeit und blickte sich immer wieder um. Nein, da war niemand, dabei hätte sie schwören können, einen grauen Schopf erkannt zu haben. Es war wohl bloß die Angst, die ihr einen Streich spielte. Endlich traute sie sich, das Salz im Wasser zu lösen, ihre Manteltaschen zu leeren und ihren Fund in das Tongefäß zu werfen. Muschelstücke, die sie in der Eile aus dem Sand geklaubt hatte, Steine und sogar die Scherbe eines zerbrochenen Tellers oder vielleicht einer Schale sanken sogleich zu Boden. Femke brauchte nur noch zwei Holzstückchen zu entfernen, die oben auf dem Wasser trieben, dann konnte sie einen Bernstein nach dem anderen herausfischen. Es war eine lohnende Ausbeute. Zusammen mit dem, was ihr Onkel ihr zugesteckt hatte, reichte es allemal für eine lange Zeit und für viele kleine Kunstwerke. Wieder dachte sie, dass sie Johann-Baptist Becker gar nicht genug danken konnte. Ihr kam kurz in den Sinn, ihm das Geld für die Steine anzuweisen, wenn sie in Lübeck war, doch sie verwarf den Gedanken

sogleich, denn er wäre darüber gewiss sehr enttäuscht. Wenn ihr Vater endlich neuen Wein bekäme, würde sie eine Kiste nach Stolp schicken. Ja, das war ein guter Einfall. Femke sah sich noch einmal sorgfältig um. Sie glaubte sich unbeobachtet, also gab sie die am Strand gesammelten versteinerten Klumpen in ein Taschentuch und tat das in ihren Ranzen.

Sie schlief unruhig in der Nacht. Zu groß war ihre Sorge, jemand könne ihr den Bernstein stehlen. Entsprechend gerädert fühlte sie sich am anderen Morgen. Dennoch machte sie sich früh auf den Weg und erreichte bald die Swine, die sie an einer schmalen Stelle überqueren konnte. Wieder hielt sie sich nah am Wasser und stapfte durch den weichen Sand. Und erneut wurde sie fündig. Es lagen nicht ganz so viele Brocken wie am Tag zuvor am Strand, aber dennoch bückte sie sich immer wieder, um den einen oder anderen Klumpen aufzulesen und in der Manteltasche verschwinden zu lassen. Sie ging einige Schritte, da erregte etwas ihre Aufmerksamkeit, das im Sand steckte. Sie trat zunächst vorsichtig mit dem Fuß gegen die Spitze, so dass der Stein sich drehte. Es war ein orangefarbenes Exemplar mit Furchen und dunkelroten Vertiefungen. Mit ihrer Stiefelspitze gelang es Femke, es vollständig auszugraben. Es war rund wie eine Kartoffel und größer als ihre Faust. Wenn dies ein Bernstein war, dann war das Glück wahrhaftig auf ihrer Seite. Was ließe sich daraus schnitzen? Bevor sie es wagte, sich danach zu bücken, wollte sie sich vergewissern, dass sie unbeobachtet war. Sie blickte auf – geradewegs in die Augen eines jungen Mannes, dessen Ohrring ihn als Mitglied einer Zunft auswies.

»Da haben Sie aber ein prächtiges Exemplar gefunden«, sagte er und kam näher. »Das wollten Sie gewiss gleich abliefern, wie es sich gehört.«

Sie starrte ihn an. Das musste der Wachmann sein, von dem

Johann-Baptist ihr erzählt hatte. Den Bernstein vor ihren Füßen konnte sie abschreiben. So bedauerlich das auch war, so viel mehr fürchtete sie doch, er würde verlangen, in ihren Ranzen sehen zu dürfen.

»Es hat Ihnen doch nicht die Sprache verschlagen?«, fragte er lispelnd. Nun stand er ihr gegenüber und scharrte mit dem Fuß im Sand.

Fieberhaft überlegte sie, was ihr Onkel ihr über diesen Mann gesagt hatte. Wie war noch sein Name? Das Einzige, was ihr sofort in den Sinn kam, war, dass er abergläubisch und nicht gerade klug sein sollte.

»Sind Sie stumm oder was?« Das Lispeln wurde stärker. Er schien sich in seiner Haut nicht wohl zu fühlen.

Femke fiel die Geschichte der Bernsteinhexe ein, die Meister Delius ihr einmal erzählt hatte. War ihr nicht oft genug nachgesagt worden, sie sei eine Hexe? Womöglich konnte ihr das nun endlich einmal von Nutzen sein. Sie konnte behaupten, über Zauberkräfte zu verfügen, konnte ihm ihren Anhänger unter die Nase halten, ihn mit Flüchen in die Flucht schlagen, doch ihr fehlte der Mut. Was, wenn er sie nur auslachte? Was, wenn er ihr den Anhänger mit der Eidechse abnahm?

»Nun reden Sie schon, Frau! Sie haben doch nach Bernstein gesucht. Zeigen Sie mir Ihren Erlaubnisschein.«

Sie starrte ihn an. In ihrer Not wollte sie versuchen ihn zu ängstigen. Langsam löste sie das Tuch, das sie um den Kopf getragen hatte, und ließ es über ihre Schultern fallen. Sogleich ergriff der Wind ihr rotes Haar und wehte es ihr um das Gesicht. Eine Strähne streifte gar die Wange des Wachmanns.

»Herr im Himmel!«, stöhnte der und sah sie erschrocken an. »Was sind Sie denn für eine?«

Wortlos starrte sie ihn weiter aus ihren grünen Augen an. Dann endlich fiel ihr sein Name ein.

»Stiebel«, zischte sie. »Stiebel, gib den Bernstein frei!« Ihre Stimme zitterte vor Angst. Sie war nahe daran, ihm ihre Manteltaschen auszuleeren und eine Strafe zu zahlen, wenn er dann nur nicht den Lederranzen kontrollieren würde.

»Herr im Himmel!«, wiederholte er. »Woher kennen Sie meinen Namen?«

Femke wurde ein wenig ruhiger. Sie war auf dem rechten Weg, das spürte sie. Also nahm sie ihren Mut zusammen.

»Ich kenne euch alle. Meinen Ururgroßvater habt ihr aufgeknüpft. Dafür verfolge ich euch. Jeden Einzelnen von euch. Stiebel, gib den Bernstein frei!«, sagte sie noch einmal und sah ihn so durchdringend an, wie es ihr gelingen mochte.

»Aber ich habe doch niemanden aufgehängt«, stammelte er. »Ich tue doch nur meine Pflicht. Der Bernstein muss ... Bitte«, flehte er plötzlich, »tun Sie mir nichts! Was mit ihrem Großvater passiert ist, mit Ihrem Ururgroßvater, meine ich, das ist bedauerlich. Das waren andere Zeiten. Ich hätte nie ... niemals ...«

Sie stand unbeweglich vor ihm, mit weit aufgerissenen Augen und wehendem Haar. Da bückte er sich blitzschnell und hob den Stein auf, den Femke zuvor mit dem Fuß aus dem Sand gegraben hatte, und ihr Tuch, das an ihrem Mantel hinabgeglitten war und nun an ihrem Stiefel hing. Wachmann Stiebel blickte sich voller Angst um, wickelte den orange leuchtenden Klumpen in ihr Tuch und reichte es ihr.

»Sie haben Ihr Tuch verloren, gnädige Frau«, rief er laut, als ob jemand in der Nähe wäre, der ihn hören konnte. »Nehmen Sie es, es ist Ihres. Und nun gehen Sie Ihres Weges.«

Femke nickte langsam, senkte den Kopf und ging an ihm vorbei. Der Brocken in ihrem Kopftuch war leicht, viel zu leicht für einen gewöhnlichen Stein, es musste versteinertes Harz sein. Am liebsten hätte sie sich sofort darangemacht, mit einem

Meißel einen winzigen Splitter herauszuschlagen, um zu sehen, von welcher Qualität und Farbe das Stück innen war. Womöglich gab es sogar Einschlüsse. Aber sie wagte nicht einmal, sich umzudrehen, stehenzubleiben oder den Bernstein auszuwickeln. Sie setzte einen Fuß vor den anderen, stets in der Erwartung, Stiebel könnte es sich doch noch anders überlegen. Oder er hätte ihr womöglich nur eine Falle gestellt, um zu sehen, ob sie das großzügige Geschenk annehmen würde. Doch nichts geschah. Er rief nicht nach ihr, legte nicht plötzlich seine Hand auf ihre Schulter und kam auch nicht mit Verstärkung zurück. Sie lief und lief, bis ihr Atem keuchend und stoßweise ging und Schweißperlen auf ihrer Stirn standen. Immer wieder war ihr, als würde sie Schritte hinter sich oder das Schnaufen eines Verfolgers hören, doch es war wohl nur der Wind, der über die Ostsee brauste. Erst als sie das Dörfchen Ahlbeck erreichte, wagte sie es, sich umzuschauen. Da war niemand. Sie war vollkommen erschöpft. Der Schweiß trocknete kalt auf Gesicht und Rücken, und sie begann zu frösteln.

»Der Deubel soll dir die Krallen auf den Kopp haun!«, brüllte eine Frau, die Tür einer strohgedeckten Kate flog auf, und ein Mann mit glasigem Blick und zerzausten Haaren stolperte ins Freie.

»So ein Drecksweib, so ein verdammtes«, lallte er. Es war gerade erst um die Mittagszeit, aber er schien betrunken zu sein. Schwankend stand er vor der Hütte und kämpfte offenkundig mit sich selbst, ob er sich trollen oder wieder hineingehen sollte. Da erschien die Frau in der Tür, die ihn lautstark verfluchte.

»Mach, dass du davonkommst, Taugenichts!«, schrie sie ihn an. Das war genug für den Trunkenbold. Unverständliches Zeug nuschelnd, torkelte er davon. Die kleine Pforte, die Zugang zum Garten bot, schlug er wütend hinter sich zu, dass sie

krachend ins Schloss fiel. Femke, die sich am Zaun aufstützte, rannte er beinahe um. Sie konnte seine Alkoholfahne riechen.
»Sie da!«, keifte die Frau jetzt.
Femke stellte erschrocken fest, dass sie gemeint war.
»Ja, ja, Sie! Sie kann der Deubel auch gleich holen. Was gucken Sie denn?«
»Verzeihung, ich wollte nicht unhöflich sein. Ich bin auf der Suche nach einer Schenke, in der ich mich ein wenig ausruhen und stärken kann.«
»Das ist was anderes. Dann nur herein. Sie haben sie gefunden.« Der Ton der kleinen kräftigen Frau wechselte von einer Sekunde auf die andere. Sie wischte ihre Hände an der Schürze ab und machte eine einladende Handbewegung.
Femke ging durch die Pforte, die hier und da schon ein wenig morsch aussah, und betrat die Hütte.
»Dreckskerle!«, schimpfte die Frau, offenbar die Wirtin dieser schlichten Schenke. »Erst hängen sie dir einen Stall voller Gören an, dann versaufen sie dein sauer Erspartes und lassen dich mit der ganzen Arbeit hocken. Bedient wollen sie werden, die feinen Herren.« Sie knallte einen Teller vor Femke auf den Tisch, dass einige Tropfen der Suppe darin auf das Holz klatschten. »Eintopf ist doch recht?«, fragte sie jetzt erst.
»Ja, danke schön.«
Im Herd brannte ein Feuer. Femke konnte den Rauch kaum ertragen. Auch brachte sie nur wenige Löffel der Gemüsesuppe hinunter. Sie wusste, dass dieser Eintopf, der köstlich schmeckte, ihr gut bekommen würde, doch ihr Magen rebellierte.
»Schmeckt's nicht?« Die Wirtin war sehr schlechter Laune.
»Ist alles frisch! Ham Sie einen Braten erwartet? Den kann ich nich bieten.« Sie grummelte vor sich hin, während sie Femkes noch fast vollen Teller abräumte und den Inhalt zurück in den großen Topf kippte, der auf dem Herd stand.

»Es war wirklich gut«, sagte Femke. »Ich fühle mich nur nicht wohl.« Doch die Frau hörte sie gar nicht. Femke bezahlte für das Essen und verließ das kleine Gasthaus. Nach der übermäßigen Hitze drinnen kam es ihr draußen nun schrecklich kalt vor. Der Wind hatte zugenommen, hätte sie schwören können. Sie vergrub die Hände tief in den Taschen und stapfte am Strand entlang. Bis Heringsdorf konnte es nicht gar zu weit sein. Eigentlich hatte sie vorgehabt, eine größere Strecke zurückzulegen, damit sie am dritten und letzten Tag ihrer Wanderung kein allzu langes Stück mehr vor sich hatte, doch ihr Zustand wurde nicht besser. Inzwischen wusste sie, dass es meist am nächsten Morgen schon ganz anders aussah. Offenbar gab es einfach Tage, an denen ihre Tochter – es musste ein Mädchen sein – ihr das Leben schwermachte. Femke beschloss, sich heute früh eine Bleibe zu suchen, um sich gründlich auszuruhen. Dann würde sie am anderen Tag schon den Rest schaffen und konnte sicher noch zeitig nach Wolgast übersetzen, wo die Kutsche ihres Vaters sie aufnehmen sollte. Noch zweimal bückte sie sich auf ihrem Weg nach vermeintlichem Bernstein, nicht jedoch, ohne sich vorher zu vergewissern, dass niemand sie sah. Wenn sie sich wieder aufrichtete, wurde ihr so schwindlig und schwarz vor Augen, dass sie einige Sekunden verharren musste, bevor sie weitergehen konnte. Kalter Schweiß trat ihr auf Oberlippe und Stirn. So ließ sie bald Bernstein Bernstein sein und suchte sich einen Weg, der weiter vom Saum des Wassers entfernt lag. Dort schützten einige Kiefern sie vor dem Wind, und der Untergrund war fester, so dass sie leichter vorankam.

In Heringsdorf fand sie eine ordentliche Herberge, in der vor allem Seeleute verkehrten. Sie bekam eine Kammer und trank einen heißen Tee. Wieder meinte sie einen Mann mit hellem Haar aus dem Augenwinkel wahrgenommen zu haben, dessen

Antlitz sie zu kennen glaubte. Doch der Moment war viel zu kurz, und als sie sich umsah, waren da nur Fremde, die ihr freundlich zunickten. Kaum dass die Abenddämmerung hereinbrach und die Öllampen in der Gaststube angezündet wurden, zog Femke sich zurück. Sie hatte keinen Hunger, sie wollte nur schlafen.
»Ist kalt geworden«, hörte sie jemanden sagen, als sie die Gaststube verließ. »Wenn der Wind bleibt, kann es uns nur recht sein. Solange nur nicht die Taue und die Segel starr frieren.« Ein anderer lachte.

Femke erwachte mit pochenden Schläfen und einem Kratzen im Hals. Sie richtete sich auf und fühlte sich elend und schwächer als am Tag zuvor. Mühsam kletterte sie aus dem Bett und begann zu husten. Ihr war kalt, und das änderte sich auch nicht, nachdem sie das Überkleid angezogen und das Tuch um ihren Hals und die Schultern geschlungen hatte. Sie bat den Wirt in der Gaststube um einen Tee, doch es gab nur Kaffee oder heißes Wasser. Also nahm sie einen Becher mit heißem Wasser, in dem sie einen Löffel Honig auflöste. Müde und mit schmerzenden Gliedern hockte sie an einem kleinen Tisch. Jedes Mal, wenn die Tür zur Gaststube geöffnet wurde, fegte ein schneidender Wind herein. Mit Schrecken dachte sie daran, wie weit sie heute würde laufen müssen. Vielleicht konnte sie einen Bauern oder einen Fischer finden, der einen Karren hatte, mit dem er sie ein Stück des Weges bringen konnte. Sie erkundigte sich danach bei dem Wirt. Der brach in schallendes Gelächter aus.
»Sie haben heute noch nicht rausgesehen, was, meine Dame?«
»Nein, wieso?«
»Es hat geschneit, die ganze Nacht. Durch den Sturm werden viele Wege zugeweht sein. Da kommen Sie am besten zu Fuß

voran.« Er sah sie an. »Noch besser wird sein, Sie bleiben einige Tage hier, bis das Wetter sich beruhigt hat. Sie sind recht blass um die Nase. Es wäre nicht klug, wenn Sie durch die Kälte wandern.«

»Aber mir bleibt nicht so viel Zeit. Morgen früh muss ich eine Kutsche auf dem Festland erreichen. Wenn ich bis zum Abend nicht eintreffe, wird der Kutscher womöglich kehrtmachen.«

Der Wirt zuckte mit den Schultern. »Sollen Sie wissen«, sagte er gleichgültig. »Aber man holt sich leicht den Tod da draußen.«

Femke sank der Mut. Sie hatte sich schon so gefreut, hatte ihr Ziel so deutlich vor Augen gehabt. Nur noch eine Nacht allein in der Fremde, dann würde sie in der Kutsche ihrer Eltern sitzen, die sie zurück nach Lübeck brachte. All das war doch schon zum Greifen nahe. Warum musste ihr das Wetter jetzt einen solch bösen Streich spielen? Sie seufzte tief. Dann beschloss sie, sich auf den Weg über den schmalen Rücken der Insel zwischen Pommerscher Bucht und Achterwasser zu machen. Von dort musste sie sich links auf das Festland zu halten. Sie würde einfach so weit gehen, wie ihre Beine sie zu tragen in der Lage waren. Wenn sie nicht mehr konnte, würde sie nach einer Herberge für die letzte Nacht suchen. Einen Tag wartete der Kutscher gewiss in Wolgast. Würde sie den letzten Rest also am nächsten Tag hinter sich bringen, falls der Schnee ihr das Gehen zu beschwerlich werden ließ oder ihre Kräfte zu schnell versagten. Sie trank einen weiteren Becher und machte sich dann, beide Kleider übereinandertragend, auf den Weg. Noch immer fielen dicke Flocken vom Himmel, so dicht, dass man kaum geradeaus schauen konnte. Der Pfad war an mancher Stelle so sauber und trocken, als hätte eine fleißige Seele ihn soeben gefegt. Dann wieder versperrte ein Haufen Schnee gleich einer mitten in der Bewegung erstarrten Welle den Weg.

Femke musste achtgeben, wohin sie ihren Fuß setzte. Oft genug wurden Schlaglöcher von der weißen Pracht zugedeckt. Ein falscher Tritt, und sie könnte sich den Knöchel verletzen. Sie keuchte und hustete immer stärker. Kaum eine Menschenseele begegnete ihr, und dennoch hatte sie wieder dieses Gefühl, als wäre jemand in ihrer Nähe, als würde einer sie schon seit Tagen verfolgen. Sie drehte sich um, konnte aber niemanden sehen. Also machte sie wieder kehrt und ging weiter. Die Schneeflocken stoben ihr in die Augen. Sie zwinkerte und senkte den Kopf. Ihr war, als wollte der Weg nie enden. Jegliches Zeitgefühl ging ihr verloren, und sie wünschte sich sehnlichst, endlich das Dorf zu erreichen, das am Ende des schmalen Inselgrats lag und von dem sie die Richtung ändern und sich nach dem Festland halten musste. Aber keine Kate, kein Schornstein wollte sich in der Ferne zeigen. Sie schleppte sich mehr als dass sie ging. Ihr Mantel und ihre Kleider waren durchnässt und schwer geworden. Ihr Gesicht brannte vor Kälte, und ihr Hals schmerzte mehr und mehr. Immer öfter musste sie husten und Schleim ausspucken, der in ihr aufstieg. Da kamen ihr die Worte von Dr. Rosenthal in den Sinn. Womöglich hatte er recht, vielleicht war es besser, wenn das Kind in ihrem Leib stürbe, als dass sie Schande über ihre Familie brachte. Sogleich schämte sie sich für diesen Gedanken. Nein, das ungeborene Wesen hatte keine Schuld auf sich geladen, das war sie ganz allein gewesen. Sollte sie doch in der Kälte erfrieren, dachte sie. Aber dann war auch ihr Kind zum Tode verurteilt. Schneeflocken blieben auf ihrer Kapuze und auf ihrem Mantel liegen. Einige tauten und liefen ihr als kaltes Rinnsal übers Gesicht. Sie vermischten sich mit ihren Tränen. Sie war so müde und ohne Zuversicht. Wenn sie sich dort zwischen die beiden Kiefern legte, wo sie geschützt war, konnte sie vielleicht ein wenig ausruhen. Ja, eine kleine Rast, für einen kurzen Moment die Augen schließen und vielleicht sogar einschlafen, das erschien ihr zu verlockend, als dass sie hätte widerstehen können. Femke taumelte auf die Bäume zu. Sie wischte sich mit dem Handrücken über die Stirn. Kurz blitzte der Gedanke auf, der eisige nasse Boden könne ihr mehr anhaben als die Anstrengung, sich weiter auf den Beinen zu halten. Doch diese Überlegung verwarf sie wieder. Nass war sie ohnehin schon. Was sollte es ihr anhaben? Es würde ihr guttun. Sie ließ sich auf die Knie fallen, wollte sich an einer der Kiefern halten, doch ihre Hand rutschte an der feuchten Rinde ab, und sie stürzte ungebremst zu Boden. Sie meinte etwas zu hören, das wie rasche Schritte klang. Dann glaubte sie zwischen halb geschlossenen Lidern einen grauen Schopf zu erkennen, bevor es um sie herum dunkel wurde.

»Fräulein Thurau!« Die Stimme kam von weit her wie durch einen Nebel zu ihr. Ein Schlag traf ihre Wange. »Fräulein Thurau, können Sie mich hören? So kommen Sie doch zu sich!« Wieder klatschte eine Hand in ihr Gesicht, auf die andere Wange diesmal.
»Lassen Sie mich«, hauchte sie und brauchte ihre ganze Kraft dafür. »Gehen Sie weg!« Sie schaffte es nicht, die Augen zu öffnen, um zu sehen, wer da war. Im Grunde wollte sie es auch nicht, denn sie fürchtete sich. Wer konnte ihren Namen wissen? Ob er ihren Namen auf dem Umschlag des Briefes ihres Onkels gelesen hatte? Dann hatte er auch den Bernstein gefunden. Dieser Gedanke gab ihr die nötige Energie, um die schweren Lider zu öffnen.
»Gott sei's gedankt«, sagte der Mann, der sich über sie beugte. Femke erkannte den Seemann mit den grauen Haaren und den runden lustigen Augen, die so gar nicht zu dem Gesicht mit den ernsten Zügen passen wollten.

»Sie?«, fragte sie verwirrt.
»Gott sei's gedankt«, sagte er noch einmal. »Sie sind wieder da.«
»Was meinen Sie?« Noch konnte sie nicht denken. Ihr Schädel schmerzte, und alles schien ihr so verwirrend. Sie wusste nur, dass ihr kalt war und es in ihren Gliedern zwickte und zog.
»Sie waren bewusstlos. Eine erschreckend lange Zeit«, erklärte er ihr. »Erinnern Sie sich nicht? Erkennen Sie mich?«
»Gewiss doch. Aber was machen Sie hier? Wollten Sie nicht mit den anderen nach Hamburg?«
»Das war mal mein Plan, ja, doch den haben Sie mir fein durchkreuzt.«
»Ich? Aber ...«
»Das ist eine längere Geschichte, und ich werde Sie Ihnen gern erzählen. Später. Jetzt müssen Sie auf die Beine kommen. Sie holen sich sonst noch den Tod. Können Sie aufstehen?«
Sie sah sich um. Ihr Rücken lehnte mitsamt dem Ranzen an einer der Kiefern. Allmählich erinnerte sie sich daran, dass sie sich hatte ausruhen wollen und an einem der Bäume abgerutscht war. Er musste es gewesen sein, der sie wenigstens in diese sitzende Position gebracht hatte. Jetzt griff er ihren Ellbogen, beugte ihren Oberkörper ein wenig vor, so dass er den Arm um sie legen und sie stützen konnte.
»Wird es gehen?«
»Ich denke schon.« Beim ersten Versuch rutschte ihr Fuß auf dem weichen nassen Boden weg, und sie sank schwer in seine Arme. Dann aber gelang es ihr, sich an ihm emporzuziehen. Wieder wurde ihr schwindlig, und sie musste sich an ihm festhalten. Immerhin konnte sie auf den Beinen bleiben.
»Kommen Sie. Wir müssen leider ein wenig laufen. Hier gibt es weit und breit keine Herberge, nicht einmal eine einsame Fischerkate, in der Sie sich aufwärmen könnten. Wo wollten

Sie denn bloß hin? Wie weit wollten Sie noch bei diesem erbärmlichen Wetter laufen?«

»Ich dachte, am Ende der schmalen Landzunge müsste ein Dorf kommen.«

»Daran sind Sie längst vorbeigelaufen. Ich glaubte schon, Sie wollten bis an den hintersten Zipfel von Usedom rennen.«

Femke stöhnte gequält auf. Wie sehr hatte sie auf dieses Dorf gehofft und war wahrhaftig daran vorbeigegangen? Der dichte Schnee musste Schuld gehabt haben.

»Wir müssen zurück«, sagte er und verzog entschuldigend das Gesicht, als ob er das zu verantworten hätte. »Also los!« Er hakte sie unter und legte wiederum einen Arm um sie. »Geben Sie mir Ihren Ranzen«, schlug er vor. »Dann kann ich Sie besser halten, und Sie haben es leichter.«

»Nein, nein, es geht schon.« Hatte er sie beobachtet? War er auf ihre Steine aus? »Sie haben mit Ihrem Seesack gewiss mehr als genug zu schleppen.«

»Daran bin ich gewöhnt«, sagte er leichthin. Dennoch ließ er sie gewähren und machte keinen weiteren Versuch, ihr den Ranzen abzunehmen.

Der Sturm gewann noch einmal an Kraft. Aus den dicken Flocken wurden nasse Kristalle, die senkrecht von vorn zu kommen schienen. Wie kleine Nadeln stachen sie in die Haut. Femke hustete stark. Sie war unsicher auf den Beinen, stolperte und schwankte beängstigend. Schnell kamen sie nicht voran.

»Nein, das hat keinen Sinn«, verkündete der Mann schließlich. »Es wird bald dunkel. Ich fürchte, wir erreichen das Dorf nicht mehr. Wir sollten das letzte Tageslicht nutzen, um uns ein Nachtlager aufzuschlagen.«

»Das meinen Sie doch nicht ernst«, erwiderte sie entsetzt.

»Es bleibt uns nichts anderes übrig. Bald wird es stockfinster

sein, dann ist es zu gefährlich, weiterzugehen. Zu leicht könnten wir vom Weg abkommen und in eines der Wasserlöcher oder gar ins Meer fallen. Dann wären wir verloren.«
»Aber wir werden erfrieren.« Femke wollte es nicht wahrhaben. Sie hatte die eine Nacht unter freiem Himmel nicht vergessen. Um wie viel schlimmer würde diese werden, allein mit einem geheimnisvollen Fremden bei Sturm und Schnee.
»Was schlagen Sie vor? Haben Sie vielleicht ein wenig Bernstein in Ihrer Tasche, den wir anzünden, und eine Lampe, in die wir ihn legen können?«
Sie erschrak. Er hatte sie also beobachtet. Er wusste, dass sie einen kleinen Schatz bei sich trug. Von dem Päckchen, das sie von ihrem Onkel erhalten hatte, konnte er nichts wissen. Sie überlegte, ob es klug war, ihm von ihrem Fund etwas zu geben, bevor er sich über sie hermachte und alles fand, was sie bei sich trug. Ehe sie zu einer Entscheidung kam, sprach er weiter.
»Sie erkennen mich noch immer nicht, habe ich recht, Femke Thurau?«
»Doch gewiss, wir sind uns in Rügenwalde begegnet.«
»Wo Sie mich bereits hätten erkennen können.« Er sah sie erwartungsvoll an. »Ich war nicht unglücklich, dass Sie es nicht getan haben, denn ich reise unter falschem Namen, und was ich von mir erzähle, entspricht nicht der Wahrheit.«
Sie standen einander gegenüber. Der Schneeregen klatschte ihnen ins Gesicht. Femke dachte, dass sie diese Augen tatsächlich von irgendwoher kannte, aber es wollte ihr nicht einfallen.
»Delius«, sagte er. »Mein Name ist Jan Delius.«
»Natürlich.« Femke hätte laut lachen mögen. »Das sind die fröhlichen Augen von Meister Delius, die Sie geerbt haben.«
»Wir sind uns mal in der Werkstatt begegnet. Nicht oft, aber Sie entsinnen sich vielleicht.«
»Gewiss! Verzeihen Sie mir, dass ich Sie nicht erkannt habe.«

»Das macht nichts. Wie ich schon bemerkte, war ich recht froh darüber.« Er sah sich um und blickte zum Himmel. »Hier entlang«, sagte er dann und fasste sie wieder unter. »Am Strand ist die Chance am größten, dass wir eine Hütte für Netze oder Ähnliches finden, was uns als Schutz dienen kann.«

Das Einzige, was sie tatsächlich fanden, war ein umgedrehtes Fischerboot. Der Besitzer hatte offenbar das milde Wetter genutzt, um ihm einen neuen Anstrich zu geben. Mittendrin war er wohl vom zurückkehrenden Winter überrascht worden.

»Warten Sie hier«, sagte Jan, warf seinen Seesack in den Sand, lief in die Dünen und kam bald mit einem Armvoll großen Steinen und etwas Holz zurück. Das Boot stand auf ausgedienten Ziegeln. Er hob es an einer Seite an und schob einen dicken Findling zwischen Ziegel und Bootsrand. Dann stopfte er noch ein Holzstück dazwischen. Am Heck wiederholte er das Ganze, so dass am Ende das Fischerboot schief dastand. Unter der Seite, die nun höher war, konnten sie mit einiger Mühe hindurchschlüpfen. So bot die Nussschale ihnen ein Dach über dem Kopf.

»Haben Sie in Ihrem Ranzen noch Kleider, die trocken sein könnten?«

»Nein.« Sie schüttelte den Kopf. Femke fror erbärmlich. Sie bedauerte, alle Kleider übereinandergetragen zu haben.

»Warten Sie, ich habe etwas für uns beide.« Er zerrte seinen schweren Seesack unter das Boot. Viel konnte er nicht mehr sehen, doch es gelang ihm, einen dicken wollenen Pullover und eine Hose hervorzuholen.

»Ziehen Sie das an, dann wird Ihnen gleich wärmer.«

Sie zog den Mantel aus und legte ihn mit der Außenseite in den Sand. Die Innenseite erschien ihr nicht ganz so nass, doch das war ein Irrtum. Dennoch hockte sie sich darauf. Es war nicht einfach, unter dem niedrigen Dach in eine Hose zu schlüpfen, aber es gelang ihr. Unterdessen hatte Jan seinen Ölmantel ausgezogen.

»Legen Sie den auf Ihren Mantel, dann sitzen Sie trocken.«

»Aber dann frieren Sie.«

»Ich habe noch einen Pullover. Damit wird's gehen«, entgegnete er und kramte auch schon erneut in seinem Seesack.

Femke machte Anstalten, seinen Pullover über das nasse Kleid zu ziehen.

»Nein«, protestierte er, »aus den nassen Kleidern müssen Sie raus.«

Sie zögerte, wusste aber, dass er recht hatte. Dann dachte sie an das Kind, das sie im Leib hatte. Dr. Rosenthal und seinesgleichen mochten von ihr denken, was sie wollten, sie hielt es für das schlimmere Verbrechen, das Ungeborene umkommen zu lassen, als es unehelich und vaterlos zur Welt zu bringen. Sie entkleidete sich bis auf das Unterzeug, das fast trocken war, und schlüpfte in den Pullover.

»Denken Sie, dass wir es wagen können, hier drinnen ein Feuer zu machen?«, wollte sie wissen.

»Das Holz, das ich gefunden habe, ist zu nass. Wir werden keines hinkriegen, fürchte ich.«

»Ich habe tatsächlich etwas Bernstein bei mir. Die kleinen Stücke können wir entzünden. Die Flamme wird uns nicht sonderlich wärmen, bringt aber wenigstens ein bisschen Licht.«

»Wunderbar!« Er machte sich daran, eine kleine Mulde zu graben, und Femke holte die Brocken aus ihren Taschen, die sie am Tag gefunden hatte. Den großen hielt sie zurück. Sie würde ihn nur opfern, wenn alle kleinen Stücke geschmolzen waren. Als sie sah, wohin er das Harz legen wollte, fragte sie: »Denken Sie, das ist eine günstige Stelle?«

Er blickte sie überrascht an. »Sie sitzen dort und ich hier. Das Feuer wird genau zwischen uns sein.«

»Aber Ihr Mantel ist die einzige trockene Unterlage. Wir sollten beide darauf sitzen. Besser gesagt, wir sollten beide darauf liegen, wenn wir hier die ganze Nacht verbringen wollen.«
»Sie haben recht«, stimmte er zu.
Femke streckte sich der Länge nach aus. Ihr nur mäßig nasses Unterkleid faltete sie zu einem Kopfkissen. Sie machte ihm Platz, und Jan legte sich zu ihr. Auf einen Ellbogen gestützt, bereitete er die Steine vor und zündete sie an. Es dauerte etwas, doch schließlich wurde das Harz weich und schwarz und verströmte seinen würzig-waldigen Geruch.
»Drehen Sie sich auf die andere Seite, dann kann ich Sie wärmen.«
Sie tat es. Es fiel ihr schwer, denn es war eng und sie hatte keine Kraft mehr, doch es fühlte sich herrlich an, als er ihren Rücken ganz dicht an seinen Bauch zog und seinen Arm über sie legte.
»Und nun verraten Sie mir endlich, was Sie hier tun. Sie haben gesagt, Sie wollen noch einen Besuch machen, bevor Sie nach Hause fahren, aber Sie laufen hier schon seit drei Tagen herum und haben die Kutsche zurückgeschickt. Wie wäre es mit der Wahrheit?«
»Ich habe Ihnen die Wahrheit gesagt. Ich war zu einem Verwandtschaftsbesuch in Stolp. Die Kutsche sollte mich nur die halbe Strecke bringen. So war es abgesprochen. Und morgen wird mich die Kutsche meiner Eltern in Wolgast abholen. Darum muss ich auch unbedingt morgen dort eintreffen.«
»Hm, das wird nicht so einfach sein. Jedenfalls nicht, wenn sich das Wetter nicht ein bisschen bessert. Ich verstehe noch immer nicht, warum die eine Kutsche sie nicht dort abholt, wo die andere sie abgesetzt hat.«
»Ich wollte die Tage nutzen, um auf den Inseln nach Bernstein zu suchen«, gestand sie ihm. »Ihr Vater ...« Sie stockte. Wie

lange war er auf See gewesen? Wusste er überhaupt schon, dass Meister Delius tot war?
»Er ist tot, ich weiß.«
»Oh.« Ein Frösteln lief durch ihren Körper und schüttelte sie. Jan zog sie noch näher zu sich und rieb ihre Arme.
»Es geht schon«, flüsterte sie. Eine Weile lagen sie schweigend beieinander. Dann fragte sie: »Und Sie? Sind Sie mir gefolgt?«
»Allerdings. Ich kenne Sie nicht gut, aber es kam mir doch seltsam vor, dass Sie allein von einem Besuch bei Verwandten kommen und noch jemanden besuchen wollen. Sie nannten keinen Ort und sahen aus, als hätten Sie etwas zu verbergen.«
»Das haben Sie richtig gedeutet.«
»Sie sind keine begabte Lügnerin.«
»Warum reisen Sie unter falschem Namen und lassen niemanden wissen, woher Sie wirklich kommen?«, fragte sie.
»Es ist zu viel Unglück geschehen«, erwiderte er düster.
»Was meinen Sie damit?«
»Der Krieg«, sagte er. »Er hat mein Leben zerstört. Darum habe ich ein neues angefangen. Eines, von dem ich erzählen kann, ohne Angst haben zu müssen, dass man mich einsperrt.«
Ihr wurde mulmig. »Haben Sie denn etwas Unrechtes getan?«
»Nein«, sagte er rasch. »In meinen Augen war es kein Unrecht, in denen des Gesetzes wahrscheinlich schon.«
»Ja«, meinte sie nachdenklich, »was Recht und was Unrecht ist, lässt sich manchmal nicht so klar sagen. Das habe ich inzwischen auch erlebt.«
»So?«
»Wollen Sie mir erzählen, was Ihnen zugestoßen ist?«
Er seufzte schwer und schwieg lange. Sie glaubte schon, er habe sie nicht gehört oder sei so tief in seine Gedanken getaucht, dass er sie vergessen habe.
Plötzlich begann er zu reden. »Wegen des Boykotts gelangte

mein Schiff, mit dem ich fuhr, nicht zurück in den Lübecker Hafen. Es war ein abenteuerliches Unterfangen mit vielen Umwegen, bis ich endlich die Heimatstadt erreichte. Ich kam mitten in die Wirren der Belagerung. Meine Frau brach in Tränen aus vor Glück, als sie mich sah. Wir haben erst kurz vor meiner Abreise geheiratet, wissen Sie.«

»Ihr Vater hat gar nichts davon erzählt.«

»Er war ein alter Sturkopf und mochte sie nicht. Das heißt, er konnte ihren Vater nicht ausstehen. An sie hätte er sich gewiss gewöhnt. Trotzdem haben wir unsere Hochzeit verschwiegen. Wir wollten warten, bis sie guter Hoffnung ist. Einem Enkelkind hätte mein Vater niemals widerstehen können.« Jan lächelte, und auch Femke musste lächeln, als sie sich Meister Delius mit einem Enkelkind vorstellte. Ganz leise fuhr er fort: »Ich hatte am nächsten Morgen viel zu erledigen. Als ich zurückkam, waren Soldaten in meinem Haus. Keine Ahnung, ob es Franzosen waren oder Preußen. Nicht einmal das weiß ich.« Er lachte bitter, bevor er stockend erzählte, was damals geschah. »Einer zog sich gerade die Hosen hoch. Als er mich kommen sah, hat er mich festgehalten, damit sein Kamerad sich auch noch über meine Frau hermachen konnte. Sie hat so geschrien. Das werde ich in meinem ganzen Leben nicht vergessen.«

»O mein Gott«, flüsterte Femke.

»Ich konnte ihr nicht helfen. Das war das Schlimmste. Die ganze Zeit musste ich ihre Schreie und sein Keuchen und Stöhnen ertragen. Ich kann mich nicht mehr erinnern, wie es geschah. Ich weiß nur noch, dass ich mich irgendwann befreien konnte und eine der Pistolen in die Hände bekam. Ich habe den Soldaten erschossen.«

»Es war Notwehr. Niemand kann Sie deshalb verurteilen.«

»Wer weiß das schon?«, sagte er bitter.

»Wie geht es Ihrer Frau? Ich meine, hat sie es …?«

463

»Überlebt? Ja, das hatte sie. Das heißt, sie hätte es können. Sie sprach kein Wort mehr, starrte nur noch vor sich hin und reagierte auf nichts und niemanden. Ich wusste nicht, an wen ich mich wenden sollte. Nur mein Vater hätte mir helfen können. Ich weiß, er hätte sich liebevoll um sie gekümmert trotz aller Vorbehalte, denn ich musste doch wieder zur See.«
»Aber?«
»Sie wissen doch, dass er nicht mehr am Leben ist.«
»Ja, das weiß ich«, sagte sie traurig. »Ich wusste nicht, dass er es zu dem Zeitpunkt schon nicht mehr war.«
Es war inzwischen stockfinster, bis auf den sehr schwachen verglimmenden Schein der Bernsteine. Der Wind heulte eine melancholische Melodie, und noch immer prasselten kleine Eiskristalle auf den Bootsleib und erfüllten die Luft mit einem leisen Knistern.
»Ich ging zu ihm, um ihn um Hilfe zu bitten. Als ich eintrat, überraschte ich einen Kerl mit schwarzen Haaren und eiskalten Augen. Er schleifte meinen Vater gerade in Richtung der kleinen Kammer. Ich war so durcheinander und bin einfach weggerannt.«
»Das ist nicht verwunderlich, nach allem, was passiert war.«
Sie lagen eng beieinander. Femke war erstaunt, dass sie so vertraut miteinander waren. Immerhin hatten sie sich höchstens zwei- oder dreimal in der Werkstatt gesehen. Und dann auch nur kurz, ohne viele Worte gewechselt zu haben.
»Ich hätte ihn auch töten sollen«, sagte Jan, »aber ich bin fortgelaufen. Nun wird das Verbrechen niemals gesühnt werden.«
»Nein, noch ein Toter, noch eine Schuld, die Sie auf sich geladen hätten, hätten Ihren Vater auch nicht wieder lebendig gemacht. Leider. Aber glauben Sie mir, es war kein kaltblütiger Mord.«
»Woher wollen Sie das wissen?«

»Ich bin da gewesen, und ich kenne den Schwarzhaarigen, den Sie überrascht haben.«
»Sie waren auch dort?«
Femke spürte, wie er den Kopf hob, als wollte er in der Dunkelheit ihr Gesicht erkennen.
»Ja, ich muss unmittelbar nach Ihnen dort eingetroffen sein. Ich erinnere mich, dass er sagte, es sei ein Kommen und Gehen. Damals verstand ich nicht, was er damit meinte.« Sie schwieg eine Weile und dachte an die erste Begegnung mit Deval. »Sein Name ist Pierre Deval.« Nun war es an Femke zu reden. Sie erzählte davon, wie Deval ihr Aufträge erteilt und welch schändliches Angebot er ihr gemacht hatte. Sie ließ nichts aus, ja, sogar von dem Kind erzählte sie.
»Sie erwarten das Kind des Mörders meines Vaters?«, fragte Jan.
»Er ist kein Mörder. Ein Dieb, ja, ein skrupelloser Mensch vielleicht, aber kein Mörder. Und es ist nur ein unschuldiges Kind. Es kann nichts für die schrecklichen Dinge, die sein Vater getan hat.«
»Ja«, sagte er heiser, »da haben Sie wohl recht. Und was wird es ändern, wenn wir ihn anzeigen? Die Menschen, die ich liebte, sind tot. Das ist jedenfalls nicht mehr zu ändern.«
Der Schneeregen hörte auf, und da war nur noch das Rauschen der Wellen und das leiser werdende Klagen des Windes. Irgendwann schlief Femke darüber ein.

Die Sonne ließ sich am nächsten Tag sehen und machte sich daran, den Schnee zu schmelzen.
»Da haben wir noch mal Glück gehabt«, meinte Jan Delius zufrieden. »Ich hatte schon befürchtet, der Winter wollte sich wieder gemütlich einrichten.«
Sie krochen unter dem Boot hervor. Trotz des freundlichen

Sonnenscheins fror Femke erbärmlich. Und sie spürte jeden einzelnen Knochen im Leib.

»Wie fühlen Sie sich? Denken Sie, Sie können laufen?«

»Das werde ich wohl müssen«, erwiderte sie resigniert.

Jan fischte eine Dauerwurst aus seinem Seesack und bestand darauf, dass sie davon aß. Zwar wurde ihr nach dem Verzehr dieses fettigen und salzigen Frühstücks übel, doch übergeben musste sie sich nicht. Sie stapften in Richtung des Inselinneren los. Der Schnee taute und mischte sich mit dem sandigen Boden zu einem Schlamm, in dem man leicht ins Rutschen kam. Einmal wäre Femke fast gefallen, doch Jan war sofort zur Stelle, packte sie und hielt sie, bis sie wieder einen sicheren Stand hatte. Bei einem Bauern legten sie eine Rast ein, als Femke mit ihren Kräften am Ende war. Durstig trank sie zwei Becher Milch und aß auch eine dicke Scheibe Brot. Ihr fiel das Datum des Tages ein, und sie musste lächeln.

»Worüber lächeln Sie?«, wollte Jan wissen.

»Darüber, dass ich hier sitze und mich über Milch und Brot freue. Normalerweise gab es an meinem Geburtstag heiße Schokolade, Kuchen und am Abend Wein.«

»Heute ist Ihr Geburtstag?«

»Ja, mein dreiundzwanzigster. Zumindest ist dies der Tag, an dem meine Eltern ihn immer gefeiert haben.«

Jan lachte. »Nun, die werden wohl wissen, wann Sie auf die Welt gekommen sind.«

»Nicht unbedingt.«

Er zog die Augenbrauen hoch, und Femke erzählte nun auch noch diese ganze Geschichte. Von ihrer Mutter, die als Bernsteinschnitzerin durch das Land gezogen war und von der sie nicht einmal wusste, ob sie noch lebte. Von ihrem Onkel, den sie gerade erst gefunden hatte und der der Zunft der Bernsteindreher von Stolp vorstand.

»Ist das nicht ein Zufall? Der Umgang mit Bernstein liegt offenbar in meiner Familie, und ich bin nur dazu gekommen, weil mir Ihr Vater mit einem Elefanten, den er geschnitzt hat, auf der Straße begegnet ist. Diese erste Begegnung werde ich nie vergessen.«

»Schade, dass er das nicht mehr erfahren durfte. Es hätte meinen Vater gewiss sehr gefreut.« Sie saßen beieinander und hingen ihren Gedanken nach. »Na, da gratuliere ich jedenfalls ganz herzlich!«, meinte Jan schließlich, nahm ihre Hände und sah sie freundlich an.

»Danke schön.« Femke senkte den Blick. »Hoffentlich wartet der Kutscher«, sagte sie schnell. »Was mache ich nur, wenn er ohne mich aufgebrochen ist?«

»Das wird er gewiss nicht tun. Er kann sich denken, dass Sie bei dem Wetter mit der Kutsche aus Stolp länger gebraucht haben. Eine Nacht wird er ganz bestimmt bleiben und erst morgen fahren, wenn Sie dann nicht da sind.«

Sie holte Luft und wollte etwas sagen.

»Aber Sie werden da sein. Bis Mahlzow ist es nicht mehr weit. Dort finden wir gewiss jemanden, der Sie in seinem Boot ans Festland bringt.«

Der Dialog wiederholte sich mehrmals, nachdem sie das Dorf im Herzen der Insel verlassen hatten. Zu groß war ihre Sorge, sie könnte am Ende den Wagen ihres Vaters verpassen. Die Stärkung hatte Femke gutgetan, und der Gedanke daran, in Kürze endlich am Ende ihrer Reise angekommen zu sein, tat ein Übriges. So kamen sie besser voran als erwartet.

»Was haben Sie jetzt vor?«, fragte Femke, als sie zwischen Feldern hindurchliefen, auf denen sich in einigen Monaten das Getreide im Wind wiegen würde.

»Ich habe mich noch nicht entschieden. Vielleicht reise ich, wie ich es vorhatte, nach Hamburg. Dort lässt sich immer ein

Schiff finden, auf dem man anheuern kann. Oder ich gehe zurück nach Danzig. Da gab es für einen tüchtigen Bootsmann auch immer etwas zu tun.«

»Wollen Sie denn nicht zurück nach Lübeck? Sie könnten mit mir reisen.«

»Nein, sehr freundlich, aber so bald möchte ich noch nicht zurück.«

Sie blickte ihn von der Seite an und sah, dass er die Zähne zusammenbiss. Seine runden Augen glänzten feucht.

»Sie haben mir nicht erzählt, was aus Ihrer Frau geworden ist«, sagte sie leise.

Er schluckte. »Sie hat sich erhängt. Im Keller unseres Hauses. Sie werden verstehen, dass es mich nicht dorthin zurückzieht.«

»Oh, das tut mir so leid.«

Den Rest des Weges bis nach Mahlzow gingen sie schweigend. Dort angekommen, kümmerte sich Jan sogleich um einen Fischer, der sich bereit erklärte, Femke für ein paar Taler nach Wolgast zu rudern.

»Dann ist es wohl Zeit, Abschied zu nehmen.«

»Wollen Sie nicht doch mit uns kommen? Sie können bei uns wohnen, wenn Sie nicht in Ihr Haus zurückwollen. Ihre Schwester würde sich doch gewiss freuen, Sie zu sehen.«

»Meine Schwester ist mit ihrem Mann und ihren Kindern beschäftigt. Nein, mein Platz ist draußen auf der See. Jedenfalls vorerst. Irgendwann komme ich ganz bestimmt zurück nach Lübeck.«

»Versprechen Sie mir, dass Sie mich dann besuchen?«

»Natürlich, das tue ich gern.«

»Was soll mit der Werkstatt Ihres Vaters geschehen? Ich habe sie genutzt, solange ich noch Steine hatte. Der Franzose sagte, er habe sie für mich konfisziert, damit ich dort schnitzen kann.

Selbstverständlich räume ich sie, sobald ich zu Hause bin. Soll ich mit Ihrer Schwester besprechen, was daraus werden soll?«
»Nein, behalten Sie sie. Es wäre schön, wenn sie so eingerichtet bliebe, wie sie immer war, und wenn dann auch noch jemand da ist, der all das Werkzeug zu nutzen versteht. Ich würde mich freuen, Ihnen über die Schulter schauen zu dürfen, wenn es mich nach Lübeck drängt. Wenigstens das wäre dann etwas, das sich nicht verändert hat.«
Sie standen einander gegenüber. Der Fischer sah in seinem langen zerschlissenen Mantel und in den hohen Stiefeln bereits vom Ufer aus ungeduldig zu ihnen herüber. Einem Impuls folgend, nahm Femke Jan zum Abschied in den Arm und drückte sich an ihn.
»Danke für alles«, sagte sie. »Ohne Sie hätte ich es nicht geschafft.«
Er hielt sie einige Sekunden wortlos fest, dann ließen sie einander los, und Femke ging zum Ufer und kletterte in das Boot. Sie sah Jan noch lange stehen, seinen Seesack über die Schulter geworfen. Er wurde immer kleiner, und sie konnte gerade noch erkennen, wie er sich schließlich umdrehte und ging.

Am äußersten Zipfel des Stadthafens setzte der Fischer Femke ab. Da stand sie mit ihrem Ranzen auf dem Rücken und blickte ihm kurz nach. Dann lief sie vorbei an offenkundig neu erbauten äußerst ansehnlichen Speichern. Nicht lange, und sie fand das Hotel Inselblick. Das Herz schlug ihr bis zum Hals. Sie hoffte inständig, dass Jan recht hatte und der Kutscher tatsächlich hier auf sie wartete. Der Nachmittag ging bereits zu Ende, dabei hatte sie am Vormittag hier sein wollen. Sie klopfte den Sand von ihrem Mantel und blickte an sich hinab. Wie damals in Rostock glich sie eher einer Landstreicherin als einer anständigen Frau, die sich hier ein Zimmer nehmen oder

speisen könnte. Gern hätte sie ein heißes Bad genommen, die Haare aufgesteckt und sich frische Kleider angezogen. Doch sie war nur froh, dass sie es überhaupt bis hierher geschafft hatte. Alles andere war für sie nicht mehr wichtig, und auch die Blicke der Gäste sollten ihr herzlich egal sein. Sie betrat das dreigeschossige rote Fachwerkgebäude. Ein Mädchen mit weißer Schürze und einem weißen Häubchen kam auf sie zu.
»Guten Tag, gnädige Frau.«
»Guten Tag. Mein Name ist Femke Thurau. Der Kutscher meines Vaters soll hier auf mich warten. Können Sie mir wohl sagen, ob er im Hause ist?«
»Ich glaube, er sitzt hinten in der Schenke«, erwiderte das junge Mädchen höflich. »Bitte kommen Sie mit mir.«
Femke atmete erleichtert auf. Sie hätte weinen mögen vor Freude. Nun brauchte sie nichts mehr tun, als sich in die Kutsche zu setzen und dem Lenker des Wagens alles andere zu überlassen. Sie folgte dem Mädchen durch die vornehme Gaststube und gelangte in eine einfache Schenke mit derben Holztischen und ebensolchen Bänken. Feine Tischwäsche oder edles Porzellan wie in den vorderen Räumen gab es hier nicht. Trotzdem oder gerade deshalb fühlte Femke sich wohler. Das Mädchen deutete auf einen Tisch in der Ecke. Das Licht war ein wenig schummrig, und Femke fragte sich, welchen Kutscher ihr Vater geschickt haben mochte. Gewiss Fritz, der die längste Erfahrung hatte und am besten mit Pferden umzugehen vermochte. Ihm konnte sie sich wahrlich blind anvertrauen. Und das wusste auch Carsten Thurau.
Sie ging auf ihn zu und erkannte einen blonden Schopf. Nein, Fritz war das nicht. Der Mann hob den Kopf.
»Johannes!«
Er sprang auf, stieß fast den Tisch um und riss sie in seine Arme.

»Na, die ham's aber eilig«, meinte einer an einem anderen Tisch lachend.

»Johannes«, wiederholte Femke überglücklich und legte ihre Wange an seine.

»Du verrücktes Geschöpf«, sagte er. »Als ich damals in der Nacht, als du dich ins Franzosenlager schleichen wolltest, zu meinem Kameraden sagte, du seist nicht ganz richtig im Kopf, da hatte ich es nicht ernst gemeint, aber so falsch habe ich damit gar nicht gelegen.«

»Unverschämtheit«, protestierte sie leise.

Er zog sie mit sich und drückte sie auf einen Stuhl. Auf dem Tisch flackerte eine Kerze, und ein Duft von gebratenem Speck zog durch die Schenke.

»Wie konntest du nur einfach davonlaufen?« Er sah sie sehr ernst an.

Femke musste lächeln, denn da war sie wieder, die vertraute Falte über seiner Nasenwurzel. »Deine Eltern sind beinahe umgekommen vor Sorge.« Der Vorwurf war unüberhörbar. »Und ich auch«, fügte er sanft hinzu.

»Ich musste es tun, ich musste einfach«, stammelte sie und begann leise zu weinen. Die Anspannung der letzten Tage fiel von ihr ab, und so vieles stürmte mit einem Mal auf sie ein. Johannes war da! Sosehr sie sich darüber freute, sosehr erschreckte sie doch der Gedanke, ihm alles beichten zu müssen, was zwischen ihr und Deval geschehen war. Sie hatte nicht erwartet, das so bald tun zu müssen. Er zog sie an sich und streichelte ihr übers Haar.

Als sie sich wieder ein wenig beruhigt hatte, sagte er: »Ich habe den Eindruck, eine Rast wird dir gut bekommen. Gewiss können wir hier Kammern für den Kutscher und für uns nehmen. Dann kannst du dich ausruhen und mir alles erzählen. Was meinst du?«

Sie nickte, und er stand auf, ergriff ihre Hand und ging mit ihr zu dem Wirt, der ihnen nur zu gern Schlüssel aushändigte. Kurz darauf brachte er sie in eine hübsche Kammer mit einem großen Bett mit Daunendecke und einem Zuber, in dem sie ein Bad würde nehmen können.

»Ich sehe nachher nach dir«, meinte Johannes und wollte sie allein lassen.

»Nein«, entgegnete sie, »ich muss dir so vieles sagen. Jetzt. Es kann nicht warten.«

»Also schön.«

»Du warst stets mein bester Freund«, begann sie unsicher. »Als du nach Jena gegangen bist, da habe ich gemerkt … Ich wusste plötzlich …« Sie brach ab und senkte den Kopf. Ihr fehlte einfach die Übung, einem Mann ihre Gefühle zu offenbaren.

»Ich hatte einen Traum, weißt du?«, sagte er. »Ich träumte, du sitzt an meinem Bett, während ich schlafe. Es ist komisch, denn du hast auch in diesem Traum von dem Abschied gesprochen. Davon, wie traurig du warst, als ich nach Jena reiste.«

Sie sah ihn mit großen Augen an. Konnte es möglich sein, dass er sie gehört hatte, als sie im Heiligen-Geist-Hospital an seinem Bett saß?

»Du sagtest«, erzählte er weiter, »du seist ein dummer Backfisch gewesen. Aber als ich gehen musste, hast du begriffen …«

»… wie sehr ich dich liebe«, beendete sie den Satz.

»Ja«, sagte er, »genauso war es. Ein schöner Traum!«

»Es ist die Wahrheit, Johannes. Ich liebe dich wahrhaftig. Ich hatte so schreckliche Angst um dich, als du dort auf dem Krankenlager mit hohem Fieber gelegen hast.«

Er nahm sie in die Arme. »Aber es war doch mein Traum, Fräulein Thurau. Wie kannst du denn wissen, dass es ein Krankenlager war?«

Sie blieb ernst. Sie musste es jetzt wissen.

»Hast du in der Nacht alles gehört?«, fragte sie. »Ich meine, hast du auch gehört, was ich über Deval …?«
»Alles«, erwiderte er ruhig. »Aber es war ja nur ein Traum, und wir wollen ihn vergessen, wenn du kannst.«
Sie schluckte. Wie gerne würde sie das.
»Nichts würde ich lieber als das, aber da gibt es noch etwas, das du wissen musst.«
»Wir haben beide viel durchgemacht, und wir sind wahrhaftig nicht die Einzigen. Doch wir sind am Leben, sind gesund, und wir haben uns wieder. Das ist alles, was ich wissen muss.«
Sie wollte widersprechen, doch er küsste sie sanft auf den Mund.
»Ich liebe dich, Femke Thurau. Und was immer auch kommen mag, ich gebe dich nie mehr her. Was es auch sei, wir werden gemeinsam eine Lösung dafür finden.«
Ob er ahnte, was mit ihr war, dass sie ein Kind im Leib trug? Sie wollte nicht mehr darüber nachdenken. Sie überließ sich froh und erleichtert seinen zärtlichen Küssen, die nichts mit den fordernden von Deval gemein hatten. Sie hätte ewig so stehen können. Doch irgendwann, draußen war es bereits dunkel, schob er sie von sich.
»Nun nimm dein Bad und lass uns dann in der Schenke etwas essen. Und morgen reisen wir nach Hause.«

Danksagung

Mein Dank gilt der Literaturagentur Dörner und speziell dem Buchplaner Dirk, der mich seit vielen Jahren umsichtig berät, betreut und begleitet. Ebenso danke ich dem Verlag Droemer Knaur für das Vertrauen und hier besonders Christine Steffen-Reimann und Andrea Ludorf. Schließlich möchte ich nicht meine wunderbare Lektorin Dr. Gisela Menza vergessen, der ich für den liebevollen und kompetenten Umgang mit meinen Texten danke, und meine Freundin Christa Dobrowolski, die das Wunder vollbringt, mich auf Autorenfotos immer wieder gut aussehen zu lassen. Ein dickes Dankeschön an Birgit Bauer und EWO, meine beiden eifrigen Test-Leserinnen. Und zuletzt geht mein Dank an die hilfsbereite Mitarbeiterin der Bücherei in Klütz, die mir genau das richtige Material für die Endspurt-Inspiration vorgelegt hat.